De pers over *Het smelt:*

'Lize Spit schreef een debuut dat je elke schrijver toewenst: vertrouwd, verrassend, fantasierijk en genadeloos.' – *De Standaard* ★★★★★

'*Het smelt* is een turf van 480 bladzijden, maar je glijdt erdoorheen als een warm mes door boter. [...] Dit debuut overtreft de stoutste verwachtingen.' – *De Morgen* ★★★★½

'Zonder twijfel een van de beste, rijpste en trefzekerste debuten in tijden. [...] Met zo'n entree in de letteren is Lize Spit de belofte voorbij.' – *NRC Handelsblad* ★★★★

'Niets is vrijblijvend in het fascinerende universum van Lize Spit, en iedere medaille heeft een schrijnende keerzijde. Het is jaren geleden dat we nog een grandioos debuut als dit mochten lezen.' – *Knack* ★★★★★

'Een knaldebuut. In één klap is ze dé literaire sensatie.' – *De Telegraaf*

'Nog voor ze *Het smelt* geschreven had, waren er al zes uitgeverijen die vochten om haar debuut. Na het lezen wordt duidelijk waarom. [...] Ze is haar schrijfcarrière meteen groots gestart.' – *Trouw*

'Met *Het smelt* heeft de Vlaamse schrijver en dichter Lize Spit een weergaloze debuutroman geschreven. [...] Dit debuut zit stilistisch en compositorisch zo goed in elkaar dat je er een regen aan superlatieven op kunt los laten.' – *Het Parool* ★★★★

'Er zijn van die boeken die ik mijn leerlingen wil voorlezen. Het smelt van Lize Spit is er zo eentje. Ik ga het dan ook maar gewoon doen.'
– *Bart Ongering (Meester Bart)*

'Wat een fantastisch, heerlijk, prachtig boek! Voor mij met stip het boek van 2016.'
–*Annetje Rubens (Boekhandel Athenaeum Haarlem)*

'Spit schuwt het risico niet, maar levert een roman af die haar naam meteen vestigt als een van de grote literaire talenten in Vlaanderen.' – *Het Nieuwsblad* ★★★★

'Een uitzonderlijk debuut. *Het smelt* nestelt zich op de bijzondere plaats in je hoofd, tussen comfortzone, onbehagen, doorleefdheid en gruwel.' – *Saskia de Coster*

'Wat *Het smelt* zo kostbaar maakt, is dat het geen precedent kent: pas nu krijgt de generatie die opgroeide in de jaren 90 een literaire stem die naam waardig. [...] De tragedie in *Het smelt* is hartverscheurend, maar wars van sentiment.' – *Humo*

'Ongelofelijk dat je zo'n debuut kan schrijven. Wederom een Vlaamse grootheid.' – *Anthoni Fierloos (Boekhandel het Paard van Troje)*

'Ik las het boek. In één woord: prachtig. Ik wil Lize Spit dan ook zo snel mogelijk ontmoeten.' – *Herman Brusselmans*

'Je moet het maar durven: debuteren met een boek van bijna 500 pagina's dik. De Vlaamse Lize Spit durfde en slaagt glorieus.' – *Noordhollands Dagblad*

Lize Spit

HET SMELT

DAS MAG UITGEVERS

Lize Spit (1988) woont in Brussel.
Ze schrijft scenario's, proza en poëzie
en publiceerde onder andere in
Het Liegend Konijn, *De Gids* en
Das Magazin. In 2013 won ze
zowel de jury- als de publieksprijs
van *WriteNow!*

Eerste druk: januari 2016
Tweede druk: januari 2016
Derde druk: februari 2016
Vierde druk: februari 2016
Vijfde druk: maart 2016
Zesde druk: mei 2016
Zevende druk: augustus 2016

Art direction: Toine Donk
Omslagontwerp: Studio Vruchtvlees
Productiebegeleiding: Tim Beijer
Foto auteur: Keke Keukelaar
Opmaak: Anne Lint

NUR 301

www.dasmag.nl
www.lizespit.be

Voor Tilde, Jornt & Saar

9.00 UUR

De uitnodiging kwam drie weken geleden en was overdreven gefrankeerd. Het gewicht van de zegels die op hun beurt weer extra port moesten gekost hebben, stemde me in eerste instantie hoopvol: er zijn nog steeds dingen die elkaar mogelijk maken.

Ik vond de enveloppe boven op de rest van de post, een tiental brieven en flyers, verzameld in twee gelijke hoopjes voor mijn deur. De signatuur van mijn buurman; een stapeltje per wederdienst die nog bewezen zou moeten worden. Onder de overgefrankeerde enveloppe lagen een aanbieding van een Franstalige helderziende en een blaadje van een speelgoedwinkel dat gericht was aan de bovenburen – mijn brievenbus is wel vaker de verdwijnput voor post die kinderen aan het zeuren brengt. Daarnaast bevonden zich de rekeningen en vier folders van een goedkope supermarkt met telkens dezelfde karig opgevulde kalkoen, een mokkastronk, goed geprijsde wijn. Ik had inderdaad nog geen plannen voor oudjaar.

Ik raapte de poging tot barricade op, ging mijn appartement binnen en liep met de post in mijn handen het gewoonlijke rondje waarbij ik elke deur opende, niet wetende wat erger was: een keer een indringer aantreffen of steeds al die lege kamers.

Nadat ik mijn jas en wanten had weggehangen begon ik aan het avondeten. Schilde een aardappel, sneed er de geweien af die in het zonlicht waren gaan groeien. Ik schonk de waterkoker vol, zette het vuur onder de lege kookpot alvast op de hoogste stand, zodat de koker zou weten dat hij zich moest haasten.

Al wachtende boog ik me over de brief.

Mijn naam en adres waren met zwarte pen geschreven in een handschrift dat ik herkende maar niet meteen kon plaatsen. Met de punt van de aardappelschiller haalde ik de rand open. Er kwam een wit kaartje tevoorschijn, een babyfoto en een naam. Zelfs zonder degelijke blik op de afbeelding, de naam of de datum wist ik dat dit een foto van Jan was en dat dit geen geboortekaartje was. Dit jaar, op 30 december, zou hij dertig zijn geworden.

Ik keek opnieuw naar mijn adres, de straatnaam. De hanenpoten waren diep in het papier gegrift, de beentjes huppelden net boven de regels uit. Natuurlijk was dit het handschrift van Pim. Jarenlang had ik naast hem in de klas gezeten, hem zijn toetsen zien invullen. Nooit had ik gesnapt waarom hij zo hard op zijn pen drukte. Zijn antwoorden waren er niet juister door geworden.

Pim had mijn adres dus opgezocht. Hij had het foutloos overgeschreven, letter voor letter. De uitnodiging zelf was drukwerk. Er stond een blokje uitleg aan de binnenzijde.

'Beste...' De stippellijnen lieten plaats voor mijn handgeschreven naam.

'Zoals jullie wel weten zou deze maand niet alleen Jan dertig zijn geworden, maar wordt onze bijna volledig geautomatiseerde melkerij ingehuldigd. Tijd om nog eens samen te komen bij een drankje en een hapje.'

Ik trok mijn schoenen uit om de zachte parketvloer onder mijn voeten te kunnen voelen. Jans postume feest was een promotiestunt geworden, een poging zo veel mogelijk volk te verzamelen bij de start-up van een nieuwe zaak.

Ik las niet verder. Gooide de kaart met de rest van de post en de aardappelschillen in de vuilnisbak. Ik zette de kraan open, duwde mijn polsen onder de koude straal, schepte water in mijn gezicht.

De lege gietijzeren pot kraakte, smeekte ook om wat water. En al was de koker er net klaar mee, ik draaide het gasvuur weer uit. Mijn honger was over.

Natuurlijk wist ik nog voor ik mijn wangen droogde aan de keukenhanddoek dat ik het hier niet bij zou kunnen laten.

Ik raapte de kaart op uit de vuilnis.

Jans foto was besmeurd geraakt door het zetmeel van de aardappelschillen. Van zijn mond vertrok een zwarte veeg, zijn lippen waren uitgesmeerd tot over zijn voorhoofd. Met een hoek van de keukenhanddoek probeerde ik Jans glimlach weer op z'n plaats te krijgen.

'15.00 uur: staldeuren open. 15.15 uur: kleine demonstratie van de melkrobot met aansluitend een feest. PS Zorg voor warme kledij. Neem geen bloemen mee, wel een foto of een goede herinnering aan mijn broer. Deze kunnen op voorhand worden gemaild naar info@melkerijbezoek.be of je kunt ze posten op Jans Facebookpagina. Z.o.z. voor de routebeschrijving.'

Op de achterzijde van het kaartje, onder een vereenvoudigd wegenplan, stond een klef citaat. Ik las het een paar keer hardop voor, zoals Pim het bedoeld zou hebben. Het bleven zinnen die te hard hun best deden.

Inmiddels is het iets na negen uur, Vilvoorde ben ik net voorbijgereden. Het klokje in mijn wagen flikkert elke paar seconden en loopt een paar minuten voor op de tijd die mijn mobiele telefoon aangeeft. Misschien komt dat door de koude. Zolang ik op de snelweg rijd, blijft Jans gezicht uitdrukkingsloos naast me liggen op de passagiersstoel.

Ik heb het kaartje niet bij me voor de foto. Ook de precieze uren en de wegbeschrijving hoef ik niet opnieuw te bekijken.

Enkel de dikke laag postzegels op de enveloppe heb ik nodig. Die zegels bewijzen dat Pim zeker wilde zijn dat deze uitnodiging bij me zou aankomen. Natuurlijk weet ik dat het niet gericht is aan wie ik nu ben, maar aan de persoon die ik was toen we elkaar wel nog spraken, de Eva van voor de zomer van 2002. Daarom doe ik vandaag precies wat ik toen gedaan zou hebben: ondanks weerzin tóch komen opdagen.

4 JULI 2002

De stem van de nieuwslezer komt vanuit de tuin. Het is donderdag. Er is zo veel stilstaand verkeer dat een opsomming van plaatsen waar de spits wél vlot verloopt handiger zou zijn. Men waarschuwt dat er een paar hete dagen aankomen. Na het weerbericht spelen ze 'The Ketchup Song'. De klanken raken overstemd door het geklepper van opvliegende vogels.

Misschien ligt het aan het feit dat ik eindelijk eens goed heb geslapen of aan de muziek die elke beweging doet kloppen, maar voor het eerst sinds de winter lijkt het of ik op de juiste plaats wakker word. Er ligt een nog onaangeroerde zomer voor me. De kerkklokken zullen de duur van elk uur bewaken, niemand zal de wijzers versnellen of vertragen, zelfs Laurens en Pim niet. Voor de eerste keer sinds de begrafenis van Jan maakt die gedachte me kalm. Ik moet gewoon het aangegeven tempo blijven volgen en alles komt goed.

Ik ga rechtzitten in mijn hoogslaper. Zie nu pas Tesje naast haar bed staan. Haar korte stekelhaar plakt tegen haar zweterige hoofd. Ze inspecteert haar laken, kijkt of de flappen aan weerszijden van het bed wel exact dezelfde lengte hebben.

'Heb je geslapen vannacht?' vraag ik.

Ze knikt.

Het is een perfecte dag voor jawbreakers.

Op weg naar mijn fiets kom ik vader tegen. Hij staat te roken, terwijl hij met enige trots luistert naar het nieuws van elf uur dat zuiver en luid uit de radiospeler komt die hij daarstraks heeft opgehangen in de top van de kersenboom om kraaien weg te jagen. Hij leunt tegen de achterbouw die wij 'het werkhuis' noemen, al wordt er nooit gewerkt.

De file richting kust is nog niet opgelost wegens twee zware ongevallen op de E40, ik heb inmiddels in elk van mijn sokken een muntstuk van vijftig cent verstopt. Bij elke stap zakt het geld verder naar beneden.

Vader trekt het tot filter verworden peukje uit zijn mond, trapt het uit onder zijn pantoffel, raapt het op.

Hij draagt een zwarte jeans. Ooit was dit zijn werkbroek maar nu heeft deze geen goede pasvorm meer. Vlak boven kniehoogte staan er twee bobbels in de stof, de afdruk van zijn meest frequente hurkzit, naast de bierbak.

'Eva,' zegt hij.

Hij draait zich om, gebaart dat ik moet volgen. Uit zijn mond klinkt mijn naam soms als een bevel, soms als een vraag, zelden als iets dat van mij is.

Ik volg vader het werkhuis in. De muntstukken zakken langs mijn enkels naar de onderkant van mijn voeten.

Moeder was met de benoeming 'werkhuis' gekomen toen ze dit huis kochten en elke lege kamer hen toeliet nog alles te worden, zolang ze het maar genoeg zouden herhalen. Vader zou hier grootse dingen maken. De tuin onderhouden, de haag scheren, een composthoop aanleggen, de badkamer verbouwen. Die laatste werd door de vorige eigenaars gebruikt als kinderslaapkamer en had behangpapier met beertjes. In het midden van de ruimte heeft vader een half muurtje gemetseld met holle bakstenen om daar een lavabo aan op te hangen. De wanden zouden betegeld worden zodra daar geld voor was. Jolan ontdekte dat de holtes in de bakstenen prima houders waren voor tandenborstels.

'Heel handig, in de tussentijd,' besloot mama.

Jolan had het toen al berekend: er zit geen tijd tussen tijd.

Overal in de werkplaats bevinden zich lege bierblikjes en andere rotzooi. De binnenmuren zijn bekleed met paddenstoelen. De meeste groeien scheef op hun steel, zodat ze onder de rand van hun hoedje uit kunnen gluren, om eens met eigen ogen te zien wat hier al die uren eigenlijk wordt uitgespookt.

Vader gooit zijn uitgetrapte peuk in een van de blikjes waar nog een klets in zit.

'Anders gaat dat mens klagen.' Hij wijst naar de deur die in verbinding staat met het huis, de keuken.

Vaders schouders hebben een deuk vanboven, het wekt de indruk dat zijn oksels te zwaar wegen. Zo staan we even naar elkaar te kijken, te midden van een werkhuis dat bezaaid ligt met alle soorten merchandise die drankenhandel Peters weggeeft bij bakken Maes Pils – blauwe petten, blauwe opblaasbare bierplateaus, blauwe strandballen.

Zou vader zien wat ik zie: dat dit een magazijn met potentiële tombolaprijzen is geworden?

Mijn oog valt op de boormachine die niet bij het andere gereedschap aan het plafond hangt maar op een rek ligt dat recentelijk nog in elkaar werd geschroefd en in de muur verankerd. Het was de enige keer dat de machine gebruikt werd. Het is moeilijk te zeggen wat wat mogelijk heeft gemaakt: de boor het rek of het rek de boor.

Al dit gereedschap komt hier niet zomaar. We wonen niet ver van de ALDI – net niet op wandelafstand, wel op fietsafstand. Elk jaar ligt daar wel iets wat vaders nog niet hebben. Op de brug over de snelweg die ons dorp van het buurdorp scheidt, kun je ze regelmatig zien zwalpen: moeders met figuurzagen, MEDION-massagearmen, hegscharen en barbecuetangen aan hun fietsstuur.

Deze boor hebben we vader een jaar geleden cadeau gedaan. Hij was er vooral blij mee toen het ding nog ingepakt op de buffetkast lag. Na het uitpakken heeft hij hem op een stapel gestreken keukenhanddoeken neergelegd. Daar bleef hij liggen tot de voorbereidingen voor zijn volgende verjaardag niet meer konden worden uitgesteld.

'Een boor wordt in zijn hele leven gemiddeld maar elf minuten lang gebruikt,' zegt vader.

'Dat is kort,' zeg ik.

Ik kijk of het prijskaartje nog op de doos kleeft, om de kostprijs per seconde te kunnen berekenen. Dit kan ik straks vertellen aan Pim en Laurens. Het zou hen kunnen interesseren.

'Kijk, Eefje. Deze wilde ik laten zien.'

Vader wijst naar een lus, die bengelt onder de middelste houten balk in de nok van het dak, naast de hegschaar.

'Je ziet er niet aan hoe moeilijk het is zoiets goed op te hangen, toch?'

Ik reageer schouderophalend. Zowel voor zaken die mensen niets kunnen schelen, als voor zaken die mensen heel veel kunnen schelen maar waarvoor ze niet de juiste woorden vinden, halen ze hun schouders op. Elke keer denk ik dat er dringend een ander lichaamsdeel voor moet worden gekozen, desnoods een ander gebaar. In de anatomie van schouders zit, in tegenstelling tot in die van wenkbrauwen, net niet genoeg plaats voor nuance.

'Niet iedereen kan dit knopen,' zegt hij, 'het moet op exact de juiste hoogte hangen.'

'Dat zie ik,' zeg ik. 'En wat is de exacte hoogte dan?'

Naar mijn vraag wordt niet geluisterd.

'Met een foute knoop zal je afzien. Je wilt toch niet dat ik afzie?'

Ik kijk opnieuw naar de lus, nee schuddend.

'Indien je niet van hoog genoeg valt, dan breekt je nek niet. Dan duurt het lang. En indien je van te hoog valt, knapt je nek, dat wil je de mensen die je zullen vinden niet aandoen. Nee toch?'

'Nee, dat wil je niet,' zeg ik.

Vader draagt een pet op het hoofd. Het zweet van de afgelopen dagen is er ingetrokken en opgedroogd. Het zout heeft witte, kronkelende lijnen achtergelaten ter hoogte van zijn voorhoofd. Hoe warmer de dagen, hoe hoger de streep die achterblijft.

Hij kijkt me zwijgend aan, zet de pet af, controleert of er iets bijzonders aan te merken is. Hij ziet het niet. De pet belandt terug op zijn hoofd, nu achterstevoren.

Ik kan niet anders dan denken: deze man is mijn vader. Hij is ouder dan gemiddeld, omdat hij pas laat iemand leerde kennen die kinderen van hem wilde. Hij werkt bij een bank, doet daar dingen waarover hij nooit in detail treedt en waar anderen ook nooit naar vragen omdat mensen er nu eenmaal van uitgaan dat zolang iemand ergens zelf niet over begint, er ook niets te vertellen valt. Om op dit werk te geraken moet hij elke dag – ook bij regen – naar een bushalte fietsen om dan een halfuur in de bus te zitten. Op die weekdagen verdient hij net genoeg om zijn gezin, dat geen vragen stelt, te kunnen onderhouden, het dak boven hun hoofd te betalen, waar hij de cadeaus aan kan ophangen die zij met zijn geld kopen zonder dat hij dat wilde.

Van deze man ben ik de oudste dochter dus ik mag nu niet zomaar knikken of een antwoord geven zonder dat ik weet wat hij precies van plan is.

Ik forceer iets op mijn gezicht. Geen glimlach. Geen medelijden. Begrip misschien, al weet ik niet hoe dat er, vertaald in een grimas, moet uitzien.

'Jij denkt net zoals je moeder dat deze ouwe lul nooit meent wat hij zegt. Dat deze ouwe lul hier het lef niet voor heeft?'

Vader zegt altijd 'je moeder' en mama doet hetzelfde als ze het over papa heeft, dan zegt ze 'jouw vader'. Dat is niet helemaal eerlijk. Ze proberen zo ergens mee weg te komen, door te doen alsof ik diegene ben die hen heeft uitgekozen.

'Wil je dat ik het voor je demonstreer?'

Hij neemt de kramakkelige ladder, klapt hem recht onder de strop open en bestijgt de trapjes. Na zijn derde trede begint de ladder gevaarlijk te wiebelen. Ik kom dichterbij, stel me op aan de zijkant om het ding te verstevigen. De muntstukken zakken naar beneden, tot onder mijn voetzolen. Het radionieuws van elf uur is afgelopen en wordt gevolgd door reclame.

'Nooit te veel betalen. Als je 't zelfde toestel in een andere winkel goedkoper vindt, dan betalen wij het verschil terug.'

Vader bereikt de top van de ladder. Hij balanceert met twee voeten op de bovenste trede, komt recht onder de strop te staan. Het koord bengelt opzij, komt terug en geeft een korte tik tegen zijn achterhoofd. Bijna verliest hij zijn evenwicht. Ik houd de ladder stevig vast. Ik kan er enkel voor zorgen dat hij niet valt. Ik kan er niet voor zorgen dat hij niet springt. Door de druk die ik op mijn voeten zet, branden de naar beneden gezakte muntstukken nog harder. De kop van koning Albert II zal voor de rest van mijn leven in mijn voetzolen gedrukt staan.

Vader geeft een korte ruk aan de lus – die hangt stevig genoeg. Hij doet hem om zijn nek. Werpt een blik over zijn eigen, blauwe imperium. Hij knikt. Het heeft veel weg van tevredenheid.

'Mensen die zich ophangen, krabben vaak het vel uit hun hals weg. Dat is spijt. Spijt moet je niet hebben,' zegt hij.

Ik knik.

'Heb je me wel gehoord, Eva?'

Ik knik opnieuw.

'Wat zei ik dan?'

'Dat je nooit spijt moet hebben,' zeg ik.

‘Ik versta je niet.’

‘Spijt moet je nooit hebben,’ herhaal ik, luider.

Pas nu kijkt hij mijn richting uit, ziet mij staan, de ladder ondersteunend.

Even zwijgt hij.

‘Je moet eens iets aan dat kapsel van je doen, Eva,’ zegt hij dan. ‘Trekt op niet veel.’

Mijn haar heeft volgens mij net de goede lengte: kort genoeg om los te hangen bij koud weer, net lang genoeg om een staart te maken op warme dagen. Vader moet er nog aan wennen. Een week geleden knipte ik er zelf een paar centimeter af omdat de punten splitsten. Ik deed het voor de spiegel in de beschimmelde badkamer, boven het ouderwetse meubel dat er staat, met de schaar waarmee mama soms panden stof knipt.

‘Bedankt dat je die ladder even wilde vasthouden, Eva,’ zegt vader. Hij heeft intussen de strop van zijn nek af gehaald en staat alweer twee treden lager.

‘Jij bent de enige die hiervan op de hoogte is. Zelfs je moeder weet van niets. Laten we dat zo houden.’ Hij tast in zijn broekzak, steekt al leunend met zijn onderrug tegen de middelste sporten van de ladder een nieuwe sigaret op. ‘Dat ik je dit heb laten zien, is vermoedelijk een goed teken.’ Hij zuigt het vel van zijn wangen in zijn kaken. Voorzichtig daalt vader de overige trapjes verder af. Op de begane grond mept hij me zo hard tegen de schouder dat ik mijn evenwicht verlies, het soort meppen dat vaders aan zonen horen te geven.

‘Roken is niet goed voor je,’ zeg ik.

Voor het raam van ’t Winkeltje liggen een paar Raiders uitgestald op een bekleding van kunstgras. Eigenlijk bestaan deze repen niet meer – het zijn inmiddels Twixen geworden – maar niemand durft dit tegen Agnes te vertellen. Zij baat dit zaakje al langer uit dan de meesten zich kunnen herinneren.

In het smalle, diepe pand vind je ongeveer alles wat een kleine kruidenier moet hebben. Toch komen de meesten hier alleen voor dingen die niet kunnen vervallen, verrimpelen of uitdrogen. Laurens' neef heeft eens het lef gehad naar de winkel terug te keren met een vervallen pak noedels.

'Dat is niet de vervaldatum, jongen, maar de datum waarop het product is gemaakt,' blafte Agnes. Na een korte discussie werd de pasta ingewisseld voor een pakje alcoholstiften. Een paar uur later stond er op haar uithangbord naast VOOR AL UW DROGE VOEDING: *DIE NOG GEMAAKT MOET WORDEN*. Agnes heeft het er nooit proberen af te wassen. Integendeel. Ze is zich gaan specialiseren in het manipuleren van vervaldata. Met een fijne pen maakt ze van drieën achten en negens, januari tovert ze met slechts een liggend streepje om tot juli. Ze weet dat de dorpelingen toch zullen blijven komen: wie kieskeurig wil zijn moet tien minuten in de wagen zitten naar het dichtstbijzijnde gehucht voor een pak bloem. Er zijn altijd grenzen aan principes. Zelfs Laurens' neef zou later nog zijn teruggekomen om noedels te kopen.

Ik ga binnen. Deze dag was goed begonnen. Ik ben hem nog jawbreakers verschuldigd. Mijn aanwezigheid wordt opgemerkt door een belletje, het is niet hetzelfde als in de beenhouwerij, hier klinkt het bijna als een gil.

De rolluiken van de winkel zijn bijna helemaal neergelaten, binnen schemert het. Er hangt muffe koelte tussen de volgestapelde rekken. Een te lang bewaard gebleven ochtend. Ik wacht en hou de deur van de woonruimte achter in de winkel in de gaten. Daar houdt Agnes zich schuil, vult ze fotokopieën van kruiswoordraadsels in. Wellicht staan er een zetel en een tafel, is er ook een keuken. Niemand kan dit bevestigen.

Ik blijf wachten, want Agnes houdt niet van klanten die in haar afwezigheid al beginnen rondneuzen. Ik knoop mijn veters los, vis de muntstukken uit mijn sok. Ik had het geld niet hoeven te verbergen deze ochtend. Mama heeft me toch niet zien vertrekken.

'Ha, Eva,' klinkt het. Ik leg de laatste hand aan mijn veter en richt me weer op.

Agnes haast zich naar de toonbank, ze loopt licht geplooid. Haar rug is scheefgegroeid, in de vorm van een bijzettafel. Laurens had ooit eens een grap gemaakt over hoeveel pintjes ze zonder morsen op haar schouderbladen kon dragen. Vandaag tel ik er acht. Dit moet ik onthouden, dat kan ik hem straks misschien vertellen.

Ik loop achter Agnes aan, tussen de grijze rekken met sponzen, tandenstokers, maandverband en plastieken bloemen. Ze weet waarvoor ik gekomen ben. Het snoep staat in het middelste gangpad.

'Waar zijn de twee andere musketiers, de beenhouwerszoon en de boerenzoon?' vraagt ze. Ik haal mijn schouders op.

Sinds Agnes' man ervandoor is gegaan met een andere man, sinds de nieuwe slogan op haar uithangbord, staat ze niet meer toe dat klanten het snoep zelf scheppen, zelfs ik niet.

Ik vraag beleefd om twintig zure hosties, vijf matten en twee pakjes jawbreakers. Ze laat het snoep in een punthoekige papieren zak vallen.

'Ga je nog met die broer van Jan op stap vandaag? Ga je dit met hem delen?' vraagt ze.

Ik knik overtuigd, al weet ik het niet zeker.

Ze geeft me van alles wat extra.

Met het zakje aan mijn stuur rijd ik het dorp door. Ik scan de lege straten, in de hoop dat na lang genoeg kijken Laurens en Pim uit de collages van oude herinneringen zullen opstaan. Na een uur is al het snoep op. Mijn mondholte brandt van het zuur. Mijn maag weegt zwaar. Ik had thuis moeten blijven. Het zou kunnen dat ze geprobeerd hebben om me te bellen.

Ik fiets langs de beenhouwerij.

Laurens' fiets staat niet tegen de gevel. Misschien heeft hij nieuwe vrienden of hobby's waarover hij me niets verteld heeft, is hij het huis uit. Misschien staat zijn fiets vandaag gewoon in de garage, kijkt hij met dit weer liever televisie dan bij mij te zijn.

Door het grote vitrineraam gluur ik de winkel binnen. De pastoor staat vlees te kiezen. Hij wijst naar de hespenworst. Laurens' moeder zwiert de klomp op de snijmachine. Door de openstaande winkeldeur hoor ik de messen traag bewegen. Het snijden van vlees maakt niet het geluid van iets wat knapt, maar van iets wat uitrafelt.

Laurens had gelijk. 'Een koe bestaat uit een miljoen draden,' zei hij eens tijdens de middagpauze op school, terwijl hij van het spons van zijn brood bolletjes rolde, een stuk worst in draadjes verdeelde en elk balletje er apart mee belegde. 'Zodra je dat inziet, vind je het niet erg meer om het te versnijden.' Dit klonk niet als iets wat hij zelf had bedacht, maar het feit dat hij het had onthouden vond ik ook al sterk.

Van kijken naar Laurens' moeder word ik vrijwel altijd rustig. Ze praat over het weer dat aan het omslaan is, zie ik aan hoe ze haar handen beweegt. Dan stapelt ze de losse, frisse schellen salami op de weegschaal.

Hier, met het zicht op de pastoor die het vlees goedkeurt en betaalt, overvalt mij een somberheid die al een tijdje is weggebleven, waarvan ik dacht, hoopte, dat ze misschien voorgoed weg was.

Ik weet intussen dat er niets bestand is tegen dit gevoel, al zit ik tijdig op een stoel in de juiste klas in een outfit waarin iedereen gewend is me te zien, al sta ik te kijken naar vlees, al sta ik niet te kijken naar vlees. Er ontbreekt me dan iets, alles, alsof ik ooit vollediger ben geweest en iets in me zich nog herinnert hoe dat voelde.

Het overvalt me ook elke keer rechtopstaand in bad, bij het wassen. Dan komt er iets op mijn huid te liggen. Het sluit me in, spant zich aan, maakt duidelijk dat ik op de verkeerde plaats ben.

Misschien ontstond het doordat ik geboren werd kort na een tweeling, uit een baarmoeder die nog wat uitgezet was, dacht ik laatst. Misschien zat mama de eerste negen maanden al te losjes om me heen.

Nog voor Laurens' moeder doorheeft dat ik naar haar sta te kijken, ben ik alweer uit haar zicht verdwenen.

Het onweer barst los voor ik thuis ben. De eerste regendruppels zijn lauw. Het is onvermijdelijk, de laatste dagen kwam er zelfs warm water uit de koude kraan. Ik zoek een boom om onder te schuilen, ga onder de coniferen staan die grenzen aan onze tuin, kijk hoe het rondom me tekeergaat. Windvlagen breken de pijpenstelen.

We hadden vader nooit gereedschap cadeau mogen doen, al zeker geen hegschaar. Al twee jaar hangt die roerloos aan het dak, de twee handvatten plomp naar beneden. Wanneer het waait, komt het ding tot leven. Wellicht is dit wat hem op ideeën bracht.

Eerst laat het bladerdek niets los, maar al gauw sijpelen er dikke, onregelmatige druppels door. Dat ik nat word, is niet erg.

VIER SCHADUWEN

We waren met drie maar hadden vier schaduwen. Jolan, mijn oudste broer, zou deel van een gezonde tweeling zijn geworden, mocht zijn navelstreng niet rond de hals van zijn zusje gedraaid hebben gezeten.

Van hun geboorte in ’85 – vier weken te vroeg – werden oneindig veel foto’s gemaakt, die met dubbelzijdige tape in een album werden geplakt. Daaronder de datum, exacte uren, namen van onbekende nonkels, notities van grootse dromen – haalbaar omdat ze deels nooit waargemaakt hoefden te worden.

Jolan de Wolf en Tes de Wolf. Op het geboortekaartje stond een klein kruisje naast de tweede naam, een doodskaartje werd uitgespaard.

Tegen de tijd dat Jolan uit de couveuse mocht – zo overdreef vader – werd ik geboren.

Dat gebeurde ergens halverwege ’88, om middernacht. Ik was een meisje. Mijn naam was Eva. Ook ik kwam alleen. Vader stond net buiten te roken.

In vergelijking met het kleine, met achterstand ontwikkelde lichaam van Jolan was ik al bij aanvang steviger. Van mijn eerste levensjaar werden hooguit vijftig foto’s gemaakt. Bij geen van de kiekjes stonden nog uren bij geschreven, er kwamen geen onbekende nonkels en tantes op bezoek.

‘Olifantenpoten’ schreef vader onder het beeld waarop ik voor het eerst gebruikmaakte van een potje. Uit de andere notities dacht ik te kunnen afleiden dat ze er pas later waren bij geschreven omdat ze iets tijdelijks benoemden, al een evaluatie van de situatie bevatten. ‘Eva, hier nog een wittekop’. Of: ‘januari, toen kon ze nog lachen’.

Drie jaar later, in '91, volgde Tesje. Van haar maakte vader maar een handvol foto's, die zelfs niet meer in een album belandden. Tesje was van jongs af aan fragieler en kleiner dan wij. Ze had een dunne, met aders doorweven huid en fijne blonde haren.

'Wat wil je? Na twee kinderen was er voor haar niet genoeg materiaal meer over,' had vader volgens moeder gegrapt aan het kraambed. Wellicht had hij dat fier bedoeld, misschien was hij overmand door emoties. Toch moet het verontschuldigend hebben geklonken tegenover de verpleegsters, zoals vrouwen doen bij een gerecht dat niet helemaal gelukt is.

'Zo klonk mijn vader godverdomme ook. Trouwens, je hebt vier kinderen, geen drie,' had mama gezegd. Aan de manier waarop ze hier soms opnieuw over begon, dat ze de 'godverdomme' erbij citeerde, wist ik dat het híer was begonnen. Dit was haar oerverwijt.

Aan de keuze voor de naam was een lange discussie voorafgegaan: mama wilde 'Tesje', vader wilde een andere naam, liefst 'Lotte', desnoods 'Lotje'. Maar hij legde zich, wellicht in een poging iets te kunnen goedmaken, uiteindelijk neer bij mama's voorstel. Tesje werd een eerbetoon.

Toen ze twee jaar was kreeg ze de bijnaam 'kakkernestje' – waarvan bij uitspraak de t werd ingeslikt. *Kakkernest* was een koosnaam voor de jongste in een gezin, een term die moeder had meegenomen uit de streek waar zij vandaan kwam, uit een huishouden met een tirannieke vader waarvan zij de oudste was. Het woord had iets tragisch – deed denken aan cavia's die aan de ene kant van hun hok kakken en aan de andere kant slapen. We wisten goed genoeg dat deze bijnaam niet door nostalgie was ingegeven, maar uit spijt over de keuze voor Tesjes naam, wat moeder tegenover vader niet wilde toegeven. Toch waren we hem allemaal gaan gebruiken: taal was het enige uit moeders eigen jeugd waar ze met fierheid aan refereerde.

Door de komst van Tesje belandde ik op de middelste plaats in het gezin, werd ik diegene die bij het vormen van fronten altijd nog beide kanten op zou kunnen, afhankelijk van of ik de coalitie dan wel oppositie wilde vormen.

Nog voor Jolan geboren werd, waren moeder en vader al verhuisd van een naastgelegen groter dorp naar een woning in Bovenmeer met drie slaapkamers.

Bovenmeer was zo'n gehucht waar, om evenwicht te bewaren tussen vraag en aanbod, van alles maar één of geen kon zijn: een winkeltje, een kapsalon, een bakker, een beenhouwerij, geen fietsenmaker, een bibliotheek die in één ruk zou kunnen worden uitgelezen, een basisschooltje.

Jarenlang zouden we alles wat er in het dorp te vinden was uitspreken met dé of hét, alsof het onze bezittingen waren, tussen duim en wijsvinger vast te nemen. Alsof we na een lange oorlog met grote steden en omliggende dorpen de prototypes van een winkel en een slagerij te pakken hadden gekregen en deze vervolgens stevig hadden verankerd, in de buurt van de kerk en de parochiezaal, op loopafstand van zowat alles, binnen handbereik van iedereen.

Handelaars speelden erop in; uit gemakzucht of uit hoogmoed deden zij ook geen moeite een originelere naam voor hun zaak te bedenken dan De Beenhouwerij of 't Winkeltje, behalve heel soms een onderschrift, hun eigen familienaam.

Bovenmeer telde een paar uitzonderingen. We hadden twee cafés. Vaak liepen er mannen uit De Nacht, om zich na even twijfelen, zich optrekkend aan de deurpost, toch naar De Welkom te begeven, waar ze alweer bier schonken in de eerste, vroege uurtjes.

Er waren vaak voorkomende namen: Tim, Jan en

Ann. Zowel Pim als Laurens had een broer die Jan heette, al zou er vanaf de winter van 2001 een verschil in de manier van hebben ontstaan. Laurens had toen nog een broer; Pim had toen enkel een broer gehad.

Er was een lege kippenschuur die Kosovo werd genoemd. De schuur bevond zich precies tussen De Welkom en de parochiezaal in. Maandenlang had er een gezin Albanese vluchtelingen gewoond. Nadat ze waren uitgewezen, borgen verschillende verenigingen er hun rotzooi op.

Het was me lang niet duidelijk wat moeder en vader in Bovenmeer wilden vinden. Of ze ooit hadden gedacht dat ze het zouden redden in een dorp waar elk jaar parochiefeesten werden georganiseerd, waar niemand raar opkeek als iemand naar Kosovo werd gestuurd voor een pak servetten.

9.30 UUR

Zes dagen geleden, twee weken nadat de uitnodiging kwam, ging ik met een Curverbak naar mijn buurman met de vraag of ik een grote hoeveelheid water mocht invriezen. De man woont niet naast maar onder me en is daarom naar eigen strikte zeggen geen buurman maar een onderbuur. Hij is twaalf jaar ouder dan ik. Toevallig geven we allebei les: hij aardrijkskunde en biologie op een middelbare Franstalige school, ik beeldende vorming in het Nederlandstalige onderwijs.

We woonden beiden al vier jaar in het gebouw toen we elkaar voor het eerst aanspraken. Hij had die dag, nu ongeveer een jaar geleden, een doorzichtige zak vol grote stukken rauw vlees bij zich – een hart, een entrecote, ossenhaas, tong, ribbetjes, soepvlees. Ik kwam thuis met enkele achtergebleven knutselwerken op de arm, van leerlingen die ik de opdracht had gegeven oude atlassen te verknippen en met die snippers hun ideale wereld te assembleren. Bijna allemaal hadden ze de breekmessen en het piepschuim links laten liggen en zich ervan afgemaakt met een beplakt A4'tje. De meesten waren hun werk niet eens komen ophalen aan het einde van het schooljaar.

De buurman had me erover aangesproken, dat ik leerlingen beter zou leren accuraat om te gaan met de feiten, met respect voor de geschiedenis.

Ik maakte hem wijs dat ik geen Frans verstond. De geur die opsteeg uit zijn zak maakte me misselijk.

Omdat het hem moeite kostte me de les te spellen in het Nederlands, was hij beginnen vertellen hoe hij kwam aan die grote hoeveelheid rauw vlees: zijn moeder liet jaarlijks een heel rund slachten bij een bioboer, deelde het vlees met haar drie zonen. Zij mochten dan stukken komen kiezen. Dit was het enige moment in het jaar dat zijn familie nog eens voltallig was.

Voor ik hem achterliet en de trap opging naar mijn deur, zei hij nog dat mijn hakken veel geluid op de houten vloer van mijn appartement maakten, maar dat hij dat niet erg vond, omdat ik klonk als iemand die wel wist wat ze wilde.

Hieruit had ik opgemaakt: deze man beschikte over een ruime diepvriezer en had weinig verstand van mensen, in het bijzonder vrouwen.

Na een halfjaar wilde hij naast praten ook bevredigd worden. Dat vond ik niet per se een pluspunt, maar het stoorde me niet, zolang hij zich op voorhand even waste en ik mijn kleren mocht aanhouden.

In de twee weken na het ontvangen van de uitnodiging had ik voor de buurman en mezelf elke avond een stuk biorund uit zijn vriesvak bereid. Eenmaal er genoeg plaats vrij was gekomen, bracht ik de lege Curverbak mee. Die vulde ik met kraanwater. De bak paste nog net in de vriezer.

De buurman stond het toe en stelde geen vragen. Nadien veegde hij zijn eikel schoon onder de sproeier, met duim en wijsvinger, alsof hij er een dekseltje vanaf draaide. Nadat ik hem gepijpt had – hij met zijn blote billen op de hoek van het bad, ik met m'n knieën op de mat – dronken we in stilte thee met verse munt. Ik schepte er zoals gebruikelijk heel veel suiker in.

Een uur geleden hielp hij me de zware bak ijs van zijn diepvriezer naar mijn wagen te dragen. Het was nog donker buiten. Vlak voor de koffer pauzeerde hij even, vroeg in zijn gebrekkige Nederlands waar ik dacht heen te gaan. Zijn ogen gleden over mijn benen die door de panty gaaf en bruiner waren, over mijn opgestoken haren, de mascara op mijn wimpers. Ik kon voelen dat hij me mooier vond dan anders maar had geen idee of het kwam doordat ik meer mijn best had gedaan of doordat ik op het punt stond weg te rijden met een groot blok ijs in mijn achterbak zonder te preciseren waarheen.

'Naar mijn ouders,' zei ik.

'Je ouders,' herhaalde hij, het daagde hem nu pas dat ik niet uit een boerenkool was gegroeid.

'Hoe lang denk je dat zo'n blok ijs het volhoudt?' vroeg ik.

'Hangt af van hoeveel heet je die wagen maakt en waar je hem voor nodig hebt,' zei hij.

Ik verbeterde zijn taalfout niet, dan zou ik er ook niet verder op in hoeven gaan.

'Je komt vanavond weer voor thee te drinken?' vroeg hij, terwijl hij in één zwaai de bak ijs in de koffer tilde.

'Tuurlijk,' zei ik.

Ik keek hoe de buurman zijn huis weer in wandelde, zijn magere benen, zijn rug. Ik bleef kijken tot lang nadat hij verdwenen was.

Voor ik de motor aanzette, belde ik naar Tesje maar hing op nog voor haar telefoon overging, zodat ze mijn gemiste oproep niet zou zien. Nog snel checkte ik de Facebookpagina van het evenement. Die was een paar dagen na de aankomst van de uitnodiging aangemaakt, door Pim. Daardoor had ik met zekerheid kunnen zien dat hij zelf achter de hele organisatie zat, en niet zijn ouders. De informatietekst op de pagina vermeldde anders dan het kaartje dat we verwacht werden *vanaf* vijftien uur, niet *om* vijftien uur. Typisch zijn woordgebruik. Mensen verhinderen stipt op tijd te kunnen komen, zich reeds indekken voor de nog niet gevulde chipskommen.

De omslagfoto toonde dezelfde babyfoto als op de uitnodiging. Mensen meldden zich razendsnel aan. Ik had gewacht. Na een paar dagen had ik me op 'misschien' gezet.

Heel even leefde de pagina op, vrienden postten anekdotes en foto's. Ik volgde elke wijziging. Jan had zelf nooit ergens een profiel gehad – hij was al dood nog voor hij de kans had gekregen zich ergens beter voor te doen dan in de werkelijkheid. Daarom deden anderen dat nu voor hem. Uitsluitend mooie, vrolijke foto's van Jan passeerden de revue, foto's waarvan ik niet wist dat die bestonden.

Volgens mij had iedereen op de pagina al heel snel aangegeven geen meldingen meer te willen ontvangen. Een paar dagen nadat het evenement van de grond ging, stierf het ding alweer uit. Alle bruikbare foto's waren reeds gedeeld.

'Hallo mijn naam is Karin Peters, ben 39 jaar en kom uit België. De reden dat ik u dit alles vertel is, omdat ik een product heb om u aan te bieden. Het verkeerd lettertijk in de staat dat ik het u beschrijf!!!! graag per direct betalen. Mail mij uw gegevens en ik stuur foto's!!' was de laatste post. Het bleef bovenaan de pagina staan. Deze nacht heb ik het nog willen aangeven als aanstootgevend, maar ik ging niet volledig door met de procedure omdat ik niet kon kiezen wat er dan juist ongepast aan was.

Ik ben nu halverwege de weg die ik moet afleggen. De verkeersdrukte begint langzaam af te nemen. Geregeld kijk ik in de achteruitkijkspiegel, controleer het blok ijs. Het koude volume doet de temperatuur in de wagen aanzienlijk dalen. Ik rijd niet te snel en laat de verwarming uit, om het smeltproces niet te versnellen.

Op het scherm van mijn gsm staat Facebook nog steeds open op het evenement. 45 aanwezigen. Jolan is ook uitgenodigd, Tesje ook, maar geen van beiden bevestigden ze hun komst.

Ik ben nog steeds de enige 'misschien'.

6 JULI 2002

Ik hef de dekens op om te kijken of ze er nog steeds zitten. Mijn twee borsten zouden overnacht, terwijl niemand keek, wel eens van mijn lijf kunnen zijn verdwenen op zoek naar een geschikter, geloofwaardiger lichaam. In mijn slaap is mijn tanktop gedraaid. Mijn tepels komen net uit de okselgaten piepen.

Deze borsten doen me denken aan nonkel Rudy, vaders broer, die steeds nadat hij ergens is binnengekomen onwennig blijft rechtstaan ondanks dat er altijd wel iemand hem voorstelt te gaan zitten. Eenmaal gezeten zakt hij nooit met zijn rug tegen de leuning – zo kan hij halverwege het familiefeest toch nog onaangekondigd verdwijnen.

Mijn borsten zijn niet echt rond en hangend, in vergelijking met die van andere meisjes, maar ze zijn puntig en staan rechtop. Hoe kan ik ze laten weten dat ze best mogen blijven?

Ik schuif de tanktop weer op z'n plaats en blijf tot halfelf in bed liggen. Ik luister naar de buren die thuiskomen van het boodschappen doen, grasmaaiers, de kerkklokken, een vliegtuig, een schrootjager die onverstaanbare mededelingen brult door een overstuurde megafoon en daardoor niet merkt dat de rijkdom boven zijn hoofd voorbijvliegt.

Bij de aanblik van het bed dat Tesje heeft achtergelaten, het dunne laken symmetrisch opgeplooid in de vorm van een geopende enveloppe, voel ik me vormeloos en onbestemd.

Nog voor ik de eetkeuken in ga, weet ik al dat vader daar zit. Overal waar hij komt hangt de geur van tabak.

Niet lang geleden las ik ergens dat het bedrag dat een roker jaarlijks aan sigaretten besteedt genoeg is om van op vakantie te gaan. Niemand onderzocht of er ook mensen zijn die roken net om niet met hun hele gezin op reis te moeten.

Er staan nog wat spullen op de ontbijttafel. Brood, chocopasta, stroop.

'Je moeder is naar de Boerenbond voor hondenvoer. Jolan is vroeg vertrokken om vogels te gaan spotten,' zegt vader zonder op te kijken. Hij zit aan tafel, leest de krant. In zijn hand heeft hij een balpen. Vandaag is er niets de moeite van het onderstrepen waard.

Ik kan ervoor kiezen niet te ontbijten, al maakt het geen verschil; vader zal toch niet opnieuw beginnen over wat er gisteren gebeurde, dat doet hij nooit, 's ochtends al over het verleden beginnen. Daar heeft hij een duwtje voor nodig.

Ik schuif aan. Vader kijkt nog steeds niet op. Naast hem op de tafel ligt een opengeplooide zakdoek, met daarnaast een fluo-groene luizenkam. Op de zakdoek zitten roodbruine vlekjes – platgedrukte lijfjes, een paar losgetrokken stekelharen met aangekoekte neten.

'Waar is Tesje?' vraag ik.

Vader klikt zijn gebit in en uit zijn mond. Mompelt 'ergens', wat zonder voortanden klinkt als 'nergens'.

Ik neem een boterham en smeer er een dikke laag stroop op. Toch vraagt vader niet wat de bedoeling is: 'Een boterham met een laagje stroop, of stroop met een laagje boterham?'

Hij stopt met het bewegen van zijn gebit en kijkt naar mijn kapsel, naar mijn hals. Ik leg mijn mes neer en hef de snede op, het kruim hangt door onder het gewicht van het smeersel. Vaders ogen zakken naar beneden, blijven rusten op mijn armen. Hoe langer hij kijkt, hoe zwaarder ze worden.

Zelfs op de heetste dagen ben ik gewend lange mouwen te dragen. De enige mensen die hier nooit iets over opmerken, zijn Laurens en Pim. De laatste keer dat ik rondliep met blote armen was drie jaar geleden. Dat voelde niet licht en vrij, enkel verschrikkelijk naakt.

Vaders ogen zakken nu nog dieper, naar mijn middel, klimmen dan terug op, naar zijn krant. Hij neemt een slok lauwe thee.

'In deze trui zie je goed dat je borstjes krijgt,' zegt hij.

Ik plooi mijn boterham dicht. De eerstvolgende hap kleeft tegen mijn verhemelte en smaakt niet naar perenstroop. Pas als de telefoon gaat, durf ik het door te slikken.

De drie tellen stilte verraden dat het Pim is. Ze zijn er altijd geweest en elke keer ben ik beschaamd om de dingen die ik ooit aan hem heb verklapt over mezelf. In drie seconden kun je je alles voor de geest halen wat je maar wil. Al zou de stilte ook gewoon de tijd kunnen zijn die het geluid nodig heeft om zich te verplaatsen doorheen de lange, dunne hoogspanningsdraden die onze huizen met elkaar verbinden.

'Hoi Pim,' zeg ik, nog voor hij zelf met iets komt.

'Laurens en ik gaan vandaag naar het schooltje,' zegt hij. Zijn stem klinkt schor. Ik weet niet of het een baard of een krop in zijn keel is. 'Het is Laurens zijn idee. Maar als je wil, mag je wel mee.'

'Wanneer?' vraag ik.

'Nu meteen,' zegt hij.

'Zal ik je komen halen?' vraag ik. 'Trouwens, Laurens zegt dat je rijdt op een Honda? Is dat zo?'

Pim is even stil.

'De Honda staat in panne. En het ophalen moet niet, maar mag wel.'

Ik neem dezelfde weg naar de basisschool als twee jaar geleden, een eindje om, langs de boerderij. Pim woont uit de richting, aan de andere kant van het dorp, ook op de rand. Wie een lijn zou trekken tussen onze huizen, zou merken dat de rechte tussen de beenhouwerij van Laurens en de school er loodrecht op aansluit, toch is deze omweg voor mij makkelijker en vanzelfsprekender dan voor Pim.

Vroeger vulde ik wel eens een drinkbus met water om deze twee kilometer goed door te komen. Nu ik me dagelijks 24 kilometer in de benen trap, op en af naar mijn nieuwe, middelbare school, lijkt het dorp lachwekkend klein en de lagere school belachelijk dichtbij.

Vlak voor ik de Bulksteeg uit ben, fiets ik voorbij het door vader getimmerde bordje VERBODEN WILD TE PLASSEN.

Natuurlijk weten ze dat dit een verkeerde zin is, dat er zou moeten staan WILDPLASSEN VERBODEN – ze zijn niet dom, dat weet ik best, maar elke keer als ik erlangs fiets hoop ik maar dat ook de buren hun dit voordeel van de twijfel geven.

Toen mijn ouders dit huis kochten was de Bulksteeg een kleine zandweg waar drie achtertuinen op uitgaven, die toevallig ook de oprit van de snelweg met het dorp verbond. Het pad loopt net tussen onze omhaagde tuin en het weiland van de buren. Niet zo lang geleden kwamen gemeentewerkers er de teer uitgieten die overschoot na het renoveren van hoofdwegen. Het pad werd meter voor meter hard en onveranderlijk gemaakt, geschikt voor sluipverkeer. Hoewel er drie tuinen aan deze weg grenzen, gebruiken wildplassers altijd onze haag.

Eenmaal het Bulksteegje uit moet ik langs een steenwegachtige baan, de drukste van het dorp. Men mag er zeventig rijden, maar doorgaans houdt men zich hier niet aan. De snelheid van de auto's kan ik inmiddels vanuit mijn bed inschatten. In de vakantie rijden mensen trager.

Naast me op het wegdek volgt mijn schaduw, een spook dat niet van mijn zijde afwijkt en niet langer mijn contouren heeft. Op zich was het me afgelopen schooljaar wel al opgevallen. Bepaalde kledingstukken knelden, topjes pasten niet meer, broeksknopen sloten moeilijker. Mijn tepels waren eerst een tijdje rood en warm. Er kwamen harde schijven onder die vervolgens mijn ribben loslieten om plaats te maken voor iets wat ertussen kon groeien, iets wat zachter was. Ik had het van de ene op de andere dag voelen bewegen en wist niet wat het meest van toepassing was: dat ze er plots waren of dat ik er plots oog voor had.

Nu, met vaders opmerking, zijn ze niet langer alleen van mij, markeren ze een blijvende, belangrijke verandering.

Ik nader Pims huis. De boerderij ligt ver van de straatkant, de oprijlaan is zo'n twintig meter diep, geeft recht uit op de grootste stal, is ruim breed genoeg voor grof geschut, pikdorsers, paardenkarren, kuddes koeien.

Half verdwaald op deze brede strook asfalt ligt een deurmat met WELKOM. De opdruk is afgesleten. Wellicht kan ik het lezen omdat ik hier ooit nog kind aan huis was.

Sinds de begrafenis van Jan heb ik Pim amper nog gezien of gesproken. Naar de parochiefeesten is hij niet gekomen, verjaardagsfeesten worden niet meer gegeven. Een paar keer heb ik halt gehouden naast het erf, met de hond aan de leiband, maar nooit durfde ik aan te bellen. Elke keer vertrok ik weer, besluitend dat de stilte niets hoefde te betekenen. We konden niet spreken van een einde zolang het nog geen zomer was geweest.

Ik tuur de lange oprijlaan af, op zoek naar een teken van leven.

De oprit overbrugt voor het eerst geen afstand, maar leegte. Pim staat niet met zijn fiets te wachten in de voortuin zoals hij vroeger wel deed op de dagen dat ik hem zou oppikken. Ik durf niet zomaar het erf op te lopen en naar de achterdeur te gaan, dus ik neem het stenen pad naar de voordeur waarvan ik tot vorige zomer geloofde dat die enkel sier was, dat de deur nooit de bedoeling had gehad geopend te worden en daarom gewoon zonder scharnieren geplaatst was. De voortuin van de boerderij is overwoekerd geraakt met een paars-witte bloem die stinkt naar urine. Dit is wat ik drie huizen verderop al kon ruiken. De tegels tussen de straatkant en de voordeur liggen slordig op een lijn, als een oversteek waar de natuur zelf voor gezorgd heeft.

Net wanneer ik aanbel, komt Pim tevoorschijn op de oprit. Eerst zijn voorwiel, dan zijn hoofd.

'De bel werkt niet,' roept hij. 'Dat weet je toch intussen.'

Hij gaat rechtstaan op zijn pedalen, fietst traag tot ik ook weer op mijn fiets zit. Voor ik hem kan bijbenen zet hij gewicht op zijn trappers en schiet voor me uit, het Steegeinde in.

De afstand is exact een kilometer. Dat heeft juf Ria van de lagere school ons ooit getoond tijdens de les aardrijkskunde. Met een geijkte stok van een meter liep ze met ons de speelplaats af en na duizend keer tollen met de meetlat strandden we bij de boerderij. Dit liet een diepe indruk na. Bij elke afstand die ik sindsdien aflegde telde ik hoeveel meetlatten erin pasten, en na elke kilometer dacht ik: ik had evengoed nu op de boerderij kunnen zijn.

De afstand met Pim afleggen gaat altijd sneller dan met eender wie. Hij blijft steeds een klein eindje voor me uit fietsen en wanneer ik hem probeer bij te houden, klimt hij weer naar voren.

Zijn blonde, stevige krullen vlotten op de wind. Pim heeft het kapsel dat iedereen wil. Moeilijk te zeggen of dat komt doordat mensen altijd andermans haren willen of doordat het echt mooi is.

Pim heeft net als ik geen rugzak bij zich. Hij zorgt ervoor dat anderen meebrengen wat hij nodig heeft. Dat deed hij al op de lagere school: mijn ruitjesbladen en Laurens' stiften gebruiken. Naast Pims kettingkast cirkelen zijn pezige enkels, in sokken weggestoken. Ik zie nu pas dat hij ze binnenstebuiten draagt. De afbeelding, een wirwar van doorgestoken draadjes, is hierdoor onherkenbaar. Het zou kunnen dat hij deze sokken al een paar dagen draagt. Dat hij ze binnenstebuiten heeft gekeerd om ze niet te moeten wassen.

Pims rug verraadt niet wat hij denkt of voelt. Hij pedaleert alleen maar. Misschien wel te vastberaden voor iemand die iets meer dan een halfjaar geleden zijn broer verloor.

Na een paar minuten geef ik het bijbenen op.

Het zal sowieso nog even duren voor we weer op elkaar afgesteld zijn. Dat is misschien niet erg. We hebben nog de hele zomer en in de verte doemt Laurens op, de redder, de spelbreker. Hij staat met zijn fiets op de parking van de beenhouwerij naast het bord: ZOMERPROMOTIE: ALLE BARBECUEVLEES TWEE PLUS ÉÉN GRATIS.

Laurens' uiterlijk typeert hem vooral vanuit de verte: een brede rug, een grote neus, een hoog rundsgehalte. Hij beweegt log en slordig, als een kind dat geen zin heeft een klusje op te knappen en het slecht uitvoert in de hoop dat moeder het toch weer overneemt.

'Joe de mannen,' zegt hij. Hij draagt sokken met op de boorden weekdagen geborduurd. Rechts is het nog maar maandag, links is het al vrijdag. Hij draait zijn versnellingen aan, op zoek naar het traagste, zware verzet.

Pim remt niet, dus trekt Laurens op, sluit zich bij ons aan in volle snelheid. Ook ik heb Pim inmiddels ingehaald, maar met Laurens erbij verandert onze opstelling: we passen niet langer op deze smalle weg, met overhangende takken. We zijn een ondeelbaar aantal, iemand moet zich naar achteren laten zakken. Pim kan het geen barst schelen naast wie hij fietst, nog liever fietst hij alleen, dat zien we, zo was het vroeger ook, net daarom belandde hij toen al in het midden zolang de breedte van de weg dat toeliet. Weer versnelt hij, om voor ons uit te gaan rijden, Laurens volgt hem. Ik sluit me achter hen aan.

Pim, links, trapt in de kleinste versnelling, Laurens, rechts, op de hoogste. Daardoor lijkt het, zelfs zonder woorden, alsof ze toch communiceren.

Elke keer als Laurens zijn hoofd draait om naar Pim te kijken, zie ik de schram op zijn gezicht, onder zijn neus, daar waar de rekker van zijn bagagedrager hem een week geleden raakte, op de dag dat ik hem achterliet op school. De wonde is mooi aan het genezen. Aan een kant is de korst losgekomen. Hij staat bijna loodrecht op zijn gezicht, een fout geplaatst vleugeltje.

Pim slalomt voor ons uit over de speelplaats, loszittende tegels kletteren onder zijn fietsbanden. Hij probeert de lijnen van de hinkelpaden niet te raken. Ik ontwijk het rooster van een rioleringsput die vroeger dienstdeed als tweedimensionale gevangenis.

Zonder remmen komt Pim tot stilstand, met zijn voorwiel tegen de rode bakstenen schoolmuur, onder de overdekte speelplaats.

De school is zonder leerlingen niet meer dan een gebouw. In een van de vleugels wonen twee nonnen. Zij hebben deze instelling ooit opgericht, mogen om die reden op het terrein blijven wonen. Behalve voor het besproeien van de paarse bloemen in de bakken op de speelplaats komen ze amper nog van pas.

Toen wij hier nog op school zaten, leefde er nog een derde, overijverig nonnetje. Zij smeerde boterhammen voor kinderen die deze thuis vergaten waren. Enkel opdat zij zich nuttig zou kunnen bezighouden, liet iedereen wel eens zijn brooddoos thuis achter, zelfs Laurens, die overmatig gesteld was op het gevarieerde lunchpakket dat zijn moeder samenstelde. Zij voorzag altijd koekjes in drievoud, wellicht bedoeld om ze te delen met Pim en mij, maar dat deed hij nooit.

Laurens en ik voeren ongeveer dezelfde manoeuvres uit als Pim, komen aan weerszijden van zijn fiets te staan, voor het brede raam aan de voorkant van het gebouw. Het gematteerde glas geeft uit op het lege klaslokaal van het zesde leerjaar.

De meubels staan getrieerd, lessenaars links, stoelen in stapels rechts. Ik herken de bank die ooit van mij was, die met het gehavende werkblad, iets lichter dan de andere, veilig geflankeerd door het donkere, zware bureau van juffrouw Emma, poot aan poot.

De klas ligt er net zo bij als op onze laatste schooldag, iemand heeft hard zijn best gedaan om er een dansvloer van te maken. Het steekt want meteen moet ik weer denken aan hoe juf Emma het afscheidsfeest aan ons had voorgesteld – 'een eenmalig privilege voor de drie musketiers die ze zou missen' –, aan hoe ik er vervolgens in was geslaagd haar leven te verpesten.

Pim ontdekt al snel dat de deur van de turnzaal niet op slot zit. Op zich geen bijzonderheid – in Bovenmeer schrik je de boeven doorgaans af met gastvrijheid. We wandelen het schoolgebouw binnen, zonder sluipen, zonder klimmen, zonder te weten wat we hier eigenlijk komen zoeken.

Laurens huppelt dwars door de zaal, zijn knieën beurtelings met strakke bewegingen optrekkend, zoals in de lessen van meester Joris: een oud, veeleisend mannetje in trainingspak van wie geen leerling geloofde dat hij zijn eigen opdrachten nog kon uitvoeren, waardoor ook niemand de verwachte perfectie aanhield.

Pim neemt een snelle aanloop, springt tegen de dikste matten die op hun zijde tegen de muur staan. Ze ploffen neer met een luide knal. Eerst raakt de zachte binnenkant de grond, de zijkanten volgen met een paar seconden vertraging, als de mondhoeken bij een geveinsde glimlach.

We bouwen een opstelling met de meest gevaarlijke toestellen die we kunnen vinden, materiaal dat we van meester Joris nooit mochten gebruiken. Springen van de springplank over de lederen bok, op de trampoline, op de volgende trampoline, laten ons met een salto op de dikke zachte mat vallen.

'Leuk, reisje rond de wereld,' zeg ik.

'Nee, dit is leuker dan reisje rond de wereld,' zegt Pim.

Plots rinkelt de schoolbel. Schel en lang zet het geluid ons voor schut. Tijdens schooluren is dit het begin van een vijftien minuten durende speeltijd. Vandaag zouden we oneindig aan de gang kunnen blijven, niemand, zelfs geen non, zou ons betrappen.

Pim blijft op de mat liggen. Ik beland met een mislukte radslag naast hem. Hij tilt met duim en wijsvinger zijn bezwete T-shirt op, laat het los, de lucht stuift weg wanneer het katoen zich weer op zijn borst vlijt. Ik hou van de zure geur van zijn zweet. Dit moet ook de geur van Jans inspanningen zijn geweest.

Ik lig op mijn rug. Ook mijn T-shirt kleeft aan mijn buik. Ik zie Pim naar de bolling onder mijn shirt kijken, wat ik op zich niet onprettig vind, wel bij de gedachte aan hoe vader ze deze ochtend omschreef: 'borstjes', niet 'borsten', en in de blik van Pim zie ik plots wat hij bedoelde: eigenlijk heb ik nog steeds geen echte borsten. Deze zijn maar half, iets tussen hebben en niet hebben in.

'Wat gaan we doen?' vraag ik. Ik kijk naar Laurens maar hoop niet op een antwoord van hem.

'Ik moet naar huis,' zegt Pim. 'Ik ga naar Lier.'

‘Wat ga je in Lier doen?’ vraagt Laurens.

‘Mama bij mijn tante bezoeken.’

‘Hoe gaat het met je mama?’ zeg ik.

‘Slecht.’

Daar durft zelfs Laurens niets tegen in te brengen.

Pim staat op en zonder iets te zeggen loopt hij naar buiten, naar zijn fiets. Hij sprint weg, de speelplaats over. Laurens en ik kijken tot zijn rug ter hoogte van het kleine klooster een punt wordt en uitdooft.

‘Je ziet het niet aan hem,’ zegt Laurens.

‘Nee,’ zeg ik. ‘Wat had je dan verwacht te zien?’

‘Gewoon, je weet wel.’

De opstelling in de turnzaal die een halfuur geleden nog levensgevaarlijk leek is nu enkel nog een rommeltje.

Heel even, maar net lang genoeg, kan ik vanuit een bepaalde hoek in Laurens’ wonde gluren, onder de korst. Ik kijk snel en voorzichtig, zoals op plaatsen waar ik eigenlijk niet mag komen.

Het vel is er geheeld, roze en glimmend.

We schuiven de bok tegen de muur, tot alles weer op zijn plaats staat.

‘Ik ga ook maar weer naar huis,’ zegt Laurens.

Ik volg hoe hij de speelplaats af sloft, zijn been over het zadel zwiert, wegfietst, vanaf de Zweedse bank die net nog, opgehangen aan het klimrek, de eigenschappen van een glijbaan had. Ik blijf observeren hoe ook Laurens een punt wordt, alleen maar omdat ik het sneu zou vinden als hij later zou ontdekken, op de een of andere manier, dat ik wél bij Pim en niet bij hem bleef kijken.

Wanneer Laurens eindelijk echt weg is, wandel ik rond in de naar oorspronkelijkheid herstelde zaal. Deze middag had evengoed niet kunnen plaatsvinden. De lucht boven de speelplaats drijft driftig voorbij, de klok in de turnzaal draait onvermoeibaar. De schoolbel luidt opnieuw. Ik weet niet of deze het begin of het einde van iets aankondigt.

DRIE MUSKETIERS

In de zomer van 1993, vlak voordat Laurens, Pim en ik van de derde kleuterklas zouden overgaan naar het eerste leerjaar, werd een brief rondgestuurd naar alle leerkrachten van de basisschool en naar onze zes ouders: er zou een vergadering worden gehouden, waarop ze allen aanwezig moesten zijn.

Tijdens die samenkomst legde directrice Beatrice haar bedenkingen voor: hoe was het mogelijk dat er in 1988 maar drie kinderen waren geboren? Was het de koude winter, de hete zomer of de zwarte maandag in oktober van het jaar daarvoor die maakte dat iedereen op de rem was gaan staan, dat niemand aan kinderen was toegekomen? Haar schooltje was het kleinste uit de hele Kempen, het gemiddelde aantal leerlingen per klas was tien, die kleinschaligheid was ook haar grootste charme, maar – wellicht schoof ze hier de bril op haar neus zodat het duidelijk was dat ze geen tegenspraak duldde – voor minder dan een handjevol kinderen ging de zon niet op.

De enige oplossing was 'een bijzetklasje': drie extra lessenaars achter in het klaslokaal. De juffen zouden gewoon lesgeven en voor het bijzetklasje aangepaste leerstof voorzien, soms moeilijker, soms makkelijker dan de klas waar de drie banken werden bijgezet.

'Je vader was het er niet duidelijk genoeg oneens mee en de ouders van Laurens en Pim hadden al helemaal geen betere ideeën,' zei mama er zes jaar later over, ik was toen elf. We stonden samen af te wassen. Met haar handen in het hete sop durfde ze wel eens openhartig worden, maar meestal begon ze vooral te klagen over dingen die ik zelf nooit had kunnen meemaken, waardoor ik enkel kon luisteren.

Ik wist door hoe ze de woorden 'betere ideeën' uitsprak, trots en tegelijk onzeker, dat ze daar in die vergadering geïntimideerd was geraakt door de imposante verschijning van Laurens' moeder en dan maar ter verdediging had besloten niet met haar overweg te kunnen.

Wellicht had haar eigen moeder haar dat ook met de handen in het afwaswater toegefluisterd: mensen met wie je goed opschiet zijn doorgaans de mensen die je later in de rug schieten.

Pim, Laurens en ik vonden het bijzetklasje best een goed idee. Het was dát, of naar een andere school gaan en elke dag veel verder moeten fietsen.

De leerstof die we kregen was makkelijker dan die van de klas waarbij we ons aansloten. We hoorden de oudere leerlingen zuchten bij de opgaves van huistaken en toetsen en altijd hadden we de indruk ergens van gespaard te zijn gebleven.

Omdat we door anderen al gauw 'de drie parasieten' werden genoemd, kwam Pim in het tweede leerjaar met de term 'drie musketiers'. We wisten niet precies wat we ons erbij moesten voorstellen, maar de slogan 'één voor allen, allen voor één' die hij luid scandeerde bij het oplopen van de speelplaats maakte veel goed. We begonnen de naam te pas en te onpas te gebruiken: bij het afstormen op doel; bij het terugkrijgen van slechte en goede rapporten; bij het openen van elke fles Kidibul, tot we geloofden dat er nooit iets belangrijkers zou zijn dan onze vriendschap, we ervan uitgingen dat de geschiedenisboeken zich op ons hadden gebaseerd, in plaats van omgekeerd.

Samen voetbalden we tegen de jongens van andere leerjaren en ook zij deden er niet moeilijk over zolang ik in de goal bleef staan en geen owngoals scoorde: winnen omdat de tegenstander een owngoal scoorde was gelijkaardig aan verlies, maar nog niet half zo erg als verliezen van een meisje.

Het waren niet mijn dribbels waarmee ik me onderscheidde van het gemiddelde meisje, het waren mijn competitiviteit en klederdracht. Van het eerste tot en met het vijfde leerjaar droeg ik donkerblauwe jeansbroeken en een oud voetbalshirt van Jolan of een groene trui van Mickey Mouse.

Nadat ik een kereltje dat bij buitenspel 'overspel' naar me riep keurig getackeld kreeg, werd ik niet enkel uitgenodigd op de verjaardagsfeesten van Laurens en Pim, maar ook op die van andere jongens. Ik bleef op elk partijtje verschijnen tot er eens verbaasd werd opgekeken toen ik niet samen met hen rechtopstaand wilde plassen.

Bij de meisjes werd ik niet zo makkelijk aanvaard. Aan hen moest ik altijd eerst te kennen geven dat ik er bij wilde horen. Ze vormden een muur, vroegen een wisselend codewoord dat ik nooit kon raden, lieten me een moeilijke vraag of raadsel oplossen en zelfs als ik daarin slaagde en de resterende twee minuten van de pauze vlaggenstok of kapsalon met hen mocht meespelen, bleef ik bij hen in het krijt staan en konden ze drie speeltijden later nog steeds zomaar beslag leggen op mijn Cent Wafer.

Van jongere meisjes vond ik dat ze me niet begrepen. Maar dat stelde me niet in staat te begrijpen waarom oudere meisjes tegen mij zeiden dat ik niet met hen zou kunnen meepraten.

'Een Spice Girl zijn' was dan ook inhoudelijk precisiewerk. Zij begonnen plots heel andere dingen mooi te vinden op meer genuanceerde manieren – je haarrekker moest matchen met je schoenveters en dan weer niet; Jimmy van Get Ready! was de knapste en dan weer niet; Polly Pocket moest mee in je boekentas en dan weer niet. In vergelijking met jongens bestonden er voor meisjes veel meer tussenstadia in groot worden.

Aanvankelijk vond ik dat mijn hechte vriendschap met Laurens en Pim me enkel dingen opbracht. Maar wanneer de meisjes arm in arm over de speelplaats begonnen te paraderen, mocht ik enkel achter hen lopen, niet naast hen. Ik keek naar de lange paardenstaarten die afwisselend de ene en de andere schouder aantikten, de nagels zonder modder, de smalle dijen onder de rokjes, en wist: deze meisjes hebben hun hele leven met meisjes opgetrokken. Zij zijn fijn geslepen. Ik niet, ik heb een botte punt.

10.00 UUR

Negen jaar geleden, toen ik in Brussel kwam wonen, leken alle Arabieren van middelbare leeftijd op elkaar. Vandaag, op deze snelweg richting het dorp waar ik ben opgegroeid, lijkt elke blanke man achter het stuur op mijn vader.

Ik wilde niet per se in de hoofdstad wonen, ik wilde gewoon een stad die ik niet kende. Want op alle plaatsen waar ik vaak geweest was, had ik last van dezelfde afwijking: mezelf voortdurend van bovenaf zien. Winkelcentra, warenhuizen, bibliotheken – vanuit vogelperspectief werden het allemaal soortgelijke ruimtes waarin ik, de kastanjebruine kruin, langs duizenden individuen heen schuurde zonder ze te raken.

Uiteindelijk ging ik na mijn aankomst in de stad architectuur studeren, net om wat ik lang als een zwakte had ervaren als sterkte te kunnen gebruiken. Ik ging in een studentenhuis met uitsluitend meisjes wonen, er was een gemeenschappelijke keuken, ook de badkamer was gedeeld. De eerste maanden ging dat goed. Elke dinsdag kookte ik pasta voor de anderen. We vertelden elkaar niet waar we vandaan kwamen, op welke middelbare school we hadden gezeten, welke beroepen onze ouders uitoefenden. Dat deed er niet toe. Wat telde was dat we daar waren, samen, rond één tafel met onze mondhoeken vol pesto.

Ik sloeg geen enkele les over, keerde na het laatste lesuur vrijwel altijd meteen huiswaarts. Wanneer in de weekends mijn huisgenoten met hun vuile was terug naar hun ouderlijk huis vertrokken, ging ik door met studeren en poetste de gemeenschappelijke ruimten. Ik haalde de beste punten, had de indruk met elk ontwerp en elke maquette iets mogelijk te maken.

Maar dat veranderde. Er werd steeds minder meegegeten op dinsdag, mensen bleven weg zonder zich op voorhand te verontschuldigen. Ze trokken liever op met vrienden die hetzelfde studeerden – geneeskunde, rechten, communicatiewetenschappen. Ze gingen naar cafés, naar de Fuse. Ik besefte dat we aanvankelijk weinig naar elkaars achtergrond hadden gepolst, niet omdat we elkaar de kans gaven met een schone lei te beginnen maar omdat dat gewoon niet de moeite was geweest. Ons contact had enkel gediend ter overbrugging van een tussenperiode.

Ik versneed steeds meer karton tot tussenschotten, werkte plannen uit, bestudeerde materialen, maar zag niet meer wat ik mogelijk maakte, enkel wat ik onmogelijk maakte door het in vaste vorm te gieten.

Het enige waar ik aan het einde van dat schooljaar nog plezier in schepte, was op internet zoeken naar schaalfiguren voor in mijn maquettes. Ik zocht silhouetten in verschillende houdingen: wandelend, zittend, zwemmend, springend, keuvelend, bukkend, fietsend. Boompjes, vliegtuigjes, fietsjes, trapjes, stoeltjes, parapluutjes, kerstboompjes. Het was niet goedkoop, ik besteedde er een aanzienlijk deel van mijn studiebeurs aan. Sommige figuurtjes deden me aan Tesje of Jolan denken. Die zette ik niet in mijn ontwerpen, maar op mijn nachtkastje.

Wanneer mijn maquettes in de aula tussen die van anderen stonden, werden ze daaraan herkend: de scheutige hoeveelheid gegroepeerde miniatuurmensjes.

Pas toen ik er in het tweede jaar een docent een opmerking over hoorde maken tegen een andere docent, zag ik wat ze bedoelden, waarom ik zelf nooit zou worden meegevraagd naar de Fuse.

Het duurde toch nog een paar weken voor ik stopte de gemeenschappelijke ruimten van het huis te kuisen, en het duurde nog drie maanden voor ik eruit trok.

In Brussel was het minder koud dan hier. De regen was er piekfijn en vederlicht, kwam tot stilstand op een paar centimeter boven de grond en vormde laaghangende, dichte mist. Hier zijn de weidse landschappen vrij van nevel en vriest het bijna.

Ik heb geen enkele anekdote over Jan meegebracht, noch een foto aan Pim gestuurd, noch iets op de Facebookpagina gepost, al ken ik hem misschien wel beter dan alle anderen samen. Zij zullen allemaal komen aandraven met dezelfde clichés: dat hij net te laat kwam om een kerstkindje te zijn. Dat hij linkshandig en extreem verlegen was, goed met runderen om kon gaan.

Vroeger, toen Jan nog leefde, kregen hij en Pim elke zomer van hun moeder een wegwerptoestel. Aan het begin van de herfst kwamen die rolletjes terug van de fotowinkel, beide dubbel ontwikkeld. Dan volgde het ritueel, het claimen van de herinneringen: Pim spreidde het hele pakket uit op de keukentafel, we schonken River Cola en aten zure matten. Pims moeder betaalde alles, dus haar zoon kreeg sowieso van elk beeld een exemplaar, Laurens en ik moesten de dubbelen verdelen. Beurtelings pikten we er een uit. Er waren altijd heel weinig foto's waar we alle drie op stonden – die waren dan getrokken door een toevallige passant of door Pims ouders.

Aanvankelijk werd om de groepsfoto's gevochten, maar hoe ouder we werden hoe kostbaarder de foto's werden waar we vooral zelf goed op stonden. Wanneer ik een van Laurens' goed gelukte plaatjes nam, kon ik aan zijn opgetrokken schouders zien dat hij dat niet prettig vond.

Tussen het overzicht op de keukentafel lagen ook altijd een paar beelden van zomerdagen waarop wij niet op de boerderij aanwezig waren geweest, waarop bijvoorbeeld alleen Jan stond afgebeeld, met een borstel of riek in de hand, of een slecht gekadreerde foto van Pim en Jan samen, het toestel voor zich uit houdend, of een kiekje van Pim, Jan en hun moeder, op een zeldzame uitstap naar Planckendael.

Deze foto's lieten Laurens en ik links liggen. Laurens wilde er niets mee te maken hebben, ik was bang dat ik er geen recht op had.

Na Jans ongeluk kocht Pims moeder geen fototoestellen meer. Ik zag aan haar manier van kijken dat ze verwachtte dat Jan nog zou terugkomen, het erf zou opwandelen en zoals elke ochtend de stallen zou beginnen borstelen. Daarom mocht er tot zijn terugkomst niets worden vastgelegd. Anders zouden de afdrukken, de representatie van de tussentijd waarin hij nog even dood was, achteraf niet meer kloppen.

Aan het einde van de eerste zomervakantie die ik in het leeggelopen studentenhuis in Brussel doorbracht had ik vooral spijt dat er niet langer ergens kiekjes op tafel lagen uitgestald. Ik begreep dat er, zodra je alleen optrekt, minder bruikbare momenten overblijven.

8 JULI 2002

'Ga jij vragen of we het zwembad mogen opstellen? Jij moet het ook willen, dan hebben we meer kans dat het mag,' zegt Tesje. Rond haar lippen zit een litteken. Eigenlijk is haar mond het litteken. Op driejarige leeftijd, het was een warme zomeravond, probeerde ze Jolan en mij in te halen op haar trapfietsje. Ze stoof door de Bulksteeg, achter onze fietsen aan, gekleed in niets meer dan een badpak. Er belandde een steentje in haar voorwiel, dat blokkeerde. Ze vloog over de kop, ving de klap op met haar aangezicht. Haar lippen deden dienst als remblokken. Ze bengelden nog slechts met één draad aan haar gezicht.

Zoals achteraf altijd wordt beweerd over dit soort voorvallen, alsof er momenten zijn waarop drama's wel beter uitkomen, stonden mama en papa nét die avond op het punt eens ergens heen te gaan. Ze droegen nieuwe kleren. Anne, de babysit, was er nog niet. De buurman, Annes vader, bracht Tesje thuis met een das om haar onderkin geknoopt, om alles op zijn plaats te houden.

Tesjes mond werd op de spoed weer vastgenaaid. Omdat de plastische chirurge zelf naar een feest moest – dat beweerde mama – was ze gehaast te werk gegaan en eindigde de onderste lip scheef. Het soort scheef dat je alleen maar ziet als je ervan weet.

Tesje zit rechtop, schudt met de sneeuwbal op haar nachtkastje, gaat terug liggen en wacht tot alle glitters in de bol neerdalen.

De sneeuwbal is haar snooze-functie. Elke ochtend rondt ze haar slaap af met een vast aantal sneeuwstormen.

Al een uur zit ik in de bijkeuken, op de keukenstoel waar mama het vaakst zit. Rechts in mijn gezichtsveld, achter in de tuin, begint Jolan met het opgraven van de waterschildpad. Het is bewolkt, toch drukkend warm. Dat valt op te maken uit het parelende zweet op zijn rug. Hij draagt een zwarte jeans die hij, net zoals vader, op een aparte stapel in de kast bewaart voor in het weekend. De grote fluorescerende werkhandschoenen geven hem een bleke bast.

De waterschildpad werd drie jaar geleden in de winter door vader begraven tussen het fietsenhok en het kippenkot, in de schoot van de kersenboom. Vader beweerde dat het een prachtig skelet zou worden, een 'collector's item' en zette er een van de resterende holle stenen op die hij ooit gebruikt had om het muurtje in de badkamer te metselen. 'Nu moeten jullie zes jaar wachten voor jullie hem weer opgraven. Hoe vaker jullie ernaar vragen, hoe langer het zal duren.'

Eerst keken we stilzwijgend, reikhalzend uit naar het punt waarop de wormen en insecten klaar zouden zijn met hun hemeltergende taakje. Er groeide weer gras op de omgespitte aarde. Bij elke passage langs de kersenboom hielden we even halt bij de baksteen waaronder het karkas mondjesmaat werd afgekloven.

Maar hoe langer we wachtten, hoe meer geduld we kregen. De laatste maanden heb ik niet één keer meer gedacht aan hoe het de schildpad onder de grond zou vergaan. Jolan wellicht ook niet, tot deze ochtend. Waar zijn plotse daadkracht vandaan kwam was moeilijk te verklaren. Toen ik opstond had hij vaders werkhandschoenen al aan en de schep in zijn hand.

'Kom je mee, Eva?' zei hij opgewonden. 'Het is een perfecte dag voor opgravingen!'

Hij liep nog even de keuken binnen met de spade in de hand, om een boterham te smeren. Dat lukte niet zonder de handschoenen uit te trekken, dus liet hij dat aan Tesje over. Hij trok de tuin weer in, verspreidde een zandspoor door het hele huis. Tesje haastte zich achter hem aan met brood. Zij wilde heel graag in mijn plaats helpen, maar Jolan stuurde haar weg.

'Opgravingen zijn niets voor meisjes!' riep hij.

'Eva is toch ook een meisje?'

Om daar niet op te moeten antwoorden, duwde Jolan de hele boterham in zijn mond. Tesje begon dan maar aan de andere kant van de tuin met willekeurige opgravingen zodat Jolan toch zijn gereedschap met haar zou moeten delen.

Ik volg de twee met argusogen. Ze graven om het snelst. Naast Jolans put vormt zich al snel een grote berg zand. De steel van Tesjes spade is dikker dan de doorsnede van haar polsen, ze begint steeds op andere plaatsen te graven, laat overal kleine molshopen achter.

Ik zou kunnen opstaan, de tuin in gaan om Jolan bij te staan of Tesje te helpen met de achterstand. Er is niemand die me zou tegenhouden. Toch zou het zonde zijn een karkas op te graven zonder Laurens en Pim in de buurt, zonde van het avontuur.

Ik sta op, neem een glas water en ga weer zitten.

Deze verveling gaat dieper dan ooit. Ik besta niet langer uit één lichaam, maar uit een hele groep mensen die allemaal een andere kant zijn uit gehold. En de tafel helpt niet. Die kent aan deze stoel een groter doel toe, niet enkel zitten.

Ik zou naar achteren kunnen schuiven, naar het midden van de kamer, zodat ik niet langer over iets een besluit lijk te moeten nemen. Maar op een stoel in het midden van een kamer plaatsnemen mag enkel wanneer je jarig bent en er voor je gezongen wordt. Was er maar iemand jarig. Ik leg mijn armen voor me uit op het tafelblad.

Vanuit de woonkamer klinkt gezucht. Ik kan me er een exact beeld bij vormen. Mama bevindt zich in de zetel, op de salontafel staat de peervormige keukenwekker die we voor haar veertigste verjaardag hebben gekocht.

Mama had het ding uitgepakt, het in haar hand gelegd en verontwaardigd gezegd: 'Voor dit soort cadeaus hebben ze Moederdag uitgevonden.'

De wekker dient uitsluitend voor eigen gebruik. Ze zet hem op het maximum van 55 minuten, gaat in de zetel liggen en telkens als ze halverwege het uur even opstaat, om te plassen bijvoorbeeld, draait ze hem terug op het maximum. Enkel onafgebroken slaap telt.

Vlak voor me op het terras ligt Nanook, onze husky, ook te slapen. Mama heeft het dier met de leiband aan een van de poten van de terrastafel gebonden. Het dier heeft een web gesponnen waarvan ze niet meer weet hoe het te ontwarren. Ze ligt met haar kop op haar voorpoten. Soms laat ze een zucht ontsnappen die het zand rond haar neusgaten doet opvliegen.

Sinds iemand in Jolans klas wandelende takken te geef had, hebben we ook huisdieren die 's nachts binnen mogen blijven. Het terrarium staat in een hoek van de woonkamer. Aanvankelijk ging het niet goed met de diertjes, maar nu we de insectenverdelger uit de ruimte hebben gehaald, gaat het beter.

De takken doen me op de een of andere manier aan moeder denken.

We huilen niet om hun dood. De vaststelling van hun overlijden spreidt zich gewoonlijk uit over enkele dagen. Je kunt enkel omgekeerd te werk gaan: alles dat op leven wijst uitsluiten tot op den duur alleen nog het tegendeel overblijft. Wandelende takken die overlijden, verdrogen. Het worden geen lijkjes maar geelbruine opgerolde blaadjes. Zolang de herfst geleidelijk aanbreekt, maakt ook niemand daar een drama van.

Ik sta op en ga de tuin in. Bij elke stap boren er zich twee breipriemen in mijn onderrug. Ik ga niet ver van

Jolans archeologische site op een omgekeerde emmer zitten. Daar waar ik net niet over de rand van de put kan kijken. Hij is al diep, verraadt de grote berg opgeschept zand.

'Eva, wanneer het skelet zo meteen vrij komt te liggen, ga ik met een verfborstel het zand weghalen. Anders maak ik het nog stuk.'

Tesje komt er nu ook bij zitten. Boven ons kleurt de lucht donker. Het landschap staat dor en dorstig. Ik kijk hoe het onweer dichterbij komt, eerst konkelend in de verte, tot de wolken samenpakken als een omgekeerde blauwe plek: lichtgrijs, donkerblauw, op sommige plaatsen paars. We zijn niet ver van de stoot, de uithaal verwijderd.

Mijn onderbroek kleeft. Ik moet naar de wc. Misschien is het dat. Ik sta recht om naar binnen te gaan.

'Wil je een plastieken zak meebrengen?' vraagt Jolan nog, zonder opkijken. 'En een regenjas, die vuil mag worden.' Hij gooit de spade weg en schakelt over op de verfborstel.

Hoewel er geen ramen zijn in het toilet, is het zichtbaar wanneer buiten de eerste stortregen valt. Zelfs afgesloten ruimtes veranderen dan van sfeer en kleur. Gedonder komt van ver aangerold en verspreidt zich krakend door het huis, tot in de kleinste hoeken.

Ik kijk naar het bloed. Het zit overal, in mijn onderbroek, tussen mijn opengesperde dijen, op de bril.

Mijn vagina is niet langer een gat dat nergens toe leidt, geen dichtgenaaid borstzakje in een hemd dat na aankoop nep blijkt. Ik heb een baarmoeder, ik ben niet anders dan de anderen, wat Elisa ook beweerde.

De bril is opgewarmd onder mijn billen. Dat merk ik enkel door de koude plekken bij het heen en weer schuifelen. Ik zit zo stil mogelijk. Zodra ik mijn eigen lichaamswarmte gewaarword, speelt de misselijkheid op.

Iemand komt de gang binnen. Er zit geen klink en ook geen slot op de toiletdeur. Er is wel een verluchtingssysteem dat begint te zoemen als het licht eenmaal aangaat, waardoor iedereen weet dat het bezet is.

'Wie zit er op het toilet?' vraagt mama.

'Ik,' zeg ik.

'Wie is ik?'

'Eva.'

'Er is telefoon voor je.'

'Ik kom.'

'Ze komt.'

Ik hoor Pim zijn stem door de telefoon heen schetteren.

'Pim vraagt: heb je zin om te komen zwemmen?' zegt moeder.

'Nu?'

'Nu?' herhaalt mama in de hoorn.

Ik wist niet dat Pim een zwembad had. Het is heel gek, dat iemand die geen broer meer heeft, plots wel over een zwembad beschikt. Een oneerlijke ruil waar niemand voor zou mogen tekenen.

'Niet nu, morgen.'

Mama loopt de gang weer uit, sluit de deur van de living. Ze klungelt met de klink, ik hoor haar tegen zichzelf mompelen. Ik hoop maar dat ze de telefoon al heeft afgelegd.

Sowieso heeft Pim ook Laurens gebeld. Misschien zijn zij nu, zonder mij, aan het zwemmen. Niets zo leuk als pootjebaden tijdens onweer, wanneer de trillingen bij het gedonder door het water trekken. Ik had zelf de telefoon moeten opnemen, dan had ik daar misschien kunnen bij zijn.

Sowieso moet ik, als ik wil zwemmen, eerst een tampon leren steken.

Na een halfuur wrikken en proberen, kom ik de keuken weer in. De tampon doet pijn en verhindert me normaal te lopen. Ik zou aan mijn onderbuik precies kunnen aanwijzen hoe diep hij zit.

Op de tafel staat een schoenendoos zonder deksel. Op de bodem ligt het stinkende, slijkerige karkas van een schildpad, gulzig afgekloven. Het heeft veel weg van stoofvlees. Het schild ligt schuin op de rest van de beentjes. Mocht dit een maaltijd zijn, dan zou moeder het terug op ons bord leggen en zeggen 'hier is nog werk aan'. Naast de doos staat een bus brillenpoets met een stapel watten. Op een opengeslagen krant liggen twee schoongemaakte poten. Het is te zien welk pootje door Tesje, en welk door Jolan is gepoetst.

De tuin is leeg, de hopen zand zijn slijk geworden en in volume gekrompen. Het is nog steeds geen avond. Tesjes zwembad is er niet van gekomen, besef ik nu.

Ik heb geen idee waar iedereen gebleven is. Ik zet alle ramen in huis open, maar de stank wil zich niet verplaatsen.

WINDOWS 95

Net als die van alle anderen in het dorp kon onze jeugd gemakshalve worden ingedeeld in twee periodes: voor en na Windows 95. Dat onderscheid viel bij alle andere gezinnen in '95 zelf en werd afgetekend door het plotse, gretige gebruik van Engelse termen.

Games. Points. Levels. Winner.

Iedereen deed z'n best. Maar dat deze ronde klanken niet in de scherpe, door dialect misvormde monden pasten, viel enkel Jolan en mij op. Wij waren vrijwel de enigen in Bovenmeer die niet over televisie noch over Windows beschikten en 'cornflakes' nog steeds 'ontbijtgranen' of 'kwakies' noemden, naar het huismerk van ALDI.

De echte divergentie vond in ons gezin een paar jaar later plaats en viel niet samen met de opmars van de Windows, maar met het begin van Tesjes vreemde gedrag, dat op zijn beurt wel weer samenhing met de invoering van een besturingssysteem.

In '97, een paar dagen nadat Laurens voor het eerst *Tomb Raider* uitspeelde, de tijd uit het oog verloor en mij via de vaste telefoon van zijn overwinning op de hoogte wilde brengen op een tijdstip dat eigenlijk gereserveerd was voor infarcten van grootouders, vond vader dat het ook voor ons hoog tijd werd deel te nemen aan het computertijdperk.

Tesje sliep al, ik nog niet. Ik deed wat ik moest: een vuurtoren zijn, maar dan zonder licht. Vanuit mijn hoogslaper registreerde ik alle geluiden, durfde niet te stoppen uit schrik dat ik werkelijk een centrale functie had en dat dan alles in het honderd zou lopen, vader nooit meer zou thuiskomen.

Na een paar minuten klonken er geluiden in de gang. Iemand kwam met schoenen aan de trap op. Het was een tred die ik niet herkende, vastberaden en snel. De voetstappen bereikten de bovenste, krakende trede.

Zowel op de overloop als op de trap was er ooit karton aangebracht. Opgemeten tot in het kleinste hoekje en met papieren tape bevestigd. Onder het karton lagen een lichte parketvloer en een eiken trap. Dat hout zat al zo lang ingepakt dat het er evengoed niet had kunnen zijn. Elke ochtend liepen we over de nerven die moeder en vader intact hadden willen houden. Het zou geruststellend moeten zijn – iets was niet aan het verslijten – maar hoe langer ik erbij stilstond, hoe belachelijker het werd: deze parketvloer werd bewaard voor een ander, belangrijker leven.

In de gang werd het licht aangeknipt. Ik draaide me om, met mijn rug naar de slaapkamerdeur. Die werd geopend, het ganglicht viel scherp afgelijnd op mijn kussen, sneed mijn hoofd langs mijn slapen doormidden. Ik liet mijn mond een beetje openhangen, sloot mijn ogen, reageerde niet op mijn naam. Toch werd ik uit bed gelicht. Dat was de functie van hoogslapers: kinderen op ooghoogte leggen, het bezwaar verkleinen ze 's nachts op onmogelijke momenten te wekken.

Ik liep achter vader de trap af. Zijn hoofd zakte met elke trede zo'n vijftien centimeter naar beneden.

Ik dacht aan die ene nacht waarop vader mij uit bed was komen lichten omdat mama zou gezegd hebben dat ze er 'een einde aan zou maken'. Waaraan precies, aan haarzelf, aan hun relatie of aan de kersen die stonden te wachten om confituur van te maken, dat was waarschijnlijk ook vader niet duidelijk. Toch hadden we in het holst van de nacht alles uit huis verwijderd wat haar erbij zou kunnen helpen.

We moesten het zekere voor het onzekere nemen.

'Geloof me, voor wie ergens écht een einde aan wil

maken en genoeg fantasie heeft, is zelfs een knoflookpers gevaarlijk,' zei hij.

We hadden alles in een grote kartonnen doos verzameld: passers, scherp bestek, tandenstokers, vulpennen. De ochtend nadien had moeder het huis nagenoeg leeggeplukt aangetroffen, de medicijnkast leeggeroofd op een doosje waterbestendige pleisters en een kleine, botte schaar na. Drie dagen lang zouden we met lepel en vork eten. We konden geen papier meer knippen.

Achteraf maakte ik me er nog grotere zorgen over of, in het geval ze geen doodswens had gehad, we er haar met de lege besteklades de noodzaak toe hadden aangepraat.

We bereikten de onderste trede van de trap. Vader liep in de gang voor me uit, de living in, en sloot de deur achter me. Zelfs bij de aanblik van de grote, lege kartonnen doos met handvatten, opgesteld in het midden van de woonkamer, dacht ik nog steeds dat hij van plan was mij pijn te doen.

'Kijk.'

Vader knipte het licht in de kamer uit. In een tegenovergestelde hoek, op de kleine tafel, werd nu pas de nieuwe, tweedehands computer zichtbaar. Het scherm verspreidde een kille, witte gloed.

'Eefje, het is zover, eindelijk hebben we een Windows 95,' zei vader plechtig. Samen bekeken we minstens een volle minuut hoe gebrekkig het ding de kamer verlichtte. Vervolgens schakelde hij weer een lamp aan, liep de keuken in, kwam terug met vier geopende biertjes in zijn draagmandje. 'Ik heb 'm op het werk op de kop getikt.'

Met zijn duim wreef hij rond de hals van het eerste flesje, alsof hij het wilde geruststellen voor het leeg teugen.

'Een Windows 95. Prima besturingssysteem.'

Zelfs met het witte scherm, de grote zoemende bak,

het klavier en de muis plus muismat voor mijn neus kon ik me er moeilijk iets bij voorstellen. Ik klappertandde.

'Doe je kamerjas aan,' zei vader.

Daarna mocht ik, rechtstaand naast zijn stoel, toekijken hoe hij vijf spelletjes patience speelde.

Zo'n drie jaar zou de nieuwe tweedehands computer op de plaats blijven staan waar vader hem die avond had neergezet, tussen de muur en de marmeren schouw, naast een van de stoelen van de chique eettafel die in moeders ogen degradeerde, in vaders ogen promoveerde tot computerstoel.

Het was de plek in huis die we het vaakst doorkruisten, wat ons toeliet elkaars computergedrag goed in het oog te houden. Hij lag niet enkel op de lijn tussen keuken en kelder, achterdeur en gang, eetkeuken en wc, maar ook precies halverwege de afstand kelderdeur en keuken, de twee plaatsen bij uitstek waartussen mama veel rechten trok. Haar vele passages resulteerden in onuitgesproken onenigheid: zij vond dat wij te veel computerden. Ons viel op dat zij erg vaak de kelder in ging met eenzelfde blik tomaten, zelfs wanneer we geen spaghetti of een andere rode saus aten.

Na de komst van Windows 95 duurde het even voor we het eens raakten wie wanneer de computer mocht gebruiken. Jolan besloot dat ieder elke avond een uur mocht spelen, in de omgekeerde volgorde dan hoe we geboren waren. Zolang het verdragen werd, mochten we ook op andermans vingers kijken.

Jolan en ik ontdekten op het bureaublad het mapje 'fun stuff', dat twee videoclips bevatte: Weezers 'Buddy Holly' en 'Good Times' van Edie Brickell. We speelden de clips opnieuw en opnieuw – nooit eerder waren we dichter bij het hebben van een televisie met MTV. 'Good Times' werd de soundtrack van '97.

Zodra we de nummers beu werden, koos ieder een specialiteit. Ik begon met het maken van tekeningen in Paint die uitsluitend mislukten – de stramme muis was moeilijk te manoeuvreren; Jolan legde zich toe op Hover!, ramde vlaggen in gepixeleerde achtergronden terwijl een kompas in zijn dashboard nogal willekeurig meebewoog; Tesje was nog maar zes en raakte verknocht aan het turen naar screensavers. Ze hield vooral van Starfield. Ze vroeg me het maximum aantal sterren en de minimum snelheid in te stellen en bleef vervolgens uren tijdreizen. De chique stoel, bekleed met gevlochten riet, maakte lange ruimtereizen goed zichtbaar: het liet een patroon van rode roostertjes achter in het vel van Tesjes billen.

Pas een paar maanden later, toen Tesje al zeven was en ze behendig werd in het spelen van Mijnenveger, begon haar vreemde gedrag me op te vallen. Elke keer nadat er een bom onder haar muisklik ontplofte, moest ze twee keer een spel winnen.

Soms trof ik haar huilend aan wanneer ik haar kwam aflossen en ze er niet in was geslaagd vaak genoeg het veld te ontmijnen. Zolang het aantal ontploffingen groter bleef dan het aantal ontmantelingen, was het allemaal voor niets geweest. Vaak stond ik mijn computeruur af, ging naast haar zitten om naar haar zenuwachtige muisgeklik te luisteren. Misschien gebeurde het daar, oog in oog met de gecontroleerde drift die in haar huishield, dat ik steeds dieper van haar ging houden.

10.15 UUR

De precieze afbraaktijd van een slipje stond nergens vermeld. Wel vond ik die van ander zwerfvuil – karton, sigarettenpeuken, plastieken flessen, bananenschillen. De tijd die het een katoenen lapje stof met lichtblauw geborduurd randje, maatje small, zou kosten om in de natuur te verdwijnen, schatte ik ergens tussen die van een krant en een bananenschil – minstens een maand, hoogstens drie jaar, afhankelijk van de weersomstandigheden.

Ook vandaag ligt de berm aan de rechterkant, op de weg van Brussel naar Bovenmeer, bezaaid met zwerfvuil. Voorwerpen waarvan onduidelijk is hoe iemand deze onopgemerkt heeft kunnen verliezen. Een schoen, een bh, de deur van een koelkast, een halve pingpongtafel.

Waarschijnlijk werd het verlies van deze dingen wel opgemerkt, maar keerden deze mensen niet terug om hun bezittingen te claimen – ook uit schaamte, schuldgevoel, of net uit een gebrek hieraan.

Ik was niet van plan zo vroeg te vertrekken. Ik zat deze ochtend nog voor de zon opkwam al aangekleed op de rand van mijn bed, in afwachting van de buurman die beneden wakker werd, het sputteren van zijn koffiezetapparaat, zodat ik het blok ijs zou kunnen ophalen. In plaats van dat nadrukkelijke wachten om te mogen beginnen met wachten, leek het me draaglijker in de wagen te zitten tot het vijftien uur zou worden, in beweging te blijven.

Bovenmeer staat nog niet aangegeven op de wegwijzering. Het dorp wordt omsloten door het Albertkanaal en de snelweg en heeft slechts twee invalswegen. Ik zal straks niet voor de kortste route kiezen, al zou dat het meest logisch zijn. Ik wil niet langs de knotwilgen passeren.

Aan de voet van deze bomen, verloor ik in de zomer van 2002 mijn slipje. Het belandde naast het fietspad, de enige weg waarlangs dorpskinderen de middelbare school konden bereiken. Het gebeurde niet onopgemerkt maar eigenlijk ook niet met mijn volle medeweten.

Toen het schooljaar weer begon, had ik geen keuze dan dagelijks de knotwilgen te kruisen, mijn blik te laten afzakken naar het driehoekige stukje stof met één strikje vooraan dat weerloos in de goot op mij lag te wachten. Week na week brachten voorbijrazende vrachtwagens er leven in. Regen stuwde het enkele meters bergafwaarts. Het werd vuil en kleurloos, als een platgereden dier.

Ik had van mijn fiets kunnen stappen en het slipje oprapen. Maar zolang ik ontkende dat het van mij was, was het alsof de zomer die eraan voorafging niet had plaatsgevonden.

11 JULI 2002

Het is me nog nooit gelukt ergens te laat te komen. Pim wel, en hij heeft altijd een goed excuus. De stal moest worden uitgeveegd, een melkoverschot moest in plastieken flessen worden overgegoten, een koe had een stuitligger gekalfd. Nu heeft hij ook nog eens Jan. Mensen stellen na een verlies weinig vragen meer.

Bij het fietsen doorkruis ik soms warme, soms koude stromen lucht. Mocht ik me niet tussen huizen maar in een zwembad bevinden, zou ik anderen ervan verdenken net in het water te hebben gepist.

Ik draag mijn badpak onder mijn kleren. Het is een oud exemplaar. Ik heb het al sinds de lagere school, het is te krap geworden. De bandjes snijden in het vel van mijn schouders. Dat geeft een weerstand die, indien ik eraan zou toegeven, me dubbel zou doen klappen.

Hoe vaker ik met mijn kruis over het zadel heen en weer wroet, hoe schever mijn tampon komt te zitten. Vlak voor mijn vertrek heb ik een nieuwe ingedaan. De kartonnen inbrenghulzen waren op, dus nam ik een van de dikke, zelf in te brengen kogelvormige tampons van mama. Mijn vinger was veel korter dan de hulzen die ik net gewend was, echt diep kreeg ik het ding niet. Het koordje trok ik naar achteren, klemde het vast tussen mijn billen als een boekenlegger.

De kerkklok luidt eenmaal. Zestien uur is een vreemd tijdstip om je nog door het dorp te verplaatsen, op weg naar iets. De meesten keren op dit uur al huiswaarts, waardoor het net niet meer de moeite lijkt nog aan iets te beginnen. Om deze reden ben ik toch maar een halfuur vroeger vertrokken dan Pim had gevraagd.

Ik fiets langs de huizen in de dorpskern, het ommuurde kerkhof, de parochiezaal.

De kermis is gearriveerd. Zes grote logge vrachtwagens trokken aan het begin van deze week door het dorp, staan nu op straathoeken te bekomen voor ze geopend en uitgepakt worden. Bij gebrek aan een dorpsplein blokkeren de kramen de straten rond de kerk, die met hekken zijn afgesloten voor alle verkeer, behalve plaatselijk – al is het in dit dorp zelden niet-plaatselijk.

Ik herken ze alle zes: de schietkraam, de botsauto's, de vliegers, het eendjesvissen, de tombolastand. Bovenmeer is het enige dorp dat de frietkraam meetelt als attractie.

Nu is het wachten tot morgen. De ballonnen zullen worden opgeblazen, de pijpjes aangevuld, de eendjes te water gelaten, de prijzen uitgestald, de frieten voorgebakken. Om stipt zes uur zullen de koplampen van de botsauto's het daglicht wegschijnen, zal de vrijdagavond ingezet worden met 'No Limit', tot elke kraam overschakelt op zijn eigen cd, kakofonieën van sirenes en opgepompte jams.

Ik fiets Pims erf op, de ganzen lopen blazend in hun hok met me mee, tot waar de draad het hen verhindert verder achter me aan te komen. Voor het melkhuisje tref ik de blauwe fiets van Laurens aan. Hij is ook te vroeg vandaag.

Het is de eerste keer sinds Jans begrafenis dat ik hier op uitnodiging ben. De laatste maanden heb ik enkel van op een afstand staan kijken naar deze plek.

Pims vader komt op het geluid van de ganzen af, verschijnt in de deur van het melkhuisje. Zijn overall is te groot of zijn lichaam te mager. De pijpen hangen over de hielen van zijn klompen en rafelen uit. Zonder iets te zeggen steekt hij een vinger uit naar de hooizolder, keert terug in het huisje.

Pims vader is nooit een prater geweest. Soms wil ik weten hoe dat precies gegaan is: of binnenvetters boeren worden, of boeren binnenvetters. Dan zou ik kunnen inschatten wat er ons met Pim nog te wachten staat.

De hooizolder bevindt zich in de schuur, waarnaast een grote silo met droogvoer en een geparkeerde beerwagen staan, links op het erf. Bij het ernaartoe wandelen zie ik meteen het nieuwe zwembad. Het staat onder een zelf getimmerd afdak dat is overspannen met een doorzichtig zeil. Het bad heeft een doorsnede van vijf meter en een gekartelde, felblauwe rand. Er staat een wit opklapbaar trapje overheen. Op het water dobbert een opgeblazen dolfijn. Van het zwarte dak van de schuur vertrekken leidingen die zijn vastgekoppeld aan het filtersysteem van het zwembad, waarlangs opgewarmd water er weer in wordt gepompt. Zulke dingen leert Pim nu op school.

Vroeger was er hier niets, enkel een schuur omgeven door gaaf beton, ruimte voor tractors om te manoeuvreren. Het zwembad vormt een lelijk litteken.

De zware staldeuren van de schuur staan op een kier waardoor ik binnen kan glippen zonder ze verder open te schuiven. Achterin staat de blauwe Honda, zonder achterwiel en met opengevezen motor.

Ik klim de smalle, losstaande ladder op. Eenmaal boven zie ik meteen de muffe gordijnen, de ingang van het kamp dat we twee jaar geleden bouwden. Voor we begonnen met de balen te stapelen, hadden we een heel plan getekend. Het werd een kamp in de vorm van een slakkenhuis, in het midden een hol. Er moesten drie gangen omheen worden gebouwd, waarvan twee doodlopende. Daarin hingen we plakkerige vliegenvangers op, om indringers te vatten. Dit alles bouwen besloeg meerdere zomerdagen. Toen het klaar was hebben we hier één keer de nacht doorgebracht. Het is een goed teken dat Pim dit hol niet heeft afgebroken.

Ergens binnen in de stapels stro klinken gedempte stemmen, onverstaanbaar. Ik kruip onder het gordijn door. De gang waarin ik terechtkom is donkerder, muffer en smaller dan ik had verwacht, maar misschien ben ik gewoon breder geworden. Ik kan er nog net op handen en knieën door kruipen. Hoe dichter ik naar de kern toe beweeg, van waar de stemmen komen, hoe moeilijker het wordt te ademen. Vlak voor het einde van de gang, tegen het hol aan, zit een dikke spleet tussen twee balen. Er valt een streep licht door. Hier hoor ik Laurens plots klaar en duidelijk.

'Rita is die met het oké lichaam. Maar haar kop is zo verschrikkelijk lelijk. En bij Kim is het net omgekeerd. Die heeft wel een oké kop, maar tussen ons gezegd en gezwegen, zij is een pannenlat.' Waarschijnlijk vroeg Pim hem tussen twee meisjes een zeer hypothetische keuze te maken.

'Wist je dat de mossels van meisjes zout proeven?' zegt Pim.

'En hoe weet jij dat dan?'

'Vergelijk het met een slokje zeewater. Soms eerder de Noordzee. Soms Atlantische Oceaan.'

Zowel Pim als Laurens heeft nog nooit in de Atlantische Oceaan gezwommen. Dat weet ik zeker. We zijn alle drie nooit verder dan Nederland of Frankrijk gereisd; dat was waar we ooit fier over waren, dat we door dat gebrek aan kennis de klascomputer mochten gebruiken om foto's op te zoeken.

In het vijfde leerjaar kregen we eens een onaangekondigde toets aardrijkskunde. Ik kon België niet aanduiden op een kaart van Europa en kreeg een nul op tien. Ik was de enige in de klas die toen nog geen televisie had. De juf stelde mij een herkansing voor. Ik kreeg twee weken de tijd om de landen van Europa met alle hoofdsteden uit het hoofd te leren. Omdat ik aanvankelijk dacht dat Europa alles was behalve Amerika, had ik ook Afrika, Azië en de zeeën erbij genomen. De achterstand die ik ooit had, stelt mij nog steeds in staat als enige bepaalde dingen te weten: bijvoorbeeld dat de Noordzee grenst aan de Atlantische Oceaan en dat die allemaal hetzelfde water bevatten.

Ik kruip dichterbij, om door de kleine spleet te kunnen kijken. Laurens en Pim zitten zij aan zij, met hun rug tegen de wand van het kamp, tegenover me.

Dit is dus wat Laurens bedoelde met 'jongens onder elkaar'.

Ik probeer me zo goed mogelijk gedeisd te houden. Ik adem zacht, wil het spektakel niet verstoren.

Pim kijkt even om zich heen, trekt dan uit een spleet in de wand achter hem een plastieken zak. Daarin zit een stapel magazines. Een voor een legt hij ze in Laurens' schoot.

'Waar heb je die vandaan?' Laurens laat zijn ogen over het blaadje glijden, gretig vooruit en achteruit bladerend, net als vroeger in een speelgoedcatalogus van Bart Smit tijdens de sinterklaasperiode.

'Maakt dat uit? Heb jij ook meegenomen wat ik gevraagd heb?'

Er klinkt geritsel. Laurens doorzoekt zijn rugzak die naast hem in het stro ligt. Er komen een handdoek en zwembroek boven, een reep chocolade en ten slotte een zakje van de beenhouwerij. Hij pakt het zorgvuldig uit. Er komt een plak donkerroze paté tevoorschijn.

'Perfect.' Pim neemt de plak van hem over, breekt er een stuk af.

'Ogen dicht, mond open,' zegt hij. 'Om vier uur komt Eva. We moeten opschieten.'

'Moest je nu echt Eva ook bellen?' Laurens zucht met gesloten ogen.

Mijn maag krimpt ineen. Pim gaat er niet op in.

'Bakkes open, Lau.'

Laurens knijpt zijn ogen tot nog fijnere spleetjes, maakt zijn nek korter, hij verwacht een klap te zullen krijgen. Nu pas spert hij zijn mond wijd open. Pim laat een hoekje paté op Laurens' tong vallen. Dan neemt hij het bovenste tijdschrift van de stapel op zijn schoot, bladert tot hij de juiste foto heeft, plooit het blaadje dubbel en houdt het rechtop, voor Laurens' aangezicht.

'Wat is de bedoeling?' Laurens mompelt met half-open mond.

Pim drukt het boekje nog dichter tegen zijn lippen aan, smoort de geluiden. Ik kan het gezicht niet meer zien.

'De paté laten smelten en dan ogen open en tong bewegen.'

Laurens doet wat hem opgedragen wordt, lichtjes ongemakkelijk, dat verraadt zijn houding. Hij maakt stille, smakkende geluiden. Zijn gezicht zit nog steeds verscholen achter het boekje. De foto op de achterkant toont het uiteinde van wat Laurens aan het likken is. Een donkere vrouw op een oranje canapé.

Pim begint te lachen.

De bladzijde wordt door het likken nat en slap. Pim laat het boekje zakken, neemt een nieuwe pagina. Laurens trekt zijn tong terug.

'Wil je nog?'

Laurens haalt zijn schouders op.

'Hou het dan maar zelf vast.' Pim laat een stuk paté in zijn eigen mond vallen, kiest een pagina uit een ander boekje. 'Voilà, nu heb je dat ook ervaren. Zo proeft het exact, alleen zitten er in een vrouw geen peperbolletjes.'

'Hoe weet jij dit eigenlijk allemaal?' vraagt Laurens.

Pim kan dit niet meteen duiden. Wellicht niet uit eigen ondervinding.

Er valt een lange stilte, gevuld met gesmak. Er is nog

meer dan de helft van de paté over. Ik heb geen zin om nog zo lang te blijven kijken. Op mijn knieën leg ik de laatste meters af, kruip het hoekje om. Ik groet de jongens met het enthousiasme van iemand die nog maar net ergens is toegekomen.

Laurens schrikt. Het grote stuk dat hij net op zijn tong heeft gelegd slikt hij in één keer door. Hij plooit het boekje op zijn schoot dicht. Pim laat het zijne liggen.

'Je bent vroeg,' zegt hij.

'Hebben jullie je zwembroek al onderaan?'

Ik werp een snelle blik op de plak beleg. Wat zou me het minst verdacht maken: er iets van zeggen, of het negeren? Ik weet niet of het een goed of een slecht teken is dat ze zich er tegenover mij niet over generen. Maar, in het geval er echt geen gêne was, waarom hebben ze me hier dan niet voor uitgenodigd?

Ik neem de resterende paté en steek die in mijn mond. Het smaakt korreliger dan anders. Snel slik ik alles door.

Ik neem een van de boekjes, blader erdoor. Ik kijk net lang genoeg naar elke foto, niet té lang, al heb ik nog nooit zoiets van dichtbij gezien. De vochtig gelikte oranje canapé komt voorbij.

'Ze noemen het niet voor niets een mossel,' zeg ik. 'Je mag er niet binnenin kijken, dan smaakt het niet meer.'

Laurens wil het boekje aannemen, maar ik strijk er eerst nog een ezelsoor uit. Pas dan leg ik het met een plof terug op de stapel.

'Ik ga zwemmen,' zeg ik. Ik kruip het kamp weer uit, de ladder af.

Aan de staldeuren blijf ik stilstaan, met kloppend hart, om te luisteren of ze me achterna komen.

Ik drijf rond in het zwembad. Het is hier akelig stil voor een melkerij.

In de rechtse koeienstal stond Jan vaak kort te pauzeren tijdens het opscheppen van het koeieneten; zijn ene hand lag op het uiteinde van de spade, met de andere frunnikte hij aan de wondjes in zijn gezicht. Ik kon hem vanuit de stallen naar me voelen kijken, wat ik tegelijk prettig en onprettig vond, net als wanneer er een fototoestel op me gericht wordt. Ook dan weet ik niet wat er aan mij de moeite is vast te leggen, of ik me anders moet gedragen.

Een keer zei hij me: 'Niet gedacht dat jij nog zo knap zou worden.'

Ik wist niet hoe te reageren. Was een compliment van een lelijke jongen in overall niet te interpreteren als een beledigende opmerking? Wat wist hij ervan?

Had ik maar gewoon naar hem geglimlacht, hem gevraagd naar zijn lievelingskoe.

Mijn arm wordt aangetikt. Ik schrik. Even denk ik dat het Jan is, maar het blijkt de snuit van de ronddrijvende opblaasdolfijn te zijn.

Met genoeg tijd om alle sporen op de hooizolder te hebben gewist, komen de jongens de ladder af getrippeld. Ze lachen. Ze hebben hun zwembroek over hun hoofd getrokken. Om zich uit te kleden trekken ze zich terug, ieder achter een andere tractor.

Misschien is het toch niet zo erg met ons gesteld.

'Ik heb een nieuw spel verzonnen: rodeo-dolfijn,' roept Pim. Hij klimt op het trapje, laat zijn tenen wennen aan het water. Omdat Laurens zichzelf te oud vindt voor spelregels, gaan we gewoon van start. Om beurten proberen we de dolfijn, drijvend in het midden van het zwembad, te bestijgen. Dat is niet makkelijk. Het dier kantelt voortdurend en voor wie er te snel dreigt bovenop te komen, worden brute golven gemaakt. Liters water spetteren over de randen. Ik mag als laatste proberen de dolfijn te temmen. Bij het afduwen van de bodem, floept mijn tampon er een stukje uit. Meteen zuigt hij zich vol met water. Toch slaag ik erin de dolfijn te temmen. Vermoedelijk niet omdat ik er goed in ben, maar omdat Laurens en Pim het spel al beu zijn.

'Tijd om naar huis te keren.' Bij Laurens thuis is het eten eerder klaar dan bij Pim en mij. Zo was het vroeger ook. De scholieren van de lagere-schoolklas waren verdeeld in twee categorieën – zij die van veertien tot zeventien uur bij vrienden mochten blijven spelen, en zij die tot achttien uur mochten wegblijven.

Pim en ik hoefden altijd pas om zes uur thuis te zijn, Laurens om vijf uur dertig. Dan stopte zijn moeder met werken in de winkel, koos Laurens iets uit de vleestoog en maakte zij dat klaar.

De regel was: wie in de tweede categorie zat, sprak af met soortgenoten, om geen kostbare tijd te verliezen. Maar Pim en ik lieten Laurens niet in de steek. Meestal gingen we met hem naar huis, om hem het laatste halfuur te vergezellen. Met wat geluk bakte zijn moeder dan voor ons ook een biefstuk.

Vandaag maakt Pim geen aanstalten het laatste halfuur nog met Laurens door te brengen, en Laurens durft er natuurlijk niet om vragen. Ook ik droog me af en trek mijn kleren weer aan, over mijn badpak heen. Pim blijft in het water hangen. Zijn haren hebben hun krul verloren. Op zijn borst hangen ze kaarsrecht naar beneden, als was er gel doorheen gekamd.

Zij aan zij fietsen Laurens en ik naar huis, zoals het hoort. Mijn natte badpak staat in mijn kleren afgedrukt.

Stroompjes lopen langs mijn zadel en dijen naar beneden. Ik hoop dat het water is, geen bloed – het zal wel, anders zou Laurens wel vreemd gekeken hebben.

'Weet jij nog dat we met Jan soms de Put overzwommen?' vraagt hij.

Ik ben blij dat Laurens er zelf over begint. Het is vreemd dat Pim de hele dag met geen woord over zijn broer heeft gerept.

Tuurlijk weet ik het nog. Twintig jaar geleden, bij de aanleg van de E313, was er aan de rand van het dorp een diepe put gegraven om de snelweg te kunnen verhogen. Die put met een doorsnede van zo'n tweehonderd meter had zich tot op de rand gevuld met regenwater en was omringd geraakt door bomen en varens. Het was de perfecte verfrissing op hete dagen.

Pim mocht van zijn moeder niet alleen gaan zwemmen zolang hij zijn brevet van duizend vijfhonderd meter nog niet behaald had. Ze stuurde Jan met ons mee.

In het derde leerjaar, toen we alle drie net het getuigschrift van tweehonderd meter gehaald hadden, wilden Laurens en Pim per se de put dwars overzwemmen. Ik herhaalde wat ik Pims moeder had horen zeggen. 'Er kunnen draaikolken ontstaan die jullie omlaag zuigen.'

Dit bracht Laurens en Pim niet op andere ideeën, integendeel. Jan dook achter hen aan. Ik kon zelf niet achterblijven. De eerste honderd meters gingen vlot, af en toe zwom ik op kop.

'Nu zijn we officieel op het diepste stuk,' zei Laurens, halverwege. 'Volgens mij zou hier makkelijk een gebouw van vier verdiepingen geplaatst kunnen worden, zonder dat het dak boven water zou uitsteken. Nooit eerder heeft iemand op dit punt de bodem aangeraakt.'

Na twee diepe ademteugen verdween Jan onder water. Ik hield mee mijn adem in.

We bleven ter plaatse trappelen. Ik telde de seconden die hij onderbleef, de lengtes die hij moest afleggen: de hoogte van een zolder, een slaapkamer, een woonkamer, een kelder.

Behalve de cirkels die de schaatsenrijders omlijnden

en de spetters van onze bewegingen bleef het wateroppervlak stil. Pims ogen bewogen schichtig heen en weer. In de verte zagen we een beweging.

'Een vleesetende schildpad,' zei Pim.

Laurens kwam tussen ons in zwemmen.

Mijn benen werden zwaar. Beide oevers lagen even ver. Dit was het punt waarop opgeven even moeilijk zou zijn als doorzetten. Plots stootten er twee handen boven water. Jans krullen, zijn voorhoofd. Hij proestte een wolk water uit, toonde ons het hoopje zand dat hij had meegebracht. Het zware kloppen van zijn hart deed zijn vingertoppen schudden.

Door de opluchting werd ik even mijn verzuurde spieren niet meer gewaar.

'Klaar voor de tweede etappe?' vroeg Jan. Hij richtte zijn vraag vooral aan mij. Ik reageerde niet, om krachten te sparen.

Jan zwom voor ons uit en probeerde de hand met het zand boven water te houden. Ik werd al snel ingehaald door de jongens en daarna Jan ook. Hoe sneller ik probeerde te zwemmen, hoe verder de oever zich van me verwijderde. De rest lag al snel zo'n tien meter voorop, Jan bleef tussen hen en mij hangen. Ik focuste me op mijn schoolslag, op het openen en sluiten van mijn vingers op de juiste momenten. De anderen kwamen steeds verder voor me te liggen. Ik kon niet meer zeggen of het water nu koud of heet was. Het werd steeds minder noodzakelijk te blijven bewegen.

Op zo'n vijftig meter van de eerste overhangende takken verloor ik alles rondom me uit het oog. Ik hoorde enkel nog het ruisen en klotsen van het water en dacht aan hoe ik de dingen thuis zou achterlaten. De brooddoos die nog in mijn boekentas zat, de hele zomer al. Mijn plek aan de tafel. Mijn ondergoed in de wasmand. Wie van de jongens eraan zou denken mijn handdoek en kleren op de oever mee te nemen, vanavond. Ik kreeg een slok water binnen, verslikte me. Mijn oorschelpen liepen vol.

Plots trok iets me benedenwaarts. Heel even werkte de kracht me tegen, daarna stuwde het me een paar meter vooruit. Ik dacht dat ik in een draaikolk was terechtgekomen of gespot was door een grote, vleesetende schildpad. Waar was Jan? Ik spartelde, tot twee grote handen mijn enkels omklemden en me tot bedaren brachten.

Jan was achter mij komen zwemmen en gaf me zetjes. Zijn huid was warmer dan het water. Ik liet hem zijn gang gaan.

Laurens en Pim lagen ver voorop, zetten een laatste spurt in. Toen ze op de oever stonden, liet Jan me weer los, ging voor me uit zwemmen. Maar Laurens en Pim keken niet om. Ik eindigde laatst maar had niets verloren.

MOSSEL

Vier jaar lang werkte het bijzetklasje tegen ieders verwachtingen in zonder veel problemen. Leerkrachten vonden manieren om aan de twee leerjaren tegelijk les te geven. Meestal overliepen ze de leerstof om het grote deel van de klas mee aan het werk te kunnen zetten en kwamen ze vervolgens aan de lessenaars van Laurens, Pim en mij uitleggen wat wij van de leerstof moesten onthouden of wat er extra bovenop kwam, in de vorm van leesbladen met aangepaste opdrachten en taken.

We zaten vaak onze beurt af te wachten maar daar klaagden we nooit over, omdat we met elkaar konden keuvelen. Ik had het in een leuze gegoten: 'samen wachten tijdens schooluren is verloren tijd terugwinnen'. Maar deze haalde het niet bij 'één voor allen'.

Het was op een vrijdagmiddag in het vierde leerjaar dat de werking van het bijzetklasje voor het eerst fout liep. We kwamen terug van de speelplaats, slenterden de klas binnen. Het lokaal lag erbij zoals na elke pauze: er was iets ontploft zonder dat er gewonden waren gevallen. Overal pennenzakken, krijtjes, openhangende boekentassen, koekpapiertjes, stapels schriften en slordig geplooide vliegers. Maar wie beter keek, zag dat vooraan in de klas, naast de landkaart van België, het krijtbord kleiner was dan anders. Onder het dichtgeklapte bord stond meester Rudy, met zijn rug tegen de witte, vlakke muur. Zijn gezicht was rood aangelopen. Het duurde niet lang voor het in de klas gonsde van de geruchten.

Meester Rudy beval iedereen te gaan zitten, richtte

zich tegen de gewoonte in eerst tot ons, tot het bijzetklasje. Hij wees ons naar de leeshoek, achter de boekenkast. Daar moesten wij zonder morren plaatsnemen. We kregen een koptelefoon en een leesboek in onze handen.

Alle andere leerlingen bleven verveeld wachten tot meester Rudy ons had uitgelegd wat de bedoeling was. Voor het eerst waren de beurtrollen omgekeerd. Daarom deden we alsof we niet begrepen wat meester Rudy ons probeerde uit te leggen: het verschil tussen iets niet moeten onthouden en iets niet mogen onthouden. Het gejoel van de andere leerlingen overstemmend, legde hij drie keer uit wat we moesten doen.

'Luister naar het verhaal en vul bijhorend kruiswoordraadsel in. Het staat op punten.'

'Op hoeveel?' vroeg Pim.

Rudy keek even naar het blad dat hij ons voorschotelde.

'Dertig. Het zijn geen punten voor het rapport.'

'Voor wat dan wel?' vroeg Laurens.

'Zorg gewoon dat deze hele opdracht behoorlijk wordt ingevuld voor het einde van de lesdag.' Rudy verplaatste zich weer naar voren, maande de andere leerlingen aan tot stilte. Wij schoven braaf de koptelefoon over onze oren, drukten op start, bukten ons over het invulblad, maar verloren het gesloten schoolbord geen seconde uit het oog.

Eenmaal vooraan klapte meester Rudy nonchalant de twee zijflappen open. Er kwam een krijttekening van een mosselvormig ding tevoorschijn. Meer was niet nodig om de klas muisstil te krijgen.

We hoorden de stilte vallen door de voorleesstem in onze koptelefoons heen. Laurens en Pim stopten meteen met notities maken, keken elkaar aan.

'Wie denkt te weten waar de urinebuis – ook wel het plasbuisje – zich bevindt, mag dit komen aanduiden op de bordtekening.' Meester Rudy gaf het krijtje aan het eerste meisje dat een kik durfde geven. Pim en Laurens draaiden de volumeknop van hun cassettespeler op nul.

's Avonds, op weg naar huis, praatten ze met hoge, opgewonden stemmen.

'Het is toch niet omdat we een jaar jonger zijn, dat we niet weten hoe de dingen in elkaar zitten?'

'Wat denkt juf Rudy wel? Dat wij niet weten waar een plasgaatje voor dient?' beaamde Laurens.

'Ja, jij hebt wel eens mossels gegeten.' Sowieso had Pim na zijn preutse jeugd op de boerderij ook pas kortgeleden ontdekt dat een vrouw geen uier had.

Voor de rest van de route lachten ze over het feit dat Rudy de klas had gevraagd wie er wel al eens tijdens het kamperen met tampons vuur had gemaakt, waarop enkel hijzelf zijn vinger had opgestoken.

Ik bleef met hen mee fietsen, volgde hun gekwebbel, maar had er weinig aan toe te voegen. De les over het voortplantingsorgaan van mannen zou pas de week erna zijn.

Ik voelde me vuil. Dat wat ik al jaren verborgen hield, was door meester Rudy wel twintig keer met krijt aangetikt.

10.30 UUR

De afrit naar het dorp bestaat uit een gevaarlijk scherpe haarspeldbocht, aangegeven door flikkerende, rode pijlen. Voor deze reflectoren geplaatst werden, in '98, gebeurden hier ongelukken. Zo geregeld dat de achterburen, een koppel duivenmelkers, zich op een ijzige dag wel eens kwamen installeren met gestreepte klapstoelen en een koffiethermos, in de hoop voor het eerst sinds de laatste wereldoorlog nog eens getuige te zijn van iets ernstigs.

Bij het nemen van de afrit glijdt de Curverbak tegen de zijkant van de wagen. Het handvat versplintert, een stukje plastiek wordt tot tegen mijn voorruit gekatapulteerd. Ik mag niet uit de bocht vliegen, zeker vandaag niet. Dan zou ik eindigen in een overdreven kop in de *Gazet van Antwerpen*. 'Bovenmeerse twintiger verongelukt met blok ijs in de koffer.'

Klanten, wachtend aan de kassa's bij de kleine zelfstandigen, zouden er een hele kluif aan hebben. Ze zouden er allemaal halve waarheden aan toevoegen. Ik zie ze het zo zeggen, deze mensen, ik zie hun gezichten voor me, ik hoor de zelfgenoegzaamheid in hun stemmen.

'Eva woont nu al jaren in Brussel, maar toch is ze altijd een van ons gebleven.' 'Haar zus spoorde ook al niet.' 'Haar broer stuurde haar elke maand geld waar ze niets mee deed, dat had ze dan toch maar beter aan winterbanden uitgegeven.' 'Negen jaar was ze al niet meer bij haar ouders op bezoek geweest, en dan net voor de hereniging: *pats-boem*!' En: 'Het ijs zou door de klap met zo'n kracht tegen haar achterhoofd zijn aan gevlogen, dat ze haar paspoort nodig hadden om te weten wie er eigenlijk in de auto zat.'

Vervolgens zouden ze thuiskomen met hun boodschapjes, om daar wel drie keer opnieuw hun bakje onsmakelijk geworden kipkap aan te drukken met een vorkje.

Eenmaal veilig de afrit af, haal ik opgelucht adem. De brug brengt me eerst over de snelweg die ik juist ben afgereden, dan over het Albertkanaal.

Het dorp dat zich voor me uitstrekt is nergens van op de hoogte. Hier en daar hangt wasgoed te drogen, kringelt rook uit de schoorsteen. Sommige hagen zijn aangekleed met kerstlampjes. Maar de straten zijn leeg, er is niemand, zelfs geen tegenligger. Misschien is iedereen al op zijn bestemming aangekomen. Misschien staan ze allen in de rij bij de bakker, aan te schuiven voor de laatste tijgerpistolets.

Er moet toch iemand getuige zijn van het feit dat ik na negen jaar terug ben. Toevallig, onzichtbaar. Een meisje dat een selfie maakte waarop in een hoekje, achter het glas van haar slaapkamerraam, mijn kleine wagen te zien is, dat zou volstaan. Ze hoeft zelfs niet te weten dat ik het ben.

Ik zou Tesje kunnen opbellen, haar stem horen. Dan zou ze zichzelf vandaag, samen met mij, kunnen laten gelden.

Ik zet de laatste kilometer in. Dit bovenaanzicht voelt vertrouwd: mijn wagen is een stip, traag maar zeker op doel afstevenend. Op de bredere baan tussen de afrit van de snelweg en het huis van mijn ouders staan vooral oudere woningen. Ze werden gebouwd in de eerste helft van de twintigste eeuw, toch durf ik me afvragen of ze er wel stonden toen ik een tiener was. Naar de meeste gevels keek ik nooit. Ze waren opsmuk, betonnen kamerplanten, op de weg tussen mijn ouderlijk huis en de plaatsen waar ik echt thuis was.

Achter die gevels blijken nu allemaal gezinnen te wonen, goed georganiseerde ouders die elk jaar voor hun kroost nieuwe moonboots bestellen en hun jonge boompjes in plastiek verpakken tegen de vrieskoude.

12 JULI 2002

Laurens belde vanochtend met de vraag of ik zin had om mee op de boerderij te gaan zwemmen. 'We moeten het wel nog aan Pim vragen maar zolang we het beiden alvast een goed idee vinden, valt hij wel te overtuigen.' Ik draag mijn badpak onder mijn kleren. Het is nog steeds het oude, te kleine exemplaar en daar waar gisteren de bandjes zaten, voelen mijn schouders gekneusd. Mijn regels zijn even plots opgehouden als ze er gekomen zijn.

Laurens en Pim bevinden zich niet in het nieuwe zwembad, maar naast de stallen, op een van de grote met wit zeil overtrokken bergen. Ze staan recht, op de top. Ik knijp mijn ogen tot spleetjes om tegen al het weerkaatste licht in te kunnen kijken. Zo, schimmig, heeft de berg iets van een bruidstaart. Laurens en Pim zijn het suikerpostuurtje erbovenop.

Van Pims ouders mochten we altijd overal op het erf spelen, maar vier plaatsen waren verboden: de linkerkant van de hooizolder – het hooi ligt er te dun, we zouden erdoorheen kunnen zakken –, de garage met de smeerput – het houten deksel is rot en verraderlijk –, de beerputroosters in de oude stal – niet meer betrouwbaar – en de witte bergen. Daarvoor hadden ze nooit een reden gegeven. Hiervan moesten we aannemen dat ze verboden terrein waren, al zag niets op de hele boerderij er zo onschuldig en aanlokkelijk uit.

Op een verjaardagsfeestje had Laurens eens een voet op het plastiek gezet. Pim had hem hardhandig aan de kap van zijn jas naar de begane grond getrokken. De kap was losgesprongen van de drukknopen.

'Wat ligt er dan onder dat zo gevaarlijk is?' had Laurens gepiept nadat hij eerst luid gorgelend een minuut had staan stikken.

Pim had geen verklaring gegeven. Hij had zich omgedraaid en was weggelopen. Die verdere namiddag waren Laurens en hij zich blijven gedragen als katten die net gejongd hadden.

Onderweg naar de middelbare school bedachten Laurens en ik hier theorieën over. Onder dat plastiek zouden dode beesten liggen, bezweken aan de dollekoeienziekte. Of erger nog: drugs, geteeld in de stallen of op de velden in het Bovenmeers Gebroekt. De conclusie: Pims ouders waren de oorzaak van de dollekoeienepidemie in de jaren negentig. Ze waren de maffiosi van de landbouwindustrie.

Ik kruip langs de minst steile flank de berg op. De punten van mijn turnpantoffels plaats ik voorzichtig in de gleuven van de rubberen autobanden, om de eventuele zieke koeien eronder niet te raken. Warm regenwater klotst omhoog bij elke stap.

Ik kom boven met natte turnpantoffels. Pim en Laurens hebben plaatsgenomen in een tractorwiel dat plat op de hoge berg ligt, zoals in een zwemband, benen over de rand. Hun haren zijn warrig door de wind die zelfs vandaag, op een bloedhete dag, tussen de halfopen stalmuren woedt.

'Wat zijn jullie aan het doen?' vraag ik.

'Niets,' zegt Laurens.

'Nietsdoen is ook iets doen,' zegt Pim.

Een streng van mijn haar blijft plakken in een van mijn mondhoeken. Het verspreidt een chemische smaak. Ik spoot er deze ochtend lak op, in de hoop er eens wat anders mee te kunnen doen, er volume in te brengen. Maar het maakte mijn haren plakkerig en zwaar, en nu hangt het in stijve pieken langs mijn voorhoofd. Ik was ervan uitgegaan dat ik het er toch meteen zou kunnen uitspoelen met zwembadwater.

'Jij mag beslissen wat we gaan doen.'

Ik zet me iets verderop neer in een kleinere band. Dichterbij is er geen zitplaats. Het is een tijdje stil.

'Wat was er al die jaren dan zo gevaarlijk aan dit alles?' Ik wijs naar de zee van heet geworden plastiek om ons heen.

'Inderdaad!' valt Laurens mij bij omdat Pim er niet op ingaat. 'Waarom mochten we hier dan zolang niet komen, en nu plots wel?'

We kijken Pim aan. Het heeft hoogstwaarschijnlijk iets met Jan te maken. Maar misschien heeft elke recente verandering op deze boerderij in onze ogen met de dood van Jan te maken.

'Er ligt ingekuild voedsel onder,' legt Pim uit. 'In de maanden dat gras snel groeit, maar het veld niet droog genoeg staat om er hooi van te maken, verhakkelen we het en slaan het op als veevoedsel. Dit is de belangrijkste grondstof van dit bedrijf: koeienvoer. Wie de berg beklimt, kan het plastiek doen scheuren. Dan komt er vocht en lucht in. Dan gaat het voedsel rotten, alles kun je dan weggooien.'

Laurens en ik luisteren knikkend. Hoe vaak hebben wij Pim op zomerdagen opgebeld om te vragen of hij zin had mee te gaan zwemmen in de Put? Hoe vaak zei Pims moeder dat haar zonen aan het helpen waren op het veld, dat we een andere keer moesten proberen? Al de tijd die Laurens en ik noodgedwongen met elkaar moesten doorbrengen, in ruil voor twee bergen.

Natuurlijk zijn we in staat te begrijpen welke waarde ze hebben. De vraag blijft waarom we vandaag dan wel het risico zouden nemen dit tevergeefs te maken.

'En nu mag het plots wel?' vraag ik.

'Nee, maar zie jij nog iemand die ons probeert tegen te houden?' zegt Pim.

Het is een paar tellen stil.

'Wat komen jullie hier eigenlijk doen?' vraagt hij dan. Het klinkt onvriendelijker dan hij bedoelde, geloof ik.

'Zwemmen?' Laurens kijkt mijn richting uit.

'Oké,' zeg ik.

Pim verdeelt zijn blik even lang over ons beiden.

'Of waarheid, durven, doen? Kan ook,' zegt Laurens snel.

Pim steekt een duim op. Er beweegt een wolk voor de zon. Het wordt meteen een paar graden koeler.

Laurens werpt een blik naar me – *dit is allemaal jouw schuld.*

'Jij bijt het spits af.' Pim klopt op Laurens' knie.

'Waarheid,' zegt hij, op spookachtige toon.

'Een vraagje om erin te komen, dan,' zegt Pim. 'Wat is het gênantste dat jij, Laurens Torfs, ooit meegemaakt hebt?'

Laurens denkt diep na, maakt er een brommend geluid bij om te laten weten dat hij ermee bezig is. Volgens mij verraadt het vooral dat hij niet nadenkt over hét gênantste dat hij ooit meegemaakt heeft. Nee, dat zou klaar zitten. Hoe langer iemand over iets moet nadenken, hoe minder waarheid je mag verwachten. Hij zal met iets komen dat minder gênant is, maar net nog genoeg beschamend.

Pim zit voor zich uit te staren, naar de lucht boven de stallen. Hij denkt alvast wat hij zou verzinnen op deze vraag. Gestelde vragen komen bij dit spel altijd als een boemerang in je eigen gezicht terug.

'Ik heb mijn moeder en vader eens betrapt in de winkel na sluitingstijd,' zegt Laurens.

'Betrapt op wat?' vraag ik.

Hij rolt met zijn ogen.

Pim grijnst, niet erg onder de indruk. Het is aan hem. Hij kiest 'doen'. Hij wil niet onderdoen.

'Drink uit een van die banden.' Laurens wijst naar de grote tractorband waar een bodempje groen water in staat.

Pim denkt er geen seconde bij na. Hij zakt op zijn knieën, zet zijn lippen tegen het rubber, neemt een grote slok. Ik zie een klein leger dikkopjes wegzwemmen. Pim slikt het door, houdt het allemaal binnen. Dan draait hij zijn hoofd mijn kant op.

'Jouw beurt.'

'Waarheid.'

'Wat is het ergste dat jij hebt meegemaakt?' vraagt Pim.

In navolging van Laurens overloop ik niet wat het ergste is, maar iets dat erg genoeg is en kan verteld worden. Moeder en vader die met een aardappelmes in de keuken tegenover elkaar stonden, maar het beiden niet over hun hart kregen om als eerste uit te halen.

'We hebben mama ooit in de kruiwagen naar huis gedragen na de verenigingenquiz,' zeg ik.

Laurens zwijgt. Pim proest het uit, waarop ook Laurens dan maar in lachen uitbarst. De rest van het verhaal besluit ik niet meer te vertellen. De tranen van het lachen staan in hun ogen. Ook ik wrijf in mijn ooghoeken.

'Allemaal goed en wel,' besluit Pim, 'maar dit lijkt mij vooral het ergste dat jouw moeder heeft meegemaakt. Vertel iets over jezelf.'

Ik denk na maar ik kan alleen op andermans verdriet komen. Leed waarvan ik getuige was, waarnaar ik bleef kijken, tot het ook van mij werd. Door het delen zou de dichtheid ervan afnemen, zou het voor beiden draagbaarder worden.

'Het ongeluk van Jan is toch ook het ergste dat jij al hebt meegemaakt, al ben je daar zelf niet dood voor moeten gaan?' zeg ik.

De stilte die valt, wordt opgevuld door boerderijgeluiden: het klikklakken van de ijzeren voederbakken, het brommen van de koeltankmotor in het melkhuisje, het geloei. Koeien klinken altijd of ze ergens pijn hebben.

'Dat is iets anders,' zegt Pim kort. 'En wie zegt dat de dood van Jan het ergste is dat ik heb meegemaakt?'

'Jan heeft er zelf in elk geval geen last meer van,' zegt Laurens.

Ik kijk naar de reactie van Pim, maar er komt niets. Er drijven witte wolken over, enkel achter hem blijft de horizon zuiver blauw.

'Oké, nu eerlijk,' verzin ik. 'Het ergste dat ik zelf heb meegemaakt: onderweg naar mijn grootouders in een file moest ik eens zo dringend dat ik het in mijn broek deed.'

'Pis of kak?' vraagt Laurens.

'Beide,' verzin ik.

Deze zit. Ze knikken condolerend.

'Dat is erg, Eva.'

De hoogte van de berg levert een bijzonder uitzicht op over het landschap achter de boerderij. Als dit een schilderij was, zou er veel geld voor worden betaald. Rechts liggen velden, links kijk ik uit op de bovenkant van de stallen.

Dit uitzicht zou wel eens de échte reden kunnen zijn dat we hier nooit mochten komen, op deze hopen gras. Omdat het ons in staat stelt een overzicht over het hele erf te hebben, over het vuil op de staldaken, te weten dat ook dit maar is wat het is, een vuile melkerij.

Pims vader is op de vaste grond met allerlei taken bezig, teruggetrokken. Even kijkt de man op. Waarom komt hij er niets van zeggen, dat we boven op de berg ingekuild gras zitten, zijn harde werk dreigen stuk te maken? Hij zoekt even oogcontact met me.

'Aan de hoeveelste honk zit jij eigenlijk?' vraagt Pim aan Laurens. 'Eerlijk toegeven.'

‘Wat bedoel je met “honk”?’

‘Bij ons op school noemen ze het honken. Er zijn er zes. Kussen, borsten voelen, vingeren, beffen. Dan heb je nog honk vijf, seks, en een homerun.’

‘Wat is de homerun dan?’

‘Wie dat vraagt, mag zeker zijn dat hij zover nog niet is.’

Laurens en Pim zitten tegenover elkaar. Hun broekspijpen vangen wind, ze hebben hele dikke kuiten.

‘Wie zegt dat ik voor “waarheid” koos?’ zegt Laurens.

Het is even stil.

‘Kom op, zeg het dan,’ zegt Pim.

‘Ik zit aan honk drie,’ beweert hij. ‘Waar zit jij dan?’

‘Honk vijf. Langzamerhand klaar voor een homerun.’ Pim steekt vijf vingers op, maakt er vervolgens een vuist van, slaat deze in zijn andere hand.

Weer trekt er een wolk voor de zon. Een schaduw glijdt over het dak van de stal.

‘Wat is het ergste dat jíj iemand hebt aangedaan?’ vraag ik Pim, nadat hij voor waarheid kiest. ‘Het ongeluk van Jan telt dus niet,’ zeg ik, ‘want daar kon jij niets aan doen.’

Hij moet er niet lang over nadenken. Zijn dankbare blik maakt plaats voor een grijns.

‘Ik heb eens een pingpongbal in het achterste van een koe gestoken.’

‘En...?’ vraagt Laurens.

‘En wat?’

‘Is die er weer uit gefloept?’

Pim fronst zijn wenkbrauwen samenzweerderig. ‘Nee hoor. Die zat diep genoeg.’

‘Waarom zou je zoiets doen?’ vraag ik.

‘Waarom zou ik het niet doen? Niemand is het ooit te weten gekomen.’

Ik kijk terug in de verte. Pims vader is inmiddels uit

het zicht verdwenen. Hij, de man die zijn koeien kan herkennen aan de vlekken op hun rug, heeft voor zijn zoon de grootste blinde vlek.

'Eva, jouw beurt,' zegt hij.

Ik kies opnieuw voor de waarheid.

'Wat is het ergste dat jij ooit hebt gedaan?' kaatst Pim de vraag terug.

Ik denk even na. Ik geef toch maar het eerste dat in me opkomt.

'Ik heb het paard van Elisa gedood.'

Pim trekt grote ogen. 'Hoe dan?'

'Ik heb Twinkel suiker gevoederd. Daar gaan ze blijkbaar direct dood van.'

'Wie heeft je dat wijsgemaakt? Dieren gaan niet dood van suiker. In de vleesindustrie pompen ze ze vol met veel ergere dingen. Je hebt 'm niet vergiftigd, je hebt 'm hooguit een kilo vetgemest.' Laurens imiteert de knipoog van zijn vader. 'Slagerszonen weten zulke dingen zeker, wees gerust.'

Probeert hij me nu gerust te stellen, of vindt hij dit antwoord weer onvoldoende?

De zon komt opnieuw door. Het witte plastiek licht op. De stralen lijken onderweg te beseffen dat ze teruggekaatst zullen worden, dus buigen ze af, naar dat stukje blote huid in mijn nek. Het stinkt naar verbrand rubber. Ik wil rechtstaan, maar mijn krappe badpak drukt me neer. 'Lauwe, kies jij eens voor wat actie.'

'Oké dan: doen,' zegt hij.

'Ik heb een perfect klusje voor je…' Pim wacht even met praten, om de spanning erin te houden. 'Ik duid de koe aan, jij haalt het balletje eruit.'

Laurens schudt zijn hoofd.

'Kom op, ben je zoon van een beenhouwer, of niet?' zegt Pim.

Pim komt recht uit de tractorband, de wind ontsnapt uit zijn broekspijpen. Zijn billen lijken nu smaller dan ooit.

Voor we de stallen in gaan trekken Laurens en ik de laarzen aan die aan de grote poort staan. Ik neem het grootste paar. Ze passen zonder dat ik mijn turnpantoffels moet uitdoen. De stal is opgetrokken uit beton en met golfplaten bedekt. Hier waait het niet. Waar we door de stallen wandelen, trekken de koeien hun slijmerige neuzen achteruit. Hun hoofden stoten tegen de ijzeren baren. Dat maakt het helse, klikklakkende geluid dat voortdurend op de hele boerderij weerklinkt.

We klimmen over de omheining, lopen tussen de dieren. We vertrappelen de uitwerpselen, er stijgt een geur van bedorven gras en muffe aarde op. De koeien worden groter naarmate we er dichterbij komen. Laurens, die eerst nog vastberaden achter Pim aan liep, vertraagt. Het rund waar we op afstevenen staat onder een grote borstel te draaien. Ze wappert met haar staart, klopt de vliegen van haar billen. De heupbeenderen steken door de rug heen. Pim gaat achter het dier staan, neemt een houten bezemsteel. De omstaande koeien maken zich uit de voeten, hun uiers klotsen heen en weer. Pim wenkt Laurens.

'Dit is een pink,' zegt hij. 'Iets tussen een moeder en een kind. Met andere woorden: een lekker beest.'

De pink schudt haar kop zenuwachtig heen en weer. Pim leidt haar met de bezem naar de zijkant, daar waar de koeien normaal gezien worden gestald wanneer ze drachtig zijn. Het dier slentert opgejaagd, verplaatst haar gewicht van haar ene naar haar andere achterpoot. Haar slappe uier zwiept heen en weer.

Pim zet een stap naar achteren. Even kijkt Laurens hulpeloos om zich heen. Hij weet niet wat te doen. Dan vermant hij zich en loopt naar voren. Op dertig centimeter blijft hij weer staan. De anus van het dier hangt naar buiten.

'Je moet in het bovenste gat!' zegt Pim. 'Anders zit je in haar baarmoeder.'

Laurens rolt de mouw van zijn rechterschouder op, wrijft zijn handen in elkaar. De koe wordt onrustig, verlegt haar gewicht steeds sneller van poot naar poot, met haar staart kan ze ons net niet raken. Ze weet wat er nu gaat komen. Aan de omheining drommen een paar dieren samen, een van hen loeit aanmoedigend.

'Zou je het niet met links doen? Anders blijft die arm stinken,' zegt Pim.

Laurens kijkt naar mij. Ik zwijg. Op een krukje staan wat spullen. Pim wijst naar een flesje. 'Wrijf daar je hand mee in.'

'Zeker dat hij dit moet doen?' vraag ik.

'Hier.' Pim spuit het slijmerige middeltje op het gat. Hij neemt Laurens zijn rechterarm bij de pols. Laurens laat het toe. Pim duwt de vingertoppen een halve centimeter naar binnen. Het gaat stroef. Laurens' hand hangt slap tegen het gat van de koe aan. Hij durft niet duwen.

'Geen vuist maken maar dit doen.' Pim beweegt zijn arm naast hem door de lucht, voert een crawlslag in slow motion uit. 'Niet te voorzichtig zijn.'

Langzaam wriemelend, verdwijnt Laurens' hand in het gat. Dan zijn pols, dan zijn onderarm.

'Zie je wel?' zegt Pim. 'Het balletje zit op schouderdiepte.'

Hij knipoogt naar mij, maakt zijn denkbeeldig baantje af, dit keer met twee armen in crawlslag. Ik weet meteen: er is niets in dat gat te vinden. Aanvankelijk hoopte ik hierop, dat Pim niet tot zoiets barbaars in staat zou zijn. Maar waar hij Laurens nu toe heeft aangezet is al even erg.

Laurens baant zich verder een weg naar binnen, zit bijna tot aan zijn nek in het dier. Hij moet op zijn tenen gaan staan om nog dieper te kunnen gaan.

'Ik heb het, denk ik! Ik voel iets,' roept hij. Het dier blaast haar buik op, haar uier schommelt. Ze zou Laurens met gemak met een omgekeerde wind in haar darmkanaal kunnen opslorpen.

Eerst staat Pim wat te grijnzen.

'Er is geen pingpongbal,' zeg ik zacht.

Pim geeft mepjes tegen mijn bovenarm. Plots houdt hij daarmee op. Zijn blik is gericht op de laarzen aan mijn voeten. Hij kijkt naar mijn gezicht, dan weer naar de laarzen. Ik zie het aan de manier waarop hij wegwandelt: ik heb Jans laarzen aan.

Ik wil achter hem aan gaan maar Laurens, half in de koe, heeft Pims vertrek nog niet opgemerkt.

'Er is geen pingpongbal!' Mijn stem klinkt schel.

Het kost Laurens enkele tellen om de boodschap tot zich te laten doordringen. Hij trekt zijn arm terug. Wat zou hij het ergste vinden: dat er helemaal geen balletje is of dat Pim al lang niet meer meekijkt?

Het dier trekt haar achterste samen, en laat het weer los. Met Laurens' arm komt er stront mee naar buiten. Het dretst naar beneden, tussen zijn benen. Een deel komt terecht tegen zijn scheen, druipt in de laars. De koe blijft zenuwachtig wiegen. Op het slijm dat uit haar gat druipt, vormt zich een bel.

Ik trek de laarzen uit maar ze willen niet lossen. Mijn eigen pantoffels blijven binnenin vastzitten.

Ook Laurens staat overstuur te klungelen. Hij veegt zijn arm af met het dichtstbijzijnde stro. Ik reik hem de handdoek aan die iets verderop aan een reling hangt. Hij kijkt naar de laarzen in mijn handen, naar mijn sokkenvoeten. Ik bevrijd mijn schoeisel.

'Ik had geen idee dat deze van Jan waren,' zeg ik.

Laurens' woede slaat om in bezorgdheid.

'Waar is Pim heen?'

Hij loopt de stal uit in de richting die ik aanwijs. In het tegenlicht zie ik hem zijn linkerarm van zich weghouden. Het vel heeft de vreemde, oranje kleur van mensen die zelfbruiner hebben aangebracht zonder eerst de gebruiksaanwijzing door te nemen.

Ik zet Jans laarzen aan de staldeur exact zoals ik ze heb aangetroffen, de ene leunend tegen de ander. In de verte zie ik Laurens naast Pim aan de voet van de berg zitten, ieder op een rechtstaande band.

Wat zou Pim nu aan het vertellen zijn? Zouden ze het over Jan hebben? Zou hij eindelijk zijn hart luchten? Ik beweeg dichterbij.

'Oké. Een allerlaatste, dan. Doen,' besluit Pim.

Ik kan niet verstaan wat Laurens hem vervolgens opdraagt. Pim komt recht van de band. Hij klopt zijn broek af, al hangt daar niets van vuil of stof. Het is een gebaar dat ik zelf ook vaak maak, de reflex is overgebleven van al de namiddagen die we samen op onze knieën in het hooi doorbrachten.

Hij klimt een paar meter op de berg. Hij stopt, om even in de verte te staren, in de richting waar ik zijn vader daarstraks ook zag bewegen: af en aan rijdend met de tractor, overal sporen van mest achterlatend.

'Komaan, waar wacht je op?' Laurens is naast mij komen staan.

Pim kijkt ons strak aan. Dan bukt hij, plant een vinger in het plastiek, doorboort het.

ELISA

Elisa kwam er nieuw bij in het vijfde leerjaar, de groep waarop wij dat jaar parasiteerden, vlak na de grote vakantie. Voordat ze aan de klas werd voorgesteld, zagen we haar al door de gang komen aanlopen. Ze bewoog achter de directrice aan en bij elke stap zwiepte de punt van haar paardenstaart net boven de klasramen uit. Beatrice kwam zonder kloppen binnen, duwde Elisa fier voor zich uit.

'Dit is Elisa. Haar vader heeft gewerkt in het buitenland, is vertegenwoordiger. Ze heeft een tijdje thuisonderwijs gevolgd. Nu moet haar vader voor zijn job niet meer op verplaatsing. Ze wonen in Hoogstraten, maar Elisa zal toch hier schoolgaan, zesentwintig komma negen kilometer van huis,' pochte ze – dit wilde ook iets zeggen over haar kwaliteiten als schoolhoofd. 'Ze logeert bij haar grootmoeder, die woont in de Lijsterweg. We zullen even kijken hoever ze mee is met de leerstof, maar het zou dus kunnen dat Elisa over enkele maanden al naar het zesde gaat.'

Elisa was aan de lelijke kant, maar op zo'n manier dat je wist dat er later nog iets goeds van zou komen zolang ze iets aan haar wenkbrauwen zou laten doen. Ze groeiden donker en dwars over haar gezicht, gaven aan alles wat ze zei een berekend of kwaadaardig karakter. Ze had een gebruinde huid, haar lange, smalle benen zaten in een strakke zwarte broek gewurmd, daaronder witte sportschoenen. Boven haar shirt droeg ze een korte, vierkantige, zwarte bodywarmer die haar slanke heupen benadrukte. Ze had hem dichtgeritst, tot vlak onder haar borsten, die daardoor iets weg hadden van twee half uit de schil gepofte kastanjes.

Elisa was van '86, een jaar ouder dan de rest van de klas, twee jaar ouder dan Pim, Laurens en ik. Ze luisterde naar wat juf Beatrice over haar te vertellen had; keek bescheiden naar de toppen van haar schoenen.

'Wie van jullie is al eens in Hoogstraten geweest?' vroeg meester Rudy om ons warm te maken voor het idee van een nieuweling. Zolang juf Beatrice nog aanwezig was deed hij zijn best om niet naar de gepofte kastanjes te kijken.

Niemand stak zijn vinger op.

Over Elisa's moeder werd met geen woord gerept. Nog voor de bel het begin van de middagspeeltijd inluidde, werd gefluisterd dat zij was gestorven bij de bevalling, toen Elisa's twee lange benen en bodywarmer eruit moesten. Iemand maakte er zelfs een illustratie bij. In de les vlak na de middag werd het propje met de tekening doorgegeven. Voor het eerst kregen Laurens, Pim en ik ook eens een briefje van de oudere leerlingen onder ogen.

De hele eerste dag trok Elisa in de klas haar bodywarmer niet uit, de daaropvolgende dagen ook niet, ze zou hem altijd aanhouden. Ze moest gewend zijn geraakt aan het idee altijd klaar te staan om halsoverkop weer te vertrekken. Tot overmaat van ramp maakte ze, net als ik, de fout toe te geven dat ze, zelfs al mocht ze nog uit alle vier kiezen, geen koppel zou willen zijn met een van de bandleden van Get Ready!, waarop niemand nog met haar op de speelplaats gezien wilde worden.

Elke middag liep ze in een drafje naar het huis van haar grootmoeder, dat niet ver van de school lag, om daar warm te eten en langs te gaan bij Twinkel, haar merrie, die op een van de weiden aan de Bulksteeg stond, recht tegenover waar ik woonde. Dat paard waren ze een paar weken voor Elisa's komst al komen afleveren, midden in de nacht. Het had tot vroeg in de ochtend klaaglijk gehinnikt.

Elke keer als Elisa na de middagpauze terug op school kwam, zaten er pitjes tussen haar tanden.

Een paar dagen na Elisa's aankomst gingen we schoolzwemmen in het preventorium van Pulderbos. We vertrokken met een reisbus van Verhoeven aan de schoolpoort. Die reed drie keer op en af tussen de school en het zwembad, zodat elke graad die dag kon zwemmen.

In de busrit praatte ik voor het eerst met Elisa. Pim zat naast Laurens, al was het eigenlijk mijn beurt om niet alleen te moeten zitten. Elisa bezette de stoel voor me. Zodra de bus vertrokken was, ging ze achterstevoren zitten, legde haar kin op het hoofdeinde van haar zitje.

'Weet je wat?' vroeg ze. Vervolgens liet ze een lange stilte vallen, waardoor ik niet anders kon dan nieuwsgierig worden.

'Vertel.'

'Mijn meme heeft dezelfde naam als jij.'

Aan het haakje naast haar stoel hing haar zwemzak, die in de scherpe bochten bij het uitrijden van het dorp heen en weer slingerde. De tas was bezet met nepdiamanten en glitters die overal in het rond dwarrelden en aan elke sluiting hing een fluo-kleurige, plastieken miniatuurspeen. Het ding was niet per se lelijk, had net als die glimmende bodywarmer niets te maken met smaak, eerder met gewenning. Zoiets hadden we in het dorp nog niet gezien.

'Ik noem mijn grootmoeder "oma". Geen meme,' zei ik.

'Dat is toch hetzelfde,' zei zij.

'Tuurlijk niet.' Ik legde haar meteen de belangrijkste verschillen uit. Mijn betoog duurde bijna de hele rit naar het preventorium. Soms keek ik een paar seconden naar buiten, naar het herfstlandschap, om nieuwe argumenten te verzinnen. Elisa bleef me dan aankijken, met haar kin op het zitje voor me. Haar onafgebroken blik gaf me een warme blos: ik bestond voor een meisje uit Hoogstraten.

Bij aankomst op de grote, grijze parking van het preventorium haalde Elisa haar kin van de zetel. 'Een meme klinkt dus als een platgekookt gerecht,' vatte ze kort samen, 'maar naar mijn mening is een platgekookt gerecht uiteindelijk nog altijd beter dan een oma die je maar twee keer in het jaar ziet omdat ze in West-Vlaanderen woont.' Vervolgens legde ze haar kin weer op de stoel, duwde op de hendel aan de zijkant, waardoor de leuning in ligstand zakte tot haar gezicht bijna tegen het mijne aan hing. Ze tuitte haar lippen, lachte. Ik voelde de warmte van haar geurloze adem.

Pim en Laurens zaten twee stoelen verder, ons zwijgend in het oog te houden. Hen had ik tijdens de hele rit geen enkele keer horen lachen.

'Mogen wij ook weten wat er zo grappig is?' vroeg Pim.

'Iets onder meisjes,' zei Elisa.

Het preventorium rook naar chloor. Ik haalde diep adem, om uit de vochtige, kleverige lucht wat zuurstof te pakken te krijgen. Het gebouw had niet genoeg kleedhokjes voor het aantal leerlingen, jongens en meisjes mochten niet samen. Wie niet snel genoeg een paar vormde met iemand van hetzelfde geslacht en er een kleedhokje mee in dook, moest zich omkleden in het familiehok waar kleuters werden bijgestaan door hulpmoeders.

Elisa trok mij meteen bij mijn arm een hokje in.

Dit was me nog nooit eerder overkomen. Ik was tot dan toe altijd in het familiehok gedoken. Daar was er nooit iemand die gluurde. De naakte, kleine kinderen waren niet kieskeurig of streng voor andere lichamen. Ze klampten zich enkel vast aan de billen van de hulpmoeders: ongeschoren vrouwen met stompe hoeken. Bij aanvang van de zwemles kropen die als een kudde nijlpaarden tegen elkaar aan in het ondiepe water, om met hun ogen net boven water de eerste voorzichtige schoolslagen en salto's van hun kinderen te kunnen volgen.

Ik had nooit een extra paar ogen gehad. Ik had nooit salto's leren maken.

Elisa ging zitten op het bankje dat ook diende om de deuren te blokkeren. Ze trok haar schoenen uit, vervolgens haar bodywarmer.

'Jij eerst,' zei ze.

Ik had haar nooit eerder zonder bodywarmer gezien. Ze zag er schrieler uit. Eindelijk hield ze geen rekening meer met de mogelijkheid er meteen weer vandoor te moeten.

Ze bewaakte de randen van het hokje niet erg grondig, controleerde niet of daar neuzen of spiegeltjes van jongens verschenen, maar keek naar mij, benieuwd wat ze te zien zou krijgen. Ik trok mijn top en broek uit, mijn badpak droeg ik al onder mijn kleren. Die handige truc kenden ze in Hoogstraten nog niet.

Vervolgens hield ik de wacht terwijl Elisa zich omkleedde. Ik keek wel naar de onderste wanden van de cabine, waakzaam, al zou er geen enkel koekeloerend hoofd kunnen verschijnen, niemand zou ons willen begluren.

In mijn ooghoeken kon ik Elisa zien bewegen. Haar ribben tellen, minstens vier aan elke kant. Haar mossel hing erbij als de gordijntjes in de bussen van Verhoeven, geopend, de flapjes gekarteld, grijs en roze. Op haar rug had ze een bruine peperdoos, de grootte van een kleine druif. Ze kon hem nog net verbergen onder de rand van haar hoog uitgesneden badpak.

Zonder dat we een woord zeiden, had ze me al haar geheimen verklapt.

De week nadat we het kleedhokje deelden, mocht ik voor het eerst tijdens de middagpauze mee naar meme. Het huis stond aan het begin van de Lijsterweg, naast een grote kastanjeboom. Ze was een van de weinige mensen in het dorp over wie niet veel meer geweten was dan de kleur van de voorgevel, dat ze een deurbel had in de vorm van een leeuwenkop en dat ze zelf confituur maakte van de bramen in haar tuin.

Ik stuurde op mijn fiets achter Elisa aan, die in een snel tempo voor me uit wandelde. De plastieken tuttertjes aan haar rugzak wiebelden vrolijk alle kanten op.

Uit de tuin van meme probeerde ik af te leiden wat voor iemand ze zou zijn. Ze had geen piekfijne voortuin. Het gras was niet geduldig afgereden in cirkels zoals een hond zijn uitwerpselen perste. In de brievenbus zaten verschillende postkaarten.

Zij had klaarblijkelijk geen tijd voor tuinieren, dus wel een sociaal leven, vriendinnen die haar kaarten stuurden vanop verre cruises – zo onuitstaanbaar kon ze niet zijn.

Binnen in het huis was het best gezellig, er was niet overal tapijt, het stonk er niet naar dode dieren, er zat wel nog prik in haar cola, ze droeg geen jutezakken – elke keer dat haar grootmoeder niet voldeed aan de eigenschappen die ik tijdens onze eerste busrit aan meme had toegekend, keek Elisa me triomfantelijk aan.

Het enige waar ik aanvankelijk dacht gelijk over te hebben waren de meubels: die pasten niet bij elkaar.

'Welke mensen sterven kun je niet kiezen en tegen erfstukken kun je geen nee zeggen.' Meme streek stof van de grote massiefhouten kast.

Ik durfde op den duur enkel nog naar mijn eigen bord te kijken.

We aten hesp uit de oven. De witloof was nog lekker krokant.

'Vind je het eetbaar?' vroeg meme.

Ik knikte. Witloof was net datgene waar mijn moeder in uitblonk. Maar deze was nog lekkerder klaargemaakt. Ik besloot het thuis niet te zullen vertellen.

Tijdens de maaltijd keek ik naar Elisa, die slurpte de witloofslierten snel naar binnen. Ze was eerder klaar met eten en gebaarde dat ik me ook moest haasten. Ik bracht de vork snel naar mijn mond, maar liet elke hap lang genoeg duren.

'Ik ga snel even plassen en dan vertrekken we,' zei Elisa. Ze verdween naar het toilet.

Voor het eerst wist ik wat het geheim was om goed op te schieten met een meisje: je mag het niet te hard willen.

Ik legde mijn bestek neer.

'Elisa is gek op paarden. Pas maar op met haar,' fluisterde meme. Ze kieperde wat ik niet had op gekregen in de vuilnisemmer.

11.00 UUR

Mocht sneeuw op een dag als deze een optie zijn zoals airco bij de aankoop van een wagen, dan zou iemand het onbetaalbaar hebben gemaakt.

De eerste vlokjes omzeilen speels de zwaartekracht, verdwijnen bij de minste aanraking. Maar al snel sneeuwt het harder: doelbewuste, vierkante pluizen. Ze blijven liggen op het wegdek, op het vertrapte veld tussen de huizen, op de palen rond de weilanden, op de afzichtelijke verlichte Kerstmannen die zogezegd langs ramen proberen binnen te glippen, op de brievenbus van het vervallen huis die de reclamefolders niet meer slikken kan.

Het bemoste zwarte dak van het huis van mijn ouders piekt van honderd meter afstand al boven de bomen uit.

De auto parkeer ik in de wegberm, achter de grote coniferen die een poging doen onze tuin af te schermen van vreemde blikken. Onderin zijn de bomen kaler dan bovenaan. Tussen de stammen door zie ik het terras liggen. Een glazen, gebarsten aquarium met een bodempje groen regenwater, een paar ijzeren teilen, de grote berg zand die ooit tot zandbak werd benoemd, een afgehakte boomstronk, een rij geplante kerstbomen; de tuin ligt er nog exact hetzelfde bij als negen jaar geleden. Tegen de zijgevel van het huis staat de kapotte plastieken emmer waarin we een tijdje onze waterschildpad hielden.

Bij de geboorte van Tesje had mama deze schildpad gekregen, samen met het aquarium. Acht jaar later, in 1999, barstte de grote glazen bak bij het verversen van het water. We hevelden het dier over naar de oranje emmer. Daar doorstond het de hele zomer en herfst, op een hoek van het terras, net aan ons zicht onttrokken.

Op de eerste koude winterochtend zag ik het oranje plastiek afsteken tegen de bevroren dauw die de hele tuin met een donsje bedekte.

Ik ging naar buiten, wist dat het dier niet meer te redden viel. Ook de emmer was gebarsten. Het laatste restje water was weggeglipt en zelf niet ver geraakt.

Zonder over de rand te kijken, draaide ik de emmer met één beweging om. Ik tikte op de onderkant, het blok liet los en gleed naar beneden. Voorzichtig hief ik de emmervorm van het ijs, net als bij een cake die op het punt stond te mislukken. De schildpad zat ondersteboven vast in de bodem van de ijsklomp, als een appelschijfje.

Verdrinken of levend begraven worden beschouw ik nog steeds als de verschrikkelijkste manier waarop men aan zijn einde kan komen. De schildpad koos voor een geslaagde combinatie. De dood van Jan was er ook geen slechte variatie op.

Nu de wagen stilstaat, blijven de vlokken beter liggen. Ik haal de sleutel uit het contact, stap uit, kijk snel in de koffer. Om de achtertuin te bereiken moet ik de Bulksteeg door. Rechts ligt de weide van meme, waar vroeger het paard stond. Er staat geen paard meer, het is ook niet langer de weide van meme, de grond is verkaveld.

Ik loop verder, tot waar onze oprit uitkomt op de straat.

De achtertuin ligt er naar eigen normen leeg bij. Behalve de defecte diepvriezer is er enkel nog het hondenhok, de deur scheef in de hangels.

Ik weet het weer. Nanook is dood.

Het nieuws kwam via de mail, bijna een jaar geleden, van het nieuwe e-mailadres waarvan vader er eentje aanmaakte voor ieder van het gezin, gelinkt aan een domeinnaam waarop hij ooit de bedoeling had wekelijks wat familiegeschiedenis te posten.

Vader was goed in het ons inlepelen van exacte, doch uiterst onnodige informatie. Een van Wikipedia geplukte ontstaansgeschiedenis van paella; links naar nieuwsartikelen die ons, ook zonder zijn hulp, onmogelijk hadden kunnen voorbijgaan. Hij wilde niet per se dat de aardbeving in Haïti zelf onze aandacht kreeg, wel het feit dat het hém niet was ontgaan.

Zijn laatste mail kwam ongeveer tien maanden geleden en vermeldde in het onderwerpvak 'Overlijden pa'. In de mail werd opa's dood bevestigd, moeders vader, officieel: geboortedatum en -plaats, een gedateerde opsomming van een paar verwezenlijkingen, opnieuw alsof het van een Wikipediapagina was geplukt. Onderin stond het PS'je: 'de hond pist de laatste tijd vaak in huis – als het goed is laten we haar inslapen.'

Half vraag, half mededeling. Het is zijn manier om zich op voorhand in te dekken voor het uitblijven van antwoorden.

Aan het tijdstip waarop de mail verzonden werd, aan het feit dat mijn vader het ook aan mijn moeder stuurde – terwijl hij het nieuws over zijn schoonvader zonder twijfel van haar had doorgekregen –, aan de gebrekkige doch uitvoerige beschrijvingen, was af te leiden dat vader dezelfde staat van dronkenschap bereikt had als wanneer hij op de nieuwe familiewebsite op eigen reacties begon te reageren.

Ik ging niet op het mailtje in, omdat Jolan en Tesje dat ook niet deden. Antwoorden op de vraag zou aanwezigheid bij opa's begrafenis betekenen.

Het was, geloof ik, het laatste wat ik nog van mijn ouders hoorde.

Achter me sneeuwt de wagen langzaam onder. Ik zou kunnen terugkeren naar Brussel, nu de wegen nog berijdbaar zijn. Toch loop ik verder, het paadje naar de achterdeur af.

Aan de zijkant van het huis hangen lakens te drogen. Een tweepersoonslaken, drie eenpersoonslakens, die met de auto's van Jolan, die van mij met Babar, die van Tesje met Barbie. Of mama verschoont geregeld onze onbeslapen bedden, of zij en vader slapen niet meer in hetzelfde bed maar wisselen ze af in de onze. Het beddengoed heeft in deze korte tijd behoorlijk veel sneeuw gevangen.

De achterdeur is niet op slot. Ik raak ondergesneeuwd, toch ga ik niet meteen naar binnen. Met de klink in de hand kijk ik omhoog, naar de achtergevel.

Dit huis is veel te groot voor wat van ons gezin overblijft.

15 JULI 2002

Voor het eerst hoop ik dat er met een gemeenschappelijke doch verre kennis iets relatief verschrikkelijks gebeurd is, iets waarvan enkel ik op de hoogte ben, zodat ik wat te vertellen zou hebben dat de volle aandacht van Pim en Laurens verdient.

Een verhaal in de orde van de dronken toeriste die zich na een fuif in De Pulse Palieterzaal op het naastgelegen kerkhof aan een loszittende grafzerk optrok na het wildplassen en verpletterd raakte door 'Josepha Louis, 1856-1924' die dit wellicht zelf ook niet gewild had; de streekagent die werd opgeroepen voor de dood van zijn eigen vrouw; de man die met klimbroek en kettingzaag in een boom klom om de takken te snoeien maar door een weerslag zijn eigen kop van zijn lijf zaagde en pas na een paar dagen door een postbode werd opgemerkt.

De neiging zulke verhalen te helpen verspreiden is sterker dan mezelf, vergelijkbaar met het gevoel te moeten plassen: ik kan het uitstellen, niet ongedaan maken. Om noemenswaardig te worden moet je in dit dorp iets noemenswaardigs over een ander vertellen.

De kermis staat opgeplooid in het midden van het dorp, exact hoe ze gisterenavond werd achtergelaten. Het heeft vannacht kort maar hevig geregend. Kartonnen frietzakken zijn slappe boten geworden.

Ook wij zijn present, door Pim samengebracht. Vanochtend belde hij me op. Na de gewoonlijke drie seconden stilte zei hij dat ik hierheen moest komen. Hij noemde geen reden. Uit de plechtigheid van zijn stem viel op te maken dat het een soort vergadering zou worden.

We palmen het beste plekje in dat er op dit moment te vinden is in het dorp: het middelpunt van de kermis, het houten bankje aan de een meter hoge kerkomwalling, zo hoort het.

Morgenvroeg, dinsdagochtend, zullen de uitbaters hun kramen weer inpakken en doorreizen naar een volgend dorp. Zoals alles waar lang naar werd uitgekeken, zal het afbreken sneller gaan dan het opbouwen. Deze nacht zullen de op en neer botsende vliegers voor een laatste keer hoorbaar zijn tot in mijn slaapkamer. Beurt voor beurt zal ik aan me horen voorbijgaan. Mits de wind goed staat, zal ik ook vanavond het krijt horen stukspringen onder de kogeltjes. Dan zal ik me weer afvragen waarom ik niet in Lier ben geboren, of in Zandhoven, dorpen waar meer dan drie bakkers zijn, wel vijftien kermiskramen en twee jaarmarkten, waar je van kinds af aan leert niet overal tegelijkertijd aanwezig te kunnen zijn. Kinderen uit Lier en Zandhoven zijn in tegenstelling tot ons gewend geraakt aan kiezen en verliezen.

Ik zit tussen de twee jongens in op de muur. Ze kijken elkaar voortdurend aan, over mijn hoofd heen. Bij aankomst nam Pim de arm van Laurens vast en snoof er kort aan, Laurens gaf hem een dreun in zijn maag, daar bleef het bij. Onze schoenen rusten op de plank waar het zitvlak eigenlijk moet.

'Wat kijken jullie?' Ik zie Laurens de mouw opstropen waarmee hij net het natte bankje helemaal droog veegde. Met één hand gaat dat moeilijk. Ik ga rechtstaan, tegenover hem, help hem met oprollen. Hij laat het toe. Ik plooi de mouw traag, zodat het langer duurt.

'Laurens en ik hebben een plan,' bekent Pim. Laurens probeert hem met een blik de mond te snoeren. Pim ziet het niet.

‘En wanneer hebben jullie dat plan dan bedacht?’ vraag ik.

‘Doet dat ertoe?’ zegt Pim.

Ik haal mijn schouders op.

‘Het is een mooi plan. Maar we hebben van jou een goed raadsel nodig,’ zegt Laurens.

‘Wat voor raadsel?’ Ik ga weer tussen hen in zitten.

‘Een raadsel dat niemand kan oplossen,’ zegt hij.

‘En waarom hebben jullie dat nodig?’

‘Dat vertellen we je later. Denk jij er alvast over na. Dan gaan Laurens en ik even de rest bespreken. Toch?’ Dit doet Pim de laatste tijd vaker. Laurens om zijn mening vragen. Of dingen die hij tegen mij zegt tegen Laurens kort herhalen, om te onderstrepen dat jongens nu eenmaal onderling een taal spreken die minder letters nodig heeft.

‘Oké, Laurens, alles begint bij een goede tabel.’ Pim raapt een stukje witte, zachte steen op, staat op van het bankje, laat zich aan de andere kant van de kerkhofmuur naar beneden zakken, tot tussen de graven van de onbekende soldaten. Uit de losse pols trekt hij lijnen op de bepleisterde omwalling tot er een scheef rooster ontstaat. Laurens zakt ook van het muurtje, gaat naast Pim staan.

Ik veins heel hard over een raadsel na te denken, spits goed mijn oren.

‘Eerst jouw meisjes, Laurens.’

Er valt een stilte waarin wordt nagedacht.

Van waar ik zit kan ik glimpen opvangen van de velden die rechts van onze tuin liggen. Tussen de velden en het huis, in de smalle Bulksteeg, staat een jeep met trailer geparkeerd, met remlichten aan. Net nu ik kijk, doven de remlichten en trekt hij weer op. De wagen draait het veld in, de aanhangwagen hobbelt op en neer. Ergens in het midden van de weide komt het gevaarte tot stilstand. Een man stapt uit, laat de laadklep openvallen. Er springt een groot, donkerbruin paard uit. Het is niet Twinkel. Die werd afgemaakt. Volgens mij is dit dier een hengst. Het hopt uitgelaten door de weide. Kromme bruine lijnen waaronder iets heen en weer bengelt.

'Melissa, An, Indira...' somt Laurens ondertussen op. Het zijn niet enkel namen van meisjes die vroeger in de klas zaten waar wij bij werden gezet. '...Nele.'

De man die net uitgestapt is, zou Elisa's vader kunnen zijn. Het meisje dat nu ook aansluit, heeft een lange paardenstaart. Ze draaien zich om, speuren het veld af en controleren de prikkeldraad. Nu weet ik het zeker: Elisa is terug.

Na die ene nazomerse schooldag vier jaar geleden waarop zij en ik het badhokje deelden, bleven we vier maanden lang de beste vriendinnen. Ik luisterde naar haar eindeloze gepraat over paardrijden. Ik vroeg me af of ze ook over mij tegen haar paard praatte.

Alle dagen behalve woensdagen ging ik bij meme warm eten. Ik zei tegen mama dat ik op school at. De boterhammen die ik thuis smeerde, gooide ik weg in een vuilbak op de speelplaats.

Elisa dwong me steeds sneller te eten om meer tijd met Twinkel te kunnen spenderen, maar ik vond dat niet erg, omdat ik kon zien dat zij ervan genoot het paard met me te kunnen delen. Soms reed Elisa tijdens de middag een paar rondjes zonder zadel. Ik keek dan naar de staart die heen en weer tikte op haar schouders, in hetzelfde ritme waarmee de staart van het dier de billen aantikte.

Vaak stelde ik mijn blik niet scherp op haar, maar op het huis in de verte, mijn huis, waar Tesje en Jolan boterhammen zaten te eten – in het midden van de tafel het botervlootje, mama scheefgezakt op haar stoel, drie soorten beleg mooi verspreid op een houten plank, ringworst, kaas en apekop, en ik vroeg me af of ik het allemaal echt kon zien, of dat ik die details enkel zag omdat ik wist dat ze er waren.

Op een dag begon Elisa over haar moeder te praten.

'Denk jij bij dieren niet soms aan een persoon die er niet meer is? En dat je dan tegen dat dier doet zoals je tegen die persoon doet?' zei ze.

Ik knikte, al had ik nog niemand verloren en gold voor mij eerder het omgekeerde: mensen deden me soms aan dieren denken.

'Lijkt Twinkel dan op je mama misschien?' vroeg ik.

'Nee, zot,' zei Elisa. Ze trok een vies gezicht. 'Ocharme.'

'Ocharme wie?'

'Ocharme mijn paard.'

Zonder precieze aanleiding vertelde ze me later die middag de waarheid. Haar moeder had haar vader vlak na haar geboorte verlaten. Ze runde ondertussen een hotel ergens in Ierland. Elisa had haar nooit gemist, omdat ze niet beter wist. Terwijl ze dat zei, omhelsde ze de hals van het paard.

Daarna ging ze nog even dresseren. Ik volgde weer het zwiepen van de twee staarten. Voor het eerst begon ze me tegen te vallen. Ik wist meer van Elisa dan dat zij ooit van mij te weten zou willen komen.

Een paar dagen later, vier maanden na haar aankomst op de school, werd ze plots overgeplaatst naar het zesde leerjaar vanwege schitterende resultaten op haar eerste tussentijdse rapport. De meisjes van het zesde sloten haar meteen in de armen, smeerden tonnen lipgloss met glitters op hun lippen, droegen bodywarmers, hingen allemaal een lange ketting met een plastieken speentje rond de hals en zetten met potlood hun wenkbrauwen aan. De mannen van Get Ready! bleken stuk voor stuk homo. Elisa was de enige die dat altijd had zien aankomen.

Ik ging nog een paar keer bij meme eten, maar er werd bijna niet meer gepraat aan tafel. Ik was de korst op de wonde, die moest loskomen zonder dat eraan gekrabd mocht worden.

Het duurde niet lang voor Elisa op school wilde blijven eten.

'Meme heeft mij boterhammen meegegeven, met zelfgemaakte confituur in een klein potje, zodat mijn brood niet slap wordt,' zei ze me pas de dag zelf. Ik had mijn boterhammen al weggegooid, misschien omdat ik hoopte dat die handeling zou bijdragen tot iets, dat voldongen feiten Elisa nog konden beïnvloeden.

De vraag die beantwoord moest worden om in de refter aan de tafel van de meisjes te mogen aansluiten: 'Door wie wil je het minst graag gevingerd worden: Leonardo DiCaprio of Tom Cruise?'

Omdat ik niet wist wie Tom Cruise of DiCaprio waren, vroegen ze niet door wie ik gevingerd wilde worden, maar hoe. Elisa schroefde het deksel van haar confituurpotje los, schoof het potje over het tafelblad naar me toe.

'Eerst demonstreren. Pas dan mag je erbij komen zitten.'

Achteraf kwam ik pas te weten dat geen van de meisjes wist hoe vingeren precies werkte. Ik had het enkel moeten durven.

Haar paard en ik waren op die middag onverwachts lotgenoten geworden. Elisa zou het dier 's middags geen bezoekjes meer brengen. Ze kreeg het druk met verjaardagspartijtjes en liet zich telkens overhalen door haar nieuwe vriendinnen om wafeltjes in haar haren te laten maken. Na schooldagen ging ik langs de weide en deelde ik met Twinkel de versnaperingen die ik zelf niet had opgegeten.

Een keer tijdens de middagpauze zag Jolan me bezig.

Hij zei me dat ik daar beter mee zou ophouden. Hij had in de klas geleerd dat suiker niet goed was voor dieren, daar werden ze ziek van.

'Trek het je niet aan, van Elisa,' zei hij en hij glimlachte flauw. 'Zo bijzonder is ze niet.' Maar zijn stem verraadde het tegendeel.

Diezelfde dag na school kocht ik met mijn zakgeld zo veel mogelijk zuurtjes en jawbreakers bij 't Winkeltje. Agnes deed zelfs van de prijs af omdat ik bijna jarig was. Zowel het dier als ikzelf vond het heerlijk, we snoepten tot ik pijnlijke krampen kreeg.

'Wat wil het zeggen als een paard op haar zij in het gras ligt met schuim op haar bek?' vroeg Tesje die avond aan tafel. Ik kreeg de gehaktbal in m'n mond amper doorgeslikt.

'Dan doet-ie gewoon een dutje,' zei Jolan.

Elisa kwam de laatste twee jaren zelden in het dorp. De vier maanden waarin ik zo vaak met haar optrok komen steeds verder achter ons te liggen, toch worden de herinneringen hieraan steeds scherper.

Pim en Laurens zijn te druk bezig met het gretig opsommen van meisjesnamen om de trailer in de verte op te merken.

In de periode dat ik bevriend was met Elisa, waren Laurens en Pim verliefd op Lara Croft, verslaafd aan het spel waarbij ze haar door de Lost Valley moesten loodsen. Zij hebben Elisa nooit zo goed gekend als ik. Misschien is het daar gebeurd, in die periode dat ik hen aanzienlijk minder zag, dat ze me begonnen uitsluiten.

'Ik kies voor Evelien, Heleen, Elke, Mientje en Elisa,' zegt Pim. De kalksteen waarmee hij de namen opschrijft is zo klein geworden dat hij het tussen zijn nagels moet klemmen om niet de huid van zijn vingertoppen open te halen.

'Wie is Elke?' vraagt Laurens.

'Een meisje uit mijn school. Ze kan met een lasercutter overweg. Het is er eentje die nog niet weet dat ze lesbisch is,' zegt Pim.

'Waarom schrijf je haar dan op?' vraagt Laurens.

'Ze heeft gigantische memmen.'

Er rolt een grijze wolk over het dorp. Het licht valt in schuine strepen, de leegte tussen het wolkendek en de bodem arcerend.

Ik sla mijn blik neer van Elisa naar het kerkhof.

'Eva, aangezien je toch zit te luistervinken: geef jij ook eens namen van meisjes die jij leuk vindt?'

Ik doe alsof ik hen niet gehoord heb.

'Oké, Eva vindt dus niemand leuk,' besluit Pim. Hij maakt aanstalten dit ook in de tabel op te nemen.

'Wat bedoel je met "leuk"? Er zijn verschillende categorieën in.' Ik kijk hen aan.

'Stel dat je een feest zou geven en je kon meisjes uitnodigen. Wie zou je vragen? Wie zou er komen?'

Ik neem mijn tijd om erover na te denken, al heb ik weinig opties. 'Tesje. En Elisa.'

'Nee,' zegt Pim, 'familie telt niet.'

Laurens' moeder kan ik niet zomaar uitnodigen. 'Oké, Elisa dan,' zeg ik.

'Is dat al?' zegt Laurens. 'Die heeft Pim ook al. Dat wordt een klein feestje.'

Ik zeg niets over Elisa die in de verte door de weide beweegt. Ik weet niet precies waarom. Wie ik niet met wie wil delen.

'Heb je al een raadsel?' vraagt Laurens.

Ik schud nee. Ik raak niet verder dan denken dat ik moet denken aan een raadsel.

'Wij zullen anders al beginnen met punten geven,' zegt Pim tegen Laurens. 'Daar hebben we jouw raadsel nog niet voor nodig.'

Hun puntensysteem bestaat al jaren. Het ontstond in de nachten die we samen doorbrachten, in het tentje in

Laurens' tuin. Daar gaven zij meisjes voor hun uiterlijke kenmerken punten op tien. Ik werd betrokken, niet bij het bepalen van de scores, maar bij het beoordelen of Laurens en Pim wel objectief genoeg waren, niet te betrappen waren op verliefdheid. Ze hanteerden een taxatiesysteem dat eigenlijk iedereen in het dorp en ver daarbuiten gebruikte, maar zij waren de enigen die het noteerden, zwart op wit.

Ik was de secretaris. Ik zweeg en hield alles nauwkeurig bij.

Voor we begonnen, ijkten we de schaal door het lelijkste en het mooiste meisje van het dorp te bepalen. Op alles wat daartussen hoorde, plakten we een cijfer tussen een half en negenenhalf. Elk meisje begon met een nul. Per mooie eigenschap werd een punt opgeteld, op een halfje na de komma nauwkeurig.

Laurens en Pim probeerden met het puntensysteem vooral hun eigen waarde te achterhalen. Over eigen cijfers praatten ze nooit hardop, ze mochten enkel een vermoeden hebben van hoe hoog ze zelf scoorden, aan de hand van de meisjes met wie ze elkaar en zichzelf durfden te meten.

Gedurende twee zomers, in 1999 en in 2000, werden de meest relevante meisjes uit het dorp geëvalueerd. Er waren twee groepen die Laurens en Pim niet aangingen: de bovenlaag – zij die te oud waren – en de onderlaag – zij die te jong waren. De breedste laag werd besproken, of ze nu mooi of lelijk waren, zolang ze maar een relevante leeftijd hadden.

Ik weet niet meer wanneer de laatste evaluatie plaatsvond. De boven- en onderlaag zijn aan het versmallen. Hoe ouder ze worden, hoe meer meisjes hen aangaan. De leeftijd verplicht hen ook anders te werk te gaan. Vandaag ijken ze de schaal niet langer. Meisjes moeten niet meer van nul beginnen, maar van tien: er worden geen punten meer opgeteld voor alle mooie eigenschappen, er worden punten afgetrokken voor alles wat er lelijk aan is. Geen idee of dit milder is, of net niet.

Een voor een gaan Pim en Laurens het rijtje namen af die ze net op de kerkhofmuur hebben geschreven. Moedervlekjes, scheve voortanden, platte voor- en achterkant. Er is niets dat ze ontzien. Lager dan één punt gaan ze niet want wie een mossel heeft, is tenminste dat nog waard.

Ik kijk naar Elisa, naar de werkelijke afstand tussen ons die in meters uit te drukken moet zijn – zo'n driehonderd stappen – maar die, nu ik niet beweeg, onoverbrugbaar lijkt te worden.

Over Elisa hebben Laurens en Pim, gek genoeg, alleen maar positieve dingen op te sommen.

'Een meisje kan toch nooit perfect zijn,' opper ik.

'Die tien hebben we nodig,' zegt Pim. 'Om genoeg onderscheid te kunnen hebben tussen de vijven en de tienen.'

'Dat wil zeggen dat jullie nooit iets knapper zullen zien dan Elisa?'

Laurens en Pim kijken elkaar aan, halen hun schouders op.

Drie jaar geleden is ze vertrokken, zonder iemand in het dorp te waarschuwen, zonder iemand iets verschuldigd te zijn. Haar plotse afwezigheid is wat haar nu zo mooi maakt.

'Elisa kan alleen over haar paard praten. Daar zou ik punten voor durven aftrekken.'

'Dat kan wel zijn, Eva, maar het gaat hier om uiterlijke schoonheid.' Pim pakt een nieuwe steen. Hij nummert de namen op het muurtje op basis van het cijfer achter de naam in het rood.

Elisa krijgt uiteindelijk geen tien, maar wel de hoogste score, een negenenhalf. Een halfje minder dan perfect, voor de goede hoop, omdat ze me toch ergens tegemoet willen komen.

'Nu hebben we enkel nog een goed raadsel nodig,' zegt Laurens.

'Kom op, Eva, wil je meedoen of niet?'

Hoe meer ik mijn best doe op een raadsel te komen, hoe minder ik erin slaag na te denken. In de verte maken Elisa en haar vader zich klaar om te vertrekken.

'Krijg ik niet één nacht de tijd om er een te verzinnen?'

Laurens zucht diep. Hij kijkt naar Pim.

'Mij goed,' zegt die.

De kerkklokken slaan twaalf uur. Het terras van De Welkom is leeg, op twee oudjes na die wachten om hun eerste pint te kunnen bestellen. Ze kijken elkaar aan alsof ze op elkaars plaats zitten.

Langzaam begint de kermis weer op gang te komen. Met het eerste piepsignaal, de eerste onbemande testrit, komen twee mensen de straat in lopen. Een grootvader en een kleinzoon. Ze wonen niet in het dorp, want ik ken hen niet. Ze nemen als enigen plaats in een botsauto en rijden achten over de lege oppervlakte. Ik vind het mooi om naar te kijken: steeds dezelfde lussen, niemand die hen hindert.

Voorzichtig haalt Laurens twee briefjes van vijftig uit zijn zak. Ik heb geen geld bij me. Ook Pim haalt honderd euro boven.

'Wie wordt penningmeester?' vraagt Pim.

Ze laten een stilte vallen, die ingestudeerd klinkt.

'Jij, Eva?' zeggen ze dan tegelijk.

Ze leggen het geld samen, overhandigen het.

'In welke attractie willen jullie eerst?' vraag ik.

'Dit is geen budget voor de kermis,' zegt Laurens. 'Dit is een investering.'

'Een investering in wat?'

'Dat zul je morgen zien,' zegt Pim.

We blijven nog een tijdje zitten. De kermis loopt langzaam vol. Ik heb zelf geen geld gekregen thuis.

Naar traditie vertrouw ik erop dat ik de passagier mag zijn, dat Laurens en Pim mij overal in mee zullen vragen.

'Ik ga naar huis,' zegt Pim. 'Het enige wat jij moet doen, is morgen het geld en een raadsel meebrengen. Wij zorgen voor de rest.'

'Morgen om kwart voor twee bij mij thuis,' zegt Laurens. 'En Eva, indien je geen raadsel weet, bel me dan op voorhand.'

Beiden bewegen ze een andere richting uit. Ik blijf afwisselend kijken hoe ze uit het zicht verdwijnen, tot ik doorheb dat ik nee schuddend achterblijf.

DE LUCHTVERKOPERS

Dat het niet goed ging met Tesje kwam ik te weten in '99, op de dag dat de verkopers kwamen. Ik had wel al een vaag vermoeden; naast haar excessieve overwinningsdrang bij Mijnenveger deed ze er ook steeds langer over om van school thuis te komen. Mij kostte het wegzetten van mijn fiets en het uittrekken van mijn schoenen nooit meer dan twee minuten.

Iets na vier uur ging de bel. Aan de voordeur trof ik twee heren in pak aan. Op het eerste gezicht was er weinig aan hen dat klopte. De ene was potig maar klein en had een groot hoofd. De andere was sprietig, groot en had een klein hoofd. Types die schijnbaar altijd in deze samenstelling kwamen en voor wie huizen in dorpen als Bovenmeer toch nog een deurbel hadden.

Kleinhoofd probeerde over mijn schouder de gang in te kijken. Daar was niemand, er stond enkel een met rommel volgestouwde buffetkast. Groothoofd droeg een vouwbaar whiteboard dat ver boven zijn schouders uitstak, het kostte hem moeite bij het wandelen de drie poten van de grond te tillen. In de borstzak van zijn hemd zat een pakje stiften.

'Wij zijn Rob en Steven,' zei hij zonder daar met lichaamstaal verdere duidelijkheid over te scheppen.

'Is er iemand thuis?' vroeg de man die er het meest als een Steven uitzag. Hij had langwerpige sproeten op zijn gezicht en een hemd met ovale figuren. Alles aan zijn lichaam leek net iets te ver uitgerekt, hij deed denken aan een kleiworst waar bij het rollen te hard op was gedrukt.

'Ik,' zei ik. Jolan was net de velden in getrokken met

een pincet en een vergrootglas en had gezegd dat we niet moesten wachten op hem met avondeten, Tesje was hem achterna gehobbeld met veel te grote laarzen aan haar voeten, moeder was voor de derde keer gaan controleren of de kippen nog eieren hadden gelegd.

Ik had de mannen probleemloos op de stoep kunnen laten staan. De buren mochten ook eens iets doen. De man met het dikke album vol zomerse helikopterfoto's van de huizen in het dorp kwam elk jaar aanbellen en hem had ik een paar weken eerder al in de gang laten komen – niet uit interesse, maar omdat het regende. Ik probeerde niet meer dan een glimp van het kiekje van ons huis op te vangen, want dan zou hij me verplichten tot een aankoop, dat voelde ik. Uit de flard die ik opving bleek ons eigendom zelfs in vogelvlucht niet meer dan een verzameling halvelings uitgevoerde plannen. De witte vlek in de achtertuin was geen zwembad maar een defecte diepvriezer. Hij viel niemand van het gezin nog op, mij ook niet, tenzij zo, vanuit de lucht.

In veel huishoudens in het dorp hingen de foto's van deze man in de inkomhal, vlak bij de voordeur, veelal met dezelfde bedoeling als de stickers van het Rode Kruis die jarenlang op dashboards bleven kleven om verkopers bij stoplichten af te kunnen wimpelen. Enkel bij Laurens in de beenhouwerij hingen de luchtfoto's van de zaak fier ingekaderd boven de vleestoog omdat zijn vader ervan overtuigd was dat dit extra perspectief op het bedrijf hen in de ogen van klanten betrouwbaarder maakte. Ze hadden niets te verbergen.

'Nee, het is niet mogelijk de beelden van andermans eigendom te kopen,' had de man geantwoord op mijn vraag hoeveel die van Pims boerderij kostten. Hij was de voortuin uit gemarcheerd, had onze foto's verscheurd. Vlak voor hij de drukke baan was overgestoken, was hij teruggekeerd om een achtergebleven snipper op te rapen. Alsof ik iemand was die daar nog iets mee zou kunnen.

Het whiteboard in de handen van de kleine, gedrongen man gaf deze keer de doorslag ze binnen te laten, al was het maar om te weten wat hij van plan was te tekenen en of hij nu werkelijk Rob was.

'Mijn moeder zit even in de tuin,' zei ik, 'maar ze kan elk moment weer thuiskomen.' Het klonk gelogen. Dat was het ook, al was het eigenlijk niet mijn leugen.

We hadden vijf kippen. Iedereen wist dat mama ook op de hoogte was van het feit dat een kip slechts één ei per dag legde, in de vroege ochtend, maar toch ging ze meermaals per dag kijken of er nog iets gelegd was, en elke keer kwam ze daadwerkelijk terug met één extra ei. Het aangekochte pallet eieren moest ze ergens verstopt hebben, stiekem, naast de krat wijn.

Ik trok de deur verder open. De mannen namen de koude van buiten mee terwijl ze zich zijdelings tussen de muur en de buffetkast wurmden, hun broekspijpen naar voren getrokken zodat de plooien achteraan nergens zouden blijven haken.

We wachtten moeder op, netjes in het midden van de veranda. Het was niet echt een veranda maar een kamer die vader zo was gaan noemen, omdat mama er altijd een had gewild.

Groothoofd, vermoedelijk Rob, klapte alvast het whiteboard open.

We hadden van waar we stonden zicht op het paadje dat van de achterdeur naar de tuin liep. Dat pad was nooit aangelegd, maar het was de kortste weg tussen die twee punten, slordig in het gras ingesleten. De tuin was zo'n honderd meter diep en had achterin dezelfde onhandige vorm als België, maar dan met vier bulten in plaats van drie. In elke uitstulping groeide een andere soort fruitboom. Deze waren bij onze geboorte aangeplant en waren al zo'n twee meter gegroeid. In de vierde bult stond geen boom maar een struikje met besjes.

Weldra zou moeder verschijnen met een ei op de arm. Ik wees naar de deur van het kippenhok, een uit asfaltplaten gebouwd kaartenhuisje waar voordien nog de fietsen hadden gestaan tot de kans op een wezel of een vos groter werd dan de kans op een fietsendief. Toen mochten de kippen erin.

In plaats van moeder verscheen plots Tesje voor mijn wijsvinger. In gedachten verzonken liep ze naar de achterdeur. Daar bleef ze stilstaan, haar profiel naar ons toe. Ze duwde de klink naar beneden zonder de deur open te duwen. Die beweging herhaalde ze verschillende keren.

Plots spuwde ze op de klink, wreef deze met haar mouw weer droog en begon te zingen. Door het raam heen kon ik sommige woorden onderscheiden. Het was een opsomming van wat ze die dag al had gedaan.

Groothoofd liet een zenuwachtig kuchje ontsnappen.

Hierop draaide Tesje zich om. Ze verstijfde bij het zien van de twee mannen in pak die naast mij voor het raam stonden. Ze liep weg, naar de achterste hoek van de tuin, richting het hok van haar konijn.

Ik herinnerde me plots de dag waarop iets soortgelijks was gebeurd, toen ik druipende theezakjes naar de composthoop had willen brengen en van binnenuit de klink van de achterdeur op en neer had zien bewegen zonder dat er iemand binnenkwam. Ik was te hulp geschoten, had de deur geopend die helemaal niet op slot was en plots was ik oog in oog komen te staan met Tesje, die van haar onderkaak een bakje had gemaakt waarin een klodder speeksel klaarzat.

'Wie wil een glas water?' vroeg ik aan de mannen om hen van Tesjes vreemde gedrag af te leiden. Ze volgden me de keuken in.

Ik blies de hondenharen uit de lege glazen, vulde ze met kraanwater. Ze zouden er niet van drinken, maar het zou hen helpen een houding aan te nemen. Steven bestudeerde de kwaliteit van het water. De kleine man keek naar de hoop schoenen die bij de deur lag.

Misschien had ik net om deze reden al deze verkopers binnengelaten. Om uit hun blikken de afkeuring te kunnen opmaken, de bevestiging dat er iets grondig mis was met ons. Mannen in een net pak gaven altijd de indruk dat ze de macht hadden ergens verandering in te kunnen brengen, dat ze gestuurd waren door een erkende instantie, dat het whiteboard net als de luchtfoto's de benodigde attributen waren.

'Met hoevelen wonen jullie hier?' vroeg Groothoofd, al vond ik dit meer een vraag voor Steven, die vanwege zijn lengte gewend moest zijn aan overwicht.

'Met vijf,' antwoordde ik.

'Je hebt meer broers of zussen?'

'Ja, ook nog een broer.'

'En hoe oud zijn jullie?'

'Veertien, elf en acht.'

De man knikte. Hij leek het te willen noteren, maar de beleefdheid verhinderde hem het notitieblokje uit zijn zak te nemen.

'Wat verkopen jullie eigenlijk?' vroeg ik.

Even was het stil. De mannen keken elkaar aan.

'Weet je zeker dat je moeder thuis is?' vroeg de Steven-achtige.

Ik knikte.

Tot mijn negende geloofde ik dat er in de tuin een luik zat waar moeder een tweede gezin achterhield. Ik vroeg me af wat ze zou vertellen als ze dat andere gezin verliet om naar ons te komen, of ze ook tegen hen zei dat ze eieren ging halen. Zou ze slechte dingen over ons vertellen, zou ze bij hen beter haar best doen? Zou ze ertegenop kijken om naar ons terug te keren?

De achterdeur ging open. We keken alle drie op. Tesje kwam eindelijk het huis binnen. Ze zette de grote laarzen keurig onder de radiator. Eerst stond de rechter links, maar ze zag het, en corrigeerde dat meteen.

'Een zeldzaam insect gevangen?' vroeg ik.

'Jolan liet me niet dichtbij komen, het geluid van mijn laarzen joeg insecten weg,' zei ze.

'Waar blijft mama?'

'Die komt eraan,' zei Tesje.

'Hoe laat is het eigenlijk?' vroeg Klein- aan Groothoofd.

'Kwart na vier.' Ik knikte naar het digitale klokje op de magnetron vlak voor zijn neus.

'Het is zestien uur veertien,' herhaalde Groothoofd. Hij hield zijn blinkende horloge voor het gezicht van Steven. Aan de manier waarop hij zijn mouw weer over de wijzers liet zakken, wist ik dat deze mannen hier niet waren om ons te helpen. Vrijwel alle verkopers hadden een analoge klok: hun tijd tikte weg, was kostbaarder.

Om zestien over vier kwam mama binnen. In haar haren zaten bolletjes kleefkruid.

'Dag mevrouw, mogen we u een paar vragen stellen?'

Groothoofd stak een hand uit. Moeder probeerde deze te schudden, waardoor het ei dat ze vasthad aan het rollen ging en stukviel op de vloer. Het eiwit spatte open, de dooier bleef intact, belandde op een afstand van de schaal en het slijm. We keken er allemaal naar, een oranje stip op de zwarte tegels.

'Laat dat liggen,' zei mama bij mijn eerste aanstalten te bukken. Tesje probeerde het kleefkruid uit haar haren te vissen, moeder sloeg haar hand weg.

'Gaan jullie maar leuk spelen,' zei Kleinhoofd.

We gehoorzaamden omdat we hem niet kenden, trokken ons terug in de gang. Maar 'leuk spelen' ging net als het prachtig stukvallen van een ei: dat lukte niemand op bevel.

We luisterden naar de stemmen. Het bubbelglas in de deur naar de veranda vervormde de silhouetten, maar hun vreemde proporties bleven bewaard. De kleine klapte het whiteboard open, de grote begon aan een uiteenzetting waarvoor hij allerlei tekeningen op het bord maakte. Bij alle deur-aan-deurverkopers die met zijn tweeën kwamen, ook vandaag, was er een die met strenge stem het woord voerde en een die met het hoofd knikte en af en toe iets herhaalde, maar dan zachter.

Er passeerden geen auto's op de steenweg. Ik vond de moed om Tesje te vragen wat ze eerder had staan doen bij het binnenkomen.

'Dat is iets tussen mij en de achterdeur,' verklaarde ze.

Na een kwartier klapten de schimmen het bord weer op. Het werd stil. De deur ging open, Groothoofd kwam eerst de gang in. Achter elkaar passeerden ze opnieuw de grote buffetkast vol met spullen.

'Ik onthoud altijd hoe ik ergens ben gekomen. Dan weet ik hoe ik er weer wegkom,' knipoogde Steven. Hij vergat deze keer aan zijn broekspijpen te trekken, toch maakten de uitstekende spijkers geen haakjes in zijn glanzende maatpak.

'Wat kwamen jullie eigenlijk verkopen?' vroeg ik.

'Lucht.'

Aan de tred waarmee ze vervolgens wegwandelden, wist ik dat mama beloofd had iets te zullen kopen om van ze af te komen.

Tesje en ik bleven vanop de drempel kijken hoe ze halt hielden bij het volgende huis, met een zakdoekje de tekens van hun bord veegden, elkaar kort op de schouder klopten en de voortuin in gingen. We keken tot ook de noodzaak verdween om voor een goede gang van zaken hun hoofden van hun lijven om te wisselen. Tesje liet de zware voordeur met een klap in het slot vallen. Ook vandaag was er geen hulp gestuurd.

11.15 UUR

Ik sluip de vertrekken van het lege huis door. Een voor een, net zoals ik het vroeger deed op ochtenden dat ik vroeg uit bed was: een flik die na een binnengekomen hulpoproep als eerste de plaats delict betreedt.

Ik doorkruis het halletje waar de schoenen staan, de keuken, de eetkeuken, de veranda.

Niemand. Waarschijnlijk liggen mijn ouders nog in bed, wat te verwachten is. Je moet iets hebben om voor op te staan. Op Jans postume feest zijn ze niet uitgenodigd, anders zou de kaart wel trofee-gewijs op het kurken bord in de keuken prijken.

Verspreid over de bijzettafels staan de restanten van wat een doorsnee-avond moet geweest zijn: een leeggegeten zak borrelnootjes, ontkurkte bierflesjes, op de vensterbank een wijnvat met een keukenhanddoek eroverheen.

De gang in het midden van het huis is donker. De enige weg waarlangs daglicht hier rechtstreeks kan binnenvallen is de voordeur, maar dat raam is besmeurd en het winterlicht niet sterk genoeg. Half op de tast vind ik eerst de schakelaar, de deur van de kelder, de klink van de badkamerdeur.

Met mijn knokkels klop ik op het gelakte hout. Geen antwoord. Ik wacht drie tellen voor ik de deur open.

In de tussentijd probeer ik me, net als vroeger, voor te stellen wat het ergste zou zijn dat ik zou kunnen aantreffen, zodat de realiteit er enkel nog voor zal kunnen onderdoen. Moeder: dubbel geplooid op de stoel, uitgedrukte pillenstrips om haar heen, een lege bus ontsmettingsmiddel, een half leeggedronken flesje dissolvant, haar hoofd rustend tussen haar benen, schuim op haar lippen, bloed uit haar neus, uit haar openstaande mond het gepruttel van de bruistabletten die ze in alle gulzigheid ook nog heeft proberen inslikken. Vader: in koud badwater, een flinterdun laagje gestolde bloedplaatjes aan de oppervlakte, zoals bij een pot oude, zwarte thee, zijn kruis vormt een verlaten eilandje net boven het water, bruin en smerig. Naast hem, op de badrand, de etui met vijlen en nagelknippers. Zijn onderarm naar zijn pols toe opengereten, de schaarpunt recht in de slagader.

Op de derde tel duw ik de deur open. Het bad is leeg. De badkamer oogt verlaten. Het flesje dissolvant staat naast de potjes nagellak, op ooghoogte in de kast vlak voor me. De rugleuning van de stoel draagt vaders hemd met opgetrokken schouders. Daarboven, op de witte muur, is een grote zwarte schimmelvlek waarvan Jolan ooit beweerde dat die de vorm van de Europese Unie had. Beide zijn inmiddels uitgebreid.

Ik duw de deur verder open. Hij veert terug.

Ook dit zou vader kunnen zijn, achter de deur, in de hoek van de badkamer, opgehangen aan het koord van zijn kamerjas. Met kloppend hart kijk ik om het hoekje. De belemmering bestaat uit een verzameling ongewassen pyjama's en kamerjassen, verdeeld over twee kapstokken. De geur van slaap hangt op de hele benedenverdieping, behalve op de plaatsen waar die van natte, oude hond in het textiel is getrokken.

Hoe meer ik vroeger door dit huis had gepatrouilleerd, hoe meer ik me thuis ging voelen bij anderen. In de beenhouwerij van Laurens waren evengoed scherpe messen, bakjes darmen en opgehangen karkassen, maar ik hoefde er nooit op mijn hoede te zijn. Zelfs al zou daar zich iets ernstigs hebben voorgedaan, dat zou niet mijn schuld zijn geweest want het was niet aan mij geweest het te voorkomen.

Dat mijn ouders nog niet wakker zijn, is wellicht ook voor hen het beste. Nu ik alles dat hier onveranderd is gebleven in me opneem, meubel voor meubel, wordt duidelijk dat ik hun niets te vertellen heb, niets te vergeven.

Ik loop naar het raam, naar het neergelaten rolluik en trek deze op. Tussen de voegen van de latjes zitten gaten die het flauwe winterlicht verplichten door de badkamer te dansen, op de wasmand, op het slordig gemetselde bakstenen muurtje waarin twee tandenborstels rechtstaan, op de handdoekenkast in de hoek van de kamer.

De vroegste herinnering die ik aan mijn moeder heb, speelt zich af op dit meubel: ik was ziek, kreeg door haar een 'poepraket' opgestoken. Haar koude hand bedekte mijn billen, om te verhinderen dat er licht in mijn poepgaatje zou schijnen, dat de kogelvormige pil zo de weg naar buiten zou terugvinden.

Heel lang stalde iedereen op het meubel zijn toiletzak met spullen uit. Spullen die niet meer in de lades pasten, waarvan we niet wilden dat anderen ze gebruikten. De aanblik van al die toilettassen maakte me van kindsbeen af vaak somber: ieder had zijn eigen zeepje, eigen tandpasta, een eigen haarborstel. Heel traag waren we al aan het inpakken, allemaal hadden we een andere bestemming op het oog.

Ik moet Tesjes stem horen. Mijn ene hand vist mijn gsm al uit mijn jaszak, met de andere hand steek ik hem terug.

Ik open de schuiflade die vroeger de mijne was. Er staat een schoenendoos, gevuld met alle dingen die ik nooit heb willen weggooien. Een plastieken potje met jaren oud citroensap waarmee ik elke avond mijn gezicht insmeerde om geen pukkels te krijgen. Twee dichtgeplooide briefjes van Elisa die ik elke avond herlas: 'kusjes Elisa' en 'HAHAHA', twee antwoorden op briefjes van mij die ik bijhield omdat ze in het echt zelden lachte om mijn grappen. Een strohalm van Pims hooizolder. Een paar schroeven uit het bagagerek van Laurens fiets. Een stapel bh's, kleine en grote cups, die ik over elkaar heen trok. Een kanskaart: GA DIRECT NAAR DE GEVANGENIS, GA NIET LANGS START, U ONTVANGT GEEN 4000 FRANK

Achter de schoenendoos vind ik een verfrommelde, ongewassen pyjama waar nog de vorm van mijn vroegere lichaam in zit. Er hangt aangekoekte muesli op de kraag. Ik durf de pyjama niet aan te raken, uit schrik dan iets wakker te maken. Wat ik wek, kan ik hier niet meer achterlaten.

Ik begeef me terug naar de achterkant van het huis, naar de bijkeuken. Daar zet ik me aan de glazen tafel met uitzicht op de wit geworden tuin. Het is koud in huis, ook al staat de verwarming aan.

Ik neem een paar slokken van het glas dat ik net heb gevuld, spoel mijn mond. Een paar minuten, minstens, moet ik hier nog blijven. Zo kunnen mijn ouders achteraf niet beweren dat ik in het dorp ben geweest zonder bij hen te zijn langsgekomen. Nu is het aan hen om wakker te worden.

Op de blauw geschilderde muur boven de eettafel hangen twee kindertekeningen van het huis en de tuin. De rechtse is van mij, de linkse van Tesje. De dag dat we deze tekeningen maakten, begon zonnig. Ik had voor mijn verjaardag een brede doos potloden gekregen en had eindelijk toegezegd aan Tesje eens met haar te zullen kleuren. We sleepten de terrastafel naar een plek met schaduw achter in de tuin, van waaruit we het hele huis konden gadeslaan. Ik klapte de gloednieuwe doos open op tafel, zette twee kleurtjes – tentstokken – in de hoeken om de klep open te houden, ging meteen aan de slag. Ik hield mijn lat naast het dak en naast het hondenhok en deed mijn best de verhoudingen goed over te nemen. Ik duwde hard op mijn kleurtjes, om geen detail verloren te laten gaan. Tesje wilde dezelfde kleuren gebruiken; ze nam de potloden waar ik net mee klaar was, en ontfermde zich tussendoor over de gespleten punten, sleep ze met veel zorg. Zelf drukte ze amper bij het tekenen, ze wilde er zo min mogelijk van gebruiken. Haar hemel deed denken aan voile, haar dak was niet regendicht. Toen we klaar waren en onze werkjes naast elkaar op de tafel lagen, zag ik de verschillen pas duidelijk. Op haar tekening waren de elektriciteitsdraad, de vogels, de bloempotten naast de voordeur, de deurklink en de hond verloren gegaan, niet omdat ze ze niet had waargenomen, maar omdat ze met al dat slijpen weinig tijd had overgehouden om te tekenen. Zij vond het niet erg. Het ging haar om mijn gezelschap.

Toen de tekeningen werden overhandigd, deed vader niet erg zijn best te ontkennen dat die van mij beter en degelijker was. Dat mama hem acht punaises gaf en geen vier was de enige reden dat Tesjes tekening toch naast de mijne aan de muur belandde.

Bij iedere maaltijd hingen ze voor onze neuzen en elke keer wou ik dat ik niet zo mijn best had gedaan.

17 JULI 2002

Het is niet het deuntje van de kermismuziek waarmee het dorp afgelopen weekend de nacht inging dat zich herhaaldelijk afspeelt in mijn hoofd, wel het raadsel waarmee ik zo meteen moet komen. Omdat Laurens en Pim het belang ervan zo benadrukten, vrees ik het toch weer te vergeten en zonder raadsel zal ik niet worden toegelaten in de schuur.

Moppen of raadsels onthoud ik vrijwel altijd zonder moeite, zolang ik er het gezicht van een persoon kan bij denken – de toon, de manier waarop het me verteld werd, bij welke zinnen er stiltes werden gelaten om de spanning op te bouwen, hoe de tong in de mond bewoog en of die persoon net melk had gedronken en er wittige speekseldraden ontstonden.

Dit raadsel schoot me gisteren plots te binnen, zonder gezicht of stem, zonder opgelegde rustpauzes of melkdraden. Precies dat baart me nu zorgen. De zwakste plek van elk raadsel is de oorsprong. Wie weet hebben Pim of Laurens het ooit zelf aan mij verteld, wie weet heeft het in een of ander boekje gestaan. Zodra raadsels in het gemeenteblad verschijnen, blijven ze jarenlang onbruikbaar.

Ik fiets pijlsnel door het dorp. In de zak van mijn lichtblauwe jeans zitten de vier briefjes van vijftig euro. Voor het eerst in mijn leven heb ik zo veel geld op zak, voor het eerst zal ik te laat komen op een afspraak. Mijn vertraging heeft niets met de tweehonderd euro te maken, maar indien Pim of Laurens ernaar zullen vragen zal ik toch zeggen dat ik het geld was vergeten en halverwege naar huis was teruggekeerd. In feite heb ik een ander, geldig excuus, maar dat is onbruikbaar, daar kan ik tegen niemand iets over vertellen: het duurde weer meer dan een uur voor Tesje deze middag gedoucht raakte. Wellicht omdat ze telkens fouten maakte, niet de juiste voet eerst over de badrand tilde, de shampoo niet precies naar behoren op haar hoofd had uitgesmeerd. Ze had zich uiteindelijk wel tien keer moeten wassen voor het helemaal juist gebeurde, want toen ze naar buiten kwam, was het vel in haar nek en op haar armen rood. Natuurlijk had ik niet moeten wachten tot de badkamer leeg was om mijn tanden te poetsen, maar ik wilde zeker zijn dat ze gewassen was geraakt.

Laurens' moeder kijkt op als ik mijn fiets op de parking van de beenhouwerij parkeer. Het is alweer even geleden dat ik hier ben geweest.

Ze glimlacht, wijst langs de klant heen naar de zijkant van het huis. Ik moet niet langs de voordeur of door de winkel heen, ik mag nog steeds langs opzij.

Ze glimlacht bijna altijd wanneer ze mij ziet. Niet met de snelle, dankbare glimlach die ze Pim, de pastoor of andere klanten toewerpt omdat ze optrekken met haar zoon of haar vlees consumeren. Nee, haar glimlach vormt zich bij mij trager, is minder manoeuvreerbaar en een tikkel droef, komt in kreukels op haar gezicht te liggen, alsof haar lippen daar eigenlijk niet voor gemaakt zijn.

Ik weet heel goed hoe het zover gekomen is, waar ik deze kostbare grimas aan verdiend heb.

Ze heeft het me zelf verteld, of eerder: opgebiecht, in de tuin, tijdens het verjaardagsfeest voor Laurens' tiende verjaardag. We waren eigenlijk te oud voor een springkasteel, maar Laurens' moeder wilde ons nog een laatste keer klein zien. Ze had het grootste luchtkasteel gehuurd.

Ik zat een paar minuten aan de kant, om even uit

te rusten en te bestuderen hoe Pim z'n sierlijke salto's maakte. Laurens' moeder kwam op me afgelopen.

'Gaat het wel?' Ik zei 'ja' want ik wist niet precies waar ze het over had.

'Wil jij niet mee springen?' vroeg ik.

'Dat kan toch niet,' zei ze. 'Heb je mij al eens bekeken?'

'Ja,' zei ik.

Heel even keek ze gekwetst.

'Ik kan er ook niets van, hoor,' zei ik, 'met mijn olifantenpoten.' Ik legde mijn vinger op een van de gaatjes in de naden van het zeil, waarlangs lucht ontsnapte.

'Jij hebt toch helemaal geen olifantenpoten,' zei ze.

Ik haalde mijn schouders op.

Ze plofte naast me neer, zonk met haar billen tot halverwege het slappe kussen. Ik zakte scheef, kwam met mijn arm tegen haar rechterzij aan te hangen. Ze wriemelde helemaal niet om me van haar weg te krijgen.

Plots begon ze, zo zij aan zij, te praten.

'Weet je, Eva. Toen Laurens en jij nog in de kleuterklas zaten, maakten je mama en ik wel eens een praatje aan de schoolpoort. Een keer keek ik haar na zo'n babbeltje na toen ze wegreed en ineens viel ze met fiets en al om. Jullie waren nog klein. Tesje zat voorin, goed vastgeklikt in een stoeltje dat aan het stuur hing, beentjes voorwaarts. Zij bleef gespaard. Jij daarentegen zat achterop op de fietstassen met benen aan weerszijden.'

Laurens' moeder en ik hobbelden omhoog bij elke salto die Laurens en Pim maakten, botsten dan zacht terug tegen elkaar.

'Ik ben je mama te hulp geschoten, maar zij schudde me van zich af. Ze was overstuur en zei dat ik me met mijn eigen zaken moest bemoeien. Jolan, die op zijn BMX voorop fietste, heeft je moeder en de fiets weer overeind geholpen. Hij heeft Tesje tot bedaren gebracht. Jij, Eva, jij gaf geen kik. Jij zat daar maar, vastgeklampt aan het zadel.'

Laurens' moeder trok een zuur gezicht, zo deed ze het ook bij het ruiken naar de versheid van salades. Naast ons nam Laurens overmoedig een aanloop. Ze wachtte een paar seconden met praten tot hij veilig geland was.

'Die avond, Eva, kreeg ik geen hap door m'n keel, geloof me. Elke keer zag ik opnieuw Jolan die je moeder weer in gang hielp en die fiets die dan uit het zicht verdween met jouw beentjes aan weerszijden van die fietstassen. Je rechtervoet stond in een rare hoek.'

Ze keek me aan, en voor het eerst gaf ze me die glimlach, liefdevol maar met spijt doorvlochten. Ze nam mijn rechterenkel tussen haar handen en streelde mijn been, langer dan nodig, zo deed ik het soms ook bij straatkatten, met stevige streken, in de hoop dat ik ze zo met vreugde kon opladen, ze nog uren zouden blijven spinnen terwijl ik al lang weer weg was.

'Zulke dingen gebeuren,' zei ik. Ik meende het, het was goed dat mama met die fiets was gevallen want het had me dit opgeleverd: de glimlach die ze niemand anders gunde, die van ver moest komen.

Laurens wierp ons een vragende blik toe, maar greep niet in, want zolang zijn moeder neerzat bleef het hele zeil van het luchtkasteel strak staan – er waren prachtige salto's uit te halen.

Ik denk niet dat Laurens' moeder weet wat er een week geleden tussen mij en haar zoon gebeurde op onze laatste schooldag. Misschien heeft ze geen vragen gesteld toen Laurens thuiskwam met de schram op zijn gezicht, misschien heeft hij haar niet durven vertellen wat er echt gebeurd is.

Ik wandel voorbij de vitrine, open de poort aan de zijkant van het pand, kruis eerst de deur van het atelier.

Dit is het terrein van Laurens' vader, hier mochten wij eigenlijk nooit komen. Laurens' moeder beweerde dat de messen zo scherp waren dat we er onze ogen aan konden snijden enkel door ernaar te kijken. We wisten dat dit twijfelachtig was, maar toch keken we nooit langer dan een paar seconden.

Ik ga de buitenkoer op. Onder het afdak komen er verschillende deuren op uit: die van de oude keuken, het atelier, de gigantische inloopdiepvriezer die ze er bij de eerste verbouwing hebben neergezet.

De koer staat volgestapeld met ongebruikte spullen die ooit nog van pas kunnen komen en daarom niet uitsluitend rommel zijn: plastieken schotels, dozen van piepschuim, prikkers, een barbecue. Hier speelden we wel eens verstoppertje. Wie zocht, moest met z'n gezicht tegen de zoemende stroomgenerator tot honderd tellen.

De laatste keer was ik zoeker en terwijl ik tot honderd telde, verstopte Pim zich ín de inloopdiepvriezer. De deur viel achter hem in het slot. Het duurde een tijdje voor ik het erop durfde wagen tussen de opgehangen karkassen te gaan kijken. Daar vond ik hem, in een hoekje. Zijn lippen waren al blauw, zijn gezicht lijkbleek. Hij bleef de hele dag naar de dood stinken.

Achter de koer ligt een lange smalle tuin met een houten speeltuig en een oude schuur. In die schuur werden vroeger de hammen gekookt en de salami gedroogd. Er stond een toestel om vlees vacuüm te verpakken. Daarom noemden we het de vacuümschuur. Er komt zelden nog iemand, maar vandaag hebben we hier afgesproken.

De deur staat al open. Laurens zit op een stoel, achter een bureau dat op drie poten blijft staan – wellicht leunt het op iets wat ik in de donkerte niet kan zien. De schuur is ingericht met afgedankte meubels, er zou zonder problemen een gezin Kosovaren kunnen wonen. Er staan oude kasten, een ligzetel met daarop een oude leesbril, een wasteil, een oude televisie en een afgedankte warmteblazer. Binnen is het goed heet. Boven Laurens' hoofd hangen de wasdraden met donkerrode, gespikkelde worsten. Als het geen vlees was, zou het iets feestelijks hebben.

'Is Pim er nog niet?' vraag ik.

'Zie jij hem ergens dan?' Laurens stuurt een nadrukkelijke blik de lege ruimte door. Links van hem is er een donkere afdruk op de grond. Daar stond vroeger een oven.

Ik durf niets meer vragen. Ik ga zitten op een bureaustoel met wielen, waarmee ik mezelf door de ruimte rol.

Zenuwachtig schuift Laurens een van de lades van zijn bureau open en dicht. Ik neem hem zijn stilzwijgen niet kwalijk want ik heb ook niets te vertellen. Nauwlettend houden we de deur in de gaten.

Het is lang geleden dat Pim hier nog kwam. Misschien twijfelt Laurens of hij wel zal komen, of hij de weg nog kent.

'Vertel,' zeg ik. 'Wat is het plan?' Weer kijkt Laurens naar de deur. Hij zucht.

'Pim komt niet alleen. Hij brengt een meisje mee. Jij geeft je raadsel. Zij zal proberen het raadsel op te lossen. En indien ze het niet raadt, dan...' Hij trekt zijn wenkbrauwen drie keer op en neer in scherpe hoekjes.

'Dan maken we er worstjes van?' vul ik aan, terwijl ik een blik werp op een trommel bloem. Laurens kijkt doodserieus.

'Jij hebt echt te veel fantasie,' zegt hij zo beledigd mogelijk.

Buiten klettert de poort. Laurens springt op. Pim komt binnen. Achter hem verschijnt een meisje dat ik ook ken: Buffalo-An.

In Bovenmeer zijn er twee Annen. Er is ook nog mijn buurmeisje – onze vroegere babysit. Deze An dankt haar bijnaam aan het feit dat ze ooit op een scholenveldloop kwam opdagen met Buffalo's, in de veronderstelling dat het gewicht van de zolen haar benen sneller zou laten bewegen. Nog voor het weerklinken van het startschot, bij het geduw en getrek van tegenstanders aan de beginmeet, verzwikte ze haar beide enkels. Het heeft haar er niet van weerhouden om nog altijd dezelfde schoenen te dragen.

An is een jaar jonger dan wij, al probeert ze dat met haar kledij te compenseren: behalve Buffalo's draagt ze een kort zwart rokje, een gele top, een plastieken tattooketting rond haar hals die veel weg heeft van een netje waarin citroenen verkocht worden. De zwart-gele kleuren zijn geen toeval, haar vader is aanvoerder van de fanclub van de Lierse.

Ze beweegt behendig de schuur door, gaat naast Laurens staan en wijkt niet meer van diens zijde. Ooit was ze verliefd op Pim, tot duidelijk werd dat hij voor haar te hoog gegrepen was, toen nam ze genoegen met opkijken naar Laurens.

'Beste vrienden,' zegt Pim. Hij gaat op een blik paneermeel staan. Nu is hij een kop groter dan ieder van ons. Laurens kijkt naar het deksel dat onder het gewicht doorbuigt, maar zegt er niets van.

'Ik heb op de weg naar hier An de spelregels al uitgelegd, toch An?'

An knikt enthousiast.

'Kun je ze dan nog eens herhalen?' zegt hij.

'Er is een raadsel. Er valt tweehonderd euro te winnen. Ik mag gokken zoveel ik wil, maar per poging trek ik een kledingstuk uit.' An neemt drie kauwgoms uit haar zakje, kauwt met haar voortanden. Ik kijk naar de witte massa die bij elke maling in een andere vorm uit haar open mond komt piepen.

'Heb je nog vragen?' zegt Laurens.

'Nee,' smakt ze.

'Dan is het nu aan jou, Eva,' zegt Pim. 'Geef je raadsel maar. An zal jou vragen stellen. Als het juist is, knik je, als het fout is, dan schud je nee.'

'Hoor je dat? An,' zegt Laurens. 'Eva is de enige die hier de waarheid in handen heeft.'

Ik schraap mijn keel en geef het raadsel zonder de jongens aan te kijken. Terwijl ik praat duwt An met haar tong de kauwgom tussen haar voortanden en laat hem daar even zitten, plamuursel tussen onder- en bovenkaak.

'Hoe kan ik nu raden wat er met die man is gebeurd?' De kauwgom laat los.

'Daarom noemen ze het een raadsel,' zegt Laurens. 'Stel slimme ja/nee-vragen, dan zal je het vinden.' Zijn blik verraadt dat hij zelf ook niet zou weten waar te beginnen.

'Je mag zo veel antwoorden geven als je wil. Maar je kent de kostprijs,' zegt Pim.

'Ja, ja,' zegt An. 'Laat me even nadenken.' Ze trekt aan de plastieken halsband, die verliest zijn rek waardoor nog meer opvalt dat het geen echte tattoo is.

Het is zo stil dat in de verte de bel van de winkel te horen is. Ik beeld me in hoe het geluid van aan de voorkant van het huis tot bij ons is gekomen, en wat het op die weg heeft moeten raken en ontwijken.

'Zal ik een ander raadsel geven?'

Pim gebaart dat ik mijn mond moet houden.

'Heeft de man gepist, komt die plas water daar zo?' probeert An.

Pim en Laurens kijken naar mij. Dit is wat zij ook gevraagd zouden hebben. Ik hou de spanning er even in. Schud dan nee.

'De man heeft niet geplast.'

An zucht, groots. Ze trekt de halsband over haar hoofd.

'Die telt niet,' zegt Pim meteen. 'Dit is toch geen kledingstuk?'

An peutert zonder verpinken het slipje onder haar strakke minirok vandaan. Het is een kleine string. Die plooit ze op tot een vierkant en steekt hem in haar zak. Wellicht denkt ze het hierbij te zullen laten. Of ze nu begint met het slipje of niet, ze heeft maximaal vier kansen. Daar heeft ze blijkbaar geen erg in.

'Stond er een stoel of een ladder in de kamer?'

'Dat heb ik al gezegd, dat was een van de gegevens,' antwoord ik. 'De kamer is leeg.'

An heeft haar armen al gekruist, haar handen aan weerszijden van haar heupen tillen de onderste boord van het gele topje op. Er komt een bleke buik en een sport-bh tevoorschijn. Ze gooit het T-shirt op de grond.

'Je mag stoppen,' zeg ik.

An maalt haar kauwgom op volle kracht.

'Is de man door het plafond gezakt?' probeert ze snel nog, in de hoop dan ook maar een half kledingstuk te moeten uittrekken. Ze kijkt enkel Pim aan. Dit gaat niet om het winnen van tweehonderd euro.

Ik schud nee.

An gaat met haar handen naar haar rug, klikt daar haar bh los. Ze schudt de bretellen van zich af. De bh belandt bij het topje. Ze heeft kleine, doorsneeborstjes. Precies wat je van haar zou verwachten.

Laurens en Pim kijken haar aan zonder een krimp te geven. Ze lijken zelf niet te geloven dat ze iemand zover hebben gekregen. Ze gluren naar haar navel. Laurens weet niet waar hij met zijn handen moet blijven. Hij wil ze in zijn broekzakken steken, maar die heeft hij niet, dus hij klemt ze onder de randen van zijn broek.

Onder de slinger droge worsten, met enkel twee Buffalo's en een kort rokje, is de sprietige An plots heel knullig en kwetsbaar, als een pasgeboren kalf met veel te grote hoeven. Pim zet een stapje dichterbij.

'Je hebt nog twee kansen over,' zegt hij. 'Schoenen tellen voor één.'

Plots wordt An verlegen. Ze bedekt haar bovenlichaam met een arm. Ze voelt zich pas naakt bij het idee haar schoenen te moeten uittrekken.

'Ik stop,' zegt ze.

'Oké, schoenen tellen toch voor twee,' probeert Laurens nog.

'Nee.' An klemt haar knieën samen en bukt zich. Ze grabbelt haar hoopje kleren weer vast. Er is weinig zo zielig als een pas uitgetrokken kledingstuk op de grond. Snel trekt ze haar top weer aan.

'Jammer,' zegt Pim.

An peutert het slipje uit haar zak, plooit het open en zoekt uit wat de voorkant is. Haar voeten duwt ze door de gaten. Een van de plateauschoenen blijft in de stof haken, ze struikelt. Laurens moet haar opvangen.

Niemand zegt nog iets.

Ik weet ook niet wat ik hier nog aan toe kan voegen behalve sorry, maar dat mag ik niet zeggen, want ik hoor bij de jongens.

Nog voor ze door het poortje van de buitenkoer verdwijnt, slaan Pim en Laurens hun handen tegen elkaar.

'Niet mis voor een vijfpunter,' zegt Pim.

'Maar een zes is ze toch ook zeker niet,' zegt Laurens. Hij kijkt op zijn horloge.

'Tot zover klopt ons systeem.'

'Dus we laten het zo staan op de kerkhofmuur. Buffalo-An. Vijf op tien?' Pim knikt.

Ik ga weer zitten op de stoel en rol mezelf naar hen toe. Nu pas lijken ze te merken dat ik er ook nog ben.

'Jij kwam met het beste raadsel *ooit*,' zegt Pim.

'Wat vond je ervan?' vraagt Laurens aan mij. 'Je mag weer praten nu, hoor.'

Ik trek mijn schouders op, kijk of ik het geld nog heb. Dat haal ik voorzichtig tevoorschijn.

'Nee, houd het bij,' zegt Laurens. 'Het is voor jou. Niet écht voor jou, maar voor de bank. Jij bent de secretaris.'

'Waarom ben ik de secretaris?' vraag ik.

'Die zijn nodig bij dit soort steekproeven.' Pim gaat terug op het blik paneermeel staan. 'Jij moet dat begrijpen. Al die jaren hebben wij met de natte vinger punten uitgedeeld aan meisjes, maar nu pas gaan we weten of we er niet al die tijd naast zaten. Steekproeven tellen pas als ze correct gebeuren.' Bij het woord 'steekproeven' dopt hij de top van zijn wijsvinger in zijn speeksel, vormt een rondje tussen duim en wijsvinger en priemt de natte vinger door het gat.

Laurens doet zijn best luid te lachen. Hij stopt als hij mijn bezorgde blik ziet. 'We hebben jou nodig. Zonder bank wordt er niet gespeeld. En de lottotrekking, je weet, die is ook niet geldig zonder deurwaarder.' Hij grabbelt boven zich, naar een van de worsten, rukt het los van de slinger en breekt het doormidden. Er belandt een klonter gestold vet op zijn kin.

GEWETEN

In het vierde leerjaar gaf ik mijn geweten een naam en een gezicht. Juf Emma was linkshandig, droeg haar haren in een dot die zelfs na lang kijken niet prijsgaf hoe hij zo strak op zijn plaats bleef zitten. Haar frons bestond uit drie evenwijdige rimpels. Ze deed denken aan een illustratie uit het memoryspel van Dick Bruna dat we thuis af en toe speelden: er waren amper lijnen nodig om haar te tekenen.

Juf Emma was niet getrouwd. Naast doceren op de lagere school deed ze verzorgend vrijwilligerswerk bij het Wit-Gele Kruis en gaf ze EHBO-cursussen aan kleine verenigingen. Leerlingen konden bij haar terecht voor de gênantere soort probleempjes: meisjes die hun kin of jongens die hun voorhuid mee dichtritsten. Ze had kleine, zachte handen. Indien nodig kon ze ook reanimeren.

In het derde leerjaar – we zaten allemaal op onze Roald Dahl-fase – was me opgevallen dat juf Emma het bovenste kootje van haar rechterpink miste. Ze merkte mijn gestaar op.

'Dat heb ik ook al geprobeerd – kijken in de hoop dat het stukje terug groeit,' zei ze, 'maar tot nog toe heeft het niet geholpen.'

Het was haar 'tot nog toe' dat net genoeg ruimte liet voor hoop. Tijdens de middagspeeltijd, terwijl de rest van de klas *flitspoppers* perste, *snoskommers* uit hun brooddoos toverde en met een rietje van hun blikje *fropskottel* slurpte, keek ik toe hoe juf Emma op de speelplaats surveilleerde. Ik probeerde Matilda-gewijs haar vingerkootje er weer aan te staren. Na een tijdje stopte ik daar mee, omdat ik begon te twijfelen over wat ik er eigenlijk mee wilde bereiken. Wilde ik juf Emma's vinger herstellen zodat ze me zou adopteren? Dat vond ik zielig voor mijn ouders; zij waren op geen enkele manier te vergelijken met de ouders uit het boek, hadden betere intenties, waren geen oplichters.

Hoe het praktisch in zijn werk ging dat juf Emma in het vierde leerjaar de plaats innam van mijn geweten, weet ik niet. Ik weet enkel wanneer het gebeurde: tijdens de les knutselen, op een donderdagnamiddag. Eigenlijk gaf zij uitsluitend les in het zesde leerjaar, maar die dag was er geschoven met de leerkrachten en stond zij een paar uurtjes voor onze klas.

Ze had onze bijzetklas exact dezelfde opdracht gegeven als de anderen. Er speelde een cassette met een luisterverhaal waarvan we nooit verder raakten dan de A-kant omdat de knutselles slechts veertig minuten duurde, na de laatste speeltijd moest er ook nog een uur godsdienst gegeven worden. Juf Emma liep door de klas terwijl we aan het werken waren. Achter mijn stoel bleef ze het langst staan.

Ik had, zover ik kon zien, niets onrustwekkends geknutseld. De opdracht liet dat ook niet toe: met een stift kleurden we de binnenkant van plastieken mapjes, dan strooiden we er zout in. Dat absorbeerde de inkt en verkleurde. De gekleurde korrels schudden we voorzichtig uit het mapje, rechtstreeks in een glazen potje. Zo construeerden we laagje voor laagje. Een knutselwerk waar geen bepaald talent voor nodig was, enkel twee handen, geduld en een moeder die snel tevreden was.

Pim had het zichzelf niet moeilijk gemaakt. Hij had een piepkleine bokaal mee waarin ooit kappertjes hadden gezeten. Hij was heel snel klaar en mocht anderen helpen, zei de juf. Laurens had een gigantische bokaal meegekregen. Het etiket met zoetzure augurken was niet volledig losgeweekt. Hij ging slordiger te werk aangezien hij een kilo zout gekleurd moest krijgen. Na tweehonderd gram waren zijn viltstiften al uitgedroogd en legde hij mede beslag op de mijne. Hij deed te veel zoutkorrels per keer in zijn mapje. In plaats van rood kleurden ze roze.

Allemaal wilden we het goed doen want aan het einde van de schooldag zouden we met onze kunstwerken de poort uit lopen, langs de ouders die daar hun kinderen opwachtten. Er waren leerlingen die er een optocht van zouden maken, hun bokalen voor zich uit gestrekt. Sommigen, zoals wij, zouden een aftocht maken, met onze werkjes in onze boekentas.

Laurens boog naar voren, probeerde het potje van Pim af te pakken en ermee te schudden, zodat de kleurlaagjes mengden en bruin kleurden. Juf Emma zei niets van Laurens' geplaag. Ze bleef naar mijn bewegingen kijken. Ik werd zenuwachtig van haar aanwezigheid. Het plastieken mapje in mijn handen begon te trillen.

Vlak voor de namiddagspeeltijd – iedereen zat al klaar om op het eerste geluid van de bel naar buiten te speren – vroeg ze of ik even in de klas wilde blijven.

De schoolbel rinkelde.

'Tijd voor een potje voetbal,' zei Pim.

De ruimte liep leeg, de speelplaats stroomde vol, op elke bank in het lokaal bleef een glazen bokaal achter, gevuld met gekleurde laagjes zout, behalve achterin, waar ons bijzetklasje stond. Drie lessenaars, drie werkjes: een met een zwart deksel, een grote, halfgevulde augurkenpot met pastelbruine, uitgelopen kleuren en mijn werkje – een kleine fles met elegante, korte nek, gevuld met gele en blauwe korrels, die waar ze elkaar raakten groen kleurden. Mijn werkje had er daarvoor nog enigszins vrolijk uitgezien, of toch mooier dan het bruine misbaksel van Laurens, maar nu vanop afstand kon ook ik alleen nog de vorm zien: een wijnflesje.

Er wurmde zich een krop door mijn keel naar boven. Ik slikte hem weer weg.

'Is er misschien iets wat je kwijt wil?' vroeg juf Emma. Ze ging op de hoek van haar lessenaar zitten.

Vertellen wat ik voelde, wat ze wilde horen, kon ik niet. Indien de dingen die ik kwijt wilde elders heen konden, dan had ik ze in eerste instantie ook niet moeten ondergaan.

Twee keer begon juf Emma zelf aan een zin, ze gaf de indruk ook een geheim te willen verklappen, zodra ik met het mijne zou komen. Ik pulkte de rozijnen uit mijn Grany en slikte ze een voor een door. Ik probeerde niet naar haar pink te staren en concentreerde me op de kruimels die zich tussen mijn voeten verspreidden. Een paar minuten voor de bel weer zou rinkelen, zei de juf dat het niet erg was dat ik er niet over kon praten. Ik mocht nog even gaan voetballen.

Vlak voor ik de deur opende, stak ze haar hand met het stompje op en zei: 'Ik heb ook nog nooit eerder aan iemand verteld hoe dit is gekomen.'

'Wil je het me vertellen?' vroeg ik.

'Het blijft tussen ons, toch?'

'Natuurlijk.'

Juf Emma schuifelde met haar zitvlak op het tafelblad, op zoek naar een meer comfortabele houding.

'Ik ben zo geboren. Mijn navelstreng zat op sommige plaatsen rond mijn ledematen gedraaid, waardoor die delen van het bloed werden afgesneden. Ik groeide, en de navelstreng liet sporen achter.'

Vervolgens bukte ze, trok haar broekspijp naar boven. In haar onderbeen zat een diepe afdruk tot op het bot, een verrimpeld litteken, het been leek daar nog steeds ingesnoerd door een onzichtbare lijn.

Op mijn weg naar de speelplaats, in de schoolgang waar niemand me kon zien, werd ik plots misselijk. Ik probeerde uit de weerspiegeling in het raam af te leiden of je iets aan mijn houding kon zien. Ik schudde mijn schouders los en probeerde te lopen als Laurens, daarna als Pim, vervolgens als andere willekeurige mensen van wie ik vermoedde dat ze zelden iets kwijt wilden.

Ik voetbalde ongeremd en heviger dan anders, in de hoop dat ik door een van de jongens onderuit zou worden gehaald en ter verzorging terug bij juf Emma zou terechtkomen.

Het enige wat viel waren tegendoelpunten.

Aan het einde van die schooldag gebeurde er iets vreemds. Na mijn aftocht door de schoolpoort zweefde juf Emma achter me aan naar huis. Ik zag het duidelijk en klaar: niet haar hele lichaam, enkel haar hoofd en een stuk van haar hals. Gedurende de hele weg naar huis bleef haar hoofd daar hangen in de blauwe hemel, dobberend in de wind, op de hoogte van een heliumballon die met een koordje rond mijn pols was gebonden. Vanuit vogelperspectief keek ze op me neer, het was een gave die ik tot dan toe enkel Sinterklaas had toegekend. Het had niets gruwelijks. Ik had haar niet onthoofd, ik dacht haar lichaam er gewoon niet bij; het enige wat ik nodig had waren haar ogen.

Ik hoefde juf Emma niet uit te leggen waar ik woonde, welke kamer in huis de mijne was. Ze volgde me de hele avond en bleef tot ik in slaap viel. Vlak voor mijn ogen dichtvielen zweefde haar gezicht aan het voeteneinde van mijn bed. De volgende ochtend, nog voor ik mijn ogen opende, voelde ik haar blik alweer.

Juf Emma bleef weken, maanden, jaren bij me. Ik wist dat ze niet echt was, maar toch verloor ze me geen seconde uit het oog. Ze kon door plafonds heen kijken, door muren en daken; staal, hout, doorheen verschillende verdiepingen, en als het moest reisde ze zelfs honderd kilometer met me mee naar familiefeesten in West-Vlaanderen.

Ik legde de juf slechts twee beperkingen op: ze kon niet door kleding of dekens kijken en op school, wanneer juf Emma zelf in levenden lijve aanwezig was, kon ze niet tegelijkertijd het gezicht van mijn geweten zijn.

Door haar aanwezigheid was ik zelden alleen. Toch voelde ik me eenzamer dan tevoren, omdat ik met Laurens en Pim niet kon praten over dit grote geheim, niet alleen uit schrik dat ze me zouden uitlachen maar dat ook zij juf Emma zouden vragen bij hen te komen waken.

Na een paar maanden werd het lastig. Laurens en Pim hadden niemand die hen in het oog hield. Ze leken me hoe langer hoe meer vrij en onbelemmerd. Ik kon niets meer doen zonder dat ik tegelijk moest controleren hoe dat er van bovenaf uitzag. Ik volgde mezelf overal: fietsend door de straten, de put overzwemmend, zittend aan tafel, over een boek gebogen, liggend in mijn hoogslaper: het meisje met de olifantenpoten, continu in beweging.

Op de dag dat juf Emma op de speelplaats haar stem tegen me verhief, werd het nog moeilijker. Eenmaal thuis moest ik het goedmaken met haar. Ik durfde niets meer te doen dat haar boos zou kunnen maken, uit vrees dat ze dan niet langer zou willen waken. Ik probeerde een voorbeeld te zijn, hielp met de afwas, schrokte geen chocolade meer, gebruikte niet langer stiekem de dure antirimpelcrème van mama, ik liet geen windjes meer en voor het geval ze ook mijn gedachten zou kunnen lezen, durfde ik niets kwetsends over anderen te denken, of over blote mensen te fantaseren. Dan zou ik haar aan het walgen brengen. Op de wc wrong ik me in bochten om mijn billen af te vegen zonder dat zij er iets van zou kunnen zien, ik ging niet langer languit in bad liggen, peuterde niet in mijn neus, keek niet naar de borsten van vrouwen in de catalogus van 3Suisses. Ik sliep steeds slechter. Bij het maken van toetsen kon ik het niet laten mezelf vanuit haar vogelperspectief te zien zitten. Alles kwam met slechte punten terug.

Je verstoppen voor iemand die door muren en plafonds kon kijken bleek vrijwel onmogelijk.

In de maanden die volgden keek ik juf Emma zo weinig mogelijk aan tijdens de les, op de speelplaats probeerde ik niet langer te volgen hoe ze surveilleerde, ik hield enkel nog bij met welke kinderen ze aan de praat ging en wie ze verzorgde. Telkens als ik naar haar keek, vreesde ik dat haar hoofd me 's avonds op weg naar huis weer zou volgen, en tegelijk was ik bang voor de dag dat het er plots niet meer zou zijn.

12.30 UUR

De lucht is geheel grijs. Nergens zijn randen te zien waar de wolk zich zou kunnen losscheuren van de hemel, waarlangs zonlicht zou kunnen binnenvallen. Verse vlokken bedekken het vogelhuisje, de bloempotten, de daken van omliggende huizen. Elke auto die de baan komt afgereden lijkt de weg kwijt te zijn.

Ik heb mijn handen op de keukentafel gelegd met de vingers gespreid. Op de vensterbank loopt een kat heen en weer. Miauwend probeert ze zich door de gesloten schuifdeur heen te wurmen. Ze stopt, kijkt me aan, bedenkelijk. Wie is dit, wat doet zij hier, waarom zit ze op mijn plaats? Ik vraag me hetzelfde af.

In het studentenhuis waar ik woonde, had ook iedereen een vaste plek aan tafel. Het was niet duidelijk wanneer die verdeling had plaatsgevonden, wie had bepaald dat ik niet aan het hoofd zou zitten.

Toen ik er wegging, verhuisde ik voor een paar maanden naar een flat in Schaarbeek. Voor het eerst woonde ik alleen. Geen enkele keer ben ik aan het hoofd van de lege tafel gaan zitten.

Zonder diploma kon ik niet als architect werken, om de avond te breken volgde ik lessen modeltekenen aan de academie.

Lichamen zijn ook een soort gebouwen. Elke week daagde ik op, tot de leerkracht vroeg waarom ik de modellen nooit naar waarheid tekende, naakt. 'Dit is toch waarnemingstekenen?' zei hij.

Ik kon hem niet vertellen dat ik de schetsen bij thuiskomst ophing aan de muur tegenover de eettafel en dat het lastig eten was oog in oog met slappe geslachten.

Na zijn opmerking ging ik minder naar de les, werden mijn muren kaler. Eén tekening liet ik hangen, omdat dat model me aan Tesje had doen denken. De met aders doorlopen slapen, het korte stekelhaar, de uitspringende sleutelbeenderen. Ik had haar precies getekend zoals ik Tesje kende, met de rode wollen trui die ze vroeger zo vaak droeg. Enkel deze tekening verhuisde ik mee naar mijn huidige appartement. Ik liet de schets inkaderen en hing hem op in de slaapkamer.

Ik zit hier al een halfuur, ik ben nog geen enkele keer van de stoel af gekomen. Zodra ik rechtsta, zal ik vertrekken. Maar het is nog geen tijd om bij Pim op te dagen.

Ik kijk op het schermpje van mijn telefoon. Geen mails, geen bericht, geen gemiste oproep. Ik zet mijn telefoon op vliegtuigstand, schakel hem opnieuw aan, in de hoop dat dit iets oplevert: een bericht, een tag op Facebook, een verbloemde vraag van iemand die iets nodig heeft, desnoods een factuur of reclame van de bank.

Niets. Het verbaast me niet. Wie niet zaait, niet oogst. De buurman heb ik mijn gsm-nummer niet gegeven. De laatste mails in verband met de modeltekenles heb ik nooit beantwoord.

Ik stuur een bericht naar mezelf: 'TEST'.

Een luide bieptoon. Ik demp meteen mijn geluid. Het zou heel stom van me zijn moeder of vader zelf wakker te maken. Het bericht verschijnt. Het belandt in het mapje onder mijn eigen nummer. Pas nu zie ik dat de woordenboekfunctie er 'TESJE' van heeft gemaakt. Haar naam belandt tussen alle andere onbeantwoorde testen.

Ik bel haar opnieuw. Dit keer laat ik de telefoon wél overgaan. Drie keer. Vlak voor de voicemail opspringt, haak ik in.

Ik zit aan deze tafel, precies waar mama altijd zat. Urenlang kon zij voor zich uit staren zonder werkelijk te zien wat er zich in de tuin afspeelde. Mensen die staren zouden liever hun ogen naar de binnenkant van hun schedel richten. Deze stoel was voor haar de uitgelezen plaats om te overlopen wat niet had kunnen plaatsvinden: de zandbak die er nooit was gekomen, de luiers die niet aan de wasdraad waren beland, de tweeling die ze nooit langs het Bulksteegje naar school had gebracht, de moeder die zij niet geworden was.

18 JULI 2002

'Vandaag is het de beurt aan Melissa. We willen graag hetzelfde raadsel,' zegt Pim aan de telefoon met de toon van iemand die een pizzabestelling doorgeeft.

'Welke Melissa?' vraag ik.

'Ken jij er meer dan één dan?'

'Toch niet het nichtje van Nancy Zeep?'

'Om twee uur komt ze naar de vacuümschuur.'

Nancy Zeep, weduwe met zes honden, gaat wekelijks met een natte dweil door de parochiezaal, maar gaat er nadien nooit met een droge dweil over, waardoor de vloer elke keer achterblijft met een kleverig laagje alsof er met limonade werd gepoetst. Ze zou ook 'Nancy Fanta' kunnen worden genoemd, maar dat durft niemand, op vrijwilligerswerk mag je nooit écht worden afgerekend.

Naast het soppen van de zaal rest Nancy weinig energie voor haar eigen huishouden. Ze woont schuin tegenover de pastorij, in de Kerkstraat, in een klein huis waarvan de rolluiken haast altijd gesloten zijn. De laatste keer dat ze omhoog waren en ik in haar woning wilde binnengluren, waren de ramen zo aangekoekt dat er niets te zien viel.

In de zomervakantie zorgt Nancy Zeep voor een van haar nichtjes, Melissa. Die komt dan voornamelijk de honden strelen en uitlaten. Elke keer dat ik Melissa met de zes poepzakjes door de Bulksteeg zie passeren krijg ik zin om mijn handen te wassen.

'Oké, twee uur. Ik breng een nat washandje mee,' zeg ik bot.

Pim lacht. 'O ja, het wordt warm vandaag. Ze zal

niet veel kleren dragen. Het spel zal snel afgelopen zijn straks, als je geluk hebt kunnen we nog zwemmen.'

Nog voor ik de hoorn heb neergelegd komt er tussen het dorp en de zon een dikke wolk geschoven. Alles kleurt een tint vuiler.

Op weg naar de beenhouwerij zie ik Elisa haar hengst dresseren. Haar paardenstaart beweegt in vrolijke achten langs haar achterhoofd. In de weide staan objecten opgesteld waartussen ze het dier doet slalommen: de zware, lelijke keukenstoelen van meme. Ik heb net genoeg tijd om de Bulksteeg uit te fietsen voordat Elisa het paard laat omkeren om hetzelfde parcours in tegengestelde richting af te leggen.

Vlak voor Elisa naar het zesde werd overgeplaatst, heeft zij nog gedurende drie weken contact met Pim en Laurens gezocht. De eerste keer deed ze dat tijdens een schoolreisje, in de bus. Pim en Laurens zaten op de zetel achter mij en Elisa. Ik had geen zin om het nog eens over de manen en hoefijzers van Twinkel te hebben, dus stelde geen vragen. Na een korte stilte draaide Elisa zich om naar de jongens, legde haar kin op de leuning van haar zetel. Zo had ze het drieënhalve maand eerder ook bij mij gedaan. Ze zei: 'Moeten jullie nu eens wat weten?'

'Nee,' zei Pim.

Toch ging ze gewoon verder. 'Als jullie een balpen en papier hebben, dan kan ik jullie toekomst voorspellen.'

Ondanks haar afschrikwekkende wenkbrauwen voelde Pim zich toch geflatteerd door het voorstel.

'Eva, heb jij pen en papier?' vroeg hij.

Ik reikte hem over de rugleuning van mijn zetel een balpen en blocnote door, die hij op zijn beurt over de leuning terugspeelde aan Elisa.

'Ik heb iemand nodig om te noteren,' zei zij. Ze drukte het papier en de balpen terug in mijn handen.

'Vier tabellen maken, met telkens cijfers van één tot zes in willekeurige volgorde. Wij mogen de volgorde niet zien.' Fluisterend voegde ze daar nog aan toe: 'Boven de eerste tabel schrijf je de titel "jongensnamen", boven de tweede "meisjesnamen", boven de derde "aantal kinderen", boven de vierde "huwelijksreis", boven de vijfde "beroepen" en boven de zesde "doodsoorzaken".'

Ik draaide het blad van haar weg en deed wat ze vroeg.

'Nu som ik zes jongensnamen op. Die schrijf je onder elkaar in de eerste tabel.'

Elisa gaf zes namen van willekeurige jongens, vriend en vijand, onder andere die van Pim en Laurens.

'Oké, Pim, nu moet jij zes meisjesnamen geven. Het mogen meisjes zijn in wie je iets ziet, het mogen ook meisjes zijn die je voor geen geld van de wereld zou binnendoen.'

Pim gaf namen, onder andere Elisa en de mijne.

'Nee, Eva's naam mag je niet opgeven,' zei Elisa. 'Zij is de spelleidster. Ze zou zichzelf kunnen bevoordelen. Dat is niet goed voor de willekeur.'

Mijn naam werd vervangen door 'Melissa Zeep'.

'Nu het aantal kinderen, reisbestemmingen, beroepen, doodsoorzaken.' Bij elke term stak Elisa zes vingers op.

Ik vulde de tabellen met de gegevens, in de opgegeven volgorde.

'Ziezo,' zei Elisa toen ik daarmee klaar was, 'nu kan Eva de toekomst aflezen. Lees eerst altijd de eentjes uit elke tabel voor, en daarna al de tweetjes, enzovoort.'

Ze liet haar stoel naar achteren zakken, zodat ze met haar gezicht dichter bij dat van Pim kwam.

'Laurens trouwt met Elisa, gaat op huwelijksreis naar Amerika, ze maken achttien kinderen, ze openen een striptent en sterven in een vliegtuigcrash,' las ik.

Elisa lachte recht in Laurens' gezicht.

Pim zou trouwen met Melissa Zeep, naar Bobbejaanland op huwelijksreis gaan, twee kinderen krijgen, in een woonboot wonen, deur-aan-deurverkoper worden en stikken in een Napoleonbol. Dit vond Elisa grappiger dan ik voor mogelijk hield. Ik hoopte dat haar adem stonk.

Na deze eerste keer wilden Laurens en Pim tijdens elke busrit, bij elk saai moment op de speelplaats hun toekomstvoorspelling horen. Telkens werd beslist dat ik spelleider zou zijn. Aanvankelijk vond ik dat niet erg, was ik fier: mijn willekeurigheid bepaalde hun lot. Tot Elisa voorstelde de taak van me over te nemen. Pim steigerde meteen. Ik begreep toen pas dat Elisa de inzet van het spel was geworden. Zonder de kans aan haar te worden gekoppeld was er weinig toekomstperspectief. Pim en Laurens bleven me voordragen als spelleider, niet omdat ze vonden dat ik dat eerlijk en plichtsbewust deed, maar omdat ze nooit ofte nimmer met mij achttien kinderen zouden willen maken.

Niet lang hierna werd Elisa overgeplaatst naar het zesde leerjaar en vond het moment plaats waarop ik weigerde een potje confituur te vingeren. Ze ging op een ander tijdstip dan wij zwemmen, de toekomst moest niet langer worden voorspeld.

Natuurlijk was het een verlies – ik was ten slotte al die middagen met haar mee naar huis gegaan, ik had al haar geheimen mogen weten. Maar wanneer ik Pim tijdens de speeltijd na elk doelpunt in de richting van Elisa zag kijken om te controleren of het haar ook was opgevallen, terwijl het haar werkelijk helemaal geen moer kon schelen, wist ik dat haar overplaatsing voor ons, musketiers, wellicht het beste was geweest.

Melissa's fiets staat al op de oprit van de beenhouwerij als ik aankom. Ik ben aan de late kant omdat ik onderweg even halt hield bij de kerkhofmuur om de namen en scores in de tabel te bekijken. Zolang het niet stevig regent, zullen die leesbaar blijven.

Ik loop meteen door naar de schuur, zonder dat Laurens' moeder me doorverwijst – zij is druk bezig met het roeren in de vleessla, elke paar uur moeten de verkleurde bovenste laagjes weggemoffeld worden.

Achter mij doet Pim de deur van de schuur op slot.

Melissa is een zes-punter, zo stond het op het muurtje. In een oogopslag weet ik wat haar de vier punten heeft gekost. Haar gelittekende, vale gezicht heeft iets weg van mijn oude Mickey Mousetrui waarvan ik ooit de losgekomen draden met een breinaald heb proberen terugduwen. Haar schouders zijn zo breed dat haar oksels, eenmaal gesloten, horizontale strepen vormen. Ze draagt een strak topje waarin een glitterdraad zit geweven. Haar borsten zijn in verhouding met de breedte van haar lichaam klein en staan veel te ver uit elkaar, alsof ze er slechts tijdelijk bij zitten.

Het verwondert me dat zij nog een zesje waard is. Er klopt iets niet aan het nieuwe puntensysteem. Wie ervan uitgaat dat elk meisje aan de basis tien positieve uiterlijke kenmerken heeft, en daar al het lelijke aftrekt, komt misschien toch meer bedrogen uit dan iemand die bij nul begint en voor elke mooie eigenschap een punt daarbij optelt.

'Waar woon je ook alweer, Melissa?' Ik sta zo ver mogelijk bij haar vandaan.

Laurens legt een vinger op zijn lippen – het is veertien uur, het spel is begonnen, de secretaris moet zwijgen.

'Slaap je ook bij Nancy?' vraagt Pim. 'Waar wonen je ouders eigenlijk?'

'Waarom wil je dat weten?' Melissa staat tussen hen in.

'Ik wil dat niet weten, onze secretaris wilde dat weten,' zegt Laurens.

'Mijn ouders hebben een krantenwinkel, niet ver van de kerk van Kessel. Ik kom bij tante Nancy voor de honden.' Melissa vist een pakje sigaretten op uit haar broekzak. Ze draagt een jogging die eigenlijk niet nauwsluitend bedoeld is. De pijpen kleven vol hondenharen. Ze reikt ons de sigaretten aan. Pim neemt er een. Melissa steekt het pakje weer weg.

Alle drie kijken we hoe Pim zijn sigaret aansteekt. Hij heeft dit al eerder gedaan. Hij trekt diep, zonder te hoesten. De rook die hij uitstoot komt tussen ons in te hangen, maakt vormloze figuren. Hij geeft de sigaret door aan Laurens. Hij inhaleert even diep. Bij het kuchen stoot hij drie perfecte rookcirkels uit waarvan hij vervolgens doet of dat precies de bedoeling was.

'Hoeveel betaalt jouw tante je?'

'Een euro per uur, per hond,' zegt ze. 'Maar ik zou het ook gratis doen. Het zijn lieve beesten.'

Pim komt ter zake. 'Er is tweehonderd euro te winnen. Dat wil zeggen: het equivalent van tweehonderd honden een uur lang uitlaten. Het enige wat je ervoor moet doen is een raadsel oplossen en bij elk fout antwoord een kledingstuk afgeven. Wat denk je?'

'Ja, goed. Maar ik ga de honden niet opgeven.'

'We vragen je toch niet de honden op te geven. Dit is een extraatje.'

Pim kijkt naar mij. Het is tijd voor mijn aandeel, mijn enige inbreng in deze namiddag, voor Melissa zich kan bedenken.

Ik vertel het raadsel traag en duidelijk. Ik herinner me nog steeds niet waar ik het vandaan heb en of ik zelf vaak heb moeten gokken voor ik het opgelost kreeg. Ik heb er geen kledingstukken voor betaald, dat zou ik me herinneren. Misschien heeft iemand me de opgave en de oplossing zomaar gegeven.

'Eva's vraag aan jou,' zegt Pim. 'Wat is er met die man gebeurd? Hoe is het zover gekomen?'

'Hij brak zijn nek,' zegt Melissa vrijwel meteen.

'Dat is toch logisch, *tiens*,' zegt Pim, 'de man heeft zich opgehangen.' Toch kijkt hij naar mij: voor de goede orde moet ik dit bevestigen.

'Je kunt ook traag en langzaam stikken, zonder dat je nek breekt,' zeg ik.

'Eva, is dit antwoord juist of niet?'

'Het is niet fout. Maar ook niet precies genoeg.'

'Trek maar iets uit, Melissa.'

Melissa begint, in tegenstelling tot An, wel bij haar schoenen.

'Twee schoenen tellen voor één gok, trouwens,' zegt Pim snel. Melissa onderhandelt er zelfs niet over en trekt beide schoenen uit. Vervolgens geeft ze vrijwel dezelfde antwoorden als Buffalo-An.

'Heeft hij geplast?' 'Is het een zwemmer?'

Ik beperk me tot nee schudden.

De trui valt tussen ons in. Melissa wrijft haar handen tegen elkaar. Het vet van de hondenvacht komt los van haar huid en vormt bleke opgerolde schilfers die neerdwarrelen op de grond van de schuur, tussen het zand en ander vuil.

Na de derde gok laat ze haar broek tot op de enkels zakken. Melissa was Laurens' keuze. Pim knippert verdacht veel met zijn ogen. Dit is helemaal niet wat hij wil zien.

Ik snap waarom ze zouden beginnen met de laagst scorende meisjes; wij zijn niet als onze ouders opgevoed – 'wat je ophebt kunnen ze je niet meer afpakken'. Wij bewaren het lekkerste tot het laatst en werken eerst naar binnen wat een vieze smaak heeft, want 'honger is de beste saus'. Toch zijn er dingen waar je zelfs met berenhonger niet aan begint.

Had hij gehoopt dat Melissa meer verborgen schoonheid zou bezitten? Dat ze zo'n meisje zou zijn dat mooier wordt naargelang je beter kijkt?

Laurens staat nu al behoorlijk lang naar haar blote dijen te staren, maar zijn uitdrukking is er niet opgewekter op geworden. Ik voel geen medelijden, ook niet voor het hoopje uitgetrokken kleren tussen ons in. We hadden ook kunnen zwemmen.

'Laurens?' klinkt het in de tuin. Zijn vader.

Er wordt op de deur van de schuur geklopt. Er verschijnt een schim aan het geblindeerde raampje. Melissa kleedt zich razendsnel weer aan.

Pim dooft de sigaret. Laurens wappert met de trui die hij net van de grond gegrist heeft, maar de rook verplaatst zich niet.

Pas als Melissa haar T-shirt weer aanheeft, zet hij de deur op een kier. Zijn vader komt binnen. Hij draagt een wit schort vol oud bloed, er staat een netje op zijn hoofd. Hij neemt ons een voor een in zich op.

Aan de verschijning van zijn vader valt perfect af te leiden hoe Laurens er later zelf zal uitzien.

'Wat spoken jullie uit?'

'Niets.'

'Zitten jullie te roken?'

'Nee,' zegt Pim.

'Ik denk dat je vrienden beter naar huis gaan,' zegt Laurens' vader op zijn gebruikelijke, beleefde manier.

Laurens knikt verontschuldigend in onze richting.

Als hij achter ons aan langs zijn vader de schuur uit glipt, grijpt die hem bij zijn oorlel. Pim, Melissa en ik lopen zwijgend door. We durven elkaar niet aankijken. Melissa's trui zit binnenstebuiten.

Vlak voor ik de binnenkoer verlaat, kijk ik om. Laurens' vader heeft nog steeds Laurens' oorschelp vast, sleurt hem dwars door de tuin, waarschijnlijk naar zijn moeder.

Oren hangen steviger vast aan een hoofd dan je zou vermoeden.

KAMPEREN

Dat de zomermaanden me later het meeste zouden bijblijven wist ik al voor ze voorbij waren. Er viel meer zonlicht op onze bewegingen, herinneringen hieraan konden zich scherper ontwikkelen.

In ’98 ontstond een trend in het dorp, vooral onder de iets oudere jongens, om in tentjes bij elkaar te blijven slapen en in het holst van de nacht in het dorp te gaan rondspoken, om hier en daar kleine schade aan te richten: letters van grafstenen lospeuteren zodat er vuile woorden ontstonden; stoep en gevels met krijt bekladden; pissen in vrijstaande brievenbussen; de schoolnonnen op stang jagen.

Laurens’ ouders verboden hem ergens te gaan kamperen.

‘Onze Laurens snurkt. Daar heb je ’s nachts niets aan,’ zei zijn moeder toen we haar voor het eerst onze kampeerplannen voorlegden.

Zij vond dat hij overdag tussen twee en vijf al genoeg tijd met ons doorbracht. Zolang er geen sneeuwstorm of oorlog uitbrak moest hij aan het einde van de middag gewoon huiswaarts keren.

‘Wij gaan heus niet in brievenbussen pissen,’ probeerde Pim nog.

‘Als jullie ouders het kamperen wél een goed idee vinden, moeten jullie tweetjes maar gezellig bij elkaar in de tuin gaan slapen,’ antwoordde zij.

Natuurlijk snapte ze er niets van. Zodra zij haar zoon iets verbood, krabbelden ook Pims ouders terug. Musketiers konden maar zo avontuurlijk zijn als hun zwakste schakel.

De warmste en langste zomernamiddag van '98 brachten we door met 'brainstormen' over hoe we de toelating tot kamperen zouden afdwingen. Pim moest niet helpen op de boerderij en Laurens niet in de winkel omdat Frank Deboosere tijdens het weerbericht had gewaarschuwd voor het risico op uitdroging. We zaten op het speeltuig in Laurens' tuin, in de schaduw van een van de grote eikenbomen van de buren.

Pim probeerde vanop het klimrek met kiezelstenen een duif te raken die onze schaduw wilde pikken. Laurens peuterde in zijn neus en veegde het snot dat hij eruit viste aan de koorden van de trapeze waarop hij heen en weer schommelde. Ik zat in het gras, in kleermakerszit, nam af en toe een slok van de tweeliterfles water die we van Laurens' moeder gezamenlijk moesten leegdrinken.

Laurens voerde het hoogste woord. Het waren tenslotte zijn ouders.

'We kunnen het niet nog drie keer vragen. Dan worden ze kwaad, dat voel ik nu al.' Telkens als hij zijn wijsvinger in zijn neus duwde klonk zijn stem nasaal.

Na lang beraad werd ík naar binnen gestuurd als eerste en enige poging om 'van vrouw tot vrouw' Laurens' moeder te overtuigen. Wat vrouwen in situaties als deze zouden zeggen, was me tijdens ons beraad niet duidelijk geworden.

De winkel was van twaalf tot twee gesloten geweest, maar was inmiddels weer open. Toch waren er geen klanten. Die bleven volgens Laurens altijd weg tot een uur of zes, tot je net een emmer water liet lopen om de messen, tangen en lepels in te laten weken. En om drie uur al een emmer laten lopen zodat de mensen vroeger zouden komen werkte volgens hem niet.

Laurens' moeder stond met haar rug naar het neergelaten rolgordijn, zijlings naar mij. Haar gezwollen buik slokte een deel van het marmeren werkblad op waar ze tegenaan stond gedrukt. Ze voerde snelle, routineuze handelingen uit. Plaatste groene, ovale papiertjes tussen bollen vers gekapt gehakt. Legde die in een toestel met een groot handvat waar ze een ruk aan gaf. De vers geperste stukken rangschikte ze in twee stapels op zwarte plastieken schotels. Er lag nog een hele bak met gehaktbollen klaar, er waren al een boel hamburgers gemaakt.

Ik herhaalde een van de argumenten die Pim bij de brainstorm had aangehaald. Mijn stem klonk trilleriger dan ik zou willen.

'Met vrienden kamperen is toch een basisrecht, je mag geen enkel kind dat ontnemen.'

Zonder te stoppen met persen, keek Laurens' moeder me recht in de ogen. Ze was allerminst onder de indruk.

'Wat is er dan zo speciaal dat je overdag niet kan doen samen maar wel 's nachts? Dát moet je me toch eens uitleggen, Eva,' zei ze.

Hoe langer ze naar me keek, hoe groter de krop in mijn keel werd. Na een tijdje staakte ze het routineuze bewegen: al het geprepareerde vlees was erdoorheen. Toch reikten de twee stapels hamburgers niet even hoog. Het was een vreemd gezicht. Zij vond het ook onprettig; ze nam het stuk vlees, legde het op de andere stapel, maar het probleem verplaatste zich enkel.

'Heb jij ooit al hamburgers gemaakt?' Haar stem klonk minder streng dan haar gezicht deed vermoeden.

Ze maakte plaats voor me aan het werkblad. Ik ging tussen haar en de perser in staan, plette de nieuwe bollen vlees die zij me aanreikte tot mooie, ovale hamburgers. Ik bleef persen tot ik dacht dat ze me niets meer kwalijk nam. Al wisselden we amper woorden bij het uitvoeren van deze taak, we begrepen elkaar weer.

Ik maakte drieënveertig stuks. Laurens' moeder rangschikte ze op het plateau. Soms hoorde ik de stof van haar schort langs mij heen wrijven en leunde ik wat naar achteren zodat ik haar forse lichaam erdoorheen kon voelen. Na een kwartier was de tweede lading gehakt ook op, maar de stapels bleven ongelijk. Laurens' moeder zuchtte, haalde de bovenste er vanaf, gooide hem in de vuilbak. Ze zette het plateau in de toog, ging met een vochtige vod over het werkblad. Plots hield ze midden in deze beweging op, keek me aan en zei: 'Eva, meisje, als er thuis iets is, jij bent hier welkom, dag en nacht. En Tesje ook. Maar kamperen? Laurens' vader komt uit een streng katholiek gezin. Hij went niet makkelijk aan het idee dat twee jongens en één meisje een tent delen. En ik verdraag dan weer het idee niet dat Laurens en Pim zonder jou zouden kamperen. Dat zou ook maar gek zijn.'

Ze nam het bordje op de voordeur, keek of het wel degelijk met de zijde 'gesloten' naar de juiste kant toe hing. Het hing al die tijd al juist. Ze zette de deur wagenwijd open.

'Het is nog te warm om aan barbecueën te denken,' zei ik. 'De mensen komen pas na hun siësta.'

Daar glimlachte ze om.

Ik waste mijn handen achter in het atelier en liep de tuin in, richting het speeltuig. Laurens en Pim zaten nog op exact dezelfde plaats als waar ik hen had achtergelaten, enkel de duif was verdwenen. Hun enthousiaste motoriek verraadde dat ze al waren beginnen opsommen wat ze allemaal zouden uitspoken nu het kamperen hoogstwaarschijnlijk kon doorgaan.

Ik zorgde dat ze me al van ver zagen hoofdschudden, dat hun teleurstelling al zou zijn afgenomen als ik eenmaal bij het speeltuig zou aankomen, zodat ze me niet te veel vragen zouden stellen waaruit zou blijken dat kamperen zonder mijn aanwezigheid wél mogelijk zou zijn geweest.

Op een paar meter afstand hief ik mijn lege handen

naast me in de lucht, zo had ik het voetballers zien doen wanneer ze hun fout ontkenden en een gele kaart wilden ontlopen. Ik had het recht voor mezelf te houden wat Laurens' moeder vertelde. Het nee knikken hield ik vol tot ik vlak voor Laurens en Pim stond.

'Stop met je kop schudden. We weten ondertussen wel dat het een nee is,' zei Laurens.

'Wat antwoordde ze precies?' vroeg Pim.

'Niet veel,' zei ik.

'Ik had het jullie toch gezegd,' zuchtte Laurens.

'Als ze niet veel te zeggen had, waar bleef je dan zo lang?' Pim nam een steen. Hij gooide deze met een flauwe bocht vlak over mijn hoofd heen.

'Ze heeft je aan het werk gezet, niet? Heb je hamburgers moeten persen of eieren moeten splitsen?' vroeg Laurens. Ik haalde mijn schouders op.

'Laten we thuis alle drie een knapzak gaan maken,' besloot Pim. 'Over een halfuur spreken we dan af aan de kerk. Van daaruit trekken we naar de Put.'

'Mij goed. Wie brengt er vuur en wie brengt eten mee?' zei Laurens.

'Jij zorgt voor eten. Eva, jij voor vuur,' delegeerde Pim. Zijn stem klonk bindend, vol belofte.

We knikten.

'En als ze ons komen zoeken, dan verklappen we niet waar we zijn, zelfs al worden er honden ingezet om het bos uit te kammen. Hebben we behalve vuur en eten nog iets nodig?'

'Messen, touw en zeil,' zei ik. 'En een spade.'

'Een spade?' vroeg Laurens.

'We moeten toch een kamp bouwen?' zei ik. 'En een put graven voor onze je-weet-wel.'

'Heeft er niemand een tent dan?' vroeg Laurens.

'Jij. Waar slapen jullie anders in op de camping in Zuid-Frankrijk?' vroeg Pim.

'No way dat we die van ons mogen gebruiken.'

Wij hadden thuis ook een tent. Eigenlijk was ze Jolans eigendom, maar nu er een scheur in zat was ze van iedereen. Een tent met scheur was nog steeds beter dan niets. Toch zweeg ik erover. Bij het aanbieden van deze tent zou ik het medeleven van Laurens' moeder verliezen. Het zou een domme ruil zijn.

Het bleef even stil.

'Zonder tent. Dat is pas kamperen,' zei Pim. Het klonk al minder beloftevol.

Om vijf uur had Laurens opgesomd welke heerlijke eenpansgerechten we zoal zouden kunnen bereiden op een gasvuur, maar was nog steeds niet helemaal duidelijk wie het zeil en wie de spade zou meebrengen. We kregen honger.

'Blijf anders hier avondeten?' vroeg Laurens.

'Hebben we toch maar mooi de namiddag gevuld met brainstormen.' Pim maakte aanstalten naar huis te vertrekken. Eigen moeders koken toch nog steeds het lekkerste.

'Eva, kom je mee of blijf jij hier?'

Ik ging mee en maakte een omweg langs Pims huis. Ik dacht hem te vragen toch bij mij te komen kamperen in de gescheurde tent – zolang we Laurens er niet in betrokken zou ik het begrip van zijn moeder kunnen behouden.

Hoe dichter we bij de boerderij kwamen, hoe meer verfomfaaid het tentje in mijn herinnering werd, hoe belachelijker het voorstel klonk. Toch stelde ik de vraag, vlak voor hij zijn oprit opdraaide. Niet erg luid.

'Macaroni met hesp en kaas, ruik je dat ook?' antwoordde Pim. Hij stak zijn neus in de lucht en stapte van zijn fiets af. Ik probeerde ervan uit te gaan dat hij mijn vraag gewoon niet gehoord had, maar ik kon de macaroni zelf niet ruiken. Ik rook enkel koeienmest.

Pas toen we in het vijfde leerjaar zaten, in '99, wilden zowel de omstandigheden als ALDI eindelijk meewerken: Laurens' vader vertrok voor een weekend naar een beurs waar hij een nieuwe machine zou aankopen en niet zoveel eerder had de Duitse supermarktketen goedkope driepersoonstenten in zijn aanbiedingsfolder geplaatst. Pim en Jan hadden er een van hun ouders gekregen aan het begin van die vakantie, als beloning voor een samenraapsel van dingen: ze hadden eigenhandig een kalf geboren doen worden, ze hadden zonder morren een hele week hooi helpen steken, Jan had een goed rapport en Pim had geen slecht eindrapport behaald.

Pim kwam aangefietst met de tent op zijn stuur. Op de verpakking stond een afbeelding die toonde hoe dit ding zou kunnen worden opgesteld: een halve, puntige bol te midden van een grasveld, niet veel groter dan de tuin van Laurens, ernaast een barbecue, een voetballend kind, een campingstoel en een gelukkig echtpaar.

Bij ALDI zagen cornflakes op de doos er altijd minder lekker uit dan ze eigenlijk waren. In het geval van dit tentje voorspelde dat veel goeds.

Nu tastbaar was wat er op het spel stond, werden de plannen om Laurens' moeder te overtuigen steeds meer doortastend. Dit keer spuiden we ideeën terwijl we de tent al opstelden, keurig uit haar zicht. Het ding had net als op de foto camouflagekleuren. Zodra het stond gingen we er binnenin liggen. Het rook naar nieuw. En naar worsten, maar dat was wellicht omdat de deur van de vacuümschuur openstond.

'Ik denk dat ik het weet,' zei Laurens plots. 'Dat ik jullie dit niet eerder heb verteld!'

Pim en ik draaiden ons naar hem toe.

'Mijn moeder heeft een bloedhekel aan haar knieën. Als je onder haar gordel kijkt terwijl je om iets zeurt, geeft ze makkelijker toe.'

We dienden ons aan bij de vleestoog in de winkel, achteraan in de rij klanten. We wachtten onze beurt af, in de hoop dat zij dan ook hetzelfde geduld voor ons zou kunnen opbrengen.

'Heren, dame, zeg het eens.' Laurens' moeder brak het kartonnen hulsel van een nieuwe rol muntstukken open door ermee op de rand van de toog te kloppen. Ze verdeelde de inhoud over de vakjes in de kassa.

'Kijk, mama.' Laurens nam de lege tentzak van Pim over en wapperde ermee. Zijn moeder kwam achter de toog vandaan, om het ding nader te bekijken. Ze droeg een wit hemd met logo van de zaak, onderaan een vrijetijdsshort met bloemen. Precies wat we nodig hadden.

'Pim heeft deze tent gekregen. Het zou zonde zijn ze niet te mogen gebruiken.'

'Ik zie geen tent, enkel een lege zak,' zei ze.

Haar ogen gleden van de zak naar ons, dan naar het raam waarachter in de verte grijze wolken aanzetten. Wij staarden alle drie stijfhoofdig naar haar bleke, plompe knieën vol muggenbeten.

'Last van muggen in de slaapkamer?' vroeg Pim zonder verpinken.

Het was de eerste keer dat ik Laurens' moeder in elkaar zag krimpen. Het maakte haar plotsklaps nog wat molliger.

Bij het rinkelen van de schelle winkelbel herstelde ze zich. De jeugdpastoor kwam binnen, sloot zich bij ons aan.

'Akkoord,' zei ze snel, 'maar jullie doen het hier in deze tuin en na middernacht gaan de pillampen uit. En niet te veel lawaai maken, en niets tegen papa vertellen.' Ze gaf deze instructies enkel aan Laurens. Pim en mij durfde ze niet meer aankijken.

We verlieten de winkel langs de achterkant. Laurens en Pim klapten opgetogen de handen in elkaar. Ik voelde enkel buikpijn. We haastten ons naar achter in de tuin om nu ook de haringen en stormkoorden te bevestigen. Het ding moest stevig in de grond geplugd staan voor ze zich zou bedenken.

De driepersoonstent uit de ALDI was net groot genoeg voor twee luchtmatrassen. Pim mocht in het midden. Niet omdat het zijn tent was, maar omdat hij Pim was.

Voor we gingen slapen, kwam Laurens' moeder de tuin in gelopen om ons slaapwel te wensen. Ik had haar nooit eerder in kamerjas en met losse haren gezien. Ze bracht dinosauruskoeken en een muggenstick mee.

'Jullie mogen altijd in huis komen slapen als er iets scheelt,' zei ze. 'Het logeerbed is opgemaakt en Eva kan bij mij slapen, nu papa weg is.'

Door de donkere tuin liep ze terug naar het grote huis met opgemaakte, lege bedden. Pim maakte met het schijnsel van zijn zaklamp cirkels op haar rug. Ze struikelde over een loszittende kluit gras. Ik nam Pims lamp af.

Laurens had geen oog voor de aftocht van zijn moeder, hij ritselde in het donker met het pak koekjes.

'Vannacht moeten we braaf zijn,' zei hij. 'Niet het dorp in, niet de tent uit. Een goede indruk maken. We hebben maar één nacht nodig om haar te overtuigen. Net als in de winkel: als er een bepaalde aanbieding aanslaat, laat ze die maandenlang op het bord staan.'

Heel even wilde ik de waarheid vertellen. Dat het niet van Laurens' moeder afhing, maar van zijn vader. Maar Pim ving al aan met het lezen van de veiligheidsvoorschriften op het etiket aan de binnenzijde van het tentzeil, in zijn beste Duits.

Toen de schaduwen van de dinosauruskoeken op het tentzeil genoeg met elkaar gepaard hadden, begon het insmeren met muggenmelk. Daar was meer licht voor nodig, en nog meer muggen kwamen. Ik durfde niet te vragen aan Pim of Laurens me te helpen met het aanbrengen van de zalf tussen mijn schouderbladen.

De rest van de nacht somden ze op wat we allemaal zouden kunnen doen in het dorp, de duisternis bood hen duizenden extra mogelijkheden. Ik dacht aan alle bedden die onbeslapen bleven. Aan de lege plek naast Laurens' moeder. Aan mijn stapelbed in Tesjes kamer. Ik vroeg me af of zij al sliepen. Of ze aan me dachten.

Overal zoemden muggen. Ik drukte mijn schouderbladen zo diep mogelijk in de luchtmatras. Na een eeuwigheid werd het weer licht buiten.

12.45 UUR

Nog steeds zit ik aan de keukentafel. Voor me, evenwijdig met de haag die de tuin omringt en praktisch loodrecht op mijn kijkrichting staat een rij aangeplante sparren. Van links naar rechts, keurig gerangschikt op grootte, wachtend op een bevel om een kwartslag te kunnen draaien en weg te marcheren, uit de bevroren ondergrond, recht op recht, de besneeuwde velden in.

Deze rij ontstond nadat we jaarlijks een kerstboom uitzochten bij het tuincentrum. Bomen mét wortels waren ietsje duurder dan bomen op een staander, maar moeder had het geld ervoor over. Na kerst zouden we hem immers uitleveren aan de tuin, om hem het jaar nadien weer te gaan opeisen. Uiteindelijk vond vader het een belachelijk karwei een gezonde boom uit te graven. Moeders voornemen werd zijn voorwendsel; keer op keer kocht hij een exemplaar met wortels.

De linker blauwspar staat er nu vijfentwintig jaar. Hij zou inmiddels niet misstaan in de trappenhal van een groot winkelcentrum, maar als het klopt wat Jolan ooit beweerde, dat de wortels van een boom even lang kunnen worden als de stam, is het onbegonnen werk hem uit te graven. Enkel de rechter, de kleinste spar zou nog in een pot passen, omdat deze kerstboom de terugkeer naar vaste ondergrond niet overleefde en geen centimeter gegroeid is.

De sparren zijn in hun gebruiksvolgorde aangeplant en ik kan me de feesten die erbij hoorden nog precies voor de geest halen. Op zich is dit geen moeilijk denkwerk: altijd aten we fondue, altijd werd hetzelfde tafelkleed met gouden stipjes afgerold, altijd zagen we moeder al in de vroege ochtend haar uiterste best doen het huis in een perfecte staat te krijgen – servetten plooien, bestek poetsen, tomaten uithollen, sausjes maken, verwachtingen stapelen waaraan wij wisten niet te kunnen voldoen.

Zo rond een uur of vijf werd het buiten donker, trokken de meeste buren zich terug, ieder rond zijn eigen kerstboom en begon moeder te zuchten – ze had gehoopt het niet enkel met ons te moeten stellen. Huilend legde ze dan een laatste hand aan de maaltijd, vulde de eerder uitgeholde tomaten met garnalen, spande zich nog even in om ook de rest van de maaltijd in behoorlijke staat op tafel te krijgen.

Als de salade eenmaal gehusseld was, iedereen een in het vel gekookte aardappel op zijn bord had liggen en we het eens waren geraakt over wie welke kleur fonduestokje mocht gebruiken, probeerde zij vader bij te benen. Dat was de enige mogelijke manier om elkaar achteraf niets te gaan verwijten: de hele avond precies even dronken blijven.

Moeder consumeerde uit twee glazen tegelijk. Het ene stond naast haar bord en werd door vader rijkelijk bijgevuld, het andere stond in de keuken, waar ze heen trippelde met elk geledigd mandje of elke geledigde schotel. Ze was altijd heel zuinig met vlees en brood bijvullen.

Wij lieten het toe door het onder onze ogen te laten gebeuren. Jolan verklaarde zich badmeester van de pot pruttelende olie – wie zijn vleesje liet verzuipen, zou 's anderendaags moeten afwassen. Tesje at niet veel, maakte zich druk over de kleuren van het eten op haar bord en over het feit dat het geen witte kerst zou worden. Beiden rekenden ze op mij, dat ik halverwege de avond het roer van moeder en vader zou overnemen.

Tussen de fondue en het nagerecht door gingen we naar de nachtmis. In tegenstelling tot wat de naam deed vermoeden, vond die helemaal niet plaats om middernacht, wel om eenentwintig uur. De kerk was een veilige, rustige plaats – altijd hetzelfde kerstspel, dezelfde lezing, dezelfde liederen, dezelfde weduwen die zich voor de gebeden verzamelden omdat er achteraf ook warme chocolademelk en glühwein werd geschonken.

Ook Laurens' ouders kwamen steevast opduiken, om complimenten te vangen van parochianen met vetspetters op de borst die versteld stonden van de kwaliteit van het gourmetvlees. Na de liederen en het toneelstuk, hoe ver ik ook van haar vandaan zat, al dan niet verkleed als een engel of herder, zocht Laurens' moeder mijn blik bij het overbrengen van haar vredeswensen.

Ik kijk op mijn gsm. Het is bijna middag. Het is nog steeds niet het uur waarop ik bij Pim verwacht word, maar toch moet ik hier vertrekken. Ik heb moeder en vader genoeg kansen gegeven om wakker te worden.

Er is beweging in de tuin. Een vogel landt in de rechter kerstboom, precies waar de piek hoort. Dat deze boom het niet overleefde, verbaast me niet. Vader wachtte maanden met het aanplanten ervan, tot halverwege de zomer. Het is een restant van onze laatste echte kerst, in 2001. We aten voor het tweede jaar op rij gourmet, en per lading vlees die op de bakplaat werd gegooid, schonk vader het glas wijn van mama bij met een hoeveelheid die ze niet zou kunnen ondergaan. In een mum van tijd liep zij niet enkel een onoverbrugbare voorsprong op vader op, maar ook op ons, op de kamer, tot ze uiteindelijk naast haar vlees begon te snijden.

'Wie niet met bestek kan eten, moet maar samen met de hond vieren,' zei vader, terwijl hij haar en haar bord verplaatste naar de mand in een hoek van de keuken. Hij liet het los nog voor het helemaal op de grond stond, net zoals hij deed met het voederbakje. Het porselein kletterde op de tegels. Nanook maakte zich uit de voeten.

Hij nam terug plaats op zijn stoel, sloeg zijn glas achterover. Het was al leeg. Met een klap zette hij het weer neer op de tafel. In het midden van de vers bereide knoflooksaus sprong een klodder naar boven, als was er net een onzichtbaar diertje naar adem komen happen.

'Veel te lopend, dat sausje,' zei hij.

Mama's vleesjes op de bakplaat verbrandden. We durfden ze er niet af nemen.

'Nooit ga ik me nog voor jullie uitsloven,' hoorden we haar snikken vanuit de hoek.

'Ach mens. Dat zijn geen tranen. Dat is het teveel aan wijn dat er weer uit moet,' zei vader. Ook zijn ogen stonden troebel. Hij keek van Jolan naar Tesje. Mij durfde hij niet aankijken.

Voor het eerst kropen we in bed zonder naar de nachtmis te gaan. Het kerstfeest voelde onaf – ik was geen herder of engel geweest, ik had geen vredeswens ontvangen van Laurens' moeder.

Achteraf werd duidelijk dat ook Pim en zijn gezin die avond niet waren komen opdagen, er hadden twee koeien moeten bevallen. Retrospectief ontstond er het idee dat daar, in de afwezigheid tijdens die ene kerkdienst, besloten lag welke gezinnen het uiteindelijk niet zouden redden.

Na middernacht verscheen vader aan de rand van mijn bed, tastend in het donker naar iets om de nacht in de zetel mee te kunnen doorbrengen. Ik ging voor hem een slaapzak en een emmer zoeken. Het was de eerste en de enige keer dat ik achter hem aan op de trap naar beneden liep en dacht: één duwtje en hij is er vanaf.

19 JULI 2002

Behalve Tesje is er niemand thuis. Vader is gaan werken; Jolan is weer de velden in getrokken en van mama blijft alleen over wat ze met slaappillen niet weggevaagd krijgt. In de tuin hangen de boomtoppen stil. Toch bewegen in de open schuifdeur de gekleurde linten van het vliegengordijn. Iemand moet ze de opdracht hebben gegeven te blijven dansen, wind of geen wind.

Buiten aan de groene, plastieken tuintafel zit Tesje Monopoly te spelen. Twee van de vijf terrasstoelen staan half onder de tafel geschoven, de rest staat nog gekanteld op twee poten zodat de regen er zou kunnen aflopen. In het omgekeerde deksel van de kartonnen speeldoos heeft ze de bank ingericht. Aan weerszijden van de tafel liggen bezittingen. Hoopjes biljetten, geordend van groot naar klein met de hoekjes onder het speelbord geschoven. Het is een oud spel, nog met Belgische franken.

Tesje merkt niet dat ik meekijk. Ze staat op, wisselt van plaats en legt tweeduizend frank in het midden van de tafel. Vervolgens wisselt ze opnieuw van stoel om datzelfde geld namens de andere speler te innen.

Als er iemand is die met zichzelf Monopoly kan spelen, is het Tesje wel. Een tijdje geleden vertelde ze op bepaalde trajecten haar stappen te tellen.

'Mijn ene voet mag niet meer beweging krijgen dan de andere,' zei ze daarover.

Ik heb het ook eens geprobeerd. Op weg naar 't Winkeltje telde ik afzonderlijk de stappen van mijn twee voeten. Ik had niet genoeg hersenhelften om alles bij te houden. Ik struikelde. Tesje wordt er juist rustig van.

Ze heeft mijn aanwezigheid nog niet opgemerkt. Ze dobbelt, zet de pion het juiste aantal ogen, trekt een Algemeen Fondskaart. Ze leest in stilte.

Tesje ligt in onze slaapkamer het dichtste bij de deur. Vroeger, als we het 's nachts te bont maakten omdat we niet wilden of konden slapen, kwam vader binnengestormd, trok het laken van Tesje af, rukte haar pyjamakleed naar boven, haar slip naar beneden en sloeg loeihard met zijn vlakke hand op haar blote billen. Nadien, als vader het licht in de gang weer doofde en de trap afliep, knipte Tesje het nachtlampje aan en ging er met haar achterste naast hangen om te zien hoe traag de rode gloeiende hand met vijf uitgestoken vingers wegtrok. We wisten allebei dat als mijn bed zich het dichtste bij de deur zou bevinden, vader die extra meters zou afleggen om toch háár te kunnen slaan.

Ik ga dichter tegen het schuifraam staan om te kunnen opvangen wat Tesjes strategie is, of ze een van de twee spelers toch niet bevoordeelt. De veroverde straten liggen aan elke zijde van het speelbord, mooi gerangschikt op kleur. Zo te zien maakt ze het zichzelf niet makkelijk: beide spelers bezitten ontbrekende straten van de ander. De linker speler zet in op de stations, de elektriciteitscentrale, de waterzuivering en op de goedkope straten, de rechter op straten in Gent en Brussel.

Haar haren zijn nu zo'n drie centimeter lang. Onder de korte stekels is haar hoofdhuid rood en schilferig van het vele wassen.

Jolan heeft het opgezocht, hoe het komt dat haar haren zo traag groeien. Het zou kunnen liggen aan het feit dat ze zo weinig eet, dat ze op de meeste dagen alleen maar groene dingen binnenkrijgt, dat ze op alles een vast aantal keer moet kauwen. Zestien keer. Volgens mij ben ik de enige die soms met haar mee telt.

Aan Tesjes gezicht kan ik zien dat de spelkaart slecht nieuws brengt. Ze telt haar huizen, legt het op te hoesten geld neer in de pot. Ze verwisselt van stoel. Nog steeds merkt ze me niet op. Ze gooit de dobbelsteen, balt haar vuist, verplaatst triomfantelijk haar pion naar Station Zuid. Ze koopt het. Vierduizend frank, vier grijze briefjes in de pot.

'Het geld van stations en van de belasting op huizen moet in de bank,' zeg ik.

Tesje schrikt van mijn stem. Ook de hond merkt nu pas mijn aanwezigheid. Het dier hijst zich recht, komt over het terras gesloft. De ketting waaraan ze vasthangt is te kort. Ze raakt niet tot bij mij, gaat terug onder de plastieken tuintafel liggen, drukt haar natte snuit tegen Tesjes kuitbeen.

'Speel je mee?' vraagt ze. 'Dan beginnen we opnieuw.'

'Ik heb afgesproken met de musketiers.'

'Wat gaan jullie doen?'

Ik weet niet wat ik moet antwoorden. Laurens belde me deze ochtend met de boodschap dat we niet in de vacuümschuur zouden afspreken, maar in de hooischuur bij Pim. Ik kan Tesje niet vertellen wat we daar zullen uitspoken – ik weet het zelf niet precies en ik wil haar ook niet het gevoel geven dat er buiten dit Monopolyspel, buiten deze tuin, ergens een plaats is waar het leuker of beter is dan hier, want het staat vast dat zij hier voor de rest van de namiddag zal moeten blijven.

'Gewoon, bij Pim thuis,' zeg ik. Ik haal mijn schouders op.

'Gaan jullie zwemmen in de Put? Of op de hooizolder spelen?'

'Nee.'

'Blijf dan gewoon thuis en speel Monopoly met me,' zegt ze.

Ik zeg niet meteen nee. Aan deze stilte klampt ze zich vast.

'Laurens en Pim kunnen toch ook hierheen komen?'

Ik schud nee.

'Of eender welk spel, Eva, dat kan ook.'

'Vanavond, beloofd.' Ik moet nu wegwandelen, of ik zal niet anders meer kunnen dan blijven. Mijn keel schroeft zich dicht. Telkens als ik Tesje thuis alleen achterlaat heb ik spijt geen grondiger afscheid van haar te hebben genomen, omdat ze bij thuiskomst plots verdwenen zou kunnen zijn. Haar stekelharen, het zichtbare vermageren, het vele wassen. Ze is zichzelf traag aan het uitwissen. Zoals een vlekje op een aanrecht: inweken, wegkrabben.

Ik trap goed door bij het fietsen. Vanavond zal ik mama of Jolan erop aanspreken. Of durf ik me dat nu alleen maar voornemen omdat ik van hieruit het huis met mijn pink kan bedekken?

Bij aankomst op Pims boerderij tref ik zowel Laurens' als Pims fiets aan. Ik zet de mijne ertussenin, zo dicht mogelijk tegen die van Pim. Buiten voor de hooischuur blijf ik even staan. Ik kan me niet herinneren wanneer ik de poort voor het laatst gesloten zag.

Met veel kabaal schuif ik ze open, zo doet Pims vader het ook, zo onbedachtzaam mogelijk. In de hoop dat Laurens en Pim van het knarsende geluid zouden verschieten, zouden stoppen met waar ze mee bezig zijn omdat ze denken dat ik hém ben.

Ik beklim de ladder van de hooischuur. Boven op de zolder zitten ze gewoon op een strobaal voor de ingang van ons kamp op mij te wachten, met hun handen op hun knieën. Geen sigaretten. Geen snor van patéresten. Geen seksblaadjes. Laurens draagt een blauwe broek, een blauw hemdje, bijpassende schoenen. Ze zouden zo weer de jongetjes van vroeger kunnen zijn, mocht het niet zo opvallen dat ze hard hebben nagedacht over wat ze zouden aantrekken.

'Heb je het geld mee?' vraagt Pim nog voor ik goed

en wel met beide voeten op het platform sta.

'Tuurlijk.'

'Sorry, hoor, deze keer konden we echt niet bij mij afspreken.' Laurens fatsoeneert zijn veters terwijl hij praat. 'We moeten werken met een systeem, om beurten bij iemand thuis, om onzichtbaar te blijven. Jullie kennen mijn vader niet. Ik kon mijn oren nog voelen branden in bed.'

Ik zeg niet dat ik vannacht ook zijn oorlellen kon voelen branden.

Pim schudt resoluut zijn hoofd. 'Mijn vader houdt ons ook in de gaten.'

'Jij hebt de meeste schuren van iedereen, Pim, dus wees blij dat we het niet altijd hier doen,' zegt Laurens.

'Eva heeft toch ook een schuur,' zegt Pim.

'Wij hebben geen schuur, enkel een kippenhok,' zeg ik.

'Het is niet omdat je kippen hebt dat je wordt vrijgesteld,' zegt Laurens. 'Dit is wat we doen: we gaan doorschuiven, ieder om de beurt, met de wijzers van de klok mee.'

'En hoe passen de wijzers van de klok dan juist in het dorp?' vraagt Pim.

'Mijn huis is de twaalf. We zijn bij mij begonnen. Jouw huis is de vijf, Eva's huis is de negen, dus we zitten in de goede richting. Volgende keer gaan we naar Eva.'

'Wie zegt dat jouw huis de twaalf is?' Pim steekt zijn hand in de lucht om zo de windstreken te kunnen bepalen. 'Het ligt helemaal niet bovenaan in het dorp.'

'Jawel. Afhankelijk van hoe je het bekijkt.'

'Wie komt er vandaag eigenlijk?' Ik weet goed genoeg wie er komt, ik weet wie er volgende keer zal komen wanneer het bij mij in de kippenschuur zal doorgaan – ik heb me de lijst op de kerkhofmuur ingeprent als de tafels van twee.

'Evelien,' zegt Pim. 'Een van mijn meisjes.'

Laurens steigert. 'Een van *jouw* meisjes?'

'Melissa was toch eerder eentje van *jou*?' zegt Pim.

Laurens haalt zijn neus op. Pim kletst met zijn vlakke hand op Laurens' knie. Ik kijk hoe de vingerafdrukken wegtrekken.

'Wat is haar score?' vraag ik.

'Een zeven,' zegt Pim pijlsnel. 'De zes-punters hebben we gelukkig al gehad. Dat waren de oefeningetjes, de opwarmertjes. Daar hadden we nooit grote bedoelingen mee. Nu begint het. Nu kan het enkel nog maar beter worden.'

'Melissa was niet *mijn* meisje,' hamert Laurens.

'Nee, oké. Jij mag ook eens naar Evelien haar borsten kijken,' grijnst Pim.

'Voor mijn part gaan we gewoon zwemmen,' zeg ik. Pim kijkt me uitdrukkingsloos aan.

'Goed plan, Eva,' zegt hij luid. Hij staat al recht. 'Ik doe mee.'

Laurens twijfelt, heft dan ook zijn achterste van de strobaal.

Ik draai me om, klim de ladder weer af. Halverwege merk ik dat ze helemaal niet volgen. Toch blijf ik de trapjes afdalen, tot ik op de vaste grond sta. Laurens komt met zijn gezicht over de rand van het platform hangen.

'Als je naar huis zou gaan, geef ons dan wel even ons geld terug.'

'En de oplossing van het raadsel,' hoor ik Pim fluisteren.

'En het raadsel!' papegaait Laurens.

Ik marcheer de schuur uit. De krop van daarstraks schiet opnieuw in mijn keel. Hoe ver ik me ook van deze jongens verwijder, iedereen zal denken dat zij míj achterlieten.

Ik blijf staan aan de rand van het zwembad en ga

met mijn hand door het lauwe, groenige water. Het filtersysteem werkt niet. Ik draag toch ook geen badpak. Naast mijn voeten, op het droge, ligt de grijnzende, opblaasbare dolfijn.

Ik zou naar huis kunnen gaan, naar Tesje, met haar een spelletje spelen. In plaats daarvan loop ik naar de schuur, neem een van de rieken. De punt zet ik op de buik van het opblaasdier. Het plastiek deukt in maar ploft niet, omdat het gewicht onder de drie punten verdeeld wordt. Waar wacht ik op? Ik heb Jan en Pims vader dit vaak genoeg zien doen: gereedschap in een muis ploffen. In een paar tellen loopt al het leven eruit.

Een scherpe, doordringende mestgeur overstemt de chloorgeur van het zwembadwater. Pims vader rijdt met een gevulde beerwagen het erf over, bij elke oneffenheid in het wegdek ontsnappen er klodders smurrie uit de spuitknop. Hij steekt een hand naar me op, stuurt de grote tank het erf af.

Wanneer ik een van mijn twee handen van de riek haal om terug te groeten, verandert de verspreiding van het gewicht. De rechterpunt prikt traag door het plastiek heen. Er klinkt geen plof, ik voel enkel iets tegen de pijp van mijn broek aan zuchten. De lucht die ontsnapt ruikt naar naast Pim ontwaken in een bloedhete kampeertent. De grijns trekt langzaam uit het dier.

Totdat de punten van de riek de vaste grond raken en het gevaarte uit het zicht verdwijnt, blijf ik glimlachend wuiven. Waarom verplaatsen tractors zich zo traag, waarom vermoedt een boer zo weinig?

Ik klim de ladder weer op, ga met opgeheven hoofd naast Laurens en Pim zitten. Ik haal de vier briefjes van vijftig euro uit mijn broekzak, strijk ze glad, leg ze in zijn schoot.

'Het water is te vuil om in te zwemmen.'

Pim neemt het geld, geeft het aan mij terug. Hij klopt

zacht op mijn knie, laat zijn hand daar liggen. Ik voel het pompen van het bloed in zijn vingertoppen door de stof van mijn broek. Drie hartslagen. Drie keer sorry.

Plots zijn er stemmen te horen op het erf en trekt hij zijn hand weer terug. Ik spring recht, kijk door een gat in het dak naar buiten. Twee meisjes parkeren hun fietsen naast die van ons. Ik herken Evelien, die op de basisschool een klas lager zat. De laatste twee jaren ken ik haar vrijwel alleen nog uit de verhalen van anderen. Er werd gefluisterd dat ze een eetstoornis zou hebben – er zou om haar heen voortdurend een zuur geurtje hangen. Toch trok ze op school een grote schare meisjes aan. Allemaal wilden ze in haar buurt blijven, in de hoop dat magerzucht een besmettelijke ziekte was.

Er werd gezegd dat ze in Lier werd behandeld maar dat zou ook overdreven kunnen zijn, want vandaag, van hieruit, ziet ze er niet uit als iemand die ergens voor behandeld is geweest.

Aarzelend bewegen de twee schimmen langs de grote bergen ingekuild gras. Ze blijven even stilstaan, misschien om te achterhalen waar Jan juist om het leven kwam. Dat valt niet mee: het politielint, de bloemen, de kaarsen, alles werd vrijwel meteen weer weggehaald door Pims moeder.

Een paar tellen later worden de staldeuren opengeduwd, de wielen die de deuren dragen kreunen onder het gewicht van het ijzer.

'Pim?' roept een meisjesstem.

'Boven! We zitten op de hooizolder.'

Vol verwachting kijken Laurens en Pim naar de bovenste sport van de ladder.

Daar verschijnen twee kleine handen, dan een gezicht. Niet dat van Evelien. Dit meisje is klein en mollig, heeft een rond hoofd en blauwe spleetogen, een brede glimlach. Op haar rug draagt ze een kleine zwemzak, de koorden snijden in haar schouders. Ze heft haar benen over de laatste trede en komt op het platform staan. Ze draagt een strakke legging met een optische print die doet denken aan een screensaver. Door het bestijgen van de ladder is de legging afgezakt. Het kruis zweeft halverwege haar dijen. Ze opent haar benen, trekt de broek zo hoog mogelijk op. Bovenin vormt zich een kamelenteen. Laurens en Pim wisselen blikken uit. Het meisje blijft glimlachen.

Nu pas verschijnt Evelien op de ladder. Van dichtbij is ze even frêle als van ver weg. Ze draagt een jeansjasje met lange mouwen en laarzen waarvan de veters los om haar smalle enkels hangen.

'Dit is mijn nichtje, Nele,' zegt Evelien. 'Ik moet op haar passen vandaag. Ze houdt van zwemmen. Blijkbaar heb jij nu een zwembad, Pim. Dat had ik al gehoord.'

Nele is een stuk ouder dan wij. Het zou me niet verbazen als ze al tegen de dertig is.

'Ik werk bij de Mivas in Lier, ik heb drie katten thuis, ik hou van zwemmen.' Neles stem klinkt hees en op elke 'ik' legt ze een andere nadruk, alsof het om drie verschillende personen gaat.

'Mivas is een beschutte werkplaats,' verduidelijkt Evelien.

'Ik pak koeken van de Lu in,' zegt Nele. 'Dinosauruskoeken onder andere. Heel vaak zitten er foute tussen. Je kan bij mij voor twee euro een hele zak mislukte koeken bestellen.'

Pim glimlacht flauw. Dan richt hij zich tot Evelien.

'Wij wilden net een spel spelen. Doen jullie mee?'

'Wil je meedoen, Nele?' vraagt Evelien.

Nele knikt.

Pim geeft nu pas de uitleg. Hij neemt de belangrijkste spelregels door. Hij kijkt Nele niet aan, in de hoop dat de regels voor haar niet van toepassing zullen zijn.

Evelien luistert zwijgend. Ze legt een hand op Nele haar schouder.

'Hoor je dat, nichtje?' zegt ze, 'tweehonderd euro. Daar kunnen we mee naar Bobbejaanland. Veel popcorn kopen.' Ze doet haar jeansvest uit, knoopt het om haar middel. De panden van de jas flodderen langs haar heupen.

'Ja, of zelfs een zwembad,' zegt Pim.

'Mogen we onze krachten bundelen?' vraagt Evelien.

Laurens kijkt naar Pim, wacht diens antwoord af.

'We hebben niet meer dan tweehonderd euro. Je mag krachten bundelen, maar het geld moet je sowieso delen.'

Ik tel hun laagjes kleren. Samen komen ze zeker aan tien. Dat is tot nog toe de beste kans op een overwinning.

Ik geef het raadsel.

Waarom heb ik niet iets minder serieus of eenvoudigers gekozen, iets in de trant van 'het is groen en glijdt van een berg' of 'wat is zwart-wit-zwart-wit-zwart-wit-boem?' Een skiwi, een non die van de trap valt: deze antwoorden zijn niet onmogelijk te achterhalen. Dan hadden de meisjes tenminste een eerlijke kans gehad.

'Nu mag je vragen stellen en zo de oplossing proberen te vinden,' leg ik uit.

'Oké. Is de man uitgegleden in iets?' Evelien knoopt de mouwen van haar jas opnieuw rond haar middel, deze keer strakker.

'Nee,' zeg ik.

'Damn.' Ze gebaart naar Nele dat ze een kledingstuk moet uittrekken. Ze wijst naar haar schoenen. Nele bukt en doet ze uit. Evelien laat haar niet de kans ook een vraag te stellen.

'Was er een tweede persoon bij betrokken die de kamer heeft verlaten?' vraagt ze.

'Nee,' zeg ik.

Evelien helpt Nele uit haar jasje te bevrijden.

'Is hij verdronken?'

'Nee.'

Nele mag haar trui uittrekken. Daaronder draagt ze een wijd, grijs T-shirt.

'Is zijn dood zijn eigen schuld?'

'Ja.'

Pim drukt zijn vingernagels ongeduldig in het vlees van zijn hand. Evelien wijst Nele het kledingstuk aan dat ze moet uittrekken – de broek. Nele doet wat er gevraagd wordt, zonder tegenpruttelen, glimlachend laat ze de legging zakken. Wellicht is ze gewend dat Evelien weet wat beter voor haar is. Ze staat er nog in T-shirt, het donshaar op haar dijen komt overeind.

'Heeft het water in de kamer wel iets met zijn dood te maken?'

'Ja.'

Als Neles T-shirt uitgaat, wordt plots duidelijk hoe haar lichaam in elkaar zit. Haar bovenlijf is een stuk smaller dan haar onderlijf. Toch sluiten beide delen mooi aan in haar lendenen.

Nele zet haar handen in haar zij en beweegt als een dame in reclame voor douchegel.

'Voor een doorgeeftekening zou ze goed gelukt zijn,' zegt Pim. Nele laat haar handen weer zakken. Evelien lacht er niet om.

'Kom Nele, het is genoeg, we gaan.' Evelien knoopt haar jeansjasje los van haar middel, schermt er haar nicht mee af.

'En het zwembad dan?' protesteert Nele. Ze trekt haar slipje uit en gooit het over Eveliens schouder heen. 'Hier, je kan nog eens raden.'

Laurens' ogen ontwijken het stuk stof met bloemenprint dat terechtkomt in ons midden.

'Doe je kleren terug aan, ik moet plassen.' Evelien duwt het hoopje uitgetrokken kleren in Neles armen. Zij slaat haar ogen neer, kleedt zich haastig weer aan, haar onderbroek durft ze niet komen oprapen. Ze trekt haar legging achterstevoren aan. De stof, die achteraan de vorm van haar billen al had aangenomen, floddert voorin los in haar schoot.

'We hadden het nooit geraden, toch?' Evelien komt naast me staan. Ze kijkt alleen nog maar mij aan. Heel even ruik ik de zurigheid van Tesje.

'Jullie hebben nog vijf kansen!' zegt Pim. 'Nu niet opgeven.'

Ik schud nee.

'Dag Eva,' zegt Evelien.

Ze raapt nog snel de slip op, moffelt deze weg in haar jaszak, daalt voor Nele uit de ladder af. Als haar hoofd verdwenen is, zakt Pim nijdig neer op een van de strobalen. Hij plukt er een paar halmen uit, gooit ze over de rand van het platform. Ze dwarrelen van de hooizolder een paar meter naar beneden.

'Er klopt iets niet in de spelregels,' zegt Laurens. Hij gaat naast Pim zitten. Hij rochelt en spuugt een klodder achter de strohalmen aan.

'Waarom knippen ze bij mongolen toch altijd een Jommekes-kapsel?' Pim kijkt scheel en trekt konijnentanden. 'Maak ze anders nóg lelijker. Ik eet trouwens nooit meer dinosauruskoeken.'

Plots herinner ik me heel precies het voornemen dat ik had bij aanvang van het eerste middelbaar: op mijn nieuwe school zou ik iemand nieuw worden, iemand beter, een andere Eva. Wat zou Pim zich hebben voorgenomen toen hij niet langer dag in dag uit met Laurens en mij opgescheept zat? Wie probeerde hij te worden?

'Nele, Evelien, wacht!' roep ik. Nele blijft stilstaan in de opening van de poort, zo'n tien meter van de ladder vandaan.

Ik sta recht, haal het geld uit mijn broekzak.

'Niet doen, Eva!' Pim komt recht tussen mij en de rand van de zolder in staan. Hij kijkt hoe ik de vier briefjes tezamen opplooi. 'Oké, oké. Geef haar er eentje. Met vijftig heeft ze meer dan genoeg.'

Ik gooi het hele bundeltje van de zolder naar beneden.

'Wat doe je nu?' brult Pim. Hij geeft me een duw, ik val opzij, een baal breekt mijn val.

Laurens gaat gevaarlijk over de rand van de hooizolder heen hangen.

'Lau, doe dan iets in plaats van ernaar te kijken!'

Aan de ingehouden snelheid waarmee Laurens door het stro naar de ladder struint, valt af te leiden dat Nele het geld al lang heeft opgeraapt. Nog voor hij de laatste sport bereikt heeft, zijn de nichtjes het erf al af.

'Je was die twee niets verschuldigd! Dat was het enige wat wij nog hadden!' Met het gebrul ontsnappen spetters speeksel uit Pims mond.

'Waarom deed je dat?' Hij geeft me nog een duw, maar ik zit al. Ik heb geen antwoord klaar.

Laurens stampt semi-verontwaardigd tegen een rechtstaande baal. Het stof brengt ons alle drie aan het niezen.

Als ik thuiskom, is Tesje alweer klaar met Monopoly spelen. Ik vraag niet wie gewonnen heeft.

MILLENNIUMBUG

De millenniumbug werd overal groot en breed aangekondigd. Ook bij Laurens in de beenhouwerij hingen ze weken op voorhand al een briefje met WEGENS MILLENNIUM, GEEN BANKCONTACT!!, uit vrees dat elke cent in het niets zou verdwijnen.

'Een verwittigd man is er twee waard,' hoorde ik Laurens' moeder tegen klanten zeggen voor zij de zaak verlieten, hun broekzakken vol kleingeld. Mij verwittigde ze niet. Misschien om te voorkomen dat ik me er twee waard zou voelen – uiteindelijk stond ik er eenmaal thuis toch weer alleen voor.

Aan tafel op oudejaarsavond legde Jolan eindelijk in begrijpelijke taal uit wat een 'bug' was. Het begrijpelijke zat hem vooral in het feit dat hij na elke vraag even rust nam om zijn stukjes vlees op de bakplaat om te draaien.

'Bij de uitvinding van de computer, in de jaren zestig en zeventig, waren computers veel trager en hadden ze maar weinig geheugen. Ja?'

Tesje en ik bromden instemmend. Toch probeerde Jolan nog oogcontact met vader te zoeken.

'Er was dus weinig ruimte om gegevens op te slaan. Om de kosten te drukken werden alle data maar met zes cijfers genoteerd. Maar achteraf bleek dat dom te zijn.'

'Ja? En waarom dan?' vroeg ik.

'Daar, op dat punt, ontstond de kans op deze bug. Vannacht, bij de overgang naar de eenentwintigste eeuw, zullen computers denken dat we plots terug in negentienhonderd belanden. Snappie?'

Tesje wierp een bezorgde blik op de computer in de hoek van de kamer.

Vader, die bij niets van wat Jolan zei een blijk van herkenning had gegeven, mengde zich voor het eerst in het gesprek, met luide stem.

'Om klokslag twaalf uur zal alles mislopen: kerncentrales zullen ontploffen, chemische bedrijven zullen gaswolken verspreiden, kernraketten zullen automatisch op ons worden afgevuurd – en in het Oostblok staan die jammer genoeg net op ons gericht. Thermostaten gaan blokkeren, vliegtuigen zullen uit de lucht vallen, beademingsmachines en andere medische apparatuur zullen blokkeren, kortom,' zei hij, op de toon van een minister die het ergens vanaf las, 'minstens één procent van alle ondernemingen zal failliet gaan.'

Hij nam nog een slok wijn. 'Eva, mag ik de zilveruitjes?'

Tesje legde haar vork neer en gaf vader de bokaal door, omdat zij er dichterbij zat. Jolan nam zijn met zorg gebakken vleesjes, bood eentje aan vader aan, die het afsloeg.

'En onze computer dan?' vroeg Tesje met zachte stem. Na vader nam moeder de pot uien. Ze sukkelde met haar kleine vork in de azijn. Haar gelig oogwit glom. Ik schoot haar te hulp, legde drie ajuintjes op de rand van haar bord.

'Dit moeten we afwachten,' opperde vader. Hij vulde enkel zijn eigen glas weer bij.

'Hoe lang nog, Jolan?' vroeg ik.

Jolan hield nauwgezet zijn nieuwe waterbestendige G-Shock in de gaten. Het horloge zat in een glas water dat voor hem op de tafel stond.

'Nog vijfendertig minuten en dertien seconden. Twaalf seconden. Elf.'

Dagenlang had Jolan aangekondigd dat hij dit jaar niet zou mee-eten op oudejaarsavond. Mama had hem al die tijd niet tegengesproken, tot ze die ochtend was teruggekeerd van de supermarkt met andermans idealen.

'Een kind hoort oudejaarsnacht niet met een horloge en duikbril in bad door te brengen,' had ze gezegd. 'Dit is en blijft een familieaangelegenheid.'

Jolan had nog even tegengesputterd. Hij zou maar één keer in zijn hele leven met een G-Shock onder het wateroppervlak een eeuwwisseling kunnen meemaken, deze kans moest hij grijpen, begreep zij dat dan niet?

'Ik heb jou het horloge cadeau gedaan, ik heb het laatste woord,' had moeder gezegd.

Jolan had zijn mond geopend maar gezwegen, zich omgedraaid.

Ik wist wat hij had willen opmerken. Wie 's avonds beweert dat een kip wel drie eieren per dag kan leggen, heeft het 's ochtends niet plots weer voor het zeggen.

Gelukkig kon Jolan goed omgaan met teleurstellingen. Rond de middag had hij alweer een nieuw plan opgezet. Urenlang was hij bezig geweest om zijn klok op de seconde gelijk te zetten met de wereldklok; hij had getimed hoe lang het duurde om van de tafel naar buiten te wandelen, zodat hij precies zou kunnen aangeven wanneer we ons naar de tuin zouden moeten begeven om het vuurwerk of de eerste neerstortende vliegtuigen te zien.

Pas daarnet, om elf uur, had hij het horloge voorzichtig in het glas kraanwater laten zakken, zodat het aftellen toch nog onder water zou kunnen gebeuren.

Na vaders uiteenzetting over de bug had Tesje haar eten niet meer aangeraakt. Ze bleef ongerust naar de computerhoek in de living kijken.

Niemand zei er iets van, toch wisten we allemaal wat er gaande was. Ze was gesteld geraakt op het ding. Of misschien was 'gesteld zijn op' niet echt toepasselijk, was het ziekelijker dan dat. In de maanden na de passage van de luchtverkopers had het vreemde ritueel aan de achterdeur zich uitgebreid.

Voor elke ruimte in huis was een kort toegangsritueel ontstaan, een onschuldige en bijna onzichtbare handeling: het aantikken van het kleine ijzeren schommelbeeldje op de buffetkast in de gang of het omdraaien van het zeepje in de badkamer.

In de living, de belangrijkste doorgang in huis, besloeg het ritueel de computer: elke keer wanneer Tesje er langs wilde lopen moest ze iets intypen op het toetsenbord. Het waren slechts een paar snelle aanslagen, soms meer. Ze deed het elke keer, of de computer nu aanstond of niet. In de ochtenden, als het toestel onbezet was, gaf het niet echt een probleem, bleef het ritueel onschuldig en vrijwel onopvallend. Maar na schooltijd, als de computer druk gebruikt werd door anderen, nam ze een omweg langs de veranda om de living te vermijden.

Een paar weken geleden had ik de verandadeur op slot gedaan en was ik de hele ochtend aan de computer blijven waken. Niet om Tesje in het nauw te drijven, maar in de hoop haar te begrijpen. Indien ze zou volharden in haar ritueel, zou ze om de keuken binnen te mogen niet anders kunnen dan het toetsenbord aanslaan.

Tijdens mijn dertiende spelletje Mijnenveger hoorde ik Tesje eindelijk de trap afkomen. Ze kwam de living binnen, zag me zitten, keerde weer de gang in nog voor ze een voet in de kamer had gezet. Ze sloot de deur zacht achter zich. Vervolgens hoorde ik haar rammelen aan de klink van de verandadeur, nerveus. Na een paar minuten stond ze terug in de living, waar ze bleef wachten in een hoek van de kamer.

‘Weet jij toevallig waar de sleutel van de deur in de gang is?’

‘Nee,’ zei ik.

De schaamte om toe te geven dat ze het toetsenbord nodig had, was sterker dan haar haast. Ik verloor mijn spel opnieuw, opende een nieuw mijnenveld van twintig op twintig met slechts drie mijnen, klikte in het wilde weg, speelde het als een kansspel omdat ik de spelregels niet kende.

'Ben je bijna klaar, Eva?'

'Ik wil een keer kunnen winnen,' zei ik.

Tesje kwam een paar passen dichterbij om naar het scherm te kunnen kijken.

'De cijfers tonen aan hoeveel mijnen er grenzen aan het vakje.'

Tesje nam de muis even over. Ze klikte drie keer. Er ontstond een kettingreactie, veilig gebied ontwaarde zich. Ze glimlachte.

Ik keek naar haar slanke hand, haar huid was bijna even grijs als de computermuis. 'Kijk. Zo,' zei ze. 'Probeer misschien mét vlaggetjes. Die helpen in het begin.' Vervolgens trok ze zich terug in een hoek van de kamer tot ik zou vertrekken.

'Heb je de computer nodig?' vroeg ik.

'Nee, doe jij maar eerst,' zei ze.

Na een paar minuten werd haar aanwezigheid dwingender, schraapte ze haar keel, snoot ze haar neus, begon ze te ijsberen. Ik stond op om naar de wc te gaan en toen ik terug in de woonkamer kwam, stond het toetsenbord mooi in het midden van de tafel en was Tesje naar de keuken verdwenen.

In de dagen die volgden, hield ik oren en ogen open, verstopte ik me in de hoop te ontcijferen wat ze juist typte als niemand mee keek. Ik telde steeds meer aanslagen, meer dan letters in haar naam, te weinig voor een volzin. Vragen stellen deed ik niet. Wellicht was het net zoals bij de deur: zodra ze wist dat ze pottenkijkers had, zou ze opnieuw moeten beginnen.

'Tijd om af te tellen,' zei Jolan. 'We hebben nog vijf minuten en dertig seconden om naar de tuin te gaan, dus als iemand moet plassen, is dit het moment.'

'Wie wil er nu plassen als er kernraketten onderweg zijn?' mompelde mama.

Ze stond recht en hield zich vast aan de rugleuning van de stoel.

Jolan keek op zijn klok. 'In Rusland is het nu al bijna één uur. De raketten zouden dan al wel zijn aangekomen.'

Tesje stond op, liep naar de hoek van de kamer en trok de stekker van de computer uit het stopcontact; zo zou hij nooit te weten komen dat er een jaarwisseling plaatsvond. Ze liep voor ons de tuin in.

Terwijl we wachtten tot Jolan van tien tot één zou beginnen aftellen en het vuurwerk zou knallen, dacht ik aan de periode waarin Tesje en ik nog de gepaste leeftijd hadden om briefjes te schrijven naar elkaar. Ik schreef met een tintenkiller zinnen op Post-its en kleefde die op de deur van onze slaapkamer. Zij kleurde met haar vulpen het hele blaadje om de boodschap te ontcijferen.

Misschien was het getokkel op het toetsenbord een nieuwe, meer gevorderde versie van de Post its. Hoopte ze misschien dat ik, net als zij ooit, de moeite zou doen om haar geheimtaal te ontcijferen?

Een minuut voor middernacht klonk het luidkeels aftellen van een paar buren, die het alarm van de G-Shock in het glas water ongenadig overstemden. Zoals bij elke ramp die ruim van tevoren en groots wordt aangekondigd, gebeurde er om klokslag twaalf uur helemaal niets. Er klapten een paar pijlen, niet veel.

Achter me liet moeder haar typische boertjes. Vader stak een sigaret op.

Ik stond arm in arm met Tesje, kon de warmte van haar huid voelen tegen de mijne, we hadden geen trui of jas aan want iets eerder, binnen, was het warm door de gourmetplaat.

Toen het vuurwerk klaar was, keerde eerst moeder, dan vader weer het huis in.

'We leven nog,' zei Jolan. 'Geen kernrampen.'

'Ja,' zei ik. 'Gelukkig.'

Tesje zweeg. Ik zag Jolan naar haar kijken, wegkijken, terugkijken. Ik merkte eerst zijn ongemakkelijkheid, daarna pas de reden daarvoor: er rolde een traan over haar wang.

'De computer heeft het gehaald,' zei ik.

'Weet ik wel,' zei Tesje.

Ik begreep niet waar haar tranen dan voor dienden. Misschien had ze gelijk teleurgesteld te zijn. We zouden in bed kruipen en morgen zou alles gewoon weer zijn normale gang gaan.

Jolan haalde zijn horloge uit het glas water, droogde het aan zijn shirt, bevestigde het om Tesjes pols. Zelfs met de pin in het kleinste gaatje was het riempje nog veel te groot. Op de klok was het nog steeds drie na middernacht.

'Het is geen echte G-Shock. Mama heeft hem gekocht bij de ALDI en de verpakking eraf gehaald,' zei Tesje.

13.00 UUR

Ik ben hier niet voor niets gekomen. Rechts boven me, door de houten vloer van de ouderlijke slaapkamer heen, klinkt gestommel. Daar bevindt zich vaders kant van het bed. Hij zal zich net op de rand van de matras zetten, met de toppen van zijn voeten zijn pantoffels onder de lattenbodem zoeken, een klein minuutje wachten tot de ochtendstijfheid is gaan liggen voor hij zich optrekt aan de hoek van het bed.

Het zal hem in totaal zo'n zes minuten kosten om de keukentafel te bereiken: uit zijn bed komen, langs de trapleuning naar beneden schuifelen, op de wc zitten tot de draaierigheid afneemt, een donkergeel, bitter plasje persen, zijn topje niet goed afkloppen, met urinedruppels op zijn broek door de gang sjokken, in de badkamer boven de lavabo zijn longen leeg hoesten, de bruinige klodders proberen wegspoelen, door de eetkamer richting werkhuis gaan om de eerste sigaret te kunnen roken, onderweg het lege mandje uit de keuken meenemen zodat het gevuld kan worden met flesjes bier.

Ik heb zes minuten om te beslissen. Wil ik vader zien of wil ik vertrekken? En als ik vertrek, mag hij weten dat ik hier passeerde of moet het lijken alsof ik hier nooit ben geweest?

Achter de rij sparren en de opgeschoten haag rolt de zware, grijze wolk zich op. De zon doet het sneeuwtapijt oplichten. De tuin ligt erbij als een onbeschreven A4'tje.

Vroeger zat ik hier wel eens te tekenen. De glazen tafel leende zich perfect als ondergrond, nooit prikte de potloodpunt door het blad heen. Wanneer er niemand toekeek, gebruikte ik niet de opgelegde kladbladen maar het ongeschonden, duurdere papier uit de printer, ook al was dat eigenlijk verboden.

Een keer kwam vader vroeger thuis van zijn werk. Hij zag me zitten aan tafel, met mijn potlood in de aanslag boven een van zijn dure, lege printbladen.

'Teken mij,' zei hij, in een poging het blad nog te redden. Hij ging tegenover me aan tafel zitten.

Zijn voorstel maakte me onrustig, misselijk zelfs. Ik wist: deze man is niet gelukkig. Daar wilde ik niet te lang naar moeten kijken, dat wilde ik niet optekenen.

Voorzichtig nam ik zijn gezicht in me op, de details waar ik al heel lang niet meer naar had gekeken: zijn T-shirt met ronde kraag; de stugge, eigenwijze haren in zijn wenkbrauwen; het witte kapsel waarover hij gemiddeld een keer per week hetzelfde grapje maakte om anderen voor te zijn – dat iemand hem was vergeten in te kleuren.

Na een halve minuut zag ik geen details meer, enkel nog de verhalen, wat er in het dorp over hem de ronde deed: dat hij op weg van de bushalte naar huis naast zijn fiets zou wandelen om het thuiskomen nog te kunnen uitstellen. Ik was gaan controleren of het waar was. En ja, in de verte had ik de witte haarpluk zien aankomen. Vader wandelde heel traag de brug af, met de fiets aan de hand, gebogen als bij sterke tegenwind. Daar, vanop afstand, had ik vurig gewenst dat hij wel over een luik in de tuin beschikte waarachter hij een tweede gezin verborgen hield, dat zijn leven meer voorstelde dan enkel de dingen waarvan ik op de hoogte was.

Mijn potlood bleef stilstaan op het blad. Alleen het medelijden bleef over, een ovaal waarvan de lijnen bovenin niet mooi aansloten. Ik overhandigde vader het portret. Hij nam het aan, keek ernaar, zei niets.

Even later hoorde ik hem het blad terug in de papierlade van de printer leggen.

Het is nu drie minuten na één. Boven de fruitschaal hangt een van de schetsen die ik van deze schaal maakte, met punaises opgehangen naast de twee tekeningen van het huis. Er ligt vrijwel hetzelfde fruit in de schaal als op de schets – een peer gestut door twee zachte appels, een verkleurde banaan, een paar mandarijnen. De tekening is ondertussen als richtlijn gaan dienen.

Vier na één. Alles in deze ruimte is intact gebleven, zelfs de elektrische toestellen hebben de jaren doorstaan. De dubbele punt tussen de uren en de minuten op het digitale klokje van de microgolfoven knippert elke twee seconden. Dertig keer verdwijnen de punten, vervolgens telt er weer een minuut bij. Vroeger deden ze me denken aan oogjes. Zolang ze waakten, bleef alles hetzelfde. Maar zodra het knipperde, de tijd een oogje dichtkneep, net dán werden we ouder, werd aan ons geraakt.

21 JULI 2002

Het is al twee uur geweest en Pim en Laurens hebben nog steeds niet gebeld. Niet om te controleren of ze toch welkom zijn in ons kippenhok, ook niet om te vragen waar ik blijf. Ik bied Jolan mijn hulp aan bij het omspitten van de tuin. Zolang ik iets nuttigs doe, zal het lijken of ik zelf voor deze radiostilte heb gekozen.

'Goed, maar niet zeuren tenzij je bloedblaren krijgt,' zegt Jolan.

Zijn blik blijft kort haken ter hoogte van mijn ribben. Hij ziet het verschil – deze ochtend trok ik twee voorgevormde bh's over elkaar heen, zodat mijn borstjes groter zouden lijken. Dit moest vandaag, zodat ik kan wennen aan de twee bulten die overal met me mee bewegen, onderaan in mijn blikveld. Binnenkort zal ik Laurens en Pim opnieuw onder ogen komen en dan mag het niet opvallen dat ik de aanwezigheid ervan zelf nog in twijfel trek.

'Geef mij ook maar een taakje,' zegt Tesje, die net is buiten gekomen. Ze ziet mijn nieuwe cupmaat niet, maar dat wil niets zeggen – ze weet nog niet waar ze op moet letten.

'We hebben maar twee spades,' zegt Jolan. In de ene hand houdt hij de zware schep, in de andere wat vader 'de truffel' of 'de schoefel' noemt – een kleine klapschep met houten steel en plooibaar, ijzeren blad, aangekocht in het Amerikaans stockhuis. Er moet daar iemand achter de toonbank hebben gestaan die 'shovel' niet kon uitspreken.

Jolan duwt deze klapschep in mijn handen.

'Tes, jij staat in voor de regenwormen. Als ze nog

heel zijn, mag je ze verzamelen voor op de composthoop, levende pieren houden de boel luchtig.'

'En als ze niet meer leven?'

'Dan gooi je ze maar terug.'

Tesje knikt. Ze haalt een schaal onder een bloempot met verdorde plant vandaan en gaat in kleermakerszit in het zand zitten.

Bezigheden als deze zijn goed voor haar. De laatste keer dat we de tuin omspitten was vijf jaar geleden en toen was haar gedrag nog normaal. Ze heeft sindsdien niet de kans gehad om bij het verzamelen van regenwormen vreemde, gedwongen handelingen te verzinnen.

De laatste maanden zijn er geen extra rituelen bij gekomen, maar de bestaande worden wel steeds frequenter uitgevoerd.

Het vaakst tref ik haar aan terwijl ze op het toetsenbord van de Windows 95 typt. Dat belandde op de buffetkast in de gang nadat Jolan er vorig jaar een glas limonade overheen morste. Dagenlang weigerden de toetsen alle dienst tot uiteindelijk enkel de letter a beschadigd bleef. Niemand behalve kakkernestje vond het de moeite een nieuw toetsenbord te kopen voor een systeem dat zo verouderd was, dus tikte vader een kleine tweedehands laptop met Windows 98 op de kop bij een firma die deze samenstelde uit gedoneerde onderdelen, zodat we de 95 buiten konden gooien. Tesje verzette zich tegen deze afdanking. Ze stond erop dat we de oude, brommende bak een degelijke plaats gaven, hem eerst een paar maanden 'met pensioen' zouden sturen voor hij bij het huisvuil zou belanden.

Ze was niet op andere gedachten te brengen, dreigde ermee naast de computer in de tuin te zullen slapen, niets meer te zullen eten.

'Voor in de tussentijd,' zwichtte mama. Tesje was al veel te mager.

Tegen beter weten in verplaatsten Jolan en ik de zware computerbak van de tafel in de grote living naar de buffetkast in de gang, onderaan de trap. Deze oude kast werd al jaren enkel gebruikt voor het stockeren van spullen – decoratieve geschenken van oudjes, die moesten sterven voor we deze voorraad weer zouden kunnen doorgeven.

Wat we vreesden, gebeurde. Tesjes toegangscodes om kamers te mogen betreden, vervielen niet. Ze verplaatste gewoon het schommelende ijzeren beeldje van de buffetkast naar de tafel waar eerst de computer stond. Maar omdat de gang vrijwel alle kamers op de benedenverdieping met elkaar verbond, trof ik Tesje meermaals per dag gebogen over het toetsenbord aan. Dan verstijfde ze als een nachtdier in de koplampen van een wagen, deed ze of ze helemaal niet aan het typen was maar gewoon op zoek was naar iets.

Een paar dagen geleden was ik vastbesloten haar erop aan te spreken. Op weg naar de wc trof ik Tesje weer aan in dezelfde houding als altijd. Ik negeerde haar, glipte het toilethokje in, sloot de bril voorzichtig, ging erbovenop zitten, luisterde naar het getokkel. Ze typte in een razendsnel tempo, enkel met duim, wijsvinger en middelvinger, zo had ze het zichzelf aangeleerd.

Legde ze een biecht af? En zo ja, wie registreerde dan haar woorden, door wie wilde ze vergeven worden? Hoeveel zinnen zou ze al hebben staan typen in die maanden zonder dat die ergens aankwamen? Typen op een uitgeschakeld toetsenbord is even erg als een mop vertellen terwijl niemand de moeite doet te luisteren.

‘Tes?’

Ik hoorde hoe ze meteen haar vingers van de toetsen trok. Het was zover, ik sprak erover, we konden niet meer ontkennen dat er iets aan de hand was.

‘Ja?’ zei ze. Haar stem kwam van de andere kant, ze was intussen weg bij de computer. De kans was groot dat ze deze onderbreking later weer goed zou moeten maken, de handeling opnieuw en opnieuw en opnieuw zou moeten uitvoeren, nog langere zinnen, nog snellere aanslagen.

‘Wat schrijf je eigenlijk?’ Ik scheurde een paar vellen wc-papier los en wikkelde mijn vinger ermee in. Aan de verbetenheid van haar zwijgen wist ik dat ze mijn vraag wel gehoord had.

‘Tes?’ vroeg ik opnieuw. ‘Wat schrijf je? Werk je aan een verhaal?’

Weer kwam er geen reactie.

‘Ik blijf hier zitten tot je me het vertelt.’

‘Pas maar op,’ zei ze. ‘In veel rusthuizen zijn er oudjes die zo lang moeten wachten op de verpleegster die hun achterste komt afvegen, dat ze hun darmen eruit kakken.’

‘Ik ben niet aan het drukken,’ zei ik, ‘ik zit boven op de dichtgeklapte bril.’

Daarop hoorde ik haar verdwijnen.

Jolan trekt met zijn spade lijnen in het droge zand, deelt de lap grond aan de voet van de kersenboom op in kleinere vakjes. Tien op tien.

‘Als we even snel scheppen, ontmoeten we elkaar precies in het midden, dan doen we ieder vijftig vakjes.’

We beginnen ieder aan een andere kant van de tuin te graven, spitten elkaar zwijgend tegemoet.

Telkens als ik door mijn knieën buk om kracht op de korte steel te zetten, denk ik aan mijn twee vrienden, aan wat ze nu aan het doen zouden zijn en of ze op de hooizolder of in de vacuümschuur zouden hebben afgesproken.

Ik vraag me af of zij iets leukers aan het doen zijn, of ze nog steeds woedend zijn over het geld, of het hun evenveel moeite kost *mij* te negeren als dat het mij pijn doet hen te negeren.

Vandaag staat Elke op hun programma. Zij is een van de weinige meisjes op Pims school, het enige meisje dat met een lasercutter overweg kan, wat haar marktwaarde volgens Pim tijdens het schooljaar 'tot negen verhoogde'.

'Maar,' had hij eraan toegevoegd, 'de zomermaanden zijn anders, in juli en augustus moeten meisjes niet alleen met een lasercutter overweg kunnen. Daarom is ze nu niet meer dan een zevenenhalf waard.'

Pim had gelijk. De meisjes die hoog scoorden waren niet vanzelfsprekend de mooiste. Ze waren de minst beschikbare. Buffalo-An, bijvoorbeeld, is in feite niet lelijker dan de gemiddelde acht, maar zij was ooit nog verliefd op Pim, en dat maakt haar te gemakkelijk.

Laurens' moeder had me ooit de sleutel tot succes verklapt. 'Niemand wil blokpaté met appeltjes als je de hele klomp in de vleestoog legt. Klanten happen pas toe als er maar een paar plakjes worden uitgestald, te klein om ongewild te ogen, te groot om als onsmakelijk overschotje door te gaan.'

Na een halfuur bijna zwijgend doorgraven en druk zetten op de spade hebben we ieder ongeveer dertig vakjes omgespit. Jolan peutert een grote, paarse blaar in de palm van zijn hand los, veegt het vocht aan zijn broek. Hij zwaait, om aan mij te kunnen tonen dat het vel flappert. Ik heb nog steeds geen bloedblaar. Wel komen mijn maandstonden er plots voor een tweede keer door. Al het bloed dat ik kan missen, sijpelt in mijn slipje. Eerst is het vloeibaar en warm, maar hoe meer ik beweeg, hoe meer kleverig het wordt. Het droogt op en begint te schuren aan de binnenkant van mijn dijen.

'Ik denk dat jullie beter stoppen met scheppen,' zegt Tesje plots. In haar schaal liggen al heel wat wormen. Links een hoopje krioelende dieren, rechts uitsluitend dode eindjes. 'De aarde die jullie bovenhalen zit vol wortels van bomen. Met die wortels, die jullie stukmaken, zuigen ze het water uit de grond.' Er staan nog net geen tranen in haar ogen.

'De wortels van een boom worden even lang als de lengte van zijn stam. Daarom moet je ze ver genoeg uit elkaar zetten, en ver genoeg van huizen weg. Er is een grote kans dat de wortels die we nu doorhakken niet van onze kerselaar zijn, maar van een van de bomen van de buren,' zegt Jolan.

'En dan? De bomen van de buren zijn toch ook levende bomen?' zegt Tesje. Ze gaat verder met het trieren van de wormen, er zijn er ondertussen een paar naar de verkeerde kant van de schotel gekropen.

Ik kijk naar het zand dat ik opschep. Half verteerde kersenpitten, duizend piepkleine wortels, dun als aders.

'Gaan ze dan onder de grond naar elkaar op zoek?' Tesje raapt twee losse wortels uit de aarde, duwt de uiteinden tegen elkaar.

'We stoppen, genoeg omgespit,' besluit Jolan daarop, al is hij net halverwege zijn laatste rij. Hij strandt op vijfenvijftig omgespitte vakjes, ik op zevenendertig, in het midden van het los geschepte veld zweeft een eiland van vaste aarde met grasplukken, daarop staat het schoteltje met wormen. 'We kunnen beginnen te planten.'

'Tesje, ga jij anders de zaden halen?' vraagt hij, hij toont haar zijn vuile handen. 'Ze staan in het washok.'

'Er is nog werk aan deze pieren,' zegt zij. Met de schaal voor zich uit loopt ze naar de andere kant van de tuin, naar de composthoop.

Ik kijk naar Jolan. Hij begrijpt pas laat wat ik tracht duidelijk te maken: zolang wij toekijken kan Tesje niet langs de achterdeur naar binnen.

Iets verderop, aan het gras, wrijf ik mijn handen schoon. Ik ga naar het washok om de zaden te pakken. Voor ik weer naar buiten ga, glip ik ook het werkhuis binnen, snel, zonder naar de nok van het dak te kijken, rits daar wat materiaal mee. Een kleine riek en een stalen handvat met spitse punt dat dient om diepe, smalle gaten in los zand te maken.

Jolan coördineert het aanplanten. Hij spant een draad dicht tegen de grond waarlangs de gaten moeten worden gemaakt. In de instructies leest hij welke afstand er moet worden gelaten tussen de zaden. Hij meet met zijn schoenzolen.

'We doen een beetje van alles,' zegt hij.

Tesje hanteert het stalen, puntvormige toestel omdat zij het als enige een naam kon geven, 'de gaatjesmaker'. Zij maakt op de door Jolan aangegeven plaatsen holtes in de aarde waar ik de zaden in laat vallen. Zonnebloemen, radijzen, wortels, aardappelen. Er zit verbazingwekkend veel kracht in haar dunne polsen, ik kan haar amper bijhouden. Jolan vult ze op met schepjes potgrond. In een klein notitieboekje dat hij uit zijn broekzak tovert, tekent hij een plattegrond van de tuin. Hij noteert waar we welke soort planten, wanneer we wat kunnen oogsten.

Moeder is inmiddels wakker, staat voor het verandaraam naar ons samenspel te kijken en tegelijkertijd te telefoneren. Ze houdt de hoorn tegen haar oor gedrukt, haar vrije hand steekt nonchalant in haar broekzak. Van hieruit kan ik afleiden dat ze met oma aan het bellen is, dat ze West-Vlaams staat te praten.

Mama kan moeiteloos overschakelen van het Algemeen Nederlands naar het dialect. Tegen ons praat ze zelden in haar moedertaal. Het legt altijd een deel van haar karakter bloot waar wij niet over mogen beschikken, een zekere sterkte, een zeldzaam optimisme.

Ze belt niet lang maar blijft wel het hele gesprek rechtop staan en glimlachen – een dochter waar geen moeder spijt van kan hebben. Zodra ze ophangt, zakken de schouders, verdwijnt haar hand uit de broekzak, wordt ze zelf weer de moeder met spijt.

's Avonds ga ik op tijd slapen, opdat de dag dan sneller voorbij is. Ik heb te veel gegraven, te veel gedacht. Mijn lichaam doet pijn tot in de kleinste spieren, elke gedachte gonst na in mijn hoofd, ik besta uit niets meer dan holtes. Ik voel me zoals die keer op de lagere school toen ik me een middagspeeltijd lang achter vuilbakken naast de fietsenrekken had zitten verschuilen, om achteraf te beseffen dat de anderen het verstoppertje spelen hadden afgeblazen en maar waren gaan voetballen – niemand was me komen zoeken.

Welk raadsel zouden Pim en Laurens gebruikt hebben vandaag? Zouden ze gewoon het mijne hebben overgenomen in de wetenschap dat het juiste antwoord toch nooit zou moeten bevestigd worden, of zouden ze in boekjes op zoek zijn gegaan naar een waardige vervanger? Ik vraag me af of mijn naam gevallen zou zijn, of ze aan me gedacht zouden hebben vandaag, of ze zouden hebben afgesproken wie van hen mij morgen zal bellen, wat ze zullen zeggen om het goed te maken.

Net als ik me met mijn stijve kuiten de trap op wil hijsen, kom ik Tesje weer tegen op de gang, gebogen over het toetsenbord. De avond is nog niet gevallen maar is wel aan het kantelen, het is half donker in de gang. Ik voel me even betrapt als zij. Maar vandaag, voor het eerst, is zij diegene die anders reageert. Ze verstijft niet.

'Ik kan niet stoppen,' zegt ze, zonder dat ik ernaar gevraagd heb. Ze slaat de enter-knop hard aan. Heel even kijkt ze me recht in de ogen. 'Ik zou wel willen, maar het kan niet.'

Ik ga op de trap zitten. Voor het eerst voltooit Tesje wat ze aan het typen is terwijl ik toekijk. De toetsen van het oude klavier zitten vol vuil en geven weerstand.

Het harde drukken tekent de spieren en pezen rond haar gewrichten af – ze doet denken aan een stokoude kat die een dappere poging doet muizen te vangen. In haar gezicht zijn vandaag allemaal sproetjes bij gekomen. Haar oogleden trillen. Als ze klaar is, legt ze haar ontvleesde vingers opengesperd op het klavier. De handen geven zich over, de rest verzet zich. Ik zou haar graag vastnemen.

We weten het allemaal, Tesje heeft haar lichaam tot secretaresse van haar eigen gemoed gemaakt – hoe slechter ze zich voelt, hoe meer overuren ze klopt. Ik kan tot waar ik zit, op de derde trede, ruiken dat ze honger heeft.

'Kom slapen,' zeg ik.

'Ik ben nog niet klaar om te slapen.'

'Lees dan nog een *Guust Flater* in bed.'

Ik wacht. Ze maakt haar getyp af. Ik laat haar voor me de trap op lopen, tel haar stapjes. Het ziet ernaar uit dat zij geen spierpijn heeft. Haar voeten belanden altijd langs precies dezelfde lijnen op het karton dat de treden bedekt. De even treden beklimt ze met beide voeten, de oneven betreedt ze slechts half. Ik probeer het te doen zoals zij, tot ze het doorheeft. Halverwege houdt ze halt.

'Nee, dit is niet juist. We moeten terug naar beneden.'

'En wat gebeurt er als we dit nu niet doen?' vraag ik.

'Dat kan ik niet vertellen, want dan overkomt het ons zeker.'

Met achterwaartse stapjes dalen we de trap weer af.

ZWALUW

'Ik heb een plan,' zei Pim op de toon waarmee hij al zijn ideeën aankondigde die uiteindelijk slecht zouden aflopen. Het was stipt tien uur, de allereerste zomeravond van de eenentwintigste eeuw. Door het dunne tentzeil heen klonken de tien klokslagen luider dan wanneer ik thuis in bed lag, al bevond ons huis zich dichter bij de kerk dan de tuin van Laurens.

'Kondigen ze nu het einde van negen uur aan of het begin van tien uur?' vroeg ik.

'Wat maakt het uit,' zei Pim. 'Het is precies hetzelfde.'

De avond was officieel begonnen om klokslag zeven uur, met Pim en Laurens die achter in de tuin hun schaamharen waren gaan tellen. Daarna waren ze op hun luchtmatras komen liggen om met zeurende buikspieren te beginnen bekvechten over waar een balzak precies stopte en waar dan het achterste begon, in de hoop elkaars uitslagen te kunnen minimaliseren.

Deze zomer zou bepalend worden, dat wisten we alle drie. Juli en augustus markeerden het einde van de lagere school en het begin van de middelbare school en alles wat we kenden, inclusief onszelf, stond op het punt te veranderen.

Het tentje was nog steeds hetzelfde als datgene waarmee we ooit Laurens' moeder hadden kunnen overtuigen dat bij kamperen niet noodzakelijkerwijs kwajongensstreken hoorden. Van dat voornemen schoot inmiddels even weinig over als van de tent zelf. Het buitenzeil was versleten, had vrijwel al zijn camouflagekleuren verloren maar was daardoor pas echt minder gaan opvallen in de natuur.

Iets na middernacht gingen in het huis de lichten uit en werd het eindelijk donker genoeg.

Pim had een plan: in de postbus van Elisa's meme kakken. Zij had geen vrijstaande brievenbus, maar een gleuf in de voordeur. Dat maakte onze actie volgens hem 'treffender dan die van de gemiddelde brievenbusplasser'.

'Meme heeft ons toch nooit iets misdaan?' Heel traag liep ik voor de jongens uit naar de Lijsterweg, in de hoop hen zo te kunnen afremmen. 'Er zijn toch nog meer mensen met een gleuf? Waarom is meme dan het doelwit?'

'Elisa had maar niet terug naar Hoogstraten moeten verhuizen,' zei Pim.

'Maar als dit eigenlijk voor Elisa bedoeld is, dan kunnen we toch ook het adres van haar vader opzoeken?'

'Meme zal de boodschap wel doorgeven.' Laurens en Pim trippelden dwars over haar grasperkje tot aan de voordeur. Ik bleef aan de straatkant staan, op de uitkijk. Pim zorgde voor extra licht met zijn zaklamp, duwde zijn T-shirt in zijn mond om een opkomende lach te smoren. In het schijnsel ontstond Laurens' uitvergrote schaduw, die over de hele voortuin viel en verraadde dat de handeling praktisch niet zo eenvoudig uitvoerbaar was als gedacht. De gleuf stond laag en opende naar buiten toe. Laurens had spinaziekleurige diarree, daar had hij al de hele dag over lopen opscheppen, maar dat bleek in het geval van brievenbussen die naar buiten openden net geen voordeel te zijn. Hij gebruikte een achtergebleven reclamefolder als trechter.

Ik bleef staan op een afstandje zodat ik de zurigheid niet hoefde te ruiken. Ik keek met één oog om niets te moeten missen van het geklungel en achteraf toch te kunnen zeggen dat ik er niet écht bij was geweest.

Niemand minder dan de jeugdpastoor sprak er twee

dagen later Laurens' moeder toevallig over aan in de beenhouwerij. Hij kon niet zeggen wie de daders waren, maar vertelde wel dat meme een briefje op haar deur had gehangen met 'gelieve in het vervolg een gepaste enveloppe te gebruiken'. Dat gevoel voor humor liet de pastoor toe onze heldendaad in bijzijn van alle andere klanten weg te zetten als 'kattenkwaad'.

'Kattenkwaad is iets voor kinderen die *De Droomfabriek* opnemen op videocassettes,' zei Pim toen Laurens het ons vertelde. Hij wilde er niet meer op terugkomen.

De laatste nacht van die zomer bracht Pim een gigantische grondspot mee. De tent was twee maanden lang in de tuin van Laurens opgesteld gebleven, zodat we deze niet elke keer moesten opzetten en afbreken.

'Als vader erachter komt dat ik deze spot mee heb, zwaait er iets.' Pim wapperde met zijn vrije hand naast zijn oor.

'Hoe zou hij erachter kunnen komen?' vroeg Laurens.

'Als vannacht een beest het in haar hoofd haalt te bevallen, dan heeft hij deze zelf nodig. Dan hangen we.'

Het was lang onduidelijk waar Pim de spot voor dacht te gebruiken. We begonnen de avond met het evalueren van oude scores – welk meisje had er inmiddels een cupmaat en dus een punt bij? Vervolgens moest ik schetsen maken van verschillende soorten borsten en schreven zij er de meisjesnamen in kolommen onder. Het bleef bij speculeren.

Vlak na middernacht ging ik plassen in de tuin, op veilige afstand – daar waar ik de tent wel nog kon zien maar waar zij mij niet meer zouden kunnen zien. Ik zakte door mijn knieën, hief mijn pyjamakleed op en keek naar de zwaar verlichte bol met daarin twee perfect afgelijnde schimmen. Stiekem bladerden ze door mijn notitieboekje. Dat had ik hun altijd verboden.

Niet enkel omdat ik bij de mooiste meisjes foute scores opschreef, maar omdat hun blinde vertrouwen het enige was dat ik er zelf aan overhield, want mijn eigen score zou nooit ter sprake komen.

Ik haastte me terug. Het gras onder mijn blote voeten was vochtig. Net toen ik aan het tentzeil kwam, werd het van binnenuit opengeritst. Laurens en Pim kropen naar buiten. Met de felle spot schenen ze recht in mijn gezicht, mijn ogen deden er een tijdje over om weer aan de donkerte te wennen.

Achter mij klom Pim met de armatuur het klimrek op. Daar bevestigde hij hem, met de lichtbundel richting de vacuümschuur. De spot scheen zo fel dat de krekels in het achterliggend perceel geloofden dat de zon opkwam – plotsklaps hielden ze op met tjirpen.

Achter de schijnrichting van de lamp viel de nacht zwarter dan oorspronkelijk. In die donkerte had Pims gezicht iets gevaarlijks. Zijn oogkassen werden twee zwarte schoteltjes.

Ik ging in het vochtige gras zitten, ver genoeg van waar ik net had geplast.

Laurens en Pim klommen samen op het klimrek en met hun handen begonnen ze figuren in het schijnsel van de lamp te maken. Op de grote, vlakke muur van de vacuümschuur verschenen twee wolven die elkaar opslokten. Vervolgens ontstonden er vlinders, dan tweekoppige vogels.

Bij elk dier gaf ik een kort applaus, tot er plots een olifant verscheen. Ik keek naar de muur, niet naar het klimrek. Zolang ik enkel naar de schaduw keek, zou ik hun niets verschuldigd zijn, dacht ik. Toch draaide ik me uiteindelijk om, geen idee waarom, misschien voor uitsluitsel. Inderdaad – daar stond Pim, op het klimtuig, met zijn pyjamabroek op de enkels. Hij plooide zijn balzak rond zijn schacht, vormde er twee oren mee. In de schaduw zag het er nog best geloofwaardig uit.

Ook Laurens trok zijn broek uit en wiebelde zijn slappe ding heen en weer. Zijn schaamhaar was schaarser gezaaid en dikker, in de uitvergrote schaduw kon ik er de korreltjes vuil in zien kleven.

De mogelijkheden bleken beperkter dan die van hun handen. Na een klein olifantengevecht borgen Pim en Laurens hun slurven weer op.

Ik applaudisseerde niet. Pim sprong naar beneden en kwam naast me staan. 'Nu is het aan jou, Eva,' zei hij, 'verras ons.'

Hij wandelde naar de tent, kwam buiten met mijn slaapzak. Die legde hij in het gras, ging erbovenop zitten.

Traag stond ik op, kroop op het klimrek, naast Laurens. Hij had zijn pyjamabroek alweer opgetrokken. Ik vormde een paar dieren met mijn handen maar kon niets maken dat nog niet eerder gedaan was. Er volgde geen applaus.

Na een paar minuten zei Pim: 'Een mossel kan niet moeilijk zijn.'

'Of een zwaluw!' zei Laurens. 'Daar heb je ook het materiaal voor.' Hij daalde het klimrek af, zakte naast Pim op de slaapzak.

Al die keren slapen in deze tent hadden hiertoe geleid. Ik had iets dat zij niet hadden. Dit zouden postzegelverzamelaars een groot voordeel vinden, maar in mijn geval was het enkel ongunstig.

Ik stond boven op het klimrek, in het schijnsel van de lamp manieren te bedenken om eronderuit te komen, om mijn pyjama niet te moeten uittrekken. Ik zou al vallend naar beneden kunnen springen, verkeerd terechtkomen en iets breken. Mijn enkel, bijvoorbeeld, die was al eens geknapt dus misschien wilde die wel meewerken.

'Ik weet niet hoe een zwaluw eruitziet,' zei ik.

'Lange vleugels. Klein kopje. Moet lukken.' Pim zette zich in een meer comfortabele houding. 'Er is toch niemand die je kan zien.'

'Jullie zijn niet niemand,' zei ik.

'Er moet iemand kijken. Anders is het nooit gebeurd.' Het klonk als iets dat ik zelf zou gezegd kunnen hebben. Het hielp niet echt.

'Oké. Maar jullie kijken alleen maar naar de muur.' Ik ging voor de lichtbundel staan.

'Beloofd.'

Ik wachtte tot ze hun hoofden afwendden. Gehurkt boven de lamp trok ik mijn pyjamakleed naar boven en liet mijn slipje zakken. Op de muur, vlak naast de deur van de schuur, boetseerde ik met de schaduw van mijn schaamlippen een soort dier.

Mijn gedachten waren bij de binnenkant van meme's gang. Hoe we die aan het begin van de zomer hadden besmeurd. Laurens en Pim konden zich daar niets bij voorstellen. Ik wel, ik wist precies wat er achter de brievenklep verscholen lag: een smalle ruimte met een mat, een krukje met een cactus, hoopjes ongeopende post, meme's zondagse schoenen die ze altijd met een schoenlepel aantrok en elke maand opblonk.

Net omdat ik wist hoe die schoenen er stonden, keurig met de hielen tegen de muur, was ik de enige die zich écht schuldig had gevoeld over Laurens' uitwerpselen.

De lamp was heet, zorgde voor een aangename gloed tussen mijn benen. Ik keek naar de muur, naar de schaduw van mijn friemelende handen. Hoe goed ik ook mijn best deed, mijn schaamlippen waren te strak, ze hingen te dicht bij mijn lichaam. Ik kon er geen vogel of zoogdier mee maken, hooguit een rog of een platvis.

Ik stopte. In de verte zag ik de daken van omliggende huizen waaronder gezinnen lagen te slapen.

'Wat is dit voor dier? Een platgereden duif?' Pim begon luid te giechelen. Ook Laurens schoot in een slappe lach.

Natuurlijk waren ze niet langer enkel naar de schaduw aan het kijken. Ik liet meteen mijn pyjamakleed zakken, wilde de sporten afklauteren maar vergat de slip die nog tussen mijn enkels hing. Ik struikelde van de bovenste trede, schoof als een plank langs de schuine zijde van het klimrek naar beneden. Mijn rug stuiterde over de houten, ronde palen. Ik kwam weer op mijn voeten terecht, mijn pyjamakleed opgerold in m'n nek. Ik kon enkel nog het branden van mijn geschaafde, blote rug voelen.

Heel even wist ik niet meer waar of wie ik was. Het voelde als de best mogelijke optie: niemand zijn, nergens zijn. Tot de pijn erdoor kwam.

'Eva, gaat het?' Laurens' stem klonk van ver, als vanuit een dichtgeknoopte zak. Toch zat hij nog steeds naast Pim in het gras.

Tegen de achtergevel van het huis, op de koer, stond een lederen stoel. Daarin plofte Laurens' vader neer als hij lang had staan fileren. Ik ging zitten, vond een grote splinter in de achterkant van mijn onderarm. Het bloedde niet toen ik hem eruit peuterde.

Laurens en Pim vroegen of ik mee kwam slapen, maar omdat ik niet antwoordde durfden ze niets meer te vragen. Ze trokken zich zwijgend terug in de tent en namen de lamp mee. Mijn slaapzak lieten ze in het gras liggen. Ik zag hun schimmen zich zonder veel gebaren op hun luchtmatras neervlijen. Wellicht wisten ze niet echt wat ze fout hadden gedaan. Ze lieten wel de spot branden, voor het geval ik mijn weg terug zou willen vinden.

Ik wilde die tent niet meer in. Naar huis gaan was ook geen optie. Vader liet altijd de sleutel op het binnenslot van de achterdeur zitten en ik wilde ook Tesje niet wakker maken.

Plots hoorde ik achter me, op de bovenverdieping

van het huis, zenuwachtig gekuch, geïrriteerd gemompel. Laurens' ouders waren nog wakker. Het raam van hun slaapkamer gaf uit op de hof, vanuit hun bed hadden ze een goed zicht op de vacuümschuur. Er ging een lamp aan, een gelige bundel verdeelde de achtertuin, het raam werd dichtgeklapt, de gordijnen werden gesloten, het licht ging weer uit.

Hadden ze mijn schaduwspel geobserveerd, zoals ik bij meme naar Pim en Laurens had gekeken – het liever niet willen zien maar toch blijven kijken om te weten waartoe het zou leiden? Laurens en Pim hadden telkens samen op het klimrek gestaan. Zij zouden wegkomen met een vermoeden van wie welke olifant had gevormd. Ik was de enige met een platvis.

De schrammen op mijn rug brandden minder hard dan de schaamte.

Ik zat de uren uit. Laagje voor laagje zag ik de nacht weggegomd worden. In de achtergrond stonden de kerkklokken, verschoven de wijzers. Toch kon ik uiteindelijk niet vertellen hoe laat het precies dag werd.

Ergens troostte dat. Nog zo'n achttien uur en het zou weer nacht worden, op dezelfde manier, laagje voor laagje zou het zwart er weer worden op gezet. Zo zou dit moment geleidelijk aan ver achter ons komen te liggen, onder ontelbare donkere laagjes, tot Laurens' moeder zou vergeten wat ze deze nacht precies gezien had.

Het eerste licht maakte alles in de tuin zichtbaar: de ruisende bladeren, de paardenbollen en klaprozen die mondjesmaat tussen het gras opgeschoten waren, de eerste wakkere bijen. Natuurlijk waren zij precies in dezelfde getale aanwezig als de dag ervoor, maar nu leek er van alles te veel.

Mijn pyjamajurk was vochtig en kleefde aan mijn vel. Het waren geen tranen, geen regen. Ik had zo bewegingsloos gezeten, verstijfd van schaamte en spijt, dat de ochtend dacht dat ik een plant was of een boompje, dat ik deel uitmaakte van de tuin, en ook mij met dauwdruppels had besprenkeld.

Iets na klokslag zes uur hoorde ik de eerste beweging in het huis, Laurens' ouders stonden altijd vroeg op om de winkel klaar te krijgen. Het slaapkamerraam werd weer op kiep gezet. Twee minuten later gingen de rolgordijnen van de achterbouw op.

Laurens' moeder verscheen, eerst haar sandalen, toen haar korte broek, haar opgezwollen knieën, haar hals. Hoe meer er zichtbaar werd van haar, hoe meer ik in elkaar kromp. Kijken naar haar knieën hielp niets, ik bleef zwakker en lelijker dan zij. Ik keek weg voor we oogcontact konden maken. Haar glimlach zou ik kwijt zijn.

Ze kwam buiten, ging naast mijn stoel staan, zonder een hand op mijn schouder te leggen. 'Waarom ben je al wakker?'

'Ik kon niet slapen,' zei ik.

'Kan gebeuren,' zei ze. Ze wierp een blik op de halve gecamoufleerde bol achter in de tuin, draaide zich om, liep het huis in en liet me achter. Het vliegenraam viel met een luide klap dicht.

Heel even dacht ik: ze heeft het niet gezien vannacht, ze heeft vanuit haar bed dat raampje dichtgeklapt, ze heeft niets gemerkt van het schaduwspel.

De rest van de ochtend bleef ze in het huis rommelen. Ze kwam niet meer naar buiten, hield de lippen stijf op elkaar, ze voerde niets van de gebruikelijke ontbijtspullen aan – geen kommen, geen lepels, geen melk, geen muesli, geen schotel met gesmeerde boterhammen met daarover een mandje om de vliegen ervan af te houden. Met elk ding waarmee ze niet kwam aanrukken werd ik zekerder dat ze mij wél met mijn schaduw had zien spelen.

Toen ik binnen in huis bestek in borden hoorde krassen – Laurens' ouders waren zelf beginnen ontbijten – dacht ik aan wat Laurens' moeder ooit had opgemerkt toen er op het nieuws een item was verschenen over een snelheidsduivel die na een dodelijk ongeval vluchtmisdrijf had gepleegd en tegen een boom was beland: 'God straft onmiddellijk en anders binnen veertien dagen.'

De zin bleef door mijn hoofd spoken. Ik liep de tuin in, op mijn blote voeten door het natte gras. Laurens en Pim sliepen nog, het tentzeil bewoog niet. Binnen was het snikheet, het stonk er naar zweet en onfrisse adem. De lamp had een donkere brandplek achtergelaten in het zeil. Pim lag schuin over mijn luchtmatras. Ik nam enkel mijn kleren mee, trok ze aan in het midden van de tuin, over mijn pyjama heen. Laurens' moeder stond voor het raam op de eerste verdieping. Ze keek op me neer.

Ik besloot ten minste veertien dagen weg te blijven, uit haar ogen te verdwijnen. Ik zou niet terugkeren voor de schrammen op mijn rug hersteld zouden zijn. Twee weken, dat moest te doen zijn.

13.45 UUR

Het is gestopt met sneeuwen. Vanuit de deuropening oogt de tuin stil, niet zomaar stil, maar verstomd. Alsof er daarnet nog over dingen gepraat werd die nu in mijn aanwezigheid niet meer besproken kunnen worden.

Voor ik het huis achter me laat, stop ik nog even bij het werkhuis. Ik hef het slot op, duw de deur open. Enkele seconden laat ik de indrukken binnenkomen. De ruimte oogt klein. Rechts staat de ladder, een groot rek met confituurpotten gevuld met schroeven en rondellen.

De laatste jaren heb ik me vaker afgevraagd hoe het gaat met moeder dan met vader. Bij vader denk ik enkel: zou die strop er nog hangen? terwijl ook hij een meer genuanceerde bezorgdheid verdient.

Ik wil mijn ogen opslaan naar de nok van het dak om het antwoord op mijn vraag te kennen, maar ik speur de grond af, het tuinmateriaal.

Alleen de Amerikaanse truffel is van plaats veranderd, daar heeft vader waarschijnlijk laatst de hond mee begraven.

Met grote stappen loop ik het tuinpad af, om zo weinig mogelijk voetstappen in de sneeuw te maken. De overhangende takken van de kersenboom merk ik te laat op, de sneeuw belandt in de opgeplooide kraag van mijn jas. Alles smelt zodra het mijn huid raakt.

Boven in de boom, tussen de dikke takken, hangen een voddig T-shirt en een oude, zwarte radio met oranje en blauwe bagagerekkers aan een van de dikste takken bevestigd, om de kraaien weg te jagen. De antenne is afgebroken. De stekker hangt te bengelen op een paar meter van de grond, wachtend op een verlengkabel.

Nooit hebben we zo veel kersen gehad als in de zomer van '97.

Het voorjaar van dat jaar voldeed aan alle voorwaarden voor een goede oogst. Geen al te droge, doch warme maanden. Begin juni kreunden de takken al onder de kilo's fruit.

Gratis kersen, ladder aanwezig, schreef vader op een bord dat hij in de voortuin plantte.

Hij was in zijn nopjes met de plotse aandacht die we kregen van buren die naar hartenwens kwamen plukken. De hele zomer keerden ouders die de hond uitlieten huiswaarts met een paartje kersen achter de oorschelpen, om bij hun kinderen allemaal het grapje over hun nieuwe oorbellen te maken.

Mama was de enige die kankerde over de voortdurende aanwezigheid van de ladder onder de boom en het onverwacht opduiken van vreemde plukkers. Ze vond dat het allemaal in de weg stond, dat die boom altijd al in de weg had gestaan. Als er mensen kwamen die ze kende, vluchtte ze het huis in.

Misschien had de kerselaar haar horen klagen, of lag de schuld volledig bij de buurman die zijn braamstruiken had ontworteld en de vogels onze kant uit stuurde, maar de daaropvolgende jaren nam de oogst alleen nog maar af.

Meer en meer kraaien troepten samen in onze tuin om van onze vruchten te vreten. In duikvlucht pikten ze zoveel ze konden, soms wisten ze een bes van het steeltje los te plukken, maar die viel een paar seconden later toch weer uit hun bek. De beschadigde kersen hingen te verschralen in de zomerzon. Na een storm werden de paadjes in de tuin ermee bezaaid.

Moeder vond het verschrikkelijk om op haar sandalen door het rotte, zure vruchtvlees te moeten schuifelen wanneer ze naar het achtergelegen kippenhok moest. Niet per se voor de vreemde sensatie van het pletten onder haar zolen, wel omdat de bloederige voetstappen op de keukenvloer de frequentie van dit traject verraadden.

Aan het begin van de millenniumzomer bedisselden Jolan en Tesje een plan. Jolan was, zeg maar, het brein, Tesje voerde het enkel uit. Ik was er niet bij, ik was op schok met Pim en Laurens. Als ik erbij was geweest, had ik het wellicht voorkomen.

Jolan drukte een kers plat in Tesjes oor. Hij droeg haar op zich op haar buik in het rottende vruchtvlees neer te vlijen, aan de voet van de boom, net op het pad tussen de achterdeur en het kippenhok. Ze droeg een beige, kort zomerjurkje.

Het moet er geloofwaardig hebben uitgezien, dat ze uit de boomtop naar beneden was gevallen, recht op haar gezicht. Het had gekund, Tesje was wel vaker langs de stam naar boven geklommen om Jolan T-shirts aan te reiken die hij dan aan het uiterste van de takken bevestigde, in de hoop dat ze in de wind zouden gaan wapperen en vogels wegjoegen.

Ik weet enkel nog dat ik die avond mooi op tijd thuis kwam voor het avondeten, dat er in de boom een van vaders oude T-shirts hing. Het katoen woog te zwaar, er was geen zuchtje wind, het flapperde niet. Mama was nergens te bespeuren, niet in de keuken, niet in de zetel. Op het aanrecht stonden geen voorbereidingen voor het avondmaal klaar, enkel een diepgevroren varkenssnuit voor de hond.

Ik trof mama aan in de grijze hangmat in de tuin, zwevend tussen twee van de toen al opgeschoten kerstsparren. Ze had de twee flappen van het ding over de binnenkant heen geslagen, de randen hield ze binnenin tegen elkaar gedrukt, het had de vorm van een rijstkorrel en was bijna even ondoordringbaar. Onder de hangmat, dwars over haar sandalen heen, lag haar bril, de beentjes gekruist.

'Mama?' vroeg ik.

'Nee,' zei ze.

Nadien hoorde ik Jolan het vertellen: hij had zich verstopt achter de stam en gewacht tot moeder naar de kippen zou gaan. Dat gebeurde sowieso elk uur.

Mama was naar buiten gekomen, had meteen haar kakkernestje zien liggen, in een verwrongen houding recht onder de hoogste tak van de kersenboom, met plasjes bloed in de oorschelpen. Tesje had geen kik gegeven toen haar naam werd geschreeuwd, haar rug werd gestreeld, haar hoofd opzij werd gedraaid. Op school was ze niet zomaar tot kampioen 'dooie vis' gekroond – ze was een hele turnles lang roerloos blijven liggen, ondanks dat ze het spel al lang gewonnen had en de andere leerlingen haar tegen de spelregels in hadden mogen kietelen.

Ook nu had Tesje haar schijndood volgehouden tot de sirene van de ambulance in de verte te horen was, en moeder de moed bijeen had geschraapt vaders werk te bellen. Pas toen had ook Jolan de ernst van de grap begrepen. Hij had uilengeluiden gemaakt en Tesje was plots weer recht gesprongen. Ze waren voor de ogen van moeder het maisveld in gedoken om daar de rest van de dag te schuilen. Toen de ambulance weer vertrok, geruisloos de straat uit reed, was mama met grote bewegingen het linnen van de wasdraad beginnen trekken om alle buren die onbevredigd op de stoep waren achtergebleven duidelijk te maken dat er niets te zien was. Toen iedereen verdwenen was, was ze in de hangmat gekropen. Drie dagen lang bleef ze zich daarin terugtrekken – ze bereidde geen warme maaltijd, deed geen machine draaien, ze ging enkel twee keer per dag met de hond op stap en maakte nog langere wandelingen dan anders.

Het was haar enige en beste poging tot ontwenning geweest.

Ik loop langs de Bulksteeg, naar mijn wagen. Door de haag heen zie ik het huis. Er zijn geen lichten die aanspringen. Misschien vindt vader niet langer dat het overal en altijd te donker is. Hoe oud zou hij inmiddels zijn – begin zeventig? De leeftijd waarop de logica niet verdwijnt, maar wel afneemt – moeten nadenken bij het knopen van een das, het beginnen uitpluizen van gebruiksaanwijzingen, het langer moeten zoeken naar de aan- en uitknoppen van eenvoudige toestellen. De leeftijd waarop je anderen niet langer het leven kunt afraden, omdat je het zelf bijna helemaal hebt uitgezeten en dan al even ongeloofwaardig zou overkomen als een melkveehouder die zelf enkel gesteriliseerde zuivel lust.

Ik weet zeker dat vader, indien hij nu in de keuken staat en door het raam naar buiten kijkt, niet zou durven hopen dat ik het ben in de verte. Eerst zien, dan geloven. Hoe ouder hij werd, hoe minder hij zag.

Vanop afstand ontgrendel ik de wagen. Het ijsblok is nog geen centimeter gekrompen. Er ligt hooguit een paar millimeter smeltwater op de bodem van de Curverbak. Ik stap in.

In mijn achteruitkijkspiegel piekt de kruin van de grote boom boven het huis uit.

22 JULI 2002

Pim en Laurens komen zelden verder dan de drempel van dit huis. Ook nu blijven ze beleefd wachten in de deuropening tot ik mijn schoenen aanheb, alsof ze vrezen bij binnenkomst met iets besmet of door iets verzwolgen te worden.

Ik heb Laurens deze ochtend gebeld. Zijn moeder nam op, ze klonk gehaast. Ze legde de hoorn neer, riep 'Laurens, telefoon!' en wandelde vervolgens weg om verder te gaan met klanten. Het toestel hangt aan de muur in de winkel, onder de helikopterfoto's en boven een houder met keukenpapier. Van daaruit luisterde ik naar de geluiden in de zaak, het ruisen van de machines, het rafelen van vlees, het brommen van de klant, het opgewekte rinkelen van de kassa. Ik sloot mijn ogen en was meteen daar, maakte er deel van uit.

'Pim en ik zijn woest.' Laurens' stem klonk abrupt, niet onvriendelijk maar ook niet alsof hij me gemist had. 'Wat wil je?'

'Hoe was het gisteren met Elke?' probeerde ik.

'Elke was lesbisch.' Het was het enige wat Laurens zei. Even was het stil, op de winkelgeluiden na.

'Doe je vandaag terug mee?' vroeg hij.

Ik knikte onmiddellijk, maar dat kon Laurens niet zien. 'Wat is het plan?' Mijn stem verraadde hoe blij ik was.

'We kunnen jouw huis niet overslaan,' zei hij. 'Iedereen gelijk voor de wet.'

'Oké, kom straks maar hierheen,' zei ik.

Ik buk om mijn veters te strikken. De dubbele beugels van mijn bh's drukken op mijn maag. Laurens en Pim hebben tot nog toe mijn grotere cupmaat niet opgemerkt, hun ogen zijn niet één keer blijven haken. Ik heb dan ook een los hemd aan. Dat is volgens plan: een paar weken enkel losse shirts dragen, en dan aan het einde van de zomer toeslaan met een strak T-shirt en twee betere exemplaren.

'Waar zijn je ouders?' vraagt Laurens.

'Net vertrokken naar Top Interieur.'

Pim werpt een veelbetekenende blik op de verbrokkelende voegen van de stenen achtergevel, op het met afwas volgestapelde keukenblad, de bevlekte gordijnen die als kastdeuren dienen.

Ze hebben gelijk. Wat hebben mijn ouders te zoeken in een showroom met glinsterende keukens, badkranen waarvan niet duidelijk is langs welke kant het water precies zal komen en salontafels die steunen op geitenpootjes? Mensen die niet komen voor een aankoop maar om inspiratie op te doen voor een mogelijk beter leven, worden er bij Top Interieur snel uit gehaald. Hun wordt geen espresso of staaltjes aangeboden.

Ik loop voor Laurens en Pim uit naar het kippenhok, langs het omgespitte veld. Graskluiten liggen te verdrogen in de middagzon. Er is nog geen enkele kiem te zien, daar is het nog te vroeg voor.

Vandaag is het de beurt aan Leslie. Acht punten. Grote kans dat Laurens en Pim zich nog meer zullen misdragen dan tijdens voorgaande zomerdagen; geen van beiden bevindt zich nu op eigen terrein. Vroeger ging het ook zo: enkel op het verjaardagsfeestje van anderen durfden we schunnig doen met onze hotdogworst – thuis niet, daar hadden de muren ogen.

'Leslie haar ouders zitten volop in een scheiding. Dat is goed, zulke meiden hebben geen vaste onderlaag meer. Daarmee kun je veel kanten op en je raakt er nadien ook mee weg,' hoor ik Pim achter mijn rug beweren.

Halverwege de tuin houden ze even halt, niet voor het uitzicht, wel voor het vooruitzicht: de paardrijdende Elisa. Doorgaans draagt ze een zwarte, strakke paardrijbroek met twee glanzende biesjes, die van haar enkels omhooglopen, langs de binnenkanten van haar dijen.

Maar Elisa is er niet, de gespierde hengst schuurt zijn kop langs de etensbak. Laurens en Pim verliezen meteen interesse.

Ik probeer de spullen in het kippenhok snel te herschikken voor ze achter me aan komen; schuif de strobaal tegen de muur, sluit de bak met kippenvoer, rangschik de houtblokken in de verroeste ton.

'Oppassen voor jullie hoofd,' zeg ik pas nadat ik Laurens met zijn voorhoofd tegen de lage deur hoor knallen. Hij wrijft met zijn knokkels over de beurse plek. Ze nemen beiden plaats op een strobaal.

Ik blijf rechtstaan. Zo meteen zal ik het raadsel weer geven, met dezelfde intonatie, met dezelfde adempauzes. Hoe vaker ik het zal herhalen, hoe vuiler ik me zal voelen.

Zolang Laurens en Pim de oplossing niet kennen, hebben ze mij nodig en zal ik hen niet verraden. Daarom hebben ze er nog nooit naar gevraagd.

'Eva, ga even zitten,' zegt Pim. Hij klopt naast zich op de baal.

Het is zover. Ik had de tweehonderd euro niet mogen weggeven. Nu is er geen geld meer te beheren. Mijn rol als bank zal worden opgeheven, ze zullen het antwoord van het raadsel opvragen. Vervolgens zal ik worden weggestuurd, of zullen zij vertrekken en me nooit meer opbellen. Ik blijf gewoon rechtstaan.

'Hoe is het precies met Elke gegaan?' vraag ik nog snel.

'Elke was lesbisch,' zegt nu ook Pim.

'Ze heeft het raadsel niet opgelost?' vraag ik.

'Nee. Ze wilde de tweehonderd euro zien voor ze begon te raden.'

'En toen?'

'Ja, die hadden we natuurlijk niet,' zegt Laurens. 'Dus zeiden we: "We willen toch ook niet je borsten zien om te weten of ze er wel echt zijn."'

'Ik zei dat, niet jij.'

'Pim zei dat.'

'En?' vraag ik.

'Elke stond gewoon recht, toonde ons haar memmen,' zegt Pim.

'Uiteindelijk zijn tieten van lesbische vrouwen niet veel beter dan mannentieten.'

'Ze had wél bier bij.'

'Ja, dat was best lekker.'

'We hebben er het beste uit gehaald,' besluit Pim.

'Ja, we hebben eruit gehaald wat erin zat,' herhaalt Laurens.

Ze halen simultaan hun schouders op. Nu ik hen hier zie zitten, zwijgend, voel ik me schuldig dat dit precies is wat ik hun gisteren de hele dag heb toegewenst: dat het zou mislukken.

'Luister, Eva. Onze spelregels zijn niet waterproof, zeker nu er geen geld meer is,' zegt Pim streng. 'Maar we willen je er wel nog bij. Laurens en ik hebben na het vertrek van Elke de regels aangepast. Ze blijven ongeveer hetzelfde. Jij geeft je raadsel. Maar de meisjes mogen nu acht vragen stellen. Vinden ze niet het juiste antwoord, dan moeten ze de opdracht uitvoeren die wij hun geven. Als ze het juiste antwoord wel vinden in acht keer, dan doen wij eender wat zij ons bevelen.'

'Het is dus niet meer voor geld?' Ik ga zitten.

'Nop.'

'En ze trekken geen kleren meer uit?'

'Nee,' zegt Laurens, 'het is een soort van waarheid of doen. Wie de juiste oplossing niet vindt, moet gewoon iets doen.'

Ik knik. Acht keer raden. Geen enkel meisje is tot nog toe komen opdagen met meer dan acht kledingstukken, zelfs als schoenen voor twee kansen zouden hebben gegolden.

In zekere zin zou Leslie me dankbaar mogen zijn, haar slaagkans werd bij gebrek aan geld net vergroot.

'En wat als een van de meisjes wint en dan zegt dat jullie kippenstront moeten eten?' vraag ik.

Laurens en Pim kijken elkaar kort aan, amper onder de indruk.

'Zolang jij met een goed raadsel komt, komt het zover niet,' zegt Pim, terwijl hij zijn vuist tegen die van Laurens smakt.

Zij hebben makkelijk praten. Zij hebben het raadsel niet verzonnen, zij voelen zich nergens schuldig over. Ik ben lokaas, ik ben hier niet omdat ik Eva ben, maar omdat ik een meisje ben en mijn aanwezigheid andere meisjes op hun gemak stelt.

Het is warm onder het zwarte dak van het kippenhok. De elastieken van mijn slip jeuken in mijn zwetende liezen maar ik wil er niet aan krabben terwijl zij kijken.

Ik ga zitten op de strobaal. We wachten.

Naast ons zit een kip die het binnenhok niet verlaat. Met de kralen in haar magere kop verliest ze Laurens en Pim geen seconde uit het oog. Op sommige stukken van haar lijf schemert het vlees door de veren heen.

Ik sta recht, loop naar de grote emmer waarin de kippenkorrels zitten, ga er met m'n handen door. Daar waar het voer nog fris en vers aanvoelt, kom ik de hals van een wijnfles tegen. Ik duw hem nog wat dieper, neem een handje korrels mee, gooi deze voor het dier in het stro.

De kip stuift op, begint in het rond te pikken. Pim neemt een stok en pookt hard in haar gewonde vleugel, waarop de hen naar buiten loopt, naar de rest van de horde waarvoor ze zich daarnet nog dacht te moeten verschuilen.

'Kippen hebben geen gevoelens, het zijn kannibalen,' verklaart Pim.

Ik ga er niet op in.

'Heb je niets om te drinken?' vraagt Laurens.

'Appelsap of fruitsap?' Ik merk nu pas hoe dorstig ik zelf ben. De flessen sap staan in de kelder. Daar is het altijd fris.

'Hebben jullie niets anders? Bier? Een pintje?' Pim steekt een pink in de lucht.

Bier is er genoeg, maar de hoeveelheid die koud staat heeft vader nog nodig.

Er is wijn, vrijwel overal, maar nergens officieel. Het zal mama opvallen als ik aan haar voorraad heb gezeten. Dat ervan gedronken zou zijn, zou haar niets kunnen schelen, wél dat ze niet meer zal kunnen ontkennen dat ik ervan weet.

Ik kan niet met niets aankomen. Ik loop naar de bak met kippenvoer, haal het deksel er weer af en tover een fles koele wijn tevoorschijn als uit een minibar.

'Kijk eens aan, onze brave dochter,' zegt Pim, bijna fier.

Hij schroeft de dop van de fles goedkope Duitse wijn en zet 'm aan zijn lippen. Ik volg het stuiteren van zijn adamsappel. Ook Laurens drinkt het weg als vruchtensap. Hij laat ruim genoeg voor mij over. Ik ga weer op de strobaal zitten.

'Komaan Eva, musketier of niet?' Laurens reikt me de fles aan.

Ik ben geen musketier hier, maar scheidsrechter. Ik moet neutraal blijven. Ik neem niet meer dan een paar kleine slokken. Het smaakt naar zure, vervallen appelsap.

Laurens en Pim verdelen wat er nog overblijft.

Al nam ik niet veel, toch voel ik me meteen waziger worden. Buiten weerklinkt het ratelen van spaakparels.

'Zeker dat we niet alsof doen?' checkt Laurens.

'Alsof wat?' vraag ik.

'Alsof jij niet zo stom bent geweest het geld zomaar weg te geven aan een imbeciel. Nee.' Pim krabbelt recht en loopt het kippenhok uit.

Een paar tellen later komt hij terug met Leslie. Ze heeft een bruine huid en draagt een dun, geel truitje met driekwart mouwen.

'Het is niet mijn fiets, maar de fiets van m'n zus,' zegt ze. Ze houdt haar buik ingetrokken. De hoge hakken onder haar sandalen geven haar de tred van een eend, haar bekken staat naar voren gekanteld. Zo blijft ze staan terwijl Pim haar uitlegt wat er zal gebeuren. Haar houding bewaren kost evenveel moeite als luisteren.

'Met acht keer raden is het een makkie,' besluit hij. 'En Eva, is er ook wijn voor Leslie?'

Ik knik nog voor ik me bedacht heb welke voorraad ik deze keer kan aanboren. Heel even, met de ogen op mij gericht, met mijn half vertroebelde gedachten, kan ik me geen andere verstopplaats herinneren dan deze emmer met kippenzaad.

Maar nog voor ik er erg in heb loop ik alweer het tuinpad af, langs de kersenboom, naar de kelder. De scharnieren van de kelderdeur piepen precies zoals bij moeder.

Ik ga de trap af, neem de krat wijn achteraan in het rek onder de arm, twijfel welke willekeurige versnapering ik zal meenemen.

Met een doosje Kindersurprises snel ik terug de trap op, sluit de deur, ga het huis uit, naar het kippenhok. Ik haast me, niet omdat ik niets wil missen, maar om niet te lang te benadrukken hoe misbaar ik ben. Er zitten maar drie verrassingseieren in de verpakking.

Leslie is al gaan zitten en denkt na over met welke acht vragen ze de oplossing van het raadsel zal achterhalen. Het is stil in het kippenhok, de kip is teruggekeerd en zit ons aan te kijken.

'Ik heb het raadsel al maar verteld. Maar jij mag nog steeds aangeven of de antwoorden juist of fout zijn, hoor,' zegt Pim.

Laurens opent meteen het doosje eieren. De plastieken figuur aan de binnenkant, een lichtgevend spook met hoedje, monteert hij zelfs niet.

In het ei van Leslie zit een autootje, Pim heeft Smurfin op een skateboard.

Hij haalt de zak wijn uit de kartonnen krat, tapt rechtstreeks in de mond van Leslie om de chocolade door te spoelen. Dan in de mond van Laurens, dan in de mijne. Het loopt in straaltjes langs mijn kin naar beneden. Pim blijft schenken, ik kan niets anders dan slikken.

Meteen daarna begint Leslie met haar vragen. Telkens beantwoord ik met een ja of een nee. Omdat ze geen kleren moet inzetten, denkt ze anders.

Ik laat de surprise-auto heen en weer rijden over mijn handen, overloop hoe ik het straks moet aanpakken: ik kan de lege fles en het lege kratje terugzetten op de plaats waar ik ze gehaald heb, of de fles naar de glascontainer brengen en beweren dat ik van niets weet. Ik kan met mijn zakgeld naar 't Winkeltje rijden, Agnes overtuigen me een volle krat wijn te verkopen, hiervan een deel overtappen in de lege fles, die in het graan verbergen en nadien ook het halflege kratje weer in de kelder zetten.

'Was het een kikker die plots weer een mens werd en in die kamer belandde?' Leslie doet haar achtste poging.

'Nee, fout,' zeg ik.

‘Wat nu?’ vraagt ze.

Buiten begint het te regenen. Druppels tokkelen op de golfplaten van het schuine dak. Ik sta op, kijk in de tuin. De ene helft is nog droog. In de andere regent het pijpenstelen.

‘Kom kijken,’ roep ik. Tegen de tijd dat de anderen zich verzameld hebben aan de deur, is de bui opgeschoven, arceert de regen de hele tuin.

‘Wat?’ vraagt Laurens.

Pim steekt een hand uit, schudt opgevangen regenwater naar Leslie. Zij slaakt een gil, struikelt bijna van haar hakken.

‘Wij mogen nu een opdracht verzinnen,’ zegt Pim.

‘Wie verzint dat dan?’ vraagt Leslie. Door dit hondenweer zal ze toch niet vertrekken.

‘Wie van ons wil je dat het verzint?’

Leslie kijkt ons alle drie aan, een voor een.

‘Ik wil dat Eva kiest.’

‘Oké dan, Eva,’ zegt Pim.

Ik denk na. Ik moet iets bedenken wat Pim en Laurens blij maakt, maar ik moet ook doen wat meisjes doen, elkaar tegemoetkomen.

‘Zowel Laurens als Pim mag je drie tellen aanraken,’ zeg ik.

‘Oké,’ zucht ze. Opgelucht of teleurgesteld, moeilijk te zeggen, ze kijkt vooral dronken en ik hoop dat mijn gezicht er niet zo verdoofd bij hangt als dat van haar.

Laurens mag eerst. Hij gaat voor Leslie staan, legt zijn handen boven op het truitje, voorzichtig, daar waar hij denkt dat haar borsten zitten. Hij knijpt met zijn vingers maar staat net iets te ver van haar weg, waardoor het iets heel klungeligs en tegelijkertijd voorzichtigs heeft, als wanneer Tesje probeert in te schatten of fruit al rijp is.

Ik tel drie lange seconden.

‘Oké, dit is wel genoeg,’ zegt Pim. Laurens zet een stap opzij, Pim neemt zijn plaats in. Eerst kijkt hij Leslie aan van top tot teen, inschattend.

Ik tel.

In een vlotte, snelle beweging trekt hij dan haar rokje naar boven, de elastiek van haar onderbroek opzij. Van zijn andere hand steekt hij de middelvinger op, houdt die even tegen het licht in zoals een dokter doet met een naald om er de lucht uit te pompen, maakt hem nat met wat speeksel. Dan brengt hij hem naar haar kruis, wurmt hem recht naar binnen, schuin bovenwaarts met de hellende houding van haar onderlichaam mee. Leslie zet haar benen verder uit elkaar, verliest haar evenwicht. Ik zie aan de onderarm van Pim dat hij haar rechthoudt, de spieren in zijn pols spannen zich aan. Ze zit nu zo diep mogelijk op zijn vinger geprikt.

‘Vanaf nu telt het pas,’ zegt Pim. ‘Nu pas raak ik haar echt aan.’

Laurens staat vol ontzag te observeren. Het spijt hem hier niet zelf aan gedacht te hebben.

Ik tel drie snelle seconden.

Bij drie gaat Pim een paar keer snel met zijn middelvinger naar binnen en naar buiten. Als zijn hand haar slipje verlaat, verspringt de elastiek van Leslies onderbroek tussen haar schaamlippen. Ze trekt het weer op orde. Pim ruikt aan zijn vinger, brengt hem vlak voor Laurens’ gezicht.

‘Kom op. Beter dan eender welke paté uit jullie winkel. Kun je ook eens proeven.’

Laurens twijfelt, likt de vinger ongemakkelijk af, vooral omdat Leslie staat te kijken.

Als zij eenmaal de regen is in gewaggeld, zegt Pim: ‘Dit, jongens, noemen ze *middelvingeren*.’ Ze is nog niet buiten gehoorbereik, aangezien we het ratelen van haar spaakparels nog niet hebben horen uitsterven.

Hij kraakt de kootjes van zijn vingers, laat de wijnzak nog eens rondgaan. Zijn grijns reikt verder op zijn gezicht dan anders.

Op welk punt is hij gaan geloven dat hij hier goed in is, en kwam dat voor of na het moment dat hij er goed in werd?

Een uur later zitten we met het hele gezin aan tafel. Moeder komt als laatste, zet de gietijzeren kookpot met een klap neer in het midden van de tafel, schatte de afstand fout in. Jolan controleert of er barsten in de tafel zijn gekomen.

Mijn huid en spieren gloeien. Volgens mij is de wijn nog steeds niet uit mijn gestel getrokken. Nadrukkelijk voer ik alles uit. Ik geef de aardappelen door, breng mijn vork van mijn bord naar mijn mond.

De oppervlakte van mijn huid voelt niet scherp, maar vaag, als van een schaduw. Mijn bewegingen blijven aan mijn lichaam kleven, mijn armen lijken van spons. Mama zit naast me maar heeft niets door. We zijn twee in schemerlicht getrokken, bewogen foto's.

Tesje ziet het wel. Ze volgt nauwgezet de beweging van mijn vork. Jammer genoeg eten we erwtjes.

VETKOP

Insmeren met mayonaise. Moeder had gehoord dat het zou helpen tegen hoofdluis. Ze wilde ermee wachten tot het begin van de paasvakantie, zodat Tesje niet met vette haren naar school zou moeten. In 2002 viel de eerste dag van deze vakantie op 1 april, dus wachtte ze tot de tweede dag, zodat niemand zou denken dat het als grap bedoeld was.

'Als dit niet helpt, zet ik de tondeuse erin,' zei ze. Ze klopte op de onderkant van de pot 1100 ml Devos & Lemmens mét citroen om het openschroeven te vergemakkelijken. Jolan en ik hadden Mastermind opgesteld op de eettafel, een paar meter verderop, zodat we konden blijven volgen wat er in de keuken gebeurde. De behandeling met mayonaise leek ons geen goed idee. Maar omdat we zelf niet met iets beters konden komen, zwegen we.

Tesje nam met grote tegenzin plaats in het midden van de kamer. Ze droeg haar lievelingspyjama van Barbie, een jurk die op sommige plaatsen met roze fronseltjes was bezet en waar ze inmiddels was uit gegroeid. De kreukels stonden recht op haar tepels. Ik had hetzelfde slaapkleed, we hadden het gekregen van een tante die ons ook een miniatuurversie ervan voor onze poppen had gegeven. Alleen Tesje geloofde nog dat zolang ze haar barbies op zichzelf deed gelijken, zij ook op een Barbie leek.

Moeder legde een oude badhanddoek op Tesjes schouders, haalde het rekkertje uit haar sluike haren en duwde er nog snel een kam doorheen.

We waren gespannen, mochten niet in de lach schieten, dat begrepen Jolan en ik maar al te best. Alle drie hadden we luizen gehad, maar kakkernestje was de enige die er niet vanaf raakte, omdat alles bij haar nu eenmaal heviger en langer woekerde.

'Ik wil niet dat Jolan kijkt,' zei Tesje. Haar hoofd knikte door de bewegingen van de kam heen en weer als een sneeuwklokje in de wind.

'Je hebt het gehoord, Jolan. Draai je om,' zei mama.

Ik had het geluk aan de juiste kant van de tafel te zitten, me niet te hoeven omdraaien om te kunnen zien wat er gebeurde. Toch wendde ik mijn blik af.

De okkernoot op het terras hing vol met groene katjes. Ook andere bomen waren beladen met bloesems, een kleine struik was begonnen met het aanmaken van minuscule zure besjes en zelfs de rabarber stond al vol blad. Op het zitje van de schommel achter in de tuin landde een vogel. Jolan nam de verrekijker van het aanrecht.

'Erithacus rubecula. Een roodborstje.' Elke dag leerde hij een paar nieuwe Latijnse namen vanbuiten.

'Zelfs al zou je dit verzinnen, we zouden het niet doorhebben,' zei Tesje.

We keken hoe het vogeltje een paar granen uit de vetbol in het vogelhuisje pikte, hoorden hoe moeder in de pot mayonaise roerde. Het was hetzelfde papperige geluid als toen ze eens behangerslijm maakte.

Ze zette de haarwortels zorgvuldig in de saus, verdeelde alles tot in de punten. De lokken die behandeld waren, sloeg ze naar de andere kant van het hoofd, waar ze aan de rest van Tesjes kapsel bleven vastplakken.

Toen twee derde van het hoofd zorgvuldig was ingevet, stopte ze om een verdwaalde luis van haar schouder te plukken. Tesje stond al lang recht nu. Ze lichtte een voet van de grond, wentelde haar enkel, verloor even haar evenwicht.

'Dat ze van je hoofd vallen is een heel goed teken. Ze geven zich over,' zei moeder. Driftig legde ze de luis op de zakdoek die opengespreid op de tafel klaarlag.

Jolan keek met zijn verrekijker naar het zwarte vlekje.

Mama nam de rode lepel met de lange steel en kwakte een grote schep boven op Tesjes hoofd. Met de platte kant van de lepel wreef ze deze uit.

De mayonaise liep in grote klodders langs Tesjes slapen naar haar schouders. Ze wilde het wegvegen, tastte naar de punt van de handdoek die om haar schouders hing.

'Niet aankomen,' zei moeder. 'Dit is hun onrust die je voelt. Dit zijn de laatste stuiptrekkingen.'

Het werd zes uur. Er zat genoeg mayonaise op Tesjes hoofd om een heel schoolfeest van hamburgers te voorzien. Nergens in de tuin was nog slagschaduw. Voor een voorjaarsavond betekende dat: etenstijd. Jolan borg Mastermind weer op. Hij vroeg me zelfs niet wat de winnende kleurencombinatie was.

'Wat nu?' zei hij. Hij deed het licht in de keuken aan.

Tesje stond te wiebelen, van haar ene op haar andere been. Ze was moe geworden. Mama keek op het etiket van de mayonaisepot. Daar stond geen antwoord, enkel de samenstelling.

'Het moet lang genoeg intrekken. Het is de bedoeling dat ze ermee gaat slapen.'

'Maar hoe kan ik zo slapen?' Tesje jammerde, drukte haar handen tussen haar knieën.

'Rechtstaand. Zoals de koeien,' zei vader, die net binnenliep en stond te wachten tot iemand zou beginnen met het dekken van de tafel.

Hij greep in. Nam een rol vershoudfolie uit de kast, wikkelde Tesjes hoofd ermee in, haalde het plastiek onder haar kin door en spande het aan. De hoed mocht er niet afschuiven. Enkel haar gezicht bleef onbedekt.

'Niet te hard! Ik stik!' riep Tesje. Ze wurmde haar vingers onder het plastiek zodat vader meer ruimte zou overlaten.

'Afblijven! Zo snel stikt een mens niet,' zei vader. Hij trok het geheel nog wat harder aan. Onder de druk van de doorzichtige folie kon ik het vel in haar nek zien verrimpelen.

Ik wendde mijn hoofd af zodat Tesje niet aan mijn gezicht zou kunnen zien hoe erg dit eruitzag.

We aten stokbrood dat op de verwarming had gelegen maar niet krokant was geworden omdat de thermostaat op het zomerprogramma was gesprongen.

Na zijn eerste boterham stond vader op om de mayonaise te halen die Jolan bewust van de tafel geweerd had. Hij kwakte de saus op zijn brood, precies zoals hij Maggie in zijn soep deed – drie uithalen. Tesjes plastieken hoed ritselde elke keer als ze haar hoofd draaide.

Vaders eerste hap was een gulzige. De saus drupte langs een kant tussen het brood uit. De tweede hap nam hij trager en nadrukkelijk, omdat iedereen toekeek. Met een vinger depte hij de klodders van zijn bord. Plots begon hij luid te hoesten.

'Zie je wel, Tesje, mayonaise is echt giftig spul!' zei Jolan. 'Die luizen zijn eraan voor de moeite.' Hij knikte naar vader – die mocht nu wel stoppen, het punt was gemaakt. Maar vader sprong recht, het hoofd rood aangelopen, de armen om zich heen maaiend. Dit was geen geestigheid. Ik klopte op vaders rug, tot het stukje broodkorst uit zijn luchtpijp schoot.

Ik ging samen met Tesje vroeg naar bed. Moeder gaf ons vier opengeknipte vuilniszakken om de matras mee te bedekken.

'Slaap je al?' vroeg Tesje me midden in de nacht. De

kamer rook doordringend zoet, met een vleugje citroen.

'Ja, ik slaap al.' Normaal zou ze lachen om dit grapje, nu bleef het stil. 'Zullen we het er gaan uitwassen, Tesje? Volgens mij zit het spul er nu lang genoeg op.'

'Het zit er nu opgesmeerd, laat het dan maar meteen goed intrekken,' zei ze.

De plastieken hoed was schuin gezakt door de wrijving met de vuilniszak, haar mond stond hierdoor schever dan anders.

'Wil je een keertje in mijn hoogslaper liggen? Gezellig onder het schuine plafond. Dan slaap ik in jouw bed,' zei ik.

'Nee, dat hoeft niet,' zei Tesje.

Na een paar minuten kwam ze hierop terug.

'Misschien slaap ik daarboven toch beter.'

We wisselden. Haar bed bestond uit vier lage, tegen elkaar geschoven kasten met een matras erop. Bij gebrek aan verluchting kwam de schimmel onder de randen van de matras uit. 'Het lukt wel,' zei ze, toen ik aanstalten maakte haar het trapje op te helpen.

Vanuit het lager gelegen bed keek ik hoe Tesje met haar hoed van plasticfolie en haar opengeknipte vuilniszakken mijn hoogslaper in klom. Zorgvuldig spreidde ze de zakken uit over mijn matras, nog zorgvuldiger dan hoe ze daarnet haar eigen bed had bekleed. Ze ging erbovenop liggen. Elke beweging maakte een ritselend geluid.

'Je mag beginnen aan de slaapwelwensen,' zei ze. Ze souffleerde me een voor een de namen die gegroet moesten worden.

'Slaapwel God, slaapwel Tes,' eindigde ik.

'Slaapwel Eva,' zei ze.

Nog voor het buiten licht was werd ik alweer wakker van de misselijkheid. De saus was door de warmte overnacht geschift, olie glom op Tesjes slapen, haar haren vormden dikke strengen. Het zat inmiddels overal, in haar oorschelpen, op mijn hoofdkussen. Haar hals zat vol striemen, de hoed van plasticfolie was iets losser geworden. Stijf en bewegingsloos lag ze boven op de vuilniszakken.

Ik nam Tesje mee naar de badkamer, zei haar over de badrand te hangen, spoelde het spul eruit. Het water vormde parels op het vet. Twee keer smeerde ik de boel in met afwasmiddel. Tesje gaf me instructies. Beide kanten van haar hoofd moesten op dezelfde manier worden gemasseerd. Nadien zeepte ze zich zelf nog eens in, om van zich af te wassen dat ik haar had gewassen.

Twee dagen later was het Pasen. De paashaas bracht gevoelig meer chocolade-eieren dan de jaren ervoor. Nog steeds hingen Tesjes haren in slierten langs haar hoofd. Als je er met een kam doorheen ging, veranderden de vetpieren enkel van opstelling. De korte plukken, die altijd afbraken voor ze lang genoeg waren om in haar staart te kunnen, legden een glans op haar voorhoofd. Tussen de slierten kon je haar hoofdhuid zien, daarop de zwarte wriemelende beestjes.

De dag na de paasvakantie vertrok ze naar school, de zijzakken van haar boekentas gevuld met paaseitjes om uit te delen op de speelplaats. Ze had een van vaders oude petten op haar kale hoofd.

14.00 UUR

Ruitenwissers bewegen soms als armen, soms als benen. Ik heb geen idee waar dit van afhangt: van het type wagen, de frequentie van het heen en weer zwiepen of van de gemoedstoestand waarmee ik achter het stuur kruip.

Een tijdlang dacht ik bij zware regenval elke keer aan Jan, bij het krampachtige spartelen van de wissers die niet tegen het water opgewassen waren. Ik vroeg me af of Pim dat ook zag wanneer hij met de wagen of tractor dezelfde regen trotseerde. Of hij ook wel eens aan de kant van de weg ging staan om de ruitenwissers te kunnen uitschakelen.

Ik kijk voor de zoveelste keer naar de uitnodiging op de passagiersstoel. Nog steeds worden we pas verwacht om drie uur.

Ik zou gewoon weer naar Brussel kunnen rijden, een boterham met kaas smeren, een tekening afmaken, de spelende kinderen van de buren door de muren horen. Bij elk geluid in de gang zou ik hopen dat het de buurman is die zoals gewoonlijk even komt aankloppen om hem dan niet langer betrouwbaar maar net voorspelbaar te kunnen vinden. Morgen zou ik een zoveelste enveloppe van Jolan aantreffen, deze in de schoenendoos steken bij al de andere ontvangen enveloppen die ik bijhoud tot het te veel geld wordt om zomaar in huis te bewaren en ik moet besluiten wat ik ermee zal doen: houden of niet.

Ik had deze ochtend niet zo vroeg mogen vertrekken. De boerderij is van hieruit drie minuten rijden, door de sneeuw hooguit vijf. Zelfs al zou ik met tien kilometer per uur de grootste omweg nemen die er in dit dorp te maken valt, zigzaggen door alle dwarsstraten en me achterwaarts parkeren op elke vrije plaats die ik gaandeweg tegenkom, dan nog zal ik ruim voor aanvang van het feest aankomen. Enkel mensen die zich ervan willen verzekeren dat er nog genoeg borrelnootjes zijn, mensen als Laurens, komen ergens te vroeg.

Stilstaan voor het huis van mijn ouders is geen optie. Ik stuur de wagen de meest voor de hand liggende straat in, die leidt naar de kerk. Deze weg heb ik talloze keren genomen. Ik geloof niet dat er in Brussel een afstand is die ik met eenzelfde frequentie heb afgelegd, niet van bij mij naar de school waar ik lesgeef, niet van mijn voordeur naar de supermarkt verderop, niet naar de sportschool in de Rossinistraat waar ik elke ochtend in de vroegte een uur ga roeien, de school waar ik een tijdlang modeltekende, zelfs niet de twintig meter naar de deur van de buurman. Zolang ik hier het vaakst geweest blijf, ben ik hier in feite meer thuis dan in Brussel.

Het moet uit te drukken zijn in precieze getallen – hoeveel keer ik langs de kerk ben gefietst, hoe vaak ik voor het huis van Laurens heb staan kijken naar zijn moeder achter de toog, hoeveel vleesjes ze me heeft aangereikt over de toonbank omdat ze vond dat ik er wat bleekjes uitzag, hoe vaak ik ben weggefietst met de smaak van goedkope worst in mijn mond en hoopte dat alles zou worden stilgelegd, alles behalve de kinderen, die zouden dan zonder tegenpruttelen moeten doorschuiven naar het huis rechts van hen, omdat gezinnen slechts doorgeefsystemen waren.

Elk leven is slechts een optelsom van getallen, maar weinigen slagen erin het bij te houden, op tijd te beginnen met tellen. Zij die het wel proberen worden ziek of gek, leggen op voorhand vast hoe vaak ze op iets moeten kauwen zodat dit meteen duidelijk is, en trekken dan elke gemaakte beweging hiervan af. Hun leven is geen som maar een verschil, ze brengen zichzelf op nul.

Ik stuur de wagen traag door de dorpskern en laat de plaatsen waar ik niet wil komen bepalen welke weg ik wel zal nemen. Het huis van juf Emma, daar wil ik niet langs, maar ik moet. Ik ben het haar verschuldigd; sinds het afscheidsfuifje in de klas ben ik haar alles verschuldigd.

Het feestje vond plaats op een regenachtige dag, niet de laatste schooldag van het schooljaar, wel de enige waarop wij, het bijzetklasje, het lokaal alleen zouden kunnen inpalmen: het vijfde was er met het vierde op uit gestuurd. We hadden alle banken en stoelen aan de kant geschoven. Juf Emma had haar zus uitgenodigd om de dansvloer te vullen. Zij was gekend op school. Omwille van haar gedrongen gestalte, korte krulhaar en verwaarloosbare borsten werd ze elke december gevraagd om Zwarte Piet te spelen.

Ergens halverwege het afscheidsfeestje ging ik in het bezemhok op zoek naar extra krijtjes en een bordveger, omdat het dansen ontaard was in het tekenen van rebussen. Bij het aanknippen van het licht trof ik juf Emma en haar zus aan, in innige verstrengeling. Juf Emma schrok maar liet haar zus niet los.

'Eva. Dit is mijn zus niet. Dit is mijn verloofde.' Ze legde haar rechterhand op mijn rug, de andere hand op de rug van de vrouw over wie gedurende enkele seconden geen zekerheden meer bestonden. 'Dit moet tussen ons blijven. Beloofd?' zei ze.

Haar handen waren warm. Ik voelde geen vingertoppen, enkel het ontbrekende kootje. Knikkend maakte ik de gebaren waarmee Zwarte Piet een hele turnzaal extatische kleuters stil kon krijgen: mondje op slot draaien met een denkbeeldig sleuteltje, het sleuteltje inslikken.

Ik had me echt voorgenomen het aan niemand te vertellen, maar de verzegeling van mijn lippen begaf het op weg naar huis. Ik wilde iets tegen Pim te vertellen hebben.

'Moeten jullie nu eens wat weten?' zei Jolan een paar dagen later aan tafel, terwijl hij vooral op een reactie van vader wachtte.

Er was niemand die het echt interesseerde, allen verwachtten we dat er iets zou volgen over het verschil tussen eenzaadlobbige of tweezaadlobbige planten.

'Ik wil het weten,' zei ik. Hij glimlachte flauw in mijn richting.

'Juf Emma is lesbisch. Er is iemand geweest die dat met eigen ogen gezien heeft,' zei hij. Ik voelde me als door een wesp gestoken. Het gloeien verspreidde zich over mijn hele borst.

Vader reageerde niet. Ik boog me net als hij over mijn bord, viste de kleine roze spekjes tussen de glimmende macaroni uit.

Jolan was niet de persoon die gewoonlijk op de hoogte werd gebracht van dit soort roddels, tenzij anderen hem wilden paaien zodat hij hen zou helpen met wiskunde of natuurkunde. Dat zelfs hij deze roddel kende, bewees dat Pim vrijwel het hele dorp op de hoogte had gebracht.

'Lesbisch. Gek hè,' herhaalde Jolan. 'Ze zouden in het bordvegerkamertje hebben staan foefelen.' Hij keek weer op naar vader, om te zien of het hem inmiddels toch al iets zou kunnen schelen.

'Foefel jij je bord maar gewoon leeg, Jolan,' besloot moeder.

Jolan zweeg, at verder.

Het kostte me moeite niet te reageren, te laten blijken dat wat hij zei ertoe deed, dat het klopte. Maar voor het eerst was ik niet in staat medestand te verlenen.

De roddel over het gefoefel in het bordvegerkamertje, dat zich binnen enkele dagen als een lopend vuurtje door heel het dorp had verspreid, kwam ook ter ore van het schoolcomité. Verschillende ouders eisten opheldering.

Het nieuws van juf Emma's ontslag volgde twee weken later. Ze hadden er een andere reden voor verzonnen.

Gedurende dat najaar van 2000 kwam ik elke dag exact op deze plaats staan, waar ik nu ook mijn auto parkeer: achter de lindeboom. Van hieruit kon ik het huis van juf Emma zien zonder dat zij mij kon zien staan. Zij was niet langer mijn geweten. Nee, we waren van wacht gewisseld.

Ik keek toe hoe ze haar tuinhaag bijknipte, hoe ze voor haar huis stond te klungelen met de boodschappentassen aan haar fietsstuur – elke keer bleven de handvatten achter haar bel haken. Een keer snokte ze eraan, waardoor haar fietsbel drie keer na elkaar rinkelde. Ik was de enige die het hoorde. Het klonk als een vraag waar niemand antwoord op wilde geven.

Bereid mijn schuilplaats te verraden, rinkelde ik terug met mijn fietsbel, drie keer, met precies dezelfde intervallen.

Juf Emma draaide zich om, keek me strak aan, wandelde het huis binnen met de zware winkeltassen en trok de deur hard achter zich dicht.

Dat jaar, nog voor de winter aanbrak, stond de woning te koop.

Twee keer kwam ze terug naar Bovenmeer: in 2001, voor de begrafenis van Jan, en in 2004, om de eerste lesbische vrouw te zijn die in dit dorp zou huwen. Er werd verteld dat alleen diegenen die haar relatie openlijk hadden gesteund een uitnodiging zouden ontvangen. Na afloop mocht wel iedereen rijstkorrels komen gooien.

Zeven dagen op rij controleerde ik de brievenbus. Pim was de enige musketier die een uitnodiging voor de viering ontving. Jans dood bracht hem eindeloos privileges op.

Hij zou uiteindelijk niet gaan. Dat verbaasde me niets. Toen ik hem het oorspronkelijke geheim verteld had, had hij geantwoord: 'Ze heeft geen andere geaardheid, ze is gewoon ongeaard.'

Aanvankelijk was ook ik niet van plan naar het rijstgegooi te gaan kijken. De zomer van 2002 had al plaatsgevonden, Tesje woonde niet meer thuis, ik maakte zo weinig mogelijk plannen en probeerde vooral Laurens en Pim niet onder ogen te komen.

Op de dag zelf ging ik toch, keek van een afstandje. Er kwam een grote meute mensen met belangstelling. Allen wilden ze zien of het wel paste: twee witte jurken die elkaar de eeuwige trouw beloofden.

Ik wilde vooral weten of juf Emma er gelukkig uitzag. Of haar ontslag uit de school uiteindelijk haar leven op een positieve manier had veranderd. Of zij hierdoor nog noemenswaardiger was geworden.

Er werden geen duiven of ballonnen losgelaten.

Juf Emma droeg een wit mantelpakje met diep uitgesneden halslijn, haar haren in een strakke dot. Haar kersverse vrouw droeg een beige, linnen maatpak met rechte pijpen en een paars borstzakje. Door de brede poort van het gemeentehuis kuierden ze naar buiten. Een paar mensen, onder wie de moeder van Laurens, die zelfs niet de moeite had gedaan haar schort uit te trekken, mikten de grofste soort rijstkorrel recht in hun gezicht.

24 JULI 2002

Op de ouderwetse manier, zonder eerst te bellen, kom ik bij Laurens opdagen in de hoop hem te overtuigen op te houden met 'de steekproeven'. Ik heb een kort betoog klaar en in mijn sok heb ik net genoeg geld voor een paar schellen ringworst, om niet met lege handen naar huis te moeten voor het geval Laurens geen oren naar mijn vraag zal hebben.

OP VAKANTIE TOT EN MET VOLGENDE WEEK WOENSDAG, hangt er in de vitrine van de beenhouwerij. De toog is leeg, op een slinger droge worsten na. Onder een opengevouwen keukenhanddoek liggen nog wat voedingswaren die in zeven dagen onmogelijk slecht kunnen worden.

Laurens' vader, zonder slagersschort en met zonnebril bijna onherkenbaar, staat in de open garage de laatste spullen in de wagen te puzzelen.

Elk jaar gaat het zo. Aanvankelijk hebben ze geen vakantieplannen, tot ze holderdebolder vertrekken. Altijd gaan ze naar dezelfde camping in Zuid-Frankrijk, gelegen aan een zandstrand en een naaktstrand.

Laurens zit al in de wagen een strip te lezen, met een hand in de grote pot snoep die voor onderweg bedoeld is. Hij laat het raampje zakken.

'Indira zal een week moeten wachten op jouw raadsel.' Laurens praat haastig, al staan ze helemaal niet op het punt te vertrekken: zijn moeder geeft op haar dooie gemak de planten op de vensterbanken water. Door het open raam speelt hij me een smoelentrekker door. Voor zichzelf kiest hij een milder snoepje uit.

'Tuurlijk zullen we op je wachten met Indira,' zeg ik.

Het raampje gaat alweer terug naar boven.

Vijf minuten later sluit zijn moeder het huis af.

Sinds het incident met de schaduwen in de zomer van 2000 krijg ik niet langer een reservesleutel van het huis. In de jaren daarvoor kregen steeds dezelfde drie mensen toegang tot de slagerij gedurende de vakanties: de broer van Laurens' vader, een vriendin van Laurens' moeder en ik. Ik nam de sleutel altijd aan, dankbaar, maar zonder te weten waarvoor het nodig zou kunnen zijn. Er waren geen levende dieren in huis, er was een brandalarm aanwezig, ik kende niets van de werking van de stroomgenerator naast de koeling. Ik hield de sleutel nooit op zak, maar bewaarde hem in de sokkendoos in mijn kledingkast. Niet enkel uit de vrees hem te zullen kwijtraken, ook omdat het metaal me er bij elke beweging aan deed denken hoe hard ik in de dagen voor hun vertrek had gehoopt toch nog te worden meegevraagd.

Met zure, tintelende tong ga ik op de kerkhofomwalling zitten wachten op de volgestouwde gezinswagen die het dorp uit rijdt.

Laurens weet goed genoeg dat ik zonder hem niet met Pim zal afspreken. De laaghangende, blauwe BMW komt voorbij de kerk gereden. Hoewel ik me had voorgenomen niet te benadrukken dat ik diegene ben die achterblijft, begin ik toch maar het wildst te zwaaien, want Laurens ziet niet wat ik zie: in verhouding met de zware kampeerspullen op de achterbank is zijn hoofd kleiner en nog knulliger dan anders. Het is moeilijk daar geen medelijden mee te hebben.

Ik probeer me in te beelden welke vakantie er al jaren bij de kampeerspullen hoort. Met de meeste voorwerpen lukt dat makkelijk. De drie koelboxen bijvoorbeeld bevatten vleesoverschotten die ze vanavond op de barbecue gooien en gratis weggeven zodat ze de rest van de vakantieperiode zonder schroom het kampeermateriaal van anderen kunnen lenen. Met het vullen en verplaatsen van de grote waterbidon zullen ze bijna een hele dag zoet zijn. De Nordicwandelstokken zullen niet meer dan een goed voornemen blijven.

Ik kan me bij alles iets precies voorstellen, zelfs bij de gezelschapsspelletjes en het luchtbed, behalve bij één ding: Laurens' moeder zonder kleding op een naaktstrand. Hier in het dorp is ze de meest geruststellende persoon die ik ken. Op elk moment van de dag weet ik waar ze zich bevindt, wat ze aan het doen is en hoe ze dat dan doet, met welke messen en met welk vlees ze in de weer is.

Dat ze haar lichaam voor ons altijd bedekt maar het ergens op een strand in Frankrijk wél durft blootgeven, vind ik niet alleen merkwaardig, maar ook kwetsend. Bij vreemden kan ze blijkbaar meer zichzelf zijn. Dit dorp, de vertrouwdheid schiet haar ergens in tekort.

De auto verdwijnt uit het zicht, ik stop met wuiven en kijk naar de kerktoren. De kerkklokken hebben geen secondewijzers en dat is maar goed ook. Het is nog geen middag.

Woensdagen zijn de langste vakantiedagen, nuloperaties. Deze namiddag zouden we sowieso vrij hebben gehad.

De kermiskramen zijn nu bijna twee weken geleden vertrokken. Ze zijn inmiddels alweer langer weg dan ze er uiteindelijk hebben gestaan, toch ontbreken ze nog steeds. De grootouders die hun kleinkinderen op de draaimolen aanmoedigden bij het proberen vangen van de *flosh* – goed voor een gratis ritje. De uitbater die het kwastje deed dansen net buiten bereik van al die graaiende handen. Het ene kind dat niets drastisch deed en toch de kwast ving, niet omdat iemand de kansloosheid herkende maar omdat het kind broers, zussen, neven en nichten bij zich had die allemaal het extra ritje zouden willen meedoen en gewoon zouden moeten betalen.

Niet lang nadat de auto uit het zicht is verdwenen, komt er iets voor in de plaats: Elisa's meme loopt in de richting van de broodautomaat. Die staat in het midden van het parochieplein. Naargelang haar details erdoor komen – bril, klompen, piratenbroek over een badpak, zie ik haar aarzelen wanneer ze mij opmerkt. Ze koopt eerst een brood en komt dan toch op me afgelopen, met de zak onder haar arm geklemd. Ze is er steeds meer gaan uitzien als een oma.

'Elisa logeert deze zomer in het dorp,' zegt ze.

Ze kijkt me strak aan. Ik durf niet te glimlachen.

'Ik zag haar al paardrijden,' zeg ik.

'Volgens mij verveelt ze zich,' zegt meme. Ze vist een broodkorst uit de zak en geeft die aan mij. In de periode dat ik bij haar kwam eten, at ik altijd de korstjes omdat zij me had gezegd dat je daar borstjes van kreeg, wat ik best geloofde als ik Elisa zag.

'Hoe gaat het met haar?' vraag ik al kauwend.

'Kom met ons mee naar De Lilse Bergen vandaag, dan kun je het haar zelf vragen,' zegt ze. 'Of heb je al iets te doen?'

Op mijn knieën rol ik onder het prikkeldraad door. Ik blijf staan aan de zijlijn van het veld, volg Elisa die rondjes rijdt op haar nieuwe paard en daarbij nogal dramatisch op en neer beweegt.

Tijdens het weekend van de kermis, bij haar aankomst in het dorp, durfde ik haar niet aanspreken, omdat ik er geen reden toe zag. Nu meme aan mij heeft gevraagd of ik Elisa wil overtuigen met ons mee te komen naar De Lilse Bergen, is het anders. Deze keer kom ik in opdracht van een ander.

Ik heb net thuis mijn zwemkledij aangetrokken. Het duurde even voor ik een systeem vond waarbij ik mijn borsten zou kunnen behouden. Voor de badkamerspiegel trok ik een van de twee opgevulde bh's aan, de bandjes bleven goed vastzitten onder die van het badpak. De rondingen waren niet even groot als die van Elisa, maar het was tenminste iets.

Elisa ziet me pas na een paar minuten staan. Ze stopt met kronkelen op het zadel, zet haar handen op de zijkanten van de hals van het paard en duwt zichzelf rechter. Met luide tongklakken stuurt ze het dier mijn richting uit. Deze hengst is groter dan Twinkel, heeft een wit ooglapje rond zijn linkeroog.

Als dit een koe was, zou het een zwartblaar zijn. Zwartblaren waren Jans lievelingskoeien, had hij me ooit verteld.

Elisa stapt van het paard. Ze blijft een kop groter dan ik. Het eerste wat me opvalt, zijn haar wenkbrauwen. Twee afgelijnde boogjes. Die heeft ze volgens mij niet zelf geëpileerd. Waarschijnlijk hebben ze er in Hoogstraten een schoonheidssalon voor.

Het dier briest ongeduldig. Elisa klakt opnieuw met haar tong, loopt voor mij uit naar de grote drinkbak aan de stal.

'Meme vraagt of je met haar mee naar De Lilse Bergen komt,' zeg ik. 'Ze vroeg of ik ook meekwam.' Elisa fronst haar scherpe wenkbrauwen.

'Als ik nee zeg, gaan jullie dan met z'n tweetjes?'

Ze loodst het paard de stal in. Daar heft ze het zadel af. Ze neemt er haar tijd voor, voert elke handeling met nadruk uit.

Elisa's rug ergert me. Zolang ik haar rug zie, wil dat zeggen dat ik niet door haar gezien word. Bij de meeste andere mensen, bij vader, heb ik het omgekeerde. Zijn rug is het enige deel van zijn lichaam dat ik durf aan te kijken, dat ik niets kwalijk neem – het is zijn dode hoek.

Het duurt een uur voor ze klaar is om te vertrekken. Pas als ze naast me op de achterbank van de wagen zit en me de fluogele bikini toont die ze onder haar kleren heeft aangetrokken, geloof ik dat ze echt zal meekomen.

'Sorry dat het zo lang duurde,' zegt meme.

'Niet erg,' zeg ik – op z'n minst is er weer tijd voorbij.

Ik probeer me te ontspannen. Nu Laurens vertrokken is naar een zandstrand waar hij zijn buik elke keer zal intrekken als er Hollandse meisjes voorbijlopen, moet ik me ook niet meer voortdurend afvragen of hij en Pim niet ergens iets beters aan het doen zouden zijn.

Na een halfuur rijden komen we aan bij De Lilse Bergen.

Voor een recreatiedomein in een Kempisch gehucht als Lille is het een strategisch goedgekozen naam. Jaarlijks stranden zo'n honderd verdwaalde toeristen met klimschoenen of met een kaart van Frankrijk aan de aangelegde zwemvijver. Het zijn meestal deze mensen die de watertrappers huren, zodat ze toch niet voor niets hierheen zijn gereden.

We gaan een eindje van meme weg liggen en spreiden onze handdoeken in een andere richting dan de hare uit, zodat de jongens iets verderop vooral niet de indruk krijgen dat ze bij ons hoort.

'Zo dik ben je nu toch ook weer niet?' is het eerste dat Elisa zegt nadat we onze zwemkledij onder onze kleren vandaan toveren. Ze spuit in mijn hand dubbel zo veel zonnecrème als wat zij voor haar eigen lichaamsoppervlakte denkt nodig te hebben.

Eenmaal ingesmeerd ga ik op mijn buik liggen en wend mijn hoofd af. Elisa neemt een tijdschrift uit haar tas, begint te bladeren. Ik had een strip kunnen meebrengen.

De laatste keer dat Elisa en ik samen boven een boek hingen, was in het vierde leerjaar, de avond voor een test taalbeschouwing. Ik was de beste in zinnen ontleden maar had een goed excuus nodig om laat in de avond nog bij meme aan te kloppen. Ik zei dat ik vergeten was hoe een lijdend voorwerp in een zin benoemd kon worden.

'Eerst ga je op zoek naar het onderwerp, om te weten wat het lijdend voorwerp is,' zei Elisa op de toon van een juffrouw. 'Bijvoorbeeld in de zin: Elisa legt Eva zinsontleding uit. Wie doet iets? Elisa. Ze legt iets uit. Zij is het onderwerp. Aan wie legt Elisa iets uit? Aan Eva. Eva is dus een lijdend voorwerp.'

Aan haar uitleg leidde ik af dat ze er zelf nog minder van begrepen had, maar ik verbeterde haar niet, integendeel: ik liet haar de dag erna de toets fout maken. Want uiteindelijk had ze de verhoudingen wel juist: zolang wij in dezelfde zin zouden voorkomen, zou ik altijd ondergeschikt aan haar blijven.

Pas rond halfvier, als de zon weer begint te zakken, stelt Elisa voor het water in te gaan. Ze krabbelt recht van haar handdoek, springt een paar keer op en neer in het zand om haar spieren los te maken. De lijn van haar nek naar haar staartbeen is bedekt met puntige wervels, zoals slordige kinderen dinosaurussen tekenen. Het gewicht van haar borsten wordt gedragen door één fluogele strik in haar hals. We hebben ongeveer evenveel vet op ons lichaam, alleen hangt dat van haar op de juiste plaatsen.

Haar buik is plat met één diepe rimpel vlak onder haar navel, zoals bij broeken waar een vouw is ingestreken – als ze gaat zitten, plooit het enkel daar, nergens anders.

Dat had ik al opgemerkt die eerste dag in het zwembad. Toen al wist ik dat de dingen die ik bij haar bewonderde de dingen zouden zijn die ik later zou gaan haten. Ondertussen vind ik de peperbus net het mooiste aan haar lichaam, vooral de manier waarop ze deze keer op keer vakkundig onder haar top weet te verbergen. Ze heeft vast en zeker veel bikini's moeten passen voor ze een geschikt model vond.

'Ik ga niet mee zwemmen,' zeg ik. Elisa reageert niet op mijn opmerking en dus sta ik toch maar recht en ga met voorzichtige pasjes achter haar aan het water in.

'Oké, maar ik ga echt niet verder dan tot mijn middel.' Anders zullen de vullingen van mijn bh het water opzuigen. Iedereen weet dat de meisjes die vals spelen daaraan te herkennen zijn: de ronde, natte cirkels op een voor de rest volledig opgedroogd badpak.

Elisa duikt kopje-onder. Een paar tellen later grijpt ze mijn enkels, trekt me uit evenwicht. Ik val languit in de ondiepe vijver.

Met mijn neus vol water, en zelfs ook daarna nog, terwijl we door het zand naar onze handdoeken ploeteren, weet ik niet meer waarom ik haar eigenlijk al jaren aardig vind, waarom ik ben meegekomen. Het moet hetzelfde zijn gegaan als met het zeezand: ooit waren al die korrels samen nog een rots die niet van plan was te verbrokkelen, maar uiteindelijk besloten de tijd en het water daar ook anders over.

We gaan weer liggen. Elisa draait zich af en toe om, om gelijkmatig te drogen, ik blijf op mijn buik liggen zodat de twee natte vlekken op mijn borst niet opvallen.

Elisa's bikinibroekje is zo'n model dat met koordjes aan de zijkanten moet worden vastgeknoopt. Ze vangt de aandacht van een paar jongens die achter ons liggen door haar buik in te trekken, haar bekken zo te kantelen dat haar heupbeenderen naar buiten steken en het broekje als een brug tussen het ene en het andere bot komt te zweven. Ook ik kan er recht in kijken. Haar schaamhaar zit in een grote, vastberaden natte krul.

Pas als de jongens zich een voor een op hun buik leggen om hun opwinding voor elkaar te verbergen, laat ze haar bekken weer zakken.

'Ben jij nog maagd?' vraagt ze, net luid genoeg opdat de jongens het kunnen horen.

'Jij?' vraag ik. Dat is exact wat ze wil – zelf op haar eigen vraag kunnen antwoorden.

'Tuurlijk niet,' zegt ze. 'Maar je kent de jongen niet. Hij komt uit Hoogstraten. Hij was best lief, het deed geen pijn, bij jou wel?'

'Nee, bij mij ook niet,' zeg ik.

We zwijgen een tijdje. De jongens gaan een potje voetballen. In het langswandelen betasten ze Elisa van top tot teen met hun blikken.

Ik denk aan Tesje. Aan hoe ik haar daarstraks thuis heb achtergelaten. Ze had deze ochtend bij het opstaan haar badpak onder haar kleren al aangetrokken, in de hoop zo iemand te kunnen overtuigen te gaan zwemmen. Ik had met haar eens naar de Put kunnen gaan. Ik had eindelijk het zwembad kunnen opstellen zodat vader die belofte niet langer zou kunnen gebruiken om Tesje allerlei taakjes te doen uitvoeren.

Meme duikt op tussen onze handdoeken.

'Ik ga ijsjes halen,' zegt ze. 'Wat voor iets willen jullie?'

Elisa schudt nee. 'Wij hebben geen honger.'

We kijken hoe meme op weg naar het ijskarretje de gedroogde dennenappels in het zand ontwijkt alsof het landmijnen zijn.

'Ik ben al eens klaargekomen op mijn paard,' zegt Elisa plots, als meme ver genoeg is.

Het is de eerste keer in deze hele namiddag dat ze over paarden praat.

'Op mijn zadel zit een kleine uitstulping, precies op de juiste plek. Je weet wel wat ik bedoel.' Ze spreekt de woorden traag uit alsof ze wil dat ik het ergens noteer. 'Na de dood van Twinkel heb ik al haar materiaal vervangen, maar het zadel heb ik gehouden.'

Meme haast zich terug, met een bakje schepijs en

twee Calippo's. De waterijsjes gooit ze tussen ons in. Ze gaat zitten op haar eigen handdoek en lepelt haar bol vanille op.

Ik zou Elisa nu de mond kunnen snoeren door de waarheid te geven: het is haar eigen domme schuld dat haar schaamlippen zo grijs en zo uitgelebberd zijn, dat komt door al het wrijven op het lederen zadel. Ik neem een Calippo en trek er het deksel van af.

'Zal ik jou eens leren paardrijden?' vraagt ze. Ik haal mijn schouders op.

Ze neemt het andere ijsje, plaatst het tussen haar dijen en warmt de stick op met haar handen, maakt open neergaande bewegingen, tot het diepgevroren ijsje uit het buisje floept. Ze zet haar lippen om de kop heen en likt de kleverige siroopdraden eraf.

De meeste jongens zijn te intensief aan het voetballen; alleen de keeper merkt Elisa's handelingen op. Bij de tweede lik valt bij hem een doelpunt.

Na zes uur begint het stevig af te koelen, ruikt het overal naar verbrand vlees zonder dat ik ergens één barbecuetoestel zie aangestoken worden. Elisa trekt niet langer haar buik in, de jongens zijn verdwenen. Overal in het zand blijven afdrukken van vochtige handdoeken achter. 'We gaan zo vertrekken,' roept meme ons toe. Ze staat tot haar middel in het water, op een afstandje van een groepje spelende kinderen.

'Wedden dat ze staat te pissen,' zegt Elisa.

Ik trek mijn T-shirt aan, ga rechtzitten. Met onze blikken volgen we een watertrapper met twee kleine jongens die op drift is geslagen in het midden van de vijver, er moet een halfnaakte redder aan te pas komen. Zelfs al kijken we naar hetzelfde, Elisa en ik, toch zullen we altijd andere dingen zien. Zo zal het blijven. Zo meteen zal ik Elisa weer verliezen, na vandaag zullen we elkaar weer lang niet spreken. Ze komt naast me zitten om met haar eigen handdoek het zand van haar voeten te kunnen vegen.

Ik wil haar iets meegeven, een paar woorden die tussen ons kunnen blijven, een geheim, maar ik kan haar niet vertellen over wat we deze zomer uitspoken, over de plannen van Laurens en Pim, over de lijst met punten waarop zij bovenaan prijkt met een negenenenhalf – ze zou het niet als geheim maar als een compliment onthouden.

'Ik heb een raadsel voor je,' zeg ik. 'Het is geen onbelangrijk raadsel.'

'Vertel,' zegt Elisa.

Ik vertel het raadsel, klappertandend. Elisa luistert aandachtig. Haar huid gloeit tegen de mijne. Heel even vermoed ik dat ze het antwoord al kent, dat zij diegene is die het ooit aan mij vertelde, diegene van wie ik de adempauzes en de intonatie vergeten ben. Maar ze kijkt me aan, licht verontrust en zegt: 'Geen idee. Geef me maar direct de oplossing want ik hou niet zo van gokken.'

Zonder twijfelen verklap ik het juiste antwoord.

'Ja, als je het eenmaal weet, is het best logisch,' zegt ze.

Ze staat recht, maakt de koordjes van haar broekje een voor een aan elke kant los, spant ze weer aan. Dan trekt ze de stof onderin wat losser, zodat de vorm van haar schaamlippen er niet langer in staat.

Een kwartier later staan we weer bij de wagen, tussen rijen sparrenbomen. Hoewel meme voorstelt dat Elisa en ik samen gezellig op de achterbank mogen, gaat Elisa voorin zitten. Ze draait haar raampje open. Haar rug is mooi gebruind, de lokken in haar paardenstaart worden zodra we snelheid maken alle richtingen uit geblazen. Ik kan nog steeds haar huid tegen de mijne voelen gloeien.

ENCARTA 97

Om wereldvrede had ik nooit écht gevraagd. Om een paternoster aanvankelijk ook niet en toch kreeg ik er een van opa bij mijn eerste communie, in plaats van de gewoonlijke bijdrage voor een beginnersfiets. Hij overhandigde me een lederen etui met daarin een snoer met vijfenvijftig bolletjes – tussen elke tien witte kralen zat er één blauwe.

De rozenkrans bidden was voor opa een evidentie. Hij had me daarom niet uitgelegd hoe ik het ding diende te gebruiken, maar zo legde hij me in ieder geval ook geen beperkingen op.

Ik begon 's ochtends in de badkamer, op blote knieen. Schoof mijn vingertoppen over de bolletjes, precies zoals ik het hem eens had zien doen. Bij elke witte kraal sprak ik dezelfde wens uit – de jaarlijkse scholenveldloop winnen. Bij elk blauw bolletje, dat iets zwaarder in de hand lag en de indruk wekte niet voor eigen doeleinde te mogen worden gebruikt, vroeg ik wereldvrede.

Wat wereldvrede praktisch inhield wist ik niet, wel verwachtte ik dat het een heel grote klus zou zijn, en ik hoopte dat God, uit luiheid of puur mededogen dan maar zou kiezen voor de makkelijkste en meest rendabele optie – een overwinning bij een landelijke veldloop.

In het vierde leerjaar stopte ik met het bidden van de rozenkrans. Er hadden vier scholenveldlopen plaatsgevonden waarvan ik geen enkele had gewonnen – langere benen zou ik niet meer krijgen.

In de winter van dat jaar kregen we geen televisie, wel Encarta 97 onder de kerstboom.

'Eerste hulp bij spreekbeurten,' noemde Jolan deze educatieve cd-rom. Hij had dat jaar voor zijn verjaardag een microscoop gekregen; de fase waarin hij enkel nog informatie wilde aannemen die hij zelf eerst had kunnen onderzoeken was nog volop aan de gang. Terwijl hij in de tuin insecten ging opgraven om ze tussen twee van de bijgeleverde glazen plaatjes te duwen en ze aan microscopisch onderzoek te onderwerpen, schoven Tesje en ik een extra stoel naast de computertafel en ontdekten wat er op de cd-rom met Encarta 97 stond. We scrolden door tientallen artikelen, deden een quiz waarbij vreemde muziekinstrumenten aan hun geluiden en hun cultuur van oorsprong moesten worden gelinkt, bekeken filmpjes. Het meest speelden we een video af over de aardbeving in Kobe, Japan. Daarin was niet enkel te zien hoe een kilometerslange brug van haar poten viel, maar werd ook uitgelegd wat mensen moesten doen in geval van een aardverschuiving: in een deuropening plaatsnemen of onder een stevige lessenaar kruipen.

Eindelijk kon ik me een beter beeld vormen bij de wereld waar ik jarenlang geen vrede voor had willen bestellen. Een gouden medaille op de achthonderd meter had nooit eerder zo onbenullig geleken.

In plaats van opnieuw de rozenkrans te bidden, zette ik dezelfde avond nog het slaapkamerraam wijd open en nam plaats boven op mijn donsdeken, op mijn rug met mijn armen en benen gespreid. Ik probeerde zo veel mogelijk van de binnenkomende koude te bevatten om me bewust te worden van de omstandigheden waarin mensen in sommige landen leefden, mensen in gebieden die getroffen werden door aardbevingen, kinderen die geen blokfluit hadden maar zich moesten behelpen met uitgeholde boomstammen.

De eerste solidariteitsactie duurde vijf minuten. De lichaamsdelen die last kregen van de koude, waren de uiteindjes: mijn tenen en de top van mijn neus.

Al gauw wilde Tesje meedoen. Ik probeerde dit te verbieden, maar ze luisterde niet, duwde met haar voeten haar dikke donsdeken van zich af en kopieerde mijn houding.

Omdat we nu de miserie onder twee konden delen, verlengde ik de duur van de solidariteitsactie naar tien minuten. Tesje had zelf geen wekkerradio. Voor haar tijdsbesef was ze van mij afhankelijk. Ze trok de deken pas weer over zich heen als ik zei dat het mocht.

Er was een trucje: boven op de donsdeken gaan liggen, hem niet aan het voeteneinde samenproppen – want net als bij katten die naast je op bed slapen, warmt een lichaam de onderliggende dekens op. Na een halfuur kun je weer in een warm bed kruipen.

Ik verklapte het niet. Het stond toch al vast dat Tesje de deken liever van zich zou afhouden om het zich zo moeilijk mogelijk te maken.

Kou lijden werd een ritueel dat we twee keer per week herhaalden, op dinsdag en donderdag. We bespraken op voorhand altijd even in welke cultuur we ons zouden inleven, naar welk plaatje of welk filmpje onze solidariteit uitging.

'Zijn die tien minuten nog niet om?' vroeg Tesje altijd al na vijf minuten. Zij lag dichter bij het open raam en was magerder dan ik. Waarschijnlijk voelde zij de koude niet enkel in de eindjes van haar lichaam, maar meteen ook in het binnenste van haar gestel.

Vaak loog ik. Gewoon, omdat het kon. Ik vond het niet alleen leuk ons beiden te kunnen straffen, ik wilde ook weten hoe het voelde om de tijd te kunnen manipuleren, achterhouden.

Soms lagen we meer dan een halfuur rillend op onze lakens. Tesje klappertandde altijd harder dan ik. Volgens mij wist ze goed genoeg dat ik de duur van de acties uitrekte, toch bleef ze gehoorzaam – waarschijnlijk vond ze dat we dit verdienden.

Als ik keek naar haar bleke, dunne billen en haar spataders die paars kleurden, begreep ik dat ik haar aan het stukmaken was.

Toen ik zei dat we ermee zouden ophouden, was het al te laat. Dat was een paar maanden voordat de luchtverkopers zouden komen. Tesje was al begonnen met haar eigen solidariteitsacties.

Tot grote ergernis van iedereen, maar vooral van Jolan – die wilde altijd exact kunnen uitrekenen hoe lang het nog duurde voor hij jarig was – draaide ze bij elk toiletbezoek de kalender in de wc terug naar de maand februari.

De kalenders waren een project van mama, zij kocht ze om een hulporganisatie te steunen. Ze waren duur maar bevatten degelijke, kleurrijke foto's van onderontwikkelde gebieden. Mama hing ze ieder jaar op andere plaatsen in huis zodat ze achteraf gewoon konden blijven hangen, enkel voor de karakterkoppen: voor de mensen die ondanks de ontbering toch vrolijk lachten.

In de kleine wc hing de oudste kalender, die van '98, vlak tegenover de bril. Wie zat te plassen, zat nog geen vijftien centimeter van een derdewereldland verwijderd.

Tesje dook steeds vaker in het toilet. Zo vaak dat moeder aan mij begon uit te leggen wat de symptomen van blaasontstekingen waren en vroeg te achterhalen of Tesje daar last van had.

Soms hoorde ik Tesje op de wc zitten fluisteren. Nooit kon ik precies verstaan wat ze zei.

'Zit je tegen jezelf te praten?' vroeg ik toen ze klaar was.

'Ik ben niet tegen mezelf bezig.' Ze klonk gekwetst. Ik snapte de toon waarmee ze zichzelf verweerde. Het was een kwetsende vraag. Mama praatte ook soms tegen zichzelf.

Pas toen ik na haar toiletbezoek de omgedraaide kalender weer zag, wist ik het zeker. De maand februari had de afbeelding van een zwarte vrouw die aan een grote teil zat, met in haar donkere hand een bolletje samengedrukte rijst en vliegen op de lippen.

'Je praat tegen de kalender,' zei ik.

Ik ging in de deuropening staan, zette mijn handen tegen de deurstijlen, zodat ze niet zomaar langs me heen kon. Ze bleef staan.

Voorzichtig legde Tesje me uit hoe het zover was gekomen. De maand januari had de foto van een os in een uitgestrekt natuurgebied, met een man die onvriendelijk in de camera keek. Gedurende deze maand was ze dwars op de bril gaan zitten, zodat deze man niet naar haar kruis zou kunnen gluren.

Toen werd het eindelijk februari. De rijst etende vrouw op deze foto had Tesje meteen geruststellend aangekeken. Voor haar had ze geen schaamte gevoeld. Ze had tegen de vrouw iets over zichzelf verteld. Het was een goede maand geweest. Ze waren vriendinnen geworden.

Maar toen werd het maart. Iemand had de kalender omgeslagen, de vrouw was verdwenen, en dat had Tesje erg gevonden – er was niemand meer die naar haar keek, die naar haar luisterde.

'Het zou hetzelfde zijn als iemand al onze ramen zou afplakken met karton tot het terug onze beurt is om een uitzicht te mogen hebben,' zei ze. 'Wij willen toch ook niet elf maanden per jaar in de donkerte doorbrengen?'

Ik begreep Tesje beter dan zij zich kon voorstellen. Ik had haar kunnen vertellen welk gezicht mijn geweten had. Ik scheurde voor haar de maand februari uit de kalender. We hingen de foto in de slaapkamer, boven het voeteneinde van haar bed.

14.15 UUR

Op zoek naar een geschikte oprit om mijn wagen te keren, rijd ik een stukje rechtdoor, de Vlierstraat in. Ook in deze straat zijn er twee soorten huizen, liggende en staande.

Ik groeide op in een staand exemplaar, het stond iets statiger dan een arbeiderswoning. Pims witte hoeve lag neergevlijd naast de stallen zoals een kat naast een luidruchtige stoof. Laurens' beenhouwerij, een breed statig pand met panoramische ramen op beide verdiepingen, leek eeuwig op het staan te willen terugkomen.

Sinds ik het onderscheid gezien heb, kan ik me niet meer van de indruk ontdoen dat ze in een dorp vooral liggende woningen hebben, in een stad overwegend staande panden en dat het gezegde 'een stad die nooit slaapt' eigenlijk niets vertelt over de inwoners.

Juf Emma's vroegere woning is een staand pand. Ernaast bevindt zich 'het bos van het bos', daarachter liggen weiden van Pims ouders en nog verderop volgt er een uitgestrekt natuurgebied.

De naam van het bos kwam er omdat er twee bossen waren in het dorp en dus twee namen nodig waren. Er was óns bos aan de Put, met bankjes en vuilbakken en zelf getimmerde steigers, en er was dit bos op privéterrein dat we pas veel later ontdekten, door de brede, zompige beek die eromheen lag. In de stammen van deze bomen waren geen spijkers geslagen om hangmatten op te hangen, in de takken waren geen kampen verankerd, de netels en berenklauw groeiden wild om zich heen. Dit bos was van zichzelf gebleven.

In de wintermaanden na de dood van Jan kwam

ik vaak op het pad langs deze beek wandelen met de hond. Niet enkel omdat er geen auto's mochten rijden en er zelden iemand passeerde, ook omdat de velden van Pims ouders tegenover het bos lagen. Ik kwam de staat van de weiden inspecteren, uit de conditie waarin de koeien verkeerden opmaken hoe het met het gezin gesteld was. Het vee werd amper verzorgd, werd 's nachts niet binnengehaald of geborsteld. De dieren bleven de hele winter op de weide staan, eerst in sneeuw, dan in regen bij elkaar beschutting zoekend, met enkel bevroren of groen water in hun drinkbak.

Elke keer dat ik langswandelde, loeiden ze klaaglijk mijn richting uit, met hun ingevallen buiken en hun geklitte vacht. Net als iedereen in het dorp durfde ik er niets tegen inbrengen, geen oogcontact met hen zoeken.

Pas eind maart 2002 kwam er bij het gemeentebestuur een klacht binnen voor dierenmishandeling. Afzender was een vogelspotter die het achtergelegen natuurdomein bezocht had – hij kwam niet uit het dorp, wist van niets. Pims vader was nog niet aan vergeving toe en zelfs het gemeentebestuur kon dat best begrijpen. De klacht werd geseponeerd.

Ik ben al vijfhonderd meter verder. Nog steeds heb ik geen oprit gezien waar ik kan draaien. Bij elk van deze huizen weet ik wie er woont of alleszins wie er negen jaar geleden woonde. Ik weet of deze mensen hun afval sorteerden, hoe vaak ze hun gras afreden, hoe ze in de kerk hun hostie ontvingen, of het oud-leerkrachten waren. In sommige huizen herken ik zelfs de kerstversiering.

Ik wil vermijden dat een van deze mensen weet dat ik hier ben, dat hun honden naar me blaffen of er gordijnen worden opgetild en er argwanende blikken worden geworpen door hen die vandaag geen bezoekers verwachten, tot ze me herkennen. Ik wil niet dat ze naar buiten komen om een babbeltje te slaan, om vrijwel na een paar verkennende zinnen over het slechte weer te polsen naar hoe het gaat met Tesje, om vol nieuwsgierigheid te kijken naar wat er in mijn kofferbak zit.

Ik rijd gewoon rechtdoor. Na een kleine kilometer zal de weg vanzelf weer uitkomen op de steenweg en kan ik links afslaan. Dat ik dan toch langs de beenhouwerij zal passeren, neem ik voor lief.

Ik stuur de wagen een flauwe bocht in.

In de verte doemt het pand op waarin de zaak gevestigd is. De gevel is bepleisterd in donkeroranje. Dat is nieuw.

Ik rijd dichterbij om in de winkel te turen, maar de rolluiken voor de vitrine zijn neergelaten. Er hangt een papier met een boodschap. Ik rijd er zo dicht mogelijk naartoe. OP 30/12/15 UITZONDERLIJK GESLOTEN. BESTELLINGEN KUNNEN NOG STEEDS TELEFONISCH. 03 475 64 32. Het staat in grote letters gedrukt op twee pagina's in een handgeschreven font.

In de voortuin staat een nieuw, groot uithangbord op hoge palen. Twee spotjes schijnen er verloren licht tegenaan. Onder een eenvoudige illustratie van drie lachende varkentjes staat SLAGERIJ DE DRIE BIGGETJES.

Dat de beenhouwerij een nieuwe naam had, wist ik al. Het gebeurde al in 2004, toen ik nog thuis woonde, vlak nadat er een hoerenkot opende op een boogscheut hiervandaan, aan de overzijde van het kanaal. De uitbater van dat kot was een Nederlander met een witte Mercedes. Hij had zijn zaak – hoewel er in het dorp geen andere soortgelijke pikante club bestond en er dus geen verwarring had kunnen ontstaan – niet Het Hoerenkot genoemd, maar Het Geluk, naar analogie van Café De Welkom en Café De Nacht, in de hoop een vaste waarde te kunnen worden in dit dorp. Dit vonden de cafés, De Bakker, De Beenhouwerij, 't Winkeltje en ook andere zelfstandige zaken in Bovenmeer niet accepteerbaar. Maar aangezien geen van hen deur aan deur wilde gaan met de petitie 'Nee tegen een hoerenclub' of 'Nee tegen het geluk', volgden ze dan maar het voorbeeld, en zocht iedereen naar een gepaste eigennaam voor hun zaak, ook Laurens' ouders.

Bij Laurens thuis werd er – dat hoorde ik achteraf van anderen – lang getwijfeld over de naam. 'De Drie Biggetjes' was wellicht een ingeving van Laurens zelf, want zijn moeder zou ik nog in staat achten op iets beters te zijn gekomen. Ook de Put kreeg een nieuw, groot bord: HET VISMIJNTJE.

Misschien deden ze het vooral voor de huisvaders. Zo konden deze thuis eindelijk concreet benoemen waar ze heen gingen. 'Naar De Drie Biggetjes' of 'een duikje in De Vismijn' zou – in tegenstelling tot 'om vlees' of 'een duikje in de Put' – niet ongewild dubbelzinnig kunnen worden opgevat.

Enkel in het licht van de spots die het nieuwe uithangbord beschijnen, zie ik dat het opnieuw is gaan sneeuwen. Ik rijd zo dicht mogelijk tegen de parking aan, lees opnieuw het krabbelige handschrift op het gesloten rolgordijn – het is Laurens' handschrift.

Ik kan me precies inbeelden hoe het er daarbinnen aan toe gaat, met welke bedrijvigheid de bestellingen worden afgewerkt. Pim en ik hebben Laurens' ouders meermaals geholpen bij het vullen van de aluminium onderzetters. Die stonden dan keurig over de hele benedenverdieping verspreid, op elke vrije oppervlakte – kasten, toog, stoelen, vensterbanken – behalve op de neergeklapte toiletbril.

Laurens' vader gaf ons een voor een verschillende bakjes met lapjes vers versneden vlees. Wij liepen rondjes om het evenredig over al de schotels te verdelen – bij goede klanten mocht er een lamskoteletje meer, de met vet beklede randjes van de kip loodsten we onder in de bestelling van matige klanten.

Laurens' moeder deed de eerste ronde om overal bedjes van sla onder te leggen en ze verzorgde ook de voorlaatste ronde om te controleren of de presentatie overal goed zat; hier en daar voegde ze een blaadje peterselie of een handje rauwe ajuinschilfers toe. Dan keken we allen van aan de zijlijn toe hoe Laurens' vader afsloot met een allerlaatste ronde: overal kwamen prikkers met een Belgisch vlaggetje.

De hele avond was doordrongen van een opgetogenheid die ik in mijn eigen huis nooit had waargenomen, een doelmatigheid die bij mijn ouders nooit zou zijn opgekomen.

Een keer stak Laurens' vader aan het einde van de werkdag zijn met vleesdraadjes besmeurde hand naar me op, en al was het me niet duidelijk dat hij op een high five doelde, aan de manier waarop hij dan maar met zijn grote vingers mijn koude hand omsloot en aandrukte tot een vuist, kon ik voelen dat hij het niet erg had gevonden als ik zijn dochter zou geweest zijn.

Opdat niemand me kan zien, parkeer ik mijn wagen een paar meter verder, voor de oprit van Laurens' buren, die zijn vast en zeker op skivakantie, alle rolluiken zijn neergelaten. Van hieruit heb ik een perfect zicht op de deur van de slagerij en op het uithangbord met de drie varkenskoppen. Behalve het uur geeft dat ook de buitentemperatuur aan. Het is precies nul graden, zestien minuten na twee.

Ik heb nog minstens drie kwartier de tijd.

Ik bel Tesje. Ik laat haar telefoon weer overgaan. Er is niet veel wat ze nu aan het doen kan zijn. Wat verhindert haar op te nemen?

Drie pieptonen. Vlak voor de vierde haak ik in. Ik wil geen voicemailbericht achterlaten. Die worden altijd op een verkeerd ogenblik beluisterd, wanneer de inhoud alweer irrelevant is geworden.

31 JULI 2002

'Het gekrijs dat je uit de tuin hoort komt van een poes,' stelt vader me gerust als ik een uur na bedtijd de trap afkom om te controleren of met hem en moeder alles wel in orde is.

'De penis van een kater zit vol met weerhaken,' zegt hij, terwijl hij zijn vuist langzaam openspert tot een scherpe klauw. 'Jij zou ook krijsen.'

Terug in mijn hoogslaper stel ik op mijn beurt Tesje gerust dat het schelle geluid, dat nu al drie kwartier lang door de tuin weerklinkt, niet van mama komt.

'Katten moeten hun territorium verdedigen,' zegt ze.

'Ja,' zeg ik.

Het is twee na elf. Ik ben er bijna aan gewend geraakt dat Laurens in Frankrijk zit. Misschien is het gaan wennen omdat ik weet dat hij vannacht alweer terugkomt.

Zoals het hoort begint Tesje alles en iedereen uitgebreid slaapwel te wensen. De kleerkast, de kinderen in de derde wereld, voorwerpen in de kamer, de leerkrachten die ze leuk vindt, Nancy Zeep, Agnes van 't Winkeltje, Nanook, de dichtstbijzijnde sterren en planeten, haar konijn Stamper. Het duurt ongeveer anderhalve minuut. Eindigen zal ze met God en mij. Het gaat nu al bijna twee jaar zo, iedere avond, zonder uitzondering. Ze somt de woorden op in het deuntje van ik-ga-op-reis-en-neem-mee. Vroeger werden er soms nog namen aan het lijstje toegevoegd, nu heeft het afscheid een definitieve vorm gekregen.

Ik kijk op mijn wekkerradio. Die tikt de tijd niet weg, maar telt elke voorbijgaande minuut bij de rest op, alsof we hem nog steeds tegoed hebben.

'...slaapwel God, slaapwel Eva,' besluit Tesje om vier na elf.

Nu is het aan mij. Ik moet een stilte laten vallen van exact twee seconden.

'Je moet twee krokodillen tellen,' raadde Tesje me ooit aan. 'Het uitspreken van "krokodil" duurt exact een seconde.'

Na de krokodillen moet ik afsluiten, antwoorden in naam van alles en iedereen met 'slaapwel Tes' en dan kan ik enkel nog hopen dat er geen vliegtuig overvliegt, er geen auto toetert, geen hond blaft, geen kat krijst, of dat ik niet per ongeluk 'Tesje' of 'Tessekop' of 'zusje' zeg in plaats van 'Tes', want dan zal ze heel nijdig zuchten en van nul af aan beginnen, alles opnieuw slaapwel wensen in exact dezelfde volgorde.

Eén krokodil. Twee krokodil.

'Slaapwel Tes.'

Het is een tijdje muisstil, zowel in de kamer als in de tuin.

Zou vader Tesje de strop ook hebben getoond? Zou hij haar ook af en toe het leven afraden?

Er klinkt opnieuw gekrijs, scheller dit keer. Het komt van achter in de tuin. Natuurlijk heeft Tesje het ook gehoord. Haar oogwit blinkt in de schemering. In de hand die onder het laken uit komt, masseert ze een jongleerballetje, met een afgemeten ritme: dertig keer knijpen, twee tellen pauzeren. Ik wacht tot ze opnieuw zal beginnen met haar slaapwelwensen, maar niet veel later al, om veertien na elf hoor ik haar balletje, gevuld met pitjes, op de grond ploffen. Het komt terecht op het vinyl dat de houten parketvloer beschermt. Dit is precies de bedoeling van de jongleerballen. Ik verzon de truc in het begin van de winter, toen al kon ze moeilijk in slaap vallen.

Het werkt eenvoudig: je moet iets in het achterhoofd houden, een quasi onbelangrijk taakje dat vervelender is dan het inslapen zelf, bijvoorbeeld het vasthouden van een balletje. Je pols laat je net over de bedrand heen bengelen. Je sluit je ogen. Langzaam begint de slaap door het taakje heen te schemeren, tot ergens ver weg, vaag, tussen slaap en herinneringen, de gedachte aan dat vasthouden ontglipt, je spieren verslappen, het balletje valt. De taak wordt een plicht, slapen een recht. Een lichaam dat platligt, is meer geneigd te kiezen voor wat mag dan voor wat moet.

Aanvankelijk deed Tesje dit heel ongedwongen, kwam het ploffende geluid van de stressbal die neerviel op de vloer al tamelijk snel na haar slaapwelwens. Het geluid was een startschot voor mijn alleen-zijn.

De laatste tijd kneedt ze driftiger en meer berekend, alsof ze hartmassage toepast. Het duurt steeds langer voor ze loslaat. Bij het weerklinken van de plof voel ik enkel nog opluchting – we zijn er vanaf. Ik mag weer niezen, hoesten en bewegen zonder dat het consequenties heeft.

Het is een warme avond. Ik leg mijn eigen balletje naast mij neer. Het laken kleeft aan mijn onderbenen, aan mijn armen, maakt mijn huid zwaar. Ik trek de deken lager, tot aan mijn middel. Mijn knieën trek ik op zoals een kikker vlak voor zijn sprong, ik kantel ze buitenwaarts tegen de koele matras aan, tot ze onder de deken uit komen. Dit moet een belachelijk gezicht zijn, voor wie nu van bovenaf op me neerkijkt: het laken zit als een luier om mijn middel geslagen.

Onder mijn hoofdkussen bevindt zich een kleurpotlood dat prikt in mijn schouder. Het ligt er omdat ik een leugen aan Elisa vertelde. Die moet ontkracht worden. Het moet gebeuren voor Laurens en Pim terugkomen. Hoe langer ik wacht, hoe meer onmiskenbaar zal zijn dat ik nog maagd ben.

Normaal gezien bewaar ik mijn potloden in een metalen doos, waarin van elke kleur een aantal tinten zitten en waarop in gouden letters BRUYNZEEL staat.

Vier dagen geleden, de dag nadat ik thuiskwam van De Lilse Bergen, haalde ik de doos uit mijn boekentas. Ik nam ze zo onopvallend mogelijk mee naar mijn kamer, al was dat smokkelen eigenlijk niet nodig want niemand keek en zelfs al zou er iemand hebben opgelet, dan nog zouden ze het niet verdacht hebben gevonden dat ik met een doos kleurpotloden naar mijn slaapkamer verdween – ik zit hier vaak te tekenen aan mijn bureau.

Pas gisteren koos ik de kleur uit: het rood dat het dichtst bij bruin zit, dat niemand in de klas ooit zal willen lenen omdat het lelijk is – precies om die reden heeft het nog steeds de oorspronkelijke, scherpe punt.

Ik haal het potlood onder mijn kussen vandaan, verberg het scherpe uiteinde in mijn handpalm, ga met de stompe zijde langs mijn navel, onder het verfrommelde laken, tot aan de binnenkant van mijn dijen.

Er klinkt geluid beneden, vermoedelijk vader.

Ik stop met bewegen. Vader gaat de tuin in om vandaaruit te kunnen roepen tegen moeder. Zij schreeuwt terug. De lage tonen lijken zich enkel langs buiten te verplaatsen, via het openstaande raam. De hoge klanken komen van binnenshuis, langs de slaapkamerdeur. De stemmen kruisen elkaar precies in deze kamer.

Ik wacht even af met het potlood tegen mijn dij. Ik wil straks niet het gevoel hebben dat een van hen erbij was.

Tesje slaapt nog steeds diep genoeg. Voorbijrijdende wagens scannen met hun koplampen de hele kamer, het stekelhaar, de uitgescheurde kalenderpagina op de muur. Dan wordt het weer stil en donker.

Ik duw het potlood met de botte kant bij me naar binnen.

Roodbruin. Dat voelt toch minder verkeerd dan geel of groen.

Ik denk niet aan een jongen, maar beeld me in dat ik een willekeurig meisje ben, dat mijn vagina niet van mezelf is. Dit is belangrijk. Als dit niet mijn lichaam is, hoeft de schaamte ook niet de mijne te zijn.

Traag schuif ik het potlood verder, precies de weg die meester Rudy met zijn krijtje aflegde over de bordtekening van de mossel terwijl de klas gezamenlijk moest opsommen wat werd aangetikt. De buitenste lippen. De binnenste lippen. Op een paar centimeter diepte blijft het potlood vastzitten. Een pijn verspreidt zich als ik druk zet op het uiteinde. De punt prikt in mijn hand. Dit zou wel eens het vliesje kunnen zijn. Hier moet ik met kracht doorheen gaan.

Ik draai het potlood om, met de scherpe punt naar de binnenkant toe. Ik plof mijn vlakke hand tegen de achterkant. De weg wordt vrij gemaakt. Het potlood schiet diep. Traag ebt de pijn weg.

Het is gebeurd. Ik heb niet langer een leugen verteld. Ik zou kunnen stoppen.

Toch duw ik het potlood nog verder, om te peilen hoe diep het kan gaan. Het ding is veel te smal, ik kan het amper voelen, ik voel enkel de punt prikken.

Een zwevend potlood in een losse holte, is dit alles? Ik wil net dat het me helemaal vult, dat het met moeite in me past, dat het zich naar binnen moet wringen. Ik maak kloppende bewegingen maar ook daar voel ik niet veel van.

Piemels zijn niet voor niets groter en stomper. Hoe dik zouden ze gemiddeld zijn? Ik gok op zes of zeven kleurtjes.

Ik haal het potlood weer tussen mijn benen uit. Het houten omhulsel is even warm als wanneer er net een heel A4 mee werd ingekleurd. Het ruikt naar niets, er kleeft geen bloed aan. Ik veeg het droog aan mijn deken, leg het terug onder mijn hoofdkussen. Ik ga uit bed hangen, probeer het pennenzakje op mijn bureau naar me toe te trekken. Net als dat begint te lukken – ik heb een hoekje ervan vast – valt het jongleerballetje dat daarnet nog naast mijn hoofdkussen lag, met een luide plof van mijn hoogslaper op de grond.

Zo stil mogelijk blijf ik hangen. Tesje beweegt onder haar deken, draait zich met het gezicht naar me toe.

'Tesje?' vraag ik.

Ze knippert haar ogen maar hoort me niet. Draait zich om, valt weer in slaap.

Ik ga door met de actie, schud het pennenzakje op de matras leeg.

De Pritt is zacht en glad. Hij glipt makkelijk naar binnen, maar is nog steeds dunner dan de vingers van Jan die me onder water in de Put kleine zetjes gaven. Het latje past er ook nog naast. Dat gaat dieper en botst tegen de bovenzijde van mijn baarmoeder. Ik beweeg snel en hard. Heel even beeld ik me in dat ik Elisa ben, dat ik een lange heen en weer wippende paardenstaart heb, dat ik op de rug van een galopperend paard zit, maar denken aan Jan gaat toch beter.

Ik maak achtjes, druk mijn kruis tegen mijn hand. Een vinger kan er ook nog bij.

Het poken begint een zacht, ploffend geluidje te maken. Ik veeg mijn vingers droog aan de deken.

Plots schiet Tesje rechtop.

Ze kijkt me vreemd aan. Ik stop met kronkelen, trek de deken naar boven en duw mijn benen weer samen.

'Wat is er?' Mijn stem klinkt overstuurd.

'Ik moet plassen,' zegt Tesje.

Ik blijf liggen zonder te bewegen. Tesje glipt haar bed uit, de gang in. Het licht dat vanuit de overloop in de kamer valt, herinnert me weer aan wat voor klein, klunzig en lelijk iemand ik ben.

Ik heb een baarmoeder vol rode potloodstreepjes. Die vallen nooit meer uit te gommen.

Tesje blijft langer weg dan een plasje duurt. Sowieso

heeft ze weer staan typen op het toetsenbord. Ze schuifelt terug de gang door, doet het licht uit, legt zich in bed, controleert of haar deken aan beide kanten wel even ver over de randen hangt.

Daarna declameert ze haar slaapwelwensen.

Nog steeds durf ik niet bewegen. Het bruinrode potlood moet ik morgen weggooien, samen met de Pritt en het latje. Ik kan er na deze vakantie niet meer mee in de klas verschijnen.

Tesje zou boos worden als ze zou ontdekken wat ik met het tekenmateriaal heb uitgespookt. Ze zou het een ondraaglijk idee vinden: een potlood dat voorgoed van zijn maatjes wordt gescheiden, dat ik puur voor mijn eigen plezier een leegte heb doen ontstaan in mijn prachtige doos van Bruynzeel.

Ik kijk op mijn klok. Twee na twaalf. Het is ondertussen woensdag. Wellicht ligt Laurens op de achterbank te slapen, rijden zijn ouders naar huis, stoppen ze bij het krieken van de dag in een wegrestaurant voor verse afbakcroissants.

Eén krokodil – twee krokodil.

'Slaapwel, Tesje.' Aan de toon van mijn stem kan ik zelf afleiden hoe misselijk ik me voel.

'Niet grappig, Eva!'

'Wat?'

'Je hebt Tes-je gezegd.'

De spieren in mijn onderbuik staan gespannen. Ik weet niet of mijn vagina krimpt of het natte latje opzwelt.

'Nee. Niet waar.'

'Jawel.'

Tesje begint meteen opnieuw met haar slaapwelwensen, meer drammerig dan daarnet. Het klinkt niet langer als een opsomming, enkel als een verwijt.

Om zes na twaalf deelt Tesje haar laatste twee slaapwels uit, aan God en aan mij. Ik tel de krokodillen, let erop dat ik het deze keer helemaal juist doe.

Ik draai mijn hoofd zo ver mogelijk van mezelf weg, met mijn wang tegen de zachte matras. Het laken ruikt naar zweet.

Pas als ik uit Tesjes bewegingen kan opmaken dat ze slaapt, durf ik de Pritt en het latje tussen mijn benen weghalen. Het doet pijn, als bij een rekkertje dat een hele dag rond je pols heeft gezeten.

Ik verberg de tekenspullen onder mijn hoofdkussen.

In de uren die ik wakker lig, lijkt er iets verloren te gaan. Ik ben niet combineerbaar met het beeld dat Tesje van me heeft. Ik ben een nog grotere leugenaar dan voorheen. Ik verdien het al helemaal niet tot laatste te worden bewaard in een opsomming.

GEVORMD

De plechtige communie gebeurde in het zesde leerjaar. Op zich was het niet plechtiger dan de eerste communie, het was gewoon een extra gelegenheid om bijdrages te kunnen sprokkelen – dit keer niet voor een beginnersfiets, maar voor een groter model om mee naar de middelbare school te kunnen fietsen.

In het dorp waren er altijd moeders die alles een goed excuus vonden om in de pastorij te gaan knutselen, die zich vrijwillig aanmeldden bij de parochie om te helpen bij de vormselvoorbereidingen. Elke twee weken op dinsdag gingen Laurens, Pim en ik samen met hen pottenbakken, onze naam schilderen, een kruisje timmeren, kaarsen gieten – vierkante of ronde. Zolang we maar de hele tijd in het achterhoofd hielden 'wat het betekende – gevormd worden'.

De laatste twee maanden schakelden we een versnelling hoger, oefenden we op houding, op wat er zou moeten worden voorgelezen. Er werd in sneltempo opgefrist hoe we ook alweer de hostie correct moesten aannemen, welke hand onder in het kommetje moest zitten, welke het kruisteken maakte, dat we geen 'dankjewel' maar 'amen' moesten zeggen.

Opdat de leerlingen van het vijfde, de klas waarbij we waren aangeschoven, geen tijd zouden verliezen, deden we dit vooral tijdens middagpauzes. Odette, een dame uit het dorp die begaan was met de kerk en een heel hoge stem had, kwam ons liederen aanleren. Wekelijks trokken we ons met haar gedurende de pauze terug in de turnzaal, van waaruit we een panoramisch zicht hadden over de speelplaats en het aangrenzende voetbalveld.

'Tot zevenmaal zeventig maal, vergeef ik een ander zijn schuld, tot zevenmaal zeventig maal, de Heer heeft met mij ook geduld.' We zongen het zo snel mogelijk, in de hoop nog een paar minuten speeltijd te kunnen meepikken.

'Vierhonderdnegentig kansen, dat lijkt veel, maar ze zijn er sneller doorheen dan je denkt,' benadrukte Pim het hele verdere schooljaar bij elk gemist schot op doel.

Omdat we geen meerstemmige liedjes konden zingen, mochten we een instrument kiezen uit de bak met muzikale voorwerpen. Laurens en ik kregen ieder twee halve kokosnoten, Pim kende zichzelf een met rijst gevulde wc-rol toe, Odette nam de triangel.

'Alle ogen zullen op jullie gericht zijn. Dus niet te communie gaan alsof je een catwalk bewandelt. En als je de hostie gekregen hebt, slik je die meteen door. Het is het lichaam van Jezus, daar moet je niet mee spelen,' zei directrice Beatrice, die tijdens onze generale repetitie was afgekomen op het kokosnotengeklap, dat volgens haar klonk als een op hol geslagen kudde paarden. Ze droeg net als altijd tijgerprints. Zo dacht ze haar plaats in de pikorde veilig te kunnen stellen.

Ondanks de vele voorbereidingen raakte op de dag van de plechtige communie de kerk maar niet gevuld, hoe ze onze drie families ook over de stoelen verdeelden.

Ik droeg een door moeder zelfgemaakt kleedje waarvoor we de stof samen waren gaan uitkiezen. In de stoffenwinkel, tussen alle rollen kleurrijke printen en ribfluweel, had ze erop aangedrongen dat ik eens iets meisjesachtigs zou dragen. De hele dag voelde ik me naakt, omdat het rokje zo door de wind kon worden opgetild.

Door de grootte van de kerk, het gigantische kruisbeeld en de eikenhouten biechtstoelen, klonken onze kokosnoten niet zoals in de turnzaal als een kudde paarden maar als twee zenuwachtige, pasgeboren kalfjes. Hoe hard we ook mepten en schudden, de geluiden van onze instrumenten bleven verwaarloosbaar, wij bleven onzichtbaar. Tot het deksel van Pims wc-rolletje door het hevige geschud lossprong en hij de rijst tot aan de biechtstoel zwierde.

In een poging de viering te redden joeg Odette haar stem zo de hoogte in dat het me een ongemakkelijk gevoel gaf, net als bij het kijken naar balletmeisjes die op de speelplaats wilden opscheppen en elkaar hun split demonstreerden.

De mis was sneller voorbij dan gepland.

Op de parking stond een fotograaf klaar om beelden te schieten van elk gezin. Ik wilde als eerste naar buiten kunnen gaan, zodat de anderen niet zouden toekijken terwijl er van mijn gezin een foto zou gemaakt worden, maar er werd geen rekening gehouden met lidwoorden en mijn achternaam kwam laatst in het alfabet, ik moest toch met mijn rokje poseren terwijl alle anderen stonden te kijken. De fotograaf probeerde beelden te maken waar zowel Jolan, mama, papa, Tesje als ik goed opstond.

'Iets vrolijker kijken,' zei hij zo'n drie keer. Vlak voor de flits ons zou verblinden zag ik Laurens achter de rug van de directrice zijn mond opensperren om Pim 'het ongeluk in zijn tunnel te tonen' – hij had de hostie nog steeds niet doorgeslikt.

Dat Laurens nooit gevormd zou raken, wist ik toen met zekerheid.

Omdat volgens Jolan mensen meer geld gaven als ze precies wisten waarvoor – het zou niet langer een cadeau maar een investering zijn – had ik een grote spaarpot geknutseld met daarop de uitgeknipte afbeelding van een zwarte damesfiets.

De enveloppen en kaarten die ik tijdens het feest

aangereikt kreeg, duwde ik door de gleuf van de doos zonder ze te openen – allemaal, op één na: bij buitenkomst uit de kerk had Laurens' moeder me een enveloppe toegestoken. Ik had deze bij thuiskomst in mijn kleerkast gelegd zonder te kijken hoeveel geld erin zat, omdat ik niet wilde weten hoeveel ik precies voor haar betekende. Ik wilde het koesteren en tegelijk wilde ik het verbergen uit schaamte – mijn ouders hadden helemaal niets aan Laurens in ruil gegeven.

De volgende dag rangschikte ik het geld uit alle andere kaarten in de schoenendoos op de keukentafel. Het was een hele hoop – moeilijk te geloven dat er maar één fiets voor zou kunnen gekocht worden.

De fietsenmaker had ooit een zaak gehad in het dorp, naast het benzinestation met één pomp die ook buiten gebruik was geraakt. Wellicht was hij rijk geworden door al die plechtige communies. Hij was uitgeweken naar Nedermeer om daar een winkel met toonzaal te openen.

Ik koos op zijn aanraden voor de fiets met het zachtste zadel – 22.000 frank.

'Je koopt niet zomaar een fiets, je koopt een Gazelle,' zei de fietsenmaker terwijl hij mijn stapeltje geld twee keer natelde.

Omdat het vreemd zou zijn de Gazelle in de koffer van de wagen mee te nemen, mocht ik er meteen mee naar huis rijden. Ik vertrok alleen, op de twee grote wielen.

Zolang ik Nedermeer doorkruiste, was het fijn fietsen. Wat een machtig en ongekend gevoel, net als wanneer ik bij vrij zwemmen op school met zwemvliezen aan in het water dook – elke beweging die ik maakte had meer effect.

Ik dacht dat het snel zou wennen, dat ik al na een paar minuten de verbetering niet meer zou kunnen voelen. Dan moest ik net als bij de zwemvliezen wachten tot ik ze weer uit kon trekken om te kunnen begrijpen hoe piepklein, spits en heel inefficiënt voeten eigenlijk waren.

Maar de gewenning kwam niet, want in Bovenmeer, fietsend langs huizen die ik dagelijks passeerde, voelde ik me niet langer machtig, ook niet piepklein, enkel vreemd, ongemakkelijk: de brede handvatten pasten amper in mijn handen, ik keek over de coniferen, taxus- en buxushagen van andermans tuinen heen, er was niets meer dat zich aan mijn zicht kon onttrekken – rotzooi, stapels ongestreken kleding op keukentafels, een hamsterkooi op een aanrecht, vrouwen die met krachtige uithalen stonden te stofzuigen. De omgeving die ik al jaren kende toonde zich plots vanuit een ander perspectief. Ik paste er niet meer in zoals ik er altijd wel in had gepast. Ik was het Duplomannetje in een Legohuis.

Na de aankoop van de fiets kreeg ik net als Laurens en Pim de keuze uit twee opties. Of ik zou dagelijks twaalf kilometer fietsen naar de middelbare school in Vorselaar, of kiezen voor een beroepsschool in Nijlen, amper drie kilometer van Bovenmeer.

Het leek een goed grapje, dat ik taal en Laurens economie wilde studeren en wij daar twaalf kilometer in tegenwind zouden voor moeten afleggen, en Pim die iets met handen, schroevendraaiers en mankracht wilde doen, praktisch te voet naar school zou kunnen maar toch al in het eerste middelbaar zou leren hoe hij een brommer kon opfokken.

Om de weg naar de nieuwe, verre school onder de knie te krijgen voor het schooljaar begon, legden we de weg voor de eerste keer af met Laurens' broer, Jan Torfs, die gewoon 'Torfs' werd genoemd omdat er toen nog twee Jannen rondliepen.

Torfs had een paar jaar eerder zelf nog schoolgelopen in Vorselaar, maar zat inmiddels in het leger, kwam alleen nog maar naar huis als hij niet anders kon, altijd in camouflagekleuren. Hij zou ons de beste sluipwegen tonen.

In Laurens en mij zag hij een onvolmaakte versie van zichzelf. Onze boekentassen vulde hij met kasseien, een equivalent voor het gewicht van de schoolboeken die we zouden moeten meesleuren. Twee kilometer lang verbood hij ons neer te zitten op onze zadels en wie beweerde dat een zadel daar wel voor diende, moest zijn versnellingen een verzet zwaarder draaien. Aan het einde van de dag, stinkend naar zweet, kuiten hard als stenen, kenden we de volgorde van dorpen die we moesten doorkruisen uit het hoofd, zowel in de ene als de andere richting, en ook hun postcodes.

Hij had ons twee routes getoond. De kanaalweg, altijd rechtdoor op de dijk, de hele tijd tegenwind, handig in de ochtend, als je liever niet nadacht, als je nog niet goed wakker was.

De tweede weg liep door de velden, zat vol zachte bochten en diepe putten, maar in de rechte stukken bood de ene na de andere Spaanse villa beschutting tegen het weer.

'Als je van plan bent om vaak een platte band te hebben', zei Torfs, 'kan je maar beter de tweede route nemen. Dan kun je aanbellen bij een van de huizen.'

Laurens en ik kozen een punt waar we elke ochtend zouden afspreken, om stipt zeven uur dertig. Het lag precies tussen onze twee huizen in, onder de brug waar de E313 overheen liep. Zes jaar lang zouden we deze weg moeten afleggen, dagelijks, langs dezelfde villa's. We maakten daarom op aanraden van Torfs goede afspraken. Wie ziek was zou de ander opbellen om kwart na zeven 's ochtends. Indien we niets hadden gehoord en de ander toch te laat kwam, zouden we maximaal vijf minuten wachten.

De kilometers joegen we er makkelijk doorheen. Tenzij op dagen dat de tegenwind groot was, de regen als rijstkorrels tegen onze voorhoofden ketste, er voortdurend haarplukken in mijn mond plakten. Dan durfden Laurens en ik Pim wel eens laf te vinden.

'Later, met een universitair diploma op zak, zullen wij in een van deze grote villa's met zwembad wonen,' zei ik.

'Dan zullen wij Pim opbellen om in de regen onze afvoer te ontstoppen.'

De rit die Laurens en ik dagelijks moesten afleggen was in werkelijkheid geen twaalf kilometer. De afstand was ooit overdreven door onze voorgangers, zij die ook dagelijks deze weg hadden afgelegd, en wij hadden het gewoon overgenomen.

Op zich wilde ik liever eerlijk zijn, maar ik zei soms zelfs 'achtentwintig, veertien op en veertien af' als de fietsenmaker me bij een onderhoud met bewondering vroeg hoeveel kilometers ik elke dag overbrugde om mijn school te bereiken.

Ik loog, maar sprak de waarheid. De meters met Laurens aan mijn zijde duurden veel langer dan wanneer ik ze alleen aflegde.

Gedurende het tweede schooljaar werd dat nog erger. Sluipwegen brachten geen verzachting, omdat het niet de steeds wederkerende omgeving was die me begon tegen te steken maar Laurens zelf, die voortdurend met me mee bewoog door het landschap, als een vlieg op de ruit van een wagen. Vaak vertelde hij over zijn moeder, over hoe onuitstaanbaar ze kon zijn als ze op dieet was. Zijn trappers waren verroest. De rechter blokkeerde bij elke wenteling, zorgde voor een hoorbaar krakje wanneer Laurens erdoorheen trapte.

Langzaam durfden we het toe te geven, door te zwijgen: het samen naar school fietsen had nooit om elkaar gedraaid, maar om de zomers waarin de middelbare school zijn deuren twee maanden zou sluiten, onze nieuwe vrienden niet de hele afstand naar Bovenmeer zouden willen afleggen om ons te zien. Dan moesten we kunnen terugvallen op het dorp, op de drie musketiers, op elkaar. Deze vriendschap was het lokaas voor Pim.

Toen Jan stierf, schaamden we er ons plots niet meer voor om veel over Pim te beginnen praten, naar hem op te kijken. Het werd een opbod – wie begreep Pim het beste, wie had bij hem iets weten te ontfutselen, wie kon iets vertellen over hoe hij zich voelde bij de dood van zijn broer, hoe zijn leven zich op afstand van dat van ons ontvouwde, welke nieuwe vrienden hij gemaakt had, of zij betere kwaliteiten dan wij hadden.

Laurens beweerde dat zijn broer zich het ongeluk van Jan erg persoonlijk had aangetrokken.

'Een naamverwant verliezen is erger dan – zeg maar – een gewone dorpsgenoot,' zei hij. Hij dacht dat een broer met naamverwantschap ook hém net meer recht gaf op verdriet dan mij.

Ik zweeg en slikte het. Natuurlijk kon ik hem niet vertellen wat ik wist over Jan. Zolang Laurens de waarheid niet kende, zou hij een achterstand behouden op Pim en mij.

'Pim heeft een brommer. 'n Blauwe Honda,' riep Laurens toen ik kwam aangefietst op de ochtend van onze voorlaatste schooldag in 2002. Ik zou examens Duits en biologie afleggen. Op mijn hand stonden de naamvallen geschreven die ik onderweg nog verder wilde instuderen.

Voor het eerst vond ik het oprecht een walgelijk gezicht: Laurens die in de verte op mij stond te wachten. Omdat ik wist dat hij daar al honderden keren gestaan had, en nog vier schooljaren lang zou blijven staan. Ik wou hem kunnen uitgommen.

Een brommer. De garantie dat Pim de komende zomer nog tijd met ons zou willen doorbrengen werd steeds kleiner. Tot nog toe had Pim geen vrienden op zijn middelbare school die het de moeite waard vonden om naar een boerengat als Bovenmeer af te zakken, maar als het waar was wat Laurens zei dan hadden de verlaten straatjes en de uitgestrekte weiden net wel charme, zouden de brommers in rijen op het erf van de boerderij uitgestald staan.

'Ik heb hem nog nooit op een Honda zien passeren,' zei ik, al wist ik niet hoe een Honda eruitzag en had ik Pim überhaupt al een lange tijd niet meer gezien.

'Het is een rooie. Een PS50k. Ik weet zo'n dingen. Jongens onder elkaar,' besloot Laurens.

'Zullen we "Zeg eens euh" spelen?' vroeg ik. Het smalle fietspad werd weer breder. We zouden makkelijk naast elkaar kunnen rijden, dat deden we maar halvelings. Ik begon met het overlopen van de naamvallen.

'Mij goed. Geef maar een thema.' Dat Laurens goed was in het spel vond ik geen bedreiging, eerder een geruststelling – hij kon goed praten zonder erbij na te denken.

'Het thema is carnaval. Het woord dat je niet mag zeggen is Pim,' zei ik.

Laurens begon te vertellen over het jaar waarin de stoet door het dorp wegens regen werd afgelast, Pim een confettikanon in de klas had afgestoken.

Ik luisterde amper naar wat hij zei, hoorde wel dat mijn naam zelden voorkwam in kernzinnen, dat mijn aanwezigheid op dat carnavalsfeest nog vager klonk dan hoe ik mezelf die dag had ervaren. Ik had dat confettikanon afgestoken, niet Pim.

Plots wist ik dat het daaraan lag: dat het Laurens' eigen keuze was op wie hij zijn ogen scherpstelde om te bepalen wat zijn herinnering zou worden. Hij had altijd scherpgesteld op Pim. Als hij van het begin af aan juist naar me had gekeken, was ik me misschien niet door de jaren heen steeds meer naar die onscherpte gaan gedragen.

Ik ging trager fietsen, Laurens bleef praten. Het kostte hem moeite om achter me te blijven, maar toch haalde hij me geen enkele keer in.

De examens gingen door in Zonnewende. Dit blok bestond uit containerklassen die vijf jaar eerder al afgebroken zouden worden om plaats te maken voor een nieuw schoolgebouw. Aan de rechterzijde lag de grote, lege speelplaats, die na het rinkelen van de bel altijd meteen volliep.

Het was een mondeling examen. Ik kreeg een vraag over de hypofyse.

Terwijl ik uitlegde hoe deze in staat was met hormonen het lichaam te sturen, maakte ik een besluit: ik zou zo meteen mijn fiets nemen, vertrekken, en niet meer naar Laurens omkijken. Ik zou een scherpe daad stellen, die hij niet zomaar zou kunnen vergeten of ontkennen.

Na het beantwoorden van alle vragen haastte ik me naar buiten. Laurens stond al bij de fietsenrekken op me te wachten. In zijn hand hield hij een bekertje chocomelk van de automaat.

'Bij mij was het een makkie. Ik heb toch maar op je gewacht,' zei hij.

In het dorp splitsten onze wegen net iets vroeger dan technisch nodig was, ter hoogte van het hondenpension en -crematorium. De uitbaatster was net een van haar lievelingshonden aan het dresseren. Ze schermde met haar hand haar ogen af om tegen de felle zon in ons afscheid te kunnen volgen, alsof ook zij doorhad dat er iets was veranderd tussen ons.

De ochtend van het laatste examen vertrok ik belachelijk vroeg, om iets na zeven. Ik fietste onder de snelweg door. Zonder ons lag de brug er leeg en klunzig bij. Er was niets waaruit af te leiden viel dat dit een afspreekpunt was.

Mijn ledematen werden slap maar toch versnelde ik, volgde het smalle fietspad waarmee de weg naar school begon.

Tijdens de beklimming en het afdalen van de kanaalbrug dacht ik nog dat ik het juiste deed, dat ik me moest losmaken van Laurens.

Ik keek om me heen, hoopte dat hij toch nog plots zou opdagen achter me, en tegelijk ergerde ik me al aan het feit dat dit zou kunnen gebeuren. Maar het gebeurde niet. Ik liet de brug achter me, het dorp verdween langzaam uit het zicht. Laurens had geen benul van mijn vertrek, wellicht zat hij thuis nog op zijn gemak boterhammen met kalfsworst te eten.

Ik dacht aan de telefoon die bij hem thuis in de winkel hing, twijfelde toch nog te gaan aankloppen bij een Spaanse villa, hem even te verwittigen.

Bij elke trap op de pedalen werd het daar ook meer en meer te laat voor.

Het werd zeven uur dertig. Ik wist dat Laurens inmiddels zou staan wachten onder de brug waarover auto's en vrachtwagens raasden, schouders ingezakt, kijkend naar de verte waarin ik uiteindelijk nooit zou opduiken.

Ik dacht aan carnaval, aan het Pink Pantherpak waarin Laurens elk jaar naar school kwam. Een keer had Pim er de staart afgerukt. Laurens had met tranen in zijn ogen gezegd dat zijn oma het wel weer zou vastnaaien. De staart had de rest van de dag aan de kapstok in de gang gehangen. Het jaar daarop was hij verkleed als beenhouwer.

Ik dacht aan het krakken van zijn rechter trapper.

Het leek of ik me niet schuldig voelde tegenover Laurens als persoon, wel voor elk detail dat hem tot een geheel maakte.

Bij aankomst op school voelden mijn benen precies zoals op die dag dat Torfs ons stenen had laten verslepen.

Ik was niet opgelucht, maar wist dat het ergste voorbij was. Laurens moest inmiddels ook al onderweg zijn. Ik begon met het verzinnen van een goede verklaring, zette mijn fiets in de fietsenstalling en wachtte op zijn aankomst.

De bel rinkelde. De examens begonnen. Hij was nergens te zien.

Zo snel ik kon maakte ik mijn proefwerk, vulde net genoeg in om een voldoende te halen. Pas aan het einde van die voormiddag kwam Laurens Zonnewende uit. Ik volgde hem tot in de fietsenrekken.

Zonder woorden bond hij zijn boekentas op zijn bagagedrager. De vakantie was begonnen. Dit hadden we normaal met snoep gevierd, jawbreakers gekauwd tot onze kaken brandden.

De rekker die hij over zijn boekentas spande, schoot los, belandde recht in zijn gezicht. Hij wankelde, legde een hand op zijn wang, bleef een tijdje stilstaan met zijn ogen dicht. Ik verplichtte mezelf te blijven kijken. Uit het kapje in zijn vel kwam geen bloed, wel troebel sap. Hij huilde niet. Dat wilde niets zeggen.

Ik fietste naar huis, op zo'n honderd meter achter hem. Hij merkte me niet op. Of misschien merkte hij me wel op, maar zei hij gewoon niets. De trapper krakte in een sneller tempo dan anders.

Ik begreep dat Laurens de beste vriend was die ik ooit zou hebben.

15.00 UUR

Een paar minuten sluit ik de ogen. In slaap vallen zal ik niet. Mijn vingers liggen al een halfuur op mijn schoot op te warmen. Mijn wanten heb ik thuisgelaten, ze staan recht op twee haken van de kapstok, wuiven naar een inmiddels broeierig maar verlaten appartement. Ik ben deze ochtend vergeten de thermostaat uit te schakelen.

In de achteruitkijkspiegel bestudeer ik mijn lippen. Hier en daar bloeden ze. Dat heb ik altijd als ik nerveus ben. Dan kluif ik met mijn voorste tanden aan mijn onderlip tot er loshangende velletjes komen die ik eraf trek, tot uiteindelijk, zoals nu, het glanzende binnenste vlees op sommige plaatsen bloot komt te liggen. Door de koude voel ik er minder van, enkel de korstjes op de oude wondjes trekken. Lippen herstellen zich sneller als je niet breed glimlacht.

Nog voor ik met mijn ruitenwissers de voorruit opnieuw sneeuwvrij maak, komt er beweging in het automatische rolluik van De Drie Biggetjes. Iemand stapt eronderdoor nog voor het helemaal opgelaten is. Ik laat mijn zijruit zakken, zie het beter nu. Het is Laurens. Met een sleuteldraai doet hij het luik weer zakken. Wat is hij dik geworden. Dat komt ervan als je suikerklontjes in je thee sopt om ze nadien tegen je lippen te zetten en er de lauwe Earl grey weer uit te zuigen, in de veronderstelling dat je zo enkel de gezoete smaak binnenkrijgt, niet de calorieën.

Ik herken vooral zijn tred: benen die elke stap liever zouden willen weigeren, maar toch landen omdat ze nu eenmaal al in de lucht geheven zijn. Zijn glanzende herenschoenen ploffen in de sneeuw.

Ontelbare keren heeft Laurens vroeger herhaald dat hij nooit ofte nimmer slager zou worden, dat hij niet net als zijn vader vlees zou gaan verwerken. Na de middelbare school, die hij niet in Vorselaar afmaakte, deed hij een poging ingenieur te worden. Ik leidde het af uit zijn openbare foto's op Facebook. Hij studeerde in Leuven, aan de universiteit, woonde in een studentenhuis.

Toen zijn vader stierf, twee jaar geleden, kwam hij toch bij zijn moeder in de zaak werken. Over het overlijden had vader een mail rondgestuurd: de man was ineengezakt bij een levering van vlees, naast de koelwagen. Hartaderbreuk. Vader plaatste ook een link naar een artikel dat de invloed van rood vlees op het cholesterolgehalte aankaartte.

Langs het zijpoortje verschijnt nu ook een tweede persoon: Laurens' moeder. Zij heeft een doorzichtige tas met logo van de winkel bij zich, gevuld met wat eruitziet als kleine plastieken potjes, overschotjes. De handvatten zijn te lang, de tas raakt de sneeuw. Ze neemt voorzichtige pasjes, houdt haar brede schouders zo recht mogelijk, bij de minste abrupte beweging zullen haar bovenarmen uit haar winterjas scheuren.

Ze is niet zoveel ouder geworden, enkel nog vetter rond haar buik, maar dat kan ook het gebrek aan licht zijn.

Het tweetal treuzelt op de oprit. Ze discussiëren. Wijzen naar de weg, naar de lucht, naar de wagen. Uit hun bewegingen leid ik af dat ze bespreken wat met dit weer de beste optie is om een korte afstand te overbruggen.

Plots slaat de schrik me om het hart. Wat als Laurens en zijn moeder niet naar het feest van Jan gaan, maar een andere kant zullen op gaan, naar een ander familiefeest? Wat als zal blijken dat ik de enige ben die zo gek is Jan vandaag te komen herdenken? Ik heb Laurens' aanwezigheid op het feest nodig.

Laurens begint het ijs van de voorruit te krabben. Zijn moeder gaat al in de wagen zitten. Ze zet het zakje op haar schoot.

Nog geen twee minuten later rijdt hun BMW de parking af, een bandenspoor en een niet-besneeuwde rechthoek op de parking achterlatend. Ik stuur mijn wagen traag achter hen aan. We bewegen de straat uit, slaan links af. Dit is de juiste richting om naar de boerderij te gaan.

Ik kijk amper naar het wegdek, wel naar de achterruit voor me, naar de achterkant van de twee hoofden die net boven de zetels uitkomen. De lege plek rechts op de achterbank was ooit de mijne. Ik hield ervan met mijn kin op de passagiersstoel geleund te kijken naar de tremorloze handen van Laurens' moeder die ons ergens heen bracht. Bij haar overschreed de wagen nooit de middenstreep.

De hele route lang waak ik over de afstand tussen mijn en Laurens' wagen. Ik volg het ritme van hun remlichten. Het opklaren, het uitdoven. Ik wil niet gaan glijden in hun bandensporen. Deze tocht mag niet eindigen in een plompe tik tegen hun kofferbak. Als ik hen zou raken, zou ik dat in volle snelheid doen.

Recht tegenover de ingang van de kerk, bij de glasbakken op het kerkhof, draaien we het Steegeinde in. Mocht er daarnet nog enige twijfel over zijn, nu kan het niet anders dan dat ze ook naar Pim onderweg zijn. Aan het einde van deze baan ligt onze bestemming.

Laurens' remlichten springen aan. Hij draait voor mij het erf op. De wagen komt tot stilstand naast de omheining van de oude ganzenweide, die nog steeds met palen aan de zijkanten van de inrit is afgezet. Zelf rijd ik een stukje verder. Ik kies een plekje dat verscholen ligt maar zicht biedt op wie er zoal arriveert, onder een wintervaste boom met grote, donkergroene naalden. Waar in de zomers de dichtste schaduwen vallen, moet er in de winter ook beschutting tegen de koude te vinden zijn.

Laurens stapt uit. Even kijkt hij achterom, speurend naar de wagen die hem net nog achtervolgde. Van waar hij staat ben ik onzichtbaar. Het plastieken zakje met de slaatjes bengelt tussen hem en zijn moeder in wanneer ze richting de achtergelegen stallen wandelen. Daar vindt het feest plaats. Een paar flauwe rode en blauwe spots sturen af en toe een verdwaalde bundel de binnenplaats uit, als de schaduw van iemand die voortdurend op zijn stappen terugkeert.

Ik zal blijven zitten tot alle gasten gearriveerd zijn. Ook diegenen die nog aanvaardbaar te laat komen.

In het eerste halfuur druppelen een voor een de mensen het erf op. Bij een paar vrouwenschimmen gaat mijn hart sneller slaan. *Elisa!* denk ik eerst. Tot zich uit de schimmen telkens andere vrouwen ontwikkelen, met haar vormen.

Ik kijk drie keer op mijn gsm om te zien hoe laat het is, al is er ook een klokje in de auto dat het precieze uur aangeeft.

Het is ver voorbij drie uur. Elisa zal niet meer komen.

Het kan drie dingen betekenen: ze was al aangekomen voor ik me onder deze boom opstelde, ze heeft geen uitnodiging gekregen en zal niet komen, of ze kreeg wel een uitnodiging maar begrijpt eindelijk dat ze hier niets meer te zoeken heeft.

De afgelopen minuten zijn er geen mensen meer aangekomen. Geen oude bekenden, geen schimmen.

Ik stap uit de wagen om over de haag naar de andere kant van het erf te kijken. Achterin, naast de stallen, ligt de grote berg ingekuild gras, bezet met autobanden, precies zoals ik gehoopt had.

Er komt plots nog iemand aangewandeld, haastig. Ik duik weg, stoot mijn knie tegen de bumper van de wagen. Door de pijn schiet ik weer overeind. De persoon ziet me, kijkt mijn richting uit. Het is Anne, mijn vroegere oppas.

'Dag Anne,' zeg ik.

Anne knikt vriendelijk, te vriendelijk, ze heeft geen idee wie ik ben. Bibberend op haar stiletto's loopt ze verder. Ik herinner me de periode waarin ze omschakelde van basketschoenen naar dit soort naaldhakken met korte rokjes, waaronder ze volgens Jolan niet altijd ondergoed droeg. Ze kwam toen al niet meer 'babysitten', maar 'kidsitten'.

De laatste keer dat ze zou komen kidsitten, was ze aangekomen met een coloradokever aan haar hak gespiesd. Bij elke stap liet ze een geelbruin bloedspoor achter op de keukenvloer. Jolan had haar geholpen het dier eraf te halen.

'S Avonds voor het slapengaan wilde ze ons tonen wat zij deed met haar vriend wanneer haar eigen ouders niet thuis waren. We hadden net onze tanden gepoetst maar toch drong ze erop aan dat we nog in de zetel zouden komen zitten om een glas 'lait demi-écrémé' te drinken. De melk smaakte bitter.

Ze kleedde Ken en Barbie uit, alles wat ze nodig had haalde ze uit onze sporttas met barbiespulletjes. De kapsalon, de Barbiewagen, de woonkamer, de keuken en nog wat losse meubels verspreidde ze over de keukenvloer, om de plattegrond van haar eigen leven uit te zetten. Vervolgens toonde ze ons allerlei posities, wrong de poppen in onnatuurlijke poses.

'Iemand is de negen, iemand de zes,' zei ze, 'en het komt er gewoon op neer getallen te maken.'

Ze bleef getallen maken tot er een hoofd loskwam. Het rolde door de keuken, kwam tot stilstand tegen de poot van de keukentafel.

'Later zullen jullie zien: in het echt is het nog veel beter. Nu is het bedtijd.'

Ik volgde Tesje in een zo recht mogelijke lijn naar de slaapkamer. Jolan bleef om Anne zijn map met kevers voor te leggen.

Vandaag draagt ze een oversized bruine winterjas die als een schild op haar rug rust. Ze prikt haar hakken in de sneeuw om de licht hellende inrit op te komen, bereikt zonder uitschuiven het groepje mannen dat staat te roken onder de kleine luifel voor de stallen. De rook van hun sigaretten kleurt afwisselend blauw en rood.

Ik blijf naar het gezelschap kijken, dit keer wel verscholen achter mijn wagen. Overal is die geur van vroeger, mest gemengd met hooi. Ik haal diep adem. Het maakt me misselijk en tegelijkertijd meer vastberaden.

Plots worden de sigaretten een voor een gedoofd. De rondleiding begint. De melkrobot zal een show geven. Ik heb deze nacht nog filmpjes bekeken, kan me inbeelden wat er nu binnen gaat gebeuren, wat zo'n robot precies doet. Ik moet niet staan drummen om te zien dat het weinig voorstelt.

De poort van de stal wordt gesloten. Het is aan mij nu. Ik moet me haasten.

1 AUGUSTUS 2002

De ochtend na zijn thuiskomst belt Laurens me alweer op. Ik wikkel het snoer van de telefoon strak rond mijn wijsvinger en neem me voor het zo te laten zitten tot hij vraagt hoe mijn week is geweest.

'Indira heeft pech,' zegt hij, zonder me eerst te begroeten. 'Ik ben net langs haar huis gereden. Alle rolluiken zijn dicht. We slaan haar over. We kunnen niet blijven wachten, waarschijnlijk zit ze met haar vader een hele maand in Azië.'

Er valt een korte stilte.

'Wel zonde van haar spleetogen,' voegt hij eraan toe.

Ik knik. 'Ben je er nog?' vraagt Laurens.

'Ja, zonde,' herhaal ik.

Laurens heeft gelijk. Meisjes als Indira zijn de meloen in de fruitsla, van hen zijn er in gehuchten als Bovenmeer altijd te weinig. Zij heeft enkel een vader, die hier pas kwam wonen toen Indira al geboren was. Ze lieten een huis bouwen, een grote houten kubus op vier hoge, houten pijlers, schuin tegenover de basisschool. Ze zou alleen maar de straat moeten oversteken om naar de les te kunnen en toch stuurde Indira's vader haar naar een andere school, niet ver van de plaats waar hij werkte. Ook dat was zonde.

Laurens en Pim zijn tijdens kampeernachten wel eens tegen een van de pijlers gaan plassen. Ze noemden het een investering in de toekomst: na tien jaar zou het hout rotten, zou de kubus naar beneden donderen, zou Indira plots 's nachts in haar pyjama op straat belanden, hulpeloos. Het klonk als wraak, al had ik geen idee wat ze haar toen konden kwalijk nemen, behalve haar huidskleur.

'Hoe was Frankrijk?' vraag ik. De top van mijn vinger kleurt steeds donkerder.

'Het was wel zonnig en het zwembad was gerenoveerd. Voor de rest was het een kutvakantie. Volgend jaar mag ik niet meer meekomen. Dat heb ik klaargespeeld.'

'Leuk.'

'Nee, niet leuk.'

'Ik bedoelde: leuk van het zwembad.'

Het weer is omgeslagen. Buiten, achter het raam dat moeder heeft afgeschermd met een voile en vier punaises, drijft de lucht voorbij: grijs, vers gestort beton, volgzaam aan zichzelf. Er rijden wagens langs die eerst de brievenbus en vervolgens de voile aan het trillen brengen. Hun banden stuiteren over de pekstrepen tussen de asfaltplaten.

'Eva, ben je er nog?'

'Ja.'

'Kom je morgen naar de vacuümschuur?'

'Hoe laat?'

'Veertien uur,' besluit hij. 'Of nee, wacht...'

In de pauze die valt, hoor ik iemand gesticuleren aan de andere kant van de lijn.

'...halfdrie is beter.'

'En waarom niet vandaag al?'

'Ik moet mijn valies nog uitpakken.'

Er knispert een verpakking in de achtergrond, toch praat Laurens niet met volle mond.

'Wat eet je?'

'Chips.'

'Welke smaak?'

'Paprika.' Ik ben zeker dat Pim naast hem staat. Pim eet altijd paprika.

'Smakelijk. Tot morgen dan, Laurens.' Ik leg op, laat de kabel rond mijn vinger dan toch maar schieten. Het bloed trekt weg uit de opgezwollen top.

Ik vertrek niet met de fiets, maar te voet. Op een zadel zitten zou pijn doen. Al de hele dag voel ik de Pritt zitten. Ook bij het lopen voelt mijn vagina nog wat stroef, als een gloednieuw paar schoenen waar eens lang mee gewandeld moet worden.

Op elke straathoek speur ik de aanliggende straten af of ik Pim nergens snel huiswaarts zie keren. Het is rustig bij de beenhouwerij, er staan geen auto's of fietsen op de parking. De meeste buren zijn op vakantie, of weten nog niet dat de familie Torfs terug is uit Frankrijk.

Ook Laurens' vader heeft tijd nodig om weer in zijn rol te komen. De vleestoog is nog niet volledig gevuld, maar daar komt verandering in: het zijpoortje naar de tuin wordt versperd door een ronkende koelwagen waar een stevige kerel kadavers uitlaadt.

Laurens' moeder wenkt me, gebaart dat ik de winkel mag doorsteken. Wanneer ik langs haar heen loop, reikt ze me een lepeltje salade aan, over de toog.

'Nieuw. Wat denk je?'

Het hapje bestaat uit draden van iets, vis of vlees, met een snotachtige, zoute fond.

'Lekker,' zeg ik. Ik slik het door zonder het echt te proeven.

'De jongens zitten achterin, in de schuur,' zegt ze.

'Hoe was de vakantie?' vraag ik.

'Kamperen is geweldig. Laurens zal er wel alles over vertellen.'

'Ja.'

'Trouwens, wil jij iets voor me doen?' Ze reikt me nog een lepel vissla aan.

'Als de jongens weer van plan zijn om te roken, kom je me dat dan vertellen? Jou kan ik vertrouwen, toch?'

Ze duwt de lepel verder mijn richting uit. Ik lik hem schoon. De schaduw van de platvis is vergeten en vergeven.

Op ritselen met een chipszak na, gebeurt er in de worstenschuur niet veel. Door de kleine ramen kan ik ook net niet zien waar Pim en Laurens staan, wat ze aan het doen zijn of wie er bij hen is. Ze bevinden zich precies in een hoek.

Ik wacht buiten, bedenk met welk nieuws of welke anekdote ik mezelf kan aandienen.

'Nee, niet wegkijken, Lau,' beveelt Pim plots.

Het klinkt als een uitnodiging.

Ik duw de deur zacht open en sluip naar binnen. De schuur is door het sombere weer donkerder dan op vorige dagen. In de hoek staat een klein scherm dat een warme gloed afstraalt.

Laurens en Pim staan vlak voor het beeld, met hun broek halverwege hun knieën. De kleur van de huid van hun billen loopt naadloos over in de vleeskleur van de lichamen op het kleine scherm. Laurens is overdreven gebruind, op de afdruk van zijn zwembroek na, Pim ziet bleek als altijd.

Het ritme van hun bewegingen valt mooi samen met het pompen van de negerheupen tegen de twee blanke billen op het scherm. Laurens en Pim staan op zo'n dertig centimeter van elkaar, met tussen hen in een lage salontafel, daarop een kom bomvol chips, paprika en zout gemengd. De lege verpakkingen houden ze voor zich uit.

Ze hebben niets gemerkt van mijn binnenkomst. Ik zet een paar stappen naar achteren, zak door mijn knieen met mijn rug tegen de muur, naast een oude zetel. Ik moet weten wat deze jongens doen wanneer ik er niet ben. Elke handeling waarvan zij me denken te mogen uitsluiten, wil ik kunnen nabootsen.

Ze hoeven zich maar om te draaien en ze zouden me zien. Gezien de aard van de filmbeelden is de kans klein dat ze dit zullen doen.

Pim komt eerst klaar, ik kan het zien aan zijn billen, die lichtjes open- en dichttrekken, net als de neusvleugels van een paard bij het galopperen.

'Nee!' brult hij, vreemd genoeg met enige teleurstelling, nadat het voorbij is. Met zijn hand slaat hij op Laurens' schouder, er blijft een dunne, snotachtige draad hangen die knapt wanneer hun afstand weer vergroot.

Hij neemt een hand chips, gaat op de salontafel zitten met zijn broek nog op de knieën, en kijkt verder naar het scherm, niet naar Laurens.

Ik wil dat hij me opmerkt, dat dit spel wordt stopgezet, zodat ik Laurens niet hoef te zien klaarkomen in de chipszak, maar zelf durf ik niet ingrijpen.

Laurens kijkt op zijn horloge, zonder te stoppen met rukken. Hij doet het anders dan Pim, geduldig en toch driftig, als iemand die het begin van de rol plakband niet vindt.

'Fourteen minutes and still counting.' Dit geprobeerd Engels, daar zijn Nederlanders op campings zo goed in.

Hij komt klaar met de vreugde van een in de laatste minuut gescoorde penalty. Hij trekt meteen zijn broek half op, veegt de top van zijn piemel schoon aan de binnenkant van zijn broekzakje en kleedt zich verder aan. Hij duwt zijn zak chips onder de neus van Pim.

'Kijk hoeveel ik nog had. Ik heb dus niet zitten vals spelen en al zitten trekken voor ik hierheen kwam.'

Pim neemt het bewijsmateriaal van Laurens over, weegt beide zakken voor zich uit, tussen duim en wijsvinger. De zak met zijn eigen sperma doet hij duidelijk meer doorwegen.

'De mijne bevat meer zaad, de jouwe is enkel slijm en lucht,' zegt hij.

'Leer tegen je verlies kunnen.' Laurens steekt zijn middelvinger op.

Op de achtergrond maken de negerbillen inmiddels ronddraaiende, klutsende bewegingen, steeds sneller en harder. Dan keert hij de vrouw om, net als bij het opkloppen van eiwitten – hopend dat het bijna klaar is.

'Het is niet hoe lang je het doet, het is hoe je het doet.' Pim tikt met zijn slap geworden piemel tegen het scherm, tussen de borsten van de actrice. Hij wordt meteen weer stijver. 'Zoutpeil aanvullen en nog eens?'

Laurens neemt een handvol chips, vist vooral de zoute chips ertussenuit.

'Even pauze.'

'Mag ik eens iets vragen, Lau? Onder jongens. Wat is je tactiek? Aan wie of wat denk jij als je niet probeert klaar te komen?'

Ik duw mijn gezicht diep tegen de zetel naast me. Deze ruikt muf, naar natte hond. Ik zet me schrap, naar het voorbeeld van de dame in het beeld tegenover me.

'Dat wil je niet weten,' zegt Laurens.

'Jawel, kom op.'

'Jij eerst.'

'Nee.'

'Denk je wel eens aan mijn moeder?' vraagt Laurens quasi retorisch.

'Gadver.' Pim neemt de chipszak, zet deze aan zijn lippen, blaast hem op tot hij strak staat, en houdt de opening goed dichtgeknepen. Met de bolle zak probeert hij Laurens te benaderen. Zijn broek hangt nog altijd op de knieën. Vlak naast Laurens mept hij de zak stuk. Het sperma vliegt in het rond, er belandt een grote klodder vlak voor mijn voeten op de grond.

Plots zijn alle ogen op mij gericht.

'Eva? Wat doe jij hier?' Pim trekt zijn broek op. Hij klinkt meer geschokt dan beschaamd.

Eigenlijk wist ik al lang hoe hun piemels eruitzagen. Ik herinner het me heel levendig, die weken waarin de zwemhokjes gerenoveerd werden, we ons samen omkleedden aan de rand van het zwembad. Pims geslacht was lang, slank en stevig, net als zijn handen. Dat van Laurens, een bruingrijs exemplaar, had toen ook al de eigenschappen van een BiFiworstje.

'Niets,' is het enige antwoord waar ik op kan komen.

'Je bent wel wat te vroeg,' zegt Pim.

'Wel wat? Een hele dag,' corrigeert Laurens.

Er valt een stilte.

'Wat voor chips eten jullie?' vraag ik.

'Pirato.' Pim reikt me de nog niet ontplofte zak aan. Ik weiger er mijn hand in te steken.

'Je mag dit niet te serieus nemen.'

'Dit zijn onze voorbereidingen voor augustus,' zegt Pim.

'We willen Elisa niet teleurstellen.'

Ik knik. Over mijn eigen voorbereidingen spreek ik niet.

'Van waar komt die film?' Ik werp een blik op het hoesje, dat als onderlegger voor de kom chips gebruikt wordt. Het prijskaartje kleeft er nog op. Negentien euro.

'Stiekem gekocht in een wegstation op weg van Frankrijk naar huis, toen mijn ouders even sliepen,' zegt Laurens.

'Dit zijn vierenzeventig jawbreakers, of ook wel driehonderd zure beertjes,' zeg ik. Dat had Laurens vast niet in overweging genomen, in dat tankstation, met keuze tussen verschillende films en blaadjes.

Laurens en Pim kijken me schaapachtig aan.

Ik wandel naar huis. Pim fietst traag naast me, een paar meter voorop. Hij wacht tot ik zeg dat hij geen rekening met me hoeft te houden. Omdat ik te voet ben, maak ik vandaag niet de gebruikelijke omweg langs zijn huis.

We zwijgen. Het moet een onprettig gevoel zijn in zijn broek. Kleverig.

Ik denk aan de nacht waarop vader me het verschil trachtte uit te leggen tussen mannen en vrouwen. Hij riep me uit bed. Omdat ik kleine ogen had, schonk hij cola in. Zijn ogen waren kleiner dan de mijne, toch dronk hij geen frisdrank.

Hij wachtte tot mijn glas leeg was, zette met potlood de omtrek van de onderkant van zijn lege bierblikje aan. Twee egale rondjes op een blad. Borsten, dacht ik eerst.

Tot hij onder de ene cirkel een kruisje, op de andere cirkel een opwaartse pijl tekende.

'Weet je wat dit betekent?' vroeg hij.

Het was twee na twee.

Op de een of andere manier leek het me toen belangrijker dát te onthouden.

DE VERENIGINGENQUIZ

Een paar dagen voor de millenniumbug zou plaatsvinden, kregen we de keuze: meekomen naar de verenigingenquiz of thuisblijven. Ik wilde mee. Tesje en Jolan bleven liever thuis. Voor het eerst zou er geen oppas worden geregeld.

'Jullie zijn zo langzamerhand wel oud genoeg om alleen op het huis te passen. Niet?' vroeg mama. Ze dook in de kelder, kwam niet terug met het gewoonlijke blik tomaten of een nieuwe fles spuitwater, wel met een grote zak Nic-Nacjes.

Mama zag er meestal uit alsof ze heel lang ergens verkeerd in opgeplooid had gezeten, maar die avond niet, die avond leek ze recht uit de juiste verpakking te komen. Ze had zich opgemaakt, haar haren geborsteld. Ze droeg de bril met vierkante glazen. Haar hakken op de tegelvloer maakten van elke stap een trefzeker besluit.

Mama plofte de hele zak Nic-Nacjes op het aanrecht, nam nog snel haar mouwophouders mee die boven de spoelbak lagen.

'Ze moeten niet allemaal op,' zei vader vlak voor we de deur uitgingen.

De millenniumeditie van de quiz zou net als andere jaren georganiseerd worden door en voor verenigingen, in de parochiezaal tegenover de kerk.

'Je gaat wel je mond houden, want je bent niet ingeschreven,' zei vader.

Mama trok een jas aan. Hij niet.

'Lekker warm voor de tijd van het jaar,' klonk het.

In Bovenmeer woonde vrijwel iedereen op wandelafstand van alles, vandaar dat bij dorpsactiviteiten 'ver weg' omschreven werd als 'de afstand waarvoor je beter een jas aantrekt', een definitie die eigenlijk niets zei over de werkelijke afstand, slechts een inschatting van de eigen resistentie was.

De zaal was nog bijna leeg. De tafels stonden twee aan twee opgesteld, tien vierkanten waaraan telkens acht mensen zouden kunnen plaatsnemen.

Precies in het midden van elke tafel stond een bordje met een precies afgemeten hoeveelheid blokjes kaas, met daarin een satéstokje waaraan een vlaggetje was bevestigd. Wie dorst kreeg zou hiermee moeten zwaaien om de aandacht te trekken van een van de serveersters die rondgingen met een plateau en een boekje om de bestelling op te nemen.

Ik merkte slechts één ander kind op. Mathias, de schriele, geadopteerde Indiër, zat naast zijn vader aan een nog lege tafel steeds sneller met het vlaggetje tussen zijn opengesperde vingers te tokkelen. Voor het eerst lagen er naast de stukjes kaas ook sneetjes gesponsorde salami en hadden ze de scherpe punten aan de onderkant van de stokjes niet omwikkeld met plakband. Er zouden gewonden kunnen vallen.

Ik had Laurens en Pim op school gevraagd of ze naar de quiz zouden komen. Ze zeiden dat ze het stom vonden, dat ze er geen zin in hadden, ik had bevestigend geknikt.

Het was best mogelijk dat zij net als ik gelogen hadden, dat zij vanavond toch zouden opdagen.

Mama en papa speelden ieder mee met een andere vereniging. Ik ging zitten aan de tafel van mama. Keek hoe de zaal volliep met buren. De meesten wekten de indruk alleen van plan te zijn geweest even de vuilzakken buiten te zetten, om dan per ongeluk in deze massa verzeild te zijn geraakt. Slechts enkelen hadden net als mama zichtbaar hun best gedaan zich op te dirken.

KVLV stond er op het dorstvlaggetje in het midden van onze tafel. Laurens' moeder schoof als een van de eersten aan. Laurens' vader was er niet bij. Hij hield niet van verenigingen, tenzij het verenigingen waren van mensen die zelfstandig waren in hetzelfde vakgebied. Hij zou met Laurens thuisblijven, chips eten, een weekendfilm kijken.

Langzaam vulde de tafel zich met landelijke vrouwen, allemaal verschillend van vorm maar allen met precies dezelfde mouwophouders. Dat was precies wat hen landelijk maakte: ze hadden afgesproken deze te dragen alsof het mode-accessoires waren. Bij Laurens' moeder kwamen ze niet echt hoog, halverwege haar onderarmen zat er al de maximale rek op.

Enkel moeder viel er ondanks de juiste uitrusting toch tussenuit. Ze had deze mouwophouders ooit van vader gekregen, maar had ze nog nooit aangetrokken om af te wassen. Het waren niet de dingen zelf die haar niet stonden, wel de poging ergens bij te horen. Ze moet het zelf ook gevoeld hebben. Eerst, toen ze nog alleen aan de tafel zat, nipte ze verwachtingsvol van haar eerste glas, kromp ze ineen bij iedere persoon die haar amper opmerkte, die haar vergat behoorlijk te begroeten. Tot het druk werd in de zaal, ze nog een drankje bestelde en overhelde in gedrag dat ik ook herkende: het ineenkrimpen zodra ze wél gezien werd.

Om acht uur stipt zou de quiz beginnen.

Pim en Laurens hielden zich aan hun woord, daagden niet op. De weinige kinderen die er wel waren, inclusief Mathias, trokken zich terug in het bierkot achterin, waar een klein scherm was neergezet waarop tekenfilms speelden.

Er zouden acht vragenrondes worden doorlopen, van telkens ongeveer een kwartier.

Tot een uur of tien bleef ik me afvragen of ik niet net

als Laurens en Pim gewoon had moeten thuisblijven. Ik beeldde me in wat er thuis dan gebeurd zou zijn maar kon niets anders dan bedenken dat ik daar ook zou hebben zitten speculeren over hoe het er op de quiz aan toe zou gaan, hoe groot de kans was dat mama naast de moeder van Laurens zou zitten.

Achter in de zaal waren twee grote, groene klapdeuren in een witte muur, alle andere witte muren hadden ramen en waren bekleed met beige gordijnen. Die hingen gesloten, gestold in ongewone plooien. Ze weerhielden de sigarettenrook ervan door de openstaande klapramen te ontsnappen. Het werd steeds warmer in de zaal, maar ik wilde mijn trui met lange mouwen niet uittrekken, dan zouden mijn mollige armen te veel opvallen.

Tussen negen en tien wapperde mama drie keer met het satéstokje.

Tussendoor, bij het quizzen zelf, bleef ze soms een paar tellen met gesloten ogen zitten. Anderen, zoals Laurens' moeder, zouden nog kunnen denken dat ze gewoon nadacht over de juiste antwoorden op vragen. Ik wist goed genoeg dat ze zich niet afvroeg wie de uitvinder was van de zeppelin. De kans was groot dat ze zich vrijwel niets meer afvroeg.

Ik bleef kijken zolang haar ogen gesloten bleven. Dat was ik haar verplicht, iemand moest het doen, haar registreren op de momenten dat ze zelf niet kon inschatten hoe ze erbij zat.

Om elf uur werd een quizvraag voorgelezen waarvan ik praktisch het antwoord al kende nog voor de vraag gesteld was: 'Wat was er in Bovenmeer zo uitzonderlijk aan het jaar '88?'

In de verschillende teams werd hardop nagedacht. Mama boog voorover en nam het woord.

'In dat jaar was er een zware storm. Een wolkbreuk. Veertig centimeter water. Er waren dakpannen van ons dak,' besloot ze. 'Ik weet nog dat ik Karel het dak op stuurde.'

Het was het eerste dat ze had bijgedragen. Er viel een stilte waarbij blikken wisselden. Laurens' moeder had de balpen vast, zij durfde er ook niets tegenin brengen. Moeders antwoord werd opgeschreven in het daarvoor dienende vakje.

De toneelkring, het team van vader, dacht dat het iets te maken had met de gebroeders van het kasteel naast de brouwerij. Van deze twee broers was algemeen geweten dat ze zo veel land bezaten dat ze over hun eigen grond tot aan de Nederlandse grens konden wandelen. Zowat elke verloederde boerderij in de Noorderkempen was in hun bezit. De alleenstaande broers woonden al hun hele leven samen, ieder aan één kant van het kasteel. Ze hadden er geen elektriciteit, geen centrale verwarming, wasten zichzelf in een teil water, patrouilleerden op hun domein met een jachtgeweer.

'Waren het in '88 niet die befaamde gemeenteraadsverkiezingen?' vroeg iemand in vaders team.

Bij deze verkiezingen had de oudste broer een eenmanspartij opgericht om iets te veranderen aan de ophaalregeling van huisafval. Zijn partij had slechts één stem gehaald en zo had hij ontdekt dat zelfs zijn bloedeigen broertje niet op hem had gestemd.

'Hij probeerde hem een kogel door het hoofd te jagen – wat was de naam van die vent ook weer?' hoorde ik vader schetteren.

Pas aan het einde van de vragenronde werden de juiste antwoorden voorgelezen.

'Vraag negen: 'Wat was er in Bovenmeer zo uitzonderlijk aan het jaar '88?' Door de micro klonk de stem van de quizmaster soms heel ver weg en dan weer gevaarlijk dichtbij. 'Jullie zijn het allemaal veel te ver gaan zoeken. We kunnen jammer genoeg aan geen enkel team de drie punten toekennen.'

Om middernacht was de quiz klaar en werd het tijd voor de afsluitende tombola. De hoofdprijs, een kleurentelevisie, stond al de hele avond vooraan op een met witte doeken beklede staander gepresenteerd. Deze zou pas als laatste worden verloot.

De kleine kinderen kwamen onder begeleiding van de jeugdpastoor uit het bierkot om te helpen bij het trekken van lootjes. Sommigen hadden waterige ogen van het slapen, sommigen van het verdriet – Pocahontas had net afscheid moeten nemen van haar geliefde.

'De vraag over jouw geboortejaar hadden we fout,' zei mama. Ze schoof haar stoel achteruit. In het rechtop staan goot ze de rest van haar Tripel naar binnen, om te verhinderen dat iemand het glas in haar afwezigheid zou wegnemen. Ze schoof haar mouwophouders hoger op haar onderarmen, ze zakten meteen weer naar beneden.

'Het is niet Eva's schuld, hoor, dat we het fout hebben,' zei Laurens' moeder tegen de andere vrouwen, 'wij hadden maar wat meer kinderen moeten maken.'

Er werd gelachen. Onder tafel legde ze een hand op mijn knie en kneep zachtjes.

De kleinste kinderen trippelden door de zaal, brachten de prijzen naar de juiste tafels. Ze begonnen met de meest waardeloze spullen – zakjes ballonnen, balpennen, cactussen. De voorlaatste prijs was een biermand.

De dochter van een van de juryleden bewoog ermee door de zaal. Ik zag mama naar het nummer op haar lootje kijken. Het kind scheerde langs haar heen, overhandigde de biermand aan Laurens' moeder. Die ging vrijwel meteen op het voorstel van een buurman in om deze te wisselen voor een set tupperware.

Mama stak de satéstok in de lucht, bestelde nog een Westmalle Tripel bij een van de voorbijlopende diensters en gaf mij een handvol muntstukken waarmee hij betaald moest worden.

Ze wankelde achter de eerste de beste persoon aan die ook in de richting van de toiletten ging. Aan de uitgang van de zaal kreeg ze de terug zwiepende klapdeur van haar voorligger recht in het gezicht, vlak voor er werd overgegaan naar de uitreiking van het winnende lot.

Ik zag het gebeuren. Toch moest ik de klap en de daaropvolgende stilte laten doordringen om te beseffen hoeveel pijn het moest gedaan hebben. Het was een plomp geluid, als van een appel die van grote hoogte valt en blutst.

Een aantal mensen keek om. Mama verloor haar evenwicht, viel achterover, op de tegels. Enkele tellen bleef ze zo zitten, te beroerd om te grijpen naar het lichaamsdeel dat het meeste pijn deed. Ze krabbelde recht. Haar bril was ergens verderop beland, achter haar, ze zag het niet. Aan haar gezicht was niets te zien. Geen schram, geen bloed.

Maar ik wist wel hoe dit voelde, na al de penalty's waarbij de bal loeihard in mijn aangezicht was terechtgekomen: je neus voelt opgezwollen en belachelijk groot, en toch zegt iedereen dat er niets aan te zien is.

Moeder scheen zich niet meer te herinneren waarom ze niet op haar stoel zat, wat ze eigenlijk aan deze deur kwam doen, of misschien deed dat er nu ook niet meer toe. Zo'n tien tellen bleef ze bewegingsloos staan. Ik dacht dat ze in haar broek zou beginnen plassen, dat had ik haar ooit zien doen, ik wist hoe dat zich aandiende. Dan trokken er donkere vlekken neerwaarts langs de binnenkant van haar broekspijpen. Er gebeurde niets.

Haar onbeweeglijkheid hield nog zo'n drie tellen aan. Ze zette een paar eerste, wankelende stappen waarbij ze op zoek was naar de juiste instellingen, naar het juiste evenwicht, waarbij ze zich met haar gezicht naar de zaal toe draaide. Pas toen liet ze het braaksel los. Het kwam met een buiging.

Iedereen in de zaal verstomde, ook de mensen die daarvoor nog hadden geprobeerd het voorval te negeren, omwille van hun kleine kinderen.

Een van hen begon te applaudisseren, drie klapjes. Vrouwenhanden. Waarschijnlijk iemand die van de situatie gebruikmaakte om haar eigen dronken echtgenoot op zijn plaats te zetten. Nog voor ik kon zien wie het was hield het geklap alweer op.

Mama's oogleden waren door het applaus weer iets opengetrokken, ze bewoog gecontroleerder, ook dat was te verklaren – de adrenaline die volgde op schaamte. Toch had ze nog steeds niet de bovenhand op haar maag genomen. Ze draaide zich om, naar de muur toe, kotste opnieuw. Pas tegen deze witte achtergrond waren de bloedklonters van de biervlokken te onderscheiden.

Er was niemand die rechtstond, te hulp schoot. Zelfs Nancy Zeep kwam niet met een emmer water aandraven.

Voor het eerst had ook ik niet de reflex om recht te komen, haar bij te staan. Nog nooit had ik mama zich zo onbeholpen zien gedragen. Laurens' moeder durfde ik niet aankijken. Het was uiteindelijk vader die rechtstond en me op de rug tikte.

'Ga maar vast de kruiwagen halen,' zei hij. Hij had het winnende lot in zijn hand.

De kerkklokken luidden niet toen ik de zaal uit liep, toch was het precies halfeen – spitsuur voor misdadigers, maar de donkerte joeg me nog het minste schrik aan.

Ik begon te rennen, niet omdat ik dan sneller zou kunnen terug zijn, maar om het aanzwellende geroezemoes van de zaal niet te moeten aanhoren. Ik liep langs de brievenbussen in de Kerkstraat. De maan stond vol aan de hemel, wierp een flauwe gloed op de voortuinen, als een nog niet op kracht gekomen spaarlamp.

De terugtocht met de kruiwagen liep ik onder dezelfde maan en langs dezelfde perkjes, trager, kortademig nu. Pas toen ik de Bulksteeg uit was, zag ik de schimmen.

Moeder en vader waren net aan hun weg huiswaarts begonnen. Zij kroop op handen en knieën op het voetpad. Hij droeg de kleurentelevisie. De doos was zwaar en groot en paste net niet in zijn armen.

Hoe dichter ik kwam, hoe meer ik me haastte.

Mama wilde geen hulp.

'Ik kom zelf wel thuis,' blafte ze. Ze had haar bril in de hand, het glas was gebarsten, elke keer dat ze op haar hand steunde, bogen de beentjes door onder het gewicht. Het vel van haar knieën was geschaafd. Ik probeerde de kruiwagen zo te keren dat ze zich enkel nog zou moeten laten achterovervallen om goed terecht te komen. Ze kroop van me weg, de straat op.

Vader zette de televisie neer. Hij trok mama recht bij haar oksels, duwde haar in de bak van de kruiwagen. Met haar achterhoofd stootte ze tegen de rand. Ze liet haar bril los. Ik raapte hem van de grond op. Vader zette de kartonnen doos boven op haar. Ze gaf geen krimp.

'Weegt dat niet te veel?' vroeg ik. Mama knikte geen ja maar schudde ook geen nee.

Wankelend zette vader kracht, tilde de staanders van de kruiwagen van de grond, bracht het ding in beweging. Hij moest even wennen aan de ongelijke verdeling van het gewicht over de kuip.

'Zo'n televisie is zwaarder dan je denkt,' zei hij. Ook hij had wellicht veel gedronken, maar zijn lichaam was groter en veranderde iets aan de dichtheid van het bier.

Vanuit de parochiezaal klonken nog stemmen door de microfoon. De laatste sponsors werden bedankt. De burgemeester was net grootvader geworden en 'deed nog een laatste rondje op'. Er werd geapplaudisseerd. Mannenhanden. Vrouwenhanden.

De weg van de zaal naar huis was niet veel langer dan vierhonderd meter, altijd rechtdoor. Ik moest amper helpen tillen, ik had één hand rond de bril, de andere om de rand van de kuip. Vader brulde zodra ik probeerde bij te sturen of als ik aanstalten maakte mijn hand van de kruiwagen te halen.

We deelden niet het gewicht, wel de schaamte.

Moeder had haar armen om de televisie heen geslagen. Ze reageerde niet op wat we zeiden.

'Die diepvriezer, daar hebben we toch veel deugd aan beleefd,' mompelde ze, toen we de laatste meters door de Bulksteeg aflegden en de tuin vol rommel in reden.

Vader stuurde de kruiwagen naar de achterkant van het huis, naast de grote notenboom. Daar zette hij de staanders weer neer. Hij droeg de televisie naar binnen. Mama liet hij achter.

'Als ze zelf proper ondergoed kan aantrekken en ook de trap op kan, mag ze in bed komen liggen,' zei hij vlak voordat hij de achterdeur dicht liet vallen. Mama had haar ogen gesloten. Aan de binnenzijde van haar korte broek zag ik een paar natte vlekken, plots rook ik het ook.

Ik liep achter hem aan het huis in. Daar was het stil en donker, op het licht van de dampkap na. Tesje en Jolan waren al gaan slapen, wellicht mooi op tijd. Op het aanrecht trof ik het bewijsstuk aan: de onaangeroerde zak Nic-Nacjes.

Omdat ik moest wachten tot vader klaar was in de badkamer, bleef ik door het keukenraam naar buiten kijken. Ik had nog steeds moeders bril vast. Zonder bril zou het haar zeker niet lukken, zou ze op de tast haar weg naar boven moeten vinden.

Eerst durfde ik niet naar haar terugkeren.

Toen verscheen de hond in haar hok, begon te blaffen. De buitenspot floepte weer aan. Ik opende de deur, trok moeder haar schoenen uit, legde de eerste de beste deken over haar heen die ik in huis had gevonden. Ik zette haar mooie, grote hakken naast de kruiwagen, de bril erbovenop, de beentjes mooi gekruist, precies zoals zij hem zou achterlaten.

Halverwege de trap naar de slaapkamers, op de overloop, loerde ik door het raam dat uitkeek op de achtertuin. Mama lag er nog. Dat ze wel eens bloed overgaf, dat wist ik, al had ik het nog nooit tegen een witte muur gezien. Zolang ik oog voor de details zou blijven hebben, zou er niets zijn waar ik aan kon wennen.

Ik kroop moeizaam het laddertje van mijn bed op. Ik voelde me geradbraakt, al had ik de kruiwagen amper moeten duwen. Tesje ging rechtop zitten. Hierop had ze liggen wachten.

'Hebben ze de zak Nic-Nacjes zien staan?' vroeg ze.

Buiten begon de hond weer hysterisch te blaffen. De spotlights zouden weer aanknipperen.

'Natuurlijk,' zei ik.

'Wie heeft er gewonnen met de quiz?'

'Niemand.'

'Was het gelijkstand?'

'Nee,' zei ik.

'Er is toch altijd een winnaar?'

'We hebben een televisie gewonnen.'

Tesje veerde rechtop. Pas toen ze het licht aandeed om te kunnen kijken of ik het meende, begreep ze dat de ongeopende zak letterkoekjes onopgemerkt was gebleven.

Voor de rest van de nacht hielden we de wacht aan het raam op de overloop. Om te kijken of mama het wel redde. We hoopten dat onze blik er iets aan zou kunnen veranderen.

'Zo zonder bril ziet ze er eigenlijk helemaal niet uit als mama,' zei Tesje.

Ik zweeg. Ik had nog nooit écht naar de kruiwagen gekeken. In een rij van tien zou ik deze er niet hebben kunnen uit halen. Ik moest elk detail ervan kennen. De rode handvatten, de kleine, half-platte band. We tuurden tot de nacht voorbij was, tot we het ding zelfs van duizenden andere kruiwagens zouden kunnen onderscheiden.

Soms zag ik Tesje haar ogen wijd opensperren, om niet in slaap te vallen, om de zon het toneel op te dwingen.

'Wat zou jij het ergste vinden?' vroeg ze. De hond was net even opgehouden met onrustig baantjes trekken, moeder bleef in de donkerte achter. 'De hond dood of papa dood?'

Aan de manier waarop ze het vroeg, wist ik wat haar antwoord was.

Al vond ik het erg voor de hond die samen met ons haar best had gedaan moeder het licht te gunnen, zei ik toch 'papa'. Zo was ik zeker dat hij nog een stem zou hebben.

We spraken geen woord over wat er buiten, in het opkomende licht, steeds zichtbaarder en zieliger werd.

De zon had ons afgelost, maar toch gingen we niet weg. Pas toen moeder zich omdraaide om haar ogen af te schermen van de eerste lichtstralen, kropen we in bed. Dit moesten we mama gunnen: de kans om buiten ons gezichtsveld recht te krabbelen, op blote voeten het huis in te gaan, de kamers te doorkruisen die ze eerder nog op hakken had verlaten, op zoek naar een droge slip, haar doordeweekse bril. De kans om aan de ontbijttafel te kunnen beweren dat er niets aan de hand was. Ze zou tenminste die waardigheid nog hebben. Dat, en de kleurentelevisie.

16.30 UUR

Het schemert al. Halverwege de oprit, tegenover de ganzenweide ligt de hondenkooi. Aan de tralies hangt met metalen draad een nieuw bordje vastgeknoopt. HIER WAAK IK. Onder de woorden staat een foto van een agressieve hond met ontblote tanden. Dat had ik daarnet niet gezien. Op de grond, onder de foto, ligt een makke labrador die de kop zelfs niet opheft en mijn passage gadeslaat met een sloomheid waaraan je ook conciërges in Brussel herkent die geen kost, enkel inwoon verdienen.

Er staan een paar wagens op het erf geparkeerd naast een grote, gele tractor. Op de laatste meters tussen de oprijlaan en de stallen wijzen theelichtjes in lege Nutellaglazen de weg. De vlammen hebben het zwaar te verduren in deze temperaturen. Ik verlos de resterende lichtjes uit hun lijden.

Het laatste Nutellaglas staat op nog geen tien meter van de stalpoort. Ik zou zomaar kunnen binnengaan. Mensen begroeten, handen schudden, vertellen wat anderen willen horen, hoe treffend hun kinderen op hen gelijken.

'Waarom doe je dat nu?'

Achter me verschijnt een jongetje, een jaar of vijf, stevig ingeduffeld, twee veel te grote handschoenen. Geen idee hoe lang hij mij al in zijn vizier heeft. Hij trekt een lege slee achter zich aan met een lang stevig koord, het ding blijft glijden en komt tot stilstand tegen de achterkant van zijn benen, waardoor hij uit evenwicht wordt gebracht en op zijn knieën in het dunne sneeuwtapijt neerploft. Op de slee is een fluorescerend fietsvlaggetje bevestigd, dat in de wind flappert.

Ik weet niet waar dit kereltje plots vandaan komt. Kinderen zijn net als muizen: ze hebben niet veel nodig om zich doorheen te wurmen.

Ik trek hem bij zijn kap rechtop.

'Waarom draag je geen broek?' vraagt hij. Eerst snap ik niet wat hij bedoelt, dan begrijp ik hoe dit er vanuit zijn perspectief moet uitzien. Mijn korte rokje bedekt door mijn lange winterjas.

'Ik draag broekkousen.' Ik trek de vleeskleurige panty los van mijn benen, zodat hij het kan zien. Het kind komt dichterbij, wil het ook aanraken. Ik laat hem. Hij streelt met de lege, slappe vingers van zijn handschoen over mijn dij.

Behalve de slee bestaat alles aan deze jongen uit verkleinwoordjes. Op de een of andere manier maakt dit de aanraking prettig.

We staan er even.

'Wil je de robot niet zien?' vraag ik.

Hij schudt nee. 'Die robot kan geeneens praten, alleen maar melken.'

'Hoe heet jij?' vraag ik.

Nog voor de jongen zijn mond opent om zijn naam te zeggen, klinkt er een schelle toon vanuit de stallen. Een microfoon wordt te dicht bij de monitor gehouden. Op de hele boerderij volgen zenuwachtige dierengeluiden: geschraap van tongen over likstenen, gewiebel van hoeven op roosters, het geklik van drinkbakken.

'Het feest gaat beginnen.' Hij wappert met zijn handje.

'Ga al maar, ik kom straks,' zeg ik.

Het kind laat de slee voor wat die is, loopt terug naar de stal, naar het geroezemoes.

Snel loop ik achter de tractor, glip langs de stal naar de verder gelegen berg ingekuild gras. Die beklim ik zonder het plastiek te doorboren. Het gaat moeizaam. Mijn spieren zijn door de koude korter geworden, behalve in het been waar ik zonet werd aangeraakt.

Boven aangekomen loer ik door de brede uitsparing die tussen het dak en de stalmuur werd gelaten om de koeien van verse lucht te voorzien. Op deze manier heb ik een mooi bovenaanzicht van het feest. Kruinen van mensen. Een warmteblazer. Een bescheiden discobar. Een tafel met een plateau toastjes en kommetjes chips. Iemand loopt doelbewust op de versnaperingen af, keert al snel weer om. Wellicht zijn de toastjes al slap geworden. Naast de schotel staat het plastieken zakje dat Laurens daarstraks nog bij zich droeg. Laurens' moeder is met niemand aan de praat. Ze staat met haar armen tegen haar uitgedijde middel geklemd, als een kind met zwemband dat klaarstaat om in het water te springen.

Hoe langer ik kijk, hoe duidelijker het wordt dat dit feest aan de gang is en dat niemand zich afvraagt waar ik ben gebleven. Mijn aanwezigheid zou geen enkel verschil maken.

Ik speur de ruimte door, tot ik Pim zie. Zijn gezicht staat vrolijk. Dat kan ook liggen aan het contrast met zijn sobere, donkerblauwe hemd. Zijn schouders zijn niet fors maar pezig en smal. Van top tot teen een geautomatiseerde boer.

Ik stretch mijn blik tot de hoek waar mijn ogen bijna niet aan kunnen, daar waar de arm van Pim eindigt in zijn hand waaraan iets vasthangt, het kind van daarnet. Het probeert tegen Pims been in slaap te vallen. Enkel de stevige handdruk houdt hem staande.

Twee koppen met dezelfde krullen. Hoe is het mogelijk dat Pim een zoon heeft en dat niemand, zelfs vader niet, me hiervan op de hoogte heeft gebracht? Het is moeilijk gokken wie de moeder is.

Daarnet had ik het al bij Laurens, nu opnieuw, het besef dat ik enkel de veertienjarige versie verwachtte aan te treffen, de versie waarmee ik een rekening te vereffenen heb, de tiener met binnenstebuiten gekeerde sokken, niet deze man met afhangende schouders die een zoontje rechthoudt.

Ik verplaats me over de autobanden om de andere kant van de bergflank te bereiken. Ook vanop deze plek werp ik een blik in de stallen. Nu pas zie ik waar de mensen beneden naar kijken. Een beamer projecteert de ingezamelde foto's op de effen stalmuur. Ze lopen met behulp van aftandse effectjes in elkaar over, werpen een warme gloed op alles en iedereen in de ruimte.

De foto's die hier getoond worden, zijn vooral geschoten met de vakantiecamera's, gescand en bewerkt, in chronologische volgorde geplaatst: een verjaardagsfeest van Pim, waarop Laurens, Jan en ik ook te zien zijn – vier jongetjes op een rij, rode sjaaltjes met witte bollen over onze hoofden geknoopt. Deze foto wordt in repen onderverdeeld, ingewisseld voor repen van een andere foto, waar ik dit keer zelf niet op sta: Jan en Pim, in de tuin, twee washandjes voor hun lendenen geknoopt met het lint van een kamerjas, twee indianen rond een tipi van beddengoed.

Dit beeld vervaagt na een paar seconden, smelt in een foto van Pims eerste communie. Jan, Laurens en ik staan om hem heen. Om onze nek hangt een houten kruisje, ik draag een kleurrijke outfit, zij zijn in het beige gekleed. Jan heeft een arm om de schouders van mij en Pim gelegd. Laurens spert zijn mond wijd open, in zijn verhemelte plakt een zorgvuldig bewaarde hostie. Op onze gezichten is de trots af te lezen: we hebben net de Lieve-Heer in ons leven toegelaten. Ik herinner me nu weer dat Jan toen daadwerkelijk zijn arm in mijn nek had gelegd.

Nog voor ik klaar ben met kijken, loopt de foto met een zigzaggende breuklijn alweer over in het volgende beeld: de playbackshow op de parochiefeesten. Jan staat op het podium zijlings naar de fotograaf toe. Zijn gebogen benen, de duim onder zijn riem en de zwarte hoed verraden dat hij een poging doet 'Smooth Criminal' te playbacken. Hij deed elk jaar iets anders van Michael Jackson; deze wedstrijd was de enige gelegenheid waarbij hij en zijn vader naar het dorp afzakten, nooit won hij de hoofdprijs.

Vooral de twee hoofdjes onder in beeld trekken mijn aandacht. Tesje en ik zitten in het publiek, delen samen een pakje chips. We hebben meer oog voor de versnapering dan voor het optreden. Tesje draagt een overgooier. Ik ben het rode, bezwete hoofd met rolkraag, de enige in de hele zaal die lange mouwen draagt. We zien er best gelukkig uit. Al is in deze foto's wellicht alles reeds aan het kiemen.

Ik wend mijn ogen af, kijk naar de rest van de boerderij, zoek een goed plekje om me zo meteen op te stellen. Alle stallen en schuren zijn onveranderd gebleven. Ik kijk voor een laatste keer naar de projectie van de foto, voor hij vervangen zal worden door een ander beeld. Tesje en ikzelf. Zij steekt net chips in haar mond, ik houd het pakje vast. Als het mogelijk was, zou ik nu eendimensionaal worden, tijdreizen, deze foto in kruipen, dit moment binnenglippen, Tesje waarschuwen voor wat haar te wachten staat, zeggen: maak je uit de voeten. Naar Jan zou ik roepen: trek het je niet aan, je bent de beste Michael Jackson die ik ken.

Ik zou dit kunnen zeggen, maar het zou weinig veranderen. Indien er twintig jaar geleden een dertigjarige versie van mezelf plots zou opduiken en zou zeggen 'ik weet wat er gaat gebeuren, maak dat je hier wegkomt', dan zou ik geen centimeter bewogen hebben. Dan zouden Tesje en ik gewoon zijn blijven zitten, niet omdat we gelukkig waren, maar omdat dingen eerst moeten gebeuren voor je er spijt van kan krijgen, en ook omdat het zakje pickles nog niet leeg was.

2 AUGUSTUS 2002

Buiten bromt de grasmaaier van de buren. Toch is het eerste waar ik aan denk als ik wakker word de samentrekkende blote billen van Laurens en Pim voor het kleine met seks gevulde beeldscherm. Het bed van Tesje is leeg, niet zorgvuldig opgemaakt. Ook dat is verontrustend. Ik haast me de trap af. Met elke trede wordt de lucht iets frisser.

Beneden tref ik Tesje aan. Haar handen liggen in het midden van het toetsenbord. Ze staat op haar blote voeten voor de buffetkast. Ze draagt haar lievelingspyjama met roze franjes die vreemd staat nu ze geen lange blonde haren meer heeft. Ze kijkt niet opzij.

Vroeger hadden we een kaalgeknipte Barbie, die deed enkel dienst als vijand of kankerpatient.

'Ga me nu niet weer op de wc zitten afluisteren, Eva,' zegt ze.

Ik moet dringend plassen maar stel het uit.

Pim staat vlak naast Laurens op het erf, onder zijn T-shirt houdt hij iets verborgen.

'Wat heb je?' vraag ik, meteen bij aankomst, zonder mijn fiets te hebben geparkeerd.

Voor hij het durft laten zien kijkt hij om zich heen. Zijn vader is nergens in de buurt. Het erf ligt er leeg bij, de koeien zijn uit de stallen. Pim haalt een videotape onder zijn kledij tevoorschijn. 'Volgens mij wordt er in deze film wel gepijpt.'

Laurens is ook pas net aangekomen, hij staat nog met zijn stuur in de hand. Ik heb hem niet zien fietsen in het Steegeinde, wat zou kunnen betekenen dat hij een andere weg dan gewoonlijk heeft genomen om hier te geraken.

Ik werp een blik op hun korte broeken, de haren op hun kuiten. Die moeten er gekomen zijn toen ik even niet keek, want in het begin van de vakantie was het me nog niet opgevallen.

'Ik heb hem gevonden in Jans kamer.' Pim spreekt Jans naam stiller uit dan de rest van de zin.

Het was niet Pim maar ík die deze tape had gevonden, toen ik me ooit eens in Jans kamer had verstopt bij het spelen. Ik had even naar de prent gekeken, het ding snel teruggelegd, precies zoals het er had gelegen, zodat niemand zou merken dat ik in zijn kamer was geweest. Dit kan ik hun nu niet vertellen. Ik kan hun ook niet vertellen dat ik op de dag van Jans begrafenis deze tape opnieuw zag liggen: precies zoals ik hem daar twee jaar eerder had achtergelaten.

'Had je met je mama niet afgesproken om Jans kamer intact te laten?' vraag ik.

'Jan mag me dankbaar zijn dat ik dit bewijsmateriaal heb weggehaald. Over een paar dagen komt mama weer thuis wonen. Dan gaan ze zijn kamer leegmaken, alles in dozen steken. Je wil toch niet dat mijn moeder dit ziet? Laat staan mijn vader.'

'Waarom zouden jullie dat doen?' vraag ik.

'Komt je moeder terug, dan?' vraagt Laurens.

Pim antwoordt niet. Hij gaat ons voor, het woongedeelte van de boerderij in, doet de achterdeur van binnen op slot, zodat zijn vader ons niet zal storen. De ruimte ligt er verdacht proper bij voor een huis dat uitsluitend bewoond wordt door twee mannen. De living ligt achterin, er staan een grote donkerhouten kast en twee zetels met houten leuningen, de kussens zijn overtrokken met leer.

Laurens en Pim nemen plaats in de driezits, ieder aan één uiterste. Ik zeg niets, plof neer op de kleinere canapé. Die staat nogal vreemd in de kamer geplaatst, niet tegenover de televisie, maar schuin naast de andere zetel.

Pas wanneer ik zit, merk ik dat deze stoel uitkijkt op de muur waarop een luchtfoto van de boerderij hangt. Deze stoel was van Pims moeder. Hier zat ze sokken en sjaals te breien, niet omdat iemand ze ooit zou dragen, maar omdat ze van hieruit haar televisiekijkende gezin kon bewonderen.

Ik heb om de een of andere reden nooit in deze zetel gezeten. We hebben wel televisiegekeken hier, maar vroeger pasten we nog met zijn drieën in de driezits.

'Ik ben deze. Wie wil jij zijn?' vraagt Pim. Hij toont de cover van de video aan Laurens, daarop staan drie acteurs en een rondborstige actrice in pikant verpleegsterkostuum afgebeeld. Pim tikt op de linker acteur, de donkerste en meest gespierde man. Hij haalt de band uit het doosje en duwt hem in de cassettespeler.

Laurens wijst een van de nog niet gekozen personages op de hoes aan. 'Ik deze.'

Pim komt weer zitten, ze slaan hun handen in elkaar.

Aan mij wordt niets gevraagd.

Vandaag zal Mientje komen, maar later, wist Laurens. Ze moest eerst nog naar de tandarts, en dat duurt minstens nog een uur, met een gebit als het hare.

Mientje zat bij Jolan en Jan in de klas, maar bleef in het vijfde twee keer zitten, waardoor ze het laatste schooljaar in de klas zat waar wij werden bijgezet. Ze is de jongste dochter van de stelendraaier, heeft zes broers. Er werd gezegd dat haar ouders na zes zonen toch maar waren blijven verdergaan – eentje meer of minder zou geen verschil meer maken. Ze waren ervan uitgegaan dat het ook weer een jongen zou zijn, dat Albert II peter van het kind zou worden, zoals de koning dat deed bij elke opeenvolgende zevende zoon, dat de koningin hun volgens traditie een zilveren schaal met initialen zou overhandigen.

Ze waren niet teleurgesteld bij de geboorte, toch hadden ze Mien altijd jongenskleren doen dragen, niet duidelijk of dat een straf was of gewoon gemakkelijk. Mien had een fijn gezicht en rosse krullen, die meestal op haar schouders lagen als garen waar een kat mee in de weer geweest was.

Mien was een ongewone naam voor iemand uit Bovenmeer, en al noemde iedereen haar Mientje – dat bleef beter hangen, door de connotatie van een ros centje – toch was ze jarenlang het meisje van wie niemand de naam kon onthouden, dat bijna altijd onopvallend bleef.

Daar kwam een einde aan toen ze op iemands verjaardagsfeestje, waar ze nog geen woord had laten vallen, haar vork en mes neerlegde, op haar stoel ging staan om luid en duidelijk aan te kondigen: ‘Ik ga een neger in de pot brullen.’ De taart werd net aangesneden, tantes en grootouders waren aanwezig, er was een nonkel met een fototoestel. Het moment werd vastgelegd: voorin de gastvrouw die vol verbluffing bijna in haar eigen hand sneed, op de achtergrond een onscherpe tienjarige met krullend ros haar, boven op haar stoel, de vingers op de onderbuik.

Nadat Mien naar het toilet was gegaan en haar handen had gewassen onder de keukenkraan, was ze in stilte terug aan tafel gaan zitten en had ze in zuinige happen haar spiesje taart opgegeten.

‘Brulneger’ werd het synoniem voor een dikke drol, zo eentje waar je hard voor moest drukken. Het begrip werd geclaimd door kinderen in omliggende dorpen. Allemaal beweerden ze dat een van hún verlegen meisjes deze uitspraak zou hebben gedaan, dat de brulneger was ontstaan op een van hun verjaardagsfeestjes. Wij lieten hen in de waan, maar wisten beter.

Het had Mien plots populair gemaakt. Zij werd uitgenodigd op allerlei gelegenheden; iedereen hoopte dat ze het nog eens zou durven, of liever nog: dat ze met andere woeste uitspraken zou komen die zouden uitgroeien tot vaste begrippen die het betreffende feestje achteraf memorabel zouden maken. Maar Mien deed niets meer. Met muizenhapjes at ze alle voorgeschotelde stukken taart op. Ze liet geen glimp meer opvangen van hoe diep haar stille water was. Maar door die ene uitspraak werd ze begeerd door jongens. Nu pas zagen ze wie Mien al die tijd geweest was, hoe mooi rosse krullen eigenlijk waren.

Vanuit mijn eenzitter observeer ik Laurens en Pim, die op hun beurt naar de video kijken. Pim zoekt op de tast de afstandsbediening, zet het geluid harder; het smakken overstemt alle boerderijgeluiden en Laurens' opgewonden ademhaling.

Op hun gezichten kan ik aflezen wat er aan het gebeuren is. In hun oogwit flikkeren de lijven vanop het scherm, hun ogen suggereren de beweegrichting. Ik kan zien aan de spanning in hun lichaam wanneer het door hun uitgekozen personage aan de beurt is.

Het einde van hun steekproeven is eindelijk in zicht, we zijn al over de helft van het aantal meisjes. Na Mien zullen er nog maar twee komen – en we zijn nog niet over de helft van de vakantie. Er zal aan het einde van de zomer nog tijd over zijn om gewoon met zijn drieën te zijn, net als vroeger.

Buiten slaan de hond en de ganzen alarm. Betrapt zet Pim het volume van de film zachter.

'Is je vader al terug?' vraagt Laurens.

'Weet ik veel.' Pim maakt van het tumult gebruik om even zijn kruis goed te steken. 'Ga eens kijken, Eva.'

Ik sta op, draai de sleutels in het slot van de achterdeur weer om, ga controleren wie er het erf oploopt.

Het is Mientje, ze is te vroeg. Traag beweegt ze langs de lege stallen. Ze kijkt aftastend om zich heen.

Ik zou naar haar kunnen toe gaan, zeggen dat ze moet vertrekken, dat hier niets te beleven valt. Ik zou haar kunnen waarschuwen, met haar gaan zwemmen, in de Put, of nog verder dan dat, in een ander dorp.

Net als ik mijn voeten in beweging wil brengen, zie ik haar het laddertje van een tractor opklimmen om naar zichzelf te kunnen kijken in de achteruitkijkspiegel. Ze legt haar haren goed.

Dit klopt niet met de theorie van Pim. Hij beweert dat de mooiste meisjes vaak zelf niet doorhebben dat ze zo mooi zijn, minder bereidwillig zijn zich uit te kleden, net daarom zo prachtig zijn.

'Mien is er klaar voor,' roep ik, en trek aan de bel die aan de achterdeur hangt, om van allen de aandacht te trekken, als een scheidsrechter die de volgende ronde van een gevecht aangeeft.

Ik loop naar Mientje toe.

Ze geeft me een zoen. Ze ruikt steriel, naar tandpasta.

'De jongens komen,' zeg ik.

Ze ziet er zoveel scherper uit dan op de laatste klasfoto. Haar neus staat hoog en haar ogen puilen uit.

Samen kijken we naar Laurens en Pim die komen aangelopen. Ze hebben allebei een rare wandel, die ik niet van hen gewoon ben. Pim loopt met zijn armen van zijn lichaam weg alsof hij net iets te hard is opgeblazen.

De rest van de namiddag heeft veel weg van een film die alleen maar op de achtergrond speelt, omdat iedereen toch al weet hoe het eindigen zal.

Laurens en Pim zijn efficiënter, maar ook meer gespannen dan anders. Het gaat snel. Mien stemt toe met acht kansen. Ik geef mijn raadsel. Mien doet haar best. Ze raadt het niet.

'Tijd voor een straf.' Pim kraakt de kootjes van zijn vingers. 'Kleed je maar uit.'

'Ik heb mijn maandstonden,' zegt zij. 'Ik kleed me voor niemand uit.'

'En wij moeten dat geloven?'

'Laat Eva het nakijken,' zegt zij.

'Eva, kijk het na.' Laurens weet niet goed waar te blijven met zijn handen. Hij heeft nog geen gezichtsbeharing. Zijn mannetje in de film zou nu aan zijn snor hebben gefrunnikt.

'Wel niet hier, uit het zicht.'

Mien en ik verdwijnen om de hoek, om hun lust niet te bederven. Mientje toont me niets. Ze glimlacht alleen maar lief, zoals meisjes onder elkaar glimlachen. Op haar bovenlip zit nog een spikkel tandpasta. Ik geloof haar meteen.

Als we terugkomen, hebben Laurens en Pim al een alternatief klaar, dat zie ik aan hun houding.

Pim staat weer meer opgeblazen. 'Zelfs meisjes met maandstonden kunnen van pas komen. Kijk maar naar de films. Je gaat me toch niet zeggen dat die actrices elke maand een week verlof nemen?'

'Geen hele week, wel minstens vier dagen,' zeg ik.

Mien kijkt mij vragend aan, veegt haar rosse krullen uit het gezicht. Ik weet niet waar de jongens op aansturen.

'Een blowjob dus,' zegt ze. 'Het is goed. Ik doe het wel even.' Ze gaat op haar knieën in het stro zitten.

'Jullie krijgen niet meer dan tien tellen,' zeg ik.

Laurens wil deze keer als laatste, waarschijnlijk om te kunnen kijken wat Pim doet, om deze keer in ieder geval niet slechter uit de hoek te komen. Hij speelt wat met zijn ballen terwijl hij zijn beurt afwacht.

Ik tel, niet té snel, maar ook niet traag.

Pim laat zijn broek zakken, trekt zijn voorhuid drie keer naar achteren, met de beweging van een cowboy die een pistool laadt. Net als het vel naar achteren is, duwt hij de kop tussen Mientjes tanden.

Zij zuigt een paar keer, haar fijne gezicht wordt nog smaller.

'Tien. Waarom noemen ze dit eigenlijk een blowjob, je wil toch niet dat er geblazen wordt?' vraag ik.

Het is Laurens' beurt. Hij wil mijn vraag niet beantwoorden.

Zijn piemel wordt niet helemaal stijf en doet me denken aan die goedkope worst in de winkel, waar niet echt veel vlees in zit, vooral vet, zodat hij bij het rechtop staan plooit. Die zien er ook niet uit om te eten, maar je kunt er wel harde meppen mee verkopen die nooit echt pijn doen. Mientje maakt er tien seconden lang het beste van.

'Klaar,' zeg ik, net wanneer Laurens opgewonden wordt. 'Ik ben alweer bij tien.'

'Ik zal dit maar niet tegen mijn broers vertellen,' zegt Mien.

Ze geeft mij opnieuw een kus op de wang, eenzelfde soort kus als bij aankomst. De jongens laat ze onaangeroerd. Ik kan de vieze geur van hun piemels ruiken.

'Wat is de oplossing van het raadsel, eigenlijk?' vraagt ze.

'Mag ze niet verklappen,' zegt Pim vrijwel meteen. 'Er moeten eerst nog meisjes komen. Pas als die zijn geweest, geven we het prijs.'

Hij heeft zijn piemel weer in zijn broek opgeborgen; zijn voorhuid zit geklemd onder de rekker, het verfrommelde topje komt kijken. Er hangt een kleverig spoor naast, als bij een slak die nog bezig is met een afstandje.

Heel even heb ik zin om er op te kloppen, net zoals Pims vader het bij mollen doet, ze uit hun pijp lokken en ze dan de kop inslaan met een spade.

Ik vertrek samen met Mien. De jongens blijven achter op de hooizolder.

Ze zegt vrijwel niets, draait meteen bij de uitgang van het erf de andere kant uit. Ze zou ook een stuk langer met mij kunnen rijden, maar ik snap het, ik had haar na afloop op z'n minst het antwoord van het raadsel kunnen geven. Haar krullen wapperen in de wind.

Een paar minuten later vliegt er een helikopter over. Ik kan niet anders dan doortrappen en hopen dat er van dit moment geen luchtfoto wordt gemaakt. Dat dit landschap niet wordt vereeuwigd om in iemands woonkamer te worden opgehangen, met mij als stip, met Mien als stip, weg bewegend van elkaar.

TWEESTOELENRESTAURANT

Jan verdween twee dagen voor zijn zestiende verjaardag, op 28 december, de laatste zaterdag van 2001, niet lang nadat Laurens me vroeg welke superkracht ik zou willen bezitten.

De kerstvakantie liep ten einde. Laurens en ik zaten in zijn tuin, op het klimrek. Hij zat een trapje onder me. Zijn haar was langer geworden. Ik keek recht op zijn kruin. Laurens' kapsel viel altijd min of meer vanzelf in deze middelmeet, maar nu de lokken langer en zwaarder waren, was de streep breder. Het maakte hem kwetsbaar, deze inkeping, het gaf aan waar ik hem zou kunnen breken. De laatste dagen hadden we niet veel anders gedaan dan op het rek zitten. In huiskamers stonden kalende kerstbomen, ingeduffeld met lichtjes en pompons.

Voor het eerst hadden Laurens' ouders meer bestellingen dan buren. Daar waren ze erg fier op. Er kwamen klanten van heinde en verre, de parking op de oprit was niet groot genoeg.

'Ik kies voor teleportatie,' beantwoordde Laurens zijn eigen vraag omdat ik er te lang over nadacht.

'Waar wil je dan heen?' vroeg ik.

'Een eiland,' zei hij.

'Welk eiland?'

'Dat is me om het even.'

Mensen die naar eender waar willen, willen niet per se ergens heen, ze willen gewoon niet blijven.

De kerkklok luidde drie uur.

'Ik heb honger,' zei hij.

Elke keer dat het winkelbelletje ging, keek hij naar de binnenkoer, in de hoop dat Pim zou verschijnen. Die had beloofd om twee uur te komen. We zouden ons te gronde gegane restaurant nieuw leven inblazen.

'Tweestoelenrestaurant' was een spel dat Laurens zelf had uitgevonden, dat het beste van zijn twee werelden combineerde: eten en competitie. Het bestond uit twee keukenstoelen die in het midden van de kamer werden gezet, waarop Pim en ik geblinddoekt moesten gaan zitten. Laurens begon met chef-kok spelen. Wie chef was, moest vreemde, nooit eerder geziene combinaties samenstellen op een theelepel, deze aan de twee anderen voorschotelen. Wie als eerste de ingrediënten juist raadde, werd benoemd tot chef-kok, mocht wisselen met Laurens, moest het volgende hapje op het menu samenstellen. Het restaurant was failliet gegaan op de dag dat Pim ons een rauw konijnenniertje met choco en cayennepeper voorschotelde.

Nu, met zicht op deze middelmeet, vond ik dat moment opnieuw erg voor Laurens.

Ik had het bloed geproefd en het meteen uitgespuwd.

'Het is een niertje,' had Laurens gegokt, maar Pim wilde weten van welk dier. Dus had Laurens het koude orgaanvlees stukgebeten, het traag fijngekauwd, toch had hij de smaak niet precies kunnen thuisbrengen.

'Konijn?' had ik gegokt. Ik had gewonnen.

Het werd kwart na drie. 'Kom, we bellen Pim.' Laurens stond op, wandelde naar binnen. Ik ging naast de hoorn hangen om te kunnen meeluisteren.

'Waar ben je?' vroeg Laurens, hij draaide zich van me weg. Gefronst luisterde hij naar het antwoord. 'Moeten we mee komen zoeken? Of kunnen we je helpen met de koeien?'

Zuchtend nam hij afscheid en legde de telefoon neer.

'Jan is deze ochtend weggegaan zonder eerst de koeien te melken en nu moet Pim zijn taken overnemen én hem helpen zoeken,' vatte hij het gesprek voor me samen. 'Hij wil niet geholpen worden door ons.'

Of Pim het zelf zo had aangegeven, dat het overnemen van Jans werk erger was dan diens verdwijning, betwijfelde ik.

We keerden terug naar de tuin, dit keer ging ik op een van de laagste trapjes zitten. Ik miste het uitzicht van daarnet, het kunnen neerkijken op Laurens.

'Vind je dat nu niet oneerlijk? Pim is diegene die niet is gekomen, en toch is hij de enige die weet wat te doen,' klaagde hij.

Ik knikte. 'Waar denk jij dat Jan heen is?' vroeg ik.

'Weet ik veel,' zei Laurens. 'Mijn maag gromt.'

Hij tikte met de top van zijn schoen op mijn hoofd. Moest ik nu zeggen dat ik ook honger had, zodat hij zou kunnen voorstellen om toch Eénstoelsrestaurant te kunnen spelen?

'Eet dan iets,' zei ik.

Laurens zuchtte, stond op en sleepte zich opnieuw door de tuin. Zijn gestalte kromp geleidelijk aan, tot hij door de achterdeur werd opgeslokt. Zo makkelijk was verdwijnen. Soms volstond een plotse honger. Zo had het alleszins eens in de krant gestaan: een man was vertrokken naar de frituur en werd pas jaren later teruggevonden in een vakantiepark in Zweden waar hij werkzaam was als tuinier. Hij droeg een bril met nepglazen.

'Mama, wat gaan we eten vanavond?' hoorde ik Laurens tot achter in de tuin brullen. Ik wist wat zij hierop graag antwoordde. Het was druk dus zou ze zeggen 'stront met steentjes' of 'kots van het beertje'. Laurens had nog nooit de waarde ingezien van een moeder met humor.

Hij marcheerde het hele eind terug met een zak kroepoek en een overgebleven chocoladesint. Hij zette de zak chips op zijn eigen schoot, wierp het postuurtje in de mijne.

Ik beet meteen het hoofd van de sint af – korte pijn –, zo deed Tesje het ook. 'Mensen die beginnen met de voeten, daaraan herken je de beulen,' beweerde ze.

De kroepoek kromp knisperend samen op Laurens' tong.

Om halfvijf kwam Laurens' moeder de tuin in gelopen. De zak garnaalchips was bijna leeg. Snel moffelde Laurens hem weg in de kap van mijn jas. Zijn moeder kwam uit de bijkeuken, er lag een grote, dungesneden entrecote op haar arm. Haar gezicht was bijna even bleek als de vetrand rond het vlees. Haar warme, opgewonden ademhaling, die in deze tijd van het jaar kleine ronde wolkjes zou hebben moeten vormen maar nu helemaal niets veroorzaakte, paste niet bij de ongerichtheid van de rest van haar lichaam.

Ze kwam dichterbij, wilde ons vastpakken, besefte toen pas dat ze nog iets in haar handen had. Ze keek even rond en hing de entrecote over een van de sporten van het klimrek, legde dan haar handen om de knieën van Laurens heen en knuffelde zijn benen. Toen zag ze mij, omhelsde mij. Ze drukte mijn hoofd tegen haar borst, het was de eerste keer dat ze me weer eens innig vastnam, sinds die nacht dat ze mij de platvis had zien boetseren in de schaduw. Ik snoof de zure geur van haar schort op. De halflege zak chips in mijn kap kraakte. Ze zei er niets van.

'Kinderen, lieve kinderen toch,' zei ze. 'Jan is gevonden.'

Ik wist meteen wat dit betekende. Waarom had ik geen superkracht gekozen daarstraks, toen Laurens erom vroeg?

'Hij is overleden.' We zwegen. 'Dood,' zei ze, alsof

dat een nog specifiekere manier was om te sterven.

'Hoe dan?' Laurens vroeg precies wat ook ik wilde weten.

'Dat heeft de pastoor me niet verteld. Waarschijnlijk een ongeluk.'

Het winkelbelletje rinkelde opdringerig. Laurens' moeder bleef nog even staan.

Het waren niet per se de woorden die tot me moesten doordringen, die pijn deden, maar al het andere, alles dat er gewoon wel nog was, al het futiele dat daarnaast weer gewoon zou moeten verdergaan.

'Pim heeft ons nodig,' besloot Laurens. Hij stond al recht.

'Als ik jullie was zou ik die jongen voorlopig met rust laten. We kunnen hem straks wel even opbellen. Komen jullie ook naar binnen?' vroeg ze. 'Ik warm melk op.'

Vervolgens liep ze de tuin weer uit, met stevigere passen dan ze gekomen was. Ze zou geen melk opwarmen. Ze moest het nieuws helpen verspreiden, dat was wat er nu moest gebeuren – nog zo veel mensen moesten op de hoogte gebracht worden.

Ik vroeg me af wie zij eerst zou bellen. Bij gebeurtenissen als deze werd altijd duidelijk hoe in dit dorp de mensen met elkaar in verbinding stonden, hoe de sociale structuren werkten, zoals bij hevige storm pas zichtbaar wordt hoe bomen zich al die tijd ondergronds hadden vastgehouden. Wie zou mijn ouders opbellen om het hun te vertellen? Zou iemand hen überhaupt op de hoogte brengen?

Ik stond recht. Op het klimrek hing nog steeds de entrecote. Ik ging op de schommel zitten, zodat Laurens me niet zag wenen. Hij mokte enkel, maar misschien was dat voor hem al heel veel, meer dan genoeg.

Ik keek naar mijn schoenen, opnieuw naar de plak entrecote op het klimrek die heen en weer schommelde door onze bewegingen op het speeltuig. Laurens stond op, kwam naar me toe. Hij haalde het pak chips uit mijn kap. Nam nog een kroepoek, ging in het gras zitten. Ik kon niets zeggen. Het postuurtje smolt in mijn handen. Ik beet de voeten eraf. Deze sint kon nu ook geen kant meer op.

'Wat gaan we doen?' vroeg Laurens. Hij zakte neer in het gras.

Mijn maag speelde de chocoladevoeten meteen weer terug. Ik gaf over in mijn mond, een klein slokje, het smaakte bitter en zuur. Ik slikte het snel weer in. Ik mocht niet overgeven nu. Er zouden nog mensen sterven, mensen die ik veel beter kende dan Jan, die ik elke dag zag, en dan zou ik nog droeviger moeten kunnen zijn dan dit. Ik moest een buffer laten, voor Jolan, voor Tesje.

'Monopoly?' stelde Laurens voor.

Ik knikte omdat ik weg wilde uit de tuin, weg van de entrecote.

We gingen naar binnen, niet naar de winkel, maar naar de bovenverdieping. Daar was ik al een tijdje niet meer geweest, en onder andere omstandigheden zou ik niets liever gewild hebben dan nog eens op de zachte canapé naast Laurens' moeder zitten, televisiekijken.

Nu kon ik niets anders doen dan denken aan Jan, al wist ik niet aan wat ik precies moest denken, met welke details. Hoe het ongeluk juist gebeurd was, wie hem had ontdekt, waar hij was gevonden.

Ik wist ook niet voor wie ik dit erg moest vinden. Jan zelf – hij had er geen last van, niet meer. De mensen die hem gevonden hadden – wellicht waren dat Pims ouders, zij waren altijd voorstanders geweest van het weigeren van alle hulp, wellicht ook vandaag, waarschijnlijk waren ze zelf gaan zoeken.

Laurens klapte het speelbord open, ik zat er maar wat bij. Hij stalde alles uit, pionnen, kanskaarten, geldbriefjes. Hij telde snel en slordig.

Mocht dit wel, nu, spelen? Was er niets anders dat moest? Zolang ik me niet kon bedenken wat wél gepast zou zijn, bleef ik toch maar gooien met de dobbelsteen.

Vlak onder de woonkamer lag de winkel. Om de paar minuten, tussen de belletjes door, hoorden we Laurens' moeder het nieuws verspreiden, kreten van ongeloof, gerinkel van de kassa.

De kans was groot dat op het moment dat Jan doodging, Laurens en ik zwijgend op het klimrek zaten, dat de kassa ook toen rinkelde. We hadden het ongeluk misschien niet kunnen voorkomen, maar we hadden op z'n minst iets anders kunnen doen dan op een speeltuig zitten wachten.

Ik gooide drie keer na elkaar zes ogen. Laurens zette mijn pion in de gevangenis. Ik leunde even achterover. Dacht aan de meubels in Jans kamer.

Ik kon me makkelijker herinneren hoe die kamer erbij lag dan dat ik me kon herinneren hoe Jans gezicht eruitzag. Sinds ik wist dat hij me een mooi meisje vond, had ik hem nooit meer écht aangekeken. Ik had me tijdens verstoppertje eens in zijn bed verscholen. Een halfuur was ik daar gebleven, naast een paar hard geworden zakdoeken, onder het kinderachtige bedovertrek met de afbeelding van een tractor. Er lagen gestreken truien op een stoel en er stond een ongeschonden kaars op zijn nachtkastje. Ik was nooit eerder zo dicht bij een jongen geweest van wie ik wist dat hij me mooi vond. Ik had mijn gezicht in zijn kussensloop gedrukt, mijn tong uit mijn mond geduwd, een kus voor hem achtergelaten.

Na een paar beurten duwde Laurens mijn pion uit de gevangenis.

Hoeveel zou er nu veranderen? De stomste dingen eerst: de vodden die overal in de boerderij verspreid lagen, voornamelijk verknipte, oude hemden van Jan, die gebruikt werden om smeer van de handen en gemorste melk van de vloer te vegen. Deze vodden waren al jaren meegegaan zonder dat ze enige waarde hadden – ik had er eens een mee naar huis genomen om eraan te kunnen ruiken – ze zouden nu gekoesterd worden.

De stomste dingen die er nog van hem over waren, de lelijkste foto's, de harde zakdoeken in zijn bed, vanaf nu zou dit allemaal betekenis krijgen.

Pas bij het zesde rondje kon ik de huur van de Nieuwstraat niet meer betalen.

'Geld tellen,' commandeerde Laurens. Hij wuifde zichzelf koelte toe met zijn briefjes van vijfhonderd, al was het niet warm in de kamer.

Kwam het door mensen zoals hij dat mensen zoals ik op dit soort momenten, wanneer iets het verdriet van ons beiden verdiende, verplicht waren alles dubbel te voelen?

Die avond gingen we thuis pas om acht uur aan tafel. De timing van de maaltijd had niets met Jans dood te maken, maar met het uitgelegde vlees dat niet had willen ontdooien.

Ik wist niet zeker of het nieuws van Jan ook bij hen was terechtgekomen. Ik vermoedde van niet: bij thuiskomst was mama niet dronkener dan dat ze anders op dat uur zou zijn. De maan stond klein en hoog. Onze weerspiegeling in de schuifdeur van de keuken was erg helder, het vlees was uiteindelijk toch gewoon ontdooid in de microgolfoven en daardoor taai geworden – mama deed sinds kerstavond, nadat ze bij de hond had moeten eten, niet meer echt haar best in de keuken.

Aan de zwijgzaamheid van Jolan en Tesje, aan de manier waarop ze hun bestek vasthielden kon ik afleiden dat zij het al wel gehoord hadden. Eten voelde niet aan de orde. Iemand moest het zeggen.

'Het mag wel eens gaan sneeuwen,' zei moeder. Achter haar flikkerden de lampjes van de laatste kerstboom die we zouden hebben.

Heel traag kauwde ik het vlees. De hap duurde eindeloos.

'Jan is verdronken in de beerput,' zei ik toen mijn mond eindelijk leeg was.

Op het aanrecht, rechts van mij, stond een rijtje onaangeroerde chocoladesinten van Tesje. Het waren er vier, ze had ze allemaal met hun gezicht naar de muur gedraaid. Toch leek het of ook zij me aanstaarden.

17.00 UUR

Ik zie Jolan meteen, al verbergt hij zijn gezicht achter de kraag van zijn winterjas ter beschutting tegen de koude wind die af en toe tussen de stallen komt opzetten. Broers of zussen, je herkent ze direct, willens nillens, omdat je jezelf in hen kunt thuisbrengen.

Hij loopt langs de voet van de berg waarop ik me bevind, treuzelt aan de staldeuren bij het binnengaan, zoals alleen hij dat kan, liefst de ogen gesloten, tijdelijk is hij zelf het insect dat geanalyseerd moet worden. Hij draait zich om, kijkt nog eens in de richting waaruit hij gekomen is, naar zijn spiksplinternieuwe, geparkeerde Range Rover. Dan trekt hij toch zijn das recht, strijkt zijn vest glad en stapt de stal binnen.

De laatste keer dat ik met Jolan de feestdagen doorbracht, was twee jaar geleden, in 2013. We vierden dat jaar, net als de jaren ervoor, samen kerst – Tesje, hij en ik – niet op kerstdag zelf maar een paar dagen later, want Tesje vierde het in haar pleeggezin en Jolan had toen een vriendin, een medewerkster uit zijn labo van wie hij een fiets had gestolen en voor wie hij dan maar, om zijn vel te redden, de kaart van de romantiek had getrokken.

Jolan reed eerst naar Tesje, pikte haar op, samen kwamen ze naar Brussel, mij ophalen. We reden naar een restaurant in de binnenstad dat ik mocht uitkiezen, maakten een grote omweg langs het Atomium, omdat Jolan graag autoreed, Tesje graag door de stad werd rondgereden en ik dan kon vertellen welke buurten ik gezellig vond. Ik koos altijd hetzelfde restaurant waarvan ik wist dat er ook veel mensen alleen kwamen eten. Zo zouden wij ons heler voelen.

Vorig jaar en ook dit jaar hebben we niet samen gevierd. Tesje kondigde aan dat ze niet langer samen kerst kon vieren. 'Liever geen feest, dan een feest achter de rug van moeder en vader.' Ze zei dat het haar elke keer pijn deed zich te moeten inbeelden hoe zij daar zonder ons alleen thuiszaten, in de veronderstelling dat er helemaal niets gevierd werd.

Op kerstdag zelf kreeg ik een sms'je: 'Gelukkige kerst, Eva'. Van Jolan kreeg ik een onlinekerstkaart met twee zingende rendieren. Pas daarna kwamen de enveloppen met geld.

Inmiddels heb ik er meer dan dertig ontvangen. Er zat tot nog toe – behalve bij de eerste – nooit een woordje uitleg bij. Geen bericht, geen verklaring, het moest zichzelf uitwijzen. Wel bevatte hij telkens een Post-it die het bedrag vermeldde, over het voorste en laatste biljet gekleefd. '200 euro.' Of: '100 euro'.

Bij zijn allereerste envelopje met geld schreef Jolan: 'Besteed dit nuttig en soms ook niet. Je moet het me niet terugbetalen.' Wat hij onder 'nuttig' en 'soms niet' verstaat is me tot op de dag van vandaag niet duidelijk. Ook weet ik niet hoe ik het moet benoemen. Een schenking, een bijdrage, een gift, een toelage, een vergoeding. Zolang ik dat niet weet, besloot ik, zal ik het geld niet besteden.

Soms praten we via WhatsApp. Een tijdje geleden scrolde ik terug in het gesprek, probeerde te achterhalen wie met wie het vaakst eerst contact had gezocht. Ik zag dat ik over een tijdspanne van een jaar wel zeven keer met precies dezelfde vraag was gekomen.

'Hoe gaat het daar en met de sprinkhanen?' 'Daar' sloeg op Tesje, op het nieuwe huis waar ze woonde, haar nieuwe zus, haar nieuwe moeder – 'de sprinkhanen' was voor Jolan bedoeld; hij leidt een laboratorium waar ze onderzoek doen naar iets wat met het verteringsgestel van insecten te maken heeft. Soms werd er geantwoord door beiden, soms door een van hen.

Ik had meteen spijt dat ik niet vaker een andere vraag had gesteld, origineler uit de hoek was gekomen.

Ik zag dat zij ook wel eens vragen aan mij stelden. 'Hoe gaat het in Brussel?', 'Hoe gaat het in je appartement?' Altijd vroegen ze, net zoals ik bij hen, naar de verhouding tot welbepaalde plaatsen, nooit vroegen ze hoe het met míj ging, met mij alleen, omdat ze bang waren dat ik dan de waarheid zou durven zeggen.

Dat Jolan vandaag zou komen, wist ik niet. Hij had op Facebook zijn aanwezigheid niet bevestigd.

Op zich is het logisch dat hij werd uitgenodigd; hij kende Jan beter dan ik. Ze hebben samen in de klas gezeten. Hij was een van de weinigen die graag naar Jans verjaardagsfeestjes ging. Beiden hadden ze een fascinatie voor dieren. Jolan was de enige die zich afzijdig hield van het gepest. Maar hij kreeg daar achteraf weinig krediet voor, want doorgaans hield hij zich afzijdig van alles wat niet minstens vier poten had, en dan nog was hij ook niet altijd even vriendelijk: zo had hij ooit een van onze wandelende takken opgerookt, nadat het insect was gestorven. Hij had het tussen zijn vingers gesperd als een elegante sigaar.

Door de spleet in de stallen zie ik hem tussen alle anderen op het feest rondlopen. Hij staat alleen, neemt wat chips, wrijft met zijn hand over zijn hoofd, scharrelt nog wat haren bijeen om zijn beginnende kaalheid mee te verbergen.

Met Jolan heb ik nooit dezelfde band gehad als met Tesje, misschien omdat ik met hem nooit een kamer heb gedeeld. Op sommige momenten kwam dat hem duur te staan, bijvoorbeeld die keer dat het poedelvaasje brak.

Vader had ons die dag allemaal samengeroepen in de woonkamer.

‘Wie heeft dit gedaan?’ vroeg hij, wijzend naar de kast die hij ooit zelf gemaakt had, met daarop het lelijke vaasje, dat op een zijde stuk was gevallen. Het had een kleur waar geen naam voor bestond, iets tussen blauw en bruin, geen kaki. Het was niet gemaakt om een bloem in te zetten. De randen waren breekbaar dun en naar buiten omgebogen.

Het was een mislukte variant op een vaas, zoals de poedel een variant is op een hond. Het was ooit handgemaakt door een vriend, die ze uit het oog waren verloren. Dat maakte het kleine vaasje nog fragieler. En nu was het zover: we zouden opdraaien voor de vriendschap die verloren was gegaan.

‘Het is toch maar een vaasje, moest ik daar nu helemaal speciaal mijn bad voor uit komen,’ zei Jolan, rillend, met enkel een handdoek rond zijn middel geknoopt. Hij kreeg een klap tegen zijn hoofd. Een paar spetters water vlogen uit zijn oorschelp tegen de muur. Op de witte kalklaag die nooit overschilderd was, kleurden de spetters lichtgrijs.

‘De waarheid komt altijd bovendrijven,’ zei vader.

Mama deed niets, ze knikte zelfs niet. Dit was een van de zeldzame momenten waarop ze elkaars gezag niet probeerden te ondermijnen.

‘Jullie blijven hier staan, tot jullie eruit zijn wie hiervoor verantwoordelijk is,’ zei ze. Ze verliet de kamer zonder omkijken.

‘Ik was het écht niet,’ fluisterde Tesje.

‘Ik ook niet,’ zei Jolan.

‘Maar ik ben het ook niet,’ zei ik. Dat was het enige wat ik zeker wist.

De kat kwam tussen onze benen lopen, schuurde zich tegen ons aan. Langzaam droogde Jolan op. Niemand keek de ander aan, bang dat dit zou aanzetten tot verdachtmakingen.

Rond zes uur hoorden we Nanook smekend piepen

vanuit de keuken: mama was aan het eten begonnen, wellicht had ze voor de gelegenheid lamsvlees ontdooid. Iets later klonk het bestek van moeder en vader in hun borden. We zagen het dier voorbij de deuropening van de woonkamer bewegen, gulzig schrokkend duwde ze haar etensbak steeds verder voor zich uit.

Voor het eerst sinds maanden hoorden we moeder lachen.

'Je moet vaker een vaasje breken,' zei Jolan tegen Tesje.

Tesje beet in haar vingers en toonde hem de tandafdrukken.

'Maar ik was het niet. Ik zweer het.'

Niet bijten zou een bekentenis zijn. Jolan en ik volgden.

Om acht uur werd het niet opgelost, ondanks dat we naar bed werden gestuurd zonder eten.

'Slaap er een nachtje over. Als jullie het morgen nog niet weten, mogen jullie alle drie helpen het gras af te rijden.'

Vanuit onze slaapkamer hoorden we krekels in de tuin tjirpen.

'Ik was het écht niet,' fluisterde Tesje. 'Echt.'

'Iemand moet het toch gedaan hebben,' zei ik.

'Jolan, dus.'

'Waarschijnlijk.'

'Het was de kat,' wist Jolan, de dag nadien, net te laat – we hadden hem al, tegenover moeder, overtuigend de schuld gegeven. We hielpen hem het gras af te rijden, toch bleven we verraders.

Mijn handen zijn tot diep vanbinnen bevroren. Ik voel mijn onderlichaam niet meer. Ik zou kunnen staan, kunnen zitten, het zou geen verschil maken. De koude snijdt door mijn broek heen in het vel van mijn billen. Ik ben bang dat mijn benen aan het afsterven zijn zonder dat ik het doorheb. Ik moet bewegen. Niet alleen om me te beschermen tegen de wind, maar ook om te stoppen met kijken naar Jolan. Hoe langer ik hem bezig zie, hoe meer de moed me begint te ontbreken het ijs uit de wagen te gaan halen.

Ik klim voorzichtig de berg ingekuild gras af, langs de achterkant, zodat niemand me kan zien, terug naar de auto. Het ijs is nog steeds amper gesmolten. De bak is moeilijk op te tillen, een van de handvatten is afgebroken. Ik herinner me nu pas weer hoe dat gebeurde: bij het nemen van de scherpe snelwegafrit bij aankomst in het dorp. Ik kan hem net uit de koffer krijgen, de zwaartekracht helpt een handje. Heel even denk ik aan de buurman. Aan zijn armen en handen.

Laatst had hij, terwijl ik hem pijpte, mijn hoofd vastgegrepen. Hij begreep niet waarom ik met mijn tanden zijn eikel had vastgeklemd tot hij zijn greep loste.

Naast de wagen kieper ik de bak voorzichtig om, ik klop op de achterkant. Het blok komt los van de bodem en ploft op de grond.

Ik hef de plastieken vorm er voorzichtig af.

Het smeltwater loopt weg, over mijn schoenen, doet de omliggende sneeuw smelten.

Ik zet de lege Curverbak terug in de koffer, duw de klep dicht. De wagen laat ik onvergrendeld, met de sleutel in het contact.

Het is moeilijk beweging te krijgen in het blok ijs. Ik open de koffer opnieuw, neem een rood geruite deken, spreid die uit over de grond, leg het blok in het midden, neem de vier punten samen in mijn handen en sleep het geheel als een knapzak achter me aan.

De laatste meters glijdt het blok gemakkelijker mee omdat er onder de doek sneeuw samenkleeft.

Bij het oude melkhuisje kijk ik achterom, naar het brede, kronkelende spoor dat ik heb achtergelaten. Het zou evengoed een ziek, stervend dier kunnen zijn geweest dat zich door de sneeuw heeft gesleept.

5 AUGUSTUS 2002

Zo'n bedenkelijke kop heb ik Pim nog niet vaak zien trekken. Laurens en ik gaan ook met onze gezichten tegen het dakraam van de hooizolder hangen, om te kunnen zien wat hij ziet: twee vreemde vormen waggelen het erf op. Een van hen zou Heleen moeten zijn, achtenhalvepunten op de kerkhofomwalling. De andere waggelende vorm kunnen we niet thuisbrengen.

Pim had ons meteen bij onze aankomst gewaarschuwd dat Heleen nog iemand zou meebrengen, we waren de ladder van de hooizolder nog niet op. Van waar ik stond, kon ik recht in zijn neusgaten kijken. Daar kleefden korrels bruin stof in het snot.

'Is dit goed of slecht nieuws?' vroeg ik. Er kwam geen antwoord.

Pim wilde vandaag, tegen het beurtensysteem in, toch weer in de hooischuur afspreken. Hij had er geen reden voor gegeven maar ik vermoedde dat als we vandaag bij hem zouden verzamelen, er volgende keer geen enkele reden zou zijn om het niet bij mij in de kippenschuur te laten doorgaan – zeker voor Elisa zou het beter zijn als de muren geen ogen hadden.

We kijken hoe de meisjes de stal binnenkomen, de ladder opklimmen, wat moeilijk gaat omdat ze een overdreven hoeveelheid kleren dragen. Er valt niet te zien of de vriendin van Heleen een mooi lichaam heeft – wel is er op basis van haar ogen uitsluitsel: het is in elk geval niet weer een mongooltje.

'Dit lukt nooit,' zegt ze, met beide handen om de onderste sport van de ladder geklemd.

'Doe harder jullie best,' zegt Pim. 'Jullie zijn goed beschermd. Als jullie vallen, is de kans nihil dat jullie iets breken.'

Ze moeten in het dorp hebben opgevangen wat hun hier te wachten staat. Wie weet hebben Melissa of An – deze vier meisjes trekken wel vaker samen op – hun aangeraden te komen met veel kleren, gezegd dat dit de enige manier was om dit raadsel te kunnen ontcijferen. Natuurlijk waren de vorige meisjes niet op de hoogte van de nieuwe regels.

'Kunnen jullie niet gewoon naar beneden komen?' vraagt het meisje nu.

'Dit is Lente, trouwens,' zegt Heleen.

Ik kijk naar Pim. Hij schudt duidelijk nee. 'Oké, Lente,' zeg ik. 'We komen eraan.'

Tegen zijn zin leidt Pim ons over het erf, langs de beerput, naar de ruimte achter het melkhuisje, een piepkleine schuur waar het zaagsel voor de kalveren ligt opgeslagen, onder een laag zwart plat dak. Heleen struikelt over haar vijf broeken. Hier is het drie keer warmer dan in de hooischuur. Daarom legt Pim heel traag de nieuwe regels van het spel uit.

'Jullie hebben pech,' zegt hij. 'Acht vragen, meer niet.'

'Dan hebben jullie pech, dan spelen wij niet mee.' Heleen maakt aanstalten te vertrekken.

'Ja, inderdaad, waarom zouden wij dit eigenlijk willen?' zegt Lente.

'Omdat als jullie winnen, jullie ons eender wat kunnen vragen, wat jullie maar willen,' zegt Laurens.

'Ik kan jou dus vragen om in de koeltank met verse melk te pissen?' vraagt Heleen aan Pim.

'Ja,' zegt hij.

'En jij zal ons gratis vlees geven elke keer dat we bij jullie in de beenhouwerij komen?' Ze knikt naar Laurens. 'Een heel jaar lang desnoods?'

'Ja,' zegt hij.

'Een gok per kledingstuk, voor minder doen we het niet.' Lente kruist haar armen, dat wil niet echt lukken met de laagjes mouwen.

Pim en Laurens wisselen knikjes uit.

'Oké,' besluit Pim.

Heleen tovert snel nog wanten uit haar broekzakken en trekt ook deze aan.

Ze beginnen met twee redelijke gokken, maar dragen zo veel kleren dat het uiteindelijk, gezien de hitte, meer in hun nadeel dan in hun voordeel speelt. Gaandeweg krijgen ze het warmer, willen ze de laagjes van zich afpellen, worden ze slordig en minder tactisch. Ze komen zelfs een keer met praktisch hetzelfde antwoord.

De lange krullen waar Heleen normaal gezien punten mee zou scoren, kleven in natte strengen tegen haar voorhoofd wanneer ze de muts van haar hoofd haalt. Zweetdruppels parelen op Lentes slapen. Ze hadden misschien beter nagedacht over hun antwoorden als ze allebei alleen in badpak en op teenslippers waren gekomen en elk twee gokken hadden gehad.

Bijna naakt, enkel in ondergoed, lijken ze eerder opgelucht dan beschaamd. Er liggen twee grote stapels kleren tussen ons in het zaagsel.

Heel even vrees ik dat dit uitsluitend een afleidingsmanoeuvre is. Wie weet hebben Melissa en An hen niet enkel getipt dat ze veel kleren moesten aantrekken, maar hebben ze hun ook het raadsel gegeven, zodat ze de oplossing zouden kunnen opzoeken in de bibliotheek of op internet. Wie weet is Lente toevallig bevriend met Elisa, heeft zij haar de oplossing van het raadsel gewoon gegeven en houden zij ons nu voor de gek.

Heleen en Lente kijken elkaar aftastend aan.

'We stoppen,' besluit Lente. 'Dit raadsel is onoplosbaar.'

Ik haal opgelucht adem.

'Tuurlijk is het op te lossen,' zegt Laurens, 'en stoppen gaat niet zomaar; dat zou hetzelfde zijn als een biefstuk kopen, de helft opeten voor je hem betaalt en dan teruggeven, toch, Eva?' Hij kijkt naar mij.

'Ik heb nog nooit van een biefstuk gegeten voor ik hem betaald heb,' zeg ik.

'En wie ben jij eigenlijk?' vraagt Lente.

Niemand reageert, dus ik ook niet.

'Wat stel je ons voor, Eva?' zegt Pim.

'Eva kiest altijd wat er moet gebeuren,' zegt hij dan tegen de meisjes. 'Het hangt van haar af wat wij met jullie gaan doen.'

'Oké, dat wordt dus zakdoek leggen.' Heleen wijst naar de afbeelding van de beer op mijn trui.

Pim schiet in de lach.

'Willen jullie nog verder raden? Jullie hebben nog kansen.' Ik wijs naar hun onderbroek en bh.

'Geef ons maar gewoon de opdracht, Eva, dan houden we ons ondergoed wel aan. Dat achterlijke raadsel van je lossen we toch niet op.'

'Oké dan, twee keer na elkaar aftrekken,' reageer ik, meteen. Heleen richt zich met een ruk op.

'Hoezo? Hoe bedoel je?'

'Twee keer.' In de hoop dat ze de tweede keer slordig worden en het pijn zal beginnen doen. 'Moet ik het voordoen misschien?' vraag ik snel.

Het wordt stil, Laurens en Pim kijken me vol verbazing aan.

'Wie gaat met wie dan?' Heleen trekt haar gevulde bh naar beneden, zodat haar borsten nog meer de lucht in worden geduwd. 'Wie krijg ik?'

'Dat moeten jullie zelf uitvechten,' zeg ik. Haar tepelhof komt boven de boord piepen.

Het wordt stil, er worden blikken gewisseld, overwegingen gemaakt van wie bij wie hoort, van andermans score. Achten vallen niet te combineren met zessen, dat hebben Laurens en Pim vroeger eens als stelregel opgeworpen. Toch is er niemand die dit nu hardop durft herhalen.

'Oké, Laurens. Volgens mij moeten Heleen en Pim samen. Jij hoort eerder bij Lente,' zeg ik.

Laurens staat als in het gezicht geslagen. Eerst zoekt hij bijstand bij Pim en Heleen, maar die twee staan enkel tevreden naar elkaar te glimlachen. Dan kijkt hij afwisselend van mij naar Lente.

'Ik stel voor dat ik inderdaad met Lente begin, maar dat we dan daarna wisselen?' zegt hij.

Pim schudt duidelijk nee achter Laurens' rug.

'Nee, de meisjes worden niet gewisseld,' zeg ik.

Hoofdschuddend schopt Laurens tegen de hoop kleren die op de grond ligt.

'Jij moet zelf niet veel zeggen, Eva de Wolf. Jij was ook niet voor niets het snelste kruiwagentje vroeger,' zegt hij.

Pim veegt met zijn voet de uit elkaar geschopte kleren weer samen om een zachte ondergrond te bouwen waarop de meisjes met hun knieën kunnen zitten.

Ik wacht niet tot het gebeurd is. Fiets meteen naar huis.

Wat Laurens bedoelde met zijn opmerking over het kruiwagentje weet ik maar al te goed. Hij had het over de sportlessen op de lagere school, waarbij we de opdracht kregen in duo's 'kruiwagens' te vormen en baantjes af te leggen door de sportzaal. Meisjes zakten intuïtief door de knieën, kronkelden als vraagtekens over de vloer. Jongens grabbelden zo snel mogelijk het mooiste paar kuiten vast, om die te helpen overdragen.

Pim greep altijd meteen naar mijn kuiten, omdat hij dan Laurens niet zou moeten helpen, die dubbel zoveel woog als ik. Hij liet me niet meer los tot we heen en weer waren gegaan. Elke keer opnieuw eindigden we als eersten.

Aanvankelijk dacht ik nog dat we onze overwinningen enkel te danken hadden aan Pims spierkracht en mijn vermogen om snel met mijn armen te bewegen en mezelf stijf als een plank te houden. Tot ik doorhad waar het echt om ging: 'kruiwagentje' was voor andere jongens de uitgelezen kans om langs de losse pijpen van de turnshorts van de meisjes naar binnen te gluren, in de hoop een glimp op te kunnen vangen van hun slipjes.

Pim had altijd liever in de richting gekeken waar we heen moesten lopen.

'Het stinkt hier naar zweet,' zegt vader. 'Mag ik de kroketten?'

Hoogstwaarschijnlijk heeft hij de afstand tussen het bushokje en het huis voor één keer wel fietsend afgelegd, want voor het eerst sinds lang is hij op tijd thuis.

'Misschien stink je zelf,' zegt mama.

Vader heeft nog steeds zijn arm uitgestrekt om de kroketten in ontvangst te nemen, duwt zijn neus naar zijn oksel toe. Ik til de schaal voor hem op.

'Volgens mij is het Eva,' zegt vader, tegen moeder. 'Kan ook moeilijk anders met zulke olifantenpoten.'

Het kost me moeite de schaal te blijven vasthouden terwijl hij zijn kroketten opschept, toch hou ik het vol want Jolan is jarig. De bodem van de schaal is bekleed met een vel keukenpapier. Als ik mama was, dan had ik een meer feestelijke kleur uitgekozen.

Tesje staat op van de tafel om een ander mes te halen. Ze snijdt haar kroketjes een voor een overlangs, haalt met het mespunt de puree eruit en veegt die aan de rand van haar bord. Zo doet ze het ook met het teveel aan boter dat terug in het vlootje moet.

De zes uitgeholde sloepjes zet ze naast elkaar. Ze vraagt de erwten om elke boot van drie bemanningsleden te kunnen voorzien, ze voegt er een koffielepel vleessaus aan toe.

Niemand vraagt haar dit kunstwerk nog op te eten.

Die nacht kan ik niet slapen. Het duurt een uur voor Tesje vindt dat de kamer eindelijk klaar is. Heel de tijd blijft ze naast haar bed staan, dingen een paar millimeter van plaats veranderen, het laken in de plooi strijken. Haar matras is elke avond een ander wild dier waarvan het vertrouwen gewonnen moet worden.

Ik stel voor dat ze in mijn hoogslaper komt liggen.

'Wil je nog eens wisselen? Of bedoel je dat je je bed wil delen?' vraagt ze.

'Zoals jij het wil.'

Tesje doet het onverwachte, klimt mijn laddertje op, komt naast me liggen, laat net genoeg plaats opdat we elkaar niet raken. Ze begint haar lijst slaapwelwensen. De krop in haar keel vervormt hier en daar haar woorden.

'Slaapwel Tes,' sluit ik af. Ik zou nog iets willen doen, iets liefs zeggen, iets vragen, dichterbij kruipen, maar ik wil niet diegene zijn die de stilte breekt en haar zo verplicht overnieuw te beginnen.

Ze valt niet meteen in slaap maar liggen is ook al veel.

In de ochtend blijken we beiden toch op een bepaald punt te zijn ingeslapen. Voor het eerst in maanden ben ik vroeger wakker dan zij. Ik wurm me voorzichtig bij haar weg. Ze ligt op haar rug met haar handen naast zich boven het laken, precies als het vadertje in het gezelschapsspel Sst Papa Slaapt!, die in zijn rug een veer heeft zitten die wordt opgespannen zodra je hem neerdrukt en die in het midden van het spel plots kan opspringen, het slaapmutsje weg katapulteert, de spelers terug naar start stuurt.

Ik ga de trap af, de rest van het huis is nog leeg. In

de gang is het kil, vochtig en ongezellig. Het computerscherm en het toetsenbord staan op de buffetkast. Het ruikt naar schimmel en slaap.

Niemand, behalve Tesje, blijft in deze doorgang langer dan nodig is. En, strikt genomen, ook zij niet, voor haar is dat typen nu eenmaal noodzakelijk.

In plaats van binnen te gaan in het toilet, ga ik bij de kast staan, leg mijn handen op het toetsenbord. Eerst druk ik een paar willekeurige toetsen in, dan typ ik 'Dag Tesje! Hoe gaat het met jou?' Het voelt heel knullig want wat ik heb getypt gaat ter plekke verloren, er zal door niemand geantwoord worden. En plots, zonder dat ik het in mijn hoofd maandenlang heb moeten bijschaven, zit er een doortimmerd plan klaar.

Ik schuif de zware buffetkast voorzichtig van de muur weg. De tegels krijsen onder de kleine, scherpe poten. Ik wacht even, luister of er niemand wakker is geworden. Alles blijft stil.

In de achterzijde van de kast zitten ronde gaten. Die heeft vader gemaakt, nog voor wij geboren werden, toen afwerking er nog enigszins toe deed, om de kabels van de stereo-installatie netjes weg te kunnen moffelen.

De bak van de oude computer staat al sinds hij met pensioen is hier, binnen in de kast, op de bovenste plank. Voor het scherm en het toetsenbord was er achter de deurtjes geen plaats meer. Ik wurm de stekkers door de gaten, sluit ze aan op de stopcontacten, heel onopvallend, duw de buffetkast terug tegen de muur en schakel de computer aan. Hij start op, met de tegenzin van een oude maar trouwe hond die zich opricht bij het horen van zijn naam.

Omdat het blazen van de computer door de kast heen te horen is en er warmte zal afstralen, leg ik een handdoek over de bak heen. Het blazen wordt stiller, enkel nog hoorbaar voor wie weet waarnaar geluisterd moet worden. Ik sluit de deurtjes. Het oude scherm op de kast klaart traag op.

Het bureaublad is leeg. We hebben alles verwijderd, alle programma's, mapjes en documenten, behalve een oude versie van Word, een paar spelletjes en het mapje 'fun stuff'.

Ik pruts aan de instellingen van de computer, zet de schermbeveiliging uit, deactiveer de slaapstand, open een leeg Wordbestand en bewaar het onder de naam 'TES.doc'. De cursor flikkert op het witte, onbeschreven blad. Ik schakel het scherm weer uit, bovenaan de trap kijk ik een laatste keer om: niets geeft de indruk te zijn veranderd. Enkel de spaarlamp verraadt hoe lang ik hier gestaan heb, die schijnt een fel koud licht dat verzwolgen wordt door de eerste zomerzon.

BRAAK LIGGEN

Het zou om tien uur beginnen. Het was de eerste begrafenis die ik bezocht en toch herkende ik elk cliché. Rijen mensen bleven buiten voor de kerk rechtstaan, al waren er binnen nog genoeg lege stoelen. Het waren ouders die bij de begrafenis van een tiener liever niet gingen neerzitten, inwoners van andere dorpen die de geruchten hadden gehoord en toevallige passanten die van zichzelf vonden dat ze er niet sober genoeg op gekleed waren. Deze massa liet zich uit elkaar drijven door de zwarte wagen – iets tussen een klein oorlogsvoertuig en een grote tor in, die door de straat kwam gekropen. Hier achteraan liepen Pim en zijn ouders, net niet traag genoeg. Soms moesten ze even stilstaan, de wagen met de kist weer wat voorsprong gunnen. Pims moeder hield haar hand op de schouder van haar overgebleven zoon, niet duidelijk of ze zich vastklampte of hem probeerde af te remmen.

Tesje kwam met me mee naar de begrafenis. Slapjes liepen we tegen elkaar aan naar de kerk. Tegen mama en papa had ik gezegd dat ook de ouders van Laurens niet zouden komen. Ze zouden geen moeite doen tegen deze vrijstelling in te gaan.

We gingen bij Laurens op de derde rij zitten, in de middenbeuk, vlak naast een Mariabeeld dat een raar hoofd had: een brede glimlach maar droeve blik. Wellicht was de houwer met de mond begonnen maar had hij zich gaandeweg bedacht.

Laurens' moeder zat rechts van ons, naast Tesje en mij. Achter ons zat een hele rij juffen. Juf Emma was speciaal naar het dorp teruggekeerd voor de ceremonie, maar had samen met Zwarte Piet een plekje gekozen in de zijbeuk, zo ver mogelijk weg van de andere leerkrachten.

Jolan was er ook, ergens. Andere oude klasgenoten van Jan zag ik nauwelijks. Zij die wel waren gekomen bleven netjes bij hun ouders zitten, in de hoop dat dit hun hoedanigheid veranderde, ze zo niet langer klasgenoten waren die iets eerder nog onderling hadden besloten collectief niet te zullen opdagen op Jans verjaardagsfeestje.

Pim zat voorin, tussen zijn ouders in. Onder gebeier van de kerkklokken werd Jans kist door vier jonge mannen naar binnen gedragen. Achter de jongens liep een dame met een belachelijk zwart hoedje, zwarte handschoenen, een strak zakelijk mantelpakje, een tred die niet vrolijk was maar ook duidelijk maakte: dit is andermans verdriet.

Er werd gehoest. Het begon bij een oude man. Die kuchte en besmette andere mensen met het idee dat dit wel eens zou kunnen opluchten, net zoals dat gaat bij geeuwen. Het duurde lang voor het weer stil werd.

De kist van Jan werd voorzichtig voorin neergezet, op de staander die daarvoor diende. De ceremoniemeester gebaarde naar haar vier hulpjes dat ze zich mochten terugtrekken. Zij deden alsof het hun speet maar natuurlijk zouden ze buiten gaan roken tot ze teruggeroepen zouden worden, en ik zou het minder erg hebben gevonden als ze daar gewoon eerlijk over waren.

De pastoor kwam op uit zijn stoel, stak de grote kaarsen naast het altaar aan. Iedereen wist dat dit nepkaarsen waren. Enkel de buitenkant was van kaarsvet, binnenin zat een oliereservoir dat werd bijgevuld.

De pastoor wachtte tot het stil werd.

'Beste familie van Jan, beste parochianen,' opende hij de dienst. 'Wij zijn hier vandaag om samen met de Heer Jan te herdenken, hem uit te wuiven. Het is hartverwarmend met hoevelen jullie gekomen zijn.' Hij schraapte kort zijn keel, het geluid werd net als zijn stem versterkt door de microfoon. 'Volgens mij is er niet zo veel verschil tussen mensen en landbouwgrond. Af en toe moeten ze stil worden, braak liggen, om daarna verder te kunnen.'

Hij had zijn best gedaan het begrip rouwen tastbaar te maken voor Pims familie. Ik vroeg me af of hij de tekst zelf had geschreven, of dat Pims ouders hiervoor hadden kunnen kiezen, voor deze vreemde vergelijkingen en verhalen over zaaien en oogsten. Had hij dan geen schrik om het enige wat deze mensen nog hadden, hun broodwinning, ook te besmeuren?

Ik luisterde amper naar wat er gezegd werd, keek naar Pim, twee rijen voor me.

Hij droeg een zwart hemd en een glanzende zwarte broek – hij zag eruit als iemand die nog iets te verliezen had. Zijn vader zat ineengekrompen naast hem, in een oud kostuum dat hem overdreven brede schouders gaf. Achter in zijn nek hing een weerbarstige pluk haar.

Dit was de kerk waarin we gedoopt waren, waar we samen onze eerste communie hadden gedaan, waar we gevormd waren. Voor deze ceremonie hadden we nooit geoefend, en toch verliep alles vlekkeloos. Na ongeveer een kwartier werd een eerste keer met mandjes rondgegaan. Ik had geen muntstukken op zak.

Ik wilde niet huilen. Ik wist dat het perfect mogelijk was, dat ik dit kon, mijn tranen sturen.

Pims moeder werd gevraagd naar voren te komen. Zij plooide in het heen gaan haar briefje open. Ze droeg een zwarte broek, die onderaan smaller was dan bovenaan, met daaronder brede hakken van zo'n vier centimeter hoog. Haar briefje was het enige in de kerk dat wit van kleur was. Ze wandelde traag, gebruikte haar hakken als pikkels.

Was er een woord voor, voor wie of wat ze nu was geworden? Een woord als wees of weduwe, maar dan voor moeders die hun kind verloren. Zou dit helpen, dat er geen benaming voor was, of zou dat het verdriet alleen maar wild en ontembaar maken?

Haar stem klonk hees. Haar handen trilden. Nog voor ze begon te praten, huilde ik.

Ik vond het erg, voor Pim, voor zijn vader met de twee brede schijnschouders waarop niemand een hand durfde leggen. Pim en zijn ouders stonden er alleen voor en ik zat te ver weg om troostende gebaren te maken.

Er was niemand die even vaak als ik op de boerderij was gekomen, die zich kon voorstellen hoe afschuwelijk leeg die achterbleef. Laurens zou daar niet mee bezig zijn, en dus dacht ik extra hard aan de grote, witte bergen, de stallen waar koeien vastgeketend stonden om te bevallen, de camera, verbonden met een scherm in de slaapkamer van Pims ouders, waardoor ze 's nachts vanuit bed in het oog konden houden hoever de drachtige koe was.

Pims moeder las traag de zinnen voor die ze had opgeschreven, week er niet van af.

Ik dacht opnieuw aan de camera die terwijl zij praatte de stallen aan het registreren was, aan de beelden die werden afgespeeld op het scherm in hun lege slaapkamer.

Ook Tesje begon te wenen.

Dat verbaasde me niet. Zij had veel verdriet opgespaard de laatste dagen – kerst was altijd moeilijk.

Laurens' moeder aaide over Tesjes onderarm, niet over de mijne. Ik zou niet weten waarom ze om Jan zou wenen, ze kende hem amper, ze kende de boerderij niet, ze had nooit complimenten van hem gekregen en had ook nooit zijn hoofdkussen gekust.

Ik keek Tesje niet aan en troostte haar ook niet. Laurens' moeder deed al genoeg. En misschien was dit ook goed, moest Tesje haar reservoirtjes leegmaken.

Laurens' moeder schoof ons alvast een muntstuk toe voor de tweede collecte. Laurens nam het geld aan, liet dat in zijn borstzakje vallen.

Ik was bang in lachen te zullen uitbarsten. Tussen huilen en lachen zat uiteindelijk niet zo veel verschil. Ze verhielden zich als vertrekken en thuiskomen – daar was ook maar één huis voor nodig.

De begrafenis duurde ongeveer een uur. Pim las zelf niets voor, al zat er wel een opgeplooid A4'tje klaar in de borstzak van zijn hemd. Hij keek ons niet aan, ook niet toen de kist weer naar buiten werd gedragen – de vier jonge mannen wisselden van kant om geen asymmetrische schouders te krijgen.

'Yes! Smoskes,' fluisterde Laurens bij het binnenwandelen in de sober ingerichte parochiezaal.

Ik glimlachte, al was het best een triestig gezicht, de rijen belegde broodjes. Wat er ook gebeurde, mensen zouden altijd blijven eten.

We gingen vooraan op de rand van het podium zitten. Van hieruit konden we alles gadeslaan. Op witte servetten na was er in de hele zaal geen versiering voorzien. Alleen neutrale dingen die standaard beschikbaar waren voor de hele parochie, aanwendbaar voor zowel trouwfeesten als begrafenissen en quizzen: rieten mandjes, kanten tafeldoekjes, chromen schalen, asbakken, brandblussers, taartvorkjes, gesponsorde koffiekoppen. De tafels stonden aan één kant, in een lange rij. De stoelen waren zo gestapeld dat het leek of ze op elkaars schoot zaten.

Aan de zalmroze muren hingen verbleekte landschappen, vlaggen van plaatselijke verenigingen, een paar postuurtjes, een boog en pijl van de boogschuttersclub, foto's van doopsels, communiefeesten, fuiven. Er dwaalden een paar kinderen rond die het verboden was geweest te veel plezier te maken.

Ik keek naar Pim. Hij werd door mensen aangeklampt, sommigen schudden zijn hand. Van waar ik zat leek het of ze hem ergens mee feliciteerden.

'Weet jij nog die keer dat Jan zijn kleren verdwenen uit het kleedhokje tijdens de zwemles?' vroeg Laurens. Hij had net een broodje op, schoot het elastiekje dat eromheen had gezeten de zaal in, probeerde iemands rug te raken. Er kleefde een blaadje tuinkers op zijn voorste tand.

'Nee.' Ik wilde er niet weer aan moeten denken, aan Jan die de bus van Verhoeven in moest op blote voeten, in een veel te grote reserveoutfit van de badmeester, met een natte afdruk van zijn zwembroek – hij had geweigerd een slip van de verloren voorwerpen aan te trekken. Weken later werden zijn kleren en zijn handdoek teruggevonden in de spoelbakken van de herentoiletten.

'Ik ga nog een rekkertje zoeken,' zei Laurens. Hij zette zich af, sprong van het podium en waggelde door de zaal.

Zodra Laurens weg was, kwam Pim naar me toe.

'Eva,' zei hij. 'Wil je dit eens lezen?'

Hij gaf me het opgeplooide briefje dat de hele dag in zijn borstzak had gezeten. Mijn vingers waren bijna te slap om het papier open te slaan. Twee keer las ik erdoorheen. De eerste keer ging ik er snel over, om in te kunnen schatten waar ik aan toe was. Het was niet waarop ik had gehoopt: het was geen boodschap van Jan aan mij, geen liefdesverklaring die achteraf in zijn slaapkamer was gevonden, geen gedicht waarin mijn naam was verwerkt, niets. Enkel Pims handschrift, een paar korte zinnen, beginnend met de woorden 'beste Jan'.

Ik las de boodschap die Pim voor zijn broer had geschreven nogmaals.

Plots vroeg ik me af of Jan, die dag dat we samen

de put overzwommen, me ook zetjes had gegeven als zijn moeder hem niet had opgedragen ons veilig thuis te brengen.

'Mooi. Gepast,' zei ik. Mijn longen knelden rond de lucht die ik inademde. Een krop klauterde door mijn strottenhoofd, traag maar zeker, met scherpe klimijzers.

Pim borg het briefje weer op in zijn zak.

In stilte stonden we naar Laurens te kijken. Hij had al drie broodjes kaas links laten liggen. Nu zocht hij er zichtbaar een met vleessla, maar bleef wel volhouden dat het hem enkel om het bemachtigen van elastiekjes te doen was.

17.45 UUR

Klokken mogen niet zomaar stilvallen. Het zijn de aanvoerders van mensenharten.

Er hangt een haperend exemplaar met een afbeelding van Mickey Mouse boven de deur van het melkhuisje. De uren- en minutenwijzer moeten de armen van het figuurtje voorstellen. Hij staat stokstijf, de lange pin op elf en de korte pin op twee, zeer onovertuigend te juichen. Ik laat het blok ijs even voor wat het is, tik tegen het glas van de klok ter hoogte van de secondewijzer. Geen resultaat.

Vroeger was dit melkhuisje het middelpunt van de boerderij, nu komt er letterlijk en figuurlijk geen kat meer. De voorste ruimte is volledig ontmanteld, jarenlang heeft hier een grote koeltank gestaan waarin de verse melk werd opgeslagen tot de grote tankwagens het dorp in kwamen gereden. Dat gebeurde om de paar dagen. Met allures van de vrachtwagens uit de Coca-Cola-kerstreclames manoeuvreerden ze zich doorheen de smalle steegjes, gaven kleine kinderen het nastaren. In een paar minuten kwamen ze alles oppompen; 'leegroven' volgens Pims ouders, want de melkprijzen waren er met de jaren alleen maar slechter op geworden. De tanks verdwenen ermee naar de fabrieken van Inza. Daar werd het goedje gesteriliseerd en gebotteld, om dan later via groothandelaars weer in 't Winkeltje terecht te komen. Ooit berekende Jolan dat de kans dat de melk op onze ontbijttafels afkomstig was van 'onze eigen koeien' gelijkaardig was aan die op het terugvinden van een strijkkraal in de tuin.

Jan moet vaak op deze klok hebben gekeken. Om

op schema te blijven moesten er elke tien minuten vier nieuwe koeien binnengeleid, opgesteld, aan de zuignappen bevestigd worden.

Het reservoir stond precies waar ik nu het blok ijs leg, in het midden van de ruimte. In de vloer zijn de zes gaten van de schroeven waarmee de poten van het gigantische ding bevestigd waren nog zichtbaar. Rechts achter de deur bevond zich vroeger een lange schacht van anderhalve meter diep en een paar meter breed, vergelijkbaar met de smeerput van garagisten. Van hieruit konden Jan en zijn vader de zuignappen aan uiers bevestigen zonder telkens door de knieën te moeten gaan.

Vandaag staan er in de schacht zes iglo's. In vijf van deze witte halve bollen liggen kalfjes te slapen op een bescheten laag stro, elk onder een eigen warmtebron. De kooien zijn vooraan afgesloten met tralies waaraan een omgekeerde emmer hangt, gevuld met gele melk, onderaan rubberen spenen die meer op fallussen dan op tepels lijken. Ik neem een van de ongebruikte warmtelampen mee. De kalfjes verroeren zich niet.

Ik keer terug naar de voorste ruimte.

Voorzichtig neem ik plaats boven op het blok ijs. Ik werp het snoer in één haal over een van de balken in het dak, laat de warmtelamp zakken totdat deze vlak boven het ijs komt te hangen. Met het touw dat ik zojuist van de slee heb geplukt, doe ik hetzelfde. Ik laat genoeg lengte om er nog bij te kunnen.

Er is veel gereedschap dat je in de stad niet meer in huis haalt omdat je het daar zelden nodig hebt, buren het nooit zullen komen lenen. Natuurlijk wist ik dat het nodige materiaal hier te vinden zou zijn. Maar dat het koord me zou worden aangereikt door Pims zoon, die kans was wellicht even groot als een kraal terugvinden in een tuin.

De muziek in de stallen naast me valt stil. Er zijn stemmen te horen op het erf, op slechts enkele meters hiervandaan, getier en geloei, kleine kinderen die de koeien willen doen schrikken, ermee proberen te praten.

Zou het zoontje van Pim erbij zijn? Wat als ze hier binnenkomen, om naar de achterliggende stal met kalfjes te komen kijken? Wat als ze mij hier ontdekken?

Er wordt opnieuw muziek opgezet, een countrynummer, wellicht uitgekozen door de moeder van Laurens, of door iemand anders van de KVLV die nog steeds elke week de draagbare cd-speler naar de parochiezaal sleept om daar, gekleed in geruit mannenhemd, de linedance te oefenen.

Ik geef een korte ruk aan het touw, de knoop is stevig genoeg. Ik bel nog een laatste keer naar Tesje. Haar telefoon gaat over. Een keer, twee keer, drie keer.

Net als ik wil opleggen, de telefoon al weg heb gehaald van mijn oor, klinkt er een stem – niet die van Tesje. Waarschijnlijk is het Nadine. Ik druk haar snel weg.

Toen ik hoorde dat Tesje bij een pleegmoeder met de naam Nadine terecht zou komen, zocht ik eerst na of ze op Facebook zat, of ze zelf kinderen had – ik bekeek al haar foto's. Daarna zocht ik pas op wat 'pleegmoeder' precies betekende. Mensen kunnen veel plegen, een moord, een overval en andere handelingen die verboden zijn, maar toch geen moederschap, dacht ik aanvankelijk, tot ik Nadine ontmoette. Ze was best aardig en behulpzaam, baatte een bakkerij uit, had iets weg van Laurens' moeder – even rond en zelfstandig. Ze kwam alleen veel te laat met haar goede bedoelingen.

Tesje werd op eigen vraag, en met de goedkeuring van Jolan en mij, bij Nadine geplaatst. Zelf was ik toen net naar Brussel verhuisd, had me tot dan toe dag in dag uit zorgen om haar gemaakt en dacht: ik geef haar uit handen, ze zal niet langer wegkwijnen in de leefgroep waar ze de eerste twee jaar na haar ziekenhuisopname was ondergebracht, waar ze bleef omdat ze niet bij moeder en vader in Bovenmeer wilde terugkeren. Ze zou bij een ander gezin aan tafel kunnen aanschuiven, bij normale broers en zussen. In eerste instantie vond ik dat een geruststellend idee, omdat ik zelf in een huis met studenten terechtkwam. Ik zou me op mijn eigen leven kunnen focussen, vrienden maken, zorgelozer in het leven staan. Er was een kracht die even, voor een tijdje, stopte aan me te trekken. Ik ging ervan uit dat Tesje de reden was dat ik al die tijd onzichtbaar was gebleven – ik had er alleen voor haar willen zijn.

Pas na een tijdje, toen ik haar steeds minder hoorde, probeerde ik me in te beelden in wat voor bed ze zou slapen, met wie ze de kamer deelde en of die persoon ook de krokodillenregel kende en afsloot met 'slaapwel Tes', hoe het eten zou worden opgeschept, wie haar nieuwe vrienden waren, hoe ze het ervan afbracht op de middelbare school, of ze net als ik ooit elke dag met iemand de vele kilometers aflegde, of ze ook uitgepraat zou raken met vrienden en of ze dan het lef zou hebben die mensen de rug toe te keren, of er iemand was die trucjes voor haar bedacht om makkelijker in slaap te vallen, of ze 's avonds tegen haar pleegmoeder aan kroop in de zetel.

Nadine zei dat ik altijd welkom was. Toen ik haar antwoordde dat ik geen vijfde wiel aan de wagen wilde zijn, was ze daar niet echt tegenin gegaan, had ze dit niet ontkend. Ik was daarom nooit meer bij haar gaan aankloppen.

Vooral in de weekends viel me het zwaar, wanneer mijn studiegenoten naar huis trokken. Ik was zelfs geen vijfde wiel, maar de reserveband die goed verborgen zat onder in de koffer en waarvan men hoopte hem nooit te moeten bovenhalen. Ik wachtte tot het maandag was, tot de tijd voorbijging, tot de stad weer zou vollopen.

Zodra mijn schoolwerk erop zat, begon ik woningen te ontwerpen waarin ik zelf zou kunnen wonen. Met een slaapkamer voor Tesje, een extra logeerkamer voor Jolan, plaats voor een grote keuken. Ik zou ze zo minimalistisch afwerken dat er amper rituelen in zouden kunnen worden verzonnen.

De beslissing om met de studie architectuur te kappen, nam ik vlak voor het einde van het tweede academiejaar, een paar weken na een telefoontje van vader.

Hij had me zeven keer proberen bellen tijdens de les zonder een voicemail achter te laten. Na een halfuur volgde enkel een bericht: ‘BEL TERUG. DRINGEND. VRIENDELIJKE GROETEN, KAREL DE WOLF, FINANCIEEL ADVISEUR DEXIA, ANTWERPEN’.

Vader had nadat hij met pensioen ging nooit de moeite gedaan om die automatische afsluiting onder zijn berichten aan te passen. Met elke verstuurde mail en sms bewees hij ons dat hij op andere plaatsen wél nog bruikbaar was geweest, dat hij van andere mensen wel waardering had gekregen en ooit nog redelijk had gefunctioneerd.

‘Eva. Nadia heeft gebeld, een uur geleden al,’ zei hij toen ik terugbelde. ‘Tesje, jouw lieve zusje, onze lieve dochter, heeft een poging tot zelfdoding ondernomen.’

Door het benadrukken van de verhoudingen probeerde hij zijn jarenlange onbetrokkenheid goed te maken.

‘Wie is Nadia?’ vroeg ik.

‘Nadine bedoel ik,’ zei hij. ‘Ze heeft onder Tesjes bed een bus wc-ontstopper gevonden.’

Ik dacht aan hoe Tesje het brandende spul zou hebben opgeslokt. Hoe het bij het eerste contact haar mond en lippen wegvrat. Dat het door haar slokdarm naar beneden liep, alles kapotmaakte. Ik voelde mijn ingewanden branden.

‘Weet je wat dit had kunnen doen met haar?’ vraagt

hij. 'Ik moet er toch geen tekeningetje bij maken?'

'Hoe erg is ze eraan toe?' vroeg ik.

Vader nam een kleine pauze, om de aan de tragiek afdoende waarheid nog even uit te stellen. Op de achtergrond hoorde ik moeder dingen kraaien.

'Nadia was er op tijd bij,' zei hij.

Ik haalde diep adem. Blies de lucht weer uit. Leunde tegen de muur in de gang van de school. Naast mij liepen studiegenoten de klas uit, om gezamenlijk nog iets te gaan drinken in de cafetaria.

'Is mama in de buurt? Geef haar eens door.'

'Oké, hier komt ze.' In zijn stem was de teleurstelling hoorbaar: hij was mijn aandacht kwijt, ik vroeg alweer naar moeder. Het was precies deze ontgoocheling die hem keer op keer weer aanzette zijn drang naar drama te doen primeren boven het welzijn van anderen, boven ons, boven de waarheid.

Vader gaf de hoorn door.

'Eva?'

Mama haar stem klonk dubbel. Ik legde op zonder nog iets te zeggen.

Nadien sprak ik Tesje er nooit over aan, omdat ik niet wist of ik vader wel kon geloven, omdat ik, indien ze nooit iets van bijtende middelen in haar kamer had verborgen, dat idee ook niet wilde introduceren.

Het melkhuisje lijkt leeg, maar dat komt doordat het altijd het donkerste is in de hoeken van een ruimte, en net daar staan al de ongebruikte spullen – hangers voor spoelbakken, afgekoppelde waterleidingen, lege ingebouwde kasten. En boven op dat alles speelt de countrymuziek onvermoeibaar verder.

Zou die PowerPoint nog steeds doorgaan? Zouden die foto's van Pim en Laurens en mij eindeloos herhaald worden vanavond, en elke keer weer een verkeerde geschiedenis geven, niet tonen hoe onze vriendschap werkelijk eindigde, maar te vroeg stoppen, bij het laatste beeld van Jan, ruim een halfjaar voor die zomer van 2002?

Ik ga nog snel even op Facebook.

Jolan is ook online, mobiel. Ik zie meteen het groene bolletje naast zijn naam. Ik heb mijn chat uitgeschakeld, behalve voor de mensen van wie ik zelf wil weten hoe vaak zij online komen, om te kunnen inschatten hoe het met hen gesteld is, of zij er ook dagelijks naar verlangen het leven van iemand anders te leiden. Laurens en Pim zijn beiden al drie uur niet meer online geweest. Zij willen nergens anders zijn dan op dit postume feest. Ook Tesje is online, niet mobiel, maar vanop vast internet.

Alle drie zitten we nu naar een scherm te kijken. Tesje in de grote witte villa van Nadine, Jolan op niet meer dan twintig meter van mij vandaan. Hij hoort dezelfde muziek als ik, hij denkt waarschijnlijk aan dezelfde dingen, misschien is hij ook eerder vandaag bij moeder en vader langsgegaan.

Ze moeten kunnen zien dat ik ook online ben. Waarom zeggen ze dan niets?

Ik open een oud groepsgesprekje.

'Dag Tesje, dag Jolan,' schrijf ik. Ik duw op enter. Het ziet eruit als een afscheid, al bedoelde ik het als begroeting.

In een nieuwe regel voeg ik er een uitroepteken aan toe.

7 AUGUSTUS 2002

Al twee dagen gedraag ik me als een van de vissers die Laurens en ik vroeger zagen zitten op de dijk van het Albertkanaal wanneer we de brug overstaken op weg naar school. Zolang er geen spanning op hun lijnen stond, haalden zij deze nooit boven om te kijken of er toch niet al een vis had toegehapt. Ze wilden de naderende, nog grotere vissen niet afschrikken.

De beste vissers zijn nooit die met de duurste regenjassen, of zij die het sierlijkste hun lijnen uitwerpen, maar degenen die het meeste geduld hebben. Na elke tijdspanne waarin het aas onaangeroerd blijft, moeten zij zichzelf opnieuw overtuigen dat er weldra in de komende minuten toch een dikke vis zal bijten, dat het de moeite loont nog wat te blijven staan. Zij zien alleen nog het water dat tegen de dijk klotst, de teut van het flesje bier dat ze aan hun lippen drukken.

Precies zo probeer ik het vandaag ook te doen, de dag door te komen. Door niet op de klok te kijken, niet te moeten aanzien hoe traag de uren passeren, hoe weinig er gebeurt. Ik lees stripboeken met zicht op de tuin en elke keer als Tesje de gang in gaat of als ik zelf langs de computer moet om naar de wc te gaan, lukt het me om niet te kijken of er al woorden op het lege blad staan.

Gisteren had ik de hele dag een vreemde spanning in de onderbuik. Pas toen drong het echt tot me door wat ik in de vroege ochtend had uitgespookt. Door het opstellen van dat lege document had ik van Tesjes meest trouwe vriend een lokaas, een dubbelspion gemaakt.

Ik wist zeker dat Tesje al zou hebben staan typen, dat was altijd het eerste wat ze deed zodra ze opstond, ze kon niets anders dan de computer kruisen om van boven naar beneden te gaan. En ook als ze van de badkamer naar de keuken ging, om iets te gaan ontbijten, of naar het toilet, ook dan zou ze telkens iets hebben staan tokkelen en zich in mijn aas hebben vastgebeten.

Ik ontweek Tesje de hele dag. Ik was bang dat ze het zou zien, aan mijn bewegingen, aan hoe ik naar haar keek, dat ík die val had opgezet. Ik had geen idee of het document nog steeds geopend was, of de computer het niet had begeven, of ze mijn opzet ontdekt had en het toetsenbord al ontkoppelde.

Ook vandaag hoop ik dat de computer alles blijft registreren. Tesje aantreffen in de gang is nog moeilijker dan anders. Misschien ben ik bang dat net deze laatste uren er voor haar te veel aan zijn, dat mijn hulp net te laat zal komen.

Bijna even vaak als aan Tesje denk ik aan Elisa. Er is de mogelijkheid dat ze nu bij een van de jongens wordt uitgenodigd, dat ze niet op me wachten om de grote finale van deze zomer te doen plaatsvinden, dat ze mij niet meer nodig hebben om het raadsel te vertellen.

Zou Elisa de oplossing hebben onthouden, zich eerst nog van den domme houden, dan plots beseffen hoe waardevol de informatie was die ik haar in De Lilse Bergen heb gegeven? Zou ze me bellen om me te bedanken, en zal er uit die dankbaarheid dan iets nieuws ontstaan, een vriendschap die op den duur Laurens en Pim kan vervangen?

Elke keer dat ik aan Elisa denk, aan hoe zij misschien nu bij Pim en Laurens staat, aan hoe mooi ze is, voel ik de dubbele bh op mijn borstkas drukken. Ik ben iedereen aan het belazeren.

Aan het einde van de middag heb ik eindelijk de kans om te gaan kijken naar het document: Tesje vergezelt moeder naar de supermarkt. Mama hoopt dat kakkernestje wel zal willen eten als ze de kost zelf heeft mogen kiezen.

De wagen is nog maar net de oprit af of ik duik de buffetkast al in, leg mijn hand op de bak, die gloeiend heet is geworden onder de deken. Hij draait nog steeds. Ik schakel het scherm in. Het document staat nog open. De witte pagina is beschreven.

Met de pijltjes scrol ik door de bladzijden om de cursor weer bovenaan te krijgen. Om terug naar het begin van het document te scrollen, moet ik een halve minuut op de cursor blijven drukken. Onderaan het document staat: '26 van 28 pagina's'.

Ik lees nog niets van wat er staat, zie enkel de letters voorbijgaan achter de omhoog klimmende cursor.

Heel lang zullen Tesje en mama niet wegblijven. Alles doornemen op het scherm is niet mogelijk.

Ik ga de drukken halen. Na wat gedoe met draden en geschuifel met rommel slaag ik erin het hele document af te printen. Ik kies voor dubbelzijdig. Dat weerspiegelt hoe het in haar hoofd heeft gezeten. Honderden regeltjes, verdeeld over twee hersenhelften.

Ik ruim op, laat geen sporen achter. De bundel papier neem ik mee naar buiten. Daar zoek ik een plaats waar niemand me zal storen: bij de perenboom, achter in de tuin, daar waar ik me vroeger terugtrok met een *3Suisses*, om te bladeren, potloodkruisjes te zetten – niet bij de kleren die ik wilde hebben, maar bij de vrouwen die ik wilde zijn.

Ik heb een paar stripboeken meegenomen om de bundel papieren achter te kunnen verbergen. Met mijn rug zak ik neer tegen de stam. Een paar minuten kijk ik naar het landschap voor me, de oprit en de weiden. Elisa's grazende hengst heeft geen flauw benul dat er ooit sprake is geweest van een meer geliefd paard.

De stapel witte papieren op mijn schoot weerkaatst het zonlicht. Ik heb niet per se zin om te beginnen met lezen. De letters stoten me af en trekken me aan.

Wat een cardiogram is voor een hartslag, is deze afdruk van Tesjes gedachten. Ik mag dit eigenlijk niet zien, ik ben geen dokter, ik kan niet helpen.

Toch heb ik geen keuze, net zoals ik geen keuze heb om op straat minstens tien tellen naar platgereden duiven te kijken, naar hun verpletterde schedels, hun kringelende darmen, omdat het nog afschuwelijker zou zijn indien hun dood helemaal geen afschuw teweegbracht.

Op de eerste pagina's staat alles geschreven in kleine letters, Arial 12, zoals ik het zelf heb ingesteld. Ik lees traag, zo kan het tot me doordringen.

Maar al snel blijkt het geen gekende taal te zijn, geen tekst, er is geen inhoud. Het enige wat nog ergens op slaat zijn de cijfers; soms wordt er tot tien geteld, afwisselend in even en oneven getallen.

Omdat het toetsenbord nooit gerepareerd werd nadat Jolan er die cola over morste, bleef de A soms vastkleven nadat hij werd ingedrukt. Halverwege de eerste pagina sluipen er A's in, steeds meer en langer. Op de zesde pagina beslaan ze ongeveer een derde van de hoeveelheid letters. Vanaf daar leest de hele boodschap als één lange schreeuw.

Na vijftien pagina's wordt Caps Lock ingeschakeld. Te zien aan de notities, aan waar we zitten in de hoeveelheid, is dat gisterenavond gebeurd. Tesje kan dit zelf niet hebben doorgehad, er is geen lampje dat gaat branden als de toets alles in hoofdletters noteert. De overgang van kleine naar grote letters vormt een duidelijke scheiding tussen wat er de eerste dag en de tweede dag werd geschreven. Het blijft inhoudsloos, er zijn geen concrete zinnen, er is geen boodschap, geen informatie, geen verklaring voor haar vreemde gedrag.

Wel ontstaat er door de hoofdletters een vreemde toon, kwader, krachtiger. Ik kijk op van het blad.

De hengst staat met opgeheven staart te plassen. Zolang Elisa niet bij dit paard is, zou het kunnen betekenen dat ze bij Pim en Laurens is.

Ik sta op, loop het huis weer in, neem er een notitieboekje en een markeerstift bij. Ik moet uitpluizen wat uit te pluizen valt. Ik moet weten hoe erg Tesje eraan toe is. Want wat in Tesje schuilt had ook in mij aanwezig kunnen zijn; we hebben dezelfde dingen meegemaakt. Toch sta ik niet elke dag als een gek te tokkelen op een uitgeschakelde computer. Ik ben hieraan ontkomen en ik heb niet onthouden hoe ik daarin geslaagd ben, welke uitweg ik genomen heb.

Ik begin de letters tussen de vele A's te markeren, totdat enkel de oorspronkelijke, de bedoelde letters uit de tekst naar voren komen. Ik zoek naar betekenisvolle begrippen, namen. De woorden die ik tegenkom schrijf ik, een voor een, in mijn boekje. Wat meerdere keren voorkomt, turf ik met een streepje in de kantlijn.

Het zijn vooral lidwoorden, een paar eenvoudige termen waarvan niet duidelijk is of deze niet gewoon door toeval ontstonden – sta, lamp, kip, tot, mes, krab, panos.

Op pagina twee zie ik plots drie letters. Eva. Mijn naam komt terug, meermaals, vaker dan eender welke lettercombinatie. Elke keer dat ik een streepje bij mijn naam zet, gaat er een steek door mijn onderbuik. Twintig keer. Jolan komt geen enkele keer voor.

Misschien is er iets aan de opstelling van een toetsenbord waardoor de E en de V vaak worden gebruikt door mensen die random letters intoetsen, en die A, ja, die komt in dit document zo vaak voor. Mijn naam is een kwestie van een paar letters die moeten samenvallen op de juiste plaats. Voor 'Jolan' is er veel meer toeval nodig.

Wanneer ik halverwege de stapel ben, komt de auto met mama en Tesje de oprit opgereden. Ze laden meteen de boodschappen uit de koffer. Tesje tilt een bak bier naar de deur van het werkhuis, zet hem buiten, naast andere lege bakken. Haar schouderbladen zijn hoekig, steken uit haar rug, alsof ze er lucht in moeten laten.

Mama begint met de minst zware boodschappentassen.

Tesje loopt terug naar de koffer, voor de volgende bak bier. Ze merkt nu pas mijn aanwezigheid op. Ik verberg de stapel papieren onder de stripboeken. Ze wuift, ik reageer niet – ze mag niet hierheen komen.

Met rechte rug draagt ze ook de volgende bak bier tot aan de achtergevel. Haar broek is te groot, ze heeft haar handen niet vrij om hem op te trekken. Bij elke stap ontbloot haar onderrug zich verder, haar bilspleet wordt zichtbaar.

Ik haal de pagina's opnieuw boven. Er moet iets uit te destilleren zijn: een boodschap, een geheim, een vluchtplan, een reeks begroetingen zoals ze die elke avond uitstort.

Deze Windows is geen instantie waar Tesje verantwoording gaat afleggen, het is haar eigen besturingssysteem geworden.

Sinds ik hier zit, is er een halve dag voorbij, dat merk ik nu pas, de schaduw van de dunne stam viel eerst links, nu reeds rechts van me.

Tesje komt aangelopen. Ik moffel snel de papieren weer tussen de stripboeken.

'Kijk,' zegt ze. Ze opent haar hand. Er zit niets in.

'Oei, ik had een sprinkhaan gevangen. Hij is ontsnapt.'

Ze komt naast me zitten. Samen kijken we naar de weide. En plots is ze daar in het veld voor ons: Elisa. Ze legt een zadel op de hengst, klimt er met gemak bovenop. De kans is groot dat ze nog niet bij Pim en Laurens is geweest.

'Weet je wat ik heb gehoord?' vraagt Tesje.

Ze kijkt me strak aan. Haar oogleden dobberen op haar dikke, grijze wallen. Het ziet ernaar uit dat haar gezicht deze huidplooien gewoon heeft aangenomen en ze niet meer zal afgeven, hoeveel ze ook zal slapen.

'Vertel.'

'Meme zou dat vorige paard hebben vergiftigd.'

'Hoe weet jij dat dan?'

'Omdat ze bij Agnes een paar dagen eerder rattengif heeft gekocht.'

'Verkoopt Agnes rattengif?'

'Toen nog wel.'

'En waarom zou ze dat gedaan hebben?'

'Dat moet je aan haar vragen. Misschien was Twinkel te duur om te onderhouden als er toch niet meer op gereden werd? Ik weet enkel dat zij niet wilde dat een dierenarts een autopsie deed. Dat zegt genoeg.'

'Volgens mij moeten we aan tafel,' zeg ik.

'Ik kom,' zegt zij, zodat ik alvast naar binnen zou gaan en zij zonder pottenkijkers gebruik kan maken van de achterdeur.

Als laatste schuift Tesje aan, wij zijn al begonnen met eten. Ze heeft geprofiteerd van het feit dat iedereen rond de tafel verzameld zat om nog te staan typen, om haar weinige passages van vandaag goed te maken.

Ze kijkt naar de plank waarop het beleg gerangschikt ligt. Mama heeft de kaas als schubben gedrapeerd zodat hij van betere kwaliteit lijkt en het geheel met schijfjes komkommer opgevrolijkt. Er is een bord met gerookte makreel, daarop ligt versnipperde ajuin. Vader peutert graten uit het stuk geprakte vis waarmee hij zijn boterham flink heeft belegd. Elke graat die hij eruit haalt, legt hij op de hoek van zijn placemat – minpunten voor moeder.

'Wat wil je hebben, Tesje?' vraagt Jolan.

Tesje denkt heel lang na.

Vader begint hardop af te tellen. Hij begint bij vijf. Op één neemt Tesje snel een schijfje komkommer.

Vroeger was zijn lievelingsdreigement: 'Een pak op de blote billen waar het hele dorp bij staat.' Hij gebruikte dit vaak om ons in toom te houden, bijna wekelijks.

Elke keer beeldde ik me het in, hoe dat dan precies zou gaan: ik met mijn blote achterste over vaders knie geplooid op de kerktrapjes. Ik vroeg me af wie er zou komen kijken.

Een keer heeft vader het bijna gedaan, met Tesje. Zij was toen nog net klein genoeg om opgetild te worden. Ze had iets fout gedaan aan tafel, ik weet niet meer wat, misschien een glas melk omgestoten, of een brutale opmerking gemaakt. Vader was opgestaan, had haar broek naar beneden getrokken, haar over zijn schouder gezwierd en was zo het huis uit gewandeld.

'Blijven zitten,' snauwde mama tegen Jolan en mij. De hond duwde piepend haar neus tegen het schuifraam.

We bleven zitten, konden Tesje horen huilen en tieren, terwijl vader met haar door de Bulksteeg ging, het dorp in liep – zijn witte pluk en haar blote billetjes sprongen bij elke stap boven de haag uit. We wisten zeker dat hij het nooit écht zou durven doen, maar we wisten niet zeker of Tesje dit ook wist. Pas toen ze de straat uit waren, stopte het gekrijs.

Het was toen ook een zaterdag. We aten toen ook makreel.

'Mag ik de boter?' vraagt vader. Tesje geeft het vlotje door. Haar bord is op de schijf komkommer na nog steeds leeg. Er staat niets op de tafel dat de juiste kleurencombinatie heeft. Ondertussen ken ik een paar van de regels: geel mag nooit gecombineerd worden met iets groens.

'Mag er choco op tafel?' vraag ik. Ik weet goed genoeg dat dit niet volgens de regels van dit huishouden is, 's avonds mogen we enkel hartig beleg.

'Ik zal morgenvroeg geen choco eten, maar kaas. Dat komt op hetzelfde neer. Dan kan Tesje nu toch eigenlijk wel iets zoets eten,' zeg ik.

'Dit gaat niet om de hoeveelheid choco,' zegt vader.

Wellicht zijn ze hieraan te herkennen, de gezinnen waarin de meest essentiële dingen scheef zitten – zij hebben ter compensatie een grote hoeveelheid belachelijke regeltjes en principes.

Ik sta recht, loop naar de kast, neem er de choco uit. Ik zet de pot met een klap op tafel. Jolan slaat zijn ogen neer. Mama en papa eten zwijgend verder. Natuurlijk, zolang ze niet nuchter zijn, hebben wij sterkere tegenargumenten in handen.

Ik zie Tesje twijfelen. Ze wil mijn opstandigheid eer aandoen, maar ook wil ze vader en moeder niet onnodig kwetsen. Ze kijkt naar mij. Ze kijkt naar moeder. Ik glimlach aanmoedigend.

Ze smeert een dunne laag choco.

Voor de tweede keer in de geschiedenis van dit gezin vraagt vader niet wat de bedoeling is: een boterham met choco of choco met een boterham.

POOTJE DOORKNAGEN

Na de periode dat we aan onze solidariteitsacties begonnen, vroeg Tesje me elke avond voor het slapengaan om een verhaal.

'Ben je daar langzamerhand niet te oud voor?' vroeg ik telkens.

'Nooit,' zei ze.

Het ging haar niet om het avontuur, maar om het feit dat zolang ik praatte en veel verkleinwoordjes gebruikte, de wereld om ons heen er niet langer toe deed; we waren afgesloten van de ruziënde stemmen onder ons. De verhalen waren vaak variaties op hetzelfde thema: iemand leefde veilig en in vrede, er dreigde een natuurramp, iedereen werd gered.

Van die ene schooldag waarop Elisa naar het zesde werd overgeplaatst en ik niet voor een hele groep meisjes de braambeienconfituur durfde te vingeren weet ik nog dat ik het op de weg van school naar huis koud had omdat ik Elisa die ochtend mijn wanten had uitgeleend en dat we 's avonds erwtensoep aten. Deze soep maakte mama altijd bij dat soort weer. Dan beloofde ze de postbode binnen te vragen voor een kommetje, maar uiteindelijk vroor ze de overschotten toch gewoon in.

Die avond zeurde Tesje om een verhaal, maar mijn zinnen kwamen niet meer vanzelf.

'Je mag kiezen. Een of twee verhaaltjes,' besloot ze.

Tesje had ik altijd een goede onderhandelaar gevonden, maar plots werd duidelijk dat ik gewoon steeds een slechte weigeraar was geweest.

Ik verzon een extra kinderachtig verhaal over twee

konijnen, zodat ze zou zeggen: het is al goed, laat maar. Toch hing ze aan m'n lippen.

'De konijnen huppelden, maar hadden geen vermoeden van wat er in de verte aankwam.'

Ik liet een stilte vallen, ging rechtop zitten in mijn bed, om de dreiging in de verte nog te versterken.

'Een heel grote vloedgolf, metershoog, hoger dan ons huis.'

Weer een stilte.

'Om een lang verhaal kort te maken: de twee diertjes wilden nog net naar hun hol lopen, maar het grote konijn kwam met zijn poot in de strop van een jager te zitten. De kleine wilde nog komen helpen, maar het ging niet, er was geen tijd meer voor. Het grote konijn zat muurvast en de vloedgolf kwam steeds dichterbij.

"Bijt mijn pootje dan door!" piepte het konijn, maar de ander durfde dit niet. Die had nog nooit aan iets anders dan wortels geknaagd. De grote bleef om hulp smeken, maar de kleine kon niet anders dan hem achterlaten. Hij vluchtte nog net op tijd zijn hol in, sloot de waterdichte deur zodat de vloedgolf hem niet kon raken. Buiten sleurde het water alles op zijn weg mee.'

Er viel een lange stilte.

'En toen?' vroeg Tesje.

'Hoe: en toen?'

'Wat gebeurt er nu met het grote konijn?'

'Het verhaal is gedaan.'

'Weet je dat heel zeker?' Ik kon aan Tesjes stem horen dat er instant tranen in haar ogen prikten.

'Ja,' zei ik. 'Dit is het einde.'

'Het allereinde?'

Dat vroeg ze wel twee keer.

'Ja. Tes. Dit is het aller-allereinde.'

Ik hoorde haar met haar voeten wriemelen.

'En zou het toch niet kunnen, dat er een buizerd was met stevige honger? Een grote buizerd, die het konijn toch losrukte, het optilde, het ietsje verderop per ongeluk uit zijn bek liet vallen, daar waar er geen golf was?' vroeg ze. 'Eva? Kan dat niet?' Ze klonk plots weer zes jaar in plaats van negen.

'Nee, Tesje, dat kan niet.'

'En de jager, waar is die jager dan? Kan hij het konijn niet nog net hebben bevrijd, hebben meegenomen in zijn jutezak?' Hoe onmogelijker haar opties, hoe driftiger ik werd.

'Nee,' zei ik. 'Denk eens goed na. Die jager kan zich toch ook niet op tijd uit de voeten maken. Ook dat is geen optie.'

'De kleine kon toch gewoon wel dat pootje doorknagen, Eva? Een pootje doorknagen is toch ook al erg genoeg?'

'Nee,' zei ik bits. 'Een poot doorknagen is niet genoeg.'

Ze zei niets meer. Het duurde meer dan een uur voor Tesje in slaap viel. Traag verdween ook de krop uit mijn keel.

Na die avond stopte Tesje met onderhandelen over verhalen. Heel af en toe vroeg ze wel nog expliciet om 'eentje dat goed afliep' maar ik zei dat ik dat niet langer kon beloven, voor haar eigen bestwil. Ik geloofde dat ik haar zo zou doen harden, haar klaarmaakte voor iets.

Daar en zo, bij gebrek aan vertelsels, was het uitgebreid slaapwelwensen begonnen, was ik als allerlaatste in haar rijtje beland, na God.

Eind 2001, de avond nadat Laurens' moeder in de tuin was verschenen met het slechte nieuws over Jan, lag zowel Tesje als ik de hele nacht wakker. Mijn hoofd zat vol pluizen, geen enkele gedachte kon zich behoorlijk oprichten.

'Zal ik jou iets over Jan vertellen?' vroeg ze.

18.30 UUR

In het melkhuisje moet het ongeveer even koud zijn als buiten. Daar waar de lamp op het ijs gericht staat, smelt het zienderogen. Ook mijn voetzolen laten in het oppervlak een afdruk achter, kleine kuilen, als in een matras waar heel lang dezelfde mensen op hebben geslapen.

Het zal niet zo lang meer duren. Het smeltwater verspreidt zich in de cementvoegen van de schuin aflopende vloer. De geultjes monden uit in de brede, diepe goot aan de zijkant van de ruimte, waar vroeger ook de uit de tap gemorste melk zich verzamelde, tot groot plezier van de katten en vliegen.

Ik kijk opnieuw op de klok. Hoeveel minuten er precies zijn voorbijgegaan, weet ik niet. Het zou fijn zijn, mocht het mechanisme toch plots weer werken, mochten de wijzers de indruk geven erbij te zijn, mocht Mickey Mouse niet langer juichen, zijn armen laten zakken. Nu zal dit tussen de tijd in gebeuren. Sinds ik hier sta zijn er in de stallen achttien nummers gespeeld. Dat wil zeggen, mocht ik voor elk nummer gemiddeld drie minuten rekenen: vierenvijftig.

In die tijd had ik alweer in Brussel kunnen zijn. Dan zou ik ongeveer nu aankloppen bij de buurman, vragen of hij misschien samen eindejaar zou willen doorbrengen.

'Bij mij of bij jou?' zou hij vragen.

'Dat is mij om het even,' zou ik zeggen, al zou ik het liefst in zijn appartement vieren, want daar staat niets dat me aan mezelf doet denken, zelfs geen tandenborstel.

We zouden het blok ijs kunnen stukslaan met een hamer, de ijsschilfers in zijn grote vriesvak bewaren, er jarenlang onze drankjes mee koelen.

Op z'n minst de streekkrant zal over me berichten. Ik zal een anekdote of een roddel worden.

Een roddel, omdat ook dit een verhaal zal zijn over iemand die iets is overkomen. Roddels zijn de verhalen over bekenden die dorpelingen het liefst mee helpen verspreiden, omdat ze zich dan ergens van kunnen onderscheiden, kunnen horen bij de groep mensen die ergens aan ontsnapt is.

Anekdotes zijn anders. Het zijn de niet-tijdgevoelige roddels. De verhalen die je prima kan verder vertellen, omdat je de persoon in kwestie toch niet persoonlijk kent. Praatjes over mensen die dronken met hun kruiwagen over straat lopen, op twee agenten botsen, moeten blazen, hun rijbewijs voor tien dagen verliezen.

Indien ik de keuze had, zou ik beide willen worden.

Sowieso zal het niet gaan dooien vannacht. Er is dus altijd nog de kans dat iemand zich morgenvroeg, bij daglicht, over het kronkelende spoor zal buigen dat ik daarnet op het erf achterliet.

Mocht Pims zoontje even nieuwsgierig zijn als Jolan op die leeftijd, dan zou hij te weten willen komen welk soort dier er achter deze afdruk schuilt. Hij zal het spoor volgen, eerst in de verkeerde richting, het erf af, tot het uitgeeft op mijn wagen iets verderop in de straat en doodloopt. Het kind zal omkeren, hierheen komen, de deur openduwen, het smeltwater zien.

Achteraf zullen de puzzelstukken worden samengelegd: de wagen die zo lang met koplampen aan geparkeerd stond op de parking van de beenhouwerij en later met de sleutel in het contact op straat achterbleef, de buurman die het blok hielp invriezen, de schoenendoos met de enveloppen geld op mijn bed.

Mensen zullen zich afvragen wat er precies gebeurd is, hoe het zover heeft kunnen komen.

En dan zal Laurens' moeder eindelijk praten, want zij zal niet een tweede keer in staat zijn een verkeerde roddel te helpen verspreiden.

Ik weet zeker dat ze zich sinds de zomer van 2002 wel eens afvraagt hoe het met me gaat. Ooit heeft ze per ongeluk een van mijn foto's op Facebook geliket, het meteen weer ongedaan gemaakt, maar ik had de melding al ontvangen.

Ze is zelfs een keer op Jolan afgestapt om hem te vragen hoe het met mij ging, met Tesje. Dat vertelde hij me twee jaar geleden, met kerst.

Wat er aan het einde van de zomer gebeurde is nooit een roddel of een anekdote geworden, enkel en alleen omdat zij het niet heeft helpen verspreiden. Dat begreep ik pas te laat: zij was de spilfiguur van waaruit alles ontstond, alle verhalen in dit dorp, alle roddels over Tesje, over Jan. Zij bepaalde wat de werkelijkheid en uiteindelijk ook de herinnering zou worden.

Na de zomer van 2002 kwam Laurens een tijdje niet meer buiten en hielp hij vooral mee in de winkel, waar hij beschutting zocht aan de zijde van zijn moeder. Wanneer iemand in de beenhouwerij vroeg hoe hij aan de diepe snee boven zijn oog was gekomen, antwoordde zij: 'Hij heeft zich bij het kuisen van de koeltoog gestoten tegen de punt van het dienblad.' Ze wees dan naar het scherpste werkblad dat er in de zaak te vinden was, en de mensen knikten en zwegen.

Dit antwoord gaf ze zelfs aan Jolan toen die in mijn plaats vlees kwam kopen, zonder dat hij haar om een verklaring gevraagd had. De korting die ze eraan toevoegde, verraadde dat ze stond te liegen, dat ze heus wel wist waartoe haar zoon in staat was geweest.

10 AUGUSTUS 2002

Dat het buiten snikheet is valt af te leiden uit het gedrag van Nanook. Zonder verpinken kijkt ze hoe een vogel een uitgebreide duik in haar drinkbak neemt. Tesje en mama zijn samen vertrokken, hebben een afspraak bij dezelfde dokter, gespecialiseerd in spataders.

Ik zit aan de keukentafel met mijn aantekeningen. Ik heb er al lang naar gekeken, maar weet nog steeds niet waar ik naar op zoek ben. Zonder potlood of markeerstift bij de hand voelt het of ik het heb opgegeven Tesje te willen begrijpen. Mijn ogen blijven enkel nog hangen bij de vele turfstreepjes achter mijn eigen naam.

Eva. Het begint en eindigt met dezelfde letters als Elisa. Ik haal een potlood uit het pennenbakje op het aanrecht, schrijf haar naam naast de mijne. 'Elisa' is veel meer werk, bijna dubbel zo veel letters. De mijne is slechts een afkorting, een oplossing voor iets. Een woord dat nooit werd afgemaakt.

Er klinkt een tik tegen het keukenraam achter me. Snel verberg ik de papieren. Ik draai me om. Het is geen te pletter gevlogen vogel, wel Laurens. Hij probeert mijn aandacht te trekken. Het plastieken zakje dat om zijn pols bengelt, botst tegen het raam, en geeft eenzelfde geluid als daarnet.

Ik berg de aantekeningen op in m'n broekzak. De achterdeur is slechts twee stappen verder, toch beweeg ik naar het raam. Ik zet het op een kier. Pim is er ook.

'Mogen we binnenkomen?' Laurens drukt zijn gezicht in de opening.

'Als je binnen wilde, moest je maar op de deur kloppen,' zeg ik. Het is nog vroeg, de zon staat laag. Ik heb het licht tegen.

'Eefje, sorry van vorige week.' Pim zet een paar stappen naar voren.

Het is de eerste keer in mijn leven dat hij me dezelfde verkleinnaam als vader geeft.

'Sorry waarvoor?' vraag ik. Ik wil weten of hij het wel over hetzelfde heeft.

'Luister, Eef, vandaag is het de beurt aan Elisa,' zegt Laurens.

'Ze komt hierheen,' zegt Pim.

'Ze komt jouw raadsel spelen. Ze wilde enkel afkomen op voorwaarde dat het bij jou thuis zou doorgaan.'

'Ze is de laatste op onze lijst.' Het ene moment duikt de zon weg achter Pims hoofd, om me dan het andere moment weer te verblinden.

'Allez ja, de eerste op de lijst, niet de laatste, je snapt het wel. Onze topscore.'

'Dit moeten we samen afmaken, Eva.'

'Dat begrijp je toch ook wel.'

Ze zwijgen en kijken. Op hun hoofd parelt zweet. Ze hebben samen gefietst. Ze hebben dit betoog op voorhand doorgenomen. In de plastieken zak rond Laurens' pols zit frisdrank. Blikjes cola. Geen twee, maar drie.

Ik klap het raam dicht, trek mama's klompen aan die tegen de muur staan om niet met blote voeten over de kersenpitten in de tuin te moeten.

Laurens en Pim lopen voor me uit naar het kippenhok. Ter hoogte van de kersenboom houden ze halt, om te kijken naar Elisa's weide. Het paard staat te grazen. Er zitten vlechtjes in de manen en staart. Elisa is nergens te bespeuren. Dit zou kunnen betekenen dat ze al onderweg is.

De blikjes in Laurens' zakje schommelen heen en weer nu hij stilstaat. Zijn rits staat open, de stof van zijn slip stulpt uit. Een kleine witte bobbel. Ik maak hem er niet attent op.

Hoewel het buiten al warm is, schrik ik toch nog van de hitte in de schuur. Het kleine, houten hok staat pal in de zon en heeft een zwart, plat dak dat bestaat uit geribbelde platen. Het is zo warm dat de lucht gewicht heeft, zwaarder wordt naarmate je niet beweegt.

Laurens en Pim gaan aan weerszijden van de strobaal zitten. In de hoek van het hok zit een kip te broeden.

'Haar ei is inmiddels ook hardgekookt.' Laurens opent het eerste blikje cola. Het bruisende schuim loopt over zijn handen, hij schrikt en laat het vallen. Het belandt in het stro.

'Bravo,' zegt Pim.

'Breng in het vervolg dan je eigen drank mee,' zegt Laurens.

Hij laat de twee andere blikjes even rusten.

Pim draagt een kortgeknipte spijkerbroek. Volgens mij heb ik er ooit nog Jan in zien rondlopen. Dat kan ik me ook ingebeeld hebben. Alle drie houden we op dezelfde manier onze knieën uit elkaar. Eigen lichaamswarmte is er te veel aan.

Pim haalt de onderkant van zijn T-shirt door de halsopening, maakt zo een knoop in de stof, ontbloot zijn buik. Laurens volgt zijn voorbeeld.

Ik ga tegenover hen op een stuk boomstronk zitten. Laurens' vetrolletjes, het parelende zweet in Pims navel: het maakt hen plots weer meer aanspreekbaar. Ik heb nu al spijt van wat hun te wachten staat.

Het zwijgen kost me in deze hitte meer moeite dan praten.

Laurens trekt een nieuw blikje open, geeft dit aan Pim, houdt het andere voor zichzelf. Tussen het drinken door drukken ze de koele zijkanten tegen hun voorhoofd. Elke keer dat ik een slokje wil, moet ik erom vragen. De blikjes zijn snel leeg.

'Cola light is smerig.' Pim geeft me het laatste restje lauw geworden cola door zonder dat ik mijn hand had uitgestoken. 'Het smaakt naar cola die al eens door iemand gedronken is en uitgespuugd werd.'

'Mama volgt weer een of ander dieet. Gewone cola komt het huis niet in,' vertelt Laurens. 'Alles waarin suiker zit, kost punten. Elke maaltijd houdt ze bij in een boekje. Maar dan eet ze wel elke avond een blik fruit en slurpt ze de siroop op, want fruit telt niet.' Hij blaast zijn wangen bol.

'Wat voor een dieet volgt ze dan?' vraag ik. 'Weight Watchers?' Ik zie haar zo voor me, in de keuken staan drinken uit het conservenblik.

'Geen idee.'

'Het komt allemaal op hetzelfde neer: hoe lekkerder, hoe meer punten.' Pim grijnst.

Laurens lacht geforceerd mee.

'Het stinkt hier, Eva. Naar gebakken kippenstront,' zegt hij.

'Wie heeft Elisa gebeld?' vraag ik.

Pim steekt een vinger op. 'Ze zei dat ze zou komen.'

'Zeker?'

'Ja.' Pim haalt zijn neus op, dan zijn schouders. Hij leunt achterover, sluit zijn ogen.

Ik zie dat hij twijfelt. Ik zie het, omdat ik het herken. Ik heb Elisa vaak uitgenodigd hier. Geen enkele keer is ze gekomen.

De kip op het nest kijkt zenuwachtig heen en weer, van de strobaal waar Pim en Laurens op zitten, naar mij. Ze draait haar kop bijna rond de as. Even weet ze niet meer langs welke kant ze hem moet terug draaien.

'Kunnen we niet buiten wachten?' vraag ik.

'Nee,' zegt Pim.

Hij kijkt op zijn horloge. Probeert verschillende poses, niet zeker hoe hij graag wil aangetroffen worden door Elisa. De perfecte houding houdt hij nooit langer dan twee minuten vol, dan moet hij het zweet van zijn voorhoofd vegen.

'Dit is het dus, het einde.' Laurens leunt achterover zodat zijn pens een vetrol minder telt. 'Wat gaan we morgen doen?'

Pim denkt na, opent zijn mond.

Ik ben heel benieuwd wat hij nu gaat zeggen, maar net wanneer hij iets wil besluiten wordt er drie keer op de deur van het kippenhok geklopt. Door hoe de vuisten klinken, kordaat, commanderend, weet ik zeker dat het Elisa is en dat ze de hele voormiddag heeft zitten paardrijden.

Alleen het onderste luik van de tweeledige deur gaat open. Het bonst met een luide klap tegen de ton met kippenkorrels. Wij kijken tegen het verblindende zonlicht in.

Langzaam wennen mijn ogen. Elisa draagt haar paardrijkleren nog. Ze benadrukken haar vormen. De binnenste lijnen van haar dijen maken vlak onder haar lies een plotse kromming. Zelfs als ze rechtop staat, met haar benen tegen elkaar aan gedrukt, heeft ze onder haar kruis een holte waar moeiteloos een vuist in zou passen. Ze draagt de zwarte, strakke paardrijbroek met de glanzende biesjes. Haar schaamlippen zitten goed bijeengepakt en geven niets van hun geheimen prijs. In dit tegenlicht is haar onderlichaam al de volle negen punten en een halve waard.

Elisa opent nu ook het bovenste deel van de deur. Nu pas zie ik haar gezicht. Haar lange haren zitten in een strakke staart, zo strak dat het bijna haar oogleden corrigeert. Sinds vorige week lijken haar wenkbrauwen nog scherper geworden. Haar borsten, gespierd en hard, staan hoog en vast op haar lichaam.

Laurens likt zijn lippen.

'Jakkes, het stinkt hier,' zegt Elisa.

'Ik zei het ook al.' Pim maakt snel de knoop in zijn T-shirt los.

'Kunnen we niet in een andere schuur zitten?'

Ik wil zeggen dat er geen andere schuur is waar we zomaar kunnen komen, maar Elisa heeft zich alweer omgedraaid en loopt met kordate passen richting werkhuis. Pim en Laurens gaan achter haar aan. Ik verzamel de lege colablikjes, steek ze in het plastieken zakje. Vlak voor ik de deur van het kippenhok achter me dichttrek, zie ik de kip knipogen naar niemand.

'Je vader is belachelijk goed uitgerust,' zegt Elisa, als ik na hen binnenkom. Ze kijkt vol verbazing naar al de opgeknoopte werktuigen in de nok van het dak. Het is hier vochtiger en koeler.

'Ja. Dank,' zeg ik, al weet ik niet of dankbaarheid op z'n plaats is.

De strop bengelt momenteel vlak boven Laurens' hoofd. Als je niet weet wat de bedoeling ervan is, zou het zomaar kunnen dat hij dient voor het ophangen van gereedschap. Al een hele zomer lang heeft vader de kans gehad de daad bij het woord te voegen. Inmiddels heeft het slappe koord vooral iets aanstellerigs. De zoveelste onafgewerkte klus.

'Oké, vertel. Wat doe ik hier?' Elisa geeft een draai aan de bladen van de bosmaaier die aan de muur hangt. Pim staat achter haar, loenst naar de gouden biesjes op haar dijen. Hij maakt manoeuvrerende gebaren – als dit de lijnen van een parkeerplaats zouden zijn, dan zou hij zonder moeite inparkeren.

Met een paar opgewonden blikken bepalen Laurens en Pim wie het woord zal voeren. Ze zoeken oogcontact met Elisa, maar zij kijkt alleen mij aan.

Hier hebben Laurens en Pim de hele zomer naartoe gewerkt. Ze denken straks échte mannen te zullen zijn, op hun fietsen huiswaarts te kunnen keren, triomfantelijk paraderen. Nu al druipt het van hun gezichten: ze gaan een negenpunter scoren.

De zon schijnt door de kapotte ruit op mijn kruin.

Pim legt de spelregels uit, die opnieuw veranderd zijn. Ze stappen terug over op het inzetten van kledingstukken per gok. Dat heeft bewezen het effectiefst te zijn.

'Je hebt dus evenveel kansen als kledingstukken. Als je naakt bent, heb je verloren. Dan moet je een opdracht doen voor ons. Als je het raadt, doen wij iets voor jou. Wat je maar wil.'

'Wat als ik nu echt helemaal niets van jullie verlang?'

'Er moet toch iets zijn.' Laurens wrijft met zijn duim en wijsvinger over zijn bovenlip. Ruikt aan zijn zweet.

'Zijn jullie bereid de rest van de zomer de stal van mijn paard te komen kuisen?'

'Tuurlijk!' Laurens en Pim antwoorden vrijwel tegelijkertijd.

'En wat is jullie raadsel dan?'

'Dat zeggen we pas als je beslist of je meedoet.'

'Dat is niet echt fair.'

'We kunnen het haar toch vertellen,' zeg ik.

Pim weet niet wat hij ervan moet vinden, weegt de voor- en nadelen af.

Van zijn besluiteloosheid maak ik gebruik door het raadsel gewoon voor te leggen. Ik weet dat Elisa dan zeker zal blijven.

Ik probeer het raadsel precies te herhalen zoals ik het haar in De Lilse Bergen heb verteld.

'Een man wordt gevonden in een kamer, opgehangen, een strop rond zijn nek, boven een plas water, dood. Er is niets anders in die kamer, behalve hij, het koord en dat water. Geen ramen, geen meubels. Nu is het raadsel: wat is er gebeurd? Hoe is deze man precies aan zijn einde gekomen?'

Er valt een stilte.

De opgehangen man is geen vrijblijvend beeld meer, merk ik. Ik zie hem voor me, zo'n vijftig centimeter boven een plas water, twee bengelende benen, een jeans met ter hoogte van de knieën twee bulten.

'Dit is het raadsel?' vraagt Elisa. Ze kijkt me aan.

'Ja,' zeg ik.

Elisa zucht diep. Ze speelt dit. Ze laat geen opluchting blijken.

'*No way* dat ik dit kan oplossen.'

'Jawel,' zeggen Laurens en Pim tegelijk. 'Gewoon nadenken.'

'Goed, ik wil wel proberen.'

Pim gaat met zijn hand in zijn broek, steekt daar iets goed. Elisa kijkt me recht in de ogen en glimlacht flauw.

'Zweer het,' zegt Pim tegen haar.

'Wat moet ik zweren?'

'Dat we de spelregels volgen.'

'Ik zweer het. Op mijn paard.' Stellig steekt Elisa twee vingers op. 'Maar zweer jij dan ook.'

'Op wat wil je dat ik zweer?' vraagt Pim.

'Op het graf van Jan.'

Laurens en ik wisselen blikken. Het is de eerste keer dat een buitenstaander de naam van Jan laat vallen. Pim wendt zijn ogen af, naar de rieken, de spades.

'Is zweren wel nodig?' vraag ik. 'We kunnen elkaar toch gewoon vertrouwen?'

'Ik zweer het,' onderbreekt Pim me, 'op Jan.'

'En jij,' vraagt Elisa aan Laurens, 'op wiens hoofd of graf ga jij zweren?'

Laurens kijkt wanhopig om zich heen. Hij heeft niets van dezelfde inzet.

'Zweer gewoon op iets, desnoods op je moeder,' beveelt Pim.

'Oké dan, ik zweer op mijn moeder,' besluit Laurens.

'Goed. En jij, Eva?' Elisa kijkt me aan, samenzweerderig. Ik glimlach voorzichtig terug.

'Zeg gewoon het eerste dat in je opkomt, Eva.' Laurens' hoofd is door de warmte rood aangelopen.

Ik kan op niets komen.

'Komaan, Eva, zeg iets,' dringt Pim aan, ongeduldig.

'Op Tesje,' zweer ik. De zon duikt achter een wolk. Het wordt plots kouder. Een rilling trekt door mijn rug naar mijn staartbeen.

Een paar seconden twijfel ik weer. Had ik Elisa de oplossing van het raadsel wel mogen geven? Had ik Laurens en Pim niet nog meer kunnen wreken door gewoon verder te gaan zoals gepland? Dan zouden ze kunnen ontdekken hoe lelijk haar vagina is en dat ze die peperbus op haar rug heeft. Ze zouden de waarheid onder ogen moeten zien: dat ze een hele zomer toeleefden naar een anticlimax. Ze zouden eindelijk beseffen hoe weinig accuraat hun puntensysteem al die jaren was.

'Je hebt zes kledingstukken, dus je mag zes keer gokken,' zeg ik.

Elisa denkt diep na voor ze met een eerste antwoord komt.

'Het water dat daar op de grond ligt, is dat urine?' Ze doet het klinken als een gok, vragend, zonder uit haar rol te vallen.

'Nee,' zegt Pim.

Hij weet zeker dat dit niet het juiste antwoord is, het is al zo vaak gegeven. 'Doe maar iets uit.'

Elisa bukt, trekt haar rijlaars uit. De paardrijbroek zit verfrommeld aan de pijpen.

'Tellen schoenen voor één of voor twee punten?' vraagt ze.

Het is deze uitvoerigheid, het vertrouwen waarmee ze zich uitkleedt, dat me geruststelt en me tegelijkertijd angst inboezemt: ik vermoedde niet dat Elisa zo goed was in liegen.

‘Ga jij soms naar buiten met maar één schoen aan?’ vraagt Pim. ‘Nee toch, schoenen horen samen.’

‘Als jij het zegt, Pim.’ Elisa trekt ook haar andere laars uit, zet ze rechtop, naast elkaar, tussen ons in. De vorm van haar kuitbenen blijft erin zitten.

Ze richt zich op, de borst weer naar voren. Voor ze haar fleecetrui over haar hoofd trekt, komt ze al met haar volgende vraag, waarmee ze plots de indruk wekt dat dit is wat ze wil, dit spel verliezen, gedomineerd worden door pummeltjes. Ik zie Pim achter zijn rug zijn vuist ballen.

‘Heeft de man het zelf gedaan, of is er een andere persoon bij betrokken?’ Haar paardenstaart komt vol elektriciteit te zitten, de haren zweven alle kanten op. Pim wil ze gladstrijken, maar ze doet het snel zelf.

‘Je mag enkel ja- of neenvragen stellen,’ zeg ik.

‘Was hij alleen?’ herformuleert Elisa haar vraag.

‘Ja,’ zeg ik.

‘Heeft het te maken met dat hij door het plafond van de bovenverdieping is gezakt?’

Pim kijkt me aan. Ik schud nee.

‘Noppes,’ herhaalt Laurens triomfantelijk.

Elisa kijkt mij recht aan, trekt haar T-shirt uit, ontbloot haar bovenlichaam. Haar strakke borsten floepen tevoorschijn. Het niet-elastische stiksel op de rand van haar kanten bh drukt in de ronding. Ze knipoogt naar me.

Dan staat ze een paar seconden zwijgend stil, in enkel bh, sokken en broek. Ze laat Pim en Laurens met hun hongerige blikken haar lichaam aftasten. Ik ben de enige die zich nog afvraagt of het niet logischer zou zijn geweest als ze eerst haar sokken had ingezet.

‘Oké. Nog een poging. Was het een ongeluk of opzettelijk?’ vraagt ze.

‘Het was geen ongeluk,’ zeg ik.

Elisa bukt zich. Met de rand van haar sok in de hand

bedenkt ze zich; beweegt haar vingers naar het haakje van haar bh, peutert het los. Heel even, wanneer haar paardenstaart opzij valt, wordt de dikke, druifvormige moedervlek op haar bovenrug zichtbaar. Laurens en Pim letten er niet op, zij volgen de bandjes die loskomen van haar schouders. Zelfs als ze voorovergebogen hangt behouden haar borsten hun ronde vorm.

Ze richt zich terug op. Zo ligt de peperbus weer verscholen onder haar paardenstaart.

Elisa heeft de mooiste borsten die we tot nog toe gehad hebben. Sinds die keer in het kleedhokje zijn ze nog voller geworden.

Ik mag niet jaloers zijn. Dit doet ze voor ons, voor zichzelf en voor mij. Hoe harder Laurens en Pim nu watertanden, hoe groter de teleurstelling zal zijn dat ze deze prachtexemplaren niet mogen aanraken.

'Heeft het iets te maken met lichaamsvocht, anders dan urine?' gokt Elisa.

'Nee,' zeg ik. Nu trekt ze wel haar sokken uit, eerst de rechter, dan de linker. Haar borsten gaan mee scheef hangen in de zijwaartse buiging. Ze frommelt haar kousen op en duwt ze in de paardrijlaarzen die nog steeds rechtop in het midden van het werkhuis staan.

'Was de kamer eerst vol water, waardoor de man met zijn hoofd in de strop kon belanden, en liep die kamer nadien leeg?'

Pim verandert van houding. Laurens plooit zijn armen over elkaar. Het is het eerste antwoord dat de juiste denkrichting op gaat.

'Is dit juist Eva?' Pim piept bijna.

'Nee,' zeg ik.

Elisa kan niets anders dan nu haar strakke broek uittrekken. Ze moet aan de pijpen trekken, zo dicht zit de stretch op haar huid. Haar dijen zijn bleek en hebben een dunne dons. Ze draagt een lichtblauwe string, die kleeft onderaan in haar kruis. De schaamlippen bengelen als het slappe loof van een bloemkool. Ze trekt snel het slipje uit haar spleet. Nu is er amper nog wat van te zien.

'Oké,' zegt ze. 'Laat me even goed nadenken.'

Traag overloopt ze alles wat we al gehad hebben. 'Geen urine, geen ladder, geen tweede persoon, geen ongeluk, geen zwembad.'

Ze krabt onder haar linkerborst, masseert deze, heel even. Laurens wisselt een fiere blik met Pim. Pas dan geeft ze haar laatste antwoord.

'Zou het misschien kunnen dat de man op een klomp ijs is gaan staan met de strop om zijn nek, en heeft gewacht tot dit blok is gesmolten?'

Er valt een diepe, lange stilte.

Laurens en Pim kijken mij aan. Deze vraag werd nog nooit eerder door iemand gesteld. In de verte hinnikt de hengst, waarschijnlijk naar een voorbijrijdende fietser.

'Is dit juist?' vraagt Elisa.

'Eva, zeg dan iets.' De opwinding in Pims lichaam slaat over in ontreddering. Laurens wrijft zweet van zijn voorhoofd, ruikt weer aan zijn vingertoppen.

Ik zet een stap naar achteren. Heel even twijfel ik.

Ik kan nog steeds zeggen dat dit fout is. Ten slotte ben ik de raadselbewaarder. Ik kan beweren wat ik wil.

'Eva.' Pim vloekt mijn naam. 'Heb je je tong ingeslikt?'

Ik kijk hem aan, dan Laurens. In de hoek van de schuur staat de grootste spade rechtop, met het blad naar de muur gekeerd, alsof hij ergens voor gestraft werd.

'Het is juist,' zeg ik. 'De man is op een ijsblok gaan staan.'

Laurens en Pim kijken ontsteld van Elisa naar mij en weer terug naar Elisa.

'Hoe kan je nu op een blok ijs blijven staan? Dat is toch veel te glad?' piept Laurens.

'Had die man dan geen schoenen aan, had je dat er dan niet bij moeten zeggen?' zegt Pim.

'Deze man heeft gewoon heel veel geduld gehad,' zeg ik.

'Dit is een flutraadsel, Eva. Dit is echt waardeloos.' Pim snuift luid door zijn neusgaten, zonder dat er snot in zit.

Elisa trekt traag haar bh weer aan. Pim en Laurens kijken ernaar, hoe ze een voor een de borsten opheft en ze in de voorgevormde schelpen laat vallen. Dit is het enige dat hun nog rest, machteloos toekijken hoe dit cadeau weer wordt ingepakt.

Wanneer het slotje op haar rug vastzit, vist ze haar paardenstaart eronderuit, houdt hem langer in de lucht dan nodig.

'Dus, als ik het goed heb, heb ik gewonnen?' Ze wurmt vervolgens ook haar billen in de smalle pijpen van de paardrijbroek, wipt daarbij van het ene been op het andere.

Pim kijkt naar Laurens. Ze hebben het gezworen. Hij haalt zijn schouders op, stemt in. Als het uitkuisen van de stallen de enige manier is om Elisa nog te kunnen dienen, is dat maar wat moet.

'Ik weet al wat ik van jullie wil. Kleed jullie maar voor me uit.' Laurens en Pim richten zich op.

'Alle drie?' vraagt Laurens.

'Nee, enkel Pim en jij, uitkleden,' beveelt Elisa.

Zodra Pim en Laurens voorovergebogen staan om hun schoenen los te knopen, knipoogt ze naar me.

Ik ontspan zo goed mogelijk. Het is zover. Ik zal Laurens en Pim een klein beetje kunnen vernederen, net genoeg om hen weer met beide voeten op de grond te zetten, om van hen weer de jongens te maken die ze vroeger waren.

'Dit zijn niet de regels,' mompelt Laurens. Pim gebaart dat hij moet zwijgen. Hij denkt wellicht dat er nog iets leuks komt, hij heeft zijn kleren al uit.

'Je hebt hier zelf voor gekozen,' zegt Elisa tegen Laurens. 'Nu moet je niet klagen.'

Met tegenzin trekt ook hij zijn kleren uit. Het gaat snel, behalve een korte broek en een los T-shirt draagt hij niets. Laurens kijkt naar Pim, om te weten of het ook nodig is zijn slip uit te trekken. Hij schaamt zich het meest. Nu ik ze weer bijna naakt naast elkaar zie staan, begrijp ik ook waarom.

'Zou je niet liever willen dat ik je een abonnement voor de zonnebank betaal?' vraagt Laurens vlak voor hij zijn slip laat zakken.

'Wie gaat dat dan betalen?' hekelt Pim.

'Mijn moeder. Ze heeft een hele stapel zwart geld onder in de kassa, ze telt dat toch maar een keer per week.'

'En waarom heb je dat dan niet eerder gezegd, toen we geld nodig hadden?'

Laurens en Pim staan recht tegenover elkaar, steken hun kinnen steeds hoger in de lucht.

Elisa zwaait met een verdwaalde verfborstel om hun aandacht op te eisen. 'Als ik geld wil, zou ik het wel gewoon aan mijn vader vragen. Alles uittrekken. Ook jullie slip,' zegt ze dwingend. De borstel gooit ze in een hoekje.

Pim trekt aan de pijpjes van zijn onderbroek, die schuift eerst van zijn lendenen naar zijn billen, de stof haakt achter zijn piemel. Die floept tevoorschijn, half stijf.

Elisa werpt een snelle blik op de piemel van Laurens, die beteuterd in zijn schoot hangt. Op die van Pim blijft haar blik langer hangen. Hoe duidelijker ze ernaar kijkt, hoe harder hij wordt. Elisa zet een stap dichterbij, duwt haar wijsvinger eerst in Pims borstspier, dan in het zachte weefsel van Laurens.

Vorige week gedroegen ze zich nog als mannen. Uiteindelijk zijn alle mannen ook maar jongetjes, overmand door iets.

Elisa zet weer een paar stappen achteruit, om hen in hun geheel te kunnen aanschouwen.

'Oké. Julie moeten doen wat ik opdraag,' zegt ze. 'Zonder tegenpruttelen. Dat was de deal.'

De haartjes op Laurens' armen staan rechtop. Ik kijk weg, naar de twee hoopjes kleren op de vuile, betonnen vloer van het werkhuis.

'En Eva dan?' sneert Laurens'. 'Moet Eva dan niets doen?'

'Eva heeft me toch niets misdaan.'

'Wij wel dan?'

'Jullie hebben dit spel uitgevonden. Eva niet.'

'Eva heeft zelf het raadsel verzonnen,' zegt Pim.

'En wat dan nog? Wat heeft zij hieraan?'

'Wij leerden haar iets bij. Ze mag ons dankbaar zijn.'

Laurens knikt beamend in mijn richting. 'Je mag ons dankbaar zijn.'

Elisa forceert een luide, nadrukkelijke lach. 'Maar wat weten jullie er eigenlijk van? Bij hoeveel meisjes zijn jullie al blijven slapen, dan?'

Laurens kijkt naar zijn tenen. Heel even, gedurende een oogopslag, denk ik aan onze laatste schooldag. Precies zo moet hij ook gestaan hebben op ons vaste afspreekpunt toen tot hem doordrong dat ik niet meer zou komen opdagen.

'Heeft Eva je dan nooit opgebiecht dat ze jouw paard heeft vergiftigd?' zegt Pim. Hij kijkt Elisa strak aan. Zijn piemel heeft zich nu volledig opgericht. Een wurgslang, klaar om aan te vallen. Mocht het ding ogen hebben, dan zou ik denken dat het me aanstaarde.

Ik schud het hoofd. 'Zo ging het niet.'

Elisa kijkt me aan. 'Is dat zo?'

Ik probeer overtuigd nee te schudden, maar weet dan plots niet meer of ik nu eigenlijk 'ja' of 'nee' moet knikken om te ontkennen.

'Ze heeft het ons aan het begin van deze zomer toegegeven bij waarheid, durven of doen. Ze heeft 'm snoep doen eten. Arme Pinkel.'

'Twinkel,' verbeter ik. 'Ze is niet gestorven door het snoep.' Ik kijk hun een voor een recht in de ogen. 'Ik weet hoe het wel gegaan is.'

Pim laat me die laatste zin zelfs niet uitspreken. 'Weet je nog, Elisa, de stront in de brievenbus van meme?' Pim knikt in mijn richting. 'Haar idee.'

'Niet waar,' zeg ik, twee keer zo luid. Het is mijn woord tegen het hunne.

Elisa's wenkbrauwen staan nu in twee rechte strepen boven haar ogen. Ze draait zich om, met haar rug naar ons toe. Ik kan niet zien wat ze denkt. Ze brengt haar handen naar haar paardenstaart, trekt het rekkertje los, schudt haar haren op.

Ontkennen zou moeten volstaan, aangezien ik al langer bevriend ben met Elisa dan de jongens, en ik de jongens al veel langer ken dan Elisa hen kent. Ik heb ontelbare keren belangeloos hun toekomst voorspeld, ik ben de schakel die hen verbindt. Dat kunnen ze niet zomaar negeren.

'Eén voor allen, allen voor één, Eefie,' schampert Pim.

Musketiers. Het betekent niets meer, het is slechts een restant, een naam die we deelden toen we nog wisten hoe we speelgoedsoldaatjes in de zandbak tot leven moesten wekken.

'Het idee kwam van Pim en de drol van Laurens,' zeg ik. 'Ik was er alleen bij.'

Elisa maakt exact dezelfde staart als daarnet, maar strakker. Ze draait zich om.

'Doet er weinig toe. Je bent even medeplichtig. Doe jij ook maar je kleren uit, Eva.'

Ik ga met mijn rug tegen de muur staan, met beide voeten op een oude verfspat op de grond. De witte vlek is er altijd geweest maar nu zie ik pas dat hij de vorm heeft van een klavertje.

'Ik heb Twinkel wel snoep gegeven, maar dat kan haar niet fataal zijn geworden,' zeg ik. 'Suiker kan op lange termijn soms blindheid veroorzaken bij honden en katten, maar een paard is tegen veel meer opgewassen. Zulke dieren zijn sterk.'

Ik draai me van Elisa naar de jongens. 'Hebben jullie Twinkel ooit wel van dichtbij gezien? Reusachtig, dat krijg je niet zomaar omver. Jolan heeft het nog opgezocht op internet.'

'Wat weet Jolan daar nu van,' zegt Laurens. Ik weet zeker dat hij de roddel over het rattengif ook gehoord heeft – als Tesje dit weet, hij zéker – Agnes heeft het sowieso ook aan zijn moeder verteld.

'Jij weet het toch ook, Laurens, geef toe. Ik ben niet diegene die haar vergiftigd heeft.'

'Hoezo?' vraagt Elisa.

Ook Laurens kijkt mij oprecht vragend aan, hij gaat er zelfs niet op in. Ik geloof dat hij echt niet weet waar ik het over heb.

'Doe niet zo preuts, Eva,' zegt Elisa. 'Stop met liegen.'

Kan ik hen wegsturen? Zouden ze hier dan ooit nog willen terugkomen? Ik ga mijn kleren niet uittrekken. Dit is mijn terrein. Dit is het werkhuis van mijn vader. Ik mag wetten stellen.

'Ik kan toch ook een opdracht uitvoeren met mijn kleren aan?' zeg ik.

'Tuurlijk. Ik stel voor dat we dan wachten op Tesje en haar het raadsel voorleggen.' Elisa pulkt vuil onder haar nagel vandaan en schiet het weg, niet in de richting van de jongens maar tussen mijn voeten.

Ik kijk naar Pim, naar Laurens. Het is aan hen om hier tussen te komen. Zij weten best dat er aan Tesje niet meer veel te zien valt, op vel en been na.

'Of beter nog: haar vertellen hoe haar grote zus al die meisjes in de val heeft gelokt,' zegt Pim. Elisa lacht.

Zonder handlangers heb ik geen argumenten meer. Ik kleed me uit, geen idee wie ik hiermee het meest wil tegemoetkomen.

Ik schud het gilet van mijn armen, knoop mijn broek los, stroop deze naar beneden. Ik weet niet wat de beste manier is, of ik mezelf nu traag moet uitkleden, zoals Elisa daarnet, of snel en slordig, net als met bij de ALDI gekochte geschenken waarvan je de verwachting wil intomen.

Mijn onderbroek houd ik nog even aan. Ik trek mijn buik in, til mijn T-shirt over mijn hoofd. Pas dan voel ik de vreemde blikken, weet ik het weer: ik heb de twee gevulde bh's over elkaar aan. Zo gewend ben ik zelf geraakt aan mijn grotere borsten.

Ik wil de twee slotjes tegelijk losmaken maar dat lukt moeilijk, het is klungelen, ik vestig er alleen maar meer aandacht op. Dus doe ik ze een voor een, razendsnel. Bij de eerste bh komt al de helft van mijn borstvolume los. Bij de tweede schiet er amper nog iets over. Ik steek de bh's weg onder het hoopje verfrommelde kleren. Elisa kijkt geamuseerd naar mijn melkschijfjes, duwt haar kanonnen naar voren. Laurens en Pim verplaatsen hun blik naar het T-shirt waaronder ik de twee bh's net heb weggestoken, vier heuveltjes op de betonnen grond, mijn borstjes. Ze begrijpen niet helemaal wat er net gebeurd is, of erger nog: het kan hun niets schelen.

'Je slip nog,' zegt Elisa.

Ik blijf zo dicht mogelijk tegen de muur staan, op het witte klavertje, om toch enigszins gedekt te worden.

Dit zijn mijn vrienden en dit is een uit de hand gelopen spel, meer niet.

Mijn schaamlippen zien er sowieso beter uit dan die van Elisa, ik heb een mooi gesloten pakketje. Ik laat mijn slipje zakken, vouw het meteen op en duw het in de pijp van mijn verfrommelde broek, in de hoop het witverlies te kunnen verstoppen. Met mijn vingers kam ik mijn schaamhaar, snel, twee streken, om zeker te zijn dat het niet is samengeklonterd.

Ik heb niet genoeg handen om alles te bedekken waar ik me voor schaam. Ik laat mijn armen net als Laurens en Pim naast mijn lijf bengelen.

'Zo, ben je tevreden, Elisa? Genoeg gezien?' vraagt Pim. Hij spreekt haar naam vreemd uit. Staat met zijn handen voor zijn geslacht dat ondertussen ook weer verslapt is nu hij mij naakt heeft moeten aanzien.

Tussen ons in liggen drie hoopjes, de kleren waaraan ik Laurens en Pim van ver kon herkennen. Al de namiddagen waarop ze deze T-shirts droegen, de scheuren die erin ontstonden. Nu we het allemaal van ons hebben afgepeld, ons van onze maskers hebben ontdaan, waarom zouden we dan nog ondergaan wat we gezworen hebben, onze belofte nakomen, zoals het musketiers betaamt?

Elisa kijkt rond in het hok, scant met tot spleetjes geknepen ogen het plafond, de opgeknoopte voorwerpen. Ze focust op het in de muur verankerde rek.

'Weten jullie hoe belachelijk kort een boor in zijn hele levensduur wordt gebruikt?' vraag ik.

'Tien minuten?' gokt Laurens, die als enige reageert.

'Elf minuten,' zeg ik.

Geërgerd haalt Elisa een wenkbrauw op. Ze verlegt haar blikveld naar de hoek van de ruimte en neemt de Amerikaanse truffel die tegen de muur staat. De schep hangt nog vol droge aarde. Aan de achterkant kleeft een doorkliefde regenworm.

'Wat zou Twinkel gedaan hebben met Eva als hij zelf nog wraak had kunnen nemen?' vraagt Elisa aan Laurens en Pim.

'Geen idee, ik heb nog nooit met een paard gepraat,' zegt Pim.

Zij kijken mij aan – dit moet Elisa zelf bepalen, hier willen zij niets mee te maken hebben. Elisa zet de kleine spade recht tussen de jongens in, zoekt het evenwichtspunt.

'Eva is nog maagd,' zegt ze zonder me aan te kijken. 'Ofwel lossen jullie dat op, ofwel doet ze het zelf.'

Ik wil zeggen dat ik geen maagd meer ben, dat ik die leugen intussen heb opgelost, maar nog voor ik de kans krijg, laat ze de spade los.

Een luttele seconde blijft het ding rechtstaan. Dan helt het over, valt in Laurens' richting. Hij doet geen moeite de spade te vangen. Ik weet goed genoeg wat Elisa wil, ze laat de eer aan mezelf. Ik stap op Laurens toe. Raap de schep op, ga terug naar waar ik daarnet stond. Laurens en Pim zetten een stap naar achteren, ze bevinden zich bijna aan de tegenovergestelde kant van de schuur, staan opgesteld als een penaltymuurtje, handen voor het kruis, blikken neergeslagen.

Ik ga op de tippen van mijn tenen staan. De steel past net tussen de vloer en mijn bekken. Met de ene hand hou ik het handvat vast, met de andere sper ik mijn schaamlippen open. Ik doe het zo ervaren mogelijk lijken. Het hout van de steel is gevernist. Op z'n minst zal ik geen splinters krijgen.

Voorzichtig zak ik door mijn knieën. Eerst gaat het niet, het uiteinde van de steel heeft een nog dikkere doorsnede dan een Pritt en een latje samen. Het past niet, het is te droog. Ik spuug in mijn hand, wrijf het op de steel met cirkelvormige bewegingen, precies zoals de dame in de film het deed, voor ze aan het werk ging. Ik spuug nogmaals, dit keer voor tussen mijn benen. Ik probeer opnieuw, zet iets meer druk dan daarnet. De steel dringt naar binnen, met tegenzin.

Ik kijk Elisa aan. Dit is de enige kans die ik zal krijgen. Ook Laurens en Pim mag ik niet teleurstellen. Dit zal bepalen hoe ze me zullen herinneren, hoe ik in de verhalen zal worden opgevoerd, als vrouw of als klungelaar.

Met mijn tong maak ik mijn lippen nat.

De glimlach vasthouden gaat moeilijk, zodra ik denk aan de graven die we hebben gedolven met deze truffel. Ik kan voelen waar vaders trouwring het hout heeft beschadigd elke keer dat hij driftig de kerstbomen ging planten.

Zacht beweeg ik op en neer over de steel. Ik kreun, niet te luid, niet te zacht. Probeer Elisa's houding op haar paard te imiteren, het gracieuze berijden. Even sierlijk als een ruiter zal ik nooit worden, dat weet ik ook wel. Laurens en Pim wenden hun ogen zo ver mogelijk af, kijken enkel naar Elisa, hopend dat zij hier snel een einde aan zal maken.

Ik ben geen vrouw, geen meisje, maar ik ben ook niet één van hen. Ik ben het draaimolenpaardje dat altijd schokkerig op en neer zal blijven steigeren, altijd op dezelfde paal, elk jaar opnieuw in dezelfde banen, op dezelfde kermis, voor dezelfde kinderen.

Ik tel de blauwe Maespetjes die in een hoek op elkaar gestapeld liggen. Zo hoef ik niet te tellen hoe vaak ik al op en neer heb bewogen.

Elisa is de enige die geamuseerd toekijkt. Bij Laurens en Pim voel ik enkel plaatsvervangende schaamte.

Ik durf niet naar hun piemels kijken. Het is het eerlijkste deel van een lichaam – ik zou aan de slapte kunnen aflezen wat jongens in het algemeen écht van me denken, of ze me ooit mooi zullen vinden, of ze ooit in staat zullen zijn me als een meisje te zien.

Pim houdt zijn piemel verborgen achter een sok die hij net heeft opgeraapt.

'Ga je bijna klaarkomen, Eva? Kunnen we beginnen aftellen?' vraagt Elisa.

Ik knik, al voel ik niets. Hoe meer ik beweeg, hoe droger het wordt. Het hout absorbeert het vocht, zwelt erdoor op, de nerven zetten uit. Elisa heeft haar hand al klaar in de lucht, met opgestoken vingers.

'Nog vijf keer,' zegt ze. Ze laat bij elke neerwaartse beweging een vinger zakken.

Bij de vijfde en laatste vinger schieten er twee weer omhoog, net fopkaarsen.

Elisa lacht. Pim lacht mee. Bij Laurens is niet duidelijk wat hem nader staat, lachen of huilen.

Ik vang een glimp op van wat achter Pims sok verborgen zit, zijn ballen, ze zijn niet volledig ingedaald, ze zitten hoger en zijn strakker dan anders. Het zou kunnen betekenen dat hij niet volledig slap is.

Ik beweeg niet nog twee keer, maar nog vijf keer. Om boven de vernedering te staan. Elisa laat haar handen weer zakken.

Pas als ik niets meer voel, ga ik van de truffel af. Mijn knieën beven, mijn buik brandt, ik ben duizelig, toch blijf ik rechtstaan.

De spade belandt tussen ons in op de grond. Alle blikken zijn op het uiteinde gericht. Aan het vochtige, donker gekleurde hout is perfect zichtbaar hoe diep de steel heeft gezeten.

Ik pers een glimlach op mijn gezicht. Ik buk om mijn bh's in mijn T-shirt te wikkelen, ze op te rapen.

Elisa schopt de rest van de kleren weg.

Ik blijf staan. Erger dan dit kan het toch niet meer worden.

'Oké. Nu is het aan deze twee vrienden,' zegt Elisa. 'Zij komen ook niet zomaar weg.' Ik knik.

'Wat zullen we hen laten doen?' vraagt ze.

Ze kijkt om zich heen. Op mijn netvlies flikkeren blauwe vlekken. Het is duizeligheid in combinatie met de merchandise van Maes. Ik heb het koud. Mijn spieren in mijn kuiten en dijen worden hard. Ik duw mijn benen samen en zet me neer op een stoel. Misschien helpt het boven op de pijn te gaan zitten, kan ik zo het brandende gevoel stelpen.

Achter de ladder staat een emmer behangerslijm. Die

staat hier al een tijdje, van toen mama het toilet opnieuw wilde behangen maar er toch te moe voor was.

'Iets hiermee?' Mijn stem klinkt heel stil. Ik wijs naar de emmer. De lijm is toch bijna onbruikbaar geworden.

Elisa zet een paar stappen naar achteren, gaat met haar rug tegen de deur staan.

'Oké, Laurens en Pim. Jullie hebben gehoord wat Eva zegt. Iets met de behangerslijm.'

Laurens en Pim kijken naar elkaar, dan naar de emmer.

'Maar van mij moet dit niet,' zeg ik. Tesje en mama zullen zo meteen thuiskomen. 'Laten we gewoon naar huis gaan.'

Elisa lacht erom.

'Weet je wat?' zegt ze. 'Bezorgen jullie Eva eens een orgasme. Dat verdient ze wel na al dat harde werk van daarnet. Bewijs dat jullie dat kunnen. Als het lukt, mogen jullie mij neuken, ieder op z'n beurt.'

Pim krijgt al een stijve bij het woord neuken.

Elisa grabbelt een paar voorwerpen bij elkaar, die nog steeds naast de deur in het hoekje staan. Ze werpt ze voor de voeten van Laurens en Pim. Een rol ijzerdraad, een riek, de gaatjesmaker. Terloops strijkt ze met haar hand langs de eikel van Pim. Dan gaat ze opnieuw voor de deur staan. 'Jullie mogen natuurlijk ook gewoon jullie handen gebruiken.'

Pim grijpt meteen naar het metalen, spitse handvat. Laurens zoekt kort oogcontact met mij, probeert Pim weg te duwen, hem tot inzicht te brengen.

'Dit is het niet waard. Kom op,' zegt hij. Hij mept op Pims schouder, net niet hard genoeg. Pim laat zich niet tegenhouden.

'Werk mee, Eva, dan is het zo voorbij,' zegt hij. 'Ik weet wat ik doe.'

Moet ik van de stoel afkomen, tussen hen in gaan staan, zodat we niet langer fysiek verdeeld zijn?

'Je mag blij zijn dat je vader nooit een bijl heeft gekocht,' grapt Elisa. Enkel Pim vindt dit grappig.

Ik blijf op de stoel zitten, dat lijkt me het veiligste, ik haak mijn benen vast rond de poten.

'Ga je me nog helpen, Lau, of ga je je nog een beetje aanstellen?' zegt Pim.

Hij benadert mij met de gaatjesmaker voor zich uit. Deze past precies in zijn hand, in tegenstelling tot Tesjes hand, laatst bij het aanleggen van de moestuin. Zijn stijve piemel pletst heen en weer tegen zijn onderbuik.

Laurens' ogen laten mij los, blijven zweven tussen mij en Elisa. Ik zie hem twijfelen. Wil hij het echt voor mij opnemen? Of wil hij, wellicht voor de enige keer in zijn tienerjaren, een negenenhalf neuken?

Dan begint Elisa haar borsten voor hem te kneden, door haar bh heen. Ze ontbloot haar rechtertepel.

Ik weiger te gaan liggen.

Pim dirigeert Laurens. Hij trapt de stoel omver. Ik laat de leuning los om mijn val te kunnen breken. Laurens duwt me met mijn schouders op de grond, gaat met zijn volle gewicht boven op me zitten, dwars over mij, met zijn gezicht naar me toe. Hij drukt mijn polsen naar beneden.

Ik heb de zwaartekracht tegen.

Pim duwt mijn benen open. Ik trappel en spartel, in de hoop dat ik zijn hoofd kan raken, zijn ballen.

'Kun je niet gewoon je vingers gebruiken?' probeert Laurens nog. 'Trek desnoods deze aan.' Hij gooit een paar werkhandschoenen in de schoot van Pim.

'Vuile vingers komen er straks bij mij niet in,' komt Elisa tussenbeide. 'Ik wil geen schimmels of virussen van planten.'

'Laat dit gebeuren, Eva. Dan zijn wij er meteen vanaf,' zegt Pim. Hij legt de gaatjesmaker neer, trekt de handschoenen aan, neemt het ding nadien weer stevig in de hand.

Dit is onze straf voor hun daden van deze zomer. Ik ben hun straf.

Ik ga ervan uit dat zij zich hierbij ook iets anders hadden voorgesteld, dat ze liever iemand anders hadden gebruikt. Ik ben enkel surrogaat. De cola light van de sekservaringen.

Elisa neemt een waterpas in handen, laat de luchtbel balanceren tussen de twee streepjes. Haar handen trillen. Ze legt hem boven op haar borsten, probeert ze waterpas te krijgen. Even houdt Pim op met bewegen, kijkt op naar dit tafereel, maar zodra de waterpas wordt weggehaald, handelt hij nog driftiger en hardhandiger dan voordien. Laurens drukt mijn polsen tegen de grond.

Ik verzet me niet langer, ik wil het niet nog erger maken voor hen, voor mezelf. Hoe meer ik spartel, hoe meer ik deze hardhandigheid verdien.

Ook Laurens krijgt nu een stijve, zijn kleine worst komt rechtop vlak voor mijn gezicht, de glanzende eikel wijst naar boven.

Ik zou de top eraf kunnen bijten, zo dicht hangt hij bij mijn gezicht.

'Zeker dat ik het doe, of doe jij het?' vraagt Pim aan Laurens. Hij houdt de gaatjesmaker omhoog.

'Man, doe het nu gewoon.' Laurens blijft op mijn middel zitten, al moet hij me amper nog in bedwang houden. Hij wil zich niet vuilmaken. Misschien wil hij zijn krachten sparen voor straks, voor Elisa.

Pim vloekt. Ik kan niet zien wat hij doet, omdat Laurens ertussen zit, maar ik voel het wel: hij probeert de gaatjesmaker bij me naar binnen te duwen, wriemelt met de afgeronde punt tegen mijn kruis en mijn achterste, zoals honden soms doen met hun natte snuit bij het ruiken van maandstondenbloed, zoekend waar dat precies vandaan komt. Ik zet druk, span mijn spieren, net zoals ik het vroeger deed wanneer moeder mij een zetpil probeerde op te dringen – het helpt niet. Ik kan niet op tegen de spitse punt, die met gemak naar binnen afglijdt. Eerst voel ik amper iets, dit voorwerp is minder breed dan de steel van daarnet. Ik voel enkel het schuren van het zand, de punt die tegen mijn buikwand komt en daar een pijn veroorzaakt, exact de pijn bij maandstonden, maar heviger.

'Is dit lekker, Eva?' vraagt Pim.

Ik zwijg. Overloop bij elke uithaal de volgorde waarin we de moestuin aanlegden. Wortels. Aardappelen. Munt. Wilde-bloemenmengeling. Een paar klaprozen, omdat Tesje dat graag wilde. Het zaad stond al een paar jaar in het washok. Met een beetje pech zal het nooit uitkomen.

'Hier, volgens mij is dit te droog.' Elisa duwt de emmer met behangerslijm naar Pim toe.

Pim twijfelt even, doopt de punt van het ding dan in het restje glibberige lijm.

Ik span op, maar het helpt al helemaal niets meer.

Laurens kijkt weg. Heel kort kan ik oogcontact met Pim maken, hij zit op zijn knieën, kijkt gefocust, heeft dezelfde blik als op de begrafenis. Hij kijkt door me heen. Ook Elisa staat vreemd te dralen, ze delen dezelfde opgewonden uitdrukking.

Nooit eerder heb ik in dit werkhuis op mijn rug gelegen. In bijna alle andere kamers in huis heb ik dat wel al eens gedaan. Het dak van de schuur bestaat uit mossige pannen. Tussen de paddenstoelen hangen webben. Een dikke huisspin komt tevoorschijn, kijkt waar al deze trillingen vandaan komen, zoekt meteen weer dekking. Vlak boven Laurens' hoofd hangt de hegschaar.

Tussen mijn benen klinkt geplof, het geluid van wedstrijdjes hardlopen met natte regenlaarzen.

Ik hoop dat de schaar loskomt, op Pims hoofd terechtkomt, Laurens slechts lichtjes verwondt, aan dit alles een einde maakt.

De kans dat dit gebeurt, is klein. Bijna even klein als de kans dat juf Emma ons nu ook gadeslaat. Er is niemand, behalve wij. En van ons schiet ook steeds minder over.

De behangerslijm wordt droger, korreliger en schuurt. Het begint niet enkel te branden, ook te jeuken.

'Littekens jeuken vaak en weet je waarom? Het is de kleinste voelbare vorm van pijn,' zei Jolan me ooit. Ik weet niet of ik hem nog geloof. Misschien is jeuk wat intreedt wanneer het maximale van pijn is overschreden, het waaklicht bij stroompanne.

Pim plant de punt steeds heftiger, kijkt af en toe naar mijn gezicht, om te weten of ik harder al dan niet lekker vind.

'Komaan, Eva, doe je best. Je mag zelfs kreunen.' Hij sopt het ding nog eens in de lijm, duwt hem in mijn achterste. Ik heb er meer spieren, of een betere controle. Met mijn laatste krachten span ik alles op. Hij draait, wrikt, probeert zo diep mogelijk te komen, haalt de rek uit mijn sluitspier. Eerst is het koud, dan brandend, dan beide. Ik schreeuw, trap in het rond. Het metaal geeft niet mee, is net als Laurens niet te vermurwen. Dit is een ongekende pijn die nieuwe reflexen teweegbrengt. Er wordt een hand op mijn mond gelegd. Ik bijt erin.

Laurens schreeuwt. Pim trekt de gaatjesmaker terug, ploft de punt opnieuw in mijn vagina. Ik kan mijn eigen achterste ruiken.

'Kom op Eva. Beeld je desnoods in dat ik Jan ben,' fluistert hij.

Hoe Pim hierbij komt, weet ik niet. Hoe kan hij weten dat ik over Jan heb liggen fantaseren? Wie heeft hem dit verteld? Ik wil iets zeggen, maar de woorden komen niet, mijn hoofd is vacuüm, ik kan me amper herinneren hoe Jan eruitzag, hoe ik er zelf uitzie, ik kan me amper nog de taal herinneren.

Ik kijk naar de kin van Laurens, naar zijn neusgaten. Ook hij moet het kunnen ruiken, de geur van oude uitwerpselen. Hij houdt zijn ogen gesloten. Er parelt zweet over zijn voorhoofd, het druppelt in mijn gezicht, ik proef het zout.

Aan wat zou hij nu denken? Aan Elisa? Aan die keer dat we met Kerstmis zestig kalkoenen moesten vullen, in het achterste van elk dier de pruimen propten, het geheel aanduwden met de onderkant van een glas, waar we maandenlang nog grapjes over maakten, als: wie wil een schotel met 'gevogeld gevogelte?'

Pim blijft stompen. Mijn schaamlippen worden stijver, door de droogte glijden ze met het metaal mee naar binnen. Het voelt of ze losscheuren, of ze nog maar amper vasthangen aan mijn lichaam. De pijn pulseert afwisselend met mijn hart, bij elke slag zwellen ze op.

Wat is het beste? Ik zou dit kunnen volhouden. Ik zou ook kunnen spelen dat ik klaarkom, zodat ze stoppen. Al weet ik niet hoe dat geloofwaardig te brengen, welk geluid ik moet maken, hoe lang dat doorgaans bij meisjes duurt. En ik zou dan Laurens en Pim hun plezier met Elisa gunnen.

Ik wil mijn ogen sluiten, maar kan het niet. Zodra ik stop met registreren, zal ik pas echt alleen zijn. Dan zal er geen enkele getuige meer zijn, slechts daders. En zonder een kloppende getuigenis zou dit evengoed niet hebben kunnen plaatsvinden.

Ik hoor autodeuren dichtslaan. Pim heeft dit ook gehoord, hij houdt zich plots stil, draagt Laurens op mijn mond te bedekken. Ik ruik het zweet van zijn handen.

Ik was helemaal niet van plan te roepen. Ik zou niet willen dat Tesje dit zou zien, mama ook niet.

Ze praten, wandelen om het huis heen. In de spleet onder de deur van het werkhuis verschijnen Tesjes schoenen, de rand van de bak bier die wordt neergezet, de boodschappentassen. Moeder verdwijnt in de keuken. Tesje begint aan haar handelingen – er klinkt getik, gespuug, geneurie. Elisa en Pim wisselen smalende blikken uit. De achterdeur valt in het slot. Het blijft stil. De kust is veilig.

Pim gaat verder met poken, steeds harder en sneller. Als dit vuurwerk was, dan zou dit 'de boekee' zijn, het punt waarop na een korte verslapping de duurste en luidste vuurpijlen allemaal tezamen worden ingezet, een laatste jacht op de *oh*'s en *ah*'s.

'Komaan, Eva, meewerken,' smeekt Pim. Hij wisselt het gereedschap naar zijn linkerhand, om de vingers van zijn rechter te kunnen strekken, klemt mijn been onder zijn oksel om meer kracht te kunnen zetten.

Laurens trekt bleek weg, kijkt versteend naar wat Pim uitvoert.

Elisa neemt meer afstand. Ik roep haar naam zodat ze me aankijkt. Ze moet zich dit exact kunnen herinneren, als ze straks Laurens en Pim haar mossel toont. Ze moet weten dat mijn schaamlippen ooit mooier waren dan de hare.

Maar ze kijkt enkel nog naar de toppen van haar schoenen, haar wangen zijn wit weggetrokken, haar lippen steken ertegen af.

'Pim! Stop!' brult Laurens plots. 'Genoeg.'

Hij gaat van me af. Nu pas zie ik waarom de lijkbleke gezichten: het bloed zit op Pims handen, op zijn polsen. Zijn blote buik is even besmeurd als het schort van Laurens' vader na een namiddagje fileren. Pim schuift naar achteren, blijft op z'n knieën zitten, laat het metalen handvat los, het klettert naast hem op de betonnen ondergrond.

Ik krabbel recht. Zonder het gewicht van Laurens voelt mijn lichaam licht, er lijkt maar de helft van mijn oorspronkelijke gedaante over te zijn. Plakkerige klodders glijden langs de binnenkant van mijn dijen naar beneden. Ik laat een spoor rozige lijm achter.

Naar beneden kijken durf ik niet.

Pim kijkt op naar Elisa. Heeft hij het neuken nu wel verdiend?

Zij knoopt haar broek weer los.

Mijn handen grijpen naar de truffel, die nog steeds in het midden van de schuur ligt. De steel is inmiddels opgedroogd.

Ik wil Pim ermee in zijn kruis slaan, dat kan ik niet, hij zit nog steeds neer en hij blijft de broer van Jan, diegene die al zoveel verloren heeft. Dus haal ik uit, richt de punt van de spade precies tussen Laurens zijn twee ogen. Maar het blad klapt dicht in de krachtige, voorwaartse beweging, enkel de platte kant van de schep raakt zijn wenkbrauw, net niet hard genoeg en met een doffe plof.

Laurens zakt door zijn knieën en grijpt naar zijn oog. Hij haalt zijn handen weg, om te kijken hoeveel bloed er op zijn vingers achterblijft, op wat voor geschreeuw hij aanspraak kan maken.

De truffel heeft een gapende snee achtergelaten waar de eerste seconden nog geen wondvocht uit komt. Ik kan het bot van zijn oogkas erdoorheen zien. Het vlees is roze en sappig. Al gauw organiseert de wonde zich, stuurt het bloed eropuit, in de gepaste hoeveelheid. Het komt eruit gesijpeld, in twee stroompjes, daar waar de wonde het diepste is, helrode vlekken.

Ik laat de truffel vallen.

Op mijn weg naar buiten grabbel ik een paar kleren mee. Mijn broek moet ik zeker mee hebben. Daar zitten mijn aantekeningen over Tesje in. Buiten, voor de deur van de schuur, kleed ik mij snel aan met wat ik nog heb. Mijn eigen broek, Laurens' T-shirt, snel veeg ik er de tranen mee uit m'n gezicht. Mijn twee bh's en mijn trui laat ik achter.

Laurens' jammeren is inmiddels omgeslagen in vloeken.

Ik spring op mijn fiets. Die staat tegen de veranda.

Ik spurt de Bulksteeg in. Mijn blote voeten krom ik rond de pedalen om harder te kunnen doortrappen. Het doorweekte kruis van de broek plakt op het zadel. Het brandt. Het is niet erg, het is maar zand.

Mijn banden laten een spoor na in het door de zon verhitte asfalt van de Bulksteeg. Ik pedaleer zonder te weten waar ik heen wil. Ik trap en trap, voel iets in de rechter broekspijp zitten. Het vormt een bobbel ter hoogte van mijn scheenbeen. Mijn verfrommelde slipje. Het zakt bij elke beweging steeds verder naar beneden. Een paar honderd meter verder, ter hoogte van de knotwilgen, komt het uit de broekspijp piepen. Twee rondjes blijft het nog aan mijn pedaal hangen, om dan op straat te vallen, aan de kant van de weg. Ik wil het daar niet achterlaten, maar ik kan ook niet stoppen en afstappen.

Ik moet naar huis, mezelf wassen. Aan het Bovenmeers Gebroekt, daar waar het kanaal laag staat bij aanhoudende zon, kan ik niet meer verder. Een van de vissers die beschutting zoekt onder een met bamboestokken opgerichte regenjas, steekt een hand op. Pas dan besef ik dat thuis de plek is waar ik vandaan kom. In het hele dorp is er geen plaats meer waar ik heen kan.

BEERPUT

Nog nooit was er in Bovenmeer en heel omstreken driehonderd gram paardenvlees in zulke dunne plakjes gesneden als in de week die volgde op Jans begrafenis.

'De mensen beginnen altijd verhalen te vertellen terwijl ik het vlees sta te snijden,' antwoordde Laurens' moeder op de vraag hoe zij zoveel over het ongeluk te weten was gekomen. Ik wist dat ze loog, dat het andersom werkte. Zij stuurde de hammen heel traag en beheerst langs haar glanzende, vlijmscherpe messen, enkel zodat de mensen die stonden te wachten zouden beginnen te praten of zouden blijven luisteren. Het was alsof ze een cassettebandje had ingeslikt. Ze praatte tegen klanten over niets anders meer, zij konden enkel nog kiezen het al dan niet af te spelen.

In tegenstelling tot hoe Laurens' moeder haar vlees verkocht – op de gram nauwkeurig, zelfs al moest ze daarvoor een randje van de kaas of een hoekje van de paté afbreken – stak de nauwkeurigheid van de verhalen die ze er gratis bij deed niet zo nauw. Zolang de grote lijnen maar klopten, de decennia, de achternamen.

Dat het verhaal over Jan zich in twintig versies verspreidde, en elke keer meer spectaculair werd, was niet alleen de schuld van Laurens' moeder. Iedereen die in de weken na zijn dood ringworst of paté was komen kopen om de verhalen te kunnen aanhoren was er schuldig aan, ook ik.

Ik had Pim niet durven vragen hoe ze Jan precies hadden aangetroffen en bovengehaald, ik wist dat hij toch maar zou herhalen wat er al in de streekkrant had gestaan, dezelfde summiere samenvatting zou geven, in de hoop dat dat op den duur ook zou overblijven van zijn trauma, slechts drie eenvoudige zinnen onder de krantenkop 'Boerenzoon (17) verdrinkt in beerput'.

Vlak na sluitingstijd, op de eerste zaterdag van 2002, 5 januari, verscheen ik in de beenhouwerij. Buiten was het voor het eerst die winter echt koud, uit vrijwel elke schoorsteen kringelden wolkjes. Laurens' moeder liet me binnen, al was de zaak eigenlijk reeds gesloten. Ze reikte me een blokje scherpe kaas uit hun bescheiden, nieuwe aanbod aan, waarvan ze eerst zorgvuldig de randjes afsneed.

Het was een goede dag geweest. Van alles was er nog maar weinig over. Nog steeds droegen de verhalen over Pims gezin daar toe bij – wanneer er werd gesproken over tragedies, over de dood, bestelden mensen makkelijk een paar honderd grammen meer, uit een soort van dankbaarheid, omdat ze het thuis met het voltallige gezin zouden kunnen gaan verorberen.

Ik wist dat als Laurens' moeder de toog stond leeg te halen, haar tong altijd goed los zat. De versie die ik van haar zou horen, zou aangelengd zijn met onwaarheden, maar dat was precies wat ik wilde – niet de waarheid, maar dat iemand nog eens vol vuur over Jan zou praten, hem zou ophemelen, in de veronderstelling dat het een ongeluk betrof.

'Wist jij dat Jan op de dag van zijn verdwijning zelfs nog in de beenhouwerij is verschenen om een bestelling te doen?' vroeg ze.

Nu 'nee' zeggen was hetzelfde als op PLAY drukken.

'Hij zag er die dag nog zo goed uit, zo vol leven. Ik verbaasde me er zelfs nog over dat die Jan geen vriendinnetje had, want op zijn puistjes na was hij best een beleefde, lieve jongen,' vervolgde ze. 'Dat hij een uur later niet meer zou leven, dat had ik helemaal niet verwacht.'

De lieve jongen had voor minstens dertig euro vlees gekocht: kalfsworst, kaas, paté, preskop, en zelfs een beetje van haar zelfgemaakte, overheerlijke uienkonfijt. Altijd was er in haar verhalen sluikreclame over vleeswaren te vinden.

Waarschijnlijk was het die ochtend de bedoeling geweest om met het hele gezin gezellig samen te ontbijten, tussen de drukte van de dagtaken door.

'Trouwens,' zei Laurens' moeder, 'het is belangrijk te weten dat zijn ouders aanvankelijk hadden gehoopt op een dozijn kinderen, liefst zonen, al had een dochter ook geen kwaad gekund. Daarom hadden ze thuis zo'n lange keukentafel staan, die hadden ze gekocht nog voor ze wisten dat er complicaties zouden komen: niet lang na Pims geboorte heeft dat arme mens cysten op haar eileiders gekregen en hebben ze haar baarmoeder weggenomen...'

Ze zweeg even, wrong haar vod uit boven het emmertje met spoelwater.

Dat zou ze vaker doen, hier en daar adempauzes leggen. Ze had deze versie van het verhaal al zo vaak verteld dat ze reeds wist waar deze nodig waren, waar het bij de luisteraar even zou moeten bezinken, waar gezucht zou worden, waar handtassen van arm verwisseld werden. Ik had geen handtas bij, dus beet bij elk zwijgen een hoekje van de kaas.

Pim en zijn ouders waren zich nog van geen kwaad bewust toen ze 's ochtends waren opgestaan. Ze hadden pistolets en beleg aangetroffen op de tafel en waren toen maar beginnen ontbijten, ervan uitgaand dat Jan net als altijd na het melken van de koeien zou aanschuiven.

Hij was niet gekomen.

Ze hadden niet op hem gewacht met opruimen, het beleg werd terug in de koelkast opgeborgen.

Twee minuten nadat Pims vader het erf was opgelopen om aan zijn dagtaken te beginnen, stond hij alweer in de keuken. 'De koeien zijn nog niet gemolken,' had hij op licht gealarmeerde toon gezegd. Dat had Pims moeder met eigen ogen willen zien. Hoewel ze wisten dat Jan zeker wakker was – ze hadden zijn wekker gehoord, hij was naar de bakker gegaan – waren ze toch maar even in zijn bed gaan kijken.

'Dat lege, beslapen bed, dat moet het begin zijn geweest, het punt waarop je als moeder denkt: er zal toch niet iets...' De laatste woorden sprak Laurens' moeder met een hogere toon, waardoor het al helemaal niet klonk als een quote van Pims moeder.

Jans laarzen waren wel verdwenen. Zo hadden ze kunnen besluiten dat Jan was vertrokken voor een korte wandeling.

Na een paar uur hadden ze ook die hoop moeten laten varen. Hun zoon had niets van spullen mee, geen fiets, geen wagen, geen geld, geen tractor. Hij had al terug moeten zijn.

'Wie lang denkt weg te gaan, laat toch een boodschap achter?' Laurens' moeder haalde een naamkaartje uit het vlees, veegde het stokje proper en prikte het nadien in exact hetzelfde gaatje terug.

'Inderdaad,' zei ik. De kaas verspreidde een scherpe smaak in mijn mond, alsof ik mijn speeksel al drie jaar niet had ingeslikt.

'En Jan is nooit iemand geweest die er graag tussenuit kneep, niet iemand die voor verrassingen zorgde, een doodnormale kerel zonder geheimen,' zei ze.

'Inderdaad.' Mijn kin trilde. Met mijn tanden op elkaar gedrukt, volgde ik de bewegingen van de vod, van haar ogen.

'Je ziet hem toch zo voor je staan, blond en mager, met zijn bretellen en zijn puistjes?' zei ze.

'Ja.' Ik probeerde het me in te beelden, hoe Jan zou hebben gestaan waar ik nu stond, hoe zijn stem ook alweer klonk. Ik haalde me het allemaal voor de geest, zijn laarzen, de vorm van zijn neus, zijn gespierde armen.

'Mocht mijn zoon zo veel puistjes gehad hebben, dan had ik hem naar de huiddokter gestuurd. Een scheut citroensap helpt natuurlijk niets tegen acne. Maar goed – tussen ons gezegd en gezwegen – zo zijn ze allemaal, die boeren, niet echt fan van schoonheidsproducten. Waarschijnlijk denken ze dat dat te veel kost, maar dat is nergens voor nodig, als zij hun grond zouden verkavelen, dan zijn ze de rijkste mensen uit het hele dorp.'

Ik knikte flauw.

Laurens' moeder sprak 'puist' heel voorzichtig uit – alsof er op het woord zelf een witte kop stond die zou kunnen knappen in haar mond – en omdat de letters afzonderlijk zo veel nadruk kregen, leek het om veel meer puistjes te gaan dan in werkelijkheid het geval was geweest.

Ik wou dat ik hier tegenin durfde gaan.

'Na een paar uur hadden Pims ouders alle pistes doorzocht – de stallen, de hooizolder, de graansilo's, het melkreservoir. Pas toen hadden ze het loszittende rooster aan de rand van het erf ontdekt, boven een van de kanalen waar de mest van de dieren in wordt afgevoerd – hoe heet dat ook alweer, er bestaat waarschijnlijk wel een naam voor – nu ja, een beerput,' zei ze.

Pims vader had met een stok in de put gepookt, maar had niets kunnen uitsluiten. Ze hadden meteen een bedrijf gebeld om hem te komen leegzuigen.

'Tegenwoordig doen ze dat al vanaf honderdvijftig euro, maar dat is vaak exclusief btw en kilometers, wat ze er natuurlijk niet bij zetten op de website. Er stond ook niet bij dat ze cash moesten betalen.'

De man van dat bedrijf was helemaal uit Brasschaat gekomen. Hij had eerst het geld willen zien, dus was Pims moeder nog snel in de auto gekropen om naar de dichtsbijzijnde automaat, in Zandhoven, te rijden.

Telkens als Laurens' moeder details aan de naakte feiten toevoegde, van het oorspronkelijke verhaal afweek, keek ze even mijn kant op. Ze begon steeds sneller te praten, driftiger.

Pims vader had de man niet gewaarschuwd dat er een lichaam van een tiener in de put zou kunnen zitten. Hij had gewoon herhaaldelijk gezegd dat ze zich moesten haasten. Ze hadden de zuigkop in de put neergelaten, het zuigsysteem ingeschakeld, de drek was beginnen slinken tot op een bepaald ogenblik de machine was gestokt.

'Het moet het geluid gemaakt hebben van een stofzuiger die vastloopt op een sok of een zakdoek, zoiets, dat geluid ken je toch, hè.'

'Ja,' zei ik.

Er werd een spade teruggevonden. Die waren ze al een tijdje kwijt, maar niemand was blij met de vondst.

'Nochtans was Pims vader op andere momenten wel gesteld op zijn materiaal, sprong hij er zorgvuldiger mee om – deze eigenschap hebben zelfstandigen nu eenmaal gemeen met elkaar.'

Er was verder gezogen, het niveau van de mest was nog een meter gezakt. Ze waren nu halverwege de put en opnieuw was de machine beginnen horten. Ondertussen was Pims moeder er ook al bij gekomen, met het stapeltje geldbriefjes in de hand.

'Dit kan niet,' had ze gezegd, 'we zijn geen twee spades kwijt.'

Laurens' moeder haalde adem, keek over mijn schouder naar een punt achter me op de muur, de stapel bokalen met compote.

'Ze haalden eerst zijn linkerlaars boven. Pas toen moet die man van de beerputtendienst beseft hebben waar ze eigenlijk naar op zoek waren. Hij heeft zich teruggetrokken, de hulpdiensten willen bellen, maar dat tolereerde Pims vader niet. Hij heeft de zuigkop overgenomen, zo veel mogelijk van de drek proberen wegzuigen, af en toe moest hij weer afstand nemen, omdat de dampen ervan dodelijk kunnen zijn, voor je het weet raak je erdoor bevangen.

Twee minuten later zagen ze een lichaam op de bodem liggen. Pims vader daalde af met een vod op zijn mond gedrukt, Jan werd bovengehaald, met emmerhaken trok Pim zijn bloedeigen broer uit de put.'

Pims moeder had geroepen dat ze de haken enkel aan zijn kleren mochten bevestigen, niet aan zijn vel, hij moest heel blijven. Eenmaal boven hadden ze hem gedragen tot aan de rand van de tuin, hem daar op zijn rug in het gras gelegd. Jans vader was hoestend naast het lijk neergestreken, om meteen te beginnen reanimeren, bij elke forse druk borrelde er koeienstront op in de keel.

Zijn moeder had een handdoek gehaald, daarmee Jans gezicht schoongeveegd, zodat ze zeker kon zijn dat dit haar zoon was, die slungel met zijn lange benen, zijn grote voeten en het vele haar, en toen was Pims moeder beginnen schreeuwen, heel hard, zoals alleen moeders dat kunnen. Vervolgens was het muisstil geworden op de hele boerderij.

Die stilte kon ik me perfect inbeelden; die waarbij zelfs de ganzen stopten met blazen. En ook Pims vader zag ik moeiteloos voor me: op zijn knieën in het gras, een bruine cirkel rond de lippen van de mond-op-mondbeademing. Het breken van Jans ribben onder zijn forse bewegingen.

Pim was – dat had de man achteraf getuigd – best kalm gebleven. Alsof hij bij de bevalling van een dood kalf had geassisteerd. Toen de hulpdiensten het overlijden bevestigden, had hij de tweede laars van Jans voeten gehaald, ze beiden schoon gespoten, het schoeisel aan de ingang van de stal gezet, precies zoals ze er zouden hebben gestaan als Jan ze die ochtend niet zou hebben aangetrokken.

Laurens' moeder ging voor de vershoudfolie staan, gaf een ruk aan de rol. Ze trok zo'n drie meter van de folie los. Samen dekten we alle schoteltjes met salade in de toog toe. Ik veegde met mijn vinger een klodder kriekensaus van het werkblad, enkel om die scherpe kaassmaak in mijn mond weg te krijgen. In het langslopen pakte ze me kort vast bij de schouders.

'Kwam je eigenlijk niet om Laurens te zien?' vroeg ze.

Ik durfde geen nee zeggen.

'Laurens zit bij zijn oma, maar als je wil dan bellen we hem.'

Ik haalde m'n schouders op. Vlak voor ik de zaak weer verliet, maakte ze haar verhaal nog verder af.

'De man met de zuigkop is uiteindelijk wel zo lief geweest het geld niet aan te nemen.'

Ze had door in welke staat ze me liet vertrekken. Vandaar deze positieve noot.

Jan, levenloos zwevend in een grote put met koeienkak, terwijl ik ergens met Laurens op een klimrek zat niets te doen – dit idee bleef in mijn achterhoofd tollen, bezette mijn hele lichaam. Natuurlijk was hij niet bij bewustzijn toen hij stierf, dat wisten we allemaal, dat hadden Pims ouders vaak genoeg herhaald: enkel de dampen van de mest waren genoeg om iemand te overmeesteren. Maar bewusteloos of niet, het lichaam moest gezonken zijn. Langs elke opening was de smurrie naar binnen gekropen, hij was gezonken met de snelheid van een theepot in afwaswater. Zijn longen, slokdarm, gehoorgang, elke holte werd volledig gevuld.

Met trillende benen begon ik te wandelen naar de velden tussen het Bovenmeers Gebroekt en het bos van het bos, de graasweide van de koeien.

Er stonden zo'n twintig dieren, dicht tegen elkaar, met amper gras om te grazen.

Terwijl ik daar stond, op een afstandje van de weide, zag ik meerdere dieren hun staart opheffen, hun ongemak loslaten. Ze lieten het gewoon naar buiten dretsen, zich niet bewust van mijn aanwezigheid, van het feit dat ik, samen met vele anderen, het gemis van Jan niet zomaar zou kunnen loslaten.

Het grootste deel van hun leven hadden Pims ouders de velden met mais, gras en graan bewerkt om deze schepsels te kunnen voederen. Als ze melk wilden blijven verkopen, moesten ze deze dieren ook na Jans dood blijven onderhouden. Zolang ze ze zouden voederen, zouden ze uitwerpselen blijven produceren, maar die mest was ook nodig, voor het besproeien van de velden, om genoeg mais, graan en gras te kunnen telen.

Pims ouders hadden geen keuze. Zelf zou ik hetzelfde gedaan hebben, de dieren net een minimum aan eten geven, meer niet.

Een paar dagen na die eerste zaterdag in januari werd ik gebeld door Laurens, hij was terug van zijn oma en had iets te vertellen: Pims moeder was uit de boerderij vertrokken, met een groot valies vol kleren. Ze zou bij haar zus gaan wonen, die leefde met haar gezin in Lier, zij hadden al heel hun leven een logeerkamer die precies geschikt was voor dit soort situaties.

Dit was goed nieuws voor de beenhouwerij. Het verhaal over Jans ongeluk was al te vaak verteld geweest, er was nood aan nieuwe roddels. Boeren die scheiden, dat was een kluif – wie zou nu het bedrijf draaiende houden?

Het was een tante van Pim die bij de beenhouwerij was langsgegaan. Ze had een paar schelletjes kaas gekocht, en bij het betalen enkele details vrijgegeven in een poging zelf te bepalen wat er over haar zus de ronde zou doen.

'Het gaat hier niet om een scheiding,' verklaarde ze. 'Pims moeder is toe aan een andere omgeving om te kunnen rouwen. Ze is niet van plan om Pim of Pims vader achter te laten, ze wil er gewoon even tussenuit.'

Pas later kwamen de smeuïge details naar boven: Pims ouders hadden in bed ruziegemaakt. Zijn vader had gezworen de boerderij niet te zullen achterlaten, dat waren ze hun zoon verplicht, samen, Jan had altijd met heel zijn hart voor die dieren gezorgd, dat konden zij toch niet zomaar opgeven?

Pims moeder was opgestaan, de kamer uit gelopen. Wat er toen gebeurde, had zijn vader perfect kunnen volgen, achterovergelegen in bed, op de camerabeelden. Pims moeder was in beeld verschenen. Ze had de spade, die al die tijd in de stallen tegen de muur was blijven staan, in de buik van een van de hoogzwangere koeien geploft.

19.00 UUR

Ik heb het op wikiHow opgezocht. Er stond een ingekaderde nota bovenaan het artikel: 'Te gebruiken als griezelige tuindecoratie bij Halloween of voor bij het vissen of varen. Als je hem gebruikt ter decoratie, zorg dan dat je eerst bekend bent met de wet want in sommige gebieden wordt het tonen van een strop gezien als bedreigend, en is dus illegaal. Knoop deze strop *nooit* rond je nek, zelfs niet als grap.'

Ik heb het thuis niet stap voor stap geprobeerd, dat leek me beledigend, al wist ik niet tegenover wie. Ik las de aanwijzingen op het scherm hardop voor, tot ik zeker was dat ik ze niet meer zou kunnen vergeten.

Ik heb hem goed geknoopt. Als ik even ga doorhangen, wordt mijn adem meteen afgesneden.

Het is flink donker, toch moet het nog nacht worden. De spelende kinderen zijn net weer uit de stallen verdwenen, ik mis hun stemmetjes. Eigenlijk verbaast het me hoe stil het is, op het feestgedruis in de naastgelegen stal na. Na jaren in de stad ben ik dit misschien vergeten: ook koeien worden moe.

Er zijn zonet weer mensen van het feest vertrokken. Een paar wagens reden weg, stemmen stierven uit, motoren bromden steeds zachter.

Als ik een beetje mijn best doe en op mijn tenen ga staan, kan ik door het raam zien welke voertuigen er nog staan.

Laurens is er nog. Jolan is al weg. Ik zag hem daarnet naar zijn wagen wandelen. Uit de manier waarop hij het portier opende kon ik afleiden dat hij onopgemerkt wilde verdwijnen, tot Pims moeder hem achterna kwam lopen. Ze praatten even, ik kon niet verstaan wat er werd gezegd. Jolan stapte in, liet de motor draaien zonder te vertrekken. Ik dacht: nu gaat mijn gsm trillen, hij zal me bellen. Langzaam smolt de aangekoekte sneeuw op zijn voorruit en zag ik hem zitten, onder het leeslichtje: klungelend opende hij de verpakking van een wafel. Hij beet er een stuk af.

Ik heb hem nooit gevraagd wat hij met zijn onderzoekswerk in Leuven te weten wil komen, het valt volgens mij ook niet in spreektaal uit te leggen. Een keertje heeft hij me verteld dat de sprinkhanen die hij uit hun terraria haalt, kakken op zijn handschoenen uit doodsangst en dat hij, als het experiment afgelopen is, hun kop met een schaar afknipt.

Elke keer dat ik hem zie moet ik daar aan denken: een werkblad vol stuiptrekkende, onthoofde insecten.

Ik heb Jolan nooit verteld wat er gebeurde aan het einde van die laatste zomer. Er ontstonden geen roddels over, dus hij kwam het ook niet via via te weten. Elisa, Laurens en Pim zwegen als het graf. De enige roddel die werd verspreid, was de smoes over hoe Laurens aan de diepe snede in zijn voorhoofd was gekomen. Het volstond de zichtbare schade te verklaren.

De eerste weken van het nieuwe schooljaar vertrok ik zo laat mogelijk naar school, later dan Laurens, zodat hij niet de kans zou krijgen me demonstratief in te halen, of – erger nog – naast me te komen fietsen. Ik wist dat hij dan in de hoop het goed te maken, zou beginnen praten, zou vragen naar de opname van Tesje. Maar ik had hem niets meer te vertellen, al zeker niet over haar.

Elke keer fietste ik naast het blauwe stukje stof met binnenin het streepje witverlies, dat aan de kant van de weg lag en steeds verder verteerde.

De twaalf kilometer schoolwaarts die volgden op deze passage duurden een eeuwigheid. Met mijn spaargeld kocht ik een discman. Ik verplichtte mezelf altijd op school te zijn voor de cd afliep. Zolang dat lukte, was de dag geslaagd.

Natuurlijk wilde ik Pim vragen waarom hij, pokend met de gaatjesmaker, naar Jan had verwezen. Of die opmerking geheel toevallig was, of Jan aan hem ooit had toegegeven dat hij vond dat ik mooi was geworden.

Toch sprak ik hem of Laurens na die ene zomerdag nooit meer aan. Niemand plaatste daar grote vraagtekens bij. Er waren in het dorp al vaker grote vriendschappen zonder veel woorden geëindigd. Ik hoopte dat het hun wel enigszins moeite kostte mij te negeren; maar wist dat dit ijdele hoop was, dat we elkaar eigenlijk al voor die laatste zomer uit het oog waren verloren.

Op school zag ik Laurens elke dag wel ergens, in de verte, tussen de honderden andere leerlingen. Hij had een nieuwe boekentas, droeg zijn kapsel niet langer in een middenstreep. De eerste schooldag kleefde er nog een pleister op zijn gezicht, maar al gauw bedekte hij de dikke korst niet meer. Een keertje verzamelde er zich een hele meute joelende leerlingen rond Laurens op de speelplaats, ze moedigden hem aan terwijl hij een ingeslikte snoepveter langs zijn neusgat naar buiten haalde. Ook ik kwam dichterbij, omdat ik wilde weten hoe lelijk zijn litteken precies was. Laurens' moeder was niet met hem naar de spoed gegaan, had de wonde niet laten naaien, had thuis met wat strips het openstaande vlees weer samengekleefd. Ik beschouwde dat als een gunst, een geste naar mij: ze had het bloed op de vloer van de beenhouwerij gezien, precies daar waar ik door mijn knieën was gegaan. Ze moet goed genoeg geweten hebben wat er gebeurd was en ze wilde Laurens toch enigszins straffen, door ervoor te zorgen dat ook hij er iets blijvends aan zou overhouden.

Soms fietste ik langs de beenhouwerij, om haar vanop een afstand de klanten te zien bedienen, soms geholpen door Laurens. Vaak hield ik dan een kassei bij de hand. Ik kon kiezen: de steen door de ruit van de winkel gooien of langzaam naar de achtergrond van haar gedachten verdwijnen.

Drie maanden na de eerste schooldag verdween ook het slipje aan de kant van de weg, nog voor zijn verwachte afbraaktijd erop zat.

Ik gok dat ik hier inmiddels anderhalf uur sta. In die tijd had ik heel veel andere vervelende dingen kunnen doen. De planten in mijn appartement water geven. Antwoorden op alle mails die vader me de laatste jaren heeft gestuurd. Reageren op zijn reacties op de familiewebsite. Vijftien keer na elkaar de buurman bevredigen. Wandelen van thuis naar de Marollen, elke zwerver iets geven, de lift naar het Justitiepaleis nemen, terugkeren. Thuis de schimmel uit de hoeken van de badkamer verwijderen.

Maar die dingen zou ik niet gedaan hebben mocht ik hier niet staan. Dit is zelfbegoocheling. Ik zou nu thuis gewoon voor het raam hebben gezeten, kijkend naar de sneeuw die op het balkon van anderen altijd makkelijker blijft liggen dan op het mijne.

Misschien had ik op wikiHow ook even moeten opzoeken hoe lang een blok ijs er gemiddeld over doet te smelten. Natuurlijk had ik niet kunnen weten dat het vandaag de koudste dag van het jaar zou worden, dat ik slechts een kleine warmtebron zou hebben. Ik voel het koord al iets meer spannen rond mijn hals, maar dat is misschien alleen omdat mijn benen moe worden van het rechtstaan en ik steeds meer ga doorhangen.

Ik wil mezelf niet van bovenaf zien, me inbeelden wat juf Emma zou zien, maar toch gebeurt het: hier sta ik dan. Jonge vrouw met vleeskleurige panty, op een blok ijs te klappertanden onder een gloeilamp, in de hoop voor eens en altijd een raadsel te worden.

10 AUGUSTUS 2002 (2)

Het zou een gedurfde daad of een statement kunnen zijn op te dagen in de slagerij van Laurens' moeder zonder ondergoed. In dit geval is het slechts een aaneenschakeling van bewegingen, gestuurd door een gebrek aan alternatieven.

Er treedt iets in werking waardoor ik alles op mijn weg heel precies in me kan opnemen: vissers, bomen, huizen, brievenbussen, wasdraden, tuinsproeiers – zonder dat het blijvende gedachten worden, mijn hersenen weigeren herinneringen aan te maken.

Er zijn geen klanten in de zaak. Laurens' fiets is nergens te bespeuren. Ik plaats de mijne vlak voor de vitrine. De staander zakt weg in een van de mossige voegen tussen de kasseien. Het stuur klettert op de grond, de bel rinkelt. Ik wil hem oprapen en netjes wegzetten, maar de pijn in mijn onderbuik verbiedt het. Ik laat het zo, Laurens gooit zijn fiets steevast tegen de grond.

Ik stap traag op de blinkende, uitgestalde kalfsworstjes af. Ze hangen aan een slinger in de etalage, telkens per drie opgeknoopt.

Het wandelen gaat traag. De grond is spons geworden. Het belletje van de deur rinkelt langer dan anders. In de weerspiegeling van het raam kan ik ze zien, de bloedplekken op mijn kruis.

Laurens' moeder staat met haar rug naar de toog als ik binnenkom.

'Goeiedag,' zegt ze zodra het belletje zwijgt, met neutrale stem, geschikt voor alle leeftijden, voor zowel opendeurdagen als begrafenissen.

Ze kijkt snel om bij gebrek aan respons. Ze moet

haar ogen houden op het grote stuk goedkope, roze worst in haar hand, ingepakt in een felrood plastieken hulsel, dat ze langs de scherpe messen stuurt.

'Ha, Eva, jij bent het,' zegt ze, boven het geluid van de machine en de radio uit.

Zou ze gehoopt hebben dat ik iemand anders was? Zou ze zich afvragen waar mijn borsten plots zijn gebleven?

Haar bewegende hand zit in een te kleine, witte latex handschoen. De homp vlees wordt kleiner, de stapel schellen groter.

Het snijden van deze worst maakt geen rafelend geluid. Het is de goedkoopste soort, niet gemaakt van vlees, niet van duizenden draadjes.

Wanneer er geen klanten meeluisteren, geven Laurens' ouders aan deze vleesworst een andere naam. Ik kan er nu niet opkomen. Het is irrelevant, toch blijf ik ernaar zoeken, het maakt mijn gedachten minder vluchtig.

Ik lees de namen op de naambordjes in de fijne slaatjes. Martino, lentesalade, vleessalade. Allemaal zwarte, plastieken bakjes gevuld met vale kleuren. Ook deze namen blijven me niet langer dan een paar tellen bij. Het naamkaartje van de goedkope worst die gesneden wordt, ligt op de toog.

Ik wil het weten, maar kan het net niet lezen.

De lucht die de vleestoog koelt en door een spleet in het glas aan de voorzijde ontsnapt, ruikt naar alles wat hij op zijn pad heeft aangeraakt. Samsonworst, kippenvleugels. De lucht blaast recht tussen mijn benen, het komt door de rits van mijn broek heen, wakkert het brandende gevoel alleen maar aan. Mijn schaamlippen kloppen. De behangerslijm begint te harden. Mijn schaamhaar droogt op in klitten. Hier en daar trekt het aan m'n vel.

'Hier, Evaatje.'

Laurens' moeder reikt mij over de toonbank een opgerold schelletje van de rode worst aan. Ik kan het ruiken, het is zuurzoet. Slachtafval met stippen varkensvlees ertussen. Mijn mond vult zich met speeksel. Het loopt langs mijn mondhoeken naar buiten. Ik veeg het weg met de bovenkant van mijn hand. Ik leg het worstje terug op de toog. Het rolt open. Laurens' moeder kijkt ernaar, lichtelijk verbaasd. Heel even zakt haar blik naar het glas van de toog, ter hoogte van mijn kruis. Wellicht vraagt ze zich af of het bloed wel bij mij hoort of dat het de reflectie van de chateaubriand is.

Ik heb amper vast voedsel binnen vandaag, toch heb ik geen honger. Het enige wat nog onverteerd in mijn maag zit, zijn de paar slokken suikervrije frisdrank van deze middag. Die cola komt er eerst uit, lauw en korrelig – smeerolie voor de keel.

De rest van het braaksel moet van veel dieper komen. Het had al eerdere orders opgevolgd de tegenovergestelde kant van mijn lichaam te verlaten, het heeft niet de tijd gehad terug vloeibaar te worden. Ik maak stikkende geluiden en braak terwijl ik twee stappen achteruit zet. De kots, vast en worstvormig, belandt in het verlengde van mijn lichaam, net als bij katten die het weer opeten om nadien alles netjes achter te kunnen laten.

Het is er niet aan te zien welk voedsel dit oorspronkelijk was.

Laurens' moeder stopt met taken uitvoeren. De messen van de snijmachine komen tot stilstand. Enkel de radio speelt nog, ver weg, achter in het atelier.

'Eva? Wat doe je nu?' Bij het horen van mijn eigen naam, kokhals ik opnieuw, buig voorover, er is amper maaginhoud over. Nu pas komt de echte krop. Ik barst in snikken uit, toch komen er ook geen tranen meer.

Laurens' moeder schiet achter de toog vandaan, met haar dikke knieën in korte pijpen. Ze heeft een emmer opgetild, waarin zo'n tien centimeter poetswater heen en weer klotst. Die duwt ze onder mijn gezicht, misschien om de tranen op te vangen. Met de vod die erin zit, dept ze mijn voorhoofd.

'Kom hier, meisje.' Er belandt een stuk eierschelp op mijn wenkbrauw. Dat plukt ze weg. Ze laat de opengeklapte schel worst achter op de toog, ondersteunt me, om me uit de winkel weg te halen. Maar ik weiger te bewegen. Zak door mijn knieën. Klem mijn benen dicht onder mijn lichaam. Ik wil hier blijven zitten tot ik droog ben, met mijn gevilde platvis vastgeplakt aan de vloer. Ze mag niet te weten komen dat ik geen ondergoed draag.

Laurens' moeder beweegt naar het raam van de winkel. Ze laat de houten latjes zakken tot halverwege. Ik hou de oprit in de gaten, hoop dat Laurens niet te veel bloed heeft verloren. Dan zal hij zo meteen ook verschijnen en zijn moeder komen opeisen. Dan zal hij sporen door het hele dorp achterlaten.

Laurens' moeder raapt het braaksel op dat naast de emmer ligt met haar ingepakte hand, en zoals bij een hondendrol die je van de straat raapt, trekt ze de handschoen er binnenstebuiten omheen, legt er dan een knoopje in ter hoogte van de pols. Ze gooit de gevulde handschoen bij gebrek aan een pedaalemmer in het poetswater.

'Komt er nog?' vraagt ze, en ze wijst naar de ruimte tussen mij en de emmer.

'Nee.' Ik wrijf in mijn ogen.

Ze hurkt naast me, streelt mijn nek, kijkt naar het bloed op het kruis van mijn broek. Ik wist niet dat ze hurkzit kon. Haar dubbelgevouwen knieën zijn bijna even breed als mijn dijen. Ik zou twee keer in haar passen. Ze wiegt me zacht heen en weer. Ze moet het kunnen voelen nu, dat ik geen bh draag. Ze moet zich toch vragen stellen.

‘Ben je voor het eerst ongesteld, misschien?’ vraagt ze. ‘Niet huilen. Ik heb daarvoor al het nodige verband in huis.’

Ze legt een hand op mijn voorhoofd. Stopt met wiegen en werpt een blik op het T-shirt dat ik aanheb. Nu pas herkent ze het.

‘Hoe kom jij aan dit T-shirt van Laurens?’

Ik reageer niet.

‘Waar is hij eigenlijk? Was hij niet bij jou vandaag?’

Opnieuw zwijg ik. Laurens’ wond zou best groot kunnen zijn. Wie weet moet het genaaid worden. Ik word weer misselijk. Ik leun naar achteren, met mijn hoofd tegen de koele toog.

Laurens’ moeder is de enige in het dorp die vermoedt hoe slecht de situatie thuis is, maar zolang mijn ouders nog leven, zal ze nooit ingrijpen, uit beleefdheid. Als ik haar zou vertellen over deze zomer, over de meisjes die ik met Laurens en Pim vernederd heb, dan zal ze niet langer bezorgd om mij zijn, maar om al die andere meisjes.

‘Is er thuis iets gebeurd? Wil je het me vertellen?’ Na elke vraag laat ze een ruime stilte vallen. Toch schud ik alleen maar nee.

‘Sommige mensen kunnen moeilijk over hun gevoelens praten, Eva. Maar samen komen we er wel uit. Zullen we het anders zo doen: als het antwoord “nee” is, dan zwijg je gewoon, als het “ja” is, dan knijp je in mijn arm,’ zegt ze. ‘Vind je het een goed idee?’

Ik knijp in haar arm.

‘Is er iets thuis? Met Jolan? Met Tesje? Of ligt het aan je vader?’

Bij ‘vader’ knijp ik bijna automatisch.

‘Heeft hij dit gedaan?’

Een half kneepje geven gaat niet, dus schraap ik mijn keel. In één lange zin beken ik dat er thuis een strop klaar hangt boven de opengeklapte ladder. Ik doe het klinken als een akkefietje, niet meer dan dat, dit is het ook geworden naar mijn gevoel, nu mijn vagina zo verschrikkelijk brandt.

'Een vader die zoiets doet, Eva, heeft hulp nodig.' Ze blijft mijn nek strelen.

'Niet van jou, niet van mij, maar van een professioneel iemand,' voegt ze eraan toe.

Ik voel haar hart tegen mijn wang kloppen. Ik kan me niet herinneren of ik ooit het hart van mama zo tekeer heb horen gaan. Het poetsmiddel in het water ruikt naar citroen. Er drijven kleine stukjes gehakt in. Mijn huid wordt beurs onder haar herhaaldelijke bewegingen.

In de verte klinkt het geratel van een kettingkast. Het is die van Laurens. Ik herken het krakje van zijn geblokkeerde trappers meteen. Hij komt de oprit opgereden, driftig. Zijn fiets klettert op de stenen, naast de mijne.

Zijn moeder heeft nog niets door. Ze zit met haar gezicht naar mij en met haar rug naar de ruit van de winkel. Hoe meer ik mijn schouders laat zakken, hoe sneller ze haar hand heen en weer beweegt.

Ik leg mijn hoofd een laatste keer tegen haar borst.

Laurens, door het rolgordijn onderverdeeld in spaties, verstijft als hij mij ziet zitten. Tussen de latjes van het rolluik door maken we oogcontact. Langs zijn slaap loopt bloed. Hij draagt Pims T-shirt, houdt mijn T-shirt tegen zijn wenkbrauw aan gedrukt, dat zit vol vlekken. Zijn oog staat blauw en dik. Hij mankt lichtjes, toch overdreven.

Laurens klopt op het raam. Zijn moeder draait zich om, ziet het bebloede T-shirt. Ik voel haar hand in mijn nek stilvallen.

Nu resten haar enkel nog de reflexen van andermans moeder, dat weet ik. Ze trekt me van zich af en loopt naar hem toe. Ze gooit de winkeldeur open en blijft tussen Laurens en mij in staan. Het schelle belletje markeert onafgebroken haar impasse.

'Laurens? Jongen? Wat is er gebeurd?'

Laurens komt de winkel binnen. Hij wijst naar mij. Zijn vinger blijft priemen, tot ook zijn moeder naar me kijkt.

'Wat Eva je verteld heeft is één dikke leugen.'

Laurens knippert met zijn oog dat in de hoek dichtkleeft door het geronnen bloed.

'Zij heeft dit gedaan. Ze heeft me aan het begin van deze zomer al eens achtergelaten op school, en vandaag heeft ze me met een schop geslagen. Pim was erbij. Vraag maar aan hem.'

Haar ogen springen van het bloed op mijn kruis naar het bloed op Laurens' slaap en terug, alsof ze een aftelversje opzegt. Maar ze is niet onpartijdig, haar ogen zullen altijd op Laurens eindigen. Ik kan het plekje waar ze me daarnet nog aan het strelen was heel precies voelen. Ze zet een stap in de richting van Laurens.

'Is dit zo, Eva?'

Ik schud mijn hoofd. Ik weet niet wat ik anders kan doen om geloofd te worden.

Ik trek me op aan de toog en probeer recht te komen, zodat ze ook mijn bloed kan zien. Het doet nog meer pijn dan daarnet, zoals bij spieren die na een inspanning pas echt stijf worden als je ze eenmaal toelaat te ontspannen. Misschien is de behangerslijm hard geworden door het lange stilzitten, heb ik iets stukgetrokken.

Terwijl ik recht krabbel en mijn evenwicht zoek, komt alles terug, op kop de dingen die nu voorbij zullen zijn.

Nu schiet ook de naam van de goedkope worst me weer te binnen. Apekop.

Het is het enige dat ik niet zal missen.

Laurens laat zijn wijzende vinger weer zakken en veegt het snot onder zijn neus weg. Hij kijkt me niet aan. Zijn bloed mengt met het slijm en de tranen en heeft dezelfde roze kleur gekregen als het spoor van behangerslijm dat ik daarnet achterliet. Hij leunt tegen de toog aan.

We hebben allebei pijn. Beiden hebben we Elisa niet gehad. Beiden hebben we Pim niet. Misschien zou dit allemaal niet gebeurd zijn als hij en ik op een bepaald punt gewoon genoegen hadden genomen met elkaar.

Laurens' moeder veegt zijn haren aan de kant, kijkt naar zijn wenkbrauw en maakt sussende geluiden.

'Dit wordt een litteken als we het niet laten verzorgen.'

Ze kust Laurens vlak boven zijn gehavende slaap. Over haar schouder kijkt hij me aan, in de binnenste ooghoek zit een gele klonter. Ik neem de emmer die naast me staat, al moet ik niet meer kotsen.

'Apekop,' zeg ik. Ik mik het vuile poetswater recht in zijn gezicht, maar nog voor het hem raakt heeft hij zijn blik neergeslagen en vraag ik me alweer af wat dit mijn zaak zal helpen. Het water pletst tegen het glas van de toog, over de sandalen van Laurens' moeder. De met kots gevulde handschoen stuitert tegen Laurens' borst. Zijn moeder kijkt schaapachtig naar de lege emmer in mijn handen. Is het voor haar zo onduidelijk waar dit water plots vandaan kwam? Dan kijkt ze naar Laurens. Het bloed is van zijn gezicht gespoeld. Er kleeft gehakt in zijn haren. Aan zijn voeten ligt de binnenstebuiten gekeerde handschoen.

Ze trekt me bij mijn bovenarm hardhandig naar de deur, ik heb de emmer nog vast.

Eerst verzet ik me, ter hoogte van de deuropening, zodat het belletje langer blijft rinkelen.

Het geluid stokt, onze worsteling is afgelopen. Heel even nog staan we tegenover elkaar, ieder aan een andere kant van de deur. Ik voel niet langer het plekje waar ze me daarnet streelde, enkel nog waar haar nagels in mijn bovenarmen drukten.

'Dat emmertje is van ons. Dat laat je hier.'

Ik kijk rond. Het meeste van wat hier is behoort hun toe, tenzij je er geld voor neertelt.

Ik zet de emmer voor haar neer, op de drempel. Een allerlaatste keer rinkelt het belletje.

Zou Laurens gelijk hebben gehad? Zou vlees uit draden bestaan die alleen maar moeten worden uitgerafeld?

Ik draai me om, raap mijn fiets op. Het pijnlijkste aan het bukken is nu niet langer mijn naakte kruis dat tegen de rits van mijn broek schuurt, of de behangerslijm die opdroogt in mijn schaamhaar en het trekken dat het veroorzaakt, maar de aanwezigheid van hun ogen, die wegen op mijn rug, mijn schouders.

Ze zullen blijven kijken tot ik weg ben, uit het zicht zal zijn verdwenen. Dan pas zullen ze de emmer uit de deuropening weghalen, opgelucht de winkel sluiten. Er zal met het dichtvallen van de deur iets van me worden afgenomen waar ik al mijn hele leven lang voor gespaard heb.

Ik weet niet of ik traag of snel moet fietsen om dit minder erg te maken.

PASTATANG

De avond waarop mama en ik voor het eerst over Tesje spraken, was sowieso al niet goed begonnen. Bij het thuiskomen van school, januari 2002, bleek de keukentafel plots met het uiteinde tegen de muur geschoven. We zouden er niet langer met het hele gezin aan kunnen eten, dat was meteen duidelijk.

Het was geen woensdag, toch gaf de gedekte tafel die indruk. Er stond een pot ontdooide spaghettisaus op het vuur, verder een blik mais, vier diepe borden.

'Kijk,' zei mama, heen en weer wandelend door de kamer, 'nu kunnen we langs de tafel naar de schuifdeur lopen.' Ze noemde het plots een schuifdeur, al hadden we het ding tot dan toe enkel voor het uitzicht gebruikt, nog nooit als doorgang. 'Ik heb al de hele dag zin in spaghetti.'

Voor het eerst in maanden klonk ze vrolijk. Geen van ons durfde te vragen hoe dat kwam, of waar vader straks zou moeten zitten.

Nog geen halfuur later brak de pastatang, precies op het zwakste punt. Dat bevond zich net als bij mensen waar de twee armen samenkomen. Jolan en ik hadden ermee zitten spelen. We legden de stukken naast elkaar om te bepalen wie de meeste verantwoordelijkheid trof.

Jolan pleitte onschuldig, zette snel zijn deel terug in het vergiet met net afgegoten pasta. Ik deed hetzelfde. We wachtten in stilte tot mama zou terugkomen uit de keuken met vers geraspte kaas.

Ze verscheen, wilde pasta opscheppen maar de tang viel uiteen in haar hand. Ze schrok. Meteen ging ze op zoek naar de breuklijn, duwde de delen wel tien keer tegen elkaar. Dat was haar truc. Lang blijven proberen, niet om dingen echt te herstellen, maar om achteraf langer te kunnen betreuren dat het niet gelukt was.

De tang bleef uiteenvallen. Ze zakte neer op haar stoel.

'Ik heb daar ooit zevenhonderdvijftig frank voor betaald,' zuchtte ze. 'Ik moet de dingen maar aanraken en ze gaan stuk.'

'Hij was al gebroken voor jij hem nam,' zei ik.

Mama deed zelfs geen moeite te achterhalen wie de verantwoordelijkheid droeg.

'Ik hou het af van jullie zakgeld.' Ze wisselde haar blik tussen ons en de gesp van haar horloge, die ze wat losser maakte.

'Ook van het mijne?' vroeg Tesje.

'Ik heb het gedaan,' besliste Jolan plots. Hij haalde zijn portefeuille boven. Daarin zat, tot ieders verbazing, een dun pak biljetten. Hij nam dit altijd overal mee naartoe, sinds er ooit geld uit zijn spaarpot was verdwenen op dezelfde dag dat een loodgieter aan huis betaald had moeten worden. 'Rond het bedrag maar naar boven af.'

'Nee, ik was het,' zei ik.

Er reed een fietser door de Bulksteeg. Onze blikken verraadden dat we alle drie hoopten dat het nog niet vader zou zijn. Het was nog vroeg, hij was het niet.

Jolan nam zijn vork, probeerde beweging in de inhoud van het vergiet te krijgen om te bewijzen dat zo'n pastatang eigenlijk geen grote voordelen opleverde, maar de klomp spaghettislierten tolde stuurs rond in de pot.

Mama stond weer recht, liep naar de keuken, kwam terug met een keukenschaar, knipte de pasta in grove stukken. Ze deed me denken aan de vorige kapster bij Haarmode Sels in Nedermeer. Die knipte opzettelijk froufrous en carrés scheef in de hoop dat ze ontslagen zou worden en dan een uitkering zou krijgen.

Het eerste stuk dat ze loskreeg kwakte mama op Tesjes bord. Op één zijde na was het een perfecte kubus.

'Wie nog pasta?' snauwde ze.

Jolan en ik durfden geen nee zeggen, maar enthousiasme vonden we ook niet op zijn plaats, dus zwegen we. We kregen beiden een klein hoopje, precies de hoeveelheid die ze ook voor zichzelf opschepte. In haar geval zou het toch alleen maar dienen om naar te kijken.

In de saus zat wel gewoon een handige lepel, dus die liet ze nog even links liggen, om eerst onhandig mais op ieders bord te kunnen schudden, rechtstreeks uit het grote blik.

Vader had me ooit gezegd dat het in haar karakter lag: aan iets te beginnen en het dan niet afmaken. Ik dacht eerst dat hij het over Jolans tweelingzusje wilde hebben, maar hij had er verder geen woorden aan vuilgemaakt. Pas toen was ik het beginnen zien: haar ongesorteerde postzegelverzameling, het metershoge bord van piepschuim waarop slechts een drietal kevertjes gespeld zat, de tientallen ongebruikte kookboeken, de oorbellen die ze kocht en nooit aandeed, de stapels stof waarmee ze nieuwe gordijnen zou maken, Jolan, Tesje en ik aan de tafel. Met ons had ze dezelfde goede bedoelingen gehad, het enige probleem was dat wij niet afgeweekt of opgedroogd waren, niet opgeplooid konden worden – elke dag hadden wij propere kleren en minstens drie keer iets te eten nodig. Wij waren gewoon de verzameling waarbij het falen het meeste opviel.

Mama kwakte bij ieder een schep tomatensaus boven op de mais. Omdat Jolan het verst weg zat, spetterde het bij hem het hardste. De saus maakte een vlek op zijn nieuwe T-shirt. Ik zag hem vechten tegen de tranen.

Sinds kort at ik geen mais meer. Jans klasgenoten

hadden op de speelplaats in het bijzijn van een hele kring toeschouwers met een maiskolf gedemonstreerd wat de beste technieken waren om zijn pukkels uit te knijpen. Een paar leerlingen hadden afgesproken dat er elke speeltijd opnieuw maiskorrels in Jans jaszakken moesten worden achtergelaten.

Ik probeerde er zo weinig mogelijk op mijn vork te scheppen. In mijn mond trieerde ik elke hap met mijn tong. Wat knapperig en rond aanvoelde, slikte ik in één keer door, de rest kauwde ik fijn. Elke keer dat er toch een korrel knapte in mijn mond, werd ik misselijk.

Ik zei dat ik zou helpen met afwassen. Op het aanrecht stonden de gewoonlijke flessen water, een fles bruisend en een fles plat. Er stond ook een ondoorzichtig plastieken beker maar daar werd nooit water in geschonken.

Ik durfde mama tijdens het afwassen niet rechtstreeks aankijken, keek enkel naar haar reflectie in het keukenraam.

Door het dubbelglas zweefde haar ene weerspiegeling boven de andere uit, zo'n twee centimeter, net als bij een stervend tekenfilmfiguurtje, waarbij de ziel – de vorm van het lichaam maar wat meer doorschijnend – traag naar buiten sijpelde.

Zo, met haar handen in het hete water, sprak ze me er voor het eerst over aan.

'Weet je Eva,' begon ze, haar rug ongemakkelijk over de lage afwasbak gebogen. 'Jij had een ouder zusje, dat weet je. Vandaag op de dag af zeventien jaar geleden hoorden we dat ik zwanger van haar was. Dus vier ik haar verjaardag vandaag. Ik wilde niet dat haar overlijden op Jolans verjaardag zou moeten herdacht worden.'

Ik begreep wat ze wilde zeggen, maar had er weinig begrip voor. We zouden ook gewoon kunnen praten over mijn schoolresultaten, over Laurens en Pim, over hoe het kon dat zo veel meisjes al ongesteld waren en ik nog niet, desnoods, als het per se over de dood moest gaan, konden we het hebben over Jan.

'Ik vertel dit alleen aan jou, omdat jij me aan mezelf doet denken,' zei ze. 'Wat wij hebben, is geen gave, het is geen talent, het is een verantwoordelijkheid waarmee we zijn opgezadeld. Een radar voor andermans verdriet.'

Even was ze stil. Ik keek naar haar. Het was moeilijk me in te beelden dat zij ooit ook dertien jaar was geweest. Dat ze ooit nog alles had kunnen worden wat ze wilde.

'Vergelijk het met een infraroodcamera. Alleen zijn wij niet op zoek naar de warmte van anderen, maar naar de koude, de leegte.'

Ik keek opnieuw. In de reflectie van het raam tegenover de afwasbak zagen we eruit als twee doodnormale, tevreden mensen. De nuance was uit dat beeld verdwenen. Het was bijna niet meer zichtbaar dat moeder met haar ogen gesloten het bestek stond te kuisen. Ook de exacte vorm van mijn mollige armen vervaagde.

Buiten, in de donkerte, klauwden de takken van de kersenboom. Het was al veel te lang stil. Het was aan mij om iets te zeggen.

'Waarom hebben jullie Tesje geen andere naam gegeven? Tessa, of gewoon een heel andere naam?' vroeg ik.

'Wat is dat nu voor een vraag?' zei ze. Ik haalde mijn schouders op.

Als mama gelijk had, als we dezelfde radar hadden, dan zou ze weten wat ik bedoelde.

De afgelopen weken had Tesje haar naam altijd als 'Tessa' geschreven, op al haar toetsen en in haar schoolagenda.

Iemand een verkleinwoord als naam geven, en dan nog de verkleinvorm van een overledene, impliceert dat je die persoon klein wil houden, half levend. Misschien hadden ze het onbewust zo georganiseerd: Tesje zou diegene worden die onderuit moest kunnen worden gehaald, ik zou diegene worden om op te leunen.

Mama zei niets.

'Waarom drink je precies?' durfde ik plots vragen. 'Komt het door de radar, of omdat je weet dat je mij er ook mee hebt opgezadeld?'

Nu durfde ik zelfs niet meer in de reflectie kijken. Ik staarde naar de afwasbak. Daar duwde moeder haar hand in.

Uit het niets kletste ze de natte vod recht in mijn gezicht. Het water drupte over mijn schouders en in mijn hals. Stukjes spaghettisliert kleefden op mijn huid en kleren. Het water was warm noch koud. Ik zette meteen een paar passen naar achteren.

Ook de hond kwam geschrokken kijken. Ze likte de sliertjes van de grond. Of ze had ook honger, of ze wilde meteen de sporen van mama uitwissen. Die twee speelden vaker onder één hoedje. Mijn keel brandde. Een scherpe steen wrikte zich door de veel te kleine opening.

'Ga weg. Ik zal zelf wel afdrogen,' zei mama.

Mijn gezicht droogde ik met de keukenhanddoek, liet hem achter op het aanrecht.

Ik wandelde weg, verlangde dat we dommer waren geweest, of minder gevoelig, zoals de meesten van onze buren, zoals Laurens' ouders. Dan zou ze harder in mijn gezicht hebben geslagen, met een ijzeren pollepel bijvoorbeeld, me genoeg pijn hebben gegeven om haar te haten, op z'n minst om te mogen huilen. Of we zouden dit dan allemaal gewoon niet moeten voelen, we zouden het tenminste niet kunnen benoemen.

Ik ging in de living zitten, zo ver mogelijk van de keuken weg, een strip doorbladeren. Ik wilde wachten met slapen tot vader thuiskwam.

Hij arriveerde laat, toch was moeder nog steeds niet

klaar met afwassen – ze had geen zin om uit de keuken te komen, het was met gerimpelde handen en met zere, gebogen rug dat ze de ruzie zou willen aanzetten. De hele dag al was ze hierop uit geweest.

Nog voor vader moeder gedag zei, liet hij alle rolgordijnen in de keuken neer en ging hij zijn draagmandje bier vullen. Dat was precies wat hij altijd deed, van alle kamers gesloten doosjes maken.

'Is dat echt nodig?' snauwde moeder. 'We zijn toch geen muizen.'

'Hoe ging het hier vandaag?' hoorde ik vader zacht vragen.

Moeder zei niets. Ze repte met geen woord over wat er was misgegaan, ook niet over de pastatang. Ze wachtte tot vader met zijn draagmandje met bier uit het werkhuis zou terugkeren, de keuken door zou moeten, de tafel zou zien staan – die stond nog met het hoofd tegen de muur geschoven.

19.30 UUR

Hersenen wijken niet zoveel af van het verteringssysteem. Ze verwerken vrijwel alles, op een paar dingen na. Die vreemde voorwerpen en trauma's worden meestal bovengehaald op onverwachte momenten, al dan niet door gespecialiseerde dokters, die eigenlijk op zoek zijn naar iets anders. Een stukje ijzerdraad, een jeugdliefde, een pingpongballetje, verraad – het zweeft soms jarenlang rond in een lichaam.

Dat Jans postume feest zo lang zou doorgaan, had ik niet verwacht. Vroeger eindigden zijn verjaardagspartijtjes altijd eerder dan de uitnodiging vermeldde, omdat hij liever wilde helpen met het melken van de koeien. Ik had ook niet gedacht dat uitgerekend Laurens en zijn moeder vandaag als een van de laatsten zouden blijven. Ze moeten naar huis gaan. Pas wanneer ze daar het rolgordijn van de slagerij weer omhoog laten, vervolgens het achtergelegen atelier doorkruisen om de trap naar de slaapkamers op de bovenverdieping te bereiken, zullen ze ontdekken wat ik daarstraks, tussen zestien en zeventien uur, heb uitgespookt. Ze zullen alarm slaan. Zonder deze commotie kan het dagen duren voor iemand me in dit verlaten melkhuisje komt zoeken.

Ik kijk uit het raam naar het erf. Al dat kijken. Het heeft nog nooit ergens verandering in gebracht.

Het duurt uiteindelijk nog zo'n halfuur voor Laurens wegwandelt, arm in arm met zijn moeder, de wagen tegemoet. Zij heeft te veel gedronken. Dat verklaart meteen haar vreemde, zwierige manier van bewegen. Bij het instappen stoot ze haar hoofd. Ook deze keer neemt Laurens plaats achter het stuur. Wellicht wilde hij al veel vroeger vertrekken maar had zij geen zin om alleen te voet terug te waggelen, dus bleef hij dan ook maar.

Bij thuiskomst zullen ze niet meteen iets verdachts opmerken, mijn voetstappen op de parking zijn inmiddels weer ondergesneeuwd, alsook de rechthoek die achterbleef daar waar ik mijn auto gedurende een halfuur met draaiende motor liet staan terwijl ik in de beenhouwerij in de weer was.

Laurens stuurt zijn wagen nogal bruusk de oprit af, ondanks het spekgladde asfalt. De achterlichten verdwijnen in de nacht. Ze zullen nu exact dezelfde weg nemen als hoe ze gekomen zijn, de weg die ik vandaag al drie keer heb afgelegd.

Om vier uur reed ik naar de slagerij terug, in m'n eentje, met een aker vol mest naast me op de passagiersstoel. Dit koperen emmertje had ik gevonden aan de deur van het melkhuisje. Naar de lange haak waarmee ik hem in de beerput zou kunnen laten zakken, had ik niet lang gezocht, ik wist waar ik moest kijken: in de garage. Daar hingen ook de tangen die ik nodig had om een voor een de ijzerdraden door te knippen waarmee het rooster boven de put was vastgezet.

Het waren best vrolijke geluiden, eerst dat knappen van het ijzer, daarna het klotsen en preutelen van de mest in de aker naast me op de passagiersstoel. Bijna had ik niet meer door dat ik alleen in die wagen zat.

Het parcours boerderij-beenhouwerij had ik gedurende mijn jeugd ontelbare keren met de fiets en soms noodgedwongen te voet afgelegd, en daarom voelde het zo vreemd, daarstraks, om de korte afstand af te leggen op vier wielen. Een rijstkorrel verplaatsen met een heftruck zou al even omslachtig zijn.

Aan de slagerij parkeerde ik de wagen, boven op de afdruk die Laurens' BMW eerder in de sneeuw had achtergelaten. Ik stapte uit, opende de deur aan de passagierskant om de emmer te pakken. Pas daar, na even in de frisse buitenlucht te zijn geweest, rook ik hoe erg het voertuig stonk.

De zijdeur van de beenhouwerij, het poortje, was gesloten. Ik tilde eerst de aker eroverheen, kroop er daarna zelf onderdoor.

Al snel stond ik op de binnenkoer. De achteringang naar het huis en de zaak waren op slot, maar onder het afdak stond een raam open. Indien ik een dief zou zijn geweest, zou het me afgeschrikt hebben hoe gemakkelijk deze inbraak verliep. Maar ik werd niet afgeschrikt, ik kwam ook geen dingen stelen, integendeel.

Toen ik door het raam het atelier binnenkroop, knipte een automatisch licht aan. Ik verschoot, dit licht was er vroeger niet, heel even dacht ik Laurens' vader te zullen tegenkomen, maar dat zou natuurlijk onmogelijk zijn.

Overal in de ruimte stonden wegwerpplateaus, bedekt met bergen vlees en daaroverheen de folie. Een zee van aluminium flikkerend in het felle licht. Op elke schotel stonden gegevens van klanten, telefoonnummers. Indien het een vaak voorkomende familienaam betrof, stond er een toenaam of een bijnaam bij geschreven. Bij Nancy stond nog altijd 'Zeep'. Naast de naam prijkte een kleine prikker met een Vlaams vlaggetje, een zwarte leeuw op een gele achtergrond.

Ik zag de namen van juffrouwen, van de pastoor, Pims ouders hadden een andere schotel dan Pim en zijn vrouw – inmiddels vierde ook hij oudjaar in de beslotenheid van een op zich staand gezin.

Het raam stond niet voor niets open: al het voorbereide vlees werd zo op natuurlijke wijze gekoeld. Het was ijskoud binnen.

Ik zag het voor me, hoe Laurens en zijn moeder op het feestje ernaar uitkeken om bij thuiskomst nog een laatste keer hun harde werk te komen overzien. Om, zoals ze het vroeger ook deden, snel na te gaan wie nog een openstaande rekening had. Daarna zouden ze voldaan onder de wol kruipen, klaar voor de drukste dag van het jaar, de meest sociale dag: de mensen kwamen nooit enkel hun plateau ophalen, maar wilden ook een roddel, een sappig kerstverhaal waartegen hun eigen leed bleek afstak.

Dankzij mij zou daar, in tegenstelling tot smakelijk vlees, morgen geen gebrek aan zijn.

Ik zette de emmer op de vensterbank, slalomde tussen de vele aluminiumplateaus door, eindigde bij de klapdeur die uitgaf op de winkel. Er zat een rond raam in. Ik ging op m'n tenen staan, keek binnen in de zaak. Die lag erbij zoals ik vreesde en tegelijkertijd hoopte: elk slaatje nog precies op dezelfde plaats in de toog. Enkel de kassa was anders. Voor het eerst vandaag zag ik mezelf in de reflectie, een vrouw, langharig, inmiddels hoekig en uitgebeend. Vooralsnog enkel geschikt geweest voor mannen met matige standaarden, voor hen die wel hoger wilden mikken maar werden teruggefloten door hun eigen beperkingen, onder wie een pokdalige twintiger op de toiletten van de universiteit, een model met hazenlip uit de tekenles en een kalende Franstalige geschiedenisleraar.

Wat voor nut had het mezelf nog te fatsoeneren? Toch legde ik snel m'n haren goed.

Ik wist niet hoeveel tijd ik precies had. Het feest bij Pim zou snel afgelopen kunnen zijn, Laurens' moeder zou iets vergeten kunnen zijn en nog snel even terugkeren.

Een voor een verwijderde ik de Vlaamse vlaggetjes en hief de vershoudfolie op. Op het vlees dat bloot kwam te liggen schepte ik een royale portie mest, met de bolle kant van de lepel wreef ik het nog eens zorgvuldig uit. De geelbruine smurrie verspreidde zich tussen de koteletten, filets en billetjes. Bij de namen waar ik gezichten op kon plakken, stelde ik me hun reactie voor, als ze morgen te horen zouden krijgen dat er geen vlees was voor op hun reeds opgestelde gourmettoestellen.

De mensen die ik niet kende, spaarde ik niet. Hadden ze maar niet hun vlees bij Laurens moeten bestellen.

Na een tiental schotels werd het verspreiden van de mest een handeling waar ik niet bij hoefde na te denken. Lepel in de emmer, folie omhoog, een kwak er pal bovenop, liefst op het mooiste stuk vlees, even masseren met de onderkant van de lepel, zorgen dat het echt niet zomaar af te spoelen viel. Er kleefden brokken zaagsel en onverteerd veevoeder in.

Ik stopte pas met routineus bewegen bij het tegenkomen van 'De Wolf', met het gsm-nummer van mijn moeder. Ik hield de lepel stil vlak boven het vlees. Sowieso zou het verdacht zijn mijn eigen familie te sparen, mijn eigen naam niet te bezoedelen, ik mocht vader en moeder net niet proberen te ontzien, daarmee zou ik hen enkel verdacht maken. Nadat ik ook hun vlees besmeurd had, zette ik de emmer met mest neer, haastte me naar buiten. Vanuit het open raam keek ik nog even naar de blinkende zee die baadde in een doordringende mestgeur. Ik sloot de ruimte af zodat de stank niet verloren zou gaan. Dat was het belangrijkste bij eender welke marinade: de schaal goed afdekken.

Ik sprong de wagen in, slipte de oprit af. Achter het stuur zag ik pas hoezeer mijn handen trilden. Ik had huiswaarts kunnen keren, maar deed het niet, want de mest verspreiden was slechts het begin van het plan.

Straks zal Pim worden opgebeld door een woeste Laurens – de aker en de mest kunnen nergens anders vandaan komen dan van zijn melkkoeien, er is geen andere boer in het dorp. Pim zal op slag nuchter zijn, de telefoon neergooien en meteen op zoek gaan naar de missende emmer.

10 AUGUSTUS 2002 (3)

Mijn kruis is gevoelloos. Opdat het niet nog meer zou stukgaan of opnieuw zou gaan bloeden, fiets ik rechtstaand van de beenhouwerij naar huis en al ben ik uit het zicht verdwenen, nog steeds prikken de ogen van Laurens en zijn moeder in mijn rug.

In de weide schuin tegenover onze tuin staan een paar runderen van Pims boerderij, ze kijken niet op wanneer ik voorbijrijd. Koeien zijn zich nooit van enig kwaad bewust. Misschien heeft Laurens gelijk: bestaan ze enkel uit miljoenen draadjes.

Maar hoe zit dat met mensen, bestaan ook wij niet uit spinsels? Elke porie zou de achterkant van een knoopje kunnen zijn, zoals een navel. Dit kan de verklaring zijn voor mijn verdoofde ledematen: door het vele spartelen en het hardhandige contact met Laurens en Pim zijn mijn draden losgekomen.

Bij het inrijden van de Bulksteeg rem ik om boven de haag uit te kunnen zien of de kust weer veilig is.

Pims fiets is nergens te bespeuren. Het gras, droog als stro, wuift in de zomerwind. De schommel wiebelt zacht. Enkel de kerstsparren hebben nog hun volgroene kleur, net Playmobilbomen. De hond ligt zich te wassen, haar looplijn vastgebonden rond de staander van een dichtgeklapte parasol. Tesje zit aan de plastieken terrastafel, pal in de zon, met haar rug naar me toe. Ze klapt net het Monopolybord open.

Ik blijf aan de rand van de tuin staan met het kader van de fiets tussen mijn benen.

Tesje begint zorgvuldig het geld te tellen. Ze stapelt oranje briefjes, lipt de getallen mee. Ze neemt de hoopjes in beide handen, klopt ermee op de tafelrand, tot er nergens nog hoeken of randen uitsteken. Wat geteld is, legt ze mooi op rijtjes. Dan neemt ze er startkapitaal voor twee spelers vanaf, elk dertigduizend frank.

Net als ze klaar is met de voorbereidingen laat ze alles los om even aan haar hoofd te krabben. Een van de briefjes van tienduizend waait weg. Tesje ziet het ook. Ze komt van de stoel af, plukt het paarse papiertje uit het gras, zakt daarbij door de knieën. Zo belandt ze in het midden van de tuin, een kever die op haar schild is getuimeld. De hand die het briefje omknelt valt slap open maar er is geen wind, de tienduizend frank blijft waar die is. Een paar tellen lijkt Tesje buiten bewustzijn.

Dan krabbelt ze recht. Terug aan de tafel gezeten, neemt ze een slok van haar glas water. Zonder blijk van spijt kiepert ze het startkapitaal weer in de bank, samen met het andere geld. Opnieuw begint ze alles te tellen. Ze vormt dezelfde stapeltjes, eerst oranje, dan blauw, dan beige. Alles wordt in dezelfde maat afgeklopt op de tafelrand.

Misschien zat ze net te wachten op de jeuk, op dat zuchtje wind dat met een briefje aan de haal zou gaan. Misschien zijn dit geen voorbereidingen voor een spel dat ze wil spelen op de tuintafel, maar ís dit het spel.

De zon brandt op mijn huid. Zolang ik toekijk is haar gedrag minder schadelijk. Ik ben het publiek dat deze handelingen enigszins verantwoordt.

Ik blijf kijken tot ze klaar is met tellen, maar ook deze keer gaat er iets fout. Ze begint opnieuw. Hoe langer ik aan de rand van de tuin sta en naar deze herhalingen kijk, hoe minder dit allemaal echt lijkt te gebeuren. Is dit nog steeds dezelfde dag als vanochtend? Is dit nog steeds diezelfde zon? Ben ik diegene die bij dit huis, bij deze zus, bij deze tuin hoort? Alles is onveranderd, maar niets is nog hetzelfde.

Ik zet mijn fiets tegen de muur van de garage, ga langs het terras, door de schuifdeur het huis binnen.

Zonder te stoppen met het in het gareel kloppen van de stapeltjes geld, volgt Tesje me met haar blik. Aan de manier waarop haar ogen bewegen terwijl ze me aankijkt, merk ik het ook; ik beweeg vreemd. Ik probeer anders te wandelen, maar hoe harder ik mijn best doe, hoe meer ik wankel.

Tesje stopt met tellen tot ik voorbij ben.

'Wat doe jij met Laurens' T-shirt aan?' vraagt ze, vlak voor ik door het vliegenraam naar binnen glip. Ik loop gewoon door. Haar ogen zakken naar mijn kruis.

Voor het eerst vraagt ze niet of ik wil meespelen.

Mama ligt te slapen in de zetel. Ik zie enkel de bovenste pluk van haar haren boven de leuning uitsteken. De kat probeert ermee te spelen.

Natuurlijk kiezen moeders nooit voor andermans kind. Daar zijn ze moeders voor.

Ik ga de badkamer binnen, vul een beker en drink die leeg. Het water smaakt naar tandpasta. Ik plof neer op de stoel waarop vaders hemd hangt, mijn schouderbladen drukken tegen de borstzakken. In elk zit een pakje sigaretten. Nu ik neerzit, trekt er pijn door mijn onderbuik, in snelle scheuten.

Zonder Laurens' T-shirt uit te trekken lees ik het opschrift, grote zwarte letters: JAMAICA. Daarnaast een palmboom in felle kleuren. Er waren deze zomer veel momenten waarop hij dit T-shirt droeg. Het weekend van de kermis, de dag dat hij naar Frankrijk vertrok.

Mijn mond vult zich weer met speeksel. Mama heeft het ons verboden over te geven in bad, omdat de afvoer dan verstopt raakt. Ik ga boven de kuip hangen met mijn mond open. Er komt toch niets meer, op wat water, gal en tranen na. Klappertandend trek ik het T-shirt uit, veeg mijn lippen eraan af en leg het hemd dat achter me hangt over mijn schouders. Het ruikt te veel naar vader. Ik laat het weer van me afglijden.

Zolang ik niet weet wat ik ga doen, heeft het weinig zin om van deze stoel af te komen. Ik kan niet naar een dokter. Wie weet zitten Laurens en zijn moeder ook al in de wachtkamer, om de hoofdwond van Laurens te laten naaien. En al zouden zij daar niet zijn, dan nog kan ik niet zomaar vertellen wat er gebeurd is, dan moet ik alles opbiechten wat er deze zomer is voorgevallen. Wie weet zal de dokter me met een lampje onderzoeken, zal hij opnieuw een instrument willen inbrengen om de schade op te meten.

Ik duw de stop in bad, zet de kraan open.

Mijn broek laat ik zakken tot ik mijn benen ver genoeg kan openen. De bloedvlekken zijn gedroogd en bruin gekleurd. Ik kan maar gedeeltelijk zien hoe gehavend het eruitziet, ik heb een spiegeltje nodig. Rozige schilfers van de verdroogde behangerslijm dwarrelen op de badmat. Ik neem een washandje, laat er wat water over stromen, leg dit er zachtjes tegenaan.

Plots ben ik heel moe, te moe om me te wassen. Vermoeidheid van drie mensen samen. Ik kan mijn ogen niet sluiten. Dit lichaam, deze armen, deze benen, ze mogen niet zomaar achterblijven op een stoel, beschikbaar voor anderen.

Er klinkt geluid in de gang. Voor ik er iets tegen in kan brengen, valt Jolan de badkamer binnen. Ik schrik. Hij schrikt nog harder en laat de klink los, werpt een snelle blik op het natte washandje tussen mijn benen, op het bloed in de broek die openhangt tussen mijn enkels. Ik trek snel alles op, bedek mijn ontblote bovenlijf met Laurens' T-shirt.

Jolan twijfelt weer weg te gaan, maar nu ik weer kleren aanheb en hij de klink al heeft losgelaten zou dat het ongemak enkel nog benadrukken. Hij maakt af waar hij aan begonnen is: met zijn blik op de vloer gericht loopt hij langs me heen, opent zijn schuifkastje, neemt het eerste het beste door mama opgeplooide paar sokken.

Uit de buitenste sok, een zwarte, komt een witte tevoorschijn. Jolan zucht geërgerd. Hij trekt de twee verschillende kousen toch maar aan. Ik volg zijn snelle, haast routineuze bewegingen; van mij mag hij ook trager bewegen, ik vind het nu al jammer dat hij zo meteen weer zal weggaan.

'Alles oké?' vraagt Jolan nog steeds zonder me aan te kijken. Hij klapt het schuifje weer dicht.

'Last van mijn maandstonden,' zeg ik.

Hij knikt met pijnlijke frons, alsof hij precies weet waar ik het over heb. 'Wil je een short van mij?'

Eerst zwijg ik, wring het washandje dat net nog tussen mijn benen lag uit en leg het terug op de badrand. Ik knik. Hij reikt me zijn short aan die in de kast ligt bij andere gedragen kleding die nog niet vuil genoeg is om in de wasmand te mogen. Deze verspreidt de geur van gras.

Jolan raapt mijn broek met bloed op, hangt hem op de badrand. Er zit al meer dan twintig centimeter water in de kuip, veel meer dan wat vader ons gewoonlijk toestaat. Jolan voegt er een scheut douchegel en shampoo aan toe.

'Dan moet je je niet meer wassen,' zegt hij. 'Doe ik ook altijd.'

Hij wandelt terug naar de deur.

'Wacht,' zeg ik.

Hij wacht. 'Wat is er?'

Ik zeg niets meer. Jolan gaat op de badrand zitten.

'Wil je dat ik mama roep?'

'Nee,' zeg ik. 'Het gaat wel.'

Iemand loopt de gang in. Samen luisteren we naar het getokkel op het toetsenbord. Zolang Tesje ons zou kunnen horen, zwijgen we. In plaats van te praten, peutert Jolan uit zijn achterzak een boekje en een IKEA-potlood. Hij geeft het aan mij. Ik doorblader het. Op elke pagina staat een kop – ‘kroketten’, ‘achterdeur’, ‘kalender’ – daaronder een uitsplitsing van gebaren, opsommingen van handelingen, met hier en daar correcties en genoteerde tijdstippen. Ergens halverwege staat er een doorgestreepte schets van onze moestuin, met de opstelling van plantensoorten en het tijdstip van bloei.

Ik herken alle rituelen. Ik tast in mijn broek naar mijn eigen notities. Ze zitten er nog. Ik plooi het blad open, geef het aan Jolan. Voor het eerst kijkt hij me écht in de ogen. Hij leest, zonder uitdrukking. Langzaam komt het hoofdschudden. Natuurlijk hoef ik hem niet te vertellen wat dit is.

Tesje verlaat de gang weer.

‘Het gaat de slechte kant op,’ zegt hij.

‘Ja,’ zeg ik. ‘Wat gaan we doen?’

Het badwater bereikt zijn maximum, het teveel wordt weggeleid. De afvoer verslikt zich en maakt een luid gorgelend geluid. Jolan draait de kraan dicht.

‘Ze moet naar een dokter. Beter vandaag nog dan morgen,’ zegt hij. ‘Ik heb wat opzoekwerk gedaan de laatste weken. We zouden naar Lier kunnen gaan, de spoed. Daar hoef je ook niet meteen te betalen.’

‘Vandaag?’ vraag ik.

‘Neem eerst de tijd voor je bad. Dat uurtje zal het verschil niet maken. Als jij klaar bent, vertrekken we.’

Ik knik. Mijn handen trillen. Ik ga erop zitten. Het warme bad met schuim jaagt me plots schrik aan. De zeep en shampoo zullen pikken in de wondjes. De wachtzaal in het ziekenhuis is voor zowel Tesje als mij de beste optie, het is alleszins beter dan hier op deze badkamerstoel blijven wachten tot Laurens of Pim me opbellen.

‘Zouden we mama niet beter wakker maken?’

‘Zie je haar nu achter het stuur kruipen? Met onze fietsen zijn we sneller.’

'Goed,' zeg ik. 'Zoek jij al wat spulletjes voor haar uit? Tandenborstel, stripboeken.'

Jolan neemt Tesjes tandenborstel uit het muurtje en verlaat de badkamer.

Ik maak me los van de stoel, trek de stop uit het bad. In de medicijnkast zoek ik de fles Betadine en kompressen om de uitwendige wondjes op mijn schaamlippen mee te ontsmetten. Die mogen niet gaan ontsteken. Bewegen doet vooral pijn in mijn onderbuik, op zo'n tien centimeter diepte, daar kan ik niet zomaar bij. Ik wikkel een vers kompres met ontsmettingsmiddel rond een paar oorstaafjes, heel voorzichtig probeer ik wat dieper in mijn vagina te gaan, twee à drie centimeter, ik bet de randen, tracht wat van het zand op te deppen. Beter nu korte pijn, dan straks een zwerende infectie.

Ik wissel van kledij, trek geen schone onderbroek aan, de elastieken zouden te hard knellen. Geen enkele keer kijk ik in de spiegel.

Tesje kijkt op wanneer Jolan en ik buiten komen. Ik draag zijn short, die me prima staat, al moest ik er toch een riem in doen om hem omhoog te houden. Wellicht ziet ze aan de manier waarop we op haar afstappen dat we geen tegenspraak zullen dulden. Jolan heeft haar rugzak op zijn rug, met daarin een tandenborstel, een pyjama, twee *Guust Flaters*. Hij gaat naast haar staan, overhandigt haar de jas en schoenen die hij heeft uitgezocht.

'Tesje, trek deze aan en haal je fiets.'

'Waar gaan we heen?'

'We gaan hulp zoeken.'

Zonder verdere vragen te stellen, alsof we haar net hebben voorgesteld een of ander spel met haar te spelen, staat ze op, trekt ze haar schoenen aan en gaat ze naar de garage. Jolan en ik wachten, met onze fiets, naast de mooi aangeplante moestuin.

Tesje spuugt op het zadel, boent het met haar mouw tot het leer glimt. Drie keer rinkelt ze met haar fietsbel. Dan zet ze de fiets met de neus in de richting waarin we zullen vertrekken, gaat met haar benen aan weerszijden van het kader staan, stuurt met kuit- en scheenbeen de trappers links en rechts bij, met de precisie van iemand die een taart bakt en daarbij alles tot op de gram nauwkeurig afweegt.

Jolan knikt bevestigend in mijn richting. Dit staat allemaal exact in zijn boekje genoteerd onder 'fiets'.

'Klaar?' vraagt hij als haar trappers aan beide kanten precies dezelfde afstand van de grond hebben.

'Wacht.' Vrijwel onbeschaamd voert ze voor de poort van de garage het ritueel opnieuw uit. Ze weet dat dit een van de laatste keren zal zijn dat ze het ongestoord zal kunnen uitvoeren.

Ze rinkelt opnieuw met haar bel, drie keer, wiggelt weer met de trappers.

Nanook, nog steeds vastgeknoopt aan de zwaanvormige parasolstaander, is recht gesprongen door het herhaaldelijke belgerinkel. Het dier sleurt de betonnen zwaan achter zich aan, tot daar waar het terras overloopt in de échte tuin en het wilde gras het schuiven bemoeilijkt. Ze piept smekend.

Zij kan er ook niets aan doen dat ze het huisdier van dit gezin moest worden.

Jolan probeert haar te bedaren. 'Zo meteen maakt ze mama nog wakker.'

De hond stopt met piepen, trekt harder. Haar leiband staat zo strak gespannen dat vogels er zich in duikvlucht aan zouden kunnen snijden.

We rijden de straat uit. Achter de haag zie ik de dichtgeklapte parasol heen en weer zwiepen.

Tesje trapt meteen stevig door. Al in de Bulksteeg neemt ze een voorsprong, die ze een heel eind blijft aanhouden. Jolan en ik halen haar niet in, fietsen zwijgend naast elkaar, hij zittend, ik rechtstaand op de trappers. We bereiken de weg met knotwilgen waar ik een uur geleden ook fietste, op weg naar de beenhouwerij. Mijn kuiten zijn nog steeds hard, elke spier in mijn lichaam is gespannen, maar mijn focus ligt volledig op Tesje, de bewegingen die ik maak zijn voor haar en kosten me daarom minder moeite.

Hoe dichter we bij het kanaal komen, hoe forser de tegenwind. De flappen van Tesjes jas worden bol geblazen waardoor ze er steviger uitziet dan ze werkelijk is. Mijn slipje kan ik van ver zien liggen. Het staat rechtop in de wind. Tesje fietst er eerst langs, merkt het niet eens op. Ook Jolan rijdt er bijna overheen.

Ik zou hem erop kunnen wijzen. Vertellen dat dit mijn slipje is, hoe het hier gekomen is, maar ik neem me voor te wachten tot op de terugweg, totdat Tesje in goede handen is.

Langs een steile afdaling aan de zijkant van de kanaalbrug bereiken we het jaagpad. Daar is de wind wispelturiger. Vanaf hier kunnen we praktisch in rechte lijnen het ziekenhuis bereiken, er moet niet meer worden nagedacht.

In de verte vormt zich een onweer. De donkere wolken bezetten de blauwe hemel met de snelheid waarmee een druppel inkt zich in een glas water verspreidt. Het is moeilijk te zeggen of het onze richting uit komt of niet. Voor het eerst is de gedachte dat iedereen in het dorp dezelfde neerslag zal delen geen geruststelling meer.

Jolan en Tesje voeren het tempo op. Ik rijd achteraan nu.

Ik probeer me niet af te vragen wat Laurens en Pim aan het doen zouden zijn, wat zij vanavond zouden eten, of dat lekkerder zal zijn dan wat wij zullen krijgen. Of er nu een dokter Laurens staat te verzorgen, voorzichtig met kompressen de snee ontsmet.

Het begint al snel hard te regenen. Net goed, de tabel met punten en namen zal van de kerkhofmuur wegspoelen. Elisa is topscoorder af.

Onder de brug over het Albertkanaal blijven we staan om te schuilen. Windstoten blazen langs weerszijden tussen de pijlers, waardoor er amper droge ruimte overblijft.

'Zal ik jullie eens iets laten zien?' vraagt Jolan. Hij parkeert zijn fiets, gebaart ons hetzelfde te doen. Met een grote omarmende beweging bevestigt hij zijn slot rond de drie kaders. Hij loopt voorop, beklimt de steile zijkant van de pijler, met kleine schuifelende pasjes in twee verschillende sokken.

Het klimmen gaat moeilijk, de hurkzit trekt aan mijn schaamlippen. Ik kan me geen beweging inbeelden die nu geen pijn zou doen.

Bovenaan in het beton zit een smalle richel waar we tussendoor kruipen. De brug is hol. We komen terecht in de halve meter hoge uitsparing tussen het wegdek en de onderkant van de brug.

Het is er donker en muf. De lucht heeft een nog grotere dichtheid dan die van buiten, het onweer klinkt mijlenver hiervandaan en tegelijk vlakbij. Wat we horen is niet alleen het gedonder, maar ook de wagens die vlak boven onze hoofden over de voeglijnen in het asfalt rijden. De geluiden zwellen aan, lijken ons te zullen raken, nemen weer af.

Ik zie Jolans silhouet vaag, volg zijn ene witte sok. Alleen die valt op in het donker.

Zou dit de schuilplaats zijn waar hij heen ging wanneer hij op tienjarige leeftijd de Bulksteeg uit liep met op zijn schouder een bamboestok, aan het uiteinde een tot knapzak geknoopte keukenhanddoek, met daarin ondergoed, lucifers, touw, een schaar en een fruitsapje, vastbesloten nooit meer terug te keren? Ik was nog te klein om hem tegen te houden, hem op mijn fietsje achterna te gaan. Ik ging wel zijn onderbroeken tellen, er ontbraken er nooit meer dan drie, dus ik wist: hij zou niet lang wegblijven. Elke keer kwam hij weer thuis vlak nadat het donker was geworden, en trok hij naar zijn kamer, teleurgesteld dat niemand de politie had gebeld.

We kruipen verder, in ganzenpas. Glasscherven knerpen onder mijn schoenen. In de verte is er licht, daar gaan we op af. Tesje kruipt dicht tegen me aan, klampt zich vast aan de kap van mijn jas. Ik doe hetzelfde bij Jolan. In deze hurkhouding neemt het branden van m'n kruis af, of misschien is het de nabijheid van Tesje en Jolan die de pijn overstemt. Wanneer heb ik voor het laatst zo dicht tussen beiden in gestaan? Het moet geweest zijn toen we een spel speelden, treintjes vormden.

Na een paar meter komen we aan de opening in de vloer waarlangs daglicht binnenvalt. Recht onder ons ligt het water van het kanaal, open en wild.

Enkel hier, wanneer er even geen wagens voorbijrijden, is het gedonder van buiten goed hoorbaar. De bliksem weerkaatst op het bijna zwarte water.

'Je kunt hier recht in de langsvarende schepen kijken,' zegt Jolan. 'Kijk.'

We gaan boven het gat hangen. Niet zoveel later vaart een breed vrachtschip onder de brug voorbij. Eerst de voorsteven, een stukje dek; vervolgens het laadruim met een grote berg zand, de stuurcabine, een wagen, een fiets, een paar bloembakken, een bescheiden kajuit. Achteraan twee grote schroeven die woeste golven maken. Jolan gaat gevaarlijk ver voorover hangen.

'Dit schip is misschien onderweg naar Frankrijk. Of naar Dubai. Of naar Turkije,' zegt hij.

We knikken en blijven kijken naar het water dat woest blijft ook lang nadat het schip alweer verdwenen is.

'En waar gaan wij dan nu exact heen om hulp te halen?' Tesje duwt een steen de afgrond in. Hij verdwijnt in de golven.

'Heilig-Hart.' Jolans stem klinkt beslist en weergalmt door de koker.

Tesje krimpt in elkaar. 'We kunnen ook gewoon gaan bowlen, dat zou me wel eens deugd doen, en daar hebben jullie ook iets aan.'

'Bowlen kan altijd nog. Eerst het Heilig-Hart.' Jolan kruipt voorop, weer naar buiten.

Ik wacht tot Tesje hem volgt en sluit achter hen aan.

Onder de brug maken we onze fietsen weer los van elkaar. Het is frisser dan daarnet, alles ruikt vochtig en nieuw.

Dit keer fiets ik voor hen uit. Het ziekenhuis is niet ver meer.

Ook Jolan versnelt zijn tempo. Hij komt bijna naast me rijden, laat niet te veel afstand tussen zijn voorwiel en mijn achterwiel, zodat het duidelijk is dat wij ons samen over Tesje ontfermen, niet omgekeerd.

'Is het niet vervelend zo te fietsen?' zegt Jolan.

'Hoe dan?' vraag ik.

'Zonder je zadel te gebruiken.'

Ik ga zitten.

Het brandt, ik beweeg heen en weer, onder een bepaalde druk houdt de pijn enigszins op, vooral als ik met de neus van het zadel wriemel tot de stof van mijn broek klem komt te zitten. Zo raken de kleine wondjes aan de binnenkant van mijn lippen elkaar niet.

We gaan de kern van de stad in. Laten de winkelstraat, het gemeentelijk zwembad, de bowling achter ons. Tesje fietst steeds trager. Toch blijft ze trappen.

Na nog geen vijf minuten staan we bij de hoofdingang van het Heilig-Hartziekenhuis. We zetten onze fietsen tegen een haagje.

Ik vraag me af of ik haar hand moet vastnemen,

maar net als ik denk dat het een goed idee kan zijn, zijn we al in de wachtkamer aangekomen.

Ik ga naast haar op de plastieken stoelen zitten. Jolan benadert de dame aan het onthaal. Ze heeft een sigaret achter haar oor geschoven, staat net op het punt pauze te nemen. De schuifdeur tussen de wachtkamer en de balie sluit zich achter ons, Tesje en ik kunnen niet verstaan wat ze zeggen. In mijn broekzak tast ik naar onze SIS-kaarten en de gele klevertjes van het ziekenfonds, daar zullen ze wellicht naar vragen.

Ik ga naar de balie, maak mijn zakken leeg. Achter mij sluiten de deuren weer.

'Waarom heb je onze klevertjes ook bij?' vraagt Jolan.

'Ze lagen in dezelfde lade,' zeg ik. De vrouw neemt enkel die van Tesje aan. De rest steek ik weer weg. Tesje zit alleen in de wachtkamer, naast een gigantische drankautomaat. Ik ga terug.

'Heb je dorst? Wil je iets drinken?' vraag ik. Ze schudt nee, maar goed ook, ik heb geen geld op zak.

We worden door de spoedafdeling naar een kleine kamer geleid door een verpleegster met kuiten waarvan je weet dat ze er zelf niet voor zou hebben gekozen mocht ze inspraak hebben gehad. Ze rolt nauwkeurig een dik papier over de berrie uit.

Ik voel me plots weer heel moe, maar wil niet zelf gaan liggen.

Jolan biedt eerst Tesje, dan mij de stoel aan. Uiteindelijk gaat hij toch maar op het voeteneinde van het bed zitten, want het zou vreemd zijn als we alle drie zouden blijven staan.

De deur achter ons wordt keer op keer geopend. Telkens steekt iemand het hoofd naar binnen, op zoek naar iemand die wij niet blijken te zijn.

Het valt me nu pas op wat voor kleine oren Tesje heeft. Misschien komt dat door het neonlicht.

'Dit is slechts een sluis,' zeg ik. 'Straks worden we geholpen.'

Boven de deur hangt een plaasteren Jezus. Een van de voeten is afgebrokkeld. De spijker zit er wel nog in, maar is veel te groot voor het resterende voetje. Vroeger vond ik dat Jezus iets weg had van Jan: het grote hoofd, de magere ribben. De gelijkenis heeft nu voor het eerst iets lugubers.

Ik moet naar de wc en haast me door de witte steriele gang. Aan weerszijden van het toilet hangt een handvat. Ik land zacht op de bril. De urine brandt. Ik probeer te kijken of ergens een splinter zit maar ook nu heb ik een spiegeltje nodig; de spieren in mijn billen zijn zo stijf dat ik amper voorover kan hangen.

Op de terugweg loer ik door openstaande deuren, tussen gordijnen. Ik neem me voor de eerste de beste dokteres te vragen of ze een gynaecoloog is of er een kent maar kruis enkel poetspersoneel en mannelijke dokters. In een vuilbakje ligt een Dafalgan. Het is enkel de verpakking.

Halverwege de gang naar het sluiskamertje tref ik Jolan aan, in de wachtruimte.

'De dokter is gearriveerd,' zegt hij.

'Is het een hij of een zij?' vraag ik.

'Een dokteres. Tesje wilde alleen met haar zijn.'

'Wat voor iemand is het?'

'Dat weet ik niet. Tesje huilde toen ze binnenkwam. De dokteres vroeg haar naam en ze antwoordde "elf", haar leeftijd. "Oké Elf," zei de dokter, "wat is het probleem?" Iedereen was plots in de war.'

Beiden onderdrukken we een glimlach.

'Tesje zat alleen maar te snikken en soms zei ze iets. Dat ze niet terug naar huis wilde, dat herhaalde ze wel twee keer. De dokteres zei dat dat normaal was, wanneer iemand eindelijk toegeeft dat het al langer niet meer gaat, komt er plots veel los.'

Ik knik.

'Ik had niet mogen gaan plassen daarnet,' zeg ik. Ik herhaal het in het halfuur dat volgt nog een paar keer, tot Jolan zegt dat ik erover moet zwijgen.

Elke keer dat de schuifdeur van de wachtkamer open gaat, komen er van alle kanten stemmen. Door valse muren heen klinken alle mensen verkouden.

Ik vraag me af of Tesje iets zou vertellen over mij. Over haar mislukte tekening van het huis boven de keukentafel, over mijn konijnenverhalen, over al die keren dat ik haar verplichtte plaats te nemen boven op haar lakens, in de koude.

Ik vraag me af of ik mijn notities aan de dokteres moet geven, mijn naam met twintig streepjes erachter.

'Moet je iets drinken?' vraagt Jolan. Ik weet dat ook hij geen geld op zak heeft dus zeg ik 'nee'.

In de wachtkamer liggen blaadjes, stripboeken, een opgeloste Rubiks kubus die niemand wil stukdraaien, ook ik niet.

Na een halfuur komt een arts ons opzoeken in de wachtkamer. Ze laat er geen gras over groeien, verklaart vrijwel meteen dat Tesje zal worden opgenomen, dat ze daar zelf om heeft gevraagd, maar dat ze bij minderjarigen de toestemming van de ouders nodig heeft.

'Waar zijn zij eigenlijk? Of wie is jullie voogd?' vraagt ze.

'Vader is op zijn werk. Mama is thuis.' Jolan maakt zich zo groot mogelijk.

'En zijn zij hiervan op de hoogte?'

Omdat Jolan knikt, doe ik hetzelfde.

'Het ziekenhuis zal hen toch zelf ook nog op de hoogte brengen,' zegt ze. 'Jullie kunnen hier wachten.'

We blijven knikkend tussen haar en de uitgang in staan.

'Jullie hebben er goed aan gedaan haar hier te brengen,' benadrukt ze. 'Het zou wel kunnen dat ze morgen al wordt overgeplaatst naar Kortenberg, daar hebben ze mensen die nog beter gespecialiseerd zijn in haar problematiek.'

'Problematiek?' vraag ik.

'Obsessief-compulsieve stoornis, eetstoornis, slaapstoornis. Er is voorlopig hier een bed vrij in een tweepersoonskamer.'

Ze schudt Jolan de hand, hij voelt zich volwassen. Ze schudt mij de hand, ik blijf haar vingers omknellen. Ze maakt zich voorzichtig los.

'Ik stel voor dat jullie ook eens een gesprek hebben met een maatschappelijk assistent. Dat moet niet nu meteen, jullie kunnen dat eerst met Elfje overleggen en een afspraak maken. Om eens te praten hebben jullie natuurlijk niet de goedkeuring van je ouders nodig.'

'Tesje,' zeg ik. 'Haar naam is Tesje.'

'Juist, ja. Excuseer.'

Ze haalt een balpen uit haar borstzakje en steekt hem op vrijwel dezelfde plaats terug. 'Willen jullie nog even gedag zeggen?'

Ik mag als eerste naar binnen. Tesje zit op de berrie met haar smalle rug naar de deur toe. Ze krabt in haar haren, eerst rechts, dan links, dan met beide handen. Ik ga achter haar staan. Haar oren lijken nog kleiner te zijn geworden. Achter haar oorschelpen zit de huid verfrommeld, als de naad van een kussen dat na het opvullen slordig is dicht gestikt.

Tesje kijkt niet om. Ze zit recht, toch hangen haar schouders af en is haar rug hol.

Uit mijn achterzak haal ik mijn blad met notities. Links van de kantlijn staan de woorden, rechts staan de turfstreepjes. Ik leg het op Tesjes schoot. Ze kijkt er even naar.

Ze herkent het niet. Ze draait het briefje om, en nog eens. Ik wacht lang genoeg opdat het tot haar zou kunnen doordringen.

‘Wat is dit?’ vraagt ze, lichtelijk geïrriteerd. ‘Is het een boodschappenlijstje in codetaal?’

Ze kijkt er nog eens naar, leest een paar van de willekeurige woorden en de aantallen hardop, zonder er iets uit op te maken.

‘Het is niets, het is een woordspel maar daar is het misschien nu niet het moment voor,’ zeg ik. Ik berg het blaadje zorgvuldig weer op. Sowieso is dit niet voor niets geweest, wellicht kunnen we hier later nog eens op terugkomen, als ze er echt klaar voor is om geholpen te worden.

‘Ga je goed voor Stamper zorgen?’ vraagt ze.

‘Als jij belooft ook goed voor jezelf te zorgen.’ Ik omhels haar voorzichtig.

‘Dag Eva.’ Ze zegt het zo zacht dat het bijna niet telt.

Na mij gaat Jolan naar binnen. Hij blijft langer bij haar dan ik.

De uitgang en ingang van het ziekenhuis zijn precies dezelfde deur, toch beweren de pijlen in de gang dat je er een andere weg voor moet volgen. Aankomen, vertrekken: in ziekenhuizen moet er een duidelijk onderscheid tussen te maken zijn. Net als wij naar buiten wandelen komt er een nieuwe shift medewerkers aan, uitsluitend poetspersoneel en verplegers. Ze hebben nette kapsels, de kleur van hun bh’s schijnt door hun witte schorten.

Ik zou Jolan gewoon kunnen vragen wat híj nog met Tesje heeft besproken, of zij tegen hem nog iets belangrijks gezegd heeft, redenen heeft gegeven, maar ik durf het niet.

Door een gat in de wolken valt er zon op de regenplassen. Vooral in de aanwezigheid van water kun je de zon voelen branden, daar doet ze extra goed haar best een nieuw team samen te stellen voor de volgende stortbui.

Jolan en ik kijken naar de vleugel die achter ons ligt.

Het gebouw is gigantisch, op elke verdieping wordt een andere soort van falen gegroepeerd, soms het falen van het lichaam zelf, soms het falen van de omgeving van dat lichaam.

De psychiatrie. Achter ieder raampje zitten gekken te wachten op andere gekken om de kamer mee te delen. Naar een van die kamers wordt Tesje nu geleid.

Wij staan buiten, op de stoep. Even denk ik: gelukkig, we staan weer buiten, maar het is geen gevoel dat doorzet.

Met wie zou Tesje de tweepersoonskamer delen? Zou die persoon haar beter leren kennen dan wij, nu ze eindelijk heeft toegegeven dat ze geholpen wil worden?

'Kijk.' Fier toont Jolan me een bundel watten die hij uit zijn broekzak haalt, plooit ze voorzichtig open. Binnenin zit iets vlezigs en bloederigs.

'Dit heb ik uit de vuilbak op spoed gevist. Volgens mij is het een stukje oorlel of een stukje van een vingertop, ik moet het nog onderzoeken.'

Ik knik. Hij vouwt het pakketje weer dicht, klampt zich er haast aan vast. Samen wandelen we de parking af naar onze fietsen. Jolan stelt voor om die van Tesje mee naar huis te nemen. Het ding kan hier volgens hem niet dagenlang blijven staan en hij kan het best, twee fietsen tegelijk besturen. Ik vind het niet alleen een gevaarlijk, maar ook een treurig plan: dat we met een lege fiets exact dezelfde weg als daarnet zullen afleggen, alsof ons zusje van haar fiets is gevallen en wij toch maar zijn blijven doortrappen.

We laten de fiets achter in de rekken op de parking, voor het idee, want de sleutel om de sloten los te maken hebben we gewoon zelf. Jolan maakt zijn slot vast aan haar fiets, ik bevestig het mijne ook. Niet omwille van de extra veiligheid, maar omdat ik ook iets van mezelf wil achterlaten.

Op de terugweg rijdt Jolan voorop, ik in zijn wiel.

We laten de bowling, het zwembad, de winkelstraat achter ons, bereiken al snel het jaagpad van het Albertkanaal. Vanaf daar gaat de weg weer in rechte lijnen en kunnen we ongestoord naast elkaar fietsen. Soms zijn er plekken in de lucht die koeler zijn dan andere.

Ook nu wisselen we amper woorden. In plaats van te praten zoek ik naar dingen die nu anders zijn dan daarstraks, die net als Tesje zijn verdwenen. De lichamelijke pijn is hetzelfde, op het wegdek zijn er enkel een paar naaktslakken bij gekomen.

Ik hou mijn blik strak op het asfalt gericht en slalom tussen de slijmsporen door. Jolan vertelt soms iets over het eet- en paargedrag van weekdieren. Het kan me niet schelen, maar omdat het geen moeite kost te luisteren hoor ik het toch.

Vlak voor we opnieuw het slipje kruisen, neem ik me voor het hem te zullen vertellen – alles. Hij zou dan naar de beenhouwerij fietsen, Laurens een mep verkopen, naar de boerderij fietsen en Pim een mep verkopen.

Maar we fietsen er gewoon voorbij en ik kan niets anders doen dan vaststellen dat ik niets aan het vertellen ben, omdat ik niet wil toegeven dat ik de hele namiddag geen onderbroek in zijn short droeg, en omdat ik vrees dat hij niet het hele eind zal willen terugfietsen om mij te laten verzorgen.

BESCHADIGINGEN

Ik achterhaalde de waarheid over Jans ongeluk op de dag van zijn begrafenis. We fietsten met zijn drieën weg van de koffietafel, Pim achterop bij mij. Hij kon niet op Laurens' bagagedrager zitten, die miste een vijs en bovendien had hij nog een broodje vleessla in de hand.

Laurens en ik hadden aan zijn moeder beloofd Pim veilig thuis te brengen. We fietsten het Steegeinde uit. Deze baan vormde bijna een rechte lijn tussen de boerderij en het kerkhof. De grafdelvers stonden ons het hele eind na te kijken, ze hadden hun kleine bulldozer tot stilstand gebracht en wachtten tot we weer uit het zicht verdwenen.

Het eerste deel van de weg hield Pim zijn armen om mij heen geslagen. Heel even voelde ik hem door mijn dikke winterjas heen zijn gezicht tussen mijn schouderbladen drukken. Ik dacht dat hij warme lucht zou gaan blazen maar toen ik op het zadel naar achteren schuifelde om nog dichter bij hem te kunnen komen, liet hij me los en verplaatste hij zijn handen naar het rekje.

'*Fucking* Steegeinde,' zuchtte Pim. Nadien repten we geen woord meer. De wind moest de geur van koffie nog uit onze kleren waaien.

Eigenlijk was het me nooit eerder duidelijk geweest waar de naam 'Steegeinde' vandaan kwam. Ooit dacht ik dat het iets te maken had met geografie: achter de boerderij lag de grens van het dorp – jarenlang waren we nooit verder gegaan dan het einde van het Steegeinde, daar zou alles ophouden, zouden we van de rand van de wereld vallen. Nu wist ik: de straat had haar naam te danken aan wat er zich aan het andere uiteinde bevond, de kerkhofmuur, waarachter de wormen en insecten nu ook van Jans wangen zouden beginnen peuzelen.

Vlak voor we thuis waren, aan de rand van het erf, snoot Pim zijn neus in de kap van mijn jas. Ik zei er niets van.

De rest van de middag bleven Laurens en ik op de boerderij hangen, tot Pims ouders klaar waren met alle verplichtingen. Al werden we aangezogen tot het rooster dat met ijzeren draden opnieuw goed was verankerd en de wapperende politielinten die het erf afbakenden om pottenkijkers op afstand te houden, we weken niet van Pims zijde: dit zou een nieuw begin zijn, een hernieuwing van onze vriendschap.

Aan de keukentafel speelden we Stef Stuntpiloot, dat was Pims lievelingsspel geweest voor hij dat zelf begon te ontkennen. Onder de keukentafel trapte Laurens mij wel drie keer tegen het scheenbeen om duidelijk te maken dat we Pim zouden laten winnen, alsof ik daar zelf niet zou zijn opgekomen. Naast mij zat de kat die vaak op Jans schoot mocht. Het dier liep miauwend rondjes, ging dan weer even zitten. Ze schuurde met haar buik tegen de tafelpoot.

'Arm dier,' zei ik.

'Ze staat gewoon krols,' zei Pim.

Halverwege het spel verdween hij in de gang en kwam terug met een handvol oorstaafjes. Hij bukte onder de tafel en duwde de pluizen kop in haar gaatje naar binnen. Het plastieken ding verdween tot halverwege. Het dier gromde tevreden, ging nog dieper door haar voorpoten, stak haar kont nog pronter in de lucht.

'Mag dat wel?' vroeg ik.

'Van wie zou dit niet mogen?' Pim begon driftiger te poken. Het dier miauwde klaaglijk, kronkelde over de grond, het moest iets tussen pijn en verlossing in zijn.

Hij bleef haar strelend vastklemmen. Er verzamelde zich een hoopje los gestreelde haren op de achterkant van haar rug, vlak tegen haar staart.

'Jan deed dit elke dag. Hij wilde haar niet laten steriliseren, gewoon, hierom, omdat hij dit zo leuk vond, katjes bevredigen.' Pim duwde het wattenstokje een laatste keer goed diep en liet het dier los, dat zich krijsend uit de voeten maakte, door het kattenluikje in de verandadeur, met het stokje nog steeds diep in het achterste geklemd.

'Hoe gaat dat dier nu kunnen zitten?' vroeg ik.

'Dat is haar probleem, niet het onze.' Pims ogen stonden groot, de kraag van zijn hemd zorgde voor rode uitslag in zijn nek.

Laurens en ik durfden niets tegen hem in te brengen. Misschien hadden we dat wel gedaan als hij niet het kostuum van de begrafenis nog droeg.

Zwijgend borgen we het spel weer op en duwden een oude Disneyvideo in Pims televisie. *Merlijn de Tovenaar*. Pim en Laurens bleven uitdrukkingsloos naar het scherm staren. Ik moest plassen, glipte weg.

Jans slaapkamer lag op de weg naar het toilet. Ik bleef even bij de deur staan, twijfelend of ik zou binnengaan. Dan zou ik geen haar beter zijn dan al die mensen die vandaag Pims hand hadden geschud, zich Jans afwezigheid meer aantrokken dan dat ze zijn aanwezigheid ooit hadden opgemerkt.

Misschien had ook ik vaker naar hem moeten kijken om te weten hoe hij er écht uitzag, alle details. Nu was het te laat, nu zou ik me hem enkel nog voor de geest kunnen halen zoals tijdens die ene keer dat ik hem in deze kamer, met mijn tong tegen zijn hoofdkussen, had vormgegeven in mijn hoofd.

Ik opende de deur. Roerloos lag het laken op het bed, er zat nog een afdruk in het kussen, vlekjes van opengekrabde puisten. De eerste twee minuten wist ik niet meer wat ik eigenlijk zo leuk aan Jan had gevonden. Ik zag enkel nog de broer die Pim schetste, de jongen die de speelplaats afsnelde om bij het vee te kunnen zijn, die aan de uiers prutste, katjes bevredigde.

Ik ging de kamer binnen, verschoof een paar beeldjes, verlegde een cursusblok, veranderde de gestreken broeken van plaats, verzette zijn pantoffels, ging door al zijn spullen, schoof een dop op een pen. Ik maakte Jan terug van mij.

Ik bladerde door het onderlegblok met kalender dat zijn bureau beschermde, hier en daar stond een dag aangekruist. Misschien duidde hij aan wanneer er koeien zouden bevallen. Op drie kruisjes na was de maand december leeg, het laatste stond op 28 december, de dag van zijn dood. Ik schreef mijn naam op het blok, imiteerde Pims handschrift.

In de opgemaakte, herstelde kamer ging ik in bed liggen. Ik drukte mijn gezicht in het hoofdkussen. Pas toen ik mijn armen eronder schoof, ontdekte ik de opgeplooide ruitjespagina. Het kwam uit het cursusblok dat net nog op het bureau lag. Met trillende handen vouwde ik het open.

De boodschap was niet in het bijzonder gericht aan mij, maar ook niet aan iemand anders.

Er stond niet veel: een paar woorden, geen hoofdletters of leestekens, het had evengoed een snelle boodschap op een verjaardagskaart kunnen zijn, aan de kassa van de supermarkt neergepend. 'Sorry,' was het eerste dat ik las. Sorry wie?

En dan: 'kom me niet zoeken ben al weg zorg goed voor pim en voor de beesten'

Ik draaide het blad om. Misschien was dit niet het begin van zijn boodschap.

De achterkant was onbeschreven.

Ik drukte mijn hoofd in het kussen, verwerkte de informatie, herschreef de herinnering aan Jans laatste dagen. Wellicht had hij met een schroevendraaier het rooster boven de beerput geforceerd. Vervolgens had hij naar de zwarte smurrie onder hem gekeken en was toen zonder veel nadenken gesprongen, met de vrijmoedigheid van een kat die de nacht inwandelt en geen uur heeft waarop ze ten laatste moet thuis zijn. Misschien was het geluidloos gegaan, had hij zo veel mogelijk van de gassen ingeademd, hadden zelfs de koeien niets gemerkt. Misschien waren de kruisjes op zijn onderlegblok geen bevallingsdata, maar de dagen waarop hij deze daad aanvankelijk had gepland, zonder het uiteindelijk te durven.

Als het klopte wat Jolan had beweerd, op die ochtend nadat ik op vaders bevel het huishouden van alle scherpe voorwerpen had ontdaan om mama tegen zichzelf te beschermen en hij heel demonstratief zijn boterham met een lepel besmeerde, dat mensen nooit per se geheel dood willen maar gewoon een uitweg zoeken uit dat ene leven, waarom had Jan me dan niet gebeld? Hij had toch niets meer te verliezen.

Ik kwam pas uit het bed toen ik Pims ouders hoorde thuiskomen. De kans was groot dat zijn moeder meteen Jans slaapkamer zou komen opzoeken. Ik legde de brief snel terug onder het hoofdkussen, precies zoals ik hem had gevonden, herstelde alles wat ik eerder had aangeraakt, maakte mijn naam op het kladblok onleesbaar, schroefde het dopje weer van de pen, verschoof de beeldjes terug op hun plaats, net als zijn pantoffels, zijn broeken. Vlak voor ik naar buiten ging keek ik nog even om. Enkel de afdruk in het hoofdkussen had ik niet meer in de oorspronkelijke staat kunnen herstellen.

We vertrokken. Laurens vroeg me niet waar ik zo lang was gebleven. Hij was waarschijnlijk blij dat hij zo veel tijd met Pim alleen had kunnen doorbrengen, of misschien had hij zelfs niet door dat ik er was tussenuit geglipt.

'Tot maandag, om zeven uur dertig, aan de brug?' vroeg hij, voor onze wegen zich scheidden. 'Bel me als je te laat bent.' Dit deed hij na elke vakantieperiode, even aftoetsen of onze afspraken nog steeds golden.

Ik knikte.

Wekenlang was dit het laatste waar ik aan dacht voor ik in slaap viel en het eerste beeld nadat ik wakker schoot: Jans moeder die de verkeerde afdruk in het hoofdkussen koesterde.

20.00 UUR

De afbraaktijd van herinneringen heb ik net als die van een slipje ooit opgezocht, maar niet gevonden. Groter dan die van glas kan het alleszins niet zijn, want mensen, de dragers van herinneringen, kunnen in tegenstelling tot wijnflessen niet eeuwenlang blijven rondslingeren.

Van de zomerdagen weet ik nog dat elk eigenste moment ertoe deed, minuut na minuut, hoe het gebeurde, waar het gebeurde. Dat ik met mijn rug op de grond in het werkhuis lag en de hegschaar zag bengelen, waar er steentjes op het wegdek lagen toen ik met Tesje en Jolan naar het ziekenhuis fietste, en dat we slakken ontweken op de terugweg. Het leek belangrijk alle details te registreren om ze achteraf te kunnen vergeten en zo stukje voor stukje de herinnering weg te vegen.

Dat lukte pas toen ik in Brussel kwam wonen. Daar waren andere beenhouwers, andere straten, geen knotwilgen. Wat gezegd werd, welke kleur T-shirt Pim had gedragen, welke spieren het meeste pijn hadden gedaan en hoe het zand binnenin precies had geschuurd, die informatie verdween langzaam naar de achtergrond, maar dát het gebeurd was, dat het me getekend had, bleef onmiskenbaar en werd dag na dag wranger.

Laurens zou nu allang thuis moeten zijn. Hij zou Pim al woedend opgebeld moeten hebben.

Mijn jaszak trilt.

Ik kan moeilijk nog naar beneden kijken, daar spant het koord om mijn nek intussen te hard voor. Op de tast vis ik de gsm uit mijn zak. Ik hou hem op ooghoogte om het scherm te kunnen lezen. Mijn vingers zijn zo koud dat ze evengoed niet van mij zouden kunnen zijn.

Tesje. Een bericht. Het scherm gaat meteen weer in sluimerstand. Ik moet drie keer naar de knop zoeken voor ik het weer opgelicht krijg.

'Alles ok daar? Je hebt 16x gebeld. Groeten, Tessa'

Het bericht is zo kort dat het past in de voorvertoning. Mijn lege maag is opgezet, drukt tegen mijn middenrif. Het is zeven na acht. Later dan ik dacht.

Zestien keer is overdreven. Overdrijven, dat zou de Tesje van vroeger nooit gedaan hebben, die was gesteld op nauwkeurigheid, sloot altijd af met een kusje, op zijn minst met lieve groeten.

Dit hoorde er allemaal bij. Haar naam veranderen. Haar haren kleuren.

Aanvankelijk was het moeilijk te zeggen of dit aan de genezing lag of aan haar puberteit. In de meeste gevallen betekenen die twee dingen vrijwel hetzelfde; puberen is herstellen van het idee dat je zomaar alles kunt worden, elk beroep kunt kiezen, maar niet in het geval van Tesje: niet elke puber belandt uiteindelijk in een nieuw gezin. Nu ze vierentwintig is, is ze gestopt met steeds andere dingen mooi te vinden, Nadine heeft haar twee jaar geleden overtuigd een opleiding tot patissier te volgen.

Ik moet Tesje opbellen. Zeggen dat deze gegevens niet kloppen. Zestien oproepen, dat moet ofwel zijzelf, ofwel haar gsm-operator fout geregistreerd hebben.

Als ik nu bel, zal ze opnemen, haar gsm kan nog niet ver weg zijn.

Het kost me moeite met mijn stramme vingers het scherm te ontgrendelen. Het duurt amper twee seconden voor haar telefoon overgaat, voor de razendsnelle, lichtgevende lijn door het dorp is gekruld om ons met elkaar te verbinden, zoals de televisiereclames van telecomoperators ons graag doen geloven.

Een eerste toon. Ik weet waar haar telefoon zich kan bevinden. Ergens ten huize van Nadine. In Tesjes broekzak. Misschien ligt hij naast haar op het bankje in de badkamer waar ze haar nagels zit te lakken. Of op bed, terwijl ze haar recentelijk gekregen kerstcadeaus een plaats in de slaapkamer geeft.

Doordat ik me het allemaal kan voorstellen, de kamer, het behang, haar kleine teennagels, maar niet weet hoe deze precies worden aangewend, is ze verder weg dan wanneer ik me er niets bij zou kunnen voorstellen. Net als bij het missen van een trein; wie de wagons nog net het station ziet verlaten heeft een sterker gevoel iets te zijn misgelopen dan iemand die tien minuten na het vertrekuur pas aan komt zetten.

Een tweede toon.

Het is normaal dat ze nu nog niet opneemt. Wanneer ik trillingen voel, verschiet ik ook altijd even, duurt het enkele tellen voor ik begrijp dat een oproep ook moet beantwoord worden. Dat is precies wat er nu aan het gebeuren is. Tesje moet het potje nagellak sluiten, het toestel met nog natte nagels proberen vastnemen of hem opdiepen tussenuit haar lakens.

De laatste keer dat ik haar uitgebreid over de telefoon sprak, was vorig jaar, twee dagen na kerst, vlak nadat ik van haar een sms'je kreeg met beste wensen. Ook al had ze aangekondigd dat er dat jaar niets zou doorgaan, en ook al had ik me er dagen mentaal op voorbereid, toen de avond viel en er uiteindelijk ook écht niets gebeurde, ging ik ervan uit dat Tesje en Jolan gewoon zonder mij waren gaan dineren, al dan niet samen met mama en papa.

Ik had het huis verlaten, Tesje en Jolan beiden via WhatsApp een foto gestuurd van het restaurant waar we elk jaar samen heen waren gegaan. Ik, alleen aan een tafel, naast me een lege wijnfles en een halve kalkoen, rond middernacht. Het kostte me even voor ik dat allemaal in één kader kreeg. De fles stond er al, van een voorganger.

Tesje had als eerste gebeld, geen stiltes gelaten. Een uur lang was ze met mij blijven praten. Ze had gedeelde herinneringen opgehaald maar al snel haalde ze dingen aan waar ik niet over kon meepraten: Nadines hond, de inrichting van haar nieuwe slaapkamer, de judolessen die ze zou gaan volgen om zichzelf op straat te kunnen verdedigen, hoe uiterst precies je de verhoudingen moet respecteren om deeg voor roomsoezen te maken.

Haar stem was niet veranderd. Ergens was ik daar verbaasd om, dat Nadine haar niet ook een andere toon had aangepraat.

Door ons gesprek heen hoorde ik de meldingen van de voicemailberichten die Jolan aan het achterlaten was. Daardoor wist ik dat de twee niet in dezelfde ruimte waren. Het stelde me toch nog niet gerust.

Vorige week, op kerstavond, zat ik opnieuw in datzelfde restaurant. Dit keer stuurde ik niemand een foto.

De telefoon is nu drie keer overgegaan.

Hoe zou zij mijn naam hebben opgeslagen in haar gsm? Zou er nu staan 'Zus: 17 gemiste oproepen', of 'Eva', of 'Eva de Wolf'?

Ik voel enkel nog mijn knokkels. Harde, witte keitjes. Ik laat mijn arm met het toestel zakken, schuif het iets hoger in de muis van mijn hand om met mijn duim de oproep weer af te breken. Zonder het te willen, laat ik hem los. Ik voel het toestel niet uit mijn hand glijden, ik hoor enkel het stuiteren op het ijs. Het ding valt op de grond, een halve meter verderop, met het scherm naar beneden. Ik kan niet zien of de oproep door de klap beëindigd is, of Tesje heeft opgenomen, of dat er inmiddels een voicemail aan het registreren is.

Even overweeg ik van het blok af te komen, maar zelfs al zou ik dat willen, ik sta reeds op de toppen van mijn tenen, er staat druk op de strop, de knoop is zo hard aangespannen dat ik de lus niet zomaar meer groter kan maken om hem van mijn hoofd te halen.

Er is geen weg terug. Ik ben zonder remmen de helling af gestuurd.

Ik kan nu gewoon zwijgen, al dan niet in stilte samenzijn met Tesje. Dan zou er toch iemand bij me zijn nu het ijs onder mijn voeten steeds sneller wegsmelt.

Maar als ik meteen een lange stilte laat vallen zal zij niet blijven luisteren tot het einde, niet als ze inmiddels de oproep heeft opgenomen en ook niet als er een voicemail is aan gesprongen. Wie luistert er nog naar iemand die zwijgt? Ze zal denken dat het een misverstand is, dat ik haar slechts vanuit mijn broekzak opbel.

'Hoi Tesje,' roep ik, nog voor ik eruit ben of dit wel het beste is om te doen nu de muziek in de naastgelegen stallen is gestopt.

Ik moet haar consequent met Tesje blijven aanspreken. Van dit verkleinwoord is ze nooit helemaal genezen. Zolang ik Tesje zeg, zal het haar moeite kosten me af te leggen.

Ik zou Tesje kunnen vertellen hoe ik hier sta, dat dit gek is, mijn voeten verdoofd door de koude aan de onderkant maar verschroeid door de hittebron aan de bovenzijde, dat dit voor rillingen zorgt door mijn hele lichaam. Ik kan vertellen dat het ijs trager smelt dan ik gedacht had, maar dat het toch nog te snel gaat. Dat ik nooit eerder op twintig centimeter hoogte voor zo'n diepe afgrond stond.

Ik zou het luchtiger kunnen houden, haar kunnen vertellen van de mest in het vlees, en mocht dit geen voicemail zijn maar een gesprek, dan zou ik haar lach horen schetteren.

'Tesje, Eva hier,' zeg ik.

Mijn stem klinkt schor. Het touw raakt mijn stembanden. Ik maak wat speeksel aan, probeer ze weer gesmeerd te krijgen. Het gesprekje met Pims zoontje was de laatste keer dat ik mijn eigen stem hardop hoorde. Gedachten klinken altijd anders, vastberadener, niet in de standaardtaal waarin ik opgevoed werd maar met het Brusselse accent van de buurman.

Moet ik me haasten? Tegen een antwoordapparaat kun je niet eindeloos blijven praten.

Als de voicemail nu aan het registreren is, heb ik nog zo'n tweeënhalve minuut. De klok voor me staat nog steeds stil, Mickey Mouse is onvermurwbaar en zal me niet helpen bij de timing. Maar hier ben ik goed in. Dit is wat ik de afgelopen jaren tijdens slapeloze nachten zo vaak gedaan heb. De timer van mijn gsm laten lopen. Dan, op het honderdste van een seconde precies, op minuut twee afleggen. Altijd wist ik dat dit me nog wel eens van pas zou kunnen komen.

'Ik ben op het feestje voor Jan. Ik heb me even afgezonderd om je te bellen, in het melkhuisje.'

Nu pas hoor ik wat voor een belachelijk woord dit is. Melkhuisje. Zoals alle benoemingen voor locaties in dit dorp wanneer je er bij stilstaat. De Put, het bos van het bos, Kosovo.

Natuurlijk weet Tesje niet wat een melkhuisje is, waar ik nu precies ben. Het is een restant van een geschiedenis waar zij geen deel van uitmaakte, de vroegere kern van deze boerderij.

'Jolan was er ook. Hij is al vertrokken. Je hebt de groetjes van hem.'

Misschien weet ze het wel. Dan nog zal ze niet hierheen komen. Ze heeft ook nooit gevraagd wat ik deed nadat we haar naar het ziekenhuis brachten, of ik het zelf wel zou redden.

Ze weet niet dat ik na haar opname in haar bed ben beginnen slapen. Dat ik elke dag Stamper eten gaf, zijn kooi ververste, hem knuffelde zoals Tesje het zou willen, de streken eerlijk over beide oren verdeelde.

Dat ik de eerste weken na de zomer hoopte dat de telefoon zou gaan, dat Laurens en Pim hun excuses zouden aanbieden. Vier jaar lang zou ik daar op blijven wachten.

Tesje lag eerst een paar dagen in het Heilig-Hart, om aan te sterken, voor ze werd overgeplaatst naar een leefgroep in Kortenberg.

In de weekends, tijdens het bezoekuur, ging ik naar haar toe, soms met de bus, soms werden Jolan en ik gebracht. Dan tekenden we portretten, met een potloodje maten we elkaars verhoudingen op. Ik zorgde ervoor dat Tesje de mooiste tekeningen maakte.

Moeder en vader bleven weg van het ziekenhuis tenzij Tesje hen vroeg om te komen, niet omdat het hen koud liet, maar omdat ze zich niet wilden opdringen. Bij het eerste bezoekje kochten ze in de giftshop een *Joepie*, omdat dat een van de enige dingen was die geen koolhydraten of vetten bevatten. De keren daarna dronken ze zich wat moed in, kwamen ze een halfuur voor het einde van het bezoekuur opdagen en zeiden: 'Maak jullie geen zorgen, we blijven niet lang.' Stilletjes bleven ze dan op een stoel in een hoek van de kamer zitten, wachtend op de toestemming iets te mogen zeggen, iets wat een ouder in een situatie als deze zou opmerken, maar Tesje vroeg hen niets. Soms leken ze alleen de schaamte en hun huid te hebben overgehouden, als bij huizen die gesloopt zijn maar waarvan de gevel blijft staan om aan regeltjes te voldoen. Na het bezoek wandelden ze door de lange steriele gangen naar huis, elke tegenligger lieten ze tussen hen in passeren.

Ongeveer vier maanden na haar opname, in de winter van 2002, kwam Tesje op kerstavond naar huis om mee te eten. Vader en moeder durfden zelfs nu, op eigen terrein, ook hun stem niet meer te verheffen. Ze hadden het toetsenbord weggehaald uit de gang, de badkamer van alle zeep ontdaan. Ze hadden geen spar in huis gehaald, er was geen geflikker van licht dat de woonkamer kleurde. Iedereen deed zijn best, maar misschien maakte dat het net nog pijnlijker, dat het desondanks opviel dat we geen gezin waren.

Om twaalf uur ten laatste moest Tesje weer op de afdeling worden binnengebracht.

Iedereen wilde haar mee wegbrengen. Ze nam plaats op de achterbank, tussen mij en Jolan in. Vader deed zijn uiterste best in het midden van het juiste wegvak te blijven rijden.

'Je had ook thuis mogen blijven slapen,' zei hij vlak voordat ze uitstapte. Ik keek hoe ze met haar rugzak in de hand richting de draaideur van het grote gebouw verdween. Hoe verder ze zich van ons verwijderde, hoe rustiger ze wandelde. Vader bleef nog even stilstaan op de parking tot het middernacht werd. Er werd geen enkel ander kind afgezet.

In de loop van 2003 maakte Tesje in aanwezigheid van een psycholoog kenbaar dat ze moeder en vader enkel nog wilde zien in nuchtere staat, en dus bleven ze weg.

'Ze hebben er zelf voor gekozen,' was het enige dat Tesje erover zei en ik knikte.

Niet veel later kwam het pleeggezin ter sprake. In het vastleggen van haar contouren bij het maken van portretten kon ik het proces van Tesjes genezing vastleggen: langzaam namen haar schouders andere vormen aan, kwam er weer vulling in. De tekeningen liet ik allemaal achter in haar kamer, zodat ze een documentatie zou hebben van zichzelf, van mij, gedurende de hele periode. Soms vroeg ik me af of ze onze portretreeksen al eens naast elkaar had gelegd, of het dan zichtbaar werd wie haar vooruitgang mogelijk had gemaakt, dat de kilo's die er bij haar stukje bij beetje bij kwamen, er bij mij even geleidelijk afvielen.

In 2003 verliet Jolan het huis om te gaan studeren. Mama en papa aten alleen nog aan tafel in de weekends waarop hij naar huis kwam. Wachtend op zijn thuiskomst, op dat de tafel nog eens gedekt zou worden, palmde ik zijn slaapkamer in, zette er een televisie neer.

Het merendeel van de tijd zat ik boven. Ik at in de ene kamer, sliep in de andere. Al snel kwam Jolan niet meer. Wanneer ik hem belde, vertelde hij hoe druk hij het had. Ik scrolde vaak door Facebookfoto's van hem, feestend, met een pint in de ene hand, een meisje in de andere. De afstand Leuven-Kortenberg was af te leggen per fiets. Ik vermoedde dat hij Tesje vaak alleen ging bezoeken.

Ik wurm een vinger tussen het koord en mijn hals, heel even, om mijn strot te ontlasten. Ik adem diep uit. Er ontsnapt een boertje.

'Pardon,' zeg ik, op z'n Frans. 'Trouwens, Tesje, weet je nog die zomerdag dat we je naar het ziekenhuis brachten?' Ik laat een stilte vallen. Drie seconden, drie krokodillen. Net genoeg om ons eigen verhaal te herinneren.

In die laatste meters die Jolan en ik aflegden tussen het ziekenhuis en het huis, nadat we haar op de spoed achterlieten, was Jolan plots beginnen praten.

Hij zei: 'We gaan voor elkaar zorgen, jij en ik. Het ziekenhuis zal mama en papa wel al op de hoogte hebben gebracht. Ik ga volgend jaar studeren in Leuven en zodra ik wat geld heb, huur ik een flat die groot genoeg is voor twee, voor drie desnoods.'

Ik vroeg me af voor wie de 'desnoods' gold, voor Tesje of mij, maar zodra we aan het einde van de straat waren, het huis in de verte zagen, deed dat er alweer niet meer toe. Het werd duidelijk dat het nieuws daar nog niemand bereikt had: de rolluiken van de living waren neergelaten, mama lag nog steeds gewoon in de zetel te slapen en had wellicht de hoorn van de telefoon af gehaald.

De weide naast het huis lag vol gekleurde vlekken. Ik begon sneller te fietsen, omdat ik wist wat het was: weggewaaid en natgeregend Monopolygeld. De speeldoos stond nog steeds op de terrastafel, opengeklapt. Het bord, een paar ongebruikte pionnen en de Algemeen Fondskaarten waren niet weggewaaid, wel verregend. Er was één briefje dat de wind niet had weggeblazen, het zat geklemd onder de rand van het deksel – honderd frank.

De rest van de pionnen lag onder de tafel bij de hond. Eentje ontbrak.

'Heb ik je dat ooit verteld, Tesje, dat op die dag van je opname, Nanook het Atomium heeft opgegeten? Dat was toch jouw lievelingspion?' zeg ik.

In het deksel van de speeldoos stond een laagje water. Het scheurde toen ik het probeerde op te heffen. De inkt was afgegaan op de witte terrastafel: de afdruk van MONOPOLY in spiegelbeeld staat er volgens mij nog steeds.

'Ik ga het aan mama vertellen, wat er gebeurd is, wat we besloten hebben. Dit kan zo niet langer,' zei Jolan. Hij verdween met gedecideerde passen in het huis.

Intussen ging ik opruimen, kroop door de tuin, verzamelde al het geld dat verspreid lag. Het hing vast aan de stammen van bomen, tegen zijkanten van bloempotten, onder in de haag, in het veld. Ik vond een Kanskaart tegen de staander van de parasol. GA DIRECT NAAR DE GEVANGENIS, GA NIET LANGS START, U ONTVANGT GEEN 4000 FRANK.

Ik legde alle kaarten in de bodem van de natte doos. Pas bij het proberen redden van de bank drong tot me door dat ik die avond alleen in onze kamer zou slapen, voor het eerst in mijn leven. Ik was altijd diegene geweest die ging kamperen. Tesje had nooit bij vrienden gelogeerd.

Pas toen ik al het geld verzameld had, hief ik het speelbord op. Daaronder vond ik het: een boekje met de scores, dat door de plastieken kaft toch goed bewaard was gebleven. Een tabel, mooi getekend met pen en een latje. Bovenaan links stond 'TES', bovenaan rechts stond 'EVA'.

Ik moest het drie keer bekijken, de tientallen pagina's doorbladeren, alle scores doornemen, meermaals, voor ik het begreep, voor ik in staat was het te zien: elke keer dat Tesje aan die tafel had gezeten, had ze het niet tegen zichzelf maar tegen mij opgenomen.

Elke keer had ze mij laten verliezen.

Met het boekje in mijn handen ging ik het huis binnen. Het was er muisstil, donker. Mama lag nog steeds in de zetel te slapen. Door het plafond heen hoorde ik Jolan die zich in zijn slaapkamer had teruggetrokken. De wieltjes van zijn bureaustoel schoven heen en weer over de plankenvloer. Dit geluid kon ik uit duizenden herkennen: hij was in de weer met zijn microscoop, zijn verse buit aan het bestuderen.

'Tesje, ik ben er nog, hoor. Waarom ik eigenlijk bel: ik wilde zeggen dat ik langs huis ben gegaan vandaag. Nanook haar mand stond er nog, al hebben ze enkel nog een kat nu. Ik heb papa en mama niet gesproken, maar ik denk toch dat het redelijk goed ging met hen, of alleszins niet slechter dan gewoonlijk. Ik heb een boodschap voor hen achtergelaten.'

Ik lieg niet. Zo is het gegaan. Het gestommel dat ik dacht te hebben gehoord bleek vals alarm, misschien was het een kat die ergens vastzat. Urenlang heb ik op die keukenstoel gezeten. Tot ik een scheurend geluid hoorde. Dat waren mijn billen die zich losmaakten van het kunstleer. Stilletjes, behoedzaam als een flik die niet in zijn eigen district patrouilleerde, liep ik de trap op. In de grote kamer trof ik mama en papa aan. Ze lagen allebei op hun buik onder de donsdeken, alleen hun hoofden staken erboven uit. Ze hadden hun gezichten naar elkaar toe gedraaid, half weggedoken in hun hoofdkussen. De kamer rook naar gistend deeg. Heel even dacht ik dat ze niet meer leefden, vredig waren ingeslapen, maar ze ademden traag. Dat ze zo dicht tegen elkaar aan lagen maakte het makkelijker om hen achter te laten.

Ik haastte me naar de achterdeur. Het klokje op de microgolfoven knipperde, knipoogde.

Voor ik het huis echt achter me liet en de sneeuw in ging, wandelde ik terug en trok mijn eigen tekening van de muur, mijn gedetailleerde schets van het huis, die met de helblauwe wolken en de knalgele zon en de negen vogeltjes op de elektriciteitsdraad. De mislukte tekening van Tesje liet ik hangen. Bij nader inzien had zij het altijd bij het rechte eind gehad.

Mama zou het zeker meteen merken dat er een tekening verdwenen was. Het was uiteindelijk haar wapenkreet, hiermee waren wij grootgebracht: het ergens aanwezig zijn, enkel om er niet te moeten ontbreken.

Ik moet de tijd bijhouden.

In het verleden heeft vader me verschillende keren een ellenlange voicemail gelaten, meestal maakte het systeem zelf een einde aan de registratie. Op minuut drie werd zijn stem soms in het midden van een zin afgekapt, onverbiddelijk. Soms luisterde ik zijn berichten niet uit, niet omwille van de irrelevantie, of van moeder die op de achtergrond schreeuwde dat hij me met rust moest laten, maar voornamelijk omdat ik de afkapping niet wilde horen, het punt waarop zelfs de telefooncentrale hem opgaf.

‘Weet je, Tesje, het is niet erg dat je me al die keren liet verliezen. Dan is er wel iemand anders die wint. Altijd winnen is niet goed. Dat is bijna hetzelfde als in een prachtig huis wonen met uitzicht op een vervallen gevel.’

Het voelt gek nu niet zelf met een gebaar te kunnen opleggen, er met een swipe een einde aan te maken. De drie minuten zitten er bijna op.

'Nee, wacht Tesje, nog een laatste ding. Ik heb wat geld gespaard. Volgens mij is het genoeg voor een nieuwe badkamer voor mama en papa. Wat denk je? Het staat er toch maar, in een schoendoos onder mijn bed. Ze mogen niet de goedkoopste kranen kiezen want die gaan na een paar maanden toch weer lekken. Goed? Dag Tesje.'

In feite moet ik alleen nog maar wachten nu. De rest zal vanzelf gaan.

Dan zal met deze dag uiteindelijk hetzelfde gebeuren als met de dag waarop Jan stierf. Eerst zullen mijn ouders en Tesje en alle anderen de praktische details proberen te achterhalen, de motieven willen begrijpen. Maar die zullen er op den duur niet meer toe doen. Het zal niet langer belangrijk zijn of ik nu om elf of om twaalf uur de deur van het ouderlijk huis achter me heb dichtgetrokken, hoe laat ik op dit blok ben gaan staan, hoe lang ik hier gewacht heb, welke kleren ik droeg, hoe ik de mest over het vlees verspreidde, waarom ik de tekening van het huis op zak had, hoeveel geduld ik precies moet hebben gehad, of ik gevonden had willen worden. Het zal enkel nog van betekenis zijn dat ik hier gestaan heb op deze eerste barre dag in een verder milde winter.

Liefs & dank aan Marscha, Daniël, Toine, Bregje, Lotte, Saskia, Ellen, Suus, Jeanette, Linde, Mariska, Maartje, Walter, Samuel, Mama, Papa, Thomas, Marieke en Ruth.